颐楠的上下两千年

贰·秦时长歌

非玩家角色 著

中国友谊出版公司

第一卷 · 战国烽烟

第七章 秦王嬴政 ... 001

第二卷 · 秦时古歌

第一章 天下一统 ... 047
第二章 盛世初现 ... 169
第三章 乱世再临 ... 225

第三卷 · 汉外烟云

第一章 百家先生 ... 277
第二章 汉室将倾 ... 359

番外

水镜奇谈 ... 419

战国烽烟

第一卷

第七章 秦王嬴政

【一百三十二】

　　嗒嗒嗒嗒，马蹄踩在石板上发出不大的声响，黑哥无聊地打了一个哈欠，顾楠坐在它的身上拉着缰绳。身后的陷阵军沉默地跟着，林立的长矛、长戈在冬日的阳光下散发着微光。路旁的草地显得干黄，风压过，全部低了脑袋。小河流转，横在上面的石桥边停着一只麻雀，看到行来的军队，跳了两下，歪着脑袋，随后一惊，扑棱着翅膀向远处飞去。函谷关本就有三万守军，所以顾楠的随军只有陷阵千人，加一块将令，调遣守军。这千人可以随时调集，毕竟他们和普通士兵不一样，就算是军休期也不能回家。从上一代的陷阵开始，嬴稷就给顾楠立过一个规矩：陷阵军所有人只有服满五年兵役，军功至百人伍，才能恢复良人身份，之后留在军中者直接提为百人将，退出军部者，赏田归乡后可不受军召。

　　顾楠领军走到城门的时候遇到了嬴政和李斯两人，按他们的意思，他们是来送她一程的。顾楠没有回绝，让他们跟一路也没什么。

　　"顾先生，关外是个什么模样？"嬴政侧过头问顾楠。他虽然是从关外回来的，但是长大后就没有出过关，对那关外很是好奇。

　　"关外啊……"顾楠仰着头似是思考了一下，笑眯眯地看向身边的小孩，"就是一片荒原，到处都是吃人的野兽，食人不吐骨头。还有食腐的秃鹰，专门叼死人的尸体和你这样的小孩吃。"

　　嬴政被顾楠笑得打了一个寒战，缩了一下脖子嘟囔着："先生又骗我。"

　　"哈哈，"顾楠笑着拍了拍嬴政的头，拍乱了他的发冠，"我可没骗你。"

　　"别拍我的头了，我已经不是小孩子了。"嬴政抱怨地晃了晃脑袋，又看向李斯："李先生，你说关外真是那样的吗？父王和我说，关外有众立大国，有广袤山河，怎么会是顾先生说的那般蛮荒之地？"

　　李斯骑在马上，叹了口气，笑道："顾先生说的没错。"那狼顾虎视的众国如何不是食人不吐骨头的野兽，那流兵乱民如何不是食腐的秃鹰，那战火连天的破败之地如何不是一片荒原？

"啊？"嬴政的小脸显得有些失望，"那父王是骗我了？"

"不，你父王也没骗你。"李斯摇了摇头。

"父王也没骗我？"嬴政蒙了，那关外到底是什么样子？他抓了抓头发，低头，脸上一副苦相，思考不来。顾楠和李斯看着嬴政这副模样相视一笑。"别想了，"顾楠说道，"日后你会明白的。"说完，顾楠向着两人道："就送到这儿吧。"再往前走就快看不到咸阳城了。

军队停下来，李斯在桥前拉住马点了点头："如此，斯就拜别顾先生了，来日再见。"

嬴政也摆出一副认真严肃的模样，对顾楠一拜："学生拜别先生。"

"行了，没必要这么严肃。"顾楠拍了下黑哥，转过马头，抬起一只手摆了摆，"走了。"

陷阵军从嬴政和李斯的身旁走过，在那身白袍的带领下越走越远。

"公子，我们也走吧。"李斯深深看了一眼离去的大军，才拉动缰绳侧过身。明知千万人，亦往之。为将之人，都是这样的人吗？呵，还真是一群狂浪之人。

"李先生，顾先生此番去函谷，到底是去作何？"嬴政看顾楠走远，才皱起眉头看向李斯。他虽然年幼，但也不是什么都不懂，他其实早从朝堂动向中看出了一丝端倪。此番，前往关外之军已经达到了二十万之众，在外之将皆像在做一件事，一件能叫天下动荡的事。

李斯半合起眼，远眺咸阳，张开口，缓缓地说道："驱虎逐狼！"

远山淹没在夜色里，半笼在云雾中看不清样子。瑟瑟的冷风吹得草卷压折，万里无际，月淡云疏，朗朗的星点倒是在幕下罗布。荒原中只有一座雄关立在山河之间，就像一只匍匐在原野上的巨兽，盘踞在那儿将长河山峦横成两段。

函谷城头，秦军的黑旗被风扯得猎猎作响。顾楠穿着一身将袍，坐在关口，看着那如同刀刻斧凿的横断山崖之侧的远路，身前摆着一张低矮的桌案，一壶一杯。蒙骜、吕不韦，再算上她，秦军短时间内一口气起兵二十万众，看起来似乎不多，甚至还不及长平之战的一半。但是长平之战六十万人，数十万民夫。这次的二十万，少有人知道，几乎没有民夫，全是在列之军。嬴子楚做足布局，旁人见吕不韦攻驻东周一城不过数万人，并不以为意。实际上，领带甲十万众，这份兵力就是攻一国都足够了。只是那吕不韦真的可信吗？顾楠皱着眉头。她不会知道，吕不韦虽是领军，但手中并无将令，将令持在嬴子楚的另一位秘卫手中。他若是敢轻动，要了的，只有他的命。要吕不韦领军，不过是让人轻视，不去注意东周那地界罢了。

"将军，"一个人突然出现在顾楠身后，"有什么吩咐？"

那人穿着一身黑色的紧身衣服，但是看不出身段，脸上还戴着一张木面具。王家秘卫，嬴子楚借予了顾楠一人，让她调遣："你去蒙骜将军处，此后将他们的随军之事都事无巨细地传予我，特别是魏国动向。"

"明白。"秘卫点了点头，退进了城关下的阴影处，消失不见。

顾楠低下头，拿起壶，微微倾倒，壶中的水注进杯中，翻旋不止。夜里很安静，没有半点声音。嘎，不知哪来的一处叫声，打破了这份安静，像是乌鸦叫。随后，一片黑色的羽毛从高处飘落，落在顾楠的桌案上。

【一百三十三】

"嗯？"顾楠握着杯子，看着飘落在桌案上的黑色羽毛，眉头微皱。羽毛？乌鸦吗？想着，她抬头看向高空。夜空无际，根本没有半只飞鸟的影子。慢慢举起杯子放在嘴边，将杯中的水倒入口中，轻轻咽下，顾楠轻叹了一声，又将杯子放下，木桌发出一声轻闷的响声。同一时间，摆在顾楠桌案上的黑色羽毛就像风化了一般，轻轻地散了开来，散成一缕轻烟，消失在夜色里。

哗，风声一响，一个人突然出现，伴随着一片黑雾逸散，从城关上方的房檐飞落，急速地探向顾楠的方向，两指间夹着一片羽毛，仔细看却能看到羽毛上金属的质感，说明它并不是一片平常的羽毛，而是一把取人性命的利刃。羽毛一样的利刃被夹在那人的指尖，闪烁着点点寒光，飞速掠过两人之间，直取顾楠的咽喉。一切都发生在瞬息之间，悄然无声。羽毛已经逼到顾楠的面前，那人的脸上也露出一丝得手前自信的笑容。直到顾楠的身前突然乍现一片剑光，将夜色照得透亮，恍若一切都慢了下来。剑锋架开了羽毛，同时刺向那人的胸膛。砰！剑光散去，那人在半空中散成一群乌鸦，同时身影飞速后退，一瞬间出现在城墙的边沿，落在了那里。因为太快，就像是突然出现在那里一样。自始至终，除了那道剑光，顾楠都像未曾动过一般，唯一不同的是已经握在她手中的一把归鞘黑剑。来人是一个男子，穿着一身墨色的袍子，领口上带着乌鸦一般漆黑的羽毛，身材修长，皮肤是略微有些病态的苍白，眼角画着两条淡紫色的纹路。此时的他正站在顾楠面前，眼神中带着警惕和些许惊慌，一只手藏在身后，虎口破开，鲜血顺着他衣袍上的羽毛淌下。

"黑剑无格，果然煞气凌然……"男子的声音带着些许喘息，显然刚才已经用上了全力，但是仍然快不过那道剑光。在那柄剑下，他引以为豪的轻功全无用武之地，只能慌张躲藏。之前的一剑，要是他慢上半分，要了的就是他的命，藏在身后的手此时还在微微发抖。

"幻术？"顾楠看着飞出去的乌鸦消失在夜色里，看向立在城边的男子，开口说道，"轻功不错，不过还差些火候。"说完，手中的无格轻响一声，一截剑刃露出剑鞘，月色下剑身的反光中映射着两人的身影。"天色不早了，不知道阁下来我这儿做什么？"同时一股难以言喻的杀意从她身上散开，笼住了眼前的人。男子的呼吸一涩，风卷得他肩上的羽毛微动，只感觉自己的身子变得异常沉重，像有什么正压迫着自己一样。那双遮掩在面甲后的眼睛盯着自己，那感觉就像被一只凶兽盯上。他心中惊骇，眼前的，到底是个什么怪物？

喉头微动，脸上依旧是一副轻笑的模样，不过笑得僵涩，男子半弓着身子："在下墨鸦，此番拜访是受我韩国大将军之命，前来与将军一叙。"他刻意放低姿态，手里做着一些小动作，一根羽毛落入背后受伤的手中。

"韩国。"顾楠了然地点了点头，"与我有何好说的？而且，你刚才的出手一探——"顾楠的眼神并不凶戾，但是那股冰冷几乎让墨鸦有逃跑的冲动，"我想，你来杀我才是真的吧？"

唰，无格的剑刃被一点点从剑鞘中抽了出来。墨鸦毫不怀疑，等到那把恐怖的无格诡剑出鞘，会在一瞬间要了他的命。砰，不再犹豫，墨鸦的身影猛然散成一团烟影，几只怪叫的乌鸦从黑烟中蹿出冲向顾楠，扰乱了她片刻的视线。又是这种障目幻术。顾楠集中精神，乌鸦却已经冲她飞来，这次是真的乌鸦。同一时间，几根锐利的羽毛破空而出。剑光也在刹那拖曳出一道匹练，剑气纵横，将四周的空气都搅了进来，飞在半空中的羽毛直接被搅飞。一剑过后，城头恢复平静，人影已经飞远，留在地上的是一片血迹、散落的羽毛，还有一只乌鸦的尸体。

唰，无格在手中转了一圈，重新收回鞘中。顾楠看着落在地上的那只乌鸦，心想：对方居然能跟到函谷关来。韩国，倒是很会打探消息。那墨鸦不知道是何人，听名字该是一个称号，或许是江湖草莽人士，轻功确实很好，就是没能留下他，莫要生变才好。

顾楠最后看了一眼墨鸦退走的方向，没有去追，转身向城下走去。墨鸦的身影飞速地在夜幕中划过，背后已经被冷汗浸湿，胸口一道一掌宽的伤口中不断流出鲜血，使得他本就苍白的脸色更加虚弱了几分。丧军之将，黑剑无格……他在心里默默记下。如此剑术，看来她伤了墨家那六指黑侠的传闻真有几分可信。似乎担心会有追兵，他的脚步又加快了几分，恍若一阵清风缥烟，在空中瞬息远去。

【一百三十四】

　　关外凉薄，岁末时节，到天冷得再也受不了的时候，便下起了雪。纷纷扬扬的小雪一夜之间盖住了关外的原野和山间，白皑皑的一片。顾楠看着远处的雪景，这对行军来说并不是一个好消息。士卒的衣甲不足以御寒，就算秦国国力强盛，也不可能给每个士兵配毛皮御寒。关中驻守的士卒都冷得脸色发白，何况此时已经在出军攻魏的蒙骜之军。大雪封山，此番他们若是真遇上了众国围堵，想要安然撤退会很难。蒙骜的军队不容有失，如果少了那十万军，只凭函谷关的三万军想要抵御众国联军的攻势恐怕很难，更不要说等到援军来时一举攻出、前后夹击、大破敌态了。顾楠皱着眉头，心情不算太好。

　　但是蒙骜老将军率军总是能让她安心不少。之前攻取韩国成皋时，为了布局，嬴子楚并未对她和蒙骜说明事态。此时这场笼括天下的棋局已经展开，嬴子楚想来已经和蒙将军说明了意图，如何进退他心中自然有数。幸好不是蒙武那货带军，不然还真是让人放心不下。顾楠的眉头松了一些。远在千里之外的蒙武打了一个喷嚏，搓了搓鼻子，骂了一句怪冷的天气，继续行军。他不会知道有人会在函谷关编派他。

　　一片雪花穿过房檐，落在顾楠的肩头。顾楠伸出手将那片雪摘下来，很快这淡白色的碎瓣就在她的手中化成了一点清水。想起来，长平之战的时候也是这样一场大雪呢。呵，这莫不是上天用来葬人间枯骨的？

　　"先生。"学士的长袍拖在地上，跪在一个老生面前。老生坐在座上，睁开眼睛看着下面的人，声音沉闷地开口问道："可是伯兄让你来的？"

　　"是。"学士跪坐在下面，低着头，恭敬地说道，"魏国如今受秦攻侵久矣，大王常感，吾弟在此，何来秦国猖狂？"

　　"呵，这般吗？当年我窃符救赵，恐怕我伯兄是想杀了我吧？"老生垂着背，看起来很是疲倦，显然已经疲于应付这权势之间的博弈了。如果不是，他不会坐在这里。

　　"这……"学士的脸色阴晴不定，"是何人造此谣言，待学生去将他杀了。"

　　"你倒是不怕我先杀了你。"老生的声音幽幽，惊得下面的学士缩退半步，手心中冒出冷汗，只觉得浑身不听使唤。但是很快，那上面的老生收敛了气势，学士如释重负般，长长地松了一口气。老生沉默半响，突然问道："伯兄，可还安好？"

　　学士眼前一亮，连忙说道："大王身体日益疲惫，时常思念先生。"

老生没有看这人，只是看着门外，摇了摇头，不知道是对他说还是对自己说："他不会如此，就像当年邯郸之围，他不会顾及姐姐一样。我……"

　　信陵君魏无忌，魏国国君少弟。当年长平大战之后，邯郸之围，若不是他，恐怕这天下的格局也不会是这般了。原本魏准备出兵援赵，可秦王看透魏王的心思，派人传话于魏王。若魏王援赵，则赵灭之后，就是魏国。如此，魏王将已经派出的援兵压在边境，不敢轻动。赵国平原君赵胜的妻子是信陵君之姐，求援于信陵君。他将兵符窃出，领军西进，一举攻破秦军，赵国才能留至如今。同样地，他也因为犯下窃符重罪，不再回魏国，只是让手下的士兵回去，自己客居在赵国。此人在魏，诸侯不敢谋魏十余年。魏国无大将，他去国之后，魏国挡不住秦军的攻伐，岌岌可危，魏王这才派人来请信陵君。

　　门下的学士不知道该如何说，只知道自己的手中满是汗水，此番若是不能将信陵君请回去，他怎么也难逃一死了。

　　"伯兄，呵。"魏无忌轻笑了一声，深吸一口气，又长长地叹出，"要令祖先宗庙毁于一旦，我又有何脸面活在这世上呢？"他的眼睛垂下，两肩沉下，"我会回去的。"

　　他身前桌案上的烛火映射在他眼中，似在灼灼而动。他如何会不明白，此番回去之后，只等退去秦军，自己的兄长就会杀了自己。但他依旧站了起来，疲倦的身子站得沉稳，然后迈开步子，每走一步，身上的气势就有所拔高，直至走到门外。堂中的学士看着那老人，似乎又看见了曾经的护国之将，站于门庭之外，仰头注视着魏国的方向，声音铿锵有力，目中狷狂。

　　"回去，必破秦军！"气魄如虹。

　　"此一生为将矣，何不死于那大好河山之中？嗯！快哉！

　　"来人，备马！"

　　信陵君出赵，归于魏国，魏王亲自出城迎接。魏无忌和安釐王两人十年未见，重逢时不禁相对落泪。只是这泪水有几分真假，有几分偷生之幸，无人知道。公子威天下，无敢入魏国。那将领重新披挂，当日派遣使者于众国。众国知是信陵君为将，皆出兵相助。一时间声势浩大，一般无二。

【一百三十五】

　　行军的声音回荡在山谷中，蒙骜挥退传令的士兵，摊开手中的竹简。秦王军令，进魏攻侵，若魏求援，以致众国联军，则触之即退入函谷，引众国兵力入关，守关御敌，待东周驻军从后领军入阵，前后突军，以连横之势，破合纵之谋，以关为口，吞众国之军。只不过，魏国，真能求援众国？蒙骜骑在马背上，微白的眉头蹙起，收起竹简，摸着胡子。他们已经入魏两月有余，魏国别说反攻了，就连能组织起的有效抵抗的兵士都少之又少。魏国之君向来寡德少助，此番众国不看魏国伤筋动骨，恐怕都不会出手。众国不会让魏国灭了，魏灭只会增强秦国的实力，这一点所有人都清楚。但是魏国多次攻入他国，想来多数人会更加愿意先看一阵笑话，再考虑出兵相助的事情。

大军如同一条盘龙，行军于白皑皑的山间。先前溃退的一支魏军是向这个方向跑去的。

不知哪来的一声响动，蒙骜眼神猛地看了过去，只见几只飞鸟从远处的林间飞起。"停！"蒙骜的右手抬起，前阵停下，后方的大军也缓缓停了下来。

嗒嗒嗒，蒙武催着马带着蒙恬走到了蒙骜身边，疑惑地问道："父亲，怎么了？"

"爷爷，为何不快些追上那魏军，免得让他们跑了？"蒙武从蒙骜的脸上看出几分端倪，抬头看向山中；而蒙恬终究年少气盛，还在自顾自地说着话。蒙骜满脸凝重，环视着大军身处的这片山谷。这地方，为何会如此怪异？明明之前还在大路上，为何追了那魏军不过小半个时辰，就已经身处这群山之中？四面环山，此处地形……蒙骜的瞳孔微缩，匆忙拨转马头，大吼了一声："撤！"可惜终究还是慢了一些。

砰！砰！砰！砰！突如其来的战鼓声在山峦间回荡，秦军的阵中一片骚动，纷纷慌乱地看向鼓声传来的方向。蒙骜怒视着四周的山顶。如此简单的计谋居然只因为一时大意，老夫不该。没有时间等蒙骜去多想什么，无数的人影从背坡的山头上走出来，手中握着长戈，身披甲胄，密密麻麻几乎盖住了整个山头。同他们一道出来的是一面又一面旗帜——燕、赵、韩、楚、魏！五旗林立，似要遮蔽半空，叫得那山里的秦军如同被困之龙，难脱天外。蒙骜看着那突然出现的大军，目眦欲裂。一旁的蒙恬脸色苍白，握着兵刃的手有些发软。秦军更是乱了阵脚，纷纷开始后退。战国余七，除秦六众，已至五国。这魏国，怎么可能，这点时间内如何能召集如此多的兵马？随后蒙骜见到一面帅旗竖起，抬眼看去，那是一面魏旗，旗下之人是一个老将。运足内息于目中，待看清了那人的面容，半垂的双目中闪过一抹惊骇。那人，他认得。魏国护国之将，信陵君魏无忌！这人居然回来了。信陵君也低头看着山下的蒙骜，眼中带着一股逼人的战意。秦军，好久不见了。

蒙武拉住身下被伏军惊扰得想要逃去的战马，只是粗略一眼，围山五国之军，至少二十万。不备地利，未有天时，人数亦有缺，秦军不会是对手。咽了一口口水，捏着手心里的骑矛，他这才发现手心已经湿透。

"父亲，怎么办？"

蒙骜难看的脸上扯出一个冷笑："多问！怎么办？突围！"

信陵君抬起手，对着秦军张开了手掌，发出一声浑厚的低吼："冲阵！"

帅旗挥舞。"杀！！"山谷中一瞬间爆发出惊天巨响，数十万人从山丘上冲下，烟尘滚滚，恍若天地震动。冲杀声叫得人肝胆震颤，响遏行云。蒙骜决然地掉转马头，咬着牙。魏无忌……还真是抱歉啊，老朽可不能让这大秦的棋盘崩于此地！

蒙骜抽出腰间长剑，直指山谷入口："在阵所部，全军突围！"

嗒，一声轻响。四下无人，顾楠坐在堂中，手中正握着一卷军简看得随意，听到这声轻响，抬起眼睛，看向无人的堂中，开口问道："你回来是有何事？"从房顶翻身落下一个戴着木面具的人，正是之前顾楠派去蒙骜军中的秘卫。"蒙将军于魏国受五国埋伏，溃败突围，损军两万，此时已经过黄河朝函谷关赶来。"顾楠握着竹简的手收紧，那竹简上出现了一丝裂纹："其后可有追兵？"

"有。"秘卫点了一下头，叙述道，"魏国信陵君领军二十余万追于其后，两军之间所距不过数里。

"二十余万军于魏国之境长驱直入，大有清剿在外余力，一举破关之势。"

"两军所距不过数里？"顾楠的声音有些凝重，使得堂中的势态也沉了几分。秘卫躬身："是。"

"蒙将军所部战力如何，可还能一战？"

"这……人疲马乏，若无休养，难有再战之力。而且照目前的事态，他们恐怕会被追上围剿。"

"嗯……我知晓了，你下去吧。"

秘卫悄然退去，顾楠一人靠坐在堂中，眼神深沉凌厉。措手不及。蒙骜老将在有所防备的情况下居然还是败于魏无忌之手溃退逃回？历史上，蒙骜是因为攻魏中被魏无忌联合五国打了一个措手不及才溃兵逃回函谷关的，在吕不韦的配合下终将魏无忌拒之关外，而五国几乎少有折损。但是这一次，本就是嬴子楚的布局，要引那联军入关，居然还是遭到如此大败。

【一百三十六】

顾楠皱着眉头将手中的竹简放在桌案上，等到竹简放下，才发现竹简已经被捏碎成数片。不管如何，不能叫那所剩的八万军被五国所破，不然以函谷三万之众，恐怕最多只能争个历史重演。站起身，破碎的竹简散开乱了一桌，顾楠的目光淡淡地看向城外的黄天，胸中已经有了定夺。天下大势吗？她黯然地垂下眼睛，掌心缓缓握紧。这一次，我要叫这五国之军，埋骨于此……

"来人！"

一个士兵走了进来，半跪在顾楠身前："将军，有何吩咐？"

"城中驻兵两万，陷阵所部备马，领城防一万，随我出城。"顾楠沉沉地迈出步子，身后的白袍卷动，"驰援前阵，引军入关！"

嗒嗒嗒，凌乱的马蹄声和脚步声连成一片，一支大军顺着关道奔袭而来。步军跑得几乎虚脱，身上的甲胄多是扔在了半道上，不然恐怕跑不了这么久。骑军座下的马或许是因为跑了太久，已经跑得极为不稳，两眼充斥着血丝，但是依旧被身上的骑主催了又催。领在前军的一员老将喘着粗气，手中的长剑滴血，身上的将袍早就沾满了血污，看不出原来的模样——正是蒙骜所部。魏无忌的大军追了他们数天，一旦他们休息就立刻围攻上来，扰得军中人心惶惶。一路追打突围，早已经让这支军队逼近崩溃。蒙武狠狠地吐了一口气，催着马冲到蒙骜身边："父亲，最多不过半炷香，联军就会追至，到了那时，以我军如今的势态，恐怕再难突围了。"

"离函谷关还有多远？"蒙骜的胡子一抖，咬着牙问道。

"最快还有半天……"蒙武的声音低闷，看得出来他已然有些无力了。

"不若让一部留下，阻挡联军。"

蒙骜低声反问道："如此士气，哪一部还能有必死之心，阻挡那二十万联军？"

蒙武无言。

"让行军再快些！"

"是！"

"全军！急行！"

蒙恬骑在马上狂奔，夹着马背的两腿打着摆子，额头上冒着虚汗，这是随军以来第一次和生死之界如此之近。他已经彻底乱了心神，不知该如何是好，只知道一遍又一遍地夹紧马腹，只求再快一些，撤回函谷关。急行的命令传下去，军中已经虚脱的步卒开始有人无力往前，摔在地上就再也爬不起来。一个人摔下去，接着就是一个又一个人摔倒在地。大军士气萎靡。蒙骜紧绷的身子最终还是松了下来，像是终于放弃一般，挥手勒马，急行中的军阵缓缓停了下来，冷风如同刀子刮得人脸生疼。蒙武目光复杂地看了身边的父亲一眼，猜到父亲可能已经做出选择，闭上眼深吸了口气，将手搭在腰间的剑柄上。蒙骜回过身看着远处大军的尽头，举起长剑，面色涨红，怒目圆睁，长啸一声，如同虎吼，随着那路外的滔滔黄河远逝："众将士在！"

嗒嗒嗒嗒，正在他准备叫全军布阵、拼死一搏之际，一阵马蹄声从后方响起。蒙骜愣住了，蒙武愣住了，蒙恬也愣住了。那是一支约莫万军的骁骑，从函谷中踏马而来。那万军领将远远看去是一个白袍之人，手持丈长重器，面戴戾兽面具，身后是万余黑骑。这个时候，居然有军来援？"那是，顾将军？"蒙恬呆呆地问道。没人敢信，但是那支军队确实已经冲来，随着一片马声嘶鸣，停在军前。那白袍领将拉着自己身下的黑马，看着蒙骜。

"蒙将军，你们先行入关，联军之事，交予我等。"

蒙骜怔怔地看着身前的白袍将，半晌才回过神来，握剑的手微微放下："顾小丫头，你可想好了？"

"再废话，那联军恐怕就来了。"顾楠淡哼了一声。

"你等八万人葬身于此，秦王的布局何在？"

"呵，呵呵。"蒙骜笑出了声，仰天一叹，看向顾楠，"还真是什么样的师父，教出什么样的徒弟。我蒙家欠你一军之命！"说完，他沉沉地看了顾楠一眼，走过她的身侧，"莫要死在这儿了。"

"放心，"顾楠手中的长矛垂下，背对着蒙骜走远，目视前方，"我命大得很。"

蒙骜挥剑一扬："全军撤入函谷！"大军缓缓离去，留下的是一万军众。

万军之中，蒙恬茫然地回头看着远处的关外，直到那万人的人影渐渐消失，才转头看向蒙武："顾将军，会死吗？"

蒙武催着马，听到身边蒙恬的话，神情一涩，抿着嘴巴："不知道。"

蒙恬红着眼睛，不知为何喉咙干涩，一咬牙，正准备掉转马头，却被一旁的蒙武一把拉住了缰绳："莫做这些枉然的事情。记着，这是战事！"

【一百三十七】

顾楠回过头，看到大军在烟尘中远去，不再去看，策马在前。沙尘漫漫，远处奔流东去的黄河水的咆哮声恍若就在耳畔。背靠山丘，前面是一览无余的辽阔平原，还真是差得不能再差的场面了。平原上，无地利之优，以寡敌众，基本上已经可以抱着慷慨赴死的心态打这场仗了。顾楠的嘴角无奈地一扯，还真是一点回旋的余地都没有啊。一万骑军立于顾楠身后，马匹似乎也察觉到不安的现状，马蹄踢蹬着地上的沙土，鼻间喘息着，在冷得彻骨的寒风里凝成一团团白雾聚了又散。长矛立于身侧，顾楠回过身，对着身后叫道："我说！"她的眼睛盯着平原之际,"我们可是要抵抗二十万大军。我们只有一万人,起码要两个时辰。"她的声音在平原上响起,略显单薄,"有没有怕的?"

万人没有声音。陷阵军立在那儿沉默不言,几乎一同握住背上的骑矛卸了下来,提在手中,尖锋直立,已经给出了答案;而那剩余的九千余守城军,面色挣扎,低着头,骑在马背上。"若是有,现在还可以离开。"顾楠向后环视一眼众人,说道,"事几不可为,我不留你们……"顾楠的话还没有说完,一个声音就打断了她。"陷阵领将,"那是一个穿着城防军衣甲的士卒,颤颤巍巍地持着他那把骑矛,看得出很害怕,脖颈充血,却奋力地吼道,"莫要小瞧了我等守城之军啊!"这怒吼叫得陷阵军一愣,也叫得那城防军一愣。

"呵呵,哈哈哈。"城防军中的一人发出了一阵大笑,笑得畅快,"是了!我还不如一个新兵看得透彻!陷阵领将,这么多话做什么,像个娘儿们!直说,杀于何处?"

"弟兄们,莫要叫陷阵的家伙小看了!"

"今日,我等陪将军冲上一把,又有何妨?"

"待杀足了军功,衣锦还乡!"

战场上何处不是送命的,不若来个痛快,似个英烈豪杰!

"哈哈哈哈!"守城军中发出一片畅笑,深吸一口气,纷纷举起手中的兵刃,刀兵如林。"今日,我等且陪将军,冲上一阵!"生死有命!陷阵军的黑色面甲下不再是那副死人脸,露出了笑容。这才是我军中之人!

顾楠看着身后的这群人,嘴角一勾,扯出一个淡笑。"冲阵!"她一边说着,一边回过身,横枪立马。黑哥发出了一声嘶鸣,身后的披风猎猎作响。"那就冲上一阵!"

平原之际传来阵阵轰鸣,五国之军已至。

五国之中,魏无忌皱着眉头,看向平原之上。那里有一支约莫万人的军队,挡在他们之前。秦军的断后之军吗?他的眼中露出几分疑惑。他们已经追了那支败逃的秦军数天,那支军队的气势濒临溃散,军卒疲惫。此时留下断后之军,还能有何作用?不过一万人,在二十万大军的冲击下,恐怕根本坚持不住片刻,那秦将不明白吗?

顾楠的脸上依旧挂着淡然的笑容,眼中决然。

——天下所趋。

天际之间冒出一片烟尘,烟尘中的是一片数不清的大军。大军之上,五国旗帜张扬。

——还是历史大势。

顾楠单手握紧长矛，另一手将腰间的无格缓缓抽出。我答应了那老头的事情，一定会做到！答应的事情就一定要做到，这可是小孩都知道的！所以，我不管你是什么，统统给我把路让开，给我让出个天下清平！无格剑发出一声长鸣，剑光夺目。"众军！随我陷阵！"

"诺！"

"陷阵之志！"顾楠的声音嘶哑。

"有死无生！！"万人长啸，天地一滞。

一股几乎肉眼可见的蒸腾战意从他们的身上散发而出，似要穿破云霄。战马嘶鸣，万人冲阵！五国之军见到了平原上的秦军，不过万人，但是那声怒吼叫他们生生慢了下来。

中军之中，年迈的魏无忌坐在战车的帐下，难以置信地看着那冲来的万人骁骑，还有那白盔银甲的领军之将。陷阵之志，有死无生。他似乎看到一个血红色的魂魄笼罩在其上，势如破竹地撕开战场上弥散的沙尘。天下所传的陷阵军吗？苍老的双目凝视着战场的中央，眼中那万骑的身影越来越近。世间，竟真有如此强军？

"将军，"一个亲兵慌张地走上来，"如何是好？"

魏无忌站起了身，手紧握在战车的栏杆上，眉头深皱："前军固守，后军绕行围剿。不过万余骑，陷入军阵中，弹指可灭！"

"是！"

帅旗摇动，二十万大军立刻有所变动，阵形扭转。顾楠算不得什么真正的将才，但是毕竟学了兵道这么多年，要是连这专门针对骑军的军阵都看不出来，就真是白学那些兵道了。她长矛一挥，运气吼道："冲转即走，绕行游击，勿要纠缠！"

"是！"骑军俯势猛冲，如同一阵狂风在战场中席卷而过。

"杀！"

"砰！"

一声闷响，两军生生撞在了一起。

【一百三十八】

"啊！"顾楠发出一声暴喝，双手握紧身前的长矛，黑哥默契地绷紧身子，死死地向对面的军阵冲撞上去。长矛横扫，落在军阵最前横立的盾上，一阵阵翻卷的气浪涌动，带着不可思议的巨力。随着怒喝声，半排举盾的士卒直接被那长矛挑飞而起，使得阵线打开了一个缺口，看得战阵中的魏无忌眼皮一跳。这番勇武，当真世所罕见。骑军无有犹豫，直接一头冲进军阵中，猛冲下的长矛撞在人身上非死即伤，没有盾线的数排步卒根本拦不下，一瞬间将那首阵杀了个对穿。没有停留厮杀，直接纵马绕去，绕开了密集的主力军，向着大军的边沿准备发动第二次冲锋。

"猖狂！！"一个将领模样的人从大军中冲了出来，手中挥舞着长戟，对着顾楠的头猛地劈下。长戟几乎已经斩到顾楠的脖颈，那将领眼中露出几分兴奋的神色，在军斩将可是大功一件。随后只见身前的白袍将抬起了头，一双通红的眼睛落到了自己身上。那是种什么感觉他说不明白。那眼中杀意四溢，简直像被大荒凶蛮所视一般，浑身上下彻骨冰凉。那将领愣神片刻，随后一杆长矛就已经再无停留，从他的胸膛一穿而过，带着一片血肉纷飞。那将领呆滞地看向自己的胸口，随后身子就像破布一般被甩飞了出去。

顾楠压着身子，骑在黑哥上，白袍染血，一滴污红从她的面甲上滑下来，滴在嘴角："分阵而行！"身后的万人骑军瞬间分成了数支。骑军冲阵，非是人聚成众就可以的，万人同列，很可能造成误伤。众骑散开，分成各部，所有人都杀红了眼，一时间居然生生拖住了那整整二十万军。军阵中乱成一片，二十万大军机动不足，奈何那是万人骑军，又不纠缠死斗，绕在大军之侧，已经破开了数个队列。

魏无忌冷哼，伸手提过身旁的长戟。

"将军？"亲兵看着魏无忌走到战车边，翻身跳上了战车一旁的战马。

"我亲自去。"魏无忌淡声说道，老目浑浊，催马向万军中来回自如的骑军而去。此军不灭会成大患，此次就要将他们埋于此处。

顾楠挑飞一个士卒，突然间一杆长戟刺出，横刺向她的胸腹。当！！一声巨响，一阵阵气浪席卷开去，四周的士兵几乎被震聋了耳朵，头脑嗡嗡作响，不能近前。顾楠手中的长矛颤个不停，凝重地看向长戟挥来的方向。刚才那一下，她猝不及防，长矛差点被打得脱手飞出。这是她几乎从未遇到过的情况。眼前来的人是一个须发半白的老将，穿着一身黑甲，骑在战马上，两手握着手中的铜戟，眼神赞赏地看着顾楠。

"我看你年纪不过三十，如此年纪能有这般谋勇气魄，当是少年英才，可惜了。"老迈的眼中迸射出一股浓重的杀意，"老夫魏无忌，年轻人，认识一下？"

"不用了。至于可惜，我这身子骨，应该还要比你这老骨头硬朗许多！谁可惜谁还不知道呢！"顾楠深吸了一口气，长矛架于身前，"来！"

"好！"魏无忌举起了手中的长戟，气息悠长，衣袍无风自动。

当！！矛戟交锋，震颤的声音数百米之外都震耳，士卒纷纷散去，顾楠身后的陷阵军也被她挥退。两股不同气势悬于战阵上，压在所有人的心头。顾楠感受着长矛上的巨力，胸中战意熊熊，长矛上盘旋出一股如龙的气旋。同一时间，魏无忌手中的戟刃也涌上了浑厚的内劲。几下重击，空中发出震颤声。两人穿身而过，同时扭身刺向对方，又是一击，随后各自退到两旁。顾楠的虎口崩裂，鲜血顺着长矛流下，黑哥的腿肚子打着战。魏无忌的脸上气血涌动，嘴巴微微一张，溢出一道鲜血："还真是小看你了啊，年轻人。"

"嗤……"顾楠咧开嘴角，从嘴中啐出一口鲜血。激烈的内息冲撞使得她浑身上下都阵阵刺痛。眼前模糊，她仿佛看到了当年白起给她的那碗豆饭，看到了白起将她收入门下，看到了自己随军而行，看到了白起跪在天边，向浩荡长空自刎谢罪。我可是杀神的弟子，不能让那老货觉得丢脸了！手上的青筋暴起，长矛夹杂着一往无前的凌厉气势，宛若流光越隙。

当真骁勇善战。如此少年才俊，如此锋锐强军，还有那秦国代代果决的君王。魏无忌复杂地看着眼前的浴血领将，想起自己的魏王兄对自己的提防和杀意，目光疲乏。当真是上天眷顾那秦国吗？那又如何！魏无忌的眼神重新聚焦在顾楠身上，天下覆则家国倾。我魏无忌既在一日，就无秦军入魏之时！长戟探出，一戟一矛再次相撞在一起，锐意无双。

【一百三十九】

"嘶！！"黑哥发出一声嘶吼，踩踏着烟尘，顾楠的长矛撕开风沙，盘卷的劲风笼在矛上，直直地向魏无忌袭去。人马如龙。当！！长戟撞在长矛上，一股巨力将那毫无避意的长矛击开。勇力有余，巧劲不足，果然尚年轻啊。魏无忌耷拉着的老目中闪过一抹厉色，双手猛地绷起，长戟甩动——留你不得！

随着一声巨响，狂风骤起，风沙流卷，地面被卷风犁出了一条沟壑。没待顾楠反应，那长戟已经挥至她面前。刺啦一声，长矛扭曲，在空气中发出一阵刺耳的摩擦声，最后居然硬生生在长戟击中前，挡在了顾楠身侧，当！"哼！！"黑哥惨呼一声，向侧面退了两步，随后凶戾的目光落到魏无忌的身上，四蹄一撑，强行撑住了魏无忌的全力一击。魏无忌感受到黑哥的目光，顺眼看去，那黑马带着刀疤的眼睛里布着血丝，马嘴边已经溢出了白沫，但依旧死死撑着未退半步。马如其主，皆是宁折不弯之辈吗？

刺刺刺，长戟卡在矛上，两把兵刃都已经出现了肉眼可见的弯曲，顾楠的长矛甚至开始出现裂纹。顾楠架着长矛，胸口被震得发闷，吃力地看向眼前的老将——都已经一把老骨头了，居然还能有这么大的蛮力，开玩笑吧？魏无忌……脑海里浮现出了这个人的名字。魏国后期少有的天下名将，战国四公子之一，以义勇和强军闻名天下。天下名将，果然不负盛名。顾楠的眼睛扫向远处，陷阵军和城防军终不是善于马战的骑军，虽然开始时借着联军长途奔袭的疲倦打了对方一个措手不及，但是如今联军已经反应过来，阵形开始井然有序，同时数支精锐的士卒加入战阵。不过万人的骑军瞬间陷入苦战，已经有数队被淹没在人海中，还真是……顾楠的双眼落回到魏无忌的身上，眼中泛着森森的凶戾，要拼上性命了……

魏无忌看着眼前白袍将那隐藏在凶兽面甲后的眼神，一双凶眼眯了起来，淡淡地说道："年轻人，杀气太重可是伤身的。"

"老家伙，你都这把年纪了，应该是在家养老才是吧？"

咔，那夹在戟下的长矛一转，架开了戟刃，使得魏无忌握着长戟的手一空，戟划向了一边。长矛没有停留，一瞬间寒芒点点，已经落向魏无忌身上的所有死穴，只要中上一记就是必死。学得倒快。魏无忌在这万般凶险下，脸上居然浮现出了一丝赞赏，冷哼一声，长戟撤回。当当当，长戟与长矛绞成了一团，一旁的士兵根本看不清招式，只能听到耳畔一阵阵的铮鸣，让人肝胆震颤。一个将领站在人群中，看着阵中交战的两人，屏息凝神，从背上解下一张长弓，抽出两支箭，拉开了弓弦。箭矢的箭头转过一抹光华，将领的右眼微合，箭头对准了那个穿着白袍的身影。随着一声呼啸，两支箭矢凝聚着强烈的锐气离弦飞驰，化作一对白光，尖啸着穿过战场的中心。

当！长矛与长戟分开片刻，顾楠却突然觉得心头一震，侧目看去，两支飞矢如同两道流光一般射来。锵！万急之际，无格出鞘，左手使剑却没有半点迟缓，一剑斩出，将一道白光斩断在了半空中，但是另一根箭矢射中顾楠的左肩，鲜血染红了白色的衣甲。魏无忌没有迟疑，戟刃在下一刻就已经探到顾楠的喉咙。看到如同人屠的白袍将中箭，一旁的士卒也再无犹豫，一同大吼了一声，冲上前来，将手中的长矛向那人刺出。

"黑哥！"顾楠的长矛一甩，卷飞了一旁已经刺来的长矛。"哼！"黑哥的鼻间呼出一道热气，四蹄蹬出，踩着乱尘，绕开魏无忌的攻势，向士卒围得最少的一处冲去。长矛刺来的前一刻，黑哥带着顾楠飞身跃起，一蹄踏在一个士卒身上，高高跃起，穿过人群。即使如此，还是有一根长矛刺中了黑哥。长矛在黑哥的腿上划开一道口子，血顺着那黑色的皮毛流下。黑哥落在地上，吃痛地颠簸了一下，但立刻平稳下来，咧开嘴似抱怨了一阵，带着顾楠稳稳地停在一旁与众军对视着。

"呼——呼——"顾楠骑在黑哥的背上喘息了一会儿，然后长长地吐出一口气，额前的头发垂着，头发后的眼睛抬起，凝视着魏无忌和一众士卒。长矛慢慢指向前方，无格横握在身旁。如今不过才开始交战，蒙骜的军队并未撤出多远，还不能败。顾楠扯紧缰绳，人马呼啸，又向众军冲杀而去。秦岭之前，那刀兵之声，那叫杀声，将山中的林兽惊得乱窜，远处的林间传来不知道是什么的叫声。或许有那么几只乌鸦扑棱着翅膀，飞落在战阵上的一棵老树的枝头上，侧着脑袋打量着那倒了一地分不清谁是谁的尸体。残存的骑军只剩不过三千余骑，提着滴血的戈矛被逼得聚在一起。顾楠支着身体坐在黑哥的背上默不作声，身上铠甲破碎，数道伤口上血肉翻卷；肩甲里陷着一支箭镞，已经不流血了，上面凝着一层血污；身后的披肩被斩去了一半，面甲破开了一半，血污流在脸上红黑一片。四周都是立盾架戈的敌卒，寒光凛冽的刃口向中间立着。数个时辰，这支骑军已经杀了数千士卒，没有人敢轻易上前。

"对面那将，"魏无忌摸着自己的胡须，咳嗽一声，胸前的甲已经碎开，头发凌乱，脸上也是苍白，"你还想打下去？"

"喀。"顾楠咳出一口血，颓败地骑在马上，身上的戾气却无丝毫减少，包括她的身后，三千骑军那股摄人心魄的戾气犹在，"一生能有一次，搭上自己的性命放手一搏，不痛快吗？"顾楠的眼睛向后看去，看向那三千黑骑。

"痛快吗？"

"喀，呵呵呵呵。"黑骑中传来一片无力的笑声。跟了这么个领将只能算倒了大霉，但是痛快，着实是痛快！大丈夫生而当世，合该如此。

"而且，"顾楠盯着魏无忌，"我等还不准备在此埋骨。"

魏无忌的双眼一睁，似乎猜到了顾楠的意图，伸手一挥："众军围住！"同时，他纵马上前，长戟举起又重重地落下。顾楠的长矛刺出，两刃交锋，长矛终究是再也撑不住，那道裂缝脆响了一声，崩断开来。半截矛刃翻卷着飞上半空，最后直直地刺落在一旁的沙地里。魏无忌还待继续，可顾楠已经掉转马头，三千骑军也轰然发动。数千人向围军冲去，冲在前列的人马被围军的长矛刺穿，但是那股冲势已经停不下来。军阵中人仰马翻，却是生生冲出了一条路。千骑冲出，绝尘而去。魏无忌站在原地，看着那远去的骑军，一个副将冲了过来，站在一旁问道："将军，追吗？"沉默了半晌，魏无忌叹了口气："罢了，如今军势疲乏，难堪再追。前处已经是秦军地界，再追恐有埋伏，且先驻营休整吧。"

【一百四十】

  函谷关，之所以叫这个名字，是因为此关陷于山谷，深险如函。南面是千里秦岭，北方就是滔滔黄河，于山河中横立，是当世少见的雄关。月朗星稀，天黑得看不清山路，却有那么一个人迎着冷风站在城头。城墙的檐下，蒙骜站在关头，握着一柄森寒的长剑，长剑出鞘在外，剑尖立在地上。蒙骜眉头皱着，一双眼睛低垂，看着幽长山谷中的狭路，似乎是想在那狭路的尽头看到什么，不过那地方只有那么几丛野草在黑漆漆的夜里摇晃着，其他什么都没有。大军加急行军半日，终究是在入夜前赶到了函谷关。军队入城后，蒙骜就一直站在这里，却再也没有看到那白甲黑军。身后传来脚步声，还有衣甲磕碰的声音，蒙骜没回头看，只是听声音，就知道来的是谁。

  蒙武手里捧着一条毛皮，盖在了蒙骜的身上："父亲，还是早些休息吧。"

  "老夫的身子骨还没有差到这个程度。"蒙骜静静地说道。

  "恬儿呢？"

  "闹个不停，被我打昏了。"

  蒙武不作声地站在蒙骜身边，看向那条山路，过了一会儿，出声说道："我查过了，城中的马匹被征用了大半，就连运物的驽马都没有放过。"

  "呵，我说她哪来的一万骑。"蒙骜轻笑了一声，"这种事也就她做得出来，带着一万不善骑术的防军还有步卒去攻阵。"

  关上的秦旗在风中作响，蒙武回过头，看向蒙骜："父亲，你知道顾将军不太可能回得来。这般的事情，就是说九死一生，也是命大了。"

  "本该死战的，是我们。"蒙骜说了一句，轻弓着背，垂着肩站着。蒙武不知道该怎么接，扯嘴苦笑，面色挣扎。"顾将军为了秦王大局，将我等救回，我等能做的，就该为棋子，为秦王的大局出力，此时还未到颓靡之际。"紧攥着的手让他看起来并没有那么冷静。蒙骜伸出一只手，轻轻地搭在了蒙武的肩上，拍了拍。"你懂得顾全大局，为父很欣慰。"蒙骜走到关前，两手撑在城墙上，眺望着关隘下如同剪影一般的河山，目光飘忽间好像看到了什么。"呵，老夫和那白老头早年就认识。当年征战在外的时候，我们好站在城墙上看着雄美山河。我是事事不如他的，兵道远略，志谋宏图。你这不孝子，当年不也是只想着拜他为师？"蒙武看着蒙骜的样子，张开嘴，话到嘴边，又说不出什么。"哈，不过他终是活得未有我长久。他那般妖人，自有天收。"蒙骜说着，笑了起来，笑声里尽是惘然，渐渐淡去，只留下一身颓然。"那丫头和他真的很像啊……那般的人，只有天收，不会死在此处。"

"父亲。"蒙武还想劝蒙骜顾全大局，保重身子，蒙骜却抬起了手，打断了他："我老了，这一次且让老夫像个老头子一般做事吧。做个领将，端着放不下，着实累人。"

山岭间传来马蹄的声音，顾楠他们逃了一路，见五国之军没有再追上来，才慢慢停下来。夜里看不清山路，马匹在这地方容易失足，所以就先停下来，打算在此过夜。众人捡了几堆枯木，点起篝火。山林间，这种东西是最多的，幸好前几天的雪化得快，不然这时候，恐是连火都点不起来。火光暖人，驱散了一身的冷意，却是没有让人心头的疲倦和冷意散开一点。一万人来，只有三千左右的人离开，七千人永远不作声地躺在了那里，尸骨收不回来，只能放在原野上成为野兽的口粮。顾楠正静静地坐在篝火前。

"将军。"一个陷阵士兵走到她身边，微微鞠躬。

"计好了？"顾楠的声音有些沙哑，看着火堆问道。

"是，守城军损军六千余人，陷阵军战死六百余人。"

损军近七成。守城军本就是步卒，陷阵军也是，不善骑战，能骑马已经是经过筛选了，他们临时调用的马也多不是战马。函谷中的军备不少，但是战马一时间也只有数千匹，剩下的数千匹用的是运送粮草的马。

没有全死在军阵中已经是万幸了。顾楠点了点头，没多说话，看了一眼那陷阵士兵："去休息吧。"

陷阵士兵看着将军疲乏的样子，低下头："将军也早些休息。"

"多话。"顾楠扯出一个微笑，摆了摆手。陷阵士兵抓了抓头发，退了下去。

篝火边的火光暖和，顾楠恍惚地看着火光，眼前模糊了一下，猜是流了太多血，已经开始神志不清了。她忽然感觉自己的肩上一阵痛，低头看去，肩上那箭矢还刺在肉里，本来已经冻住的血此时又化了开来，流个不停。她抿了一下嘴巴，伸手握住箭，脸上吃痛绷紧，用力将箭拔了下来。

【一百四十一】

带着血的箭头被扔在地上，顾楠在衣袍上找了一处勉强干净的地方撕了下来，缠在伤口上。顾楠看向站在一旁的黑哥，拿着剩下的布条走到它身边。它的后腿上一道十余厘米长的伤口还在滴着血，顾楠在黑哥嫌麻烦的眼神中帮它把伤口包上了。站在黑哥旁边，顾楠轻搂着它的脖子，额头在它的鬃毛上摩擦一下，轻声说道："这次还是谢了，呵呵，跟着我这般的人，还真是没个安稳日子。"黑哥的脖子不自在地仰了仰，似乎是要躲开顾楠，感觉到顾楠靠在它的身上，才不再动，噘着嘴巴，哼了一声。

营火旁，守城军的一个年轻士卒向火里添了柴火，又从自己的口袋里拿出干粮掰成两半，放到嘴里嚼着。这种东西，要是没有水，冬天的时候，冻得和石头一样硬。咔咔咔。一个身穿黑甲的士兵坐到他身边，他挪了一个位子，嚼着干粮，看着黑甲军笑着说道："你们成天背这么一身盔铠，不重吗？"陷阵军的士兵从头上摘下头盔，戴在脸上的半兽面具一齐被摘了下来，露出一张普通中年人的面庞，他翻了个白眼："重，不仅重，还闷得发慌。"两人都笑了，又各自沉默下来。陷阵军士兵从怀里拿出一块干粮放到嘴里嚼着。"谢谢。"守城军的士卒突然说道。陷阵军士兵有些疑惑地看了他一眼："作何？"

"大军杀出来那会儿，若不是你们冲在前面破阵，我们杀不出来，也逃不掉。"守城军的士卒摇着头，笑着感慨，"从来都是我们为精锐挡刀，从没见过你们这般给我们挡刀的。说真的，你们是真威风！"

"用不着谢，我们是陷阵，陷阵的意思明白不？我们不冲在前面，谁冲在前面？"陷阵军士兵咧着嘴看了眼年轻的守城军士兵，回过头，从腰间解下一个水壶，放到嘴边喝了一口，转手递给一旁年轻的守城军士兵。他低头看了一眼水壶，笑了一下，接了过来："谢了。"

陷阵军士兵沉默了一下。

"我家小子没死的话，也该有你这般大了。"

"喂，你这便宜占大了啊，要做我老子？"守城军士兵打趣地说道。两人笑出了声，又向火堆中扔了一根木头。"等打完这仗，若我活着，我要入你们陷阵军。"守城军看着火焰，目光灼灼。陷阵军笑着默默地看着守城军年轻的模样，摸着下巴上的胡楂，靠在一旁的树干上。"我劝你，断了这个念头，想点别的。陷阵，不是你这样的人待的地方。"他们都是从死囚营里捞出来的人，像这少年这般的良人，不该和他们一般。"为何？"守城军少年有些不解。陷阵军叹了口气，将剩下的干粮塞进嘴里，闭上了眼睛。"打胜了仗，就回家去，何必在这离乱的地方摸爬滚打，死的时候也不知道死在哪儿。"

夜风吹着山上的枯草，是安静的。

东方吐白，蒙骜依旧站在关口上，一旁，蒙武也站着没动。突然，远处的山径尽头，一队骑军慢慢走了出来，衣甲染血，破败不堪，身下的马走路都显得有些颠簸。不过只有三千余骑，领在军前的将军骑在一匹黑马的背上，身上穿着的袍子是染着血的。

"呵呵呵。"蒙骜神情一松，面色涨红，笑得压抑，随后放声大笑了起来，"哈哈哈哈。"站在他身后的蒙武搓了一下鼻子，咂巴着嘴巴，勾着嘴笑着。蒙骜的大手抬起，高喝道："开城门！"

蒙武挥手一振："是！"他转身对守城的士卒吼道："开城门！！"

咔！沉重的城门缓缓打开，三千残军背着日光走来，城中却是旗帜飘扬，像是在迎接凯旋之军。三千骑走进城中，列在道路两旁的是两列蒙军士兵，面色肃穆，衣甲端正，高举着手中的长戈，横开于道路两旁。他们都明白，没有这支军，他们可能都回不来。这支军用命换他们的命。他们能做的不多，唯一能做的，就是以最高的敬意，表达着自己的感谢。骑兵走在道路的中央，一个守城军士兵缩了缩脖子，凑到身前的一个陷阵军士兵旁说道："我这辈子都没见过这样的阵仗。"

陷阵军士兵苦笑了一下，侧过脖子："我也没见过……"

也许只有在军中，他们才能被当作英雄迎接吧。

顾楠从黑哥的背上跳了下来，向着军阵尽头正走上来的蒙骜、蒙武走去，走到一半，只觉得腿下一软，一直紧绷的身体再也支撑不住，摔在地上。

这下人丢大了啊。视线模糊，顾楠的脑海中闪过最后一个念头，随即双眼合上，昏死过去。

【一百四十二】

"呃。"营房里，躺在床上的一个人轻哼一声。那人穿着一身带着血污的衣甲，似乎是被那血腥味扰醒，然后皱了皱眉头，睁开了眼睛，愣愣地凝视着头顶的天花板，半晌，开口淡淡说道："这，该是还活着吧……"顾楠感觉全身就像散架了一般，浑身无力，身上的数道伤口隐隐作痛，左肩更是用不上一点力气，头上的头盔还没有被摘掉，半副面甲覆在脸上，带着点冰凉的感觉。脸上像僵住了一样，似是有什么东西凝固在上面，她伸手摸了摸，才发现是血未被擦去。穿着衣甲倒在床榻上硌得慌，而且这身衣甲上还尽是些血污，难闻得很。她从床上勉力将身子支起来，头还是嗡嗡作响，该是昏了一段时间，视线还有些模糊。她四下看了看，估计自己应该是在军中的营房里。

回想起自己晕过去前走进了函谷关，她长长地出了口气，倚靠在床榻上，呆呆地看着地面。"呵。"她傻笑了一下，扶着脑袋。我这般的人，居然也会做出那种热血上头的事。算了,顾楠淡笑着摇了摇头,也不赖。看了看身上的模样,想来自己该是还没有昏过去多久,军中也找不到方便处理的人,才只能先将她送回营房休息。

"老夫已经看过将军了,脉象虽有些无力,但还算平和,该是力竭气虚才致昏迷,休息一时就会醒来。身上的伤口用这药草磨粉涂抹,多多休养,一月左右就可痊愈,还请将军放心。"门外传来声音,听着像是一个老人,随后一个声音说道:"如此,谢过先生了。"

"欸,应尽之事而已。"声音没了,该是已经说完了事情。一阵脚步声,两个人走进营房,是蒙骜还有他身后跟着的蒙武。蒙骜走进营帐,看到顾楠坐在那儿,先是一愣,随后抖了抖胡子,笑着和一边脸色沉重的蒙武说道:"那老先生还真是厉害,说醒来,这便醒来了。"蒙武看到顾楠坐在那儿,沉重的脸色才好一些,陪着蒙骜走了上来。

"蒙将军。"顾楠拱了拱手,算是打过了招呼。说实话,她现在连抬手都要费上不少力气,是行不得什么大礼了。蒙骜摆了一下手,轻笑着说道:"你这丫头的身子倒是结实,这般伤势,这就坐起来了?"

"结实?"顾楠揉了揉自己的胳膊,苦笑道,"我是快散架了。"

"哈哈哈。"蒙骜伸出手似正要拍向顾楠的肩头,又停在半空,想到顾楠的肩上还有箭伤,讪讪地收了回来,深深地看着顾楠,"这次,当真是谢过你了。"蒙骜没在场,不知道顾楠等人经历了怎样的局面,但是每个人身上的伤痕,还有那些没有回来的人,都在向他诉说这场断后之战的险境。

"啊……"顾楠抬着眉头,突然想起刚才门口的那个声音,笑了一下,"应尽之事罢了。"

"不,"蒙骜脸上的笑容收了起来,认真地站在顾楠面前,"老夫有愧。"

这战本不必要,是他大意的结果。

营房中的气氛有些压抑。

顾楠突然说道:"如此,不若答应我一件事。"

"何事?"

"守住这函谷关,破了那五国之军,莫让那万千人白死了,大将。"说着,她抬起头抿了抿苍白的嘴唇,笑着。蒙骜看着眼前狼狈的人,脸上半边血红,两眼一闭,随后慢慢睁开:"这般事,不需要你这丫头多讲,老夫身为主将,自会做到。"

"喏,"顾楠伸出一只拳头举到半空,"说到做到啊。"

老将看着这个动作愣了一下,接着,反应过来,学着顾楠的样子,伸出一只拳头，和顾楠的撞了一下："说到做到！"

"咝，"顾楠吸了口冷气，按着自己的肩膀，"别这么用力啊。"

"啊？哈哈哈。"

顾楠该是昏了大半日，到此时已经是晚间。营房中蒸腾着热气，中间放着一个大木桶，木桶里是烧热了的水——蒙骜特地让士兵准备的。毕竟顾楠这一身血污也不能就这么放着。虽然这算是滥用私权，但是怎么说呢，特殊情况特殊对待嘛。顾楠站在木桶边，摘下头盔放在一旁，目光落在木桶旁，那儿放着一件干净的白色衣衫。顾楠抓了抓头发，他们还真是有心啊，特地找了一件白色的。她摇了摇头，解去身上的衣甲，坐进桶里。身上凝固在一起的血痂被温水化开，痛得顾楠一阵龇牙咧嘴，好歹是忍了过去。清水随着血在其中散开，变成了淡淡的红色。顾楠简单地擦洗一下，无意间看到自己水下的身子，愣愣地出神，然后脸色微红地仰起了头，捏了捏自己的鼻子。呼，真是一副折腾人的模样。这么看着，别到时候身子骨还没好，就给我亏空了。

【一百四十三】

水汽弥漫在房间里，顾楠懒散地坐在桶里，痛意渐去，剩下的就是一身疲倦。她眯着眼睛，两手搭在木通边仰靠着，长长地出了一口气，任由身体浸在温水中。等到水快凉了，顾楠才走出来，擦干身上的水迹，将蒙骜给她的药擦在伤口上，绑好布条，穿上了衣服。只是一身白色衣物，显得有些单薄。坐在床边，除了左肩还不怎么能动外，他处没有那么痛了。她将一条长布盖在自己湿漉漉的头发上搓着。头发长还真是一件比较麻烦的事情，每次洗完都不太容易弄干。

咚咚咚，门外传来了一阵敲门的声音，顾楠坐在床榻上疑惑地看过去，问道："何事？"她声音低微，但是经过内息的传递，声音还是清楚地传到了门外。

一个士兵回答道："将军，蒙小将拜访。"

蒙小将，蒙恬？顾楠诧异。想到这个难办的小子，她有些郁闷："让他进来吧。"

"是。"

一个小将迈着步子走进了营房。蒙恬低垂着眼睛，似乎心事重重，不过那脚下的步子比平常稳重了不少，不再是一副跳脱的模样。

"你来我这儿做什么？"顾楠将擦头发的长布挂在了脖子上，倚坐在那儿。

蒙恬抬起了头，看到这个穿着白袍的俊人，眼中微微失神。顾楠笑了一下："怎么，又是从你父亲那儿偷跑出来的？"回过神来，蒙恬默不作声地看着地上，突然跪了下来："请先生教我，强军之策。"

从战场上逃回来，蒙恬就一直深陷在自责中。两万余同袍在他面前如猪狗般被宰杀，他却无能为力。大军在后，还是因为他人拼死断后，他才得以逃得一命。人在少年，本该是心高气傲之时，可是此时他只觉得自己在这百十万人中什么都做不了。其实，本就该是什么都改变不了。他非是一军领将，亦非是掌军之人，一人之力本就什么都做不了。顾楠这才发现蒙恬和平常不同。不是平常那份不安定的少年模样，相反地，有种不该是这个年纪的消沉。她放在身边的手一下一下地敲着。"强军之策啊。"顾楠的手搭在了自己的脖子上，揉了揉，"我教不了你。"

"顾将军。"蒙恬还待说什么，顾楠没让他说下去。废话，要是知道强军之策，她还会重伤坐在这里？"我是真的教不了你。"顾楠看着低着头的蒙恬，从床榻上走了下来，走到他面前，"你要学的东西都在战事中，时间久了，你自然就会知道。"如何知道，顾楠也说不明白，只知道这地方，总能把你该知道的教给你。

"战事。"蒙恬迷茫地看向顾楠。当日兵败的时候，爷爷用人命突围，说这是战事。败逃之时，大军撤离，独留顾将军的万骑断后，父亲说这是战事。如今，顾将军又说，自己该学的是这战事。这战事，到底是什么？

"起来吧。"顾楠拉起了蒙恬，看着这小孩想不明白的样子，撇着嘴巴，拍了拍他的脸颊，"想不明白就别想了。回去睡觉，还是留宿我这儿？"

留、留宿……蒙恬感觉到那冰凉的手掌拍在自己脸上，脸色一红："那、那我先回去了。"说完，他从营房里逃了出去，弄得顾楠面色怪异地站在原地笑了一下。这小子怎么奇奇怪怪的？

魏无忌背着手站在营地中，关外的清月高悬，秦军入关……一双老目昏沉，却带着一种说不明白的意味，他总觉得秦军另有打算。如今入秦境以来，一切都太过顺利了些，他总觉得如同置身其中一般。何处曾有疏忽不成？周国？此时那里有秦国在外的最后一军，而且那军的位置正好在他们的后路，不该。攻周据称是那吕不韦所领，没有听过此人，不过攻周一城，万兵足矣。这万兵在外，应无大碍才是。魏无忌的眉头皱起，但若是那秦王早已做好的手笔呢？如此，这代的秦王恐怕不会是易与之辈，早在征伐之前，就将六国算计其中。听闻此代秦王不过刚刚即位，会做至如此地步吗？眼睛闭了起来，魏无忌转身离开。罢了,无论如何,此时是破秦的最好时机,不可错失。周国那军,可分一军守备。这也是老夫此生的最后一仗了吧,无论如何都该打得漂亮一些。

周城。吕不韦坐在自己的榻上,面前放着一简令书,沉思了一会儿,问道:"大王如何吩咐?"那人隐于角落里:"大王的意思,请吕先生领军出周,封关破敌。"

"嗯,"吕不韦点了点头,"我明白了。"那道黑影退去,只留下吕不韦一人还坐在堂中。要那五国之军为这乱世殉葬吗?他目光闪烁,将面前的竹简卷了起来。王权,还真是这天下最可怕的东西。嬴子楚,这个天下,都小看了你。

【一百四十四】

五国之军是第二天到的,看不到尽头的军伍排列在山径中,抵在函谷关前。魏无忌并没有直接进攻,不知道为何,只是停留在关前,未有深入,就像在试探着什么一般。两军对峙的气氛,就像一块巨石压在人们的心头,让人有些喘不过气来。联军阵中,魏无忌端坐在营帐中,两旁点着烛火,将帐内照亮,座下还有三人,皆是将领模样。帐中的人似乎还没有齐,四人都静坐着,没人说话,似乎在等那未到的人来。魏无忌自顾自地翻看着手中的竹简,脸上并无任何表情,就像往常一般。座下的三人虽没有说话,但是表情各异,心怀各念,只不过都压着没有表示。约莫半刻钟,人还不到,终究是有人坐不住了。

"楚将还未到?"其中一人问道,语气里颇有他意。

啪,另一人伸手拍在了桌案上,使得桌案上摆着的器具一阵震动:"楚国好大的架子,还要我等等他们到几时?"

"勿将军,莫要动怒,此时时候还未到,我等且再等等吧。"坐在右边的一个看起来有几分儒雅的将军站出来做了和事佬,安抚着叫作勿的将领的怒气。帐外传来了一阵响动,一个将领掀开帐帘走进来,看到在座的三人,眼神又落到魏无忌身上,微微躬身。"军中有事,且迟了些,诸位勿怪。"说完,在众人的眼神中不动声色地坐了下来。魏无忌从头至尾一言未发,坐在座上,却是把帐中四人的神色和所为全看在了眼里——一人阴阳怪气,挑拨离间;一人形于声色,心急气躁;一人和颜轻淡,眼里却是阴鸷;一人沉静少言,全不顾及旁人。他默默卷起手中的竹简,爽然若失。众人各怀鬼胎,如此军中,此战无恙尚好,若有轻变,军势必乱。

他摇了摇头,无奈地将竹简放在桌案的一边,抬起眼睛,开口道:"诸位。"

帐下的四人不再相视,齐齐看向魏无忌。只论军中所部,魏无忌终究是此战的上将军,行令所指,以他为准。帐中没有声音,魏无忌摸着胡子:"此番召集诸位,想必诸位心中都有所想。函谷关陷于山谷之中,道路奇狭,大军难行,行阵所列须有布局。我虽为上将,但轻易安排,担心诸位心有所想,此次就请诸位一同商议。"

众人相互打量了一番,每个人神色各异,看似只是一个行阵所列的安排,但是此番安排影响到的是日后的战况。函谷关素有雄关之名,自然不是那么容易攻破的,行军安排,前军必然是率先攻阵的军士,面对的也必然是秦军最强的抵抗。相反,后军只需等待秦军与前军征战力竭,上前破阵即可。众人是联军没错,但是终究来自各国,只是援军而已。之前协助魏军退秦,那是退敌战,胜了是道义,而且是以众击寡,必胜之局,众人打得自然配合。如今不同,如今攻入秦国,这就是攻侵战,胜了是利益。谁杀的,谁破的,攻侵所得如何分配,各自军中出力多少,会有怎样的损失。很显然,每个人都想在这次攻侵中以最小的损失得到最大的利益。

其中一个将领抬起手:"赵国自胡服骑射以来皆擅骑射游击,加上长平之战后,我军被那暴秦肆虐,如今尚未有力。攻城一事,我赵军只能是心有余而力不足了。"之前那个随和地劝着勿将军的赵将第一个说话,表情带着无奈,说完还失落地叹了口气。众人看在眼里,心中鄙夷,但是也说不得什么。赵军如今确实不适合做那前军,合情合理。

"我韩军先前遭秦攻侵,连遭攻破,韩王听闻公子无忌所求,匆忙纠聚众士来援。虽然亦有万人,奈何匆忙,未有强战之力,还望将军体谅。"韩将坐在右下座,说话没了之前的怪气,颇有些诚恳的意思。

"喊,你们是真当旁人不知道,若不是你韩国让于秦成皋、荥阳,秦锋所指何处还未定吧?"叫勿的将领冷哼了一声,看着韩将说道。他虽然脾气暴躁,但不代表他不明事理。

该如何是如何,他看得清楚。

"你!"韩将的脸色一阵红一阵白,指着勿说不出话来。

"我怎么?"

眼看着韩将和燕国的勿要吵起来,最后到的楚将出声打断了他们。"将军,"楚将看着魏无忌,淡淡地说道,"可曾觉得入秦以来秦军皆在不战而避,似有所保留?"

"嗯?"魏无忌皱起了眉头,眼睛第一次从自己的桌子上移开,看向了楚国的将领。有点意思……

"秦军如今尚有一军在外。"楚将说着,环顾四周。"先前灭周之军,无论此军如何,终究是个祸患。"楚将说到这儿,淡淡行礼,"我军可以防此军来援。"除了魏无忌,在座的人脸上都不好看。他们还在相互推托之际,这楚国人已经给自己找了一块肉骨头,关键是这块肉骨头还确实必须有人去守着,他们一个没注意,便被这楚国人抢了先。众人都没有考虑这军能破楚军,毕竟这军在秦国攻韩之时就已经出了秦国,没人觉得秦王会考虑得如此久远。攻周之军,那军最多不过万人。

顾楠穿着一身丧白衣服,肩上搭着一块兽皮,莫名给人一种单薄的感觉。左手有些颤抖地想从桌案上拿起无格,尝试几次,始终拿不起来,顾楠叹了口气。这左肩的箭伤要好全想来是要很久了。那将领的一箭夹杂了内劲,几乎将她的左肩射了个对穿。其实应该说现在还能动弹,已经是她的身子诡异了。常人要是中了这箭,莫说该是在床上躺小半月不能乱动,还得留下个暗伤什么的。她的伤口被她这般折腾,恢复得倒是很好。头疼啊,顾楠放下了左手。

"顾将军,您还是莫要再乱动的好。"一个茶壶被放在了顾楠身边,蒙恬无奈地看着顾楠,"您该有个伤病的样子。"

【一百四十五】

蒙骜和蒙武在军中脱不开身,就让蒙恬在顾楠身侧听吩咐。如果顾楠需要什么,也好有个传话的。所以说啊,要是真想让我好好养伤,就别把这小子放我这儿啊,完全就是这两人自己不想看到这熊孩子所以才扔到我这儿的吧?自从上一次之后,蒙恬这小子稳重很多,但也只是态度上,嘴上依旧没能安个闩,抓着顾楠就问个没完。这小子确实颇有天赋,这才几岁,问出的有些问题,顾楠想要说个明白都有些麻烦。最后实在没办法,她就给了他几卷竹简,让他自己去看。这几卷顾楠都看过,该是对蒙恬的问题有些帮助,也省得她自己去讲。最重要的是让他的话也少了不少,这小子看书的时候还是安静的。看向一旁看着竹简低头沉思的蒙恬,顾楠眨了眨眼睛,应该庆幸出门的时候带了几卷竹简解闷吗?她侧过头看着摆在桌案上的之前的衣甲,上面的血迹有些斑驳;伸手拿起头盔,上面沾染着褐色的血迹;面甲破了一半,裂口处密布着裂缝,已经完全不能戴了啊。这套衣甲她穿了好多年,这次算是彻底坏了。看着这头盔,顾楠愣了一下,又摇了摇头,人老了还真的总会因为事物消退而莫名其妙地感慨啊。算一算,若是心理年纪,她也算是近四十岁的家伙了,快到中年危机的年纪了。

蒙恬抬起头，看到顾楠拿着头盔发呆，不知道她在想什么："顾将军？"

"嗯？"顾楠看着头盔，淡淡地应了一声。

"你在看什么？"

"我？"顾楠思考了一下，突然被自己逗笑了，开玩笑似的说道，"我在看我逝去的青春啊。"

她坐在小院的墙上看咸阳城的雪景，就像昨天才发生的一样，想起来才发现已经快十年了。蒙恬有些听不懂，只能低下头，继续看竹简。

五国之军开始进攻函谷是数天之后，等待他们的是秦军已经擦亮的长戈。被追打了一路，这口恶气，他们要尽数奉还。顾楠这一次没有再参战，只是站在后军遥遥地看着城头的纷乱、箭雨，还有不断从城头摔落的人。本该是一幅很让人震撼的场景，她却已经司空见惯了。她作为将领看得最习惯的恐怕就是这些让常人避之不及的征战了。蒙恬也没有入阵，蒙武没有让他去的意思，出乎意料的是他这次没有闹腾，安静地接受了蒙武的安排。蒙恬站在顾楠的身侧，看着函谷关上混杂在一起的士兵，捏着拳头。他明白自己如今冲上城头也什么都做不了，但是总有一天，他要秦国无人敢犯。

站在空地上，一阵风吹过让顾楠觉得有些凉，她拉了拉身上的披肩准备回营帐，见蒙恬还站在那里，没去叫他，自顾自地走回去，随便那小子自己站在那儿吹冷风。

虽然已经早有准备，但是函谷关的险要还是远远超出了五国之人的想象。没有数倍于秦军的兵力，秦军又稳扎稳打，如此强攻想要攻破函谷关绝非一朝一夕的事情。浮躁的军中气氛，使得本就不和的军队更加不稳定，领一国之军和领五国之军是完全不一样的。五国之人本来就因为相互攻侵多有嫌隙，如今只要一些小擦小碰就能引发骚乱，这几日更是时常能听到军营间相互诋毁的消息。如此下去，秦军未破，恐怕军中就会大乱。魏无忌跪坐在案前，闭着眼睛。这几日攻前阵的燕、韩两军已经大有怨言，相反，楚国一直以防范后敌为由，固守不出，对战事也是不闻不问。魏无忌苍老的脸上露出几分无力的神色——事不可为吗？如今想要一破秦军，即使联合五国之力，恐怕也很勉强。而且他心中那种不祥的预感越来越重，总觉得是有什么大事要发生了。他起了退军的念头。如今秦军已经退守函谷，魏国暂且不会再有侵扰之忧，可惜此战的进退已经不掌于他手了。两军交战多日，燕、韩两军在前和秦军交战损失最严重，若是此时退兵，他们作何想？又将魏国置于两国何处？他明白此次的五国之局是不可多得的机会，也明白这次是魏国重创秦国的唯一可能，但是如今军中各有所意，二十万大军真正能听他调遣的只有六万魏军，他已经是骑虎难下了。众国不明，只为己争，这天下，真的已成定局了？他不想承认，但也不得不承认，只以一国之力，已经没有任何一国能和秦军抗衡了。他叹了口气，闭上了眼睛。

　　两军战况愈加激烈。函谷关的长墙几乎被染成红色，五国的旗帜在山岭间林立，而在城上的黑色秦旗就仿佛凌驾于众军之上一般，遮掩着阳光。战事胶着的第十七日，一个士兵匆忙地跑进将帐，跪在魏无忌身前，结结巴巴地说着战况。大军之后，突然出现一支异军截断粮道，此时正在与楚军交战。那军约莫有十万人，楚军陷入苦战求援。魏无忌的脸色有些发白。来了吗？秦国的后手，居然真的是那周国，早在那时就已经做好了安排吗？好大的心思，真的将这众国都视为了囊中之物。前、后两军，若是军中稳定，众士齐同，他有一战的觉悟，未必会败，但此时军中已经有了大乱之相，分军为阵。他明白，此战已经是必败的了，如今他能做的也只有尽力保全魏国。

　　老将的声音疲乏："通知下去，魏为前阵，准备突围。"

　　军后出现十万秦军，这个消息在军中不胫而走，一时间军心动摇。第二日，楚军溃退，而函谷关中的秦军终于不再忍耐。在日光的照射下，秦军从函谷关中一拥而出，配合着后方的援军，前后攻入联军的阵中。魏无忌勒着马，高举长戟，看着从山径的尽头拥来的秦兵，挥下了戟刃。"突围！"联军向山径外杀去，杀了一日还是两日分不清楚，两眼糊上血看不清日月。不宽的山径被杀成一条血路，踩在上面能把脚底陷进去。联军最后还是杀了出去，二十万人来，留下十余万人，仓皇离开。

【一百四十六】

　　"王上。"宦官恭敬地呈上军简。嬴子楚坐在榻上嘴唇发白，拿过军简摊开，将上面的内容一字一句地看了个清楚："胜了吗？"

　　"喀喀。"

　　"如此。"嬴子楚抬起头看向殿外的长路，台阶被阳光照得发亮。他似乎被那光刺了眼，眯起了眼睛："这名为天下的棋局，看来最后是我赢了，是我嬴子楚——赢了！"

　　宦官抬起头，没有从王上脸上看到半点喜悦的样子，看到的只是淡淡的萧索。也许只有嬴子楚自己才明白，他为了赢这盘棋，已经输掉了一切。

秦王重病，这是顾楠回到咸阳城才知道的消息。秘卫出现在武安君府，说是秦王召见，让她午间再去。因为在她之前，秦王还召了一个人，吕不韦。

幽暗的寝殿中，四周没有一点光，吕不韦躬身走进殿中，床上坐着一个人，那人靠在床边，形容消瘦。即使如此，吕不韦依旧能感觉到那种让自己心惊的眼神落在自己身上。"王上。"吕不韦行礼。

"吕先生，"嬴子楚的声音显得很虚弱，但是很平淡，没有半点病痛之人的挣扎，"这次破五国之军，有劳吕先生了。"

"不敢。"吕不韦低着头，但听得出来，嬴子楚是真的已经病入膏肓了。

"呵，想来也没有几年了。"嬴子楚就像是在回忆一样，淡笑一声，说道，"当年吕先生在赵国遇到我，礼遇我，到后来为我游说，助我回秦，登此君位。此番恩情，子楚一直铭记在心。"说着，嬴子楚抬起一根手指晃了晃。"我是一直记得你第一次见我后和旁人说的那句话，你说我，奇货可居。"殿中安静一下，吕不韦眯起眼睛，手心微微出汗。他不知道，自己的这句话居然被嬴子楚听到了。他也知道，这句当年无关轻重的话，如今可为不敬。以货比王，以商自居，视王为何？囊中之物。"吕先生，不必心忧，子楚不是在怪罪先生。先生于我如同再造，所以先生所要的，子楚多不过问，就像先生与赵姬之事，子楚不会多问一般。"

赵姬……话说到这儿，吕不韦再也忍不住了，他的脸色发白，连忙俯身说道："大王……"他早该想到，他与嬴子楚的妻子赵姬通奸，嬴子楚会知道。但是他真的想不到，嬴子楚居然一直知道，只是没说。

"吕先生，喀喀。"嬴子楚淡笑着咳嗽两声，打断吕不韦，"子楚说了，并非怪罪先生，只是在提醒先生，莫要做过了才好。"吕不韦站在那儿，说不出话。第二次，他面对嬴子楚，被逼得无措。"先生招揽门庭，收家中私卫，平日作为，子楚多有了解。而且，"嬴子楚顿了一下，移开眼睛，"若是子楚愿意，上也能知晓先生安危。"

吕不韦的额头上滴下一滴冷汗，只感觉自己被眼前的人看了个精光，没半点秘密可言。很明显，他的身边已经安插了嬴子楚的暗子。

"先生对子楚大恩，子楚铭记于心，但若是先生有异，子楚会很为难。"嬴子楚眯着眼睛笑着。他不会杀了吕不韦，或许是念及旧情，但或许更应该说是吕不韦还有用。嬴子楚时日无多，若是病去，嬴政继位。嬴政年纪尚小，时局不稳，需要有一个人把握大局。吕不韦会是一个很好的选择，这点他可以信任。"我这病该是无治之法了。待我去后，我会把我的东西交给政儿，还需要先生照看一二。先生，你看如何？"交给嬴政什么，该是秦国，自然还有吕不韦的安危之权。嬴子楚把话说得很清楚,恩威并重——你只需要做该做的事,念在往日的恩情上,我可以放任你一些。但若是你所做出格,我也有办法要你性命。

吕不韦低下头,不动声色地应道:"臣,明白。"身后却是一片冰凉,见到嬴子楚摆手,缓缓退去。

吕不韦低着头走在寝宫的长廊上,两旁的光线照进有些昏暗的走廊,一片一片地照在他的脚边。他明白,如今自己虽然财权在手,但前路已经是万丈悬崖,行差踏错一步,就是必死之局。嗒嗒嗒,长廊的尽头传来了脚步声。这个时候,还有什么人?吕不韦抬起了头,看到一个人正从转角处走来,身上穿着一件白色的宽大袍子,头上绑着发髻,脸上戴着青铜面具,看不清模样。咸阳城中能做这副打扮的只有一个人——陷阵丧将。她已经回到咸阳了吗?两人都看到了对方,同一时间停下来,相隔着长廊对视着,又同时向前走去,直到擦肩而过。

"好久不见啊,吕先生。"

"是啊,好久不见。"

两人没有多言,各自向一端走开。这个时候,召集禁军吗?吕不韦背对着顾楠走去,眼神飘忽,想起了当年安国君嬴柱继位时的模样。清洗门庭吗?

【一百四十七】

大殿中的空气带着淡淡的药味,也许是太久没有通风了,沉闷得让人有些难受。几粒尘埃游荡在空气中,漫无目的地从窗间投进的光束中飞落,一股让人说不出来的压抑味道。嬴子楚坐在床榻上,本只有三十余岁的他看上去却像已经步入暮年。门边传来轻响,他抬起了头,看到那穿着白袍的人走了进来,露出淡笑:"你来了。"

顾楠行了一个武礼:"拜见王上。"

四下没有其他人,嬴子楚无力地抬起了手,摆了摆笑道:"免了。"

顾楠直起身,殿中沉默了一下。嬴子楚脸上的笑容有些无奈,也许明白两人终究是身份有别。突然顾楠默默走到窗边,伸手按在窗户上,将窗缓缓推开:"这么闷着,没病也该闷出病了,一股子草药味。"窗户被推开,外面的阳光落进来,照在人身上带着几分暖意,徐徐的淡风吹散了房里的灰尘和沉重的空气。嬴子楚看向站在窗边的人,无奈散去,神情松弛了下来,笑得舒缓:"喀喀,我也这般觉得,宫里的那些庸医都说不能见风,实在是把我闷得发慌。"

两人的目光都顺着窗外望去,望到的是看不到头的宫闱。顾楠回过身,半靠在窗边："不是说只是平常的病吗，怎么到了这个地步？"

"谁知道呢？"嬴子楚看似并不在意自己的身子，随意地靠在床边，淡笑着说道，眯着眼睛看窗中透进的阳光，似乎很惬意。

"呵，宫里的那些庸医怎么说？"

"时日无多。政儿年幼，我走后，还希望顾兄弟替我照看一番。"

"自然。"顾楠看着坐在那儿的嬴子楚，眼睛又移开，看向窗外，"我是政儿的先生嘛。"

"我欠政儿的很多。"嬴子楚突然轻轻地开口说道，像是在回忆着什么一样，倚靠在床边，仰着头。"当年若不是你，他恐怕已经死在了回秦国的路上，常年也少伴在他左右，也许我真的枉为人父吧。"说来可笑，他追逐半生的权位、功业，到最后，这大秦的江山，他没有多看一眼，放不下的却是人。两人一时无言。嬴子楚的目光落在顾楠身上，轻笑着说道："在这里，就别戴着你那面甲了吧，看着古怪。"

顾楠撇了一下嘴巴："先王的意思，禁军在宫，覆甲加面。"

"那，我现在是秦王，我让你现在摘了。"

对嬴子楚翻了一个白眼，不知道他在想些什么，顾楠无奈地点了点头："行，你是老大，听你的。"

冰凉的面甲被摘了下来，阳光照在窗边那人的侧脸上，微风轻拂着她的长发，一身白袍素雅，恍若谪仙。嬴子楚静静地看着，久久没有回过神来。感觉到嬴子楚的视线，顾楠抬了一下眉毛，疑惑地问道："你在看什么？"嬴子楚这才收回了目光，笑了笑："没什么。我只是在想，我这般的人，临死前还有你这样的挚友相伴，真是上苍眷顾。"

"顾先生，到你了。"嬴政将一枚棋子向前一推，吃掉顾楠一子，笑看着顾楠。

三四月份的时节，院中的树如同往年开满白花，点缀在嫩绿中。花瓣落在地上，风带过，白花纷纷被吹得散作一团，颇为好看。没了战事，顾楠又恢复了往常在咸阳城里的日子。早间在军中练阵，这一仗陷阵军折损了六百人，只能补回来。那些新兵刚进来，在老兵的折磨下哭天喊地。老兵都练得狠，因为明白现在的辛苦也许能在日后救命，他们不想这些刚进来的新兵早早死在战场上。

午间在公子府教书。她闲来无事，做了一套象棋，当然没有楚河汉界，炮也变成了抛（投石车）。在和李斯走过几局后，这货大呼妙哉，天天拉着顾楠要走上几把，惹得嬴政也凑上来，学会之后也加入了棋局。只能说，再这般下去，课业是要荒废了。

"我都说了几次了，目光要放得长远一些。"顾楠老神在在，移动自己的棋子吃掉嬴政的车，"不要因小失大。"说着她抬起手，屈起一根手指打在嬴政的额头上，笑眯眯地说道，"棋局是小，可你日后行事，若有一失，就是大了。"

"哎哟。"嬴政痛呼了一声，捂着脑袋抱怨着，"顾先生，我也不是小孩了，怎么还总是这般？"

一旁的李斯忍着没笑，低头看着桌案上的棋盘。方寸棋盘，却是将兵法进退之道融入其中，让下棋者深谙其中，每一局皆有所得，只能说不愧是顾先生吗？

"不小了吗？"顾楠比了比嬴政的个子，还不到她的脖子，"看不出来啊。"

嬴政撇了撇嘴巴，看向棋盘中，突然咧嘴一笑，拿起一子放下。"将军。"顾楠的自得僵在了脸上，看着棋盘，似乎还真的杀棋了。"顾先生，切记，不可因小失大啊。"嬴政笑着说道。

尴尬地摸了摸鼻子，顾楠红着脸说道："重新来过，重新来过。"她也通读了这么多年兵法，被一个才十一二岁的小孩杀棋，确实怪丢人的。

"不行。"嬴政笑着抬起一只手对着顾楠的额头，"我要打回来。"

"想都别想。"顾楠转身就跑。

"别跑！"嬴政追了上去。

李斯坐在位子上大笑："顾先生，跑得再快些，公子要追上了。"

"要你说！"

小院之外，嬴子楚神态颓然，穿着一身黑袍，肩上搭着一件厚重的披风，笑看着院中的打闹，咳嗽几声，转过身默默离开。一路走来，从朗朗少年到卑微质子，他弃了姓名、弃了至亲、弃了人伦，众疏亲离，他又得到了什么呢？长廊中，似乎传来了几句轻喃，伴着清风中的白花散去。

"拟把疏狂图一醉，对酒当歌，强乐还无味。衣带渐宽终不悔，为伊消得人憔悴。"

人影疲倦地渐渐远去。

或许，他根本就不想做个君王。

【一百四十八】

嬴子楚离世的时候没有人知道，只知道前一天他挥散了所有人，自己一个人坐在寝宫中。

第二天宦官和侍人走进寝宫的时候，寝宫的屋檐上停着几只乌鸦，漆黑的鸟在白日下分外显眼，嬴子楚坐在床边已经没有了声息。不到三年，接连三代秦王离世，咸阳城中笼罩上了一层阴霾。一些别有用心的言论从民间传了出来，有人说是因为朝中争斗，更有人将秦王之死归咎为秦中业障。秦地常年攻侵，被他国称为虎狼之国，所以常年所负的债业使得这两代秦王的命都不久。消息传至他国，使得刚刚兵败函谷的各国都松了一口气。他们谁都没有想到，合纵伐秦的二十万军，居然就这样被秦国吞灭了。虽然归根结底此次兵败是因为合纵五国不和，但是根据魏无忌所说，本来此战可先歼秦地数万人，但在入函谷之前，被一军所阻，才功亏一篑。那军不过一万，却让五国二十万军数个时辰无法寸进，唤作陷阵。诸国沉默。陷阵军，这支凶军早在数年前就已经在多国出没，是杀出来的凶名。曾不过数百人杀过周、魏，被唤作"丧军"。陷阵在秦国作为禁军，却没人想到此军已经扩至万人，秦军的凶悍之风也更甚从前。此代秦王也是所图甚大，联军兵败，五国军力皆有损伤，没有人有把握抵挡得住秦国的反攻。就在众国惴惴不安之际，却传来了秦王病逝的消息，就差把酒欢庆了。

无论百姓、众国作何反应，秦国的朝中确实已经有了动作。没有别的原因，这一代的秦王子和从前不一样，嬴子楚盛年而逝，秦王子嬴政只有十一岁。一时间，朝中的大半目光都落到公子府，甚至已经有人暗中拜访如今秦国最大的权臣，秦国丞相吕不韦。唯一让人疑惑的是，吕不韦到如今依旧没有什么反应，一切就如同正常一般，看起来对秦王的逝去满怀悲切，所有拜访之人闭门不见。吕不韦是什么样的人，朝中的人大半有所知晓，对权势趋之若鹜，是一个实打实的商人，如今做出一番清白的姿态，就像是怕被什么殃及一般。既然吕不韦如此，有心之人就只能另寻出路，开始暗中拉帮结派。他们确信，朝中不日就会有大动静。

顾楠坐在桌边，桌上的茶已经搁了许久，余热早已散去，变成凉水。今天她难得早到了，嬴政却没有到。不知从哪来的一阵风将一片白色的花瓣吹到杯边，顾楠伸出两根手指，拈起花瓣在手中轻轻转着。雪白的花瓣慢慢转动，引得一只蝴蝶飞来。白色的蝴蝶翩翩停在顾楠手上，在花瓣前舒展着翅膀，像是为那花瓣痴迷。顾楠呆呆地看了蝴蝶片刻，突然一笑。蝶恋花，经常听那家伙挂在嘴边，想来是很喜欢吧。"流年如麻，若真有来生，就莫生在这乱世了。"蝴蝶拍打一下翅膀，飞向花树之间，不见了踪影。顾楠拿起身前的茶杯，送到嘴边，凉水入喉。

"顾先生。"嬴政的声音在顾楠的背后响起。顾楠回过头，那小子低垂着眼睛，就好像一夜之间长大了许多，不再是从前那个孩子的模样。

"来了。"顾楠正想伸出手搭在他的头上，却又停了下来。眼前的少年，真的已经不再是小孩子了。收回自己的手，顾楠笑了一下，明白自己这时候或许该说些什么，但她不是善言语的人，话到了嘴边，又不知道该说些什么，最后只是说道："坐吧。"

嬴政点头应"是"，坐在桌边，眼眶有些发红。嬴子楚去世前，给他留了一盒简书。从小，嬴子楚似乎就没有多少时间陪伴在他身边，永远都像有做不完的事、见不完的人，从来都抽不出时间见他。直到昨天晚上，一个秘卫突然出现，他才知道自己的父王还为他留下了一样东西。他没想到的是，简书上记载的东西，让他读了一晚上。上面事无巨细，记载着二十六个朝廷要员的生平功底、日常所为，还为他标记了可信与否，可否斟酌；写了最近几年的朝政出入，各地要务；写了日后的行政建议，日后可为；写了军中各令；写了天下时局。似乎害怕自己写得不够清楚，嬴子楚在简书的角落里写满了细细的小字和标注，看得出来，是补了一遍又一遍。用语有些生硬，但又在尽力想要表现得亲切一些，还加上了几句日常的叮咛：早间该早起，晚间早些休息，天冷了该加些衣物。读起来有些奇怪，像是一个不知道该怎么说话的父亲，在对孩子讲述着自己的所得，讲述着自己能教给孩子的一切、该叮嘱的一切，想要一次性将想要说的话说个明白，就像他就在嬴政身边，将他一生的所得慎重小心地交在他手中一般。一盒竹简，整整三十余卷，嬴政没有休息，一口气全部看完。等到看完的时候，外面正好天亮，光透进窗户照在竹简上，照在那最后几笔上，墨痕似乎还未干去，却已不见故人。

【一百四十九】

"顾先生，"嬴政抬起头看向顾楠的眼睛，"人死了之后，会去哪里？"顾楠愣了一下，可能有些惊讶嬴政为什么会问她这个问题，又或许是在想怎么回答。思考了一下，她才说道："消散于天地间，化为虚妄。"她没有用往生、轮回这种尚有余地的说法。她没有死过，没办法说个明白，只能用再无去处来作答，而且这也是她自己能够理解的结果。

"那，是什么感觉呢？"嬴政的双眼落回桌案上，追问道。

"什么感觉都没有。"

这个年代，人们对死后的说法还不完全，没有人能说明白。很多时候，人们选择的是顺其自然，眼前的少年却似乎陷入了一种执着。

"人都会死吗？"

"都会死。"

"先生也会？"

"我也会。"

嬴政眼神黯然，似乎是失望地低下了头。"真的没有别的去处？"但过了一会儿，他又倔强地问道。顾楠抿了抿嘴巴，本可以说出科学实际的理论和说法，但是她本身或许就是一个特别的存在，如果人真的脱离本身的肉体就再无去处，那她是怎么来的？她说不明白，最后只能摇了摇头："也许还有，我也不知道。"

"这般。"嬴政的眼中露出了几分神采，也许他要的本就不是一个明确的答案，而是有一个人告诉他，或许还有那么个地方，而不是死后就化为虚妄。他思索了很久，最后问道：

"顾先生，人可以长生吗？"

顾楠看向嬴政，第一次这么看他。历史上的嬴政，也可以算得上是雄才伟略，但是他有一个追求，一个远超整个时代的追求，求长生。或许就是这个追求，以致他在后来走上了一条极端的路，直至走到灭亡。

"政儿……"

"先生，人，可长生吗？"嬴政打断了顾楠的话，那双眼里闪烁着热切。顾楠沉默了一下："政儿，你可曾见过有人长生，听过有人长生？或是说，见过那仙人府地？你不该糊涂，自己应该也明白，这只是执着而已。"嬴政眼中的热切渐渐散去，以他的聪慧，自然不可能想不明白。"人不过百年，长生自然只能是虚妄。"院中只剩下树叶沙沙的轻响，花瓣轻落。"我，只是，舍不得。"少年勉力地笑着，嘴角微微发颤，轻轻地说着。

伸出手抹去他眼角的一滴泪，顾楠轻叹了一声："不日就是要成为秦王的人了，怎么还似个孩子，哭哭啼啼的？"

"先生不能说出去。"

"行。"

一座府邸中，房间里点着一支烛火。一个身穿官服的人正坐在那儿，从怀中拿出一只小筒，拔开小筒，从中拿出一根竹条，竹条上写着几个字。那人匆匆看完，就将竹条放在了烛火上。烛火点燃了竹条，竹条缓缓地灼烧着。

"大人可在？"一个冰凉的声音从门外传来。

突如其来的声音吓了那身穿官服的人一跳，他神色一冷，喝道："谁？"一阵密集的脚步声，伴随着铠甲碰撞的声音，房门被慢慢推开。站在门外的一群士卒，穿着漆黑的铠甲，看不清脸庞，脸上覆盖着刻着凶兽的面甲。"这……"房中的官员呆呆地坐在原地，明白这样的装束代表着什么，也明白他们的到来代表着什么。王家所属，陷阵禁卫……迎面冲来的戾气让官员的手脚冰凉。黑色的士卒分为两队分列立在门边，一个人慢步走进来。那人身穿丧白衣甲，腰间挎着一把像黑棍一般的细剑，走入房中看到桌案上还在缓慢燃烧的竹条。

她眼睛一眯："这么晚了，大人在烧什么？"

居然，连这人都来了？官员脸色苍白，随后一咬牙，将手中的竹条扔向身前的烛台。一阵金铁摩擦的声音，一道剑光在房中一瞬明灭，停在官员面前。剑气拂过官员的头发，桌台上的烛火轻晃一下，那官员吓傻了一般，一动不敢动。一只手在竹条落入烛台前接住了它。白袍将将竹条拿到自己面前，轻轻一吹，将其上的火焰吹灭。竹条已经燃了一半，只剩下几个字还在上面。扫过竹条上剩下的几个字，冰冷的眼神重新落回官员身上，收剑回身。

"带走。"

"是。"

不过三日，咸阳城中就有数位官员被陷阵禁军所捕，再无音信。有些人不明所以，但是有些人自然明白，这几个官员都是想在这次变动中谋取一份权财的人，而且都是其中的主要人物。他们同时被抓只有一个可能，他们所有自以为暗中的安排，对别人来说可能就和光天化日之下没有区别。朝堂上人人自危，一时间所有的动作都停滞了，没有人想去触那陷阵禁军的霉头。这才有人明白，为什么在这种时候，吕不韦反而默不作声。这时候谁有异动，才是自寻死路。

【一百五十】

秦王继位。金轮高悬在半空中有些刺目，照着宫中的墙闱大殿，让人忍不住眯起眼睛。顾楠握着无格，站在宫墙上。秦王大礼，陷阵禁军要做好护卫，此时所有陷阵禁军已经散布在宫殿中的各个角落守备，若是有什么弄不清楚情况的人乱来，也会被第一时间拿下。所以说，这不应该是王家秘卫的活儿吗，他们人呢？顾楠郁闷地站在城头，在冷风里有些凌乱。难道放假了？她可是早晨六七点从床上爬起来一直站到了现在快正午时分。他们那种工作难道不应该是全年无休的吗……

顾楠站在城头胡思乱想，下面的宫殿中却是已经开始运作起来。群臣进殿，身着官服的人低着头，顺着宫中的台阶两列排开，向殿中走去。一辆车驾缓缓行来，在宫门前停下。从车驾上走下来一个人，一个少年，穿着一身黑色的大袍，边上绣着红黑色的花纹，衣衫有些紧，也让他看起来更加挺拔。还有些矮小的少年此时却像一个巨人般向前迈步，穿过宫墙，踏上台阶，向宫殿一步一步地走去。随着他的步伐越来越近，似乎有一种压迫感压在群臣的心头，迫使他们躬身下拜，甚至不敢抬头看上一眼。这样的感觉，是之前的秦王继位时都没有的，那种让人心神难定的魄力。群臣中的几人相互对视几眼，最后露出一丝欣然的微笑，低头不语。同样地，也有几人眼中惊骇，心中战栗。

少年仰着头，看着大殿上的金红宝座，眼中带着一种气魄，脚步不重，声音却如同闷鼓重锤。少年走到金座前，沉默了半晌，抬起了眼睛。

"公子可知道，何为国？"

"聚百万众而为国。"

"为王者，治国治世。"

"顾先生，这天下是何样？"

"天下？呵，乱世久矣。"

"李先生，顾先生去作何？"

"驱虎逐狼！"

"政儿，我此生零落，无有所得，这大秦就算是我予你唯一的所留吧，勿怪勿念。"

背对着众臣，那少年突然开口："为这大秦盛世，为这天下盛世！"声音铿锵，如金鸣入耳，众臣看向那个并不高大的背影。挥袖转身，少年坐在了王座上，目光顺着大殿穿过宫墙，似在俯视整个天下。

群臣齐齐执礼高呼："拜见王上！"呼声穿过殿瓦，直上层霄。顾楠站在宫墙上，远眺着宫殿，似乎看到一束恍惚的金光冲天而起，没入那长空之中，使得层云避让。但是等她仔细去看，除了晴空万里，却已经什么都看不到了："是我眼花了？"

秦王继位，朝堂中本来预计的大变动并没有出现，反而一切安宁得让人觉得怪异。知情的人明白，这一代的秦王虽然年幼，但是绝不能用看待一个少年的眼光看待他，所有的动作都已经被他用强硬的手段打压在暗处。如同从前的秦王一般，即位先封赏了函谷之战的功臣，后罢免了几个官员的官位。封赏之礼上陷阵军并没有出现。这支军很少会出现在公众的视线中，所有人都知道这支军的存在，他们就像一把高悬在百官头顶的利剑，只要有人妄动，就会落下。秦王叩丞相吕不韦为仲父，这个已经位极人臣的丞相更进一步。在旁人看来，他在朝堂上已经到了只手遮天的地步，可他看起来却更小心慎重。还有一个特别的地方，这次秦王还封赏了一个小官，那人名叫李斯，封为客卿。

房间有些暗了，嬴政从桌案上抬起眼睛，疲倦地揉了揉眉心，点亮桌案上的烛台，使得房间变亮了些，带着微黄色的火光。他只是第一天执政，却已经忙得心神疲惫，何况还不是全权负责。他将一部分政务转给了吕不韦，即使如此，还是感觉这些政务堆积如山。至于将政务交到吕不韦手上是不是会出问题，这点他还算放心，父亲给他的简书上重点讲述了这个人。此人有才，有御下之能，有权者之态，但无成王的气度。而且嬴子楚给他留下了多个用于掣肘吕不韦的后路，对于这人，他能用得放心。

吕不韦在自己的房中静坐，闭着眼睛，不知道在思考些什么，突然一个人落在了他的身前，躬身拜下："先生。"
"如何？"吕不韦没有看他，闭着眼睛，就像是在神游一样，"查出来了吗？"
"先生。"来人的脸上面露难色，最后摇了摇头，"先生，还没有。"
吕不韦的眼睛这才睁开，落到了来人身上。来人退了半步，连忙说道："会尽快查明。"
"罢了，"吕不韦却摇了摇头，"你退下吧。"
来人松了一口气，退了下去，只留下吕不韦一人坐在房中。他的脸色并不好看，很显然，谁都不希望自己的性命被拿捏在别人手中。但此处是咸阳，秦王要安排暗子，自己要查出来恐怕也很难。而且就算他查出来了又如何？就算暗子尽去，咸阳城中那军尚在，他手中无兵权，能有何用？那支陷阵军，只要还在咸阳，就算能调用城防，也不一定能保住他的性命。长长一叹，吕不韦的手扶在了案边。他如今已经得到自己想要的东西——天下人都羡慕的权、财，却也深陷于旋涡中，一步错，就会无路可退，他如今能做的只有退求自保了。
想到这儿，他的眼睛重新闭起来。赵姬那儿，也要尽快有个了断。

嬴政坐在殿中，两眼发昏地把一卷竹简放在一边的简堆上。一个宦官这时走进来，弯着腰，慢慢走到了嬴政面前："王上，陷阵领将到了。"
"顾先生到了？"嬴政脸上露出一丝轻松，把手里的笔放下说道，"让她进来吧。"
宦官退下，没过多久，一个身穿丧白色衣甲的将领走了进来，脸上戴着面甲，一副禁军的装扮。嬴政看到顾楠这副样子只有两次，一次是去函谷之前，还有一次就是现在。
"哟，政儿在用功呢？"看到嬴政几乎被桌案上的竹简埋了，顾楠轻笑一声。
"先生，"嬴政挺了挺身子，装作威严地说道，"我已经是秦王了。"

"哈哈,好好好。"顾楠笑着点了点头,整了整自己的衣甲,认真地躬身行礼,"拜见王上。"

顾楠这么正式反而让嬴政有些不习惯。他抓了抓头发,指着身前的位子说道:"先生坐吧。"

顾楠坐了下来,将头盔摘了,笑着说道:"王上,这次召我来所为何事?"

"是这样。"嬴政干咳了一声,"顾将军领军于函谷破五国联军有功,先前的在封礼陷阵未有参加,寡人在想,如何赏赐。"

"赏赐?"顾楠愣了一下,又想到嬴政才刚即位,可能对陷阵无太多了解,便解释道,"陷阵是禁军,军中之人都是死囚,是不得领赏赐的。"陷阵之中都是死囚,除了第一批未有分规,出现了一些情况,现在都是行阵有则,服满军期之前,他们都还只是死囚,无有封赏一说。

"这样。"嬴政这才明白,点了点头,犹豫地看了一眼顾楠,问道,"顾先生,陷阵在外拼杀,却从未有封赏,这般真的不会有怨言吗?"

"能有什么怨言?"顾楠耸了一下肩膀,"本就是该死的人,能有一条活路可走已经是赏赐了。"

"那顾先生呢?"

"我?"顾楠笑了一下,"我也是禁军一员,不封赏的。"见嬴政还是有些犹豫,顾楠说道,"若是真要赏,就减些他们的军期,让他们早些离去。陷阵不该作为归宿。"嬴政微微侧目看向顾楠,却见她自顾自地呆看着桌案上的面甲。陷阵不该作为归宿,但是她作为陷阵领将,任何人都会走,她不会。她的归宿,终将是那里。"好,就减军期,减军期一年。"陷阵军期本就只有五年,满五年在军,即可离开,去他处为军长,或者归乡皆可。减去一年就是四年,已经是非常大的缩减了。

顾楠侧头看向嬴政,笑了一下,正坐行礼:"谢王上。"

嬴政却咧嘴一笑:"寡人赏完了,该说顾先生了。"

"怎么?"顾楠被嬴政笑得有些疑惑,说我做什么?

"顾先生,我继秦王位,你就一点礼物都没有?"

都继任秦王了,还要我送你什么?顾楠苦笑了一下,摸了一下鼻子:"行,你说说,要什么。先说好,太贵的,我可没这钱财。"

"我还没有想好。这样,等到我成人加冕之时,再和先生说。"

【一百五十一】

"姑娘。"小绿鼓着嘴站在顾楠的床边,唤着还趴在床上沉睡的人。姑娘越来越不像样了,已经快要中午,居然还躺在床上流口水,哪家的姑娘是这个样子的?其实这也怪不得顾楠。嬴政即位后每日只是朝政就忙个不停,她自然是不用去教课了,加上这几日没有军中事务。你知道的,没有什么事情要做的情况下,放飞自我的人是只能跟着生物的本能行事的,就比如睡懒觉,这就是生物本能的一种表现。

"姑娘。"小绿拍了拍顾楠的肩膀,对方却一点反应都没有,她无奈地叹了一口气。

"绿儿。"画仙端着一个木盆走了进来,木盆里装着水,是用来给顾楠洗漱的。走进房间看到小绿的样子,就知道是顾楠又起不来了,画仙笑着把木盆放置在一边,"小姐又起不来了?"

"是啊。"小绿苦着脸看着顾楠。

画仙思索了一下,轻笑道:"我倒是有个办法。"说着,她俯下身子在顾楠的耳边轻轻说道:"小姐,军中事务,要你正午时分快去一趟。"顾楠的眼睛立刻迷迷糊糊地睁了开来。军中事务?军中事务!一只手在床上四处乱抓。"无格无格。"她随后在被子里抓出黑棍一样的无格,然后又从床上跳了下来,"衣甲衣甲。"她找了半晌,突然一愣。欸,不对啊,我才是领将,军中有事务我怎么会不知道?她一脸疑惑地回头看去,却看到小绿和画仙早已在那里笑得花枝乱颤。

顾楠郁闷地坐在铜镜前,任由身后的小绿帮她绑头发。长发她照顾不来,若不是小绿帮忙,她估计就随便用一根绳子绑几下就了事了。"你们变了,以前你们都不会骗我的。"

"还不是姑娘自己,"小绿翻了一个白眼,"都已经到中午了,还赖在床上不起来,就算是休息也该有个度,不然就真把人养废了。姑娘没有听过惰恶必病、损身伤心的道理?"

"啊?"顾楠一愣,呆呆地抬了抬脑袋。她好像还真没听过……她总感觉小绿好像都比自己有文化。果然,读书这种事情不适合我吗?小绿看顾楠一副完全没有听进去的样子,摇了摇头,也知道自己眼前的这个人是懒得没救了。

画仙将木盆放在顾楠面前,顾楠拿起挂在上面的布,浸在水里浸湿又挤干,然后在自己的脸上揉搓了一下就算洗完了脸,又放了回去。"说来这么多年了,姑娘一点都没变呢。"站在一边的画仙看着铜镜,感慨道。

没变什么？顾楠顺着画仙的眼神，看向铜镜。已经十年了，虽然三人都还算不上年迈，但也快三十岁了。时间在两人的脸上或多或少都留下了一些痕迹，顾楠却依旧和当年一样，就像被定格了一般。也许，是修了内息的原因？内息有温养身髓、延年益寿的效果，顾楠自觉地把这点并不明显的怪异归功到它的上面，笑了一下："不会啊，如果你们再这样不让我睡好觉，我也会起黑眼圈的。"

　　"我只听过晚间不睡觉的人会有黑眼圈，却没有听过从晚间一直睡到第二日午间的人会起黑眼圈。"画仙笑眯眯地说道，否定了顾楠的说法。突然，顾楠想到了什么，对画仙和小绿说道："不然，你们和我一起修习内息吧？"

　　画仙和小绿盘膝坐在院中，都有些不适应这个怪异的姿势，相互看了一眼，苦笑一下，对站在她们面前的顾楠说道："姑娘，我们修习这个做什么？"

　　"很有用。"顾楠认真地说道，"内息的修行虽然应该从小开始，但是后来者也可修习。若是提出内息，不仅能通行武学，也能对身温养，对神整行，大有裨益。"

　　而且那样的话，自己不在的时候也能更放心家里一些。顾楠仰起头看向院中老树。政儿已经即位了，距离天下一统，应该就剩下最后七国的倾世之战了。如今的嬴政勤于政律，则法明度，没有历史上所谓的苛政虐民，这样的他或许真的可以开创出一个新的时代吧。将这乱世终结的时代，还真是，让我有些期待了。

　　"嘶。"马鸣声中，一辆马车在一座府邸的门前停了下来。李斯穿着一身黑色的官袍，掀开车帘，从车上走下来，站在府邸前，久久地看着这高墙门庭，随后背着手，走进了自己的府邸。官拜客卿，受爵左庶，他已经踏出走向权势的第一步。推开门，李斯走进房中，器具已然摆好，一切都是他想要的样子，但是他并没有多看一眼，而是慢慢在桌前坐了下来。权势，只是这样就够了吗？李斯看着桌案，仿佛看到了什么，似乎在问自己："只是权势，就够了吗？"半晌，他默默摇头，深吸一口气，像是从胸中挤出了一句话，"还不够。"

　　说着，他摊开了一卷空白的竹简，提笔蘸墨。

　　夫胸抱负，非五岳倒悬，如何得以立鼎？

　　夫胸抱负，非黄河长逝，如何得以倾流？

　　夫胸抱负，非天下宏图，如何得以明证？

　　李斯的眼中明灭，手中的笔终是落在竹简上。

于王明，乃有所建。天下九五，分七国为局，落诸侯而蓄，收散同凝沙流倾，无有归聚。九五分崩，乃天下大乱，民哀所号，于乱年纷扰，战火连侵。自穆公来，秦奋五世之烈。鞅立法而度国安，纳亡民而务耕织，备守战而抵外犯，连横而制纵国。取西河之外，平后顾之忧，立天下之侧，以定邦为踞。联众乃弱强齐，利谋分合纵之军。退楚百里，赵破长平，韩魏栖所战有所得。今，秦居天下之半数。齐本东强，然霸业陈迹，徒具其虚，朝无至贤，将无至良，军无奋进之意，政无运筹之图，驱军而毙，无有战强。韩本弱晋，地小而君微，自王所继，名存则实亡。魏曾盛强，具河东西内外，域有山河纵横，阻扼秦出函谷之东要。固秦魏连战，秦军民所聚，魏无可当，势日趋微，更有前信陵君领五国而败，再难立日。

　　赵处中原地北，武灵王时，习胡服而善骑射，革新政治，富国强兵，北拒匈戎而南抗秦力，一时制衡难分，幸得武安君至助，率甲破赵于长平，灭四十万而再无赵期。燕，昭王时西连上谷，南通赵齐，曾励精图治，国力有强，却策有失，与壤赵齐无有修好，连年所战，耗国力而劳其民，今唯视韩尚有一力。楚越甲百万，踞南而谋，曾为甚强，又有武安君所破楚都，退楚百里，挫伤楚之锐意。楚君不明，好妒贤嫉能，无能人任用，无善士所为，强楚不再，与秦难力匹敌。如此六国，秦王图志，自长策宇内，履至六合。天下所归，已有明晰。

　　斯斗胆至言，王有所鉴，临书涕下。

　　等到李斯落下最后一个字，抬起头，外面的天光已暗，走出门去，庭中无人只余孤影独立，却见得天上星罗棋布，似有所明。第二日，顾楠打着哈欠从宫门中走出来，应是刚从军营里出来，正准备回府，却见到李斯正抱着一卷竹简，向宫门走来。"顾先生。"李斯对顾楠行了一礼，顾楠也回了一礼，有些疑惑地问道："书生，你这么早去宫中做什么？"

　　李斯淡淡一笑："于秦王有报。"

　　"这样，那你快去吧，我就不耽误你了。"

　　"好。"顾楠从李斯的身边走过，李斯却在她的身后叫住了她，"顾先生。"

　　"嗯？"

　　"顾先生当年说的世无战事，"李斯回过头，看向顾楠笑道，"那般的天下，斯也想看看。"

　　顾楠呆立了一会儿，应了一声："啊。"

她没有回头再去看，慢慢离开。

李斯也回过头，挺直了身躯，目视天光，向着王宫而去。

【一百五十二】

"拜见大王。"李斯怀抱着竹简，躬身一拜。

"李先生，是有何事？"嬴政本来准备处理好今日的事务，再去休息一番的，李斯却来了。这几日和刚即位的那几日不同，那几日，有很多事务需要交接了解，朝议也是接连不断。那两三天过去后，却是轻松了很多。他如今年纪尚小不用亲政，但有些政务还是需要掌于手中的，若是将政权完全移交至吕不韦手中，就算有所布局也有架空之危。虽然他年纪还不大，但也不至于如此不明。

"臣，有书奏请。"

"有书奏请？"嬴政的视线落在李斯怀中的竹简上，心中有些好奇，是什么事李斯不曾在朝会上提起，却要私下如此郑重地奏请？"先生所书吗？如此，我该要好好看看。"

"谢王上。"李斯双手托着竹简送到了嬴政面前。

嬴政接过竹简，握在手中摊开。竹简上的字迹浑厚，带着一股厚重垂沉之意。"于王明，乃有所建"，几个字所形尚且平淡，而之后的笔锋如同陡然扭转，苍然有劲，带着一种磅礴之气。

殿前的日光倾斜，李斯不知道自己站了多久，大概有一个时辰，等有些站不稳，身子都在微微摇晃的时候，嬴政的眼睛才从竹简上移开。一书浅论，将六国起末，度量纵论。六国之强如何，弱如何，彼如何，今如何，一一列举。虽未有细说，但是已经足以总括天下时局。文章算不上多么斐然，也未有怎么出彩，说辞简单，但是重在说得明了。说明了的不仅是分崩时局，更是所书的明意——宏图之志。李斯看着嬴政站在那儿沉默，心中黯然，有些后悔。他太急了，也许，他不该如此早地给公子看这些。如今的公子，尚在少年，想来确实为时过早了。他正准备开口，嬴政却缓缓将竹简卷了起来，低着头拿着简书，掂量了一下，突然说道："此书甚重。"说完，他自信地看着李斯笑道："先生觉得，我能担此之重否？这天下之重。"虽然是在问，但是他自信的眼神，没有第二个答案。

李斯站在殿中抬头看向那拿着竹简立于殿上的少年，眼中滞涩，好像看到了什么。他好像看到了一个天地之君，让苍天加冕。眼神肃穆，李斯一整衣冠，躬身拜下："这横空之下，唯有王上可担此重。归聚天下，立亘古之功。做那，千古一人；做那，千古一君！"

"千古一君。"嬴政脸上的笑容收敛，将竹简放在桌案上。这四个字，叫多少人求了一世，又叫多少人投身于这乱世的熔炉之中。他看向李斯，又一次执起了学生之礼："请先生教我。"

"是。"李斯持手一拜。

等到李斯从殿中出来已经是正午的时候了，他们说了什么，没有旁人知道。李斯从殿中走出，背着双手，胸中激荡，让他想要长啸一声，但终究只是笑了笑，顺着石阶渐渐离去。

赵王丹拖着自己老迈的身躯靠在坐榻上，仰起头，双目略无神地看着身前。北境之处燕国已经无有来犯，联军之后各国出奇地默契，相互之间都少有战事。他们都明白，如今的秦国，已经不再是以一国之力能破的了。他们需要的是盟友，而且也需要助力，在没有打压下秦国之前，再如此相互消耗，恐怕就真的是自找灭亡了。他们都在等，等一个时机，一举而下，这个时机却要看其他的众国有何作为。齐国为东强大国，却在多次的联众攻秦的战事中都袖手旁观，或许是想等两败俱伤，又或许是和秦国达成了什么协议。有齐在旁观望，在如此情况下，众国没有人敢真的放手一搏。以五国之力，若不是举国力而战，只凭那各自派出的几万人，想要破秦也是妄谈。难道真叫那不吉之梦所中？王道残缺，有势无足力，外长忧患。他曾经做过一个梦，梦着左右两色的华服，乘飞龙上天，却没到天上就坠落下来，看见金玉堆积如山。

筮史官来占卜，他说："梦见穿左右两色衣服，象征残缺；乘飞龙上天，没有到天上就坠落下来，象征有气势但没有实力；看见金玉堆积如山，象征忧患。"

那一年是他作为赵王的第四年，一年之后，韩国献上党来降，他接纳了。同年，秦国起兵围攻上党，大破，灭赵军四十万。他的王道也像到此为止了一般。天地有定，命中归数，我的性命，真是叫天定了吗？赵王丹坐在榻上，笑了笑。他已经老了，再无年轻时的那番蓬勃雄心了。天定就天定吧，这天下，终归是有人去争的，我争了一世，够累了。

想着，他拿起榻边的一卷简书，或者说是一份战书，其上写着：荐赵王举兵联纵，共讨强秦，驱敌以破，自谋所得。

"来人啊，唤庞煖庞将军来吧。"

"是。"

大概过了半个时辰，一个穿着官服的人走进殿中，见到赵王，拜下："大王。"

"庞将，"赵王坐在榻上，看着下面的将领，"你之所书，寡人已经看过了，作罢吧。"

作罢……庞煖的眼光微收,脸上露出了一分不解:"大王!"

赵王却抬起一只手,没让他讲下去:"作罢吧。"

【一百五十三】

庞煖并没有停下,而是站起了身,直视着赵王:"大王,如今强秦在侧,我赵国如何可安?此般趁天下明秦之强害,联合众国以弱秦,我赵国才有继路可谋啊。"

赵王笑了一下,并没有因为庞煖的不敬而发怒,反而淡薄地问道:"如何而为战?"

"如何不得为战?如今信平军犹在,外抗匈戎的李将军善用兵,亲下属,破匈戎使之数十载不敢进。我朝中良将何其多,联合众国,为何不得一战秦国?"

"秦国又如何能轻破?魏无忌如何,不是依旧败了?"

"此为众国不和,战策有失。"

"众国可能和吗?"

庞煖无言。

赵王淡淡地说着:"秦国之中,蒙军尚在,锐甲犹存,兵卒精锐,车马尤盛。连与众国,军中难有可立挥之人,军阵不一,只等被逐个击破又有何用?何况,秦国精锐良多,别的不说,只说那陷阵,万人可当一军鏖战而退,如此变数,你作何安排?"

陷阵军,秦国的精锐军卒之一,早在数年前出现的时候就已经是一支杀军,所过血路,披丧而行,立于王侧,甚至没有人知道他们的军伍几人,将领又是何人。秦王三代,此军日趋强大,已达万人之数。如此精锐可达一军之数,恐怕又是一支秦强骑、秦强弩那般的锐师,或许还犹有过之。赵王不知道,那陷阵作为秦王禁卫,不隶属于军中,只受秦王所命。军不足候,但不受将帅调遣,秦王赐命,甚可领军而行。而先陷阵本军不过千人,那万人之说,是真说错了。

庞煖再未多言,轻叹了一声,对着赵王拜下:"臣知晓,告退。"

赵王挥了挥手,庞煖再无多言,静默而去。

战国之末,庞煖欲召五国而攻秦,赵王无力,乃无始而终。

秦时长歌

第二卷

第一章 天下一统

【一百五十四】

　　大门上挂着的风铃响起，门被推开，外面的雨声传了进来。这是一家安静的酒馆。只能说，在这座城市里，找到一家安静的酒馆不容易。酒馆和酒吧不一样，酒馆，就是个喝酒的地方。这酒馆里的灯光有些昏暗，虽然天花板上吊着一盏吊灯，还有几盏零零散散的台灯，但是看起来并不亮，只能勉强照亮它们所在的角落。木制的地板和墙壁，桌椅、吧台也都是木制的。空气中带着一种很特别的味道，但是不算难闻。不大的店面被打扫得很干净，客人很少，没有服务生。回荡在小酒馆中唯一的声音，是放在吧台上的那个老旧的留声机传出来的不知道是什么年代的老歌。只能说，这个地方的品位有一些年代感了。整个酒馆都是一种老旧的，甚至像二十世纪初一般的风格。怪不得这地方的生意不好，这样的风格可不是年轻人喜欢的。

　　穿着西装的中年男人松了松领口的领带，顺手关上大门，将雨伞放在门边。看着四周的环境，听着耳边富有年代感的歌声，他在心中暗自评价了一下这间酒馆给他的第一印象。他还是颇为满意的，今天他只想安安静静地喝一会儿酒。这地方的风格和气氛都符合他的想法，就这儿吧。想着，他挪动着有些疲惫的脚步来到吧台边。他今天的心情不太好，所以才打算出来喝几杯。不要问为什么，男人，每个月都有这么几天的。吧台上吊着一盏挂灯，使得这里看起来要比别的地方都亮一些。真正走进这间酒馆，中年男人才发现，这地方何止是客人少，除了他之外，只有两个客人，一个是坐在左边角落里的邋遢大叔，另一个是坐在大厅戴着眼镜的年轻人。他们两位都不说话，只是默默地坐在自己的位置上喝酒，还真是安静得有些过分了。

　　中年男人看了看四周，还是找了一个位子坐了下来，颇为疲倦地脱下自己有些潮湿的西装外套挂在椅背上："老板在吗，一杯啤酒。"

　　"啊，来了。"懒洋洋没有力气的声音从后台传来，听起来就像几天没有睡过觉一样。这种招待人的语气可不怎么样。中年男人的嘴角一翘，无奈地摇了摇头。

　　门帘被掀开，一个穿着衬衫的人从吧台后面走了出来。那是一个短发少女，黑色的碎发带着一种利落的感觉，白衬衫的领口打着一个黑色领结。她的皮肤很白皙，锐利的剑眉下是一双低垂着的黑色眼睛，看上去有些沉默和懒散；面孔非常英气，夹杂着俊美，有种特别的魅力，是一种难以言喻的中性之美。很好看的英气少女，除了气质看起来有些颓废以外，几乎没有任何缺点的美感，只不过这种美感被她手上的一道刀疤破坏了。

少女打着哈欠，露出一道从左手手背上划过的刀疤，将这份本该没有缺陷的美感生生破坏了，让人惋惜。中年人看着少女手上的刀疤愣愣地出神，半晌，才发现自己的行为有些不妥，想来那道疤是让她很介怀的东西，这样盯着看实在不礼貌。

这就是老板吗？出奇地年轻。嗯，和这地方上了年纪的风格比起来，老板看起来就像是只有十几二十岁的模样，身高一米七左右，身材恰好，令人印象深刻的是一双没精神的死鱼眼，她无精打采的眼神落到了中年男人的身上。

"你是老板吗？"中年人问道，毕竟一个看起来如此年轻的女生，怎么看都不像是这家颇有年代气息的老店的老板。

"不是。"女生耸了耸肩膀，"我只是个服务生而已。"她一边说着，一边拿起一只酒杯放到酒桶旁边，淡黄色的酒水缓缓地注入其中。

原来如此，是服务生啊。作为学生来做兼职，还是什么呢？但是生意这么冷清的酒馆，居然还雇得起服务生，让人有些意外。他一边想着，一边看了看除他之外的另外两个顾客。穿着邋遢的家伙靠在窗边，帽子盖在脸上，双手抱着胸，似乎已经睡着了。身前摆着一杯花茶，只喝了一半，看样子已经凉了。窗外下着细密的小雨，把窗户打湿得模糊，外面夜景下的灯光晕染开来就像在夜色中点缀的颜料被打湿了一般。戴着眼镜的年轻人坐在自己的桌前吃着一份炒饭，身边摊着一本漫画书。学生吗？中年男人笑了笑。一边吃饭一边看漫画，还真是容易让人想起自己的学生时代啊。

"您的啤酒需要加冰吗？"有些随意的声音传来，打断了中年人的思绪，让他回过头。

"啊，加一些吧。这个时节，就算是雨天，天气也是有些闷热的。"

"嗯。"服务生点了点头，走到一旁的冰桶边，铲了几块冰放入啤酒中，"您的啤酒。"

啤酒被放在桌面上，推到了中年男人的面前。酒和冰块装在玻璃杯中，在昏暗的灯光下闪烁着别样的色彩。果然，男人看到这样的光，是无法拒绝的。中年男人笑着拿起酒杯，送到嘴边，冰凉的酒水进入嘴中，似乎将他浑身的疲惫都驱散了。酒水在冰块的作用下喝进去的一瞬间是冰凉的，但等它缓缓进入腹中后，腹中又会涌起一股微微暖意。呼，夏天的冰啤酒，让人欲罢不能。中年男人舒服地眯起眼睛，没有了刚进来时那种疲乏的感觉。

也许是喝了些酒，他的话变得多了起来，看到站在吧台里擦着酒杯的服务生，中年人抬了抬酒杯问道："你是在这里读书吗，所以在这里工作？"这附近正好有一所学校。

"嗯？"服务生一愣，平静地眨了眨眼睛，"不，我不在这里读书。"

中年人的神情一滞，汗颜地抓了抓头发。

"不在这里读书吗？看你的年纪，还以为是学生呢。"

我的微表情推理还是这么差啊，真是有愧于自己的工作。

"我的年纪不会比你小的。"服务生淡淡地摇了摇头回答道。

年轻人还真是喜欢开玩笑。怎么看也最多只有二十多岁，怎么可能比我这个三十多岁的大叔还大啊？中年男人笑了笑，喝了一口手里的啤酒。

"请不要怪我多言，不管怎么样，如果不是必须的话，像你这样的女生还是不要待在这个酒馆工作的好。"说着，他的眼神严肃了起来，"我因为工作调动才到这座城市，经过我的调查，这地方可不太安宁。"中年男人摇晃着手里的酒杯，颇为诚恳地看着服务生，"所以，如果可能的话，换一个地方工作会比较好。酒馆的工作会工作到很晚吧，很可能，"中年男人抬起眼睛看向服务生，"会有危险。"

"啊，"服务生将一只擦好的酒杯放在面前端详了一下，干净得几乎透明，才放在一边，又拿起一只慢慢地擦着，"多谢提醒，短期内我应该是不会换工作的。"

这样吗？中年男人呆了一下，理解地点了点头。是啊，也许这个工作对她来说很重要，他不了解情况确实也不适合多说。"总之，还是小心一些吧。"慎重地提醒了一句，他又开始沉默地喝酒。

酒馆里又陷入了安静。不知道过了多久，中年男人也不知道喝了几杯。留声机里的歌曲老到不知道年代，听习惯了，却有一种静谧沉浸的感觉。啤酒带着淡淡的甜味和苦味，和路边买的啤酒相比，口感要好很多，想来，这里的酒还是不错。客人们都很沉默，没有人随便说话，仿佛都不想打破这份城市里难得的安宁。服务生站在吧台里，拿着一块洁白的手帕，一直擦着酒杯，虽然看着懒散，但是工作起来还是分外认真的。

"我吃完了，楠姐。"戴着眼镜的年轻人拿着漫画书走到吧台边，将钱递给服务生，笑了一下。

"嗯，走好。"服务生接过钱应了一句。

"嗯。"戴着眼镜的年轻人点了点头，推开门走了出去，消失在夜色里。

外面不是还在下雨吗？中年男人疑惑地看着走出去却没带伞的年轻人，这才发现自己也喝了一会儿了，看了看手腕上的表："我也差不多了，多谢招待。"他将钱放在了喝完的酒杯边。

"嗯，承蒙惠顾。"服务生走了上来，收起了杯子。

拿起了挂在椅子上的外套，穿在身上，中年男人最后看了服务生一眼："这条街道的情况很复杂，你还是多加小心的好。"说完，他拿起伞走出酒馆，回头看了一眼酒馆的门牌。

长川街一百一十三号吗？不错的酒馆，记下了。

酒馆内，服务生将酒杯中的冰块倒了出来，清洗着酒杯。"刚才那个话很多的家伙是什么情况？"她没有回头，也不知道是和谁在说话。过了一会儿，坐在墙角窗边有些邋遢的大叔动了动手，将帽子从自己的脸上拿开，眯着一只露在外面的眼睛："嗯，刚来到这座城市的人，我也不是很清楚。警察署的人，听说是外面调来的，还是一个不错的调查员呢。"

"这样。"服务生将洗好的酒杯擦干，"警察啊，他认为这地方很危险。"

邋遢的大叔轻笑了一声，似乎感慨着什么，扭头看向外面的雨景："其实这条街道只是容纳着一些无处可去的人而已。"

服务生回头看了看他："啊。"

"说起来，我美丽的顾楠小姐，看在我给你提供可贵情报的分儿上，可否让我在酒馆里休息一晚呢？你知道的，外面可是在下雨啊，收留一个居无定所的人躲避风雨，可是一件值得称颂的善事啊。"

"不，小店要关门了。"

"这里不是通宵营业的吗？"

"而且要是明天老板见到你躺在这里的话，会发火的。"

"倒霉，那个该死的老女人。"

【一百五十五】

早晨的空气有些湿润，或许是昨天晚上下过雨的原因。

丁零零，酒馆的大门被推开，挂在门上的风铃发出了一阵清脆的声音。服务生走了出来，将门口的招牌从营业翻成了休业。

"喵。"路旁传来了轻轻的声音。服务生侧过头看去，一只黑色的小猫坐在店门口的花盆后面，身上沾着雨水还没有干。服务生淡淡地看着那小猫半响。

"其实这条街道只是容纳着一些无处可去的人而已。"她又莫名想起了这句话，看着那猫问道："你也无处可去吗？"

猫没有作声，颤颤巍巍地站着，就像是因为冷在发抖。她点了一下头，似乎是得到了回答，走回酒馆。等到她再出来的时候，手里拿着一罐酸奶和一个盘子，将酸奶倒进盘子里放到了猫的面前。猫迈着步子走到盘子前，有些急切地舔着里面的酸奶，看样子是饿了很久。

服务生蹲在小猫面前，犹豫一下伸出一只手，在它的头上摸了摸。小猫没有反抗，服务生淡薄的脸上难得露出了一丝笑容。

"我说，你在这里做什么？"一个声音突然在她身边响起。

服务生脸上的微笑没散，平静地抬头看。那是一个上了年纪的女人，或者说是一个六十几岁的老婆婆，穿着一身平常的衣服，头上绑着一个旧时的发式，给人一种压迫感。怎么说呢？这种感觉在一个女人身上多少会有些奇怪吧。

服务生站了起来，淡淡地看向店里，声音里带着一些懒散，说道："老板，晚上七点到早上七点的夜班，我已经值完了。"

"这样，"老婆婆从怀里掏出一支烟给自己点上，"那你先回去吧。"

"嗯，好。"服务生点了一下头，顺着街道慢慢地离开了。

一个月前，酒馆的大门被一个人忽然推开。那是个年轻的女人，穿着一身黑色的衣服，背上背着一个袋子，袋子里不知道装的什么，看上去就像一根棍子。女人在酒馆里点了一杯牛奶，坐了很久，等准备离开的时候却发现自己身上没有钱，为难地坐在那儿。

作为酒馆老板的老婆婆知道后，看着她说道："你是刚来到这座城市的人吧？如果你不介意，我这里还缺一个服务生。"

"呼。"老板将嘴里的烟圈吐出来，目光落到门边正舔着酸奶的小猫身上。店里的吧台上放着一些零钱。"本来以为只是一个流浪的家伙，倒是出奇温柔的人啊。"

只不过，老板的眼睛看向远去的背影，为何又给人一种孤独的感觉呢？孤独又温柔，还真是矛盾。

嗒，山坡间的风吹得林木作响。一个身穿白袍的人影盘坐在一块石碑前，黑色的长发垂在那人身后随风微晃。

顾楠坐在地上，伸出手轻轻搭在面前的石碑上。石头冷得发凉，没有半点温度，上面刻着几个简单的字。白起是谢天下而死的，没有办法大办丧葬，当年就被她简单地葬在了这里。

顾楠也没说什么话，就是坐在原地静静地看着，发着呆，很久，才将手从石碑上拿开。

"很久没来了，这次之后，也许又要很久都不会来了。"淡笑着说着，顾楠将一束花放在石碑前。放下花时，她却看到白起和魏澜的墓前摆着另一份东西——简单的几样供品，上面积了一些灰，看样子有一段时间了。在她来之前，还有人来过。会来祭拜白起夫妇的人不多，老连会来，但是几年前就已经去世了，还有蒙骜、王龁。那些老将，这些年都已经陆续离开了人世。距离嬴政即位已经十年了。很多很多，早已经物是人非。很多人和事，她自己都快有些记不清楚了。她走到那些东西前，发现一根竹条放在一边，捡起来看，上面写着：不孝子，白仲，留。

顾楠笑了笑，将竹条放在了一旁："时间过得真快啊。"

风吹得短草飞起，在半空中盘旋。顾楠拿起放在一旁的无格，起身站在石碑前："今天晚上有大事要做，就不多说了。老头，答应你的事情，我会做到的。"说着，她转过身，顺着小径向咸阳城走去。

秦王政十年，朝堂上发生了诸多变化。相国吕不韦的权势明面上似乎越来越大，已经到了一手遮天的地步，但始终触碰不到几个权力，就像被人特意分隔开了一般。例如，兵权，虽然有时可以掌握，但有人在旁掣肘。朝堂上出现了几个新的重臣，嫪毐、李斯、王翦、蒙恬。

此外，还有一军在这咸阳城中叫人侧目——王家禁军陷阵，仅授命于王家，如今已扩军至三千，人数不多，常驻咸阳，但战时可受王命，领军十万。如此军权，甚至不亚于封将。

也有人想与之交好，却少有人见过陷阵领军是什么模样。因为是禁军，那人很少在外，很少参与朝会，甚至在外行阵时脸上都覆有面甲。有人说他是在战事中被毁了脸才戴上那副凶戾的面甲的；也有人说他是长相太过俊美，战阵中没有威势，不能吓敌，才以此凶面示人。总之，没有定论，也就不了了之了。

【一百五十六】

"大人，士卒已经准备完毕，今夜就可行军进宫。"一个士卒拜在地上，他的身前是一个没有胡须和眉毛的男人。

这个男人穿着一件宽大的长袍，坐在位子上的动作也有些古怪，听到士卒的禀报，笑着拿起身前的一个盒子："知道了，下去吧。"士卒点了点头，快步退下。

男人看着手中的盒子，笑得沉迷，慢慢地捏着手指，将盒子打开。盒子中是一枚玉石所制的方石，棱角被打磨得很是光滑，上面雕刻着纹龙飞旋，玉石碧透，在没有光亮的房间中依旧散发着微光。"呵呵。"男人笑着，面孔倒映在玉石上，眼睛里的目光似乎有些癫狂。"吕不韦，当年你把我献给那个女人的时候也没想到吧，我会有这么一天。"握着那方玉石的手慢慢握紧，青筋狰狞，"把你，和所有人，都踩在脚下的一天！"

当年吕不韦为了与太后赵姬断绝关系，将嫪毐假意做了宫刑，拔去胡须和眉毛，献给太后玩乐。嫪毐躬身侍奉在太后身侧。谁能想到，这样一个小人，却通过太后登上权位巅峰，被封为长信侯，几乎执掌宫中大小事务。

最开始，嬴政并没有在意他，虽然母亲的作为荒唐，但这嫪毐终究只是一个小人而已。

直到他说"我乃秦王假父"，大骂官员。秦王大怒，他和太后苟且并生有二子的事情也全败露。无路可退，他偷取秦王王印，召集三万守宫士卒，准备今夜起事，攻破蕲年宫，号为秦王。军势所在，他自认没有败的可能。

蕲年宫。

嬴政坐在宫殿的楼阁上，向外眺望，可以看到大半个咸阳城，也能看到殿前的宫闱。他挑了挑眉头，事已至此了吗？他抬起了头。赵姬是他的至亲，如今却也叛他而去。母后，我在你眼中到底是个什么呢？

身后传来沙沙的脚步声，一个身穿白袍的将领站在了他的背后。

"王上。"

嬴政垂着双手，良久，才出声说道："麻烦你了，顾先生。"

无论如何，这一切该到了结的时候了。

"是。"

面具下的眼睛看着跪坐在那儿的人，没多说什么，静静离开。

"该死的！"吕不韦看着手中的密报，愤恨地将其扔在地上，他第一次如此失态。"嫪毐那个愚徒！"三万守宫军就想攻进蕲年宫，到底是谁给你的胆子？！执掌宫中事务多年，都做了些什么，全然不知咸阳城中的军力何在？吕不韦气得发抖，不希望嫪毐出事。因为一旦嫪毐出事，他也难逃干系，但是已经无可挽回，他现在能做的只有尽力保全自身。

嫪毐的脸上挂着阴狠的笑容，两万守宫军已经把附近的宫门牢牢围住，他亲自率着一万士卒去面见秦王。宫闱高墙中，一万士卒将道路堵死，每走一步都是一阵震颤，嫪毐骑在马上似乎很是享受地眯着眼睛。突然，前面的士卒停了下来。

"何故停下？！"嫪毐皱着眉头睁开了眼睛，略过前面的士卒，向宫闱前处看去。一支黑甲军静静地站在那里，约莫三千人，一动不动，如同一尊尊石像。甲胄漆黑，面孔上覆盖着同为黑色的面甲，面甲的纹样凶煞，手中各自持着一面人高的盾牌。只是看去，莫名地，嫪毐的心头泛起一股寒意。领在三千人前的是一个穿着丧白色衣甲的将领，骑在一匹黑马的背上，手中提着一杆长矛。看到这些若是再不知道前面的是哪支军，他就真白在咸阳城处事多年了——陷阵军。

嫪毐咧着嘴巴啐了一口。陷阵军又如何，不过三千人，还真能挡住万人不成？"给我杀，攻入蕲年宫！"嫪毐大吼道。守宫军犹豫了一下，还是举起长戈冲了上来。

顾楠看着冲来的万人，淡淡开口："备战。"

嗡！三千把长剑铮鸣出鞘。

砰！三千人齐齐踏出一步，散开了烟尘。

长矛一指，远远地指在嫪毐身上，森寒的长矛让嫪毐浑身冰凉。"冲阵。"平静的声音响起，三千士卒一声不吭，向万人走去。一面倒的厮杀。在嫪毐苍白的脸色下，万人的守宫军瞬间被撕开一道口子。夜色里的厮杀声在宫闱的上空盘旋，鲜血溅在宫墙上，在石板之间流淌，似乎染红了这个寡凉的夜色。

"怎么可能？为什么？"嫪毐呆呆地喃喃自语。

那丧袍将领却已经冲上来，黑马嘶鸣，手中的长矛染血，穿过他的眼前。

秦王政十年，嫪毐叛乱，于宫前被破。

嬴政坐在蕲年宫的楼阁上，看着宫闱中的纷乱，神色没有半点波动。嫪毐、吕不韦，也是时候让你们退场了。

宫闱中传来惨叫和哀号。刀刃入肉的声音，似乎是为一个时代拉上帷幕，又为一个新的时代拉开序幕。

【一百五十七】

嫪毐的倾灭似乎在咸阳城大多数人的预料中。此人虽然曾经执掌朝政，但是心有余气而所为不足，自身的能力不够却有着超出自己能力的所求，最后死于非命也是平常。若是真的让他闹出动静，才是让人奇怪的事情。这场风波起得快，去得也快，一切风声都被压了下去，唯一知道的就是，不久之后太后赵姬脸色灰败地离开了咸阳。

　　当然，这些都不是这几日人们所注重的，人们的目光都放在了秦王身上。这几日，秦王政已年满二十，该是成人加冕的时候了。加冕之后，秦王会开始真正地"亲理朝政"。嗯，虽然事实上一直以来都是如此。就连平日没有动作的陷阵军都出现在了咸阳城中，常能在街头巷尾看到他们的身影。这几日闹事是不明智的，因为要面对的可不是守城军，而是陷阵军的抓捕。那军是战场上杀出来的，站在那儿不动都能吓掉人半条命，要是真动起手来，恐怕不会像守城军那样注意你是不是会缺胳膊少腿。

　　顾楠穿着甲胄，脸上戴着生冷的面甲，站在自己的小院里仰头看着那棵老树。这十年，她已经很少再去摘自己的面甲了，不因为别的，只因为自己也发现了一丝异样。也许她早该发现的，第一次来此世间的时候，饿了三日却也只是饿，从未真的有过性命之忧。在战阵中所受的伤，皆要好得比常人快上许多，而且不会留下伤疤，气力远超常人，恢复得也很快，经脉亦是俱通，修习内力从未有过滞涩之意。

　　老树的叶影摇晃。顾楠转身走回房中，坐在铜镜前，解开面甲，出现在镜中的是一个少女模样的面孔。她已经三十余岁了，却从未老去。真的是修习内息的原因吗？顾楠凝视着镜中的自己，长久无言。

　　加冕之礼在中午举行。嬴政迈步在宫殿前，前几日厮杀的血迹已经被打扫干净，但还是能在空气中闻到淡淡的血腥味。群臣手持笏板站在嬴政的身后，看着那人影取过冕。垂落的五彩冕旒玲玲作响，在日光下有些刺目。李斯站在群臣中，脸上露出了一个自傲的笑容，他明白，天下将倾。嬴政抬起手，将冕戴于头顶。冕旒错落，目光所示，群臣下拜。

　　夜间，咸阳城中的宫殿灯火通明，秦王夜宴群臣。宫殿中觥筹交错，人语喧嚣。突然远处的殿中一静，交谈声渐渐停了下来，人们的视线都落到殿门口的一人身上。那人白色的衣甲发出略微有些沉闷的声音，面孔上覆盖着一张凶煞的面甲，身无佩刃。那人扫视一眼殿中，静静地走了进来，但路过的地方，众人避让。那人身上缠绕了一股若有若无的煞气，叫近处的人胸口发闷。直到他路过，慢慢走到一个角落里坐下，众人才松了一口气。陷阵丧将，这人居然也来了。这个人很少出现在这样的场合，能见到他确实让人有些惊讶。所有人的交谈声都小了一些，有些人则偷偷打量着那人，似乎在考虑要不要上前攀谈。

陷阵军，在咸阳城外是杀敌之军，在咸阳城内却还有着另外的职责——行王事，清异除罪。多少要员落入他们的手里都没能再回来，前几日的嫪毒，听闻也是被他们清剿的。那一日宫廷中的惨叫声，到现在还让人心悸。若是能有陷阵军相助，朝堂上恐怕就可以放手施为了。相反，若是被盯上了，就是睡觉也睡不安宁。

不管殿中的官员心里在想些什么，顾楠自顾自地坐在角落里倒了一杯水喝着。

"嫪毒叛军如何了？"一个声音响起，顾楠回头看去，王翦正握着一只酒杯，走到她身边坐下。嬴政即位后，有不少老将离世，于是提拔了一众新的将领。王翦这个衰货早几年一直在外领军，总算是走运，现在颇受重用，如今也是一个上将了，算得上是他实打实打出来的功名。这些年他也变了不少。

"听闻是你们镇压的。"王翦一边说着，一边摇了摇头。"三万人，你们陷阵不过三千，说镇压就镇压了，送丧之军真不是盖的。"说完，他笑着看着顾楠，开玩笑似的小声说道，"什么时候借我用两天，让我也感受一下？"

顾楠勾着嘴角，白了他一眼："想得美。"

"没道义。"王翦温和地笑着说道，"受伤了吗？"

"你是看不起我，还是看得起嫪毒？"

"呵呵。"喝完了手里的酒，王翦的眼神严肃了一些，"这几年，其他众国似乎已经猜到了一些陷阵的练法，皆有效仿。"他这几年常在外行军，对这些的了解比镇守咸阳的顾楠要更多一些。

顾楠的眉梢微挑："嗯？"

"楚国的一支军已经颇有样子了，上次和他们有过一次交手，吃了些亏。"

"猜得到。"顾楠夹了一口菜送进嘴里。虽然陷阵的练军之法在稷王的时候就已经被烧掉了，但是旁人毕竟不是傻子，这么多年了还看不出什么吗？

"但是他们的所部也只有百人左右。"王翦淡淡地说道，"从前能修内力的都是各王的秘卫，不过数十人，因为内息需要从年少培养，且习成之后要其忠诚，所耗复杂。现在他们在扩军，不过成年之后士卒想要内息有成绝非易事，需要打磨筋骨，平常人根本受不住。我听密报，韩国那边曾预练千人，然后有人受不住，或是说修习了内息后不甘人下，营啸了，花了万人才压了下去，算是白练了。"王翦夹了口菜，一边吃一边说道，"他们现在在寻你的成军之法，三千所部为何不乱。你小心些。"

顾楠看了王翦一眼，笑了一下："多谢。"

王翦摆了摆手："和我就不用说这个了。我倒是该多谢你，当时秦王用将之时，你帮我说话，也别当我什么都不知道。"

【一百五十八】

顾楠看着王翦摇了摇头，抿嘴轻笑。

一个宦官模样的人走了上来，站在顾楠身边小声说道："将军，秦王请你上去。"

顾楠一愣。

王翦坐在一旁也疑惑地看了宦官一眼，对顾楠提醒道："既然是秦王所言，还是快去吧。"

顾楠点了点头，对宦官行了一礼："多谢，我这就上去。"

宦官连忙退了半步："将军且去就是，不敢承将军礼。"说完，引身在顾楠前面做了一个请的手势，带着顾楠走到楼梯口，宦官没继续跟着，而是让顾楠独自上去。

和楼下的喧闹不同，楼上是静谧的，顾楠踏在楼梯上还会发出轻闷的回响声。走上楼梯，楼阁上只有嬴政一人独坐在那儿，身旁点着微火，两旁站着几个宫女，奏着一曲轻歌。他看着阁楼下的灯火和众人，像是在发呆。也许是听到了身后的脚步声，嬴政回过头，看向顾楠："顾先生来了。"

"王上。"顾楠行了一个礼。

嬴政坐在那儿，显得有些落寞。早年丧父，母亲又沉迷所乐，让家国蒙羞。亲手将自己生母驱走的感觉，总不会很好。

"王上，在看什么？"顾楠站在嬴政身后。

"寡人在看寡人的咸阳，很美。"嬴政说着，脸上露出了一个有些沉重的微笑。顾楠顺着嬴政的目光望去，确实，灯火辉煌。"它不会离寡人而去，它就在这儿。"嬴政喃喃着，突然问道，"顾先生，你不会离寡人而去吧？"他问得很小心，如同在恳请一般。

顾楠看着楼阁下，笑了出来："我可是从王禁卫，怎么离开？"

嬴政像松了口气，微微一笑："是啊，先生是从王禁卫，不得离开。"

两人在楼阁上看着夜幕中的咸阳，突然，嬴政像是想起了什么，笑着看向顾楠："先生答应过，在我成王加冕之日送我一件礼物，先生没忘吧？"

被嬴政这么一说，顾楠也想起来还真有这么一件事，很多年前了。他倒是还没有忘了啊，记性真好。顾楠苦笑了一下："王上想好要什么了？"

"嗯。"嬴政轻笑着说道，"我曾听画仙姐说她教过先生仪舞。"他从桌边拿过一个盒子，"我想看看先生学得怎么样了。"说完，将盒子轻轻打开。盒子中装着一件白色裙装，纯白的衣料上细密地绣着一条条精美的纹路，仔细看去，才发现那上面绣的是山河锦绣。"从未见先生穿过裙装,今日我就把它送给先生。"嬴政看着顾楠,"先生给我跳支舞吧。"

顾楠的脸色一黑,嘴角抽搐了一下:"王上,换一个如何?比如,舞剑?"

嬴政放下盒子,做出一副失望的神态:"可是先生教我的,君子一言,驷马难追,唉。"

顾楠感觉像是听到什么东西断掉了一样,摸了摸面甲,咬了咬牙,最后叹了口气,躬身拜下:"臣知晓了。"

嬴政脸上的失望之色一瞬间消失了个干净,笑看着身旁的几个宫女:"来人,带先生去换衣裳。"

宫女带着顾楠离开,大概过了半炷香的时间,阁楼上传来不重的脚步声,嬴政期待地看向那里,随后却愣在了原地。走来的人穿着一身纯白色的裙装,白色的衣衫翩翩脱尘。那人卸去了冰凉凶煞的面甲,露出了本来的面孔,剑眉明眸,朱唇皓齿,面孔似有些微红,使得英武中带上了几分媚意,黑色的长发有几缕落在了衣衫上。她轻轻走来,像是凌波而立,没有一丝一毫的不好,不似人间之美,恍若谪仙。嬴政看得呆滞,许久没有回过神来。

直到顾楠不舒服地咳嗽了一声,眼角有些抽筋:"王上,差不多好了吗?"

"啊,"嬴政回过神,却舍不得移开眼睛,轻声说道,"起乐。"

声音很轻,就像怕惊扰了佳人一般。

"先生……"嬴政对着阁楼外的高台做了一个"请"的手势。

还要公开处刑吗……我是不是哪里惹到这个小子了?顾楠沉着脸看着阁楼外的高台,若是站在那儿,下面的人也都能看到。她深吸了一口气,自暴自弃地想:算了,眼睛一闭一睁就过去了。

楼阁上传来袅袅琴音,殿中饮宴的群臣疑惑地抬起头,却见到一个白衣女子慢步走了出来,随着她缓缓走出,殿中的声音一点点散去。那女子就像是尘世之外的人一般,立在凉淡月色下,立在咸阳城的摇晃灯火中。大殿中一片静寂,再没有半点声音,所有人都痴痴地看着那女子,就好像一切都在此刻定格了似的。乐声绕梁,女子随着乐声轻轻伸出了手,随后轻舞而起,衣袖翻转,裙带翩然,一切都美得不可言喻,如至仙境。衣带中绣着锦绣山河,恍惚间似是看到了那女子正站在山河中,站在盛世的光景中轻旋。

所有人都沉浸其中,嬴政也一样。他坐在楼阁里,看着外面那披着月色在灯火中起舞的女子,眼中迷离。裙装的长袖摊开,半笼着月光,恰到好处,像轻纱搂住了明月。月下的那人微微回眸,让人看清了她,却是极美。眼中烟波流转，只是一眼就让人难以自拔，又不敢多看，深恐唐突佳人。

直到一曲尽时，佳人退去，宫闱中依旧久久没有声响。一个人的酒杯脱手，落在了地上，酒水溅落了一地，才将众人惊醒。人们纷纷抬头再去寻找那女子，却已经不见人影，恍若隔世，只听到一人轻轻地问道："那女子，是谁？"

没有人回答他，就像沉浸在那一曲、一舞、一眼中，不想醒来。

【一百五十九】

顾楠从高台上走了下来，生无可恋地回头看了一眼，楼阁下鸦雀无声。被，笑死了吧……

感觉没脸见人了，我堂堂一军领将。她都不敢想下面的人会想些什么，估计她那蹩脚的仪舞，明天就会成为全城的笑料。呵呵，她有一种想要找一面墙撞死的冲动，所幸她忍了下来。迈着无力的步伐从台阶上走下，顾楠只感觉自己有些累，比打完一场仗还累，那是一种心力交瘁的感觉。走回嬴政面前，却见到嬴政正呆呆地看着自己，不知道在想些什么。

也许是气到了，顾楠也没有再行礼，伸出一根手指在嬴政的额头上弹了一下："我这次算是丢人丢大了，这下满意了吧？"

啪，一声轻响，嬴政被顾楠这一弹弹回了神，看着近在咫尺的人儿，脸色一红："满，满意了。"

顾楠白了他一眼，看得嬴政又是一阵恍然。顾楠转身走开，拉扯着袖口，准备去将身上的这身衣裳换了。

独自坐在桌案前的嬴政，傻傻地摸着自己被弹红了的额头，咧着嘴轻笑了起来。顾先生倒是已经很久没有像这般弹过寡人的额头了。

殿中的众臣慢慢从舞中转醒过来，呼出了胸中的一口浊气，留恋地看了一眼那已经人去楼空的高台。

"哈哈，今夜能见如此如仙之舞，着实快哉。老夫，谢秦王赐舞。"

众人这才反应过来，纷纷对着楼上拜道："谢秦王赐舞。"

"哼。"嬴政听到外面的声音，冷哼了一声。什么叫作赐予你们的，就连寡人都是求来的。他有些后悔，该让顾先生只跳给他一人看才是。等到顾楠回来的时候，那身白色的裙装已经被换去，重新换上的是那身丧白的衣甲，还有那张凶煞的兽面。嬴政看向重新换上甲胄的顾楠，又想起先前她翩若脱尘的模样，眼中颇有几分遗憾和懊恼。刚才只顾着发呆了，却是还没来得及好好看个清楚，真想再看一次。不过看顾楠的样子，显然余怒未消，嬴政也没敢提。

顾楠看着嬴政的样子，胸中的郁气变成了无奈，毕竟是自己看着长大的学生，就让他胡闹一次吧，叹着气摇了摇头。"王上。"她微微躬身，捧着装着裙装的盒子，"这是方才的衣物。"

嬴政一愣："寡人不是说送给先生了吗？"

顾楠将盒子放在桌上，无力地说道："王上你也知道，我是武将，用不到这种衣物的。"

"那也送给先生了。"顾楠还想说些什么，却被嬴政抬了抬手阻止了，他认真地说道，"先生常年领军在外，为我大秦搏杀，却无有功名，也无有得赐，大秦对先生亏欠良多。微薄之礼，是寡人对先生的感谢，还请先生莫要回绝。"

顾楠默然地看着盒子，最后无奈地收了下来。

嬴政笑了笑，扭头看向楼外的咸阳："而且，顾先生，你刚才的样子，是很好看的。"

啪，一根手指又弹在了嬴政的头上。

"先生，你又为何打我？"

"不敬师长。"

"呵呵呵，先生打得是，该打。"

第二日，宫闱中的倾世一舞传出了宫墙，也不知道是谁多言，咸阳城中流传着那一舞的风姿。书生不见那风姿悔恨不已，作赋自哀，也有说是见过的夸夸其谈。但是谁也说不清楚，跳了那一舞的到底是何人，只知道是一个从未在宫中见过的极俊美的女子。有人说那是秦王的妃子，但秦王才刚加冕，还未听闻有什么王妃之言。如此一来更加众说纷纭，说是宫中善舞的舞女，说是秦王姐妹的都有，更有甚者说是天赐一舞，祝秦国运。最荒唐的是居然还有人说那是陷阵领将，说他曾经有幸见过那陷阵领将摘去面甲，就是那个女子的模样。当然，惹来的自然是众人的大笑。陷阵丧将是一个怎样的杀徒谁不知道？曾见过陷阵军归来的人指着咸阳城的东门笑道："那时候整条街都是那股凶戾之气，叫人不敢抬头，就是走近都能感觉自己浑身发寒，大气都不敢喘上一下。那般的人会是个女子，还能跳出叫群臣为倾的舞？说出来谁能信？"

宫殿中，画工收起笔。绢布上画着一个柔美的女子，衣袖舒展，站在云月下，似在起舞。他将笔放在一旁，静静地看着绢布，有些痴迷，这幅画应该是他此生最好的作品了。

"画好了吗？"一个声音问道，嬴政坐在那里。

画工连忙躬身行礼："回王上，已经好了。"

"呈上来。"

"是。"

绢布被递了上去,送到嬴政面前,被他取过来拿在手里。画得虽然不错,但是终究少了一份神韵,不过依旧甚美。嬴政看着画微微一笑。

城门口,一个穿着白色粗布衫的年轻人站在那儿,看年纪是个只有二十余岁的年轻人,黑色的长发绑着,双臂怀抱着一柄青铜长剑,身姿挺拔,带着一种锐利的气息,使得这个看起来本该颇为普通的年轻人,看上去就像一柄出鞘利剑立在那儿。棱角分明的脸上带着一分淡薄的神色看着咸阳城的街道,眼里似乎浮现了一些怀念。应该是个年轻的剑客,只不过奇怪的是,他的腰间还别着一把短木剑。木剑雕刻得还有些拙劣,只能说勉强看得出是一把剑。一个剑客身上带着这样一把剑,说不出来地古怪。

街道上有些熙攘,剑客的身边却有些安静,声音似乎被什么阻止了,传到他身边时就已经很小了。他张了张嘴巴,好像是在自言自语:"咸阳城。"一个小孩从年轻人的身边跑过,却被年轻人伸手搭住了肩膀。小孩回过头来看到挡在自己身前的人影,吓得退了半步:"你有什么事吗?"年轻人一愣,脸上动了动,扯出了一个有些勉强的和善笑容:"小兄弟,你知道这咸阳城里的武安君府怎么走吗?"

"武安君府?"

【一百六十】

小孩缩了缩脖子,指着一个方向:"你顺着那条街一直走下去,就能见到了。"

年轻人抬起头,看着小孩指的街道笑了笑:"多谢小兄弟了。"说着起身准备离开。

"喂,"小孩在他身后叫了一声,年轻人停下脚步回头看去,见那小孩颇为严肃地说道,"看你人还可以,我多告诉你一句,那地方人很少,传说还有冤鬼索命,我朋友上次就在夜里看到一个穿着白袍、戴着兽面的人从那里走过。"

看着小孩严肃的模样,年轻人似乎有些忍俊不禁,抬了抬眉毛:"是吗,或许我认识那冤鬼。"

带着剑的年轻人离开,小孩在原地摇了摇头,唉,不听劝啊。小孩准备离开,结果又有一只手搭上了他的肩膀,回过头,又是一个背着一柄剑的年轻人,他看着小孩眯着眼睛笑嘻嘻地问道:"小孩,你知道武安君府怎么走吗?"看看一个人顺着街道离开，小孩疑惑地抓了抓脑袋。怎么一个个的，都问那个地方？

落叶被风轻轻卷起吹到一旁，画仙在一旁抚琴，顾楠坐在堂中看着简书，小绿则仰头看着半空中的云发呆。一起将府里打扫了一遍，午间是颇为安宁的，没有什么事务可做，三人坐在一起休息。她们的生活一直很平静，平静得可以说是有些沉寂了，偌大的武安君府只剩下她们三人还住在这里。顾楠听着耳畔轻奏的琴音，半合着眼睛，不知道若是自己在外行军的时候，家里只剩下她们二人是个什么模样。而且她们本来都该早早找一个归宿的，却都没有，陪在她这样一个人身边，似乎是还准备陪她一世。她只知道自己亏欠她们许多。顾楠曾经问过她们，想不想离去，她们却都怒视了顾楠一眼，生了她半天的气，等气消了之后，才叹着气说，若是她们都走了，谁陪着她？顾楠没敢再提这件事，怕自己又说了什么不该说的话。大门依旧高大，只是和少时来这里的时候看到的比起来小了很多。也是，已经过去这么多年了。

穿着白色布衣的年轻人提着剑，站在武安君府前怀念地看着大门，伸出一只手，犹豫了一下，轻叩门扉。

砰砰砰，大门被敲响，本来安静的院中被敲门声打扰，撞破了琴音。顾楠疑惑地看了一眼门，突然眼睛一眯。小绿显然不满意有人打扰了她们难得安静的日子，抿着嘴正准备去开门，顾楠却拉住了她，笑了笑："我去开吧。"她一边说着一边站了起来，不动声色地握住了腰间的无格，向大门口走去。她感觉到门外有一股极为纯粹的剑意，咸阳城里没有这样的人。

吱呀，门外的年轻人等了一会儿，才听到一阵脚步声，随后大门被缓缓打开。

顾楠看着眼前穿着白色布袍的年轻人，莫名地感觉甚是眼熟："你是？"

年轻人看到顾楠，将剑扣在掌中，行了一个礼："师姐。"

"小聂？"

"所以说，你是被那鬼老头放下山来历练的咯？"顾楠将无格放在一边，笑着问道。

"不，我已经习成出师了。"说到"出师"二字，盖聂的眼中带着些别样的神色，似乎有些默然。

"这样。"顾楠将他的神色看在眼里，自然明白他在想什么，"习有所成，出师是好事。"说着，她打趣地一笑，"你的进步不小，刚才我还以为是什么高手登门呢。"确实，如今盖聂身上的剑势给人的感觉浑然一体，剑在他的手中就好似不再是剑，而是身体的一部分一般。而且剑意凝练收敛，掩于心中如利剑归鞘，但是偶尔依旧能感觉到那一闪即逝的锐利的气息。气度也稳重了许多，不像小时候，总喜欢调笑小庄。"鬼老头怎么样了？"顾楠想起了那个没谱还爱生气的老头，笑着问道。

"老师在让我们离开后也离开了，不知去处。"

"嗯，是他做事的风格，教完了就撒手不管了。"

"这么多年没见，小聂也长这么大了。"小绿将一盘点心放在盖聂身边，画仙也笑着坐在一边，看得出来对盖聂的到来她们都很开心，毕竟家中少有客人。

"谢谢绿姐。"看着堂中，盖聂平静的脸上露出一丝怀念的笑意，却感觉少了一个人，"连先生呢？"堂中静了一下。顾楠似乎是释然地说道："老连年纪也大了，几年前已经离开了。"

盖聂一愣，点了点头。那时候老连还时常让他和小庄坐在黑哥的背上，牵着他们一起遛马。

"不说这些。"顾楠淡笑着摆了摆手，"小庄呢，他没来？"

"嗯。"盖聂顿了一下说道，"小庄现在在韩国，去见故人，他让我带个好，说过些时候再来。"盖聂没有说真话。卫庄是去了韩国，但不是去见故人，也很难再回秦国。

"这样。"顾楠笑着摇头，"那小子的横剑术练得如何了？"

"小庄的剑术进步得很快，和我差不多。"

"你这是在夸他，还是在夸你自己？"

"呵呵。"盖聂难得地笑了笑，对顾楠拱了拱手。

"师姐，此番我来，是想与师姐交手一番，以证我的剑道。"说着他的身上冒出一股凌厉的气势，如同一把剑正在缓缓出鞘，只向着顾楠迫去。画仙和小绿能感觉到一些，但不会感觉到不适。

"嗯，气势不错。"顾楠满意地看了盖聂一眼。这份剑势，已经是天下数一数二的剑客了，配合鬼谷的剑术，能和他交手的剑客，咸阳城中为数不多。

武安君府门前，背着剑的年轻人正准备勘察一番，却突然感觉到了一股逸散的剑气从府中传来，凌厉的感觉让他背后一凉。他暗中退了半步，翻身上了一旁的房顶，探出一个脑袋，向剑气传来的方向看去。

【一百六十一】

那股逸散的剑气虽然并不明显，但若是细细察觉，便会让人忍不住心中发颤，甚至……

趴在房顶的年轻人低头看了看自己的手。同样作为剑客，他只是感觉到那种剑气，手掌就已经在微微发抖，想要拔剑。关键是这股剑气还不是针对他的，他感觉到的只是逸散出来的气息。咕嘟，年轻人咽了一口口水。这里面，到底在做什么？就算是传闻中的黑剑，这种剑气，未免也太恐怖了吧？虽然有些惊吓，但是年轻人没有要离开的意思，眼中反而更加兴奋。他这辈子最见不得的就是两样东西：一个是好酒，一个是好剑。天下名剑中有一把剑一直被江湖中人避而不谈，却被称为天下第一凶剑，盖因它是一柄失格之剑。此剑为秦国一领将所佩，不知其来历，不过每每出鞘皆是一片杀伐。剑主乃天下闻名的凶军陷阵军领将，携此剑陷杀军阵。此将常年立于秦王之侧，犯禁之人皆斩，无数的江湖中人都死在了这柄剑下。相传这剑斩众万人，剑上的煞气经久不散，出鞘时的铮鸣声就能叫人心畏胆寒。

难得有此机会，年轻人舔了舔嘴唇，今天是定要见这天下第一凶剑的模样的。剑气越来越近，年轻人悄然屏住了呼吸，心跳也渐渐慢了下来，匍匐在房檐上，就像和这房子融为了一体一般，让人难以察觉到他的存在。在他的目光中，府里的小院里走出来两个人。

一个二十几岁的青年，穿着一身普通的白色布袍，神色肃穆，手中握着一把青铜长剑，拇指扣在剑柄上，似乎随时准备将剑弹出。自己感受到的剑气就是从这个人身上散发出来的。年轻人的眼睛半眯。这人，莫不就是那传说中的黑剑的主人？不该啊，听闻那黑剑是一把失格之剑，那剑客手中的剑却是把再普通不过的青铜剑。年轻人的目光看向了跟在青年剑客身后的那人。那人穿着一件丧白色衣袍，黑色的长发绑在脑后，看起来带着些随意的感觉，在青年剑客的剑势中却依旧像在闲庭信步似的。年轻人的视线第一时间落在了那人的腰间，那里别着一把剑。通体漆黑，收在剑鞘里，远远看去就像一根烧黑了的木棍，但是看着那把剑，年轻人却平白生出几分危险的感觉。那就是黑剑无格吗？他悻悻地将自己的视线收回，看向那人的脸。他呆住了。那是一个女子，生得俊美，眼眸间带着女子特有的柔媚，一对剑眉却又带着几分凌厉和英武，只是看一眼就叫人一阵恍惚。没开玩笑吧，年轻人只感觉自己似乎发现了什么了不得的事情。传言中的黑剑无格之主、秦国丧将，竟然是个女子？

"就在这儿吧。"顾楠站在小院中看着盖聂，笑着说道，"你可给我悠着些，要是把院子弄乱了，害得我们要重新打扫，我可饶不了你。"

"嗯，师姐放心。"盖聂点了一下头，右手慎重地搭在了剑柄上。眼神凝聚，目中的剑意几乎凝成一线。同一时间，小院中生起了微风，草叶轻摇，顾楠的衣角微微晃动。

吱，剑刃和剑鞘之间发出了一阵摩擦，一截反射着寒光的剑刃慢慢被抽了出来。呼，风声一紧，空气似乎受到了压迫向四周流散。一丝飞散的气流划过顾楠的脸侧，垂在脸侧的长发被吹起，几缕头发轻轻掉落。

　　"进步不小。"顾楠对盖聂赞叹了一声。确实不小，从前那个连剑都使不利索的孩子现在已经有大剑客的水准了，比我当年也是不遑多让了。她轻翘着嘴角，从腰间将无格解下握在手中，不过我也不是一点进步都没有的。脸上的笑容敛去，半闭着的眼睛抬起，看向盖聂的方向。一股凶煞之气一瞬间将盖聂笼罩在了其中，如山将倾。盖聂的眉间皱起，随后又松了开来。他的眼中浮现出一股气势。师姐只是静静地看着他，他就已经遍体生寒，师姐的剑术果然很强。

　　趴在房顶的年轻人脸色苍白，身上打着哆嗦，明明是五六月份的天气，却觉得浑身发凉。想跑，现在就想夺路而逃，但是被他强忍了下来，从腰间取下一个酒葫芦，放在嘴边喝了一口。一口酒入喉似是真将周身的寒意驱散，让他好上许多，堪堪松了一口气，趴在那儿继续看着。

　　"小聂，小心了。"顾楠淡淡地说道。没有时间让盖聂多想，下一刻眼前的天地仿佛都暗淡了下来，刹那定格。一切再无光亮，只看得到一抹剑光在黑暗中缓缓抽出，伴随着让人惊颤的剑鸣之音，流光飞逝。转息之间，好像是天地间只剩下了那抹剑光，划开了他眼前的明暗向他而来。剑光凄白，让人沉在其中，并不快，就像时刻被延长了，一切都变得缓慢。

　　不能反抗也不想反抗，只是静静地看着那一剑袭来。房顶上的年轻人双眼失神，就像是没了知觉一样。铮！一声剑吟却在这时突然响起，让他惊醒过来。当！随后就是一阵金铁交击的声音，打破了这如梦似幻的光景，也挡住了这快得不似人间的一剑。

　　盖聂的额头上密布着冷汗，微微喘气。青铜长剑横于身前，险之又险地架着那柄已经出鞘了的失格黑剑。直到这时，才算真的看清了这把黑剑的全貌。长剑脱鞘，剑身不知是何材质，不同于青铜那般掺杂着暗黄之色，反射着明光流转，甚至能映出人影，倒映着用剑相击的两人。剑柄上没有守剑之格，整柄剑仿佛只为攻伐而生。咔，盖聂手中的青铜剑发出一声清脆的哀鸣，随后长剑裂开了一道裂缝。

【一百六十二】

　　咔咔，裂口越来越大，最后一声轻响，青铜剑身上的剑光似乎一暗，再没有声息。顾楠没有再出剑，无格翻转，随后没入剑鞘中，四周的寒气一散，又恢复了平常。盖聂愣愣地看着自己手中的剑，静默了一下，将长剑收回剑鞘中。顾楠看着盖聂的样子，拍了拍他的肩膀："你的剑路已有通达，我只胜你不多，这次，你是败在了剑上。"说着，她转身准备回堂中休息。盖聂看了顾楠一眼，默默地点头，随后平静地张口说道："师姐，这剑，六环钱。"

啪，顾楠的脚下一绊，差点摔了一个跟头，回头看了盖聂一眼，有些尴尬地咳嗽了一声。因为她花钱有些大手大脚，所以她手里是不管着钱的，家里的钱都由小绿和画仙管着。她们两人那时候就颇宠着盖聂和卫庄，要是让她们知道盖聂第一天来就被自己弄坏了剑，自己估计又要被说上一顿了。"喀喀，那什么，小聂，师姐一直以来都待你不错吧。"顾楠一手揽住盖聂的肩膀，"感慨"着说道。

"……"

"这钱，不然先赊着？"

"……可以。"

两个人从小院中离开，房顶上的年轻人松了口气，半靠在房檐上，仰头看着半空，拿着手里的酒葫芦灌了一口，却没有心思想别的东西，满脑子都是那叫天地色变的一剑。长空中飞过一只鸟，往云下飞去，不知去了哪里。突然，年轻人的眼中露出了几分坚定的神色。

那剑，我要学会！

夜里小绿拉着顾楠打下手做了顿好吃的，四个人坐在一起边吃边聊颇为开心，大都是些盖聂和卫庄在鬼谷中的趣事，还有咸阳城里这些年发生的笑话，比如武安君府被人说闹鬼，半夜见过一个白衣兽面的"冤魂"；还有顾楠被认为是哪家俊俏的男儿，被人家姑娘递了手绢什么的，说得顾楠的脸都是黑的，盖聂的脸上倒是一晚都带着淡淡的笑意。饭后几人靠在那棵老树下闲谈，画仙在一旁抚琴，琴声都轻快了许多。黑哥也被牵到了树下，对于盖聂的到来，它看起来也很高兴，虽然它依旧是那副傲气的面相。黑哥拿头撞了一下盖聂，似乎是说他怎么这么多年都没来。顾楠和小绿下着象棋，盖聂靠在树干上抱着脑袋，夜晚宁静得只有那恬淡的琴音在耳畔轻响。他看着高悬在半空中的明月，微笑着眯着眼睛。这里和儿时一样，总能让他有一种莫名的感觉，说不出来却很是特别，不需要考虑别的，只需要安静地享受着别人的陪伴的感觉，就像家一样。静望着明月，盖聂想起了什么，眼神一黯，小庄。

"小聂，"树下传来顾楠有些气急败坏的声音，还有小绿的笑声，"你来陪我下一局。"

顾楠的象棋连小绿都走不赢，嗯，也许下棋烂这种事情也会师承吧。盖聂轻笑一声，从树上跳了下去："嗯，来了。"要不要让师姐呢？

第二日，顾楠从房间里伸着懒腰走出来，一边穿着外套，一边叼着发带随手将头发拢在脑后。走到堂前的时候，她发现盖聂正站在门前扫着树叶。他刚到咸阳，也没个住处，昨夜便将他从前的房间收拾了出来，让他先住下了。厨房里传来淡淡的香味，想来小绿和画仙已经在做饭了。顾楠悠闲地轻靠在门边，盖聂听到动静，回头看了一眼："师姐早。"虽然现在已经是午时了。

"早。"顾楠倒是对自己睡懒觉这件事很坦然，打着招呼，将发带从嘴上拿了下来，扎着头发。"之后有什么打算？"她虽然并不清楚鬼谷的情况，但她也明白，盖聂来秦国应该不只是为了找她来叙旧这么简单。

盖聂扫着落叶，像是思考了一下，才说道："我会去面见秦王。"

顾楠扎好了头发，笑了笑，说道："我可不会帮你哦。"

"嗯，"盖聂笑着看了顾楠一眼，"师姐莫要小看我。"

一片树叶从树上落了下来，顾楠伸手一接，那落叶在半空中就像被什么吸住一样，落到了顾楠手中。小聂准备在秦国谋事，那么小庄为什么去了韩国？如果小庄在韩国施为，两人日后很可能会是敌人。她看向盖聂，眼神有些严肃："小聂，你和小庄……"

"师姐放心便是。"鬼谷门人一纵一横，只有一人能够活下来，接任鬼谷之位，以双全之法习得纵横。但是盖聂不准备将这件事告诉顾楠，这也是小庄的意思。他们之间会有一个了结，也只能有一个了结。

砰砰砰，顾楠还准备说什么，大门却被轻轻叩响，是有人来拜访。最近的客人有这么多吗？顾楠愣了一下，走到门边。大门被打开，门外站着一个年轻人。年轻人穿着一身青黄色的布袍，头发有些凌乱地绑着，腰间挂着一壶酒，背上背着一把剑，一副游侠的装扮。顾楠疑惑地看着眼前的人，她并不认识，不过看他的模样，怎么感觉似乎认识自己？"请问……"

年轻人咧嘴一笑，双手抱在身前，躬身就拜："在下姜庆，拜见师父。"

"啊？"

荆轲者，姜姓，庆氏，也称庆卿、荆卿、庆轲。

【一百六十三】

初夏的天气微热，使得空气都略有沉闷。顾楠怔怔地看着眼前这个叫作姜庆的年轻人半晌，眉梢一挑。她并不认识眼前的年轻人，但是直觉告诉她，这是一个麻烦。"抱歉，我这里不收学生。"说着就要把门关上。

吱，砰。大门在关上的前一刻，一只手伸了进来，牢牢地抓住门边，叫道："别啊，师父，我是真心求学啊。"姜庆两手打着战撑着门板，门上传来的巨力让他的脸涨得通红。

"啧。"顾楠的眼角抽了一下，但还是把门重新打开了。

门外的年轻人松了一口气，讪讪地看着顾楠。虽说是个女子，但是师父的力气还真大啊。

"你来这里学什么？"站在门边，顾楠无奈地问道。

"剑术！"姜庆抬起眼睛，认真地说道。

盖聂的视线也投了过去，看向门前的年轻人。虽然不好说，但是眼前的年轻人身上应该有着不浅的内息修为，而且从双手看明显本身就是一个用剑的好手。顾楠上下打量了姜庆一眼，盖聂看出来的，她自然也看出来了。这样的人突然到她这儿来学剑，确实有些奇怪。"你来错地方了。"她一边说着，一边指了指西面，"西街有一家习剑馆，你该去那儿，我这儿教不了你。"

姜庆抓了一下头发："请师父恕罪，听闻咸阳城中先生善剑，我就寻来此处。昨日我至府上，正好看到师父在和那位先生比剑，不敢打扰就在旁观望。"说着看了一眼门中的盖聂，脸上带着一些尴尬的神色，毕竟偷看别人比剑确实不是什么可以光明正大说出来的事情。他僵笑了一下，又拜了下去："师父昨日那一剑，学生观之深刻，辗转难眠，今早思量许久至此求学，还望师父成全。"盖聂了然地看向姜庆，原来如此吗？

"你倒是坦然。"顾楠站在门边看着姜庆，却还是摇了摇头，"只是我教不了你，你去别处吧。"说着转过身，关上了门。

姜庆这次没有上来拉门，只是苦笑地看着大门缓缓关上。他自知偷观他人的剑术已经是无礼，人家不与他计较就已经很好了，自己还强求学剑，确实有些厚颜无耻。不过，谁让我这好酒好剑的毛病没得治了呢？他仰起头看着府邸大门，笑着摸了摸鼻子。那样的剑术要是错过了就是一生的遗憾了，先请罪然后再求学吧。想着，他在门前的地上盘膝坐了下来。

顾楠从门边走回来，盖聂看向顾楠："师姐，我观那人还算诚心。"

"这不是诚心与否的问题。"顾楠摆了一下手，"我的剑术有别于旁人，是在战阵中磨炼而成的，招式杀意过盛，常人学了只会坏了前程。心性不坚者，或许还会遁入其中不能自拔，莫害了那人才好。"

"如此吗？"盖聂皱着眉头似乎在思量什么，担心地看了顾楠一眼。

顾楠自然明白他的心思，笑道："我的剑术我自己自然有把握。好了，不要多想了，饭该是做好了，去吃饭吧。"

大殿中的嬴政靠坐在座上，两手轻放在身旁，殿中静默。他半闭着眼睛，眼前似乎看到了无数的兵戈指向苍穹，看到了无数的战马踏入雄关，看到了黑云一般的烽火遮蔽了天空。当他再睁开眼睛的时候，一切尽去，只剩下从外透进来的刺眼昼光。这乱世纷扰已有百年，早已当尽矣。

李斯拱手站在殿下，望着座上的人："王上。"

"那份简书可是已经送到了吕先生那儿？"

"已经送至吕先生手上。"

"嗯。"嬴政点了点头，对着李斯笑道，"先生，这十年之策，看来已经到时候了。"

十年，李斯谋定诸国而定其策，蚕食列强，固内而屯军，休养民地生息，积大举之粮。王政固权之时，就是秦国铁蹄踏马，倾覆天下之际。如今秦国拥兵之众无惧众国，屯粮丰仓可行连年之军。叛乱不定已去，内无忧患，具普天之下近半之地。齐、楚、魏、韩、赵、燕，天下诸国，再无强敌。

李斯站在殿中，淡淡一笑，气度凌然："万事俱备矣。"

嬴政从座上站了起来，顺着台阶一步一步地走出殿外，目视天空。为何会有那么多人赴命在这纷乱末年中，争这天下之分？无有所何，人生当世，不就该一展胸中抱负，不就该有那铮铮野心？李斯跟在嬴政背后，目视着这个立于苍穹下的人。"先生，你可记得当年你问寡人的第一个问题？你问寡人，何为国？先生说聚百万人而为国。寡人现在，倒是又有了一个答案。"嬴政抬起自己的一只手，眼中似有一种激荡狂狷，望着长空之下，声音铿锵："天下为国！"

天空好似为这四字一沉，云层散开，天光骤亮。

李斯站在那儿，胸中激荡，手掌紧握，笑着跟着轻声念道："天下为国！"

顾楠这段时间的日子过得并不算好，只能说她的直觉不错，那个叫作姜庆的年轻人确是个麻烦，大麻烦。自那天之后，他就日日站在武安君府的门前，说是请罪。看着本该是个跳脱的年轻人，却在这件事上较真得让人头疼。他神色认真地站在那里，不知道的，还以为武安君府多了一个守门的，风雨无阻。小绿和画仙每日都能见到这人，开始也没有什么，到了后来实在看着无奈，对顾楠说若只是教剑，就且教上些好了。盖聂什么也没多说，倒是每日出去后，都会给他带些吃食回来。

第六日，姜庆抱着剑靠在门边半寐，突然门里传来一声轻响。大门被打开，姜庆一个失衡摔进了门里。"怎么了，怎么了？"他惊醒过来，四处张望着，却见一个人站在他的身后，抬起头正好看到那人。一个声音传来："你想好了？"

【一百六十四】

三日前。夏日的夜晚算不上凉，耳畔传来虫鸣的声音，使得晚间不至于太过安静。武安君府门前，不知道为何，不会有士兵巡逻，所以也遇不上宵禁的士兵，倒是让姜庆不至于被抓了去。他半靠在门边，拿着一块布擦着怀里的剑。武安君府的大门却在这时候被打开了，他回过头去。一个人走了出来，穿着长袍，气息锐利，脸上好像始终是一副平静的表情。这个人他认识，是那个和黑剑持有者交手的男子，虽然他输了，但是这个人也很强，至少比他强。男子站在姜庆身边，没有看他，只是淡淡地说道："你早些离开吧，师姐不会教你。"

"就算是离开，也不是现在，"姜庆仔细擦着自己的剑，剑刃上带着若有若无的微光，笑了一下，"而且我相信，很多事精诚所至。"

盖聂慢慢转过身，看着坐在地上的姜庆："何必如此坚持，师姐的剑不一定适合你。"

"但是足够强！"姜庆抬起头，直视着盖聂的眼睛。那双眼睛让盖聂一愣。半晌，姜庆的头低了下去，将擦剑的布小心折好收进怀里，微笑着看着自己的剑，像是在自言自语："我答应过一个人的。男人的承诺，可不能随便食言。要护她一辈子，我的剑术还是太弱了。"

他解下腰间的酒葫芦喝了一口，不再说话。最后看了一眼这个坐在地上的人，盖聂默默地转身，走回府里关上了门。

坐在门前的姜庆两眼微醺地看着手中的剑身，剑身中他似乎看到了什么，让他的脸松了下来，露出了一个会心的微笑。

第四日开始下起了雨。夏天的雨落如倾盆，来得很快，就像是突然间打湿了咸阳，让路上的行人都皱起了眉头。雨水从房檐上滑落，连成一片水帘。水珠落在青石板铺成的街道上，顺着石板的纹路流淌，汇聚在一起，后来的雨水落入其中，溅起一朵朵水花。那个叫作姜庆的年轻人依旧站在门前，没有离开，最常做的事情就是喝他的酒，擦他的剑。他依旧只有一个想法：那剑术，他要学。

从门外摔进来，看到眼前的人，姜庆有些惊喜地从地上爬了起来，这是他这些天第一次见到顾楠。随后他立马拍了拍衣袖上的灰尘，收起笑容，认真地站在顾楠面前拱手说道："师父，先前不问观剑之罪，庆为之请罪。"虽然是个郎当模样，但人还算有礼。

"你这几日站在门前，就是要说这话？"顾楠看了姜庆一眼。

"嘿嘿，是。"姜庆笑着摸着后脑勺，说道，"只是一直没有见到您。"

勾嘴一笑，顾楠看着这个年轻人："你不是来求学的吗？站了六日，就为了请罪？"

"先请罪再求学，这不是做学问的规矩吗？"姜庆笑着说道。

摇了摇头，她有些搞不懂这家伙，明明是一副吊儿郎当的模样，却对一些无关紧要的规矩分外坚持。她不知道，在未经允许的情况下偷看别人的剑招，这件事在很多剑客的眼里是十分逾矩的。"先前观剑之事就算了。"顾楠本来也没有太在意这个。

"谢师父。"

"别再叫我师父了。"顾楠叹了口气，算是将他放了进来。这小子在门前站了六日，要是再不让他进来，谁知道还要站上几日。她一边重新将大门关上，一边说道："我也没有要收你的打算。"

"这般。"姜庆脸上的笑容落寞了一下，又很快恢复过来。

"师父，如何肯教我？"

他看着顾楠，眼神坚持。

顾楠看着他，沉默了一下，摇了摇头，转身在前面带着路说道："先跟我来吧。"带着姜庆走进堂中，让他坐在了一旁。

盖聂看到顾楠带着姜庆走了进来，淡淡地对他点了一下头，姜庆也冲他咧嘴一笑。顾楠在自己的位子上坐了下来，看着堂下两人"眉来眼去"的模样，挑了挑眉梢。

"你们在做什么？"

"没什么。"盖聂移开了视线，姜庆笑着抓着头发。

顾楠给自己倒了一杯水捧在手里。姜庆，她不记得历史上有这么一个人，想来只是一个普通的游侠罢了。不过，他对剑术倒是挺坚持的。顾楠看着姜庆说道："我不能收你做学生，因为我的剑术并不适合你，就算我愿意教，你也只会毁了你的前程。"说到这儿，她慢慢喝了一口水。她的剑术是为取人性命而成的，其中的很多剑路都很极端，行气为了剑快，走的多是强行运气的路子，伤人伤己，对自身有不小的负担。她的身子有异于常人都不能长久使用，更不要说别人。她的剑术根本不适合他人练习。

坐在堂中的年轻人脸上笑容黯淡，他明白顾楠没有必要骗他，不适合就是不适合，有些东西确实强求不了。学不了吗？他的眼神中第一次出现了一丝哀色。

"不过，你在我门前站了六日，我可以教你先前那一剑。只是一剑的话，你可以学，但也只是那一剑。我的剑术行气不同于旁人，用那剑术对你的身体负担不小，学不学，还在你。教完之后，你就离开，如何？"

姜庆听到这儿面色一喜，站了起来："我学，谢师父。"

"不用叫师父，我也没有收你，叫我先生就是了。"

"是，学生明白了，先生。"

【一百六十五】

流水滔滔东去，渭河之水翻涌着奔流向前；远处的咸阳半笼在轻薄的雾气里，看着有些模糊，只有一座看不清楚的城楼宫宇立在那里；山坡间的小路崎岖。河流之畔，辽阔的河面上隐隐约约能看到几个船夫在摆渡，河畔的浅草低垂着，堪堪没过脚踝。

两个人站在河畔，似乎注视了一会儿长流东去。顾楠穿着一身白衣，脸上戴着面甲，腰间的无格静静地悬在那儿。那一剑她已经教给姜庆，今天她是来送他离开的。走到渭河的河畔，她却有些恍然，似乎不知不觉间，她已经在这儿送别了很多人。有些人回来过，有些人却再也没有回来。姜庆穿着一身布衣，背上的剑斜背着，两手抱在身前，眯着眼睛看着渭河，看着河上的斜帆，望着远处的山峦，半晌笑道："还真是壮阔之景，正好送别。"说着看向身边，"先生，你有酒吗？"

"没有，"顾楠望着河川，波涛翻涌的河上，几只飞鸟横空而去，"早就戒了。"

姜庆看着顾楠眼神垂沉地望着远处，不知道她在想什么，应该是在想什么人吧，至少他是这样。他笑了一下，就像是为了打破安静的气氛："送别无酒，岂不是寡淡了许多？"他从腰间解下酒葫芦，笑着喝了一口，"幸好我自己有。"温酒入喉，他却望着河畔不知该抱有何种情怀。

两个人静静地站在河畔，各自想着各自的事情。

"你为何学剑？"顾楠突然问道。耳畔轻涌的涛声阵阵，姜庆半眯着眼睛，微笑着似乎理所当然地说道："因为我喜欢剑。"

"不只是这些，你有自己的理由。"顾楠没有看姜庆，淡淡地说道，一样理所当然。为了一把剑如此执着，执着的不会是这三尺青锋，而是用剑人的心。姜庆没有再说什么，没有反驳，也没有承认。直到他突然看着那薄雾中的朦胧河山，问道："先生，知道卫国吗？"

卫国，顾楠似乎还记得这个名字。这十年间无有大战，但是战事在这个乱世中从来不会断去。一年前，秦国曾出兵攻魏，攻打的似乎就是魏国的一个附属国，卫。

"那是一个不错的地方。"姜庆轻声说着，勾起嘴角，似乎看到了卫国之景，眼中迷离，又喝了一口酒，"我练剑，是为了救一个人。"这就是他对剑全部的执着，很简单，却足够让他为此搭上性命。他挑着眉梢，轻摇着手中的酒葫芦："说出来先生可能不信，她长得比先生你还要好看几分。"他看向顾楠，将酒葫芦挂回腰间，自嘲地笑了一下，随后深深拜下，"用那般无赖的方法向先生求得一剑，庆自知卑劣，已失剑客所持。"为了学剑，他可以不要性命，何况是那点自尊。他要做的只是学会那剑，做他最后能做的事罢了。"我都以为先生不会教我了。"他垂着眼睛，又笑了一下，"或许，也只有先生这般的人，会教我吧。"一直笑着的人，这次的声音里却带着一些颤抖，"授业之恩，庆无以为报。"他轻轻抬起衣摆，双腿微屈，向地上跪去。一只手却按在了他的肩上，没让他跪下。"剑我已经教你了，要用这剑，你的身子撑不了多久，你自己好自为之吧。"说完，转身离开。她不知道姜庆还有另一个名字，叫作荆轲。她若是知道，可能会出剑，但她不知道，只留下姜庆一人独立在渭水旁，凄凄一笑，静静地看着长流消失在天际。他背着剑，提着自己的酒葫芦，渐渐走远。他会练成这剑，然后死在这剑之后。

卫国曾有一个少年、一个少女，少年爱剑爱酒，少女喜欢看少年舞剑饮酒。直到秦国的铁蹄踏来，山河破碎。少年的剑被挑飞，少女被掳，少年在昏死过去的前一刻，听到一人说道，此女可献于王。

顾楠顺着小径走回咸阳城，快到城门口时，一个老人向她迎面走来。老人穿着一身褐色的短衣，脚上踏着一双草鞋，身形佝偻，半驼着背，背着双手。老人走到她身前的时候却停下脚步，静静地看着她。顾楠也停了下来，疑惑地看着这老人，问道："老先生，是有何事吗？"老人没有回话，只是认真地看着她的眼睛，最后眼睛落到了顾楠腰间的无格上。他摇了摇头，自说自话似的摇着头："此剑煞气太重。"顾楠的眼中疑惑："先生是有什么话要说吗？"老人最后看了一眼顾楠，却从她的身边走开，离去的时候留下一句话："你的剑太过凶煞，恐为天下至凶，切要小心，莫使得害人害己。"顾楠一愣，皱着眉头，回头看向小径，老人却已经离开。顾楠又低头看了看腰间的无格，手放在上面，半晌，眉头松开淡淡一笑。天下至凶又如何，我师父不还背着天下近半的杀罪？

善如何，凶又如何？这世道，还分得清这些东西吗？她不再去想那个古怪的老人，向咸阳城中走去。

顾楠离开之后，老人又出现在那儿，背着手，看着她离开的背影，面色沉重。那柄"剑"真的可以说是天下凶兵，身负滔天血债。想到这儿，他摇了摇头。如此凶剑，还是不要列入剑谱为好。老人无声地离开，似乎要去找下一把剑。至于他找的是真的剑还是用剑的人，就不得而知了。

吕不韦被罢免了相国职位，因其在先王时有功，执相以来也多有良政，很多大臣上书求情，嬴政最后没有杀他，只是将他遣出了咸阳，让他去了自己的河北封地。吕不韦从咸阳离开，沿渭河而上，他回头又看了一眼咸阳城，应该是最后一眼。

【一百六十六】

吕不韦被遣走的那一天，嬴政坐在蕲年宫里，遣散了周围的人，慎重地从床边取过一个盒子。他将盒子打开，里面是一卷卷竹简。竹简看起来有些陈旧，边角上都有一些磨损，看得出来已经有些年份了，而且经常被人翻看。嬴政拿起一卷，坐在桌前细细读着，等到午间的时候，他才抬起头。腹中有些饿，他唤人准备用膳。"来人。"嬴政唤道。一个宦官走了进来，低着头恭敬地站在他的面前。"我有些饿了，准备进膳吧。"一边说着，一边挥了挥手。

宦官点头应是，正准备退去，突然又像想起了什么，对嬴政躬身说道："大王，早间吕先生离开的时候，送了一份礼物给您。"

"哦？"嬴政抬了一下眉头，声音有些惊讶，"礼物？"

"是。"

"取上来吧，我看看。"

"是。"宦官离开，大概过了半盏茶的时间，带着一个人走了进来。

嬴政抬起头看去，眉头皱了起来。那是一个女人，长得很美，似水一般轻柔的模样。肌肤洁白，身材婀娜，古怪的是小腹似乎有一些隆起。黑色头发盘在头顶，穿着一身华美的宫装。五官清秀，面孔微瘦，本该是一位倾城的佳人，只不过她的双眼无神，眉目之间没有半点神采，无声地跟在宦官身后，也没有反抗，就像一个任人摆布的人偶。

"这就是吕先生送来的礼物？"嬴政平静地问道。

"是。"宦官没敢抬头，"吕先生说，这是攻卫之时所获，佳人丽姿，名为丽姬。"

"呵，那个老货。"嬴政淡淡地点头，收起竹简放回盒子中，"人如其名。你下去吧，快些备膳。"

"是。"宦官退下，殿中只留下嬴政和那个无神的女人。

嬴政静坐在那儿，抬头看了看女人，看着她的模样无奈地叹了口气，问道："家住何处？"

被叫作丽姬的女人抬起眼睛看了一眼嬴政，又低下头："卫国。"

卫国，卫国何处？嬴政轻皱着眉头："家中可还有人？"

丽姬没有回话。家中还有何人？她想起了那个倒在血泊中的少年。他已经死了，还能有谁呢？

"你告诉我，我还能送你回去。"嬴政淡淡地说道，"说与不说，你自己想明白。"说完就不再理那女子，拿起桌案边的竹简看了起来。

不知道过了多久，宦官端着一个食盘走了进来，送上了饭食，默默离开。嬴政拿起一碗饭，看了眼还站在那儿的女人，目光落在了她的腹上，看出了异样："已有孩子？"

提到孩子，女人的眼中好像才有了一丝波动，微微点头。

吃了一口菜，嬴政问道："可有去处？"

似乎终于有了反应，女子回答道："无有去处。"

沉默了一会儿，嬴政点了点头："且先在这宫中住下吧。"

秦王宫的偏殿中住下了一个女人，嬴政吩咐了两个宦官、两个宫女负责照顾，就不再多管了。对于吕不韦送上的这份礼物，他显然没有太大兴趣。如今的他，看中的是这六国纵横。

顾楠在院中抱剑静坐，突然一片树叶从老树上飘下，一个人影落在她的身旁，她慢悠悠地睁开眼睛："你们不能用一些正常的拜访方式吗，比如敲个门什么的？"人影自然是王家秘卫，只有他们才会用这样没有半点礼貌的登门拜访方式。虽然说起来陷阵军有时候也差不多，但起码陷阵军是从门走的，不过是破门而入罢了。

"王诏从急，自然不能同寻常一般行事。"秘卫站在顾楠身侧淡淡地说道。陷阵与秘卫两家也算是常常合作，这些多说一句话都嫌麻烦的人也会和顾楠偶尔聊上两句。

"有什么事？"

"秦王召见将军，午后有事相商。"秘卫对顾楠说完，就翻过墙离开了。

动用秘卫召见？顾楠挑了一下眉梢，看来不会是什么简单的事情了。

蕲年宫前，一个身穿白袍的人慢慢走来，侍卫没有阻拦。看到这人脸上的面甲，常年在宫中的侍卫都知道这人是谁，不会阻拦。宦官迎了上去，对着这人躬身行礼："见过将军。"

"嗯。"顾楠点了一下头，从腰间解下无格交到宦官手中，宦官端着无格退身让开。顾楠仰头看了眼面前的蕲年宫，迈步走了进去。殿中只有两人，一个是坐在上座的嬴政，还有一个是李斯，正坐在殿下，看到顾楠进来，对顾楠一笑，拱了拱手。

"顾先生，你来了。"嬴政笑着说道，"请坐。"顾楠走进殿中行礼："拜见王上，见过李先生。谢王上。"顾楠坐到李斯身边。

李斯看着顾楠似乎想起了什么，笑着小声说道："顾先生，前几日咸阳夜宴之后，就没见过你了，那一舞真是让斯大开眼界啊。"

还真是哪壶不开提哪壶啊！顾楠脸上一抽，身子一侧，皮笑肉不笑地在李斯耳边说道："书生，你皮痒是不是？"

"咯咯。"只觉得身子一哆嗦，李斯吓得咳嗽了几声。

嬴政没听清两人在讲什么，不过看两人的样子，明显不是在聊什么正事，笑着摆了摆手："二位先生就先莫闲谈了，此番召二位来，是有正事相商。"

顾楠和李斯都收起了轻笑，认真地看向嬴政。

"顾先生，寡人有一个问题想问你。先生觉得，六国如何？"

六国如何？大殿中沉默了片刻。六国如何，顾楠知道嬴政终究会问这个问题，算算时间，确实也差不多了。她斟酌了片刻，看着嬴政，说道："齐外强中干，赵长平已破，魏安王昏聩，燕连战耗国，楚徒具强名，韩名存实亡。"

殿中两人的脸上都露出了一个淡笑。顾楠看着他们，勾着嘴角摇了摇头。这两人明明都有自己的答案了，却非要再问她一遍。

【一百六十七】

"先生，"嬴政深吸一口气，凝神看着顾楠，"我欲倾六国，先生可愿意帮我？"

顾楠的眼睛抬起，眼神落在了坐在上座的那个人的身上。不知道是不是错觉，她似乎在那双眼睛中看到了一份野心，一份足以造就一个新世间的野心。她慢慢抬起手，微微一笑："固所愿也。"

日暮的余晖晕染着半个天空，就好像一位美人用红绸遮掩羞容；云层舒卷，被浸得金红，半笼着夕日沉入宫中的高楼屋檐之后。顾楠从宫门慢步走了出来，无格随意地扛在肩上。她走出宫门，从侍卫手中牵过黑哥，黑哥懒散地甩着尾巴，慢悠悠地跟在她的后面。走在街上，余晖照在顾楠的身上有些发暖，她眯着眼睛看着绯色的天空，好像又看到了那个老人站在自己面前。

"这乱世，人命很贱，贱如草芥。

"但若是平了这乱世，天下大治，这天下又会是怎样一番光景？

"你可曾想过，有一日，天下再无战事，百姓安居，衣食无忧。男耕女织，田间小儿嬉闹，像为师这般的老者只该是坐在树下喝茶下棋。

"那般的世间，人恐怕才算是真的活着吧。"

…………

顾楠轻笑着，神情恍惚地看着天空喃喃自语："只差一点点了，你看得到吧，老头。"没有人回答她。从宫门出来，街道冷清，只有一人一马走在街上的声音。顾楠的眼睛慢慢垂下，面甲冰凉，看不到她的表情。黑哥打了一个响鼻，将头靠在她的肩头，那双眼睛半合着。顾楠笑了一下，搂着黑哥的脖子，拍了拍。

嗒嗒嗒，一人一马在铺着斜阳的街道上渐渐走远，就和当年一样。

嬴政准备举兵，韩国在七国中最小，实力最弱，所处的位置却异常重要。它扼制秦由函谷关东进之路，秦要并灭六国，首先必须灭韩。秦、韩两国间的连续战争，韩早已无力抵抗，土地日小，沦为秦国藩国，说是名存实亡，绝非重言。但即使如此，想要灭韩，也还需要一番筹备。因为其他诸国都知道韩国的重要，不会眼睁睁地看着韩国覆灭，所以需要让其他众国无暇来援，或者转移注意，随后即可灭韩。

殿上，李斯说出了他的计划。赵举则韩亡，韩亡则荆魏不能独立，荆魏不能独立则是一举而坏韩、蠹魏、拔荆，东以弱齐燕。燕国与赵国接壤，但是两国常年相战，其间势如水火，一触即燃。用间插暗子，交好燕国，挑拨赵燕关系，使燕对赵举兵攻伐。待燕赵战起，秦国即借口援燕抗赵，开始对赵进攻。秦军从西面、西北面、南面三路攻赵，但把进攻的重点指向赵国南部，以陷赵军两面作战、腹背受敌的困境。到那时，最有可能援韩的赵国自身难保，各国的视线都聚在赵的这潭浑水上，那时再向韩国施压，以韩王安那软弱无能之辈，自然不攻自溃，再起兵攻伐，进陷韩国，轻而易举。不过那之前，还需要一人去一趟韩国，让他们不要过早地介入秦、赵的战事。这人不可领军而去，若兵戈压境，只会适得其反，让韩王选择与赵国联合，但是又要有一定的威慑，让韩王不敢轻动。陷阵领将恰好符合这样的要求，丧军之名足够韩王慎重斟酌一番了。

顾楠要去韩国走一趟，对她来说，公费出游还是不错的差事，而且听盖聂说，卫庄也在韩国，此去说不定还能见到。咸阳城门人潮熙攘，两匹马从门中走了出来。顾楠骑在黑哥的背上，身上穿着一件简单的白色布衣，背后带着一个行囊，行囊中装着嬴政写给韩王安的简书。李斯骑着马走在顾楠身边："顾先生，此去韩国如若有变，恐有凶险，为何不带几个亲卫去？"

顾楠无奈地勾着嘴看了李斯一眼："我又不似你这般文弱，若是有我都脱不了身的困境，带几个亲卫也没用。"

李斯拍了拍腰间的仪剑："先生可莫再说斯文弱了，斯也是上阵杀过敌的。"

"哦，那日撞死在你剑上的乱军？"

"咔咔咔。"

"哈哈哈。"

"就送到这儿吧。"路边，顾楠看着李斯笑着说道。李斯勒住缰绳，身下的马慢慢停了下来，在路边来回踩动了几下。李斯看着顾楠，认真说道："顾先生，此去还望多加小心。"思量了一会儿，他又说道，"小心一个叫韩非的人。"

韩非，顾楠愣了愣。这人的分量可不小，战国时期的韩非子啊。"知晓了。"顾楠说道，甩了一下黑哥的缰绳，骑着黑哥离开了。黑哥的马蹄微陷入松软的泥土里，留下了一排足印。

蕲年宫。嬴政站在栏杆外眺望着城门，他看不到那里的人是不是已经离开，只是站了许久，风吹动他的衣角，随后不作声地走回宫里。

小路的尽头传来一阵不紧不慢的马蹄声，等到那马蹄声走近，路上出现了一个骑着黑马的人，穿着一身白色的布袍，手中拿着一块兽皮，嘴里叼着一块干粮，脸上是一副郁闷的神色。昨夜下过雨，今早起来的时候，树枝受了潮，害得没法点起篝火，连做些热食都没有办法，只能吃这些没什么味道的干粮果腹。这东西虽然不怎么好吃，但是管饱，一块下去，基本这个上午是不用再吃什么东西了。

林间的小道吹过一阵凉风，空气中带着潮气，两旁的树被吹得沙沙作响。

顾楠骑在黑哥的背上，看着手中的兽皮，这是她路过一个城邑的时候，从一个行商的人那儿买来的，上面画着秦、韩两地的大致地貌和路途。按照那人的说法，这是他在秦、韩两地之间多年行商，根据经验画的。看这模样应该还算可信，可惜顾楠有些看不懂，走了多日，也不知道自己具体走到哪儿了，但大概有一个感觉，应该是快要走到秦、韩交界处了。

【一百六十八】

"这地图，我怎么看不明白呢？"顾楠的脸色不太好看，吃不了热食又认不清路，今日她算是倒霉到一定份儿上了。她有些后悔，当日从咸阳城出来，怎么也该带上几个认路的家伙。"黑哥，你说这么画的，是不是直走？"顾楠俯身在黑哥的背上，将手中的地图放到黑哥面前，指着一条路问道。"哼。"黑哥翻了个白眼，耳朵扇了扇，一副对顾楠无话可说的表情。

"哎哎，你这是什么表情啊，到底是看得明白还是看不明白？"

"哼。"

一人一马聊得正火热，黑哥却突然动了动鼻子，停了下来。顾楠也像察觉到了什么，抬起头，看向远处的一个方向。那边，应该就在这片林子后面，有血腥味，很淡，估计是被雨水冲散了。"黑哥，"顾楠拍了一下黑哥的脖子，"去看看。"黑哥立刻迈着蹄子向那边走了过去。林子不大，大概只走了片刻就穿了过去。林子外是一片村子的废墟，被人放了火，村子里的房子大半都被烧塌了，焦黑的木头四处倒在地上，几只鸟停在断木上啄食着什么，看到有人走来，扑棱着翅膀飞远了。尸体倒在房屋里、道路上，到处都是，粗略地看去，大概有百来人，大部分是刃伤。地上还积着昨晚下的雨留下的水泊，水泊中平静地倒映着已经没了声息的村子。黑哥的蹄子踩在一片水泊中，踩破了平静的水面，水花溅开。顾楠骑在黑哥的身上看着四周的景象，她大概知道是怎么了。这样的情况这些年她见过很多次，要么是从战场上逃掉的乱兵劫掠，要么就是山间的贼匪盗抢。顾楠看着四周的样子，眼中没有愤怒，也没有什么伤感，只是摇了摇头，拉住了黑哥的缰绳，准备离开。在这个世道，这样的小村子没人会管，被劫了就被劫了，没有谁能抽出多的精力来管。一旁的小屋子里突然传来一声响动，顾楠回过头去，看到一间塌了一半的屋子里，一个蓬头垢面的小孩坐在那儿，惊恐地看着顾楠，或者说惊恐地看着她腰间的无格，抱着自己退缩在角落里。顾楠看着那个小孩半晌，似乎是叹了口气，从黑哥的背上跳下来，向那个小孩没走两步，他就发出了古怪的叫声，像是在警告顾楠一样。顾楠没有再走近，从怀中掏出几块干粮包在布里，放在了屋前的一块断掉的木板上。她看了那小孩一眼，走回黑哥身边，翻身到它的背上，重新向道路走去。黑哥这次也没作声，默默地走开。顾楠趴在黑哥的背上，静静地拿着手中的地图，眼睛却没有落在地图上，半晌，喃喃自语："会过去的，要不了多久了。"

这个乱世，终究会过去的。

韩国新郑。

一个年轻人拿着手中的一份简书，坐在楼上的窗边读着，穿着一身华贵的紫色衣袍，腰悬明玉，是个翩翩公子，时不时拿起身前的杯子小酌一口，一副悠然自得的样子。楼下堂中的酒客、食客也都喝着酒，相互闲谈着，身边都坐着几个女子。这地方显然是一个花柳之地。

"欸，你听说了没，韩王的军饷被劫了。"一个酒客看向身边的同伴，可能是因为喝了酒，两颊发红，看着有些昏沉。

"韩王的军饷被劫了？"同伴一惊，又连忙压低了自己的声音。

"哪家的贼这么大胆？"

"对。"最开始说话的酒客自得一笑，神秘地举着酒杯，小声地一字一句地说道，"不是哪家的小蟊贼。"

"我听说，昨夜大雨，军饷就那么平白在雨中熔开了，杳无踪迹。"

"随后守着军饷的士兵又受到了鬼兵的袭击，是鬼兵冤魂作祟。"

"鬼兵作祟？如何说？太过离奇了些，恕我难信。"

"我也不信啊，但是听说是那些士兵亲眼所见，而且那么多黄金在雨里说没就没了，你觉得还能是什么？"

"我觉得？我觉得事在人为。"

穿着华服的公子坐在窗边听着下面的闲言碎语，摇了摇头，继续看着手里的书。流言蜚语，这种东西倒是哪里都是。那公子拿起酒杯送到嘴边，勾嘴一笑。不过，我也觉得事在人为。

韩王宫前。站在宫门前的士兵伸了一个懒腰，要不了多久他们就该换班了。守宫这事算不得一个美差，但起码是一个闲差。这时，远远地，一个人影出现在那儿。那人牵着一匹黑马，穿着一身白袍，头顶戴着一个斗笠，看不清样貌和身形，腰间挂着一把其貌不扬的黑剑，向宫门走来。"站住。"几个士兵走上前，手中的长戈架在一起，挡住了那人的路。"前处是王宫之地，可有通行证？"

那人停下脚步，身后黑马的眼睛上有一道刀疤，看起来颇有凶气。半响，那人从怀中拿出一块牌子："我乃秦国来使，求见韩王，烦请通告。"

士兵接过牌子，看不出材质，但是放在手中颇重，相互看了几眼，将牌子递了回去，对那人说道："稍候。"说着退了下去。

大概过了一会儿，一个穿着甲袍的将领模样的人走了出来，站在那人面前微微行礼："职责所在，怠慢先生，还请勿怪。"

"无事。"

"不知先生可否将使令与我一观？"接过那块牌子，仔细地看过后，身穿甲袍的人点了点头，对身后挥了挥手，两侧的士兵让了开来，他也让出一个身子的距离："还请先生先随我来。"

两人离去，留下士兵们聚在一起。

"秦国来使啊，你们见过吗？"

"没见过。"

"不过听声音怎么像是个女的？"

"多想，我觉着你是想女人想疯了。"

"哈哈哈哈。"

【一百六十九】

砰砰，房门被轻轻敲响，坐在房间中的人眉头微皱，显然对这样的打扰有些不满。

此人已是中年，身材微胖，穿着一身华服，头戴珠冠，手中捧着一卷竹简。因为敲门声响起，他将竹简放了下来，摸着自己说道："进来。"如今军饷被劫，他正心绪不宁，却还有人来打扰，实在有些恼火。一个侍卫模样的人走了进来，低着头向他行礼："大王，宫门外有一秦国来使，带有使令，求见大王。"

坐在房中的人正是韩王安。

"来使啊。"韩王皱着眉头摸着胡子，淡淡地说着，看起来并不放在心上，但是突然又像反应过来，盯着那个侍卫沉声问道，"你刚刚说什么？秦国来使？"

侍卫擦了擦额头上的冷汗，点了一下头："是，秦国来使。"

韩王的眼神动了动，像是在思考什么，半晌，招了一下手："让使者去殿上，我过会儿就到。"

"是。"侍卫的两手抱在身前，退了出去。

顾楠跟在守宫将领的身后走进了宫门，宫中的道路安静无声，只听得到两个人的脚步声，偶尔才能看到一两个宫中的侍者低着头走过去。顾楠的眼神隐晦地看向宫墙的一个角落，又移开了视线。在那里她感觉到了一道视线，不只如此，一路走来，都有人悄悄跟在他们身后，气息控制得不错，是高手。顾楠没有说破。别人的地界，对她这样突然来的客人小心些，没有什么不可。

没过多久，将领带着顾楠走到了道路的尽头，前面是一个恢宏的宫殿，殿前的台阶连着道路。他只能将顾楠带到这里，再往前他就不能去了，伸手做了一个"请"的手势,对顾楠说道:"前面就是韩王殿,职务在身,就送到此,先生请去便是。"

"多谢。"顾楠点了点头,背着手顺着台阶走了上去。

站在殿前的侍卫对顾楠行了一个仪礼,他们的目光落在顾楠身上,对眼前这个戴着斗笠看不清面貌的使者都有些疑惑。"王上让先生在殿中稍候,他会尽快前来。"侍卫说着看向了顾楠腰间的无格,"烦请先生将兵刃先交给我等。"

虽然有很多区别,但是宫里的规矩,果然是一样多的吗……顾楠解下腰间的无格,放在了侍卫手中。

侍卫弯下腰:"先生请入。"

偌大的宫殿十分安静,走一步似乎都有回音。四下无人,但是能感觉到从她走进宫门时一直跟在她身后的那个人没有离开,就在附近。大概过了一盏茶的时间,顾楠听到一阵略有些急促的步伐,随后一个身穿华服的中年人从殿后走了出来,身旁跟着几个侍者,对顾楠笑着抬了抬手:"事务紧急,怠慢了先生,还请先生勿怪。"

顾楠笑了笑,躬身一拜:"大王何话,国务为上,大王为政勤恳,实乃韩国之幸。"

"哈哈哈,善。"韩王笑着坐在座位上,对身旁挥手道:"来人,赐先生座。"

侍者很快拿着一副坐垫和桌案走上殿中,摆在殿下。

韩王伸出手对顾楠说道:"先生,坐。"

"谢大王。"顾楠对韩王执礼,随后入座。韩王开始打量坐在殿下的这位秦国使者。穿着一身白袍,显得有些清瘦,也让人疑惑,秦人不都该尚黑吗?难道此人在秦国所职并不是很高?戴着一个斗笠,看不清面目,但是身坐王前,还不摘去,看起来有些无礼了。但是韩王并没有生气,而是笑着问道:"不知先生名讳?上国此次派先生前来,又为何事?"说完看着顾楠,等着她的回答。

顾楠的手放在斗笠上,轻轻将它摘了下来。斗笠取下,露出了里面的面孔,或者说,面甲。面甲上的纹路像是刻画着一只凶兽的面孔,狰狞可怖:"在下秦陷阵领将,姓名难言,还请大王勿怪。"

殿中寂静。

韩王看着坐在殿下的白衣兽面之人,手脚发寒。秦国派出的使者会是谁,他先前多有猜测,但是万没有想到会是这个人。这个人在秦国的意义非同寻常,不离王侧,仅受王命的禁军领将,在各国中也是凶名赫赫。秦王派这个人出使韩国,是有什么打算?韩王的额头上冒出一些细密的汗水,他一时间也猜不到秦王的想法,但既然是这位丧将来,那么带来的恐怕不会是好消息了。韩王没有说话。

顾楠从怀中取出一份竹简,捧在手中,声音平稳无波:"此次前来,是受王命,将此简献于韩王。"大殿中安静了一下,韩王对身旁的一个侍者招了一下手。侍者躬身,走到顾楠面前取过竹简,交到韩王手中。韩王慢慢打开竹简,垂下眼睛,缓缓地读了起来。但是他越看下去脸色越不好看,还带着几分怒意或者又带着几分惊慌。直到他放下竹简,面色铁青,不知道在想些什么。秦国要攻赵,而简书上的意思就是,让韩国莫要插手。与其说这是一份来书,不如说是威胁。但是他能如何?如今的韩国不可能抵挡得住秦国的攻伐,只论韩国之力,恐怕就是联合了赵国也难和秦国为敌。秦要攻赵,不关韩国的事,但是赵国与韩国接壤,若是赵国真的被破,韩国将置身何地?若是赵国溃败,秦再攻韩,韩立而无援,如何是好?韩王看向静坐在殿下的顾楠,捏着手中的简书,神色不定。良久,他合上眼睛,抿着嘴巴,握着竹简的手一松。进退不得。连赵抗秦,韩国亦无力举兵,只得权且苟延,以求秦国不攻。

韩王对顾楠笑了笑:"秦王之书,寡人已经看过,有劳先生了。寡人这便起简回书,还请先生在宫中小住几日,也好让寡人尽待客之谊。"

顾楠轻笑,韩王的反应都在意料之中,他确实没有别的选择:"谢大王。"

【一百七十】

顾楠被安排在宫中的一个偏院休息。韩王当夜召见了相国张平,还有大将姬无夜。三人相谈许久,待到两人出来时,相国张平的脸色难看,相反姬无夜勾着嘴似在笑着什么。两人站在宫门前对视了一眼,张平的目光轻轻移开,挥袖离开:"姬将军走好。"

姬无夜站在张平背后,看着他离开的背影:"相国大人,走好。"

韩国接连出现大事,前阵的军饷被劫案还未了结,此时又突然来了一个秦国使者。

若只是普通的使者就罢了,这使者却是秦国陷阵之将,带来的秦王简书也绝非事小,关乎韩国安危。韩王召见两人的时候两人就能明显感觉到韩王的不安和恼怒。军饷被劫案在姬无夜的举荐下,韩王命相国张平负责。军饷本由王亲龙泉君和安平君负责,此时军饷无故失踪,自然只能从此二人口中调查。但是此二人为王亲,不可能动刑严审,颇为棘手。这些天来,因为调查军饷被劫案,已经有五任主审因毫无所获被革职,这五人均由相国张平提拔扶持。很明显是有人在打压相国在朝中的势力,这人只可能是姬无夜。张平如今审查此案,若是再无所得，姬无夜定会趁势申责，就算他张平身为相国也难逃审查不力之罪。

第二日早间。
"哼。"张平站在院中的树前，皱着眉头轻哼了一声。
"父亲。"一个少年站在张平身后，面容俊秀，貌似好女，穿着一身青白色的长衫。"您可是为劫案一事所忧？"
张平的面色一松："良儿。"对于自己的孩子，他一直以来都很满意，才思敏捷，多有长计急智，不过少年就已经能帮己分忧。张平回过头，看着身后静立的张良，叹了口气："是如此。"说着，背着手，在院中走着，"良儿，军饷之事，你觉得如何？"
张良站在张平身后，神色微沉，看上去也很是苦恼。"涉案两人，龙泉君和安平君均为王亲，父亲审案不得用刑，恐难有所获。"
"是啊。"张平摸着胡须，幽幽地说道，"你觉得他们说的鬼兵所劫，还有那雨中熔金，有几分可信？"
张良沉默了一下，半晌，说道："不过五分。若此事有假，那么此二人就脱不开干系。"
张平的眼睛眯了眯，衣袖下的手攥着："王亲谋私，奸佞当道，如今的韩国……到底已经变成什么样了？"
张良感觉得到父亲的苦楚，皱着眉头，忽然慢慢说道："父亲，如果真要审此二人，我有一个人选可荐。"
"何人？"
"韩非。"

夜半，张平走下马车，跟在张良身后，皱着眉头看着眼前的地方。衣着轻纱的女子在堂中轻笑着靠在醉得糊涂的酒客怀中，声音喧闹，空气中带着淡淡的粉香。张平皱着眉头，看了身前的张良一眼："良儿，你不是说约见韩非吗，为何来了此风月之地？"
"父亲，韩非约的地方就在此处。"张良显然也是第一次来这种地方，看着那些衣着难蔽的女子，面上微红。张平的眉头皱得更深了。沉迷花柳的纨绔，真能信任？
"相国大人。"一声妩媚的声音响起，张平看了过去。一个身穿紫衣的婀娜女子迈着轻摇的步子慢慢从楼梯上走了下来，对张平笑了笑："那位公子已经等您很久了，请跟我来吧。"

先看看再说吧。张平轻轻点头，领着张良跟在那女子的身后向楼上走去。

女子领着两人走到一扇门前，将门缓缓拉开，房间中传来一阵阵女子的轻笑。向里面看去，两个女子正坐在一个身穿紫色衣袍的公子身边。那公子手中握着酒杯，逗得身旁的女子阵阵发笑，显然是一个花丛老手。看到张平，公子轻笑，抬了抬手中的酒杯："相国大人，好久未见。"

穿着紫色衣衫的女子轻笑着，慢慢走出门外，轻轻拉上了门。没人知道三人在里面聊了什么，只知道张平再从房中出来的时候，眼中已经没有了之前的顾虑，反而带着几分凝重和思索。带着张良走到门外，张平走上马车。马车开动，张平掀开侧边的帘子，最后看了一眼这个烟柳之巷。以破此案为押，谋求司寇一职。想要执掌韩国律法？张平移开了眼睛，将帘子放下，马车渐渐消失在夜色中。韩非，所图非小啊。

韩非微笑着将酒杯放在桌案上，从门中走了出去。轻纱薄帐，香烟袅袅，使得这楼阁中的景色有些模糊。人声渐远，他走到一扇门前。门开着，里面站着一个人，穿着一身黑金色的衣衫。让人注目的是，这人看上去年貌不过二十余岁，却有着一头白发。不像老人的灰白，而是一种苍白。韩非侧目看向他，同一时间那个身穿黑金色衣服的男子也看向韩非，两人静立互望着。男子回过头不看韩非，淡淡地说道："你不该来这里。来这儿的人，要么是我信任的人，要么他会死。"

"我觉得，我应该还没有时间成为第一种人，但是我也不觉得我会死。"

韩非从背后拿出一个盒子："因为它。"这个盒子是他通过那个紫衣女子得到的，里面装着这场军饷被劫案的破案关键。既然对方把这东西给他，显然就不会杀了他。

男子微微回头，目光落在那个木盒上，声音平静："你来这里做什么？"

"还礼。"韩非一笑。

男子没有急着回话，背着身子站在窗边，看着窗外的夜晚，过了一会儿，他突然说道："听闻韩王接见了一个秦国来使？"

"你的消息还挺灵通。"韩非笑着，走到坐榻边坐了下来，"为何突然提起这个人？"

"我要见她。"

"陷阵领将啊。"韩非将木盒放在桌上，"那真巧了，我也想见见这个人。"

【一百七十一】

韩王靠在床榻旁，手摆在身前。房中传来细碎的声音，分不清是门外的风声还是门内的轻纱微摇声。点点的月光穿过窗户，落在地上，使得房中还有丝光亮，也照亮了坐在床榻上的那人的侧脸。韩王的两手交叠，食指轻轻地一下一下地敲打着手背，一言不发。他的身旁还摆着一卷竹简，正是那个陷阵领将送来的秦国使文。秦王使令无误。回想起那日殿上那个面戴兽甲的人让人心寒的眼神，被那人看着就好像下一刻就会被杀掉一般的感觉。身份应是无误，秦国的陷阵将，名不虚传。韩王的眉头深皱，他现在要考虑的只能是如何保全韩国了。秦王，到底意欲何为？

韩王宫偏殿馆舍。天光渐亮，侍者早早将早饭送来。顾楠难得起了个早，她一般只有在家的时候才会睡不醒。嗯，或许是因为到了个不熟的地方，睡不好。她百无聊赖地坐在桌前准备吃上一顿早饭，却突然听到门外传来了说话声：
"公子，请问……"
"啊，我是想问问，秦国使者陷阵将可是暂住在此处？"
"回公子，是。"
"那不知我可否进去？我有事与将军相谈。"
"这，当然，公子请。"
"嗯，多谢。"

有人拜访？目光从门边收了回来，顾楠挑了一下眉梢，并没有放下手中的筷子，随手夹起一筷子菜送到嘴边。脚步声越来越近，随着那脚步停下，一个人已经站在了门前。顾楠这才抬起眼睛，向门边看去。那是一个公子，身上的衣袍绣样颇为繁密，看得出身份不低。嘴角带着一些浅浅的笑意，给人一种还算亲和的感觉。不过，这笑的，我怎么感觉不怀好意呢？顾楠暗自在心里念叨了一句，倒了水喝了一口，无奈地看了这公子一眼。

那公子看着坐在院中的顾楠，躬身一拜："在下韩非。不知将军正在用饭，叨唠了将军，还望勿要见怪才好。"

顾楠在观察他，而韩非也在观察顾楠。这丧将军确实如传闻一般，身着丧孝之服。意为不祥吗？韩非勾了一下嘴角。对于其他诸国的人来说，这位丧将还真是不祥之人。戴着面甲，面甲上是凶兽的纹样，让人看上一眼就有几分心悸。静坐在那儿还未有半点声响，但是站在这人身边，就平白地感到心上有股寒意。只是看了自己一眼，肃杀之息扑面而来，如同锋芒在喉。传闻这人常率所部陷于战阵中厮杀，杀穿血路，手中戮有万人。如今看来，这份气魄，当真骇人。韩非保持着淡笑，但还是不自觉地咽了一口口水。

韩非？坐在桌案前的顾楠眼神微微收敛，点了点头，还了个礼："原来是韩公子。"她知道来了韩国很可能会见到这人，但是没想到这么快就见到。韩非子，历史上法家的代表人物之一，一生希望在韩国变法、推行法度，但是不受韩王重用，最后被韩王遣入秦国求避秦国兵戈。韩非尽力施为，反驳李斯攻韩的建议，向秦国谏言成国业当灭赵而非亡韩。秦王虽欣赏他的文章和才学，但不受其议，将其关入监狱。李斯自知辩才不如韩非，恐迟有生变，最终亲自将韩非毒杀。其实韩国积弱久矣，韩国的局面没有他施为的余地，而天下之势亦没有留给他足够的时间，以他的才学应该明白，无论他如何，都不能改变什么，本就是一个已经被注定了结局的人。

"倒是公子勿要怪我身为使客，不能招待公子才是。"顾楠放下筷子，对着身前的座席做了一个"请"的手势，"公子请坐。"

"谢将军。"韩非一笑，坐了下来。

待韩非坐下，顾楠才看向他缓缓问道："不知公子来此处，是为何事？"她不觉得这人会无缘无故地找到自己。

韩非笑着坐在顾楠身前，行礼说道："非久仰将军大名，此次听闻将军客至此处，所以特来拜见，果然名不虚传。"

顾楠的眼睛一眯，看来此人确是有事而来了。

"韩公子之名我亦闻之久矣，秦王对韩公子所书颇有赞赏。"

"如此，真当非之所幸。"

韩非的笑很自信，就像一切都在自己掌握中一般。

"不过，非倒是还有一事。"韩非看着顾楠，"非也想向将军打听一番，将军此次前来韩国所谓何事？"

自己刚到韩国没多久，这么快就得到消息，韩非的消息倒是灵通。

"公子，"顾楠淡淡地说道，"你也明白，此乃国事，你我二人皆为人臣，不可妄言。"

"确是如此。"韩非点头合上了嘴，又突然一笑，"先生偷偷告诉非，不可以吗？"顾楠没有说话，只是不语地看着他，就像是在问，你觉得呢？"那就让我来猜猜如何？"韩非站起身，在院中踱步，像是思考了一会儿。等到他渐渐停下，眼神却有些凝重，又看向顾楠说道："秦欲攻韩？"

顾楠看着韩非没有说话，最后摇了摇头："韩公子，有些事情，即使你知道了也没有用，所以还是莫要多问了。"

"还不知道，怎么知道没用呢？"韩非的嘴角带着笑意，但是眼神里没有，他的眼神里只有一种东西。对于这种眼神，顾楠很熟悉。她看到过很多人都有这种眼神，或者说她自己也有。这种东西叫执念。"公子，"顾楠突然说道，"听闻近几日韩国中有军饷失窃，不知道此案如何了？"

韩非一愣，随后才恢复神色，勉强笑了一下说道："那将军问对人了，此案正由在下接手，如今已经有些头绪了。"他明白顾楠突然转移话题的意思。他根本无力管其他的事情，就算知道了秦国的来意又如何，他能做什么？

【一百七十二】

韩国如今内患未去，又如何考虑外忧呢？只是秦国已经遣使，留给韩国的时间还有多少，他已经没有把握了。韩国……韩非放在桌下的手轻轻握住，抬起头看向顾楠："将军倒是提醒了非，还有事务要做。如此，非先告辞了。"

"嗯，"顾楠看着韩非，"恕不远送。"

韩非向门外走去，突然又回过头，笑着看向顾楠："对了，有一个人想见将军，如果将军有暇，今日晚间非在紫兰轩等先生。"说完，向门外走去。

顾楠坐在原地，看着韩非远去的背影。韩非，若是当真让此人在韩国变法革新，或许真能让韩国成为不小的麻烦。看来，有必要的话……顾楠腰间的无格晃动了一下，被她伸出一只手轻轻按住。不过他说有人想见我？顾楠皱着眉头，笑着摇了摇头。这个时候的韩国，会有谁想见我？到时候去看看便是。拿起桌上的筷子准备吃饭，却发现饭菜已经凉了。

韩非走到宫门外，恍惚地走在街上。韩国的后路到底在何处？或者说，韩国真的还有后路可言吗？国中积弱积贫，治国不务法制，养非所用、用非所养。本就是众国之弱，却立于必攻之地，内忧外患，何来后路？陷阵之将使至韩国，明为出使，实为威慑。这代表着秦国的兵戈将起，到了那时，韩国不可能幸免于难。在那之前，韩国需要有保全自身的余力，起码需要周旋，让秦国斟酌的余力。还有一些时间。韩非深吸一口气，仰起头，嘴角又带上了轻淡自信的微笑。便是无有后路又如何，便是前路无途又如何？就算是无有路途，亦可开出一途。虽无归路，吾往矣，何须再有顾虑？就是十死无生，还未试上一试怎么知道？他早已断绝了自己其他的路，只留下一条，所以即使这条路走向死路，他也会走下去。报国之志，不明，则身死可以。

夜晚韩国的街上无人，只有几处地方还灯火通明。顾楠腰间挎着无格，慢慢地走在街上。本来冷清的街道，转过街角却突然热闹起来。街道的远处传来一阵阵的笑声和说话声，与周围寂静的街道格格不入。那里的一栋建筑灯火明亮，在漆黑的夜里很显眼。顾楠抬起眼睛看向它门前的一面匾额，紫兰轩。就是这地方吗？看着和东簪楼差不多。在这种地方见面，倒是有几分意思。顾楠握着腰间的剑柄，向门内走去。走进大门就好似来到了另一个世间，外面的夜里寂静无声，而里面人声鼎沸、轻歌曼舞。

顾楠走进来的时候，门边的几个人见到她都愣了一下，毕竟她这身打扮太古怪了些。谁来这种地方穿着丧孝袍，还戴着一副吓人的面甲？但是一个站在二楼的女子一直看着门边，直到她看到顾楠，才缓缓退去。没过多久，一个公子带着一个身穿紫衣的曼妙女子从楼上走了下来，向顾楠走来。那公子正是韩非，不过那女子顾楠不认识，面容姣好，身段撩人，看到顾楠就笑盈盈地走了上来，轻轻揽住顾楠的手臂，用一种亲和的声音说道："您就是公子说的那位陷阵将军吧？"

不过半贴在顾楠身上，女子却暗中一愣。她在对方的身上闻到了一股淡淡的香味，并不浓，但是很好闻，并非什么粉香，而是一种自然的香味，就像女子的体香一般。不过这人身上，为何会有这种香味？

"将军终于到了，我等在此等候将军多时了。"韩非笑着从楼梯上走了下来。他看到顾楠的模样先是一怔，随后轻笑了一下："将军来到此处为何还是这般打扮？"

顾楠感觉到靠过来的女子，不自然地向一旁挪了挪，脸上微热："早年脸上受了刀伤，留有伤疤，恐吓到旁人，所以常覆面甲见人。"

"原来如此。"韩非点了点头。作为这里的常客，他自然看出顾楠的不自然，暗自好笑。想不到这般的人居然也有不善应付的模样，着实有趣。但是如此看来，也难用女色拉近这人了。至于财帛，恐怕更不可能。

就连紫衣女子的脸上都带着浅浅的笑意，她还是第一次在紫兰轩见到躲着她走的客人。"韩公子，不知是何人想见我？"顾楠轻轻躲开了些，抬了抬手问道。

"哦，"韩非伸手说道，"将军请跟我来。"说着，领顾楠向楼上走去。随着三人上楼，沿着走廊走下去，身后轻佻靡醉的声音渐渐远去，到最后几乎不再能听到，已然是走到了一个安静的房间门前。

紫衣女子松开顾楠的胳膊，向门前走去，拉开了门："请进。"

房间中一个人站在那儿背对着三人。怎么感觉有些眼熟？顾楠心想。不过那人有着一头苍白的头发，她并不认识这样的人，如果有，应该印象深刻才是。

韩非回过头，对顾楠说道："将军请。"说着，先一步走进房中。

顾楠走进房中，大略看了一眼，房中的陈设很简单，一张桌案，一张卧榻，几个长柜。桌案上除了一副饮具外就无其他。房间的一角摆着一把剑，剑并没有收于鞘中，剑身展露在外，样式奇特，一面为刃一面为锯，刃面锋锐，锯面如颚齿。剑身上刻着一条鳞纹，剑柄弯曲。同样展露在外的还有那种笼罩在剑身上的凶戾之气。剑前还摆着一个精致的木盒，用的是上好的木料，盒子锁着，不知道里面放着什么，看上去应是一把剑的长度。顾楠站在那人背后，看着这个背对着她的人，疑惑地皱着眉头。直到这人慢慢转过身，顾楠的眼角一抽："小庄？"

男子看着顾楠，半晌："师姐。"

韩非和紫衣女子却同时看向顾楠，一脸愕然："师姐？！"

【一百七十三】

韩非和紫衣女子看着身边站着的顾楠，瞠目结舌地各自退了半步。这丧将，是个女子？一个以凶名威慑诸侯的将领居然是一个女子！而且，卫庄叫她师姐，那这丧将军莫非也是鬼谷弟子？不过——紫衣女子的脸色有些怪异。既然她是女子，也就是说我从刚才开始就一直对一个女子拉扯？想到这儿，她白了一眼一旁的韩非。这人是怎么搞的，和对方见了一面，连对方是男人还是女人都没有搞明白？韩非张着嘴巴站在后面，指了指自己。他也是先入为主，自以为丧将就是一个男人。不是，那可是凶名在外的杀人将，不管是谁都会下意识地以为是一个凶神恶煞、满面横肉的恶汉吧？看她那脸上的凶面，谁想得到她是一个女子啊？！

顾楠站在卫庄跟前，半晌，轻笑了一声，伸出一只手放在自己头上，比了一下两人的身高，她却是已经不如卫庄高了。她笑着说道："这些年倒是长高了不少。"

卫庄背着手，看着身前的顾楠，对于她的动作，似乎回想起了什么，嘴角若有若无地翘了一下，淡淡地点头："嗯。"

"不过说起来，你怎么变成了这样？"顾楠看着卫庄的白发，勾着嘴角，"少白头可不是一个好现象。"一边说着，一边用手背拍了拍卫庄的胸口，调笑道，"就算是年轻人也要节制些，总待在这风月所，身体亏空了可不好。"

"……"

"没有。"卫庄脸上的表情已经平静，但是仔细看还能看出一点点无奈，却并没有计较什么。

站在卫庄身后的紫衣女子看着卫庄的反应，眼中闪过一丝惊讶。她还是第一次见到这人对一个人的态度如此温和。紫衣女子摇了摇头，没有再留下来的打算，走到韩非身边带他走了出去，将门轻轻合上。

顾楠侧过头看着两人离开，眼神也变得认真起来："小庄，你为何不和小聂一起去秦国，却来了这里？"

"我在韩国，有事要做。"提及盖聂，卫庄的脸上莫名多了几分冷清。卫庄没有说他要做什么，但是以他的性子，顾楠也明白，在事情没有做完之前，他是不会离开的。"也罢。"顾楠说道，走到桌案前的一个坐榻上坐了下来。她沉默了一下，语气微沉："韩国要不了多久就会有大事发生，你自己小心些便是。"

卫庄站在窗边，目光看向西面，那是秦国的方向，他点了点头。他明白，风雨欲来。"师姐既然都来了，就说明，秦国也快来了。"

顾楠没有回应，也没有说对与不对，只是看了他一眼："若事不可为，就早些离开。"

卫庄默默地转过身："还未做过，怎么知道可不可为？"

顾楠看着眼前的人，他早已不再是当年那个嘴硬的孩子，她想到了什么，说道："你和你那个刚出去的朋友很像。"今天早间，韩非也和她说过一句很像的话：还不知道，怎么知道没用呢？

卫庄看向门边，摇了摇头："他不是我的朋友。"

顾楠的眼睛轻垂，她并不希望卫庄和韩非扯上关系，但这若是他自己的选择，她也没有办法干涉。她叹了口气，不知道在叹什么："别死了。"目光落在窗边的那把剑上，怪异的长剑就像一只凶兽匍匐在那儿。卫庄顺着顾楠的视线看过去，目光却落在了那把利剑前的木盒上，脸上的表情松了些，目光柔和，回答道："嗯。"

一旁的房间中，穿着华服的公子手里拿着一卷竹简，坐在桌案边优哉地看着。坐在一旁的紫衣女子看了一眼他手中的竹简，笑着掩着嘴问道："第一次见你的时候，你就在看这书，不知道是什么书，让韩公子如此沉迷。"

韩非抬起头，笑着摆了摆手："从我那秦国师弟手里顺来的一份残卷。要从他的手里拿东西可不容易，你应该也听过它的名字——《千字残文》。"

紫衣女子的目光一惊，看向了隔壁房间："这文前段时间轰动一时，皆为人所倾仰，但是作出这书的人，相传是……"

"是，就是那陷阵将所作。"韩非笑了一下，"从名字看，本该是指定千字之文,却只有数百余,所以我才说残。"说着看向手中的竹简,目光向往,"但仅是残文,就足以称得上惊世之作。"

"就算是惊世之作,也不必看得如此久吧?"紫衣女子说道,似乎明白了韩非的想法。

韩非摇着手中的竹简:"字句皆可拆分做析,为何不能看得如此之久?而且,"他停了一下,"我想补全它,以证我思。"他将手中的竹简放在桌上。他已经在此文中对作出此书的人神往已久,却没想到第一次见面会是以这种方式。若不是家国有别,或许又是非一知己吧。

紫衣女子静静看着韩非,过了一会儿,问道:"那公子,补了多少了?"

"哼,"韩非自信一笑,"一字未补。"

"公子,"紫衣女子幽幽地看了韩非一眼,"闹这一下,你很开心吗?"

"哈哈,"韩非尴尬地抓着头发,"确实是一字都没有补上,我也没有办法。"

顾楠从房间中走出来,卫庄并没有一起出来,而是继续留在房中。韩非和那位紫衣女子站在楼梯口,看着那个身着白衣的人影离开,之后走回卫庄的房间,却见卫庄正站在窗边,目送着那人离开。"喂,人都走远了。"韩非站在卫庄身边,笑着说道。

"我知道。"卫庄淡淡地横了韩非一眼,"你在她面前的时候小心些,若是让她感觉到你对秦国有威胁,我也保不了你。"

顾楠慢悠悠地走在安静的街道上,她不清楚卫庄留在韩国的原因,但是卫庄既然在和韩非共事,那么就脱不开韩国这潭死水。希望,是她想多了吧。

街道清幽,顾楠走在街巷石板上,脚步声回荡在空巷里。

【一百七十四】

街上静得有些过分,一路上却是连一个巡夜的官兵都没有见到。顾楠疑惑地看向街边,韩国的巡夜这么松散的吗?王宫附近的街道上都没见到半个人影。管控不严,可是容易出大事的。街上的光线暗淡,只有点点的月光还落在街上,使人还能看清一些东西。铺在路面上的石板带着些微光,角落里传来些细碎的声音,也不知道是不是那个角落里跑过老鼠。呼,风声微动,不过街道上没有什么风的感觉。顾楠的眼睛向后一瞥,似乎看到了什么东西在夜色下掠过。她并没有停下脚步,而是继续向前走着,就好像什么都没有看到一般,手掌垂在腰间的无格旁边，食指轻轻敲着无格的剑鞘。

嗒，一旁的房檐上突然传来一声轻踏的声音，一个身影落在那里，顾楠没有回头去看。

她身前街道的远处，一队诡异的士兵正缓缓走来，没有脚步声。这群士兵都不似人形，半浮在空中，手中握着兵戈，身上缠绕着黑烟，黑烟中隐隐露出浑身的枯骨和破碎的甲胄，深幽的眼眶中没有眼睛，无神而空洞地注视着地面。那群士兵半浮着身子，立在街道上拦住了顾楠的去路。

"这就是那所谓的鬼兵？"顾楠眯着眼睛，似乎是自言自语地说道。这几日韩国境内鬼兵劫饷的事倒是闹得沸沸扬扬。只是粗略地看了一眼，这些东西的身形模糊，不过是幻术而已，并没有实际的身体。不过这个幻术，倒是有些眼熟。直到那些鬼兵走近，他们才抬起头，看向朝他们走来的顾楠。兵戈竖起，黑烟翻涌，数十个浮在半空中的鬼兵突然号叫着，向顾楠挥砍而来，夹杂着风声的呼啸落下。直到兵戈落到顾楠的面前，她都只是看着。兵刃在触到顾楠面甲的一瞬间，顾楠的手放在了无格的剑柄上，一声轻鸣，无格从剑鞘中抽出，清冷的剑光凄美。一股凶戾的气息笼罩在街道上，和美丽的剑光格格不入。空气一冷，一瞬间那冲来的鬼兵似乎顿了片刻，随后一柄利剑向鬼兵落去。剑光一闪即逝，光隙在半空中滞留片刻才缓缓散开。明灭都只在一瞬，随后是一声剑刃入鞘的声音。顾楠站在一众鬼兵身后，扭过头，这才看向那个站在房顶的人。她身后鬼兵的身体扭曲了一下，随后发出一声声惨厉的嘶鸣，散了开来，落在地上散成几片零散的黑色羽毛。站在房顶的人穿着一身黑色的衣袍，衣领和衣摆上带着黑色羽毛，身材消瘦。此时的他正凝重地看着顾楠，脸色苍白。顾楠站在那里没有动，身上的杀意却已经散开，他毫不怀疑眼前这个人随时都有可能一剑将他杀了。这个人顾楠见过，十年前的函谷关，名字好像叫作墨鸦。

"所以又是那个姬无夜派你来的？"顾楠笑着将无格抱在身前，看着眼前的人，眼神冷了几分，"回去告诉他，安分些。"

墨鸦没有回话，而是直接抽身离去，身影就像翩鸿，在房顶之间几个起落，消失在夜色里。顾楠站在原地，眼睛看向地上的几片羽毛。看来韩国这地方，比想象的还要复杂一些。她似乎又想起了那个自信地笑着的年轻人。为了这样一个地方，真的值得叫人豁出性命吗？她想不明白，摇了摇头，从街道上离开。

将军府。

府中灯火明亮，姬无夜坐在座上喝酒，身边倚靠着三个女子，轻笑着侍奉他。

突然他挥了挥手，三个女子不明所以地停了下来，但是不敢有什么不从，低着头退了出去。等到三个女子都从堂中离开，堂上缓缓落下一个人，正是先前在路上拦截顾楠的墨鸦，他落在姬无夜面前半跪了下来。

"如何了？"

墨鸦低着头，身后的冷汗未去，回答道："是陷阵领将没错。"

"嗯。"姬无夜沉默地点了点头，将手中的酒喝尽。堂中无言，姬无夜皱着眉头。秦国，看来真的要有大动作了。

不过半月，韩国内的情报来往不断，或者说诸国都不平静。燕国起兵攻赵，秦国同时起兵援助燕国，三国交战。而身处赵国之侧的韩国出奇地平静，没有任何动作。一时间，赵国还未有所反应就已经陷入腹背受敌的状态。

一个秘卫专门来到韩国向顾楠通传了这个消息，并告知顾楠可以回秦，准备领军出征。当然，并不是光明正大来的。

"李斯的动作倒是快，"顾楠坐在院中笑着摇了摇头，"能这么快说服燕国起兵攻赵。不过，为何突然要我领兵？王翦、蒙武、蒙恬，不是都在咸阳吗？"

一个戴着木头面具的人站在一旁。"这是尉缭先生的谋划，"秘卫解释了一句，"准备分三路围攻赵国，以陷赵国之地。"

尉缭，顾楠暗自点头。这人是几个月前刚刚游历到秦国的隐士，游说之时颇有见地。

"我知晓了，会尽快回去的。"然而她想要回去恐怕还需要再等上几日，韩王的回书还没有准备好，半个月的时间他都没有给顾楠明确的答复。他在观望，赵国和秦国谁更占优势，他就会帮哪一边。但是显然，现在韩王应该很快就会给她答复了。两国同时起兵攻赵，赵国的胜算有几成，想来只要不是瞎子都能看出来，他应该会做出一个明智的答复。

【一百七十五】

韩王坐在小亭中假寐，小亭外，琴师的手指轻轻地拨动身前的琴弦，琴音绕梁悠转，就似在风中轻摇。亭旁的池塘里，鱼儿在水中游弋，使得水面泛起一阵阵水波，惊扰了平和的波光。和风习习，卷动着韩王的衣角，一切似乎都悠然平和。一个人从院外走了进来，宫卫没有拦着，显然是得到了韩王的应允。随着那人走进院中，琴师的琴声停了下来，使得小院一静。

"别停，继续。"韩王的声音传来，琴师惊慌地点了点头，继续将手放在琴上弹奏。韩王似乎不像他表面上的那般平静，手中竹简毫无规律地摇着，看得出他心中的急躁，琴音也平和不了。

走进来的人站在亭子前，半跪了下来，两手托着一卷竹简："大王，赵国军情。"

"嗯，"韩王手中的竹简不再摇动，停了下来，将竹简放在桌上，伸出了一只手，"呈上来吧。"

半跪着的人躬身起身，低着头走到韩王近前，将竹简放在了韩王的手中，就又后退了几步回去，跪在那儿不再说话。琴音轻晃，韩王拿过竹简，慢慢地摊了开来。静静地看过竹简上的文字，韩王发出了一声苦笑。应该是一声苦笑，或者说是一个理所当然的笑声。这个结果他该猜得到，只是不是他想要的结果。燕国联秦，起兵攻赵，成合围之势，赵国难有胜算。只是秦国一军，就算韩国联合赵国也难有一战之力，何况还有燕国。韩国终究只是七国之末，却居于天下中枢。手中无有军力，到头来不过是任人摆布，敢怒不敢言吧。

"大王？"半跪在那儿的人抬起头，试探地问道，"大王，我等如何做？"他该是韩王的亲信，虽然多了一句嘴，但是韩王并没有发怒，只是颓然地靠坐在桌边，听着琴声悠悠，水波不止。无力施为，还能如何做？韩王最终下了决定，韩国他要保全，也只有这一条路可选。"去。"他拿起桌案上的一份竹简，递了出去。回秦的竹简他其实早已备好，备了两份，如今的情况，看来另一份是用不到了。"将此竹简交予秦国贵使，顺便把我的长矛取来。听闻陷阵领将擅使长矛，就将那长矛送给他，让他在秦王面前对韩照顾几分。"韩王说完这句话，就好像再无力说什么一样，只手扶着桌案，面色凄白。

那人怔了半晌，点头退下。琴音未止，韩王的身子轻靠在那儿，疲乏地仰起头。亭外，万里无云。

韩国。韩王的嘴角挤出一丝笑容。"劲韩"之称，早已是个笑话了吧，就算这次向秦国妥协，留给韩国的时间还有几年？他自知无才无德，但若是让这先辈的江山于他手中倾覆，让这韩国万民于他手中再遭流离，他又有何颜面自称韩王？他是无有成大事者的能力，但是他起码知道一件事：为王者，身负的，是一国之重。

"韩国的回简吗？"顾楠接过竹简。

"另外……"来人点了一下头，向身后挥了挥手，两个从卫抬着一个长盒走了进来。

"韩王听闻先生善用矛戈，手中却无有锐器，特将此矛送给先生，请先生在秦王面前多多照顾。"

顾楠的目光落在那个盒子上，淡淡地应了一声："我知晓了。韩国待我礼宾，我自会如实禀报，至于此矛，还是算了吧。"

"韩王说此矛是韩国赠礼以表对上国贵使之恭倾，亦有写于回简之中，非私人所赠，请先生不用担心。日后，韩国另有遣使于大秦，以送国礼于秦王。"

顾楠沉默半晌："也罢，放在这儿吧。"

"如此，谢先生了。"那人鞠躬行礼，带着他的随从离开。

顾楠并没有看韩王的回简，这是王书，她还是别乱看的好。至于里面写的内容，从韩王的态度看，估计也能知道是什么，还特意送来了一杆长矛。听闻战国时期的韩国冶炼技术很是领先，坐拥天下闻名的宜阳铁山，已有铁质兵器，也不知道是不是真的。顾楠走到盒子前，俯下身将木盒打开，一股寒气冒出。一杆亮银色的森冷长矛躺在其中，分为三段，需要衔接拼合才可组成一杆长矛，却是通身由精铁锻造，想来应是用精铁直接锻造一杆长矛难度太大，这才分成了三段。不过即使如此，通身由精铁制成的长矛也是世所罕见，雕纹简朴，矛头刃口厚重却依旧锋利，大气又不失美感。将长矛拼合握于手中，两米多长，对于用惯了步卒长矛的顾楠来说是短了些，重量却更重了些，握在手中倒也正好。韩王还真是用心良苦了。顾楠摇了摇头，将长矛拆开重新放回盒中合上。国礼送至使者手中，要使者如何自处？回头交上去便是。

紫兰轩，卫庄坐在桌前，桌案上摆着那个精致的木盒。

他的身前，韩非坐在那里，随意地拿着手中的酒壶喝着酒。突然，他咧嘴一笑，拿着酒壶对卫庄笑道："军饷一事已经有了结果，今天还请庄兄随我去一趟将军府，我请庄兄看一场好戏。"

"嗯。"卫庄看了他一眼点了点头，拿起身前的木盒准备放回原处。

韩非却好奇地看着那木盒问道："我时常看庄兄对着这木盒发呆，这木盒中到底是什么？"

"你不用知道。"卫庄回答道，将木盒放在了那柄怪剑之前。

"看这木盒的长窄，像是一把剑的模样。"韩非笑了笑，眼睛落在了那木盒边的怪剑上，"不过卫庄兄已经有了如此利器，何必再为另一把剑如此上心？莫非这是故人所赠？"

"少讲几句话，你不会死。"卫庄平静地回过身，坐回了韩非面前。

"哈哈，这世间不知道的东西，总是让人心痒难耐，不是吗？"

卫庄抬了抬眼睛，认可了韩非的话："确实如此。"

【一百七十六】

"不过,"卫庄平静地说道,"如今韩国的局面,你真的已经想好如何面对了吗？"韩非沉默下来,淡笑着拿着酒壶,将壶中的酒水倒入口中,不知道是答不上来,还是在思考怎么回答。"我们不会帮助一个必死无疑的人。"卫庄拿出韩非先前给他的盒子,将盒子打开。盒子里放着一张兽皮,上面写着两个字——变法。这两个字也代表着目前韩国最后的强国之策。韩非笑着一叹,抿着嘴巴,将酒壶放在了桌案上:"卫庄兄,你就先看着吧,这死局,我自会破之。"

"破了之后呢？"卫庄的声音依旧毫无波动,就像什么都不能左右他一般,"她快要回国了,韩王做出了妥协,但是最多只有几年的时间。秦国,你要如何面对？"

韩非脸上的笑容退去,第一次露出了严肃的表情。相国张平不能让他如此,姬无夜不能让他如此,韩王也不能让他如此。但是天下强秦,即使是他,也明白前路几乎无途。房间中一阵安静,随后是一道突兀的笑声打破了这份安静。"呵呵。"韩非站了起来,提起酒壶,举杯向天,"就像我刚才说的,不知道的,才有趣。与天下大势所争,不知前路,但是,"他回头看着卫庄,嘴角带着自信的微笑,"与那天争,岂不才是其乐无穷？"他拿起酒壶送到嘴边,一饮而尽,"这天下之数,还未有定时。"

卫庄看着韩非,他的脸上第一次露出了一分淡笑:"我看着。"

韩非离开了,卫庄站在窗边,低头看着木盒,伸出手按在上面,将木盒打开。木盒里躺着一把剑,一把木剑,和这精致的盒子格格不入。木剑算不上好看,甚至可以说是粗糙,做工拙劣,剑身上还有些坑洼。卫庄低头看着那木剑,伸手放在上面,半眯着眼睛,似乎又看到了那年在武安君府习剑的日子,嘴角轻笑。半响,笑容收敛,卫庄的眼中带着一丝霸道,木盒被他轻轻合上。

固守己道,狭以成一。

韩王的仪队将顾楠送出了宫外。黑哥跟在顾楠身后打着响鼻,这几日它在韩王宫被照顾得很好,起码要比在家里好,吃的是上好的青料,旁边是撩人的母马,这几日待得它的步子都有些疲软了。半眯着眼睛,似乎是在感慨"生于忧患、死于安乐"这种高尚的马生哲理,一边还时不时地对顾楠抱怨,像是在说她不够意思。对于这马,顾楠觉得差不多是白养了。身上背着装着那长矛的盒子,绑着一个行囊,黑哥踩着不紧不慢的步子跟着。一人一马走到城门口,顾楠却慢慢停了下来。"哼哼"，黑哥疑惑地向城门外看去，只见三个人正骑着马候在路边。顾楠翻身跳上了黑哥的背，顺着道路走去。她倒是有些惊讶，路边的三人正是卫庄、韩非，还有那个紫衣女子。

城门处熙攘，但是到了外面的路旁，人声渐远。草地卷折，云淡风轻，几棵树立在路旁垂着枝丫，若是文人墨客在这样的环境下，说不定还会吟上几句诗或是作赋一首。不过顾楠这种糙人，显然是没有这种闲情逸致的。骑着黑哥走到那三人面前，顾楠打了一声招呼："哟，小庄。"说着又看向卫庄身边的两人，拱手说道："见过姑娘，还有韩公子。"

树叶轻摇作响，细密的声音倒是清净，像是退远了城中的喧闹。卫庄很显然不擅长这种告别的气氛，不知道该说些什么，只是看着顾楠点了点头："师姐，一路走好。"他不会放下自己的执着，同样地，他明白师姐也不会，既然是这样，那么下次见面，两人很可能就是兵戈相向了。卫庄心中没有什么怆然，因为他知道没有那个必要，反而带着几分兴奋，他早就想领教顾楠的剑术了。

韩非对顾楠笑道："我倒是希望再也不要见到将军。"

顾楠看了他一眼，手中的无格轻架在他的脖子旁边。韩非脸上的表情没有什么变化，依旧在轻笑，而顾楠的脸上也勾起了一个笑容，摇了摇头："我也不希望再见到你。"放下无格，顾楠没有再多说什么，骑着黑哥远去。她、卫庄、韩非，三人皆为了自己的执念活着，自然是不可能放下的。她要那天下盛世，韩国就必须倾覆；韩非要那变革的韩国，就必须抗秦御外。也正因为如此，他们不会走上别的路，前路已定，已无他路可走。

韩非坐在马上看着顾楠走远，脸上的笑容一苦，擦了擦额头上的冷汗。"刚才，我还真以为自己要被杀了。"但是顾楠最后还是没有杀他，他看向卫庄，"卫庄兄，你说，再见面之时，会是如何模样？"

"不知道。"

"哈哈哈，所以才说是人生乐事。"

【一百七十七】

马蹄声渐渐走近，衣甲沉沉，走在路上的步卒扛着手中的矛戈。看不到头的军伍，每向前走一步，都是一阵纷乱沉闷的脚步声。黑哥的背宽厚，它走得很稳，也不怎么颠簸。顾楠的手按在黑哥的背上，正了正自己的身子，回过头看向那望不到头的军伍。行于军阵已有二十载，却只感觉是杀了一场又一场，一切恍若昨日。身上的白甲随着黑哥的步子时不时发出一阵磕碰的声音，肩头扛着银色的长矛，矛尖立在身后，刃口带着寒光，倒映着军中卷动的旗帜。上次使韩的时候韩王所赠的这矛，回来本已交上去，结果谁承想又赐了下来。

黑旗上的"秦"字让人看着莫名萧索，又有几分大气磅礴。

"顾兄弟，"王翦骑着马走在顾楠身侧，身着铠甲，研究着手中的地图，却看到顾楠一直在向后看，疑惑地抬起头问道，"你在看什么？"

"啊？"顾楠被王翦叫了一声回过神来，回过头看向他笑着摇了摇头，"没什么。"说着从腰间解下个水袋喝了一口，随意地耸了一下肩膀，"我在看他们有多少能活着回来，或者说，"她抬起水袋，侧过头看向王翦，笑了笑，"我会不会也死在那儿。"

王翦轻轻一笑，拉着身下马匹的缰绳："谁知道呢？不过，这可不像我认识的你，你可从来不会回头看。"

"是吗？"顾楠将水袋绑回腰间，勾起了嘴角，"这次，我们可是要倾覆天下啊。"

"倾覆天下又如何？"王翦目视前路，目光凌然，"为将之志，不就该马踏四方？大不过乱箭加身，大不过身首异处，大不过死于这乱世之中。"

顾楠笑着点了点头，不知道是在肯定王翦的话，还是什么，长矛从肩上垂下："马踏四方。"

赵、燕两国兵戈交战已有月余，六国的平衡也随着秦国的再次起军被彻底打破，天地间的天平倾斜，开始垂向了秦地一侧。三十万军举旗而起，威势叫得天下为动。三十万军分成三路，从西、西北、南路侵入赵国之境。西军为近年来才崭露头角的秦将王翦所领；西北军由秦禁军丧将统帅；南军为重，由老将桓齮把控。赵国境内人心惶惶，其他诸国却都出奇地沉默，选择静观，就连立于赵国之侧的韩国都无有动作。赵国与燕国在北地酣战月余，根本再无力固守后路，秦国的起军让赵国措手不及，而秦军也不会再让赵国有足够的时间去准备。

夜幕笼罩，只见星光点点，静谧的夜晚总是让人瞌睡。韩阳城的城头，守城军站在城墙上，角落里，一个人靠在墙边打着哈欠，搓了搓眼角，抱在怀里的长戈斜在一旁。城头上的火把已经烧了一半，快要灭了。

"精神些。"一个队正模样的人走了过来，看到困意写在脸上的士兵，皱起眉头，"秦军起兵，若是此时秦军来攻城，你这般模样，岂不是要叫全城的人陪你送命？"

士兵慌忙站了起来，整了一下头盔，站在城头不敢言语。队正摇了摇头，转身准备走向下一处地方。直到队正走远,士兵才悻悻地扭头看向他离开的方向。"月前才说秦军起兵,哪有这么快?"抱怨着松了松肩膀,挂着手里的长戈,"这守夜的事情就该让那些真睡不着的来干,我可是困得很。"

嗒,一道清脆的响声吸引了士兵的视线,火把并不明亮,只能隐隐约约看到好像是一个黑色的物件挂在了城头上。士兵的眉头一皱,从城头上将火把拿下来,向黑色的物件走去。等走近一看才发现,似乎是一个钩子,分成三个爪死死地嵌在城墙的石缝之间。钩爪的后面还绑着一根绳子,绳子的一头也不知道是什么做的,看上去不像普通的麻绳。没见过的物件,但是那钩子下面的绳子似乎在晃动,好像是有什么东西正在拉扯。士兵咽了一口口水,心中升起一股不祥的预感,将手中的长戈横在胸前,向钩爪外的城墙看去。只是一眼,他就瞪大了眼睛。那是一个身穿黑甲的人,背上背着一个一人高的大盾和一杆长矛,腰间正绑着那根绳索飞速地向城头爬来。他看过去的一瞬间,手中火把的火光正好照亮了那个黑甲人的脸庞,看不清面孔,只看清了一张雕纹狰狞的面甲,那是一只张着血口的凶兽。"敌……"士兵张口就要大喊,但是只喊出一个字,那个黑甲人就爬到了他的面前。只见他一瞬间从腰后掏出一把巴掌长的短剑,一个蹲身,跃上了城头。同一时间,士兵只感觉眼前一花,随后嘴里就只能发出嘀嘀的声音,脖子上冒出一片血泡,身子无力地摔在了地上。

正走在城头之间巡逻的队正皱了一下眉头,回头看去,他好像听到了谁的叫声,但是这声音才发出来就不见了,让他怀疑自己是不是听错了。但是随后他发现一个火光从城头上落下,那是一个火把。队正立刻察觉到不对,跑到城墙边提起一个火把,正准备点燃城头上的木堆,下一刻已经有一把长剑从他的胸口刺出,横穿了他半个身子。队正大睁着眼睛,最后还是一声闷响倒下,血流了一地。他的身后,另一个黑甲人擦了擦剑上的血迹,将火把重新放回城墙的架子上,就像什么都没发生过一般,悄然退开。韩阳城的城头上弥散开一股血腥味,偶尔能听到几道声音,但是很快就泯没在如同幕布的夜色里,直到一切彻底恢复寂静。

【一百七十八】

一个个黑甲士卒从城头的角落里走了出来,看起来约莫有百来人,互相点了点头,其中一人走到城边,取下城头上的火把挥舞了几圈。火光在夜幕中很显眼,划过明晃晃的轨迹,随后西面城头上的火光也挥舞了几圈,然后是东面、北面。四面城墙上的火光摇动之后,城外开始传来一点点声响,大概过了一炷香的时间，一个又一个士兵自城外的山林间走了出来。一个身穿白袍的领将抬头看着城头上的点点火光。太行山侧附近的地界还是和当年一样，山林密布。这样的地势易守难攻，不适合攻城，但是适合偷城。随着士卒从山林中走了出来，韩阳城的城门缓缓打开，这一夜的韩阳注定不会平静。

兵戈声在城中作响不止，唐突地撞破了这安静的夜晚，连成一片惊飞了远处山林间的飞鸟，飞鸟扑棱着翅膀飞上夜空。也不知道什么时候，夜空中的云层破开，几道光束从厚重的云朵中钻出。天快亮了，这个夜晚，总算是过去了。厮杀了一夜，鲜血在地上流开，浸入沙地里，好似将地面染红。秦国的士卒在死人堆里来回走动，押送着投降了被绑着的士兵。

嗒，一只靴子踩过一片血泊，靴子上沾着已经有些干涸的血。顾楠提着长矛走上城头，秦国的旗帜立起，阳光刺眼，韩阳陷落。赵国都城邯郸的西北面已被打通，没有相差太长时间，秦军的另外两军分别攻陷了邯郸之西阏与，还有邯郸之南安阳。赵国连破，合军之围已经收拢在邯郸之侧，只待攻城。其他诸国仿佛已经看到赵国的结局，燕、秦两国的合围之势已经将他们逼入绝境。

韩国新郑。

韩王安看着手中的军报。秦国攻赵，若说之前他还抱有一丝侥幸，认为赵国能够逆转局势，破秦、燕之军，那么现在他就连这一丝侥幸都没了。赵国陷落，赵国之后呢，韩国吗？

"哈。"韩王安苦笑一声，无力地瘫坐在坐榻上。如今向秦国俯首求全，只不过是让韩国的亡国之日延缓几年。韩地，终究是难逃烽烟。

"大王，"一个侍者低着头走了进来，"韩非公子已到。"

韩王摆了摆手："召先生进来。"

"是。"侍者退下，韩王独自坐在大殿中，直到一个华服公子走进殿内。"韩非拜见王上。"不过数月，韩非的脸上就不再带着那自信的淡笑，他已经猜到了韩王见他的原因。韩王坐在座上，看着韩非良久一叹："韩非，你说韩国，可还有大治之能？"

韩非看着韩王，半晌说道："有。"

"变法？"

"变法。"

大殿中，韩王坐在座上，没有回话。

"哈哈哈哈……"良久，他长叹一口气，摇着头，笑了起来，笑声越来越大，像是疯癫一般，拍着腿，两行清泪从他的眼角流出。"本王当真是昏聩无能！不求思进，以求国安，本以为可以保全一方，却没想到成了这般模样！"他怒睁着眼睛，攥着衣袍，"我早该明白，这个乱世，想要求全，只有列以兵强。强者为王，弱者只得为血肉之食。"韩王的身子在发抖，咬着牙关，眼里充斥着血丝，像是不甘，像是愤恨，恨己无能。

韩非看着韩王，没有说什么，也没有做什么。他推算良多，自然明白，要变法，几年不够，远远不够。最后韩王像用尽了力气，身子软了下来，垂着头坐在那儿。良久，韩非突然出声说道："大王可遣我于秦，非强尽心血，亦当求得保全韩国。"说着又笑了起来，从怀中拿出几卷竹简，躬下身。"此乃非思虑韩国强策。若非此去可成，还望大王，强我韩国。"

韩王抬起头，看着韩非，沉默着站起身，走上前，躬身接过了那几卷竹简，入手很沉，沉如一国。他的手有些颤抖，眼中模糊，站在韩非面前。许久，他好像终是平静下来，整了整衣袍，直直地立在殿中，眼眸轻垂。韩非看着眼前的韩王，似乎看到了一股模糊的气魄从他的身上展开。"本王自知愧对一国，愧为国君。"韩王轻声说着，掀起衣摆，在韩非惊愕的眼神中，跪在了韩非身前。几卷竹简被他放于额前，缓缓拜下。韩王的眼睛静看着地面，声音铿沉。"寡人既身为国君，这韩国于我手，不敢有失。韩国，韩国万民，寡人厚颜，托于先生。先生可述以秦王，韩国可为秦属，寡人一命亦可以取去，只求保全这先辈遗赐韩国之地，保全，这韩国子民。"他虽然跪在地上，但是这时的他，却像一个真正的王者。"寡人！为这韩国！叩谢先生！"

砰！一声闷响，韩王的额头叩在殿中。

韩非笑出了声，长笑出声，这才是值得他辅佐的韩王，这才是值得他以命图志的韩国！"大王！"韩非朗声回身，"所托不成，韩非自当以死谢罪！"

昂首而去。这一次，他再无顾虑，脸上带着自信的笑容。

【一百七十九】

塞外的风声凄凄，原野上的旗帜被拉扯得猎猎作响，旗下的士兵们几人围坐在一起吃着干粮，配着锅里煮得稀烂的牛肉。营火烧得火热，驱散了塞外的寒风，相互之间大声谈笑着，滚烫的牛肉放进嘴里，喝一口肉汤再咬上一口干粮，士兵的脸被烫得发红。这般日子是神仙也不换的，他们笑骂着刚才一触即溃的那队匈奴兵。

一个身着将袍的人坐在士兵中，须发半白，看上去已年过半百，看着士卒笑闹，手里捧着碗肉食，笑着摇了摇头，将肉汤一口喝尽，站起身来，身后的披风一卷。"整点行装，回关！"

"是！"士兵的声音高亢，在原野上久久回荡。

正是这样一支军伍，叫匈奴数年来不敢接近赵国边境，闻风而逃。赵国的北境之军，于北疆之地长退匈奴数载，从疆外杀出来的北境锋锐。呜，随着沉闷的声响发出，城门一点一点打开，千余骁骑从城门外走了进来。身下的马匹神骏，背上背着马弓、箭镞，手中的骑矛提在身侧。身上的铠甲算不得厚重，甚至有些轻薄，却将身子最易受伤的几个地方都保护了起来，最重要的是不影响行动。看得出来这千人皆是马术非凡，即使军伍走得有些拥挤，却依旧将马控得安稳，行阵有条不紊。千骑之后，是数十辆马车，马车上的士卒靠在栏杆旁似乎还在说着闲话。走在最后的数千步卒，扛着手中的长戈和背上的弓弩走在车骑之后，手中拿着一些毛皮、衣甲，似是他们的战利品。边疆重地，迎着他们进城的士卒有些艳羡地看着这些出城归来的人。这些年来匈奴是越少见到了，想要再杀伤几个拿个军功也没有从前那般容易了。城门合上，名为雁门的雄关矗立在边疆的平原上，静默无声，却能叫那域外的虎狼无有敢犯。将领走回军营的营房，却见到一个士兵正站在那里等待，看衣着不是他们北境的士卒，一旁路过的北境士卒也时不时地投来疑惑的视线。将领的眉头一皱，走上前去。

士卒看到将领走来，迎了上去行礼道："拜见李牧将军。"

这北境之将的名字，叫李牧。

如果顾楠在这儿听到这个名字，或许会很熟悉。

"嗯，不用多礼。"李牧抬了一下手，"不知……"

"在下，迁王所部。"

"大王？"李牧一怔，随后眼睛横向一旁，近处无人，才又看向他，认真地对来人说道，"既然是大王所部，倒是本将怠慢了。"若真是王遣，自然不会是小事。虽然李牧长居北境，但是对赵国境中形势已有所了解，何况是秦、燕同时对赵兵戈相向。这般大事，天下人倒是想不知道都难。赵王遣人来此，会作何安排，李牧心中倒是已经有了几分了解。恐怕，事关赵国存亡。

"将军言重，在下此次前来，只是送来大王手书，不做停留，无有怠慢之言。"来人从怀中拿出一卷兽皮交到李牧手中。

李牧接过兽皮，摊在手中，快速读过上面所书，皱着眉头。秦军已经压境了吗？比想象中还要快上几分。李牧的脸上有些凝重，慢慢地卷起了手中的兽皮。来人掏出一块令牌，送到李牧手中："大王要李将军尽快南下解邯郸之围。"

"末将……"李牧的手顿了半响，最后还是接过了那块令牌。手中的令牌发凉，李牧握在手中，握得用力。他们恐怕会是赵国最后的战力。"领命。"

夜幕中的云层凄暗，风从窗中吹入，使得桌案上的油灯明火晃动，摇曳不止，房中明暗闪烁。油灯前坐着一个人，火光映射着她的脸颊，照亮了那人脸上的面甲，面甲上的凶兽在火光下更加狰狞。似乎是有些疲倦，那人呼出一口气，轻轻地解下面上的面甲，放在了桌案上。火光中露出一个让人恍惚的面容。顾楠看着手中指头粗细的竹筒，拆了开来，里面有一根竹条。她将竹条拿出来，读完，折断放进身前的油灯中。竹条落在灯中，随着火光灼蚀渐渐焦黑。秦王军令，三军合一，攻于邯郸。阏与、韩阳、安阳三路秦军同时开始行阵，三十万人汇聚一处。三路合军，上将桓齮掌率的重军由南渡漳水攻于邯郸，顾楠和王翦各统一部军队从西、西北合攻，邯郸中所持仅有十万兵力。

　　赵王迁站在邯郸的城头，眼神不定地看着邯郸城前的漳水还有那城墙。秦国围合而来，若是邯郸告破，无路可退，上又有燕军杀入清剿。此战若是败了，赵国，当真就要付之一炬了。

　　"李牧，李将军还有多久来援？"赵王迁背后的手紧攥着，微微颤抖，向身旁的人问道。

　　"王上，李将军从北境来援，短时间内，其军难至。"

　　"秦军呢？"

　　"三路秦军。秦军，不知。"

　　赵王的身子似乎晃了一下，脸色一白，两手撑在城头上勉强稳住了身子。看着目下的城外，不知道在想什么，很快他似乎想到了什么，就像抓住了什么救命稻草一般，向身边的人问道："平阳！平阳还有几数之军？"

　　"大王，"立在旁边的人面露难色，"如今秦军合围，若让扈辄率平阳之军来援，恐遭秦军埋伏。若平阳再遭连破，漳水之畔，难有军防……"

　　赵王转过头来，看着那人咬着牙，一字一句地问道："本王是问你，平阳，还有几数之军。"

　　"十，十万。"

　　赵王脸色阴沉地回过头："让扈辄率军十万，来援。"

　　"是……"

　　邯郸城上的赵旗卷动，大风不止，似要将那旗帜扯下。

【一百八十】

　　"加急行军！"

　　"驾！"马蹄声传来，一队骁骑从望不到头的赵国军伍之侧跑过，嘴中高喊着。

随着马蹄声远去，喊声也越来越远地传去了后军。军阵中的步卒脚下行军的步伐又加快了几分，脸色难看，粗重地喘息着，他们已经急行一日有余了。他们是平阳城出援的守军，如今秦军合围在外，他们要出平阳援至邯郸，随时都有可能遭遇秦军，只能加快步伐。否则，在这般情况下遭遇秦军，恐怕只有全军覆灭的结果。身着将甲的人走在军阵的前面，皱着眉头看着四周。必须尽快行至邯郸。如今，后有南路秦军恐怕正在渡漳水，前有西、西北侧的秦军围来，他们行阵的时间不会很多。

将领抬起头，看向半空。天空压抑，昏暗的云层堆积在那里，沉沉地压在所有人的心头。空气微沉，急行军造成的疲倦，让呼吸都有些困难。鼻尖带着一些湿冷，看样子，是要下雨了。若是下雨，行军会更加艰难。

将领咬了咬牙，让身旁的亲卫再去下一遍令。

"加急行军。"

"是。"亲卫抿了抿嘴巴，拉起缰绳将马掉转了一个方向，向着军伍跑去。

"加急行军！"

滴答，将领感觉鼻尖一凉，抬头看去。一滴透明的雨点从高空坠落，在吹拂的风中飘摇不止，旋转着，映射着行进中的军伍。黑夜中的军阵如同剪影，淡亮色的月光穿过雨点，使它在夜里如同白线，在空中拖曳。紧随着，无数雨点开始落下，就像一片帷幕，正在缓缓拉开。光影映射中，雨幕展开，细密的雨声开始敲打，唐突地撞破了这本该悄无声息的夜晚。行路上开始蓄积雨水，雨水中反射着从它的一旁走过的人的面孔，在雨点的撞击下泛起阵阵波动。雨中，无数水流浸入松软的泥土，雨中的前路显得模糊。

军阵没有停下，将领没有下令，就不会停下。大概又过了一个时辰，每个人身上的衣衫都被雨水打湿了，水珠从他们的鬓角和脸颊上滚落。每个人都筋疲力尽，沉重的衣甲被水浸透，显得更加难以背负。军阵沉默地走着，直到一声若有若无的尖锐的破空之声传来。一支箭镞透过雨幕，穿过水珠，最后射在了一个人的背上。那人闷哼一声，摔在了地上，鲜血在潮湿的土壤中散开。

"敌袭！"后军乱了，走在前阵的将领回过头，后军一片纷杂。心跳空了一拍，极尽目力，他似乎远远地看到一支军队从后方出现，在繁密的雨声中，终于传来了沉闷的脚步声和奔腾之声。没有等他反应，一片箭雨猛然出现在雨夜中。夹杂在数不清的雨水中，那漆黑的箭镞遮蔽了半空，寒冷的锋锐闪烁着点光，一切仿佛被定格。将领的表情从呆滞变为恐慌，最后又变为决然，咬着牙，用足了浑身的力气嘶吼道："敌袭！！"

嘶！！

嘶！！

嗒嗒嗒嗒！！

"杀！！"

军阵停下，刀刃出鞘的声音、马嘶声、脚步声、喊杀声，一瞬间响起。突如其来的声势似乎滞涩了这个雨夜，后军已经和后面突如其来的军队撞在了一起，前方也传来了脚步声。将领似乎想到了什么，慢慢地回过头。前方路的尽头，看不清数量的人影出现在那儿，向着他们的军阵而来。

雨声乱耳，顾楠亮银色的长矛握在手中，水滴从矛尖滑落，发髻和衣甲被冰凉的雨水打湿，黑哥晃了晃脑袋。王翦骑着马走在顾楠身侧，垂下了身侧的骑矛。十万军在这平原中没有任何遮掩，他们若是全然不知，恐怕才是真的瞎了。早在一日之前，南军的斥候就已经发现前面这支邯郸的援军，桓齮立即将消息传给了西路和西北路的顾楠、王翦，让他们领军围剿。

怎么会这么快？军阵中的赵将缓缓握住腰间的剑柄，手指沾着雨水，嘴唇惨白。

"倒霉的雨。"顾楠淡淡地说道。突然下起来的这场雨对他们来说也不是好事，本来在夜间就已经难分敌我了，要不是为了围剿成功，也不会选在这个时候。王翦沉声，声音中压抑着一股难以言明的战意，说道："赵国已倾。"

赵国已倾，将这十万人葬于此地，以邯郸中的十万之众，撑不了多久。赵国，她打的第一场仗也在赵国，长平之战。顾楠深吸一口气，长矛一横，荡开了一片雨水，眼前模糊。"这乱世，亦该当，已有定数矣。"

赵国告破，天下十方，秦已得半数。

王翦紧紧攥着手中的矛，回过头，高喝道："众将士在！"

嗬！！似是山摇，喝声叫那半空中的雨水一散，雨中长戈落下，指向那合围中的赵军。

"我们这般人，生来就是为了打仗，然后战死在沙场。"

"醉卧沙场君莫笑。"

…………

"这乱世该有一个了结了。"

…………

"莫回头看了，我们是迈着死路去的人，没有后路可看的。"

…………

"将军，这天下真会有不战的世道吗？"

"谁知道呢？"

"没有，我们杀出来一个便是。"

"哈哈哈，是，杀出来一个便是。"

…………

"乱世久矣。"

…………

"是啊，可怜人。"

…………

"不若早些打完。"

…………

"我，要这世间朗朗乾坤！"

…………

"楠儿，代为师，去看看，那太平盛世。"

…………

"太平盛世。"

…………

这乱世的结局，就从这里开始写下吧。

王翦的长矛落下。"杀！！"万军冲出，撞破了这场风雨，也似乎撞破了这百年烽火。

【一百八十一】

天将破晓，雨声已经记不清是什么时候停的了，只记得雨停的时候，厮杀声也渐渐消失。多久了？大概已经杀了一天一夜，从第一天的夜间到现在。浑身已经再无力气，仿佛已经是下意识地举起手中似是千斤重的矛戈，向眼前冲来的人砍去。鲜血溅在脸上，视线都有些微红。浑身发冷，胸口却像被灼烧着，胸腔里涌动的血液似乎在提醒你，你还没有死的资格。耳畔嗡鸣不止，直到所有声音都渐渐散去，四周变成一片寂静，死寂得再无半点声音。远处的天边，云层后闪烁着微光，被云层遮掩着，看不清楚。直到一束光终于冲破云层的笼罩，照射下来，投射在这片荒原上。光线终是照亮了这片笼罩在黑暗里的土地，照在那些还活着的人身上。

一个士兵低着头半跪在地上，两手撑着身侧的长戈，头发散乱，鲜血在他的脸颊上凝固，污红一片，什么都看不清，只能看到那双还睁着的黑白分明的眼睛，无神地注视着地面。云层破开，那抹阳光渐渐地从天隙升起，一束又一束的光线穿过云层，应当是黎明到了。似乎是感觉到了光照在身上的暖意，士兵抬起头，光线投在他的脸上让他有些睁不开眼睛，好像终于有了一丝知觉，向四周看去。入眼是流淌在地的鲜血，汇聚在一起成了一片血泊。空气中带着淡淡的腥臭，也不知道是血腥味还是尸体的腐臭。数不清的箭镞插在地上，断剑残戈或躺或立在那儿，刃口反光。尸体堆在一起，断肢落在地上，应是刚被斩落的，还在抽搐。湿软的泥土被染成血褐色，草叶上血水混杂着雨水从低垂的叶尖滴落。士兵麻木地看着眼前的一切，脸上没有半点表情，没有活下来的庆幸，也没有悲喜，只是收回空洞的目光，摇摇晃晃地拄着长戈站了起来，仰着头，看着天光大亮，不知道在想什么。

　　秦军胜了，活下来的秦军或躺或坐在那儿，在没有了声息的那堆人中间，就好像他们也是一具具尸体。战场的一角，顾楠站在那儿，衣甲早已看不出原来的颜色。黑哥站在她的身边喘着气，它已经二十多岁了，不再像从前那样可以永远也不会累地那般跑了。顾楠想将长矛从一个已死的士兵胸口抽出来，轻轻一拉，却发现长矛像是被什么抓住了一般。她慢慢地扭头看去，长矛刺穿了那个人的胸口，而那个人的双手抓着矛头，圆睁着双眼，定定地看着她。眼神中有什么？怨毒、愤恨，还是快意，或是畏惧。顾楠看不出来，只是静静地看着那个人。半响，她将脚踩在那人的肩头，手中的长矛一抽，血滴溅落在一旁，她俯下身子，伸出手盖在他的眼睛上。等她的手移开的时候，那双眼睛已经闭上，她站起身，茫然地回过头。身后，尸横遍野。秦的旗帜染着血，在风中张开，正对着阳光。顾楠微低着头，抬起了手，沾血的长矛竖立向天，喘了一口气。"大风！！"被压抑着的嘶吼清晰地传进了每一个人的耳朵，叫人胸腔中的那股血气一涨，如林的矛戈被举了起来。威慑天地的吼声传遍荒原，一声盖过一声："大风！！"

　　王翦无力地靠坐在一个尸堆边上，咧开干裂的嘴巴，放声大笑。老将桓齮提着滴血的长剑，站在战车上，摸着胡须，老迈的眼神炽热，笑了出来："和这帮年轻人待在一起，还真是容易让人热血沸腾啊。"他低头看着手中的剑，在那呼声中，举起了它。大秦，这一次，或许真能开辟出一个崭新的世间吧。那就让老夫以这枯朽之身，再为这世间送上一程，又有何妨？

　　赵王为解邯郸之围，调平阳十万军援邯郸，然平阳之南有秦南军，平阳之北有秦西北军，此举却是将平阳十万军置于其中而行。为避秦军，平阳军将扈辄加急行军，使军伍疲敝。

秦军终至，围其军于漳水之北，二日，三十万人破十万之众于邯郸之南，斩数难计，十万溃散，扈辄阵亡。秦军损军四万余，二十余万军围合邯郸。同月韩非入秦。

赵王迁站在殿中听着战报，脸色愈加难看。当他听到十万军溃散，扈辄阵亡的时候，终是再无力气站着，向后退了几步，摔坐在他的坐榻上，呆呆地看着眼前跪在那儿的人，咽了一口口水，不信地问道："十万人，都没了？"他的声音很轻，因为他自己也知道，自然是都没了。

殿下跪着的人轻声应道："王上，是。"

赵王迁坐在他的坐榻上，再无半点力气，两手扶着身前的桌案。"邯郸还有十万之众，还有十万之众，秦军不过二十万余。"他像是喃喃自语，自顾自地念着。过了一会儿，他才抬起头，红着眼睛说道："给我守住，守住邯郸，等到北境援至！"

【一百八十二】

王殿恢宏，一尊大鼎立在王殿前，从台阶下向上看，在这高高的殿门前仿佛就像鼎立在高空。宫殿前，一个人背着手站在那儿，穿着一身长袍，立在大鼎之下，仰头看着那鼎上的天。一个宦官低着头，小步走到他面前："韩非先生，秦王请先生入殿。"

韩非看着身前的宦官，点了点头。那座宫殿有一种莫名的压迫，就好似要压得每一个站在它之前的人都低下头。但是韩非没有低下头，而是笑着，背着手昂首向宫殿走去，一步一步地踏上了那段台阶。他缓缓走进殿中，殿中除了两旁的侍者，只有两个人。一个人坐在殿中，身上穿着黑色的华服，头戴冕冠；另一个人穿着一身官袍，立在坐着的那人身侧。韩非看着那个站在一旁身穿官服的人，同样地，那人也看着他。倒是好久不见了，李师兄。两人的目光撞在一起，韩非对他淡淡一笑，那人则轻眯起眼睛点了点头。韩非、李斯，两人同学于荀子门下。作为同窗之友，两人都很了解对方，同样地，两人也都明白，这一次他们会是对手，而且不会再讲什么同窗情谊。韩非抬起手，对坐在座上的人朗声说道："拜见秦王。"说着行礼而下。

嬴政看着面前的韩非，眼中更多的是赞赏。韩非之名他听闻许久，却是从未见过这人一面。他从前读过韩非所著的《孤愤》《五蠹》，对于此人的才学，他已经倾仰许久。脸上带着些笑意，嬴政轻挥着手说道："先生多礼了。先生远道而来，寡人未能遣人相迎，还望勿怪。"

韩非低着头："不敢。"

"听说先生还是李先生的师弟？"嬴政继续说道，"李先生曾教于寡人，先生即为李先生师弟，如此说来非国礼，寡人还当对先生执礼才是。寡人曾读过先生所著的《孤愤》《五蠹》，论'法''术''势''君道'，其中治国之理，寡人还想多与先生请教一番，还望先生不吝。"

韩非轻笑一声说道："大王说笑了，非不敢当。"

"先生过谦矣。"嬴政对着一个空着的坐榻说道，"先生请坐。"

"谢大王。"韩非入座，一旁的侍者走上前来为他酌酒。

酒液清冽，流出壶中，酒香便自然散开，看得出是难得的好酒。

"听闻先生好此杯中之物，"嬴政举起酒樽，"特以此酒同先生共饮。"

韩非看着眼前的酒杯，良久轻叹一声："秦王礼遇实叫非有愧，非虽好这杯中之物，但是，"韩非拿起酒樽，其中的酒液轻摇，"此物还是待非成人之所托，再饮吧。"说着将酒樽轻轻放了下来，行礼告罪，"还请大王恕非不敬之罪。"

"也罢。"嬴政也将酒樽放了下来，神色中的淡笑未去，但是眼中露出了几分威慑。嬴政看着韩非，轻声问道："那不知先生此来秦国，是受了何人所托？"

韩非微微一笑："虽有所托，但是来，却是非自有所求而来。"

一旁的李斯没有说话，但是从神色可以看出，他已经猜出了几分韩非的目的。

"如此，"嬴政挥了挥手，两旁的侍者轻拜，无声退去，大殿中只剩下李斯、嬴政和韩非三人，"先生请说。"

韩非站了起来，看着嬴政，慢慢地躬下身："非此次来，是想求全韩国。"

山林中鸟鸣声不止，清脆婉转，倒是颇有几分动听。树木旁的灌木低矮，偶尔也传来一阵细碎的声响，想来是什么小兽跑过，又或是一阵穿山风。流水轻响，穿过林间，不深，水面清澈，甚至能看到水下堆在一起的卵石。黑哥站在溪边饮水，黑色的毛发还有些湿，看得出是刚刚被擦洗过的。身后的尾巴时不时地晃上几下，应当是心情不错。顾楠坐在黑哥旁边，将麻布浸入溪水里，然后取出来，擦着甲胄上的血迹。里面的衣服她是带了一些能够替换的，但是盔甲就只能擦洗一下了，所幸血迹这种东西不算难洗。

破了平阳军后，三路军正式合为一军，并没有急着围攻邯郸，而是准备休整一番，毕竟连战数月，就算是接连告胜，此时也不是出兵攻城的最好时候。在邯郸和漳水之间扎营驻垒，以便日后进退，如果不出意外，要围攻邯郸也该是小半月之后了。将甲胄上的血迹差不多擦干净，顾楠将已经变成红色的麻布放在一旁，仰身躺在溪畔的草地上，半眯着眼睛。

山间的泉水和着鸟鸣，难得在这战事中偷闲，算得上是安宁了。顾楠的眼睛撇向一边，伸出手从一旁的灌木中摘下一片叶子，放在嘴边。嘴唇含住叶片的一侧，顾楠闭上眼睛，吹出了舒缓清幽的声音。不知名的调子，像是什么乡间小曲，带着几分恬淡和悠然回荡在山林间。泉水和鸟鸣的和谐并没有因为这个声音的出现而被撞破，反而显得更加流转，多了几分韵味。黑哥的耳朵摇晃一下，哼了一声，眯起了眼睛。声音在山林间轻转，叫人不忍打破。黑哥难得不发出一点声音地站在顾楠身边，伸了伸脖子。鸟鸣渐近，随着那叶片发出的悠扬曲声，一只鸟落在了黑哥的背上，跳了几下，侧过头好奇地看着躺在地上的人儿，过了一阵又欢快地叫了几声，向着远处飞去。

顾楠半眯着眼睛，直到一曲吹完，叶片被风吹起，落在一旁。天色渐晚，顾楠看着天空中的行云发呆。黑哥看着顾楠，低下头，蹭了蹭她的腰间。顾楠看着黑哥一笑，坐了起来，拍了拍身上的草屑。风吹过，山林间的树影一阵摇曳，发出沙沙的声音，顾楠牵过黑哥的缰绳静静离开。

【一百八十三】

"求保韩国。"嬴政的眼神一冷，眉头微微皱起，落在了韩非身上。脸上没有什么表情，但是看得出来，他已经有了些怒意。一股莫名的威势从嬴政的身上涌出，迫向韩非，韩非的眼神不躲不避，看着嬴政。"呵。"半响，嬴政转而一笑，"好，寡人倒想听听先生如何保全韩国。"

李斯的神色中也露出了一分无奈。韩非，还是这么天真。人力终归是有限的，有些事，终究非一人可以逆转。

韩非却是坦然，依旧是他那股自信的气度，就像从未怀疑过自己一样，或者说他根本不能怀疑。对于他来说，他的初心如此，以图明国之志。那么除了这一条路，他已经无路可走，否则就是背离本心，苟活亦同身死无别。既然只有此路可走，何不坦荡而去，哪怕是死路一条？"大王，天下众数，是有七雄，秦、赵、楚、齐、燕、魏、韩。"韩非缓缓开口说道，声音朗朗，传于大殿之中，"众为小，七雄而立，争天下之分。如今大王坐拥天侧，取天下其五，是为鼎。韩虽居天下中枢，然地小而势微，是为角。韩无广地，难伸国力，国中兵无众，民无属。秦驱戈至，当无力制衡，以鼎击角，是可轻取。"嬴政淡然地坐在位子上喝了一口酒，韩非所言他自然明白。韩国在众国中最弱，却居于天下要地，否则他又何必急于灭韩？韩非看着嬴政似乎还没有失去耐心，继续说道："然，灭韩，是天下知秦强，亦闻秦暴。韩王所求只保全先遗，保全众民，无有争意。仰秦地之强已久，闻秦攻赵，亦佐不言。遣非至此，临别泣至，称可为秦属，以求得全。"听到这儿，嬴政的眉头微皱。可为秦属，明面上的意思就是归属秦国，成为秦之下国，但是韩国依旧为韩国，由韩王治理。看到嬴政意动，韩非躬身："大王，取韩为属，可免于兵戈，以减征伐。韩虽地小物缺，但精冶铁之道，可供秦铁以强秦力，亦可为众国之弱趋，以明秦强非暴，亦来属附。如此秦可轻取弱国之众，以专御强。"

如果让韩国归附，可为天下之先，让那些畏惧秦国兵戈的小国亦来归附。无须动兵就可轻取韩国，还有些许好处，不得不说，嬴政有些动心了。他端着酒樽，轻轻地摇晃着，似乎是在斟酌。"先生远道而来，想来也是累了。"嬴政蹙着眉，却不紧不慢地说道，"如此，寡人先安排先生休息，此话再叙。"

韩非看着嬴政，眼前的秦王虽年纪不大，却异常沉稳，看来短时间内是很难改变他的意图了。他也不急，对于秦王，他只需将话说到即可，说得太多，有时候反而会起到反效。"这般，谢大王。"

"来人。"嬴政敲了一下桌案上的铜片，声音传出去，一个侍卫走了上来。

"大王。"

"带韩非先生下去休息。"嬴政说道。

"是。"

侍卫带着韩非离开。临走之前，韩非回头看了李斯一眼。从一开始，自己的这位师兄就没有说过一句话，只是站在一旁静静地看着，好像他占尽了优势。但是他也明白，自己的这位师兄不出手则已，一出手，恐怕就是逆转之势了。

韩非离开了，嬴政坐在那儿，身前的酒樽已空，他给自己重新添上一杯，看向李斯："李先生，你怎么看？"

李斯一直保持沉默，直到嬴政问他，他才看向嬴政，眼中依旧平静，显然他很了解韩非，韩非的说辞并没有超出他的预料。"大王，韩为秦属，大王不觉得和周国分封诸侯一样吗？"

嬴政的表情一变。周国分封是何下场，眼下就能看到。国强无忧，国弱则诸侯并起，亏他刚才还曾想过韩非所言是否可行，如何可行。

"大王，"李斯看着韩非离去的方向，"此不过是韩国的避兵之策罢了。为秦属以强治国，依秦而扩土，图以自治，等到秦国势弱，他们就可以倒戈相向。韩非此来，图韩留存，是重韩之利益而来。他的辩论辞藻，掩饰诈谋，当是想从秦国取利。"嬴政倒满了酒，放下酒壶，李斯最后淡淡说道："大王，这天下，一君可矣。"分而治之，国强无忧，但国弱又会如何？

"可惜了如此才学，终不能为秦所用。"嬴政拿起酒樽将酒喝下。

"啊，对了，大王。"李斯像突然想起了什么，他的表情有些古怪。

"怎么了？"嬴政疑惑地看了他一眼，问了一句，然后继续饮酒。

李斯神色无奈，但还是轻声说道："大王，大臣们多有上文，让大王早日纳妃，称国不可无嫡。"

酒差点从口中喷出来。喀喀喀，嬴政将酒杯放下，脸色一阵红一阵黑，也不知道在想什么，摆了摆手骂道："那些人，每日不想着国事，脑子里都是些什么？！此事再议！"

"也好。"李斯擦了一下额角流下的汗。

君臣之间一阵诡异的沉默。

"李先生，"嬴政脸色怪异地抿了抿嘴巴，顿了一下问道，"你，可有家室？"

"大王，"李斯的身子一僵，躬了躬身，"臣没有。"

嬴政看着李斯，目光就像找到了知己，抽了抽鼻子，叹了口气，拿起身边的一个酒樽，添上酒递给了他："来，寡人敬你一杯。"

"谢大王。"

嬴政喝着酒，微醺地看向殿外。纳妃……想到这儿，他的脑子里莫名地浮现起了那个月夜下身穿江山锦绣裙起舞的身影。他晃了晃脑袋，真是，想什么呢？！不过，想起来，顾先生应该已经兵至邯郸了吧，也不知现在如何了。

"阿嚏！"坐在兵营里的顾楠抱着长矛打了一个喷嚏，搓着鼻子看了看四周，一脸诧异。我感冒了？

【一百八十四】

月夜静谧，小亭中传来轻轻的酌酒声。韩非拿着斟满的酒杯，对着高月举起，月光悠远，可望而不可即。夜有些凉，韩非却随意地席地而坐，靠在院中的亭间独酌。直到一个人的脚步声走近，他看了过去，是个熟人。李斯垂下眼睛看着坐在地上的韩非，摇了摇头："你倒是还有心情喝酒。"

韩非笑着抬手："师兄至此，未能远迎，失礼了。"

李斯叹了一口气，一样席地坐了下来。地上还放着一只酒杯，很显然，韩非早就猜到他会来。他拿过酒杯，给自己添上酒："那日一别，倒是好久未见了。"

"是啊，"韩非笑着对他举了一下酒杯，"好久未见了。"

酒杯虚敬了一下，李斯将酒杯送到嘴边一饮而尽。酒有些烈了，他倒是很少喝酒。韩非也一饮而尽。两人无言地喝了几杯，直到李斯开口说道："大王重视你的才学，为何不留下来，为大秦效力？"韩非没有回答，李斯继续说道，

"或者你现在就离开秦国，我求大王留你一命。"韩非依旧没有回答。李斯沉默了半晌，无奈地放下酒杯："为了那将要倾覆的韩国，你何必如此执着？"

"何必如此执着？"韩非轻笑着靠坐在那儿，摇晃着手中的酒杯，"师兄，可还记得你我曾经的志向？"

李斯一愣。

"我之志，"韩非脸上的笑容依旧，但是眼神中尽是肃然，"是为报国强韩。立志之日，就已经注定了我会走上这条路。若真如师兄所言，我岂不是背离己志？若能明志，身死又如何？"韩非看向李斯，"师兄，你的志向呢？当年，你所求是何？"

李斯侧过头看向亭外，似乎看到了当年求学的自己。当年他所求如何？李斯笑了。"我当年所求，功名加身。"但无论当年他所求如何，如今他所求的只有一件事。他抬起眼睛看着韩非，目光让韩非一怔。"我如今所求，随我王，开创一个前无古人的时代。"

韩非看着李斯的眼睛，在那双眼中，他似乎看到了那个时代，那个让他都为之动摇的时代。

"哈哈哈。"韩非笑着站起身，"那就让韩非，做一次这新世的绊脚石吧！师兄，"他看着李斯，"可别让非失望了！"

"不会的，"李斯放下酒杯，正坐望着天穹："那会是一个盛世！"

将布绑在伤口上，鲜血染红了布条，但也明显止住了血。"就先这样吧，等军医空出来，就快些去找。"顾楠将绑在士卒身上的布条扎紧，叮嘱道。

军中受伤的人不少，军医忙不过来。她虽然不算大夫，但是在战场上摸爬滚打了这么多年，大伤小伤都受过，久病都能成良医。她是愚笨的，但是至少能做些止血的处理，也算帮上些忙吧。

士兵看着眼前戴着面甲的丧将，有些愣神。顾楠抬起头，却发现士兵正愣愣地看着自己："你看着我作甚？"

士兵回过神来，带着血污的脸上露出一个笑容，抓了抓头发："我只是想，将军也不像军中传的那般凶煞。"

"哦，军中怎么传我的？"顾楠挑了挑眉梢，笑着问道。

"军中都说，将军是凶将，战阵里杀人无数，赤地遍野，杀至狠处，连己方皆斩，平日里见到尽量躲着走。"士兵一笑，"今日见到却也不是这般。"

平日里普通士卒对陷阵军和陷阵领将都是避之不及的，毕竟那是一支凶军。

"哪有这般的？"顾楠笑着摇头，拍了拍士兵的肩膀，"多休息，我去看看别的人。"说着，站起身向别处走去。

"是，谢将军。"士兵挪了一下身子，看着顾楠离开的身影说道。

果然，这才该是将军的模样。

等到伤兵都差不多安定下来，营垒也扎了一半。营地间烧起篝火，士兵们煮起了晚饭。"欸，你听说了吗？"一个士兵咬着嘴里的干粮撞了撞身边人的肩膀，"我们营旁的山里有妖精。"

"我说，你就不能说些正事？"

"嘿，这生死里来去的，还不让人说些闲话，不是要把人逼疯了？而且这又不是假的，有人在山间找柴火的时候确实听到山间传来了袅袅之音，甚是好听，就好似仙音。"

"你说这事？其实我好像也听到过。"

"真的？快快，哼来听听。"

"说实在的，记不清了。"

……

顾楠坐在一旁的空地上，看着点燃的火焰，抱着怀里有些发冷的长矛。有人走了过来，抬头看去却是王翦。"听闻还有一支军，正在驰援邯郸的路上，桓齮将军让我们留心些。"

"这般。"顾楠的声音有些轻，点了点头，她也确实有些累了，"来就是了，来多少都留在这里。"

"呵呵，你还是这般。"王翦坐在顾楠身旁，静静地看着军营。火光中，远远地听不清他们说什么，围在火边，吃着干粮在那儿大笑。王翦突然想到什么，笑着说道："你说，不打仗了，我们这般的人，会不会还不习惯？"

没有回答，王翦听到身旁轻轻的鼾声，侧过头，却是看到顾楠抱着自己的长矛垂着头，已经在那儿睡着了，他笑了一下："那时的你，也就可以不再穿着这身衣甲了。"

丧将军，背着这骇世凶名的人，又是一个怎样的人，有几人知道呢？王翦从肩上解下披风盖在顾楠身上，静静地坐在她的旁边，眼中映射着火光。

【一百八十五】

嬴政手中拿着内侍早间递上的书简，喝了一口温水。天气渐冷，温水入喉散开一股暖意，杯中散着白雾。韩非上书，嬴政无奈地摇了摇头。为了一个将亡之国，真的至于如此吗？书简翻开，发出一阵卷动的声音。嬴政看完，将书简合了起来。韩非不可能说服嬴政，即使如此，他依旧为那虚无缥缈的存韩之策努力着。他是一个理想主义者，一个集法家大成者，但是他算不得一个聪明人。为了一个本就几乎不可能存在的目标付出一切，这不是一个聪明人会做的事情。或许真正历史上的韩非也一样，作为一个口吃之人，他难有表达，但是他只凭自己的满腔热血，写下一篇篇雄辩磅礴之文，只想强盛自己的祖国。变法无能，强敌四顾，孤身入秦，以求保韩而存，该只是一个执着的以至于蠢笨的人。

　　嬴政下令，扣韩非入狱。牢狱中的光线昏暗，只有一扇小窗似乎还能投进微光，光线投在地上照亮了方寸之地。身下的干草带着发霉似的气味，空气阴冷。韩非身上华服不再，变成了灰白的囚服，但他依旧那般坦然自若，带着轻笑。牢狱的狭道中传来开门的声音，随后是一阵脚步声。脚步声回荡在狭道中，越来越近。一个人站在那里，墙上小窗投进的阳光照亮了他的半个身子，手中拿着一壶酒，一只酒杯。韩非转过头，看向那人，站起身，礼数周全："师兄。"

　　李斯看着牢狱中的人。眼前的人虽然穿着一身囚服，却还是那个气度翩翩的公子，全然不似身在牢狱中，他笑着摇了摇头："你倒是在何处都是这般模样。"他示意了一下狱卒，狱卒点了点头，打开了牢门。锁链轻响，李斯走进牢房，盘腿坐下，将手中的酒杯和酒放在地上。韩非也坐了下来，坐在李斯面前，小窗投进的光照亮了两人的侧脸。那时，他们也常这般，坐而论学。韩非笑着看李斯，又笑着看了看面前的酒壶，只有一只酒杯，他知道李斯这次不是来找他喝酒的，而是来送他一程的。李斯久久没有说话，开口时声音有些低沉："师弟，已明己志否？"

　　韩非自若一笑："报国之志，当身死为明。"

　　李斯点了点头："你好酒，我找遍了咸阳，这家，该是最好的。"说着拿起酒壶，递到韩非面前。

　　"哦？"韩非拿起酒壶，似是怀念地说道，"师兄还从未送过酒给我。"

　　李斯垂着的嘴角翘了一下："喝酒乱智。"

　　韩非摇了摇头："喝酒明心。"说着他看向李斯，笑了笑，"师兄听说过吗，有人说一个人的最后一杯酒，会是他一生的味道。我很好奇，我的，会是什么味道。"

　　李斯愣了良久，没有说话，最后只是拿起身前的酒杯递给韩非。韩非接过酒杯，酒壶倾斜，酒水流出，酒香逸散。注酒的声音轻响，就好像在把注酒之人的一生注入其中。举起酒杯，韩非将酒送到嘴边，一饮而尽。酒水入喉，其中的滋味却是五味混杂，说不明白，最终变成了一味，如同苦入愁肠。

"是什么味道？"李斯静静地问道。

韩非的眼角长泪横流，似是孤愤，似是解脱。"苦的。"他终于不再笑了。眼前的视线模糊，他好像看到了什么。眼前大厦高立，人声川流，无有风雨，一片盛世之景。他扭过头，顺着窗外，看着天光，出声说道："我好像，想到了一句。"

李斯顺着他的视线扭头看去，光线刺眼，让他眯起了眼睛："一句什么？"

"那千字文，或许，我能补上一句了。"韩非的声音恍惚，有些不清楚，"九州禹迹，百郡秦并……我好像，看到了……"韩非看着眼前虚晃的世间，笑着说道。

李斯深吸一口气，点了点头："这一句，我会帮你写上去。"说着，站起身，转身欲要离开。

"李斯！"韩非在他的身后大吼，用尽了全身力气，在牢狱中回荡。李斯的身影在牢房门口一顿。韩非看着他的背影，模糊的眼中看到的是一个值得托嘱一切的世间，他竭尽全力地说道："莫要忘了你说过的，一定要，是个盛世啊！"

"嗯，"李斯淡淡地应了一声，"我记得了。"

"斯，说到做到！"李斯的身影离去。牢狱的狭道中，深暗无光，只有两旁牢房的窗中透进的一块块方光落在地上，将那走在其中的身影一次一次地照亮。韩非再无力气，软软地靠在牢狱的一旁，双目无神地凝望着那抹淡光。人生一场大梦，长醉不醒不为快哉？"快哉。"喃喃着，他张了张嘴，想要抬起手中的酒壶。酒壶没有送到嘴边，从手中落下，倒在地上，酒液倾流，那只手也无力地落了下来。韩非无声地靠在牢中，没有闭上眼睛，像是在凝望着什么。

韩非入秦，说秦王，望秦存韩不攻，划益敝而论，存韩可以威服众，不起兵戈以服弱国，不存则忧天下惶恐共抗秦侵。李斯谏言，韩非为谋韩利而图，是以求缓兵而治韩，待秦攻众国而弱，再起韩而立。年十月，秦王扣韩非入狱，赐鸩酒。同年，韩国大将姬无夜身死，韩国有了一个新的大将，其名，卫庄。

似乎是感觉有些冷，顾楠睁开了眼睛，眼前蒙眬，却是已经天亮。兵营中很安静，营房还没有扎好，士兵们就靠在火边休息。扭头看向身边，王翦坐在那儿，睡得很沉。肩膀上似乎搭着什么东西，侧头一看，却是一件披风。顾楠淡笑了一下，站起身，抱着长矛，看着远处的山林与天际之间，阳光升起。

【一百八十六】

黑哥站在一旁，时不时打着鼻鼾。顾楠将肩上的披风拿了下来，折了几下准备放到王翦身边，却见他已经醒了过来。"谢了。"顾楠耸了耸肩膀说道，将披风递给王翦。

王翦笑了一下，接了过来："没什么。"看了看四周，士兵睡得横七竖八，"这些天大家都累了。"说着将披风披在肩上。

"绕了小半个赵国，能不累吗？"顾楠说着，从怀中拿出一块干粮。她也不觉得不干净，放在嘴边咬了一口，怨念地说道："何况吃的还都是这些东西。"在她看来，这就和吃土没什么味道上的差别，唯一的不同估计就是土里还会混上些石子。

"行军打仗，你也不是不知道，有的吃就不错了。"王翦摇了摇头，摸了摸怀里，却发现身上没带干粮，想来是放在营房里了。顾楠随意地将手里的干饼没咬过的一半掰了下来，抛给王翦。"谢了。"王翦接过干饼放在嘴里咬了一口，一边吃着一边说道，"今天可以让一些士兵去山林里弄些野味来，偶尔开开荤。"

"早该如此。"顾楠将最后一块干粮扔进嘴里，拍了拍手。她看着山里似乎思索了一下，想到了什么，舔了舔嘴巴，笑看着王翦问道："你说这山里会有什么？我有些想吃鱼了。"

"啊？"王翦还是第一次看到顾楠这般模样，愣了一下，笑着摇头，"哈哈哈，我倒是更想吃些肉食。"

一个士兵却在这时走进营里，远远地看到顾楠和王翦，走了过来："顾将军、王将军，桓齮将军请二位去中军营帐。"

顾楠和王翦对视一眼，同时皱了皱眉头。把他们两个一同叫去，显然是有要事相商。难道这么快就准备动身围攻邯郸了不成？

"我们知晓了，现在就过去，多谢兄弟了。"

"将军言重了。"

中军营帐中，顾楠和王翦掀开门帘走了进来。老将桓齮站在桌前，支着身子看着身前的兽皮，面色凝重。看到他这副模样，顾楠和王翦也严肃起来，看样子不会是一个好消息。

"二位将军来了。"桓齮抬起头看着顾楠和王翦，指着一旁的两个坐榻说道，"请坐。"

"谢将军。"顾楠和王翦坐了下来。

桓齮看着兽皮，皱着眉头问道："想来二位将军已经收到消息，还有一军在驰援邯郸。"说着，桓齮的一根手指指着兽皮的一处，这兽皮上画着简略的地图。那手指落下的地方叫作雁门关。随着话声继续，手指轻轻地向邯郸横移。"此军约莫十万，从雁门之地而来，一路南下，目前约莫已经行至太原，最多再十日，就会援至邯郸。"

"北境。"王翦皱起眉头，却也不出所料。如今赵国南有秦军入境，东上有燕地吃紧，若说赵国还有兵马来驰援邯郸，应该就是北境了。不过赵国的北境之军只有一支，若真是这支军，就颇为棘手了。

顾楠坐在一旁，昨日王翦和她说还有一支军在援向邯郸的时候，她估计是太累了没有多想。如今想来，赵国北向匈奴，北境之军，想来是抵御匈奴之伍。而战国末期，赵国确实有一支军常年在外抵御匈奴，直到秦军入境才从北地驰回。这支军有一个领将，顾楠的眉头一皱。她也是太久没有去回忆那些记忆里的历史片段了，却是忘记了赵国还有这么一支强军在侧。战国四将，白起、王翦、李牧、廉颇。而那御有赵国北境之军的将领，就是李牧。赵国末年最后还能够支撑危局的名将。如果历史没错，顾楠捏住了手，李牧用这十万之军配合邯郸守军，抵御了秦军的进攻，并且大败秦军于肥下。不会的，顾楠很快冷静下来。征战十余年，她不会再为这些小事乱了阵脚。如今己方兵力占优，历史上的李牧是利用了秦国的心理调虎离山，最后又以合围埋伏的方式赢得了胜利。如今自己既然在这场战事中，定然不会让这般事情再次发生。

"李牧。"王翦说出了这个名字。

"嗯。"桓齮点了点头，"此人常年镇守关外，与匈奴周旋，更是退其数年不敢进犯，骁勇善战，其下士卒通晓骑射。有此军在外……邯郸中还有十万兵力。"桓齮皱着眉头。"如果现在围攻邯郸，十日之内不能破，恐怕会给此军可乘之机，从合围之外突进，到时和邯郸中的守军内外夹攻，我军恐陷不利。今日请你们到此，就是想问问你们如何看。"对于李牧，桓齮也觉得颇为棘手。有他在外旁顾，想要全力进攻邯郸，恐怕颇为困难。

"先制李牧之军。"顾楠出声说道。

王翦思考了一下，点了点头，进攻邯郸确实应该先解决这个后顾之忧："我亦觉得如是。"

桓齮看着地图上的邯郸，点了一下头："好，那我们以逸待劳，主营为守，只等那李牧之军。"

马蹄声连成一片，步卒扛着身上的行装小跑着，轻微地喘息着，呼出的气在空气中凝成一片白雾。大军行过，将前几日刚下过雨的松软土地踩得坑洼。走在最前面的将领摸着胡须看着南面。他刚收到消息，扈辄十万军破于邯郸之南。扈辄虽然算不得良将，但是行军有一番自己的章法，这么轻易就被破了，还是围剿，看来秦军这次所派之人不是什么善与之辈。当然，这和赵王所令也不无关系。平阳位于邯郸之侧，其中驻军十万，秦军攻邯郸定有顾虑，不敢轻举妄动。赵王却将平阳中的十万军召回邯郸，四面环敌，十万军弃城而行，如此岂不是羊入虎口？

赵王……将领无缘由地叹了口气，看了看自己的手，我也老了啊。这赵国，后路何在？

【一百八十七】

也罢，李牧握住了手心，不若就当是破那匈奴一般，叫那秦军十年不敢再入境便是。此战，是败不得的。李牧拉着马的缰绳走在军前，行阵之间，他的眼神就像他当年初到塞外时一样，意气风发，无顾其他。而他身后的北境之军亦是如此，如此将者已为军魂。

顾楠扛着背上的长矛，骑着黑哥走在路上，身后跟着一千陷阵军士。不少士兵被派去山间搜罗野味去了，军营里又不能无防，所以得有一支军巡视四周，虽然这附近应该是没有赵军了，但还是小心些好。

一般的士卒急行军多日，前些天又淋了场大雨打了一仗硬的，冷暖交替，没有伤寒就不错了，也不指望他们还有什么力气巡逻，就算真的遇到赵军，恐怕一时间也难组织起战力，所以这差事就派给了顾楠手里的陷阵军，调了一千人出来，将四周巡查一遍。

"全都精神些！"顾楠看着身后的陷阵军，脸色有些郁闷，"让你们休息的时候不休息，现在倒是瞌睡起来了。"

身后的一众陷阵军打起精神，但还是难免打了个哈欠。面甲下的眼神带着一丝丝怨念，怎么就是不好好休息了，昨夜明明在扎营好不好，哪来的时间休息？但是他们也识趣地没有说话，他们也知道将军估计也是郁闷这个差事，正没处撒火呢，这时候可没人敢上去触霉头，纷纷缩着脖子。

"真是的，凭什么他们野营我们干活啊！"顾楠黑着脸嘀咕着，想起出来的时候王翦那个幸灾乐祸的眼神。果然，王翦那小子肯定是贿赂桓齮那老头了，不然巡逻这种事情怎么样也应该是他们骑兵的活儿吧！不过抱怨归抱怨，这种关乎性命的活儿还是只能认真做的，而且应该也遇不上什么人。远远地，听见一阵脚步声，顾楠的面色一黑，说什么来什么，就不该乱说话，皱着眉头拉住了黑哥的缰绳，抬起了手。黑哥配合地无声地停了下来，看着声音传来的方向。陷阵军也一瞬间停下脚步，手放在腰间的剑柄上。

顾楠沉默了一下，脚步声在靠近，但是听起来并不多，只有不到百来个人。"靠上去。"她轻声说了一句，声音通过内息清楚地传到每一个人的耳朵里。所有人放轻了自己的脚步。陷阵军的每一个人都学过些轻身的功夫，刻意为之，在这松软的土地上行走是一点都没有声音。直到临近脚步声，顾楠才远远地看到山路的尽头，走来一队平民装扮的人。顾楠的眉头微微松开了一些，陷阵军也松开了手中的剑柄。

队伍走了上去。平民看到走上来的军伍，纷乱了一阵，聚在一起，眼神中带着恐惧还有一些绝望。顾楠走到他们面前，从黑哥的背上跳了下来。看着顾楠走过来，平民们都向后退了半步，没人敢说话。顾楠四下看了看，看到一个小女孩正缩在一个女人的背后天真地看向她。她慢慢走了上去，在女人慌张的目光中蹲在了小女孩面前："小妹妹，你们为什么在这儿？"

小女孩好奇地打量她，有些见到陌生人的怯意："我们的家在打仗，要去别的地方。"

"这样。"顾楠抬头看了一眼众人，大都是些老弱妇孺，想来是男子都被征召去打仗了。

"军，军爷，我们，没有钱。"拉着小女孩的女人几乎要急哭了，将小女孩往身后藏，想来就是女孩的母亲。看他们来的方向，应该是平阳、安阳那面的村庄，南军来的路上估计是受到了波及。"扑通"，女人跪在地上，泣不成声："求，求军爷放过我们吧……"

小女孩有些慌乱，不知道自己的母亲为什么跪下，但还是乖巧地跪在了母亲的一旁。

"起来吧。"顾楠淡淡地说了一句，回头看了看陷阵士兵，无奈地抿了一下嘴巴，"看什么，还不让开。"

"哦哦。"陷阵军立刻移开兵器，分开站到两旁。

顾楠对着母女指了指身后的路："那儿还有军伍，要不了多久就会打仗，你们走西边的路，去武乡，应该打不到那边。"说完就翻身上了黑哥的背。黑哥看了顾楠一眼，打了个响鼻。

"谢谢军爷，谢谢军爷。"那母亲不停地说着，在地上拜了几下，才拉着女孩的手站起身，和一众人准备离开。

"等一下。"等他们走了几步,顾楠却又叫住他们。似乎是担心顾楠反悔,这些人战战兢兢地站在原地。顾楠对陷阵军轻声说道:"前二列将自己身上的干粮拿出来。"平民拿了干粮就逃跑似的离开。临走之前,那小女孩拿着干饼,怯怯地看着顾楠:"谢谢军爷,你是一个好人。"

陷阵军跟在顾楠身后,一个人看着他们离开的方向摇了摇头:"连句谢谢也不说,对我们怕得像是遇到了劫道的一般。"

另一个人轻叹了一声:"你自己是怎么样的人你不知道?遇到我们,还真不如遇到劫道的。"说着向后看了一眼。"算他们运气好吧。倒是将军,明知道这些人是不会领情的。"他身边的人看了一眼走在前面骑在黑马上的人,凑到他身边笑着小声说道:"你懂什么,将军是出了名的面冷心善,心口不一,旁人理解不了就是了。"

"你们几个!"顾楠回过头,眼角抽了抽,"不说话,没人当你们是哑巴。"她脸色发黑,看来平日里是对这些小子太好了,是该让他们看看什么叫作面冷心更冷。三人立马闭上嘴巴,缩着脖子,他们怎么知道这般小声将军都能听见。"哈哈哈哈。"一旁的人看到三人的模样笑出了声。敢调笑到将军头上,回去怕是他们有的受了。

一个好人吗?顾楠想着小女孩的最后一句话,摸了摸面甲。还是第一次有人这么说我呢。

【一百八十八】

等到顾楠他们巡完一圈回到营地的时候已经是傍晚。西边的天空随着夕阳微沉被染成了红色,空气中带着的浅浅冷意也因为火焰散开。营地里暖暖的,火焰上烤着些野味,这算得上行军以来难得地开荤了。士兵们都很高兴,围着篝火笑闹着,就好似现在不是打仗一般。就连桓齮也不再是心事重重的模样,拿着块烤肉大快朵颐。李牧军从北境驰援而来定然是军阵疲敝,即使其军精锐,比起他们的疲军,秦军养精蓄锐定然是更有优势的。只能说老将不愧是老将,即使是难得玩乐一番的时间,脑子里想的也是战事如何。

顾楠自然是难有这么高的觉悟了,坐在一旁吃着她的东西。只能说王翦还算有点道义,给她抓了两条鱼来。鱼汤入口温暖香醇,虽然没放盐和调味,但也足够鲜美,相比于那些油水过重的肉食,果然还是这东西利口许多。鱼汤煮得有些发白,味道厚醇,顾楠浅抿了一口,眯着眼睛。中军的营地上点着一个大篝火,看那边热闹的模样,想来是在闹什么。将领也没有去管他们,甚至有一些还被拖进去陪他们一同笑闹。王翦好像也被他们拉了进去，站在中间唱着什么，怎么说呢，鬼哭狼嚎的。年轻人啊，顾楠摇了摇头，她这般的老人是已经没有那种精力和他们闹腾了，也不知道王翦是怎么还有这些力气的。吹了吹鱼汤上的热气，又喝了一口，咬了一些鱼肉入嘴，鱼肉已经被煮得松软，抿一下就会散开。等到王翦号完，却见他和那些士兵聊了几句就向自己这边走来。她有一种不太好的预感。直到王翦走到她面前，顾楠端着自己的碗有气无力地问道："你干吗？"

王翦笑着向身后指了指："不去说些什么吗，鼓舞一下士气也好。"说着看着那个篝火，轻叹了一声，"毕竟要不了几天，就又会是一场大仗了。"

鼓舞士气？顾楠看着篝火的方向，火光映射着的脸庞倒是笑得开心。她笑了一下，对王翦说道："是说上几句，还是像你那般号上几句？"

"喀，为兄是不擅长这些。"王翦尴尬地咳嗽了一声，他那号声确实难听，他自己也明白。

顾楠笑着摇头，最后还是站起身走了过去。士兵们看着走来的陷阵将领，相互看了看，都有些惊讶。王将军居然真把陷阵将领叫了过来和他们胡闹。也不知道是谁先起的哄，然后一群人闹哄哄地让顾楠唱一个。让陷阵将领唱上几句，这可不是谁都能做到的。顾楠看着眼前哄闹的众人，想到要不了几天就又会是一场大仗，而那场仗之后，还有很多很多仗要打，也不知道会打到什么时候。顾楠举起碗，朗声唱道："大风起兮云飞扬！威加海内兮归故乡！安得猛士兮征四方？"①短短三句，却是唱得士气磅礴，叫人血脉偾张。

营中的火焰跳动着，火焰旁的人怔怔地看着火光中的将军。衣袍被风卷动，面甲凶肃，直视苍穹。直到顾楠再一次唱起，开始有人大笑着跟着唱和。

"大风起兮！云飞扬！

"威加海内兮！归故乡！

"安得猛士兮！征四方！"

王翦笑着站在一旁，侧过头看着站在军中的白袍将，又看向一旁的微红长空。风吹开了云层，天色红晕。故乡何在？待我威加海内，身披战袍，我会归来！唱着唱着开始有人哭了出来，一边哭着却一边大笑着，发不出别的声音。也不知道是想起了那个故乡，还是担心自己有一天会这么死在还未归乡的路上。他们是军伍，他们的职责就是征战四方，替王明侧，威加宇内，似那大风，卷

---

① 出自《大风歌》，作者为刘邦（汉代），原文为"大风起兮云飞扬。威加海内兮归故乡。安得猛士兮守四方！"此处为化用。

开那天地浩荡。歌声越来越大,坐在营帐中的桓齮都听到了。听完这歌,他高声长笑,一起和着大唱。歌声粗狂,惊得山林间的飞禽走兽不得安宁。笑声张扬,响遏行云,让那天空云开雾散。唱了数遍,那歌声一转,继续唱道:

"岂曰无衣?与子同袍。王于兴师,修我戈矛。与子同仇!

"岂曰无衣?与子同泽。王于兴师,修我矛戟。与子偕作!

"岂曰无衣?与子同裳。王于兴师,修我甲兵。与子偕行!"①

长歌凌空,行于天中。

赵王坐在他的大殿中,秦军在破了平阳之军后并没有急于攻侵邯郸,虽然他不知道秦军在想什么,却给了他喘息的时间。如今只要等李牧的北境之军赶到,赵国的邯郸之围就定会形势好转。就在诸国的视线都聚集在秦、赵、燕三国战场上的时候,秦国却在此时又做出了一个让世人惊讶的举措——举兵攻韩。由大将蒙武、蒙恬率军直攻韩国新郑,同时随军的还有一个剑客,听闻是秦王新招的剑师。

嬴政笑着将一颗黑子放入棋盘,这颗黑子如同一柄利剑直逼白子的喉间。坐在嬴政面前的是一个身穿官服的老人,老人手中持着白子,看着嬴政落下的一子,叹了口气:"大王,你真欲举兵攻韩?"说着,将白子放下,却是将白子救活。嬴政皱起眉头,拿着黑子在手中转着。"是。"他看了一眼面前的老人,眉头轻蹙,但还是轻笑着,"国尉有话要说?"

"大王。"老人斟酌了一番说道,"大王不觉得用兵过甚吗?将韩为属,天下也依旧是大王的。"

【一百八十九】

"用兵过甚。"嬴政重复了一遍这四个字,在棋盒中拿起一颗黑子轻轻放下,发出一道低闷的声音,落入棋盘中。"何为用兵过甚?这天下烽火战乱百年,是为用兵不甚?"说着他抬起头看着眼前的老人,眼神逼人,"要想再不用兵,这天下只能有一国一君。"黑数过白,"所以,韩国,必当消泯。"

老人拿着手中的白子再难落下,已是败局,棋局已经尽碎,即使再走下去也无意义,但他还是继续说道:"大王,专治强敌即可,弱敌屈兵而威服,亦能

---

①《秦风·无衣》出自《诗经》,相传是在秦军之间流行的战歌。

所得共治，何必非要倾国而损民？这万民早已难经征战，少些征伐岂不亦有益国中？"

嬴政看着这必胜之局，突然说道："国尉，顾先生曾经教过我一句话，我觉得用于这当今时局，却是最好的解法。"

"丧将吗？"老人摸着胡须，微叹了一声。丧将其人，他亦常有听闻，从那千字文和治军之道来看，此人是有良才的。"不知是何话？"

"破而后立。"嬴政说出了这四个字，将手边的黑棋盒推开，"国尉，你输了。"

老人神色颓丧地看着棋盘，手中的白子久久不能落下。破而后立，难道真要那山河破碎、万民流离，才能重整此世？这当世，真的没有一个人逃得了？很久老人才将白子放回棋盒，站起身："大王棋艺精进快速，老夫不堪博弈矣。"

"国尉过谦了，侥幸而已。"

老人站起身，神色黯然，不知道在想些什么："缭，告退。"

"嗯。"嬴政点了点头，看着尉缭离开，将棋盘中的棋子归整。

老人走向宫外。破而后立，强制于法权，此法可成与否，他不知道，但他明白，这不是他所求的治世之道。尉缭回过头看了一眼蕲年宫，略显瘦削的身影看起来很是疲倦，有些佝偻。老夫的归处看来终究不是这秦国。这天下已是无处可去矣，权且归去吧。尉缭眉间的皱纹更加深了几分。他年少时曾学过观占面相，秦王之面相刚毅，却缺失仁德，希望是老夫这次看错了吧，否则也不知道会是这天下的福还是祸了。

细密的雨点打在帐篷上发出叮咚的声音，在军营间起伏不定。这时节的雨倒是多了些，这几日又下起小雨，雨势不大，但是绵绵地一直下了好些天，也不知道下到什么时候才会停，这就带来了诸多不便。别的不说，就说这山林间的柴火如今拾来都不能点燃，非要放在营帐里晾干了才能点火。而且雨天影响了巡队的视野和范围，这样的天气淋上些雨若是士卒受病，更影响行阵战事。唯一的好消息就是，这雨虽然给他们带来了不少麻烦，但是这些天小半个赵国估计都在下雨，北境来的李牧军恐怕也免不了苦恼一阵。和他们不同，这支北境军现在恐怕还在百里加急地往邯郸赶呢。

顾楠坐在营帐中，抓着头发，正在回忆历史上这场战事的每个细节。说实话，她当年不是学历史的，脑子里那些可怜的历史知识天知道还够用到什么时候。所幸，战国时期这几个著名的历史战役，她还是记着一些的。李牧大溃秦军的第一战，此次是秦军第一次攻赵，加上如今己方身处的位置，那么这一战不出意外会向那场肥之战发展。肥之战，秦国兵力直抵赵国都城邯郸，李牧率领北境之军南下与邯郸之军会合，在宜安和秦军对峙。桓齮担忧秦国兵力在外难堪长战，所以准备诱敌出城，进攻宜安之侧的肥地引李牧来援，待李牧军出营后再将其截杀。不料李牧不受引诱，反而趁着秦军攻肥之时，攻取了秦军本阵，待桓齮回援时在两侧安排大军夹攻秦军，最后将秦军击溃。若说李牧的计策多么惊艳是没有的，甚至可以说根本没有什么计策，只是利用了秦军当时的心理，但是李牧领军的才能就表现在他对人心、局势的把控和揣度。破匈奴亦是这般，先示敌以弱，囤聚军备，待匈奴大军南下，再转而包抄。而一场战事的胜败，奇计不是唯一，或者说不是最重要的，最重要的是领军之人能否看破整个局势，攻敌以弱而制胜。肥之战，李牧就看到了秦军难撑久战的状态，固守不出消磨秦军的耐心和斗志，最后露出破绽，一举击溃。和李牧这般的名将对军，顾楠心里很难有把握，同样地，在秦军中，恐怕就算是王翦也难有胜算。即使顾楠知晓肥之战的战况和破绽，她可以固守本阵，也可以借此对李牧军实行反包围，但是这只能将历史上的破绽弥补，若是不能一举击败李牧，之后的对局如何，恐怕就会陷入她难以把握的局面。没有别的办法，也只能搏上一把了。

　　顾楠皱着眉头提着笔写着手中的记文，这是她以防自己有所差错所做的肥之战的推演。

　　其上写着她能想到的秦军和赵军交战后会发生的各种可能，这一战她不想像历史记录的那般败去。这天下就快平定了，这战事她早已经不想再打了。威加海内兮归故乡，想起那日的军中长歌，顾楠的嘴角微微翘起，摇了摇头，再看向手中的书时，眼神坚定。出征的时候她和王翦说，她不知道会有多少人能活着回去。与子同衣，身披战袍，她是想他们都活着回去的。

　　雨声淅沥，轻打在山林间，军营里发出细密的声音，轻响了一夜。军营中的火光照在帐篷上微晃，火光在雨夜中洇开，亮了一夜。直到第二天阳光初照，山中的树木带着露水，泛着点点微光，从叶间滑落，摔在地上浸入土里。雨是停了，但是不知道什么时候还会下。雨夜里被打落的树叶积在地上，上面蓄着一些雨水，飞鸟扑扇着翅膀落在一旁浅酌着。

　　"嗯。"桌案上的油灯还亮着，趴在桌子上的顾楠皱了皱眉头，却是不小心睡着了。睁开眼睛，她撑着桌子坐了起来，长出一口气，头还有些晕，揉了揉脑袋，看着手中的竹简，提着笔，眉头轻蹙："嗯，是写到哪里了？"

【一百九十】

李牧军中，一个人骑着马看着外面的阴天，眉头深锁，正是赵王派于北境通令之人。昨日下雨，李牧居然命军队驻扎营帐，休整了一日，平日行军也只是比寻常军队的行军速度快上一些。如今邯郸十万火急，这李牧如此行军到底是意欲何为？他难道不知道现在是赵国存亡之际了吗？如此行事，到底是抱着什么心思？想到这儿，他叹了口气。

"先生在叹什么？"一个不轻不重的声音从他的背后响起。那人回过头，却见到李牧正骑着马站在自己身后。

他面色有些难看地行了一个礼："李将军，如今天已经放晴，还是尽快让军阵驰援邯郸为好。"

谁知李牧却平静地摆了摆手："先生莫急，待军卒吃完早饭，休整片刻，我自会下令行军。"

还吃早饭？！站在李牧身边的人脸色愈加难看。如今赵国深陷水火之中，这李牧倒好……

"呵，"气极反笑，那人冷笑了一声，"李将军，你到底是何居心？"

李牧看了他一眼，神色没有什么波动，淡淡地说道："援救赵王。"

那人一愣："那你，那你，如此行事，到底是为何？"然后郑重地说道，"赵王如今安危未定，邯郸之侧就是秦军，赵国安危全系于你北境之军，你如今却如此怠慢军阵，是想等邯郸破了再去收场不成！"

"先生，"李牧笑出了声，打断了那人的话，摇了摇头，"先生是把李牧视为什么人了？牧且问你，如今秦军开始围攻邯郸了没有？"

那人被问住了。他如今身在离邯郸数百里之远的地方，怎么会知晓这些事情？但是看李牧想要解释的模样，他强沉下气来，摇了摇头："我，不知。"

"定是不会攻的。"李牧不紧不慢地说道，看上去很是自信。

"为何？"那人更不明白了。

"邯郸中虽只有十万军，但皆为从王之众，是我赵军精锐。秦国虽有三十万军，但是想要短时间内破城，定是不可能。"说着，李牧看向眼下的军阵，"如今邯郸之外还有吾等十万之军，若是此时秦军攻城，围攻邯郸，我等从后方包抄，战况如何？"

那人眼前一亮："秦军分围邯郸四侧，我军突至，内外夹击，战况大利。"

"所以短时间内，秦军是不会攻城的。为了后方安稳，他们定是要先将我军击破，才能放手围攻邯郸，所以邯郸暂时无忧。"李牧带着那人走在营帐间，继续说道，"先生也说我军系着赵国安危，那我军就定是不能被破了。"

"是。"听李牧解释了些许，那人也不再那般咄咄逼人，而是安静地听着。

"我军从北境而来，若是千里奔袭，待至邯郸，我军是何情况？"李牧问道，同时从怀里拿出一块干粮，咬了一口。

那人皱着眉头思索了一会儿，才沉沉地说道："军伍疲乏，难有战力。"

"秦军在侧，我们难入邯郸，请问先生我们那时的局势如何，如何与秦军交战？"

那人沉默下来，不再说话。

"昨日那场雨若是坚持行军，军中定有生病折损之人。如今行军之速，不出三日就可抵达邯郸，还未过了秦军的耐心，所以我们也不必急。在行军路中，无端折损军力，才是不智。"

"如此，"那人点了点头，神色也平静下来，"在下受教了。先前不敬，还望将军勿怪。"

李牧笑着摆了摆手："先生勿要自扰，担忧国事是好，先生只是忧急无顾其他而已。如今秦军征战在外，正是连胜、斗志高昂之时，我们拖上一会儿也无大碍。而且他们征战在外，定是不可久战。稳固阵脚，秦军自会不攻自破。"轻笑着说完，李牧手里的干粮也吃完了，舔了舔手指，看向身旁的人，"先生要不要吃上一些？我们军中的军粮还是极好的。"

"哈哈，那就多谢将军了。"

李牧军抵达邯郸是第三日，这两天没有再下过雨。秦军在侧，以至他们没有直接进入邯郸，而是在邯郸北侧驻扎，营垒筑垒固守不出。一时间，邯郸、秦军、北境之军却是成了三角之势，对于赵军来说形势陡然好转，对于秦军来说却变得颇为棘手。想要进攻任何一方，另一方就会来援，即使秦军有近三十万兵力，一时间竟也只能和这两支赵军僵持着。赵军固守不出，拖了两日，桓齮的脸色也变得有些忧虑。秦军在外，如今要同时支撑韩国和赵国的战事已是国中吃紧，此战是不能久战的。赵军固守不出，能做的该是只能将一军引出来截杀。

日光正盛，入冬的寒意也没有那么重了，正好是正午时分。顾楠掀开营帐的帘子，却见桓齮和王翦已经坐在其中，她讪笑了一下："抱歉，我来晚了。"她心下也是郁闷，每次有这种议事，明明她已经提前些许到场了，为什么还是最后一个到的？

"无事。"桓齮笑着摆了摆手，等到顾楠坐下，面色才认真起来，开门见山地说道："二位对那北境之军如何看？"

王翦的脸色也不太轻松，很显然他也没有想到会演变成这样的局势。本想趁李牧军赶至，身疲力竭之际打他们一个措手不及，谁料李牧军根本不是疲军，完全就是战力全盛，而且其军中有一支骑军极其擅长骑射游击。王翦军和他们相互试探了一番就退了回来，很简单，没有把握。在邯郸外的平原，赵军骑射游击的战术实在是太过麻烦了。"此军如今在邯郸外驻营是想和邯郸守军成相互守望之势，我军想攻哪一方都会有所掣肘，只能做策将他们引出交战。"

"是啊……"桓齮的手撑着桌子，眼神不定。传闻李牧此人用兵慎重，想要将他引出是不容易的。

"桓将军，"顾楠坐在一旁，"我有一策或可一试。"

【一百九十一】

"驾！"

"后队，跟上！"

战马声嘶，不算快，但是沉闷的踩踏声惊扰了沉寂的平原，烟尘飞扬，弥漫在长原的尽头，让那天空看起来都有些微黄。声音渐近，是一片兵戈直立，刀矛如林。士卒扛着长戈走在前头，压了压头盔，将眼睛抬起来，看着前路。看着什么没人知道，只知道那盔下的眼神无有退意，只向着前路看去。战马上骑兵紧扯着战马的缰绳，马蹄在泥土上踩过，将沙土翻开。成列的战车车轮滚动，带着颠簸、碾动的声音在军阵间回响。

桓齮骑在一匹战马上，身上的衣甲披挂得整齐，腰间挎着一柄长剑，身后的披风轻轻翻动，摸着胡须。他回头看了一眼，那是他们来的方向，但也只看了一眼，就收回视线。行兵之策，既已定夺，就不得再有顾虑。

李牧坐在军帐中，两手支在身前，桌案上摆着他的佩剑。他半合着眼睛，看着桌案上的长剑，似乎在等待着什么。他已经老了，能在这战阵中征战的时间也不多了。秦军在赵国之侧虎视久矣，以秦国虎狼之心，不将赵国吞没定不会善罢甘休。所以这一战，他要的可不是固守，等着秦军粮草辎重枯竭，无可奈何地退去。他要的是大破秦军，让秦军不敢再犯赵国边境。这才是他身为赵军上将该做之事。

秦军，李牧的眼睛里闪烁着决然的神色。我赵国，可不是任人宰割之辈。

一个士兵走了进来半跪在地上："将军，前斥来报。"

"让他进来。"李牧的声音平缓，似乎对此时来的消息并无惊讶。

"是。"士兵点了点头退了出去。

秦军远战，定是希望速战速决，如今战况却是分为三合之势，赵军固守，秦军要破邯郸极为困难，所以定是会想办法将他们引出营垒交战。不出意外的话，如今的秦军也是时候该有动作了。

很快，一个骁骑模样的人进入帐中。

"将军。"骁骑行了一个军礼。

"有何战报？"李牧没有去看骁骑，而是将手放在长剑的剑柄上。

如果不出意外，可以行军了。

骁骑走上前，躬身在李牧身前："秦军十余万军从本阵迁出，向肥地去了。"

李牧一直垂着的眼睛抬起了一些，语气稍微加重了一些："十余万？"

秦军兵力近三十万，如果十余万去了肥下，剩下的兵力会在何处，本阵中又会有几多兵力？

李牧沉默一下，取出一张兽皮，那是一幅简图。他看着简图斟酌了一下，在图上圈了几个地点，递给身前的骁骑："去这几个地方探察一下，看一下是否有秦军兵力，兵力几何。"

"是！"骁骑接过兽皮躬身退下。

三日前。

"首先，"顾楠看着桓齮，指着桌案上的地图，"桓将军，可率军北上攻取肥地。"

"攻取肥地？"王翦皱着眉头似乎在思量，"以如此方式引李牧军出兵支援吗，以李牧之能可会出军？"

"不，"顾楠摇了摇头，"他肯定不会出军支援。"

夜半时分，日暮西垂，就好似一张黑色的幕布在天边缓缓拉开，渐渐遮蔽了阳光。一个将领模样的人走进李牧的营帐，神色有些慌张。他是邯郸在李牧军驻扎之后就遣来的副将，名叫赵葱。

"李将军，"赵葱看到李牧安然自若地坐在营帐里喝水，神色更加急切了几分，"李将军，我听闻秦军出兵攻于肥地，不知是不是真的？"

李牧看了赵葱一眼，将手中的水放下，气定神闲地说道："没错。"

"那李将军为何不出兵支援？"赵葱疑惑地问道，眉头深锁，"肥地处于邯郸之北，若是也被秦军攻陷，邯郸就真成孤城一座了。"

"不急，"李牧抬了一下手，看向旁边的一个坐榻，笑了一下，"还请赵将军坐下，陪本将等上一会儿如何？"

赵葱看着李牧的模样，不明白他在想什么，但李牧终归为一军统帅，还是坐下了来。大概又过了半个时辰，天色已经全黑，赵葱有点坐不住了。一个骁骑快步走了进来，喘着气，看来是奔袭了很久而来，上前对李牧抱拳道："将军，已经探明。"

李牧看着骁骑将喝完的杯子推到一边，悠然地问道："如何？"

骁骑走上前将李牧给他的兽皮递上："将军所圈三处，二处皆有秦军埋伏。山林中，人影颇多，不敢靠近，但是粗看之下，加在一众，还有十余万人。"

李牧接过兽皮，三处圈，其中两处被画上了标记。这两处成对角之势，位于赵军驰援肥下的必经之路上。李牧微微一笑，将兽皮递给一旁的赵葱。赵葱看着这两处位置，眼神一紧，身后留下一丝冷汗。如果这两处真有秦军十余万，赵军驰援肥下，定会受到这两处军部的埋伏，到时候原本进攻肥下的秦军再杀个回头，赵军危矣。

"将军，"赵葱看向李牧，"这，如何是好？"肥地不能丢，若是真让邯郸变成孤城，孤立无援，那就真的守不下去了。

李牧将桌案上的长剑提了起来，慢慢站起身。对于赵葱的问题，他摇了摇头。不懂军阵，不晓局势，不通变达。这般的人也能成为副将辅统一军，我赵国中，真的无将可用了不成？"赵将军，我问你，秦军近三十万，如今攻侵肥下十余万众，埋伏所部十余万众。"说着，他看向赵葱，"那秦本阵尚有几何？"不过数万。

李牧走到军帐的门边，长剑轻鸣抽出，剑身上映射着营帐中摇曳的火光。火光中，李牧脸上的光影分明，皱纹显得更加深邃。他回过头来，看向帐内的赵葱。光将他的侧脸照亮，也照亮了他的一只眼睛。那只眼睛眼神冰冷，泛着战意，光未照到的半侧脸颊陷于帐外的阴暗中，嘴角微微勾起。"肥下不会丢的，秦军将败！"说着，老将提着剑走出营帐，"整顿军备，攻秦本阵！"

【一百九十二】

"李牧不会出兵驰援肥地，所以王将军，"顾楠看向王翦，"要麻烦你将本阵的辎重粮物迁转，另命两支万人军布于此二地。"

"此二地？"桓齮看着地图上的两处山林，"此二地是赵军驰援肥下的必经之地，如果赵军不会援助肥下，在此布军有何用？而且还只有万人。"

"支撑声势。"顾楠解释道，"万军走十万人阵形，外侧三圈为骑军遮掩内部。内部由每人用马牵拉三个人高的柴草垛，草垛披上先前所灭的那支赵军的衣甲，惹起烟尘，故作数万人之众。"

王翦好像看出了顾楠的意图："你这是，要引李牧来攻侵本阵？可李牧若是不来，岂不是枉费了这些布置？"

顾楠看着地图说道："若是李牧不来攻，固守不出，王将军尽可率军攻下肥地，将邯郸变为孤城一座。若是李牧真的驰援肥地，我可率军从本阵出发，攻取李牧军大营，取了他们的粮草。而王将军可率领所部阻碍邯郸的援军，再由那路上的两万军断了这北境之军的后路，将他们和邯郸截开。无粮无援，前后夹击，亦可将他们一举击破。若是李牧来攻侵本阵，"顾楠抬起眼睛，"我部会驻守，给他们一份大礼。"不管李牧作何选择，对于秦军来说，都有益而无害。若是真正交锋，顾楠不会是李牧的对手，这点自知之明她还是有的。但是她的优势就是她知晓李牧，而李牧不知晓她。她知道这场战事原本的走向和其余的可能，而李牧不知道。她不是什么良才，但是读了十余年兵法，行阵所战，若是真的连知己知彼、百战不殆都不清楚，那就真的是无用之人了。

夜间的山林安静得没有半点声音，直到有人将这份恬静唐突地撞破。咔嚓，树枝断裂的声音突兀地响起，惊得一只山鼠慌忙逃窜，随后发出了一片窸窸窣窣的声音。一队士卒出现在山林中，手中的剑刃明晃，看服饰应该是赵军的士兵。他们相互看了看摇了摇头，像是示意着什么。其中一个士兵点了点头，举起手对着空山吹出几声哨声，像是鸟鸣一般。不久，远处传来哨声的回应。一队士兵向前方继续走去，很快他们本来的位置上越来越多的赵军士兵就着夜色穿行而过，走在山林间。

山林的一侧边缘传来了哨声，李牧身穿甲衣，骑在马背上，身后跟着一众骑军。听到这哨声，李牧才催动马匹，沿着大路向秦军的营垒走去。看着不远处山林外的秦军本阵，数不清的营帐在两侧山林间的平地上，望不到尽头。秦军本阵的营墙高耸，由被砍断的树木捆绑在一起立在地上，因为是在夜间，有些难以看清里面的模样，但是营中甚是安静。

赵葱跟在李牧身旁，脸上带着兴奋的神色，在李牧身边小声说道："将军，秦军看来是毫无防备了。"

"嗯。"李牧的眉头微皱，他觉得有些不对，但他还是问道，"军阵齐备没有？"

"已经齐备。"

"将军，下令攻营吧。"赵葱在一旁说道。

李牧轻轻点了点头，吐出了两个字："攻营。"

两个字落下，赵葱将手中的火把点燃，向山间挥舞。纷乱的声音在山林里响起，无数士卒从山林中穿行出来，看上去足有数万人。他们从腰间抽出长剑，几架长梯被搭上了营垒的营墙，密密麻麻的人影潜入了大营中。李牧看着那进入营中的士卒，眉头微皱。有些太安静了。李牧的眉毛压着，看向营垒的营墙，连一个哨兵都没有。难道是我多心了？没过多久，营门就被打开，一切都很顺利。

李牧牵了一下身下马匹的缰绳，向大营中走去。身后的数千骑军跟在他的身后，寂静无声，没有他的命令，他们没有半点多余的动作。李牧走进大营，大部分的营帐都暗着，应该是已经无人或是正在休息，只有很远处还有几个营帐亮着微微的火光，远处还能看到似是火把的微亮。看了一眼四下，赵国的士卒却是已经全部潜入进来，几人一队分站在每个营帐的一侧，等着命令。

"降者不杀，带走所有辎重。"李牧看着四周的营帐。营帐的排列很奇怪，紧密地连在一起，相隔的间距都非常小。赵葱挥动着手上的火把，转了几个圈，所有士兵都动了起来，纷纷潜入营帐，但是随后又茫然地走了出来。

"大人，帐中无人，里面放着的是干柴。"一个在李牧附近的士兵说道。

"无人，干柴？"李牧一愣。

随后他似乎想到什么，瞳孔收缩，看向一旁的山林，转过马头，大吼道："撤！撤出去！！"但是已经来不及了。一瞬间，山林间亮起无数火把，将这夜晚照得如同白昼一般明亮。站在军营中的赵国士卒几乎睁不开眼睛，只看到那模糊的火光中，数不清的人影错落地出现在山林的外侧，将军营团团围住。

顾楠站在山林间，脚下倒着几具赵国士兵的尸体，皆是一剑封喉，身后的士兵手中举着火把。她看着营垒中的赵军和连在一起的营帐，眼中映着点点火焰，抬起手，又缓缓落下。"抛！！"一片火把被抛出，火光似乎撕开了这片夜幕，划过弧线落入营地中，随后就是无数火把从两侧抛起。火焰带着炽热，化开了夜间的寒意，在赵军惊恐的眼神中落了下来。第一个营帐被点燃，随后就是无数个营帐被点燃。火焰大盛，火势席卷着天空，热浪滔天。军营中传来了无数哀号声。赵军士卒碰上了火焰，火焰烧灼在身上，发出撕心裂肺的惨叫，求救地抓住了身边的人。火焰烧灼着他的皮肤，使得他的面容异常可怖。

"救救我，救救我！"

"你放开，放开！"一旁的人来不及躲开，火焰却已经到了他的身上。

火焰蔓延开，似是要将一切在火中终结。火光中，李牧的脸色很难看，两眼盯着山上。顾楠似乎感觉到了一道视线，默默地回过头，看向营中。那里有一个将领身披黑甲将袍，骑在马上，两眼静静地看着自己。两人对视了一眼，随后视线被滚滚的浓烟遮蔽。

【一百九十三】

李牧回过头大吼道："所有人，撤出营垒！"

"撤出营垒！"幸存的赵国士兵慌忙对着身后大喊，将行令通传了下去。

顾楠站在原处，下令道："弓弩手，放箭；其余人，守住营门，一个都不能放走！"

身后的士兵挥动着手中的火把，一瞬间喊杀声起，将火焰惊得翻卷，终是让这长夜无了半点安宁。弓弩手解下背上的长弓、弩箭，箭镞如雨点一般落入火焰中。步卒士兵拥向营门，两军终是撞在了一起。赵军身后被火焰逼迫，又有乱箭从营地的上空射来，一片恐慌。营门被秦军堵住，一时间，几乎成了一面倒的厮杀。营门不算小，但是每次最多只能冲出数十人，只要有赵军冲出营门，就会被外面的秦军乱剑加身，已成定局。

四周很乱，李牧看着四散逃开的士兵，突然笑了一下。居然被人算计了，看来我真是老了。扭头看着四处扭曲的火焰，这就是老夫的葬身之所吗？死于战阵中，对于一个将领来说，倒也是一个不错的归宿，但是还要等一下。李牧从腰间抽出长剑，拍了拍身下的战马，他的战马并没有被火光惊扰，只是平静地看了李牧一眼。李牧掉转过马头，身后的数千骑军静静地看着他。到了这时候，只有他们还没有乱。没有李牧的命令，他们不会做任何多余的事情。战马不安地踩动着地面，却依旧被他们死死拉住。看着他们，李牧沉默了一下。"随本将，冲破秦军。让他们看看，什么叫作北境之军！"李牧握着剑柄，走过他们的身侧。

"是！"数千人同时喊道，跟在李牧身后，向那火光中的营门走去，越走越快，最后催着战马冲了起来。

热风卷动着李牧的衣袍。且待老夫，最后，杀一场痛快！

顾楠站在黑哥的一边，看着那翻腾的火焰和滚滚黑烟，长出了一口气。如此的赵军就算是李牧，想来也难以规整，形成战力了。她回过头，手轻轻搭上一旁黑哥的脖子。"结束了。"不知道是在和谁说，又或者是自言自语。

"结束了。"

看着远处的火焰肆虐，刀兵之声纷杂不止。

"威加海内兮！归故乡！"

轻笑了一下。

"一起活着回去。"

嗒，一声轻响，或者说是一声轻叩，就像是什么从高空落下，坠落在山林间的叶子上。嗒，第二声，一丝冰凉打在了顾楠的面甲上，让她眼神一怔。这几日的雨特别多，也来得很突然。嗒嗒嗒嗒嗒，连绵的雨声响起，打湿了这片山间，也打湿了火光中的营地。火焰一止，热浪退去，取而代之的是一股寒冷。顾楠的眼神凝固在那儿，半响，才动了一下，带着茫然和不可思议。她仰起头，看向那片天空。视线变得模糊，雨水绵密地落下，在空中铺开。雨丝几乎看不清楚，但是被那最后的火光透过，泛着微光。雨水打落，如同倾倒，很快就变成了倾盆大雨，将战阵中每一个人的衣衫浸湿，将火焰熄灭。所有人都仰头看着天空。逸散的黑烟中，赵军劫后余生，秦军则是茫然。

"嗬，嗬。"李牧提着剑，站在营门处喘息着，衣甲染血，感觉到身上冰凉，看向天上，雨水打在他的脸上。"呵呵呵呵。"李牧轻笑着，最后发出了一声长啸，"天不亡我赵国！！"

他抬起剑，策马扬鞭，对营门外看不到头的秦军吼道："杀！！"

顾楠看着雨，很久，才喃喃着问道："为什么……"

雨水将面甲打湿，透过面甲的细缝落在她干裂的唇间。顾楠的眼角似乎有什么滑落，也不知道是雨水还是什么，她的声音很轻："你真要这世间之人死尽，才肯罢休不成？"她不理解。

"杀！！"耳畔的声音听着模糊，直到听清了一旁的声音。

"将军！"一个陷阵军在顾楠的耳边说道，"我们怎么做？"

顾楠低下头，从背后将长矛取了下来，翻身上了黑哥的背。面甲之下，她的眼睛抬起，盯着那混乱的营门："杀，破那赵军！"就是这苍天不允，又如何？

营门前，乱雨纷纷。李牧提着剑，牵着马站在混乱的军阵中，身后带着数千骁骑，看着身前的秦军中，一骑白袍提着一杆银矛从军阵中慢慢走出来。面上覆盖着的凶面骇人，身上更是杀伐戾气四溢。身后跟着一支黑甲军，皆戴凶兽之面，静默不言，凶面之下的眼中尽是凶戾，只是走来就有一股煞气扑面。

李牧身后数千骁骑的骑矛垂下，阵中泛起浓烈的寒意，战矛上似是有气旋盘转，卷开了矛上的雨水。李牧看着眼前的白袍将，心中已经有了猜测。年迈的身子挺直，眼中尽是战意，苍老浑厚的声音吼道："吾等，乃是赵国北境之军，来阵通名！"

顾楠手中的长矛一甩，雨水从她的脸颊滑落，将她的长发沾湿，声音发冷："秦军禁卫，陷阵死士。"

"好！"李牧大笑了一声，身后的那支骁骑中似乎冒出了一股冬寒之意，使得这雨夜又冷了几分。军阵上好似浮现了一抹寒光，长矛同立。铮，黑甲陷阵中，长剑出鞘，锋鸣不止，背上的巨盾被解下，落在地上溅起一片雨水。长剑横于身侧，盾架于前。黑哥看着李牧身下的战马，打了一个响鼻，刀疤下的眼睛更是凶了几分。陷阵军中血色涌动。"来！"李牧身上的战袍翻卷。一滴雨水落下，落在了两军阵间，倒映着两军的寒锋，顾楠的长矛一转。"杀！"马蹄踏破了雨水，两军间的滴滴雨点中，两军被一瞬间放大，最后冲在了一起。

【一百九十四】

雨水沾湿了叶间，混杂着一丝丝血红从叶脉的纹理中滚落，摔在地上。水滴撞在地上，被撞得粉碎，碎成无数珠点，同样被撞得粉碎的还有水珠中的那点血色。老将半俯在马背上，衣甲破败，将袍被扯碎，零散地披在肩上。半白的头发散开，手中的长剑斜架在一旁，剑锋坑卷。他身下的马已经站立不稳，平日里平滑的短毛间被污血染上了一层杂色。仅有数百余骑兵还跟在他的身后，有的手中的战矛已经折断，当年纵横边疆的骁骑却是再无那时的半点风采。数百余骑之后是赵军残兵，大约还有数万人。突如其来的雨退去了火焰，让这数万人活了下来。

天是亮了，一夜的厮杀让这焦黑破败的营门口堆上了数不清的尸首，有秦军的，也有赵军的。李牧喘息着，时不时发出几声咳嗽。抬起眼睛，看不到头的秦军依旧堵在营门前，没有办法突围，赵军会被尽数留在这里。此军败了，赵国只余邯郸十万之众，就真的完了。"喀喀，赵国……"李牧咳嗽一声，眼前的视线模糊，看着秦军前的那个白袍将。赵国，万不能葬送在老夫手里啊！苍老的手有些颤抖，身后的数万赵军必须突围，趁着秦军大军尚且在外，赶回邯郸，尚有一线生机。会突围出去的。这时，李牧抬起了自己的长剑，卷刀残破的剑锋对着那丧袍之人。就算是老夫，最后的忠君之志吧！

"北境之军！"数百骑军看着将军的模样，跟随多年，自然知晓将军的意图，纵马提枪，人马齐鸣。"随我，将那秦阵冲开！"

"是！"

"嘶！"

马的嘶鸣震颤着旁人的耳膜，战马的速度在顷刻间提升到了最快，踏过地上的尸体和血水。已经是强弩之末，但是这一次的冲锋，却比任何一次都要有力。赵国的数万残军不知所措地站在后面，没有跟上来，只是恍惚地看着那支数百骑军带着一往无前的气魄向数万秦军冲去，好像是有什么东西在他们的身上灼烧着。而那秦军之前，正是千余陷阵，还有那陷阵之将。

顾楠看着冲来的老将，那支骁骑气势如虹。"守住。"她只是静静地说了两个字，身后的陷阵军重盾落在地上发出一声闷响，就是对她的回应。一夹黑哥的马腹，黑哥向前冲去，身后的陷阵军也冲了起来。李牧的长剑对着顾楠，笑着大喝了一声，两人撞在了一起。银色的长矛抬起，对着那迎面而来的破败长剑刺出。长剑发出了一声悲鸣从中折断，翻旋着落向一旁。而长矛再无阻碍，随着声轻响穿过老将的胸口，将他的身子带飞。无了主人的马跑了几步，似乎再也没有力气，哀鸣一声，摔在地上，嘴角流出鲜血。想来刚才的一冲已经跑完了它的所有余力。那数百骑军同一时间大喝了一声，并没有因为将领的战死有半点退却，而是更加疯狂地向陷阵军冲去。那数百余骑的军阵中寒光如芒，似是有北风呼啸。人马没有半点顾虑，似是把性命都搭在了这次冲锋中。他们是北境狼骑，生的时候纵横边疆，死的时候亦会是在这冲锋里。数百人撞进了数千陷阵中，乱刃斩在他们的身上，他们也不管不顾，只顾着向前冲去，死死地攥着手中的长矛，催了再催身下的战马，像一柄利剑，刺入了秦军的人马中。直到最后一个人和他的战马浑身浴血地倒在地上，最终吐着血泡，干笑着，长啸一声，应当是北境狼骑发出的最后一声呼号。同时秦阵却硬生生被撞开一道裂口，乱了军阵。

李牧的身子挂在顾楠的长矛上，鲜血从他的胸口涌出，顺着长矛的矛身流下，滴在地上。

喀，嘴中咳出一口鲜血，李牧抬起头笑看着眼前的凶面之人："陷阵丧将？"顾楠看着他没有说话，顺着长矛滚落的血落在她的手里，热得发烫。"早有耳闻。和你一战，也算是痛快！本将败了，"他淡淡地说着，像是放下了什么，喘息着看着顾楠，"但是赵国不会败。这是场乱世，你也跑不掉。"他一边说着，一边颤抖着抬起手抓住了顾楠的长矛。他仰起头，双目怒睁，对那苍穹大吼道："全军！突围！！"苍老的吼声回荡在战阵中，像是惊醒了身后的数万赵军。

赵军爆发出一片怒吼，举起刀兵，穿过李牧和北境骑军冲开的裂口，向秦军外突杀而去。李牧和北境骁骑用性命为赵军撕开了一线生机。

"跑不掉吗？"顾楠念着李牧的话，回过头，看着厮杀在一起的赵军和秦军。长矛抽出，使得李牧的身子软软地摔在地上，垂着头睁着眼睛。顾楠最后看了一眼李牧。我可从来没打算跑，我要的，可是终结这场乱世。你且看着，乱世将去。

长矛上的血滴落，顾楠吼道："一个不留！"

赵军最后还是突围出去了，秦军围堵了一日，山林中的地势难守，也难追，最后只能无奈地退了回来。桓齮正在肥地攻城，王翦押送迁转的辎重也无力追堵，只能看着这支残军回到邯郸和邯郸的本阵会合。邯郸之众尚有十余万，桓齮用了十日攻取了肥地，使邯郸变为了一座孤城。顾楠迁出已经烧毁了近半的本阵，同王翦会合，最后三军又在邯郸之侧会聚，围困了邯郸。

李牧的战败和身死虽然保全了赵国的一部分战力，却也使得赵国的士气彻底低迷。

赵王双目无神地坐在位子上，下面是一众大臣。

"李将军，"赵王的眼神微动，环顾了一圈座下的大臣，嘴巴颤了颤，"败了？"

【一百九十五】

大臣之间相互看了看，其中一人对赵王行礼说道："大王，李将军已经兵败。"

"呵呵呵。"赵王发出一声苦笑，笑得突然，也不知道在笑什么，就好似在笑他自己。笑了良久，他点着头，神情颓然："兵败了，兵败了……"很久，他抬起头环视众人，问道，"赵国，可还有退路？"

大臣不知道该如何回答。

只是过了一会儿，有一人说道："大王，赵国已无退路。"那是一个很有气度的中年人，身子挺拔，两眼凝视着王座上的人。

赵王迁抬起头看向中年人，又垂下眼睛："兄长。"他的面色灰败，断断续续地问着，"那，赵国，还能如何？"

"大王，"中年人看着赵王的样子，眼中露出几分失望，但随后又决绝地说道，"赵国可战！"

"退那秦国虎狼！"

"退秦？"赵王抬起眼睛，看着面前的中年人，无力地说道，"如何退秦？"

"如今邯郸尚有十五万余军，王宫军、各府家卒数万，秦军不过二十余万，如何不能一战？"被赵王称为兄长的中年人站在众臣一侧看着座上的赵王，静静地说道，"大王，我赵国，当无贪生怕死之辈。"

"嘉公子，慎言。"一个大臣小声地在中年人身边说了一句。这中年人却是原本的赵国嫡子，公子嘉。

大殿安静，赵王扶着额头坐在位子上，群臣默不作声地看着赵王。

良久，赵王声音低沉地吐出一个字："打！"他的眼神带着狠厉，"真当我赵国怕了这秦国不成！"

"打！"公子嘉看着赵王，笑了起来，这才是我赵国之君该有的模样。

秦军围攻邯郸，遭到了赵军的强烈抵抗。同一时间，韩国洧水南岸，卫庄拄着手中的长剑，望着那如同黑云压境一般的秦军，身上的甲胄发冷，手中那柄怪异的长剑好像在轻颤，发出微微作响的铮鸣。身后的韩国士卒握着手中的矛戈站在卫庄身后，看着走来的秦军向前迈了半步。卫庄的眼睛向后看去，淡淡地说道："无令，进者皆斩。"

韩国的士卒停了下来，看着秦军抬起兵刃，双手握得发白。身后的洧水涛声渐起，两军对望，卫庄看到了秦军中的一个人，穿着灰色的衣袍，腰间挎着一柄青铜剑。看着那人，卫庄的嘴角勾起一个冷笑，手中的剑刃凝聚起杀意。蒙武看着韩国的军阵，军前的那个将领很是古怪，有着一头苍白的头发，他的眼睛似乎看着自己的身旁。蒙武回过头，那韩国将领看着的却是自己身边的一个灰衣人，这人是秦王所派的王宫剑师。灰衣人似乎也在看着那韩国将领，身上的剑意涌动。

蒙武笑了一下："盖先生，那人，就交给你如何？"

盖聂看了蒙武一眼，握住自己腰间的剑，点了点头："谢过蒙将军。"

"无事。韩国，国运已尽。"说着，蒙武抬起了矛。

"全军，冲阵！"

洧水被那震天的声势激得更加汹涌，水面映射着交错在一起的矛光兵戈。

等到那杀声渐去，已经是数日之后。看不到头的尸体中，卫庄倒在地上，半张面孔浸在血污中，静静地看着身前的人。盖聂抬起剑，最后却又放了下来，长剑插在卫庄身侧，拖着疲惫的身子，一瘸一拐地准备离开。"你，不杀我？"卫庄抬起头，面孔上沾着鲜血，有些狰狞。盖聂回过头，沉默了一下，看了看远处，说道："秦军快来了。"再没说什么，只是自顾自地走远了。

卫庄拄着手中的剑站了起来，咳嗽了一声。他看了一眼那个走远的人影，转身准备离开。下一次，我会杀了你。

秦军在一月之间攻至韩国新郑。新郑的城门紧闭，韩王站在城头上看着冲来的秦军，双手无力地扶在城墙上。阴云密布，大军踏来，那种气魄，压在每个人的心头，每一声都好似巨震。韩王的身后跟着一众大臣，脸色苍白。蒙武站在城前，看着城墙上的旗帜，"韩"字在天空下翻卷，他举起手高声喊道："城将立报于韩王，半个时辰，韩王若降，可保新郑人人周全！韩王若不降，秦军攻城！届时城破人亡，皆咎由自取！无怪于秦！"声音回荡在两军之间。

站在城头上的守城之将沉默着看向站在一旁的韩王，紧握着腰间的长剑，良久，跪了下来："大王，吾等，愿以身赴死！与秦军，决一死战！"城头上的士兵握着手中的兵刃，沉默了一下，一个一个地跪了下来。莫不过一死，不若做个韩人战死，不负一生韩人。"我等愿决一死战！"

大臣中，相国张平亦走了出来，看着韩王，高声说道："我等，愿以身赴死，不愿丢我韩人脊骨！"

一众大臣面面相觑，最后好似想通了什么，释然一笑，摇了摇头，一齐跪了下来："我等不愿丢我韩人脊骨！"

韩王看着跪着的将卒和大臣，眼中无神，点了点头："起来吧。"喃喃着，"起来吧。"说着，他看向那面在城头翻卷的韩国旗帜，又看向城内的屋瓦。为王为君，所负的，是一国之重！眼中似乎渐渐有了自己的定夺。"寡人无能……但寡人，尚为韩王。"他看着城中很久，定定地看着自己的韩国，然后转过身，一步一步地走到城墙边。他看着城下的秦军，面色涨红，目中噙着泪，大吼道："秦将！本王在此！休伤我韩国之民！韩国，降矣！"说着，那个站在城头上的人影看着万军，怒号一声，纵身跃下，高吼着，"韩国，降矣！"

韩国覆灭，韩王身死。同年，秦军围攻邯郸久攻不下，因远战在外，军阵吃紧，最终退兵而去。

【一百九十六】

回到咸阳的时候，大约是烟雨朦胧的三月。战时无个年月，从出征到归来，又是不知道过去了多久。空气中飘着淡淡的薄雾，远景的模样有些朦胧，应当是刚下过一场小雨，鼻尖嗅着些许湿意，带着浅浅的青草味道和点点花香。远远地，能看到咸阳城了。军队走在路上，脚步也缓慢，大家都走累了。回来了，绷着的身子也松了下来，军队里传来几声笑闹。王翦骑在马上回头看了看，笑了一声，也没去管。黑哥一步一步懒散地迈着步子，顾楠的长矛扛在肩头，矛尖斜斜地立在一边。发梢沾着些露水，动了动发僵的胳膊，她望着那城："回来了。"

"是啊。"王翦骑在马上，挪了一下身子，换了个舒服的姿势，也放松下来，"回来了。"身后跟着数万的军队，桓齮却领着十万军留守在边境。

"可惜，最后还是没有攻下邯郸。"顾楠的面甲仰了仰，语气里似乎是有一些无奈。

王翦侧过头看着顾楠，她不知道在望着什么，眼神落在一处发着呆，像是想了一会儿，王翦说道："这次攻赵本就是为了孤韩国之地，使其无援。听闻韩国，蒙武那小子是轻松打了下来，我们此去的目的已经达到，何况已是打下了赵国近半之地，你就莫要多想了。"

顾楠的眼神一动，看向王翦，顿了顿，点了一下头说道："也是。"顾楠看着什么，王翦或许明白，又或许不明白。走在一旁的他突然笑了一下，看向顾楠说道："白将军之抱负我亦有所知晓。"早年白起也曾在兵道上指教过他，对于白起，王翦自然也很熟悉，"但是有些事，不用太急。"顾楠呆了一下，似乎释然了什么，勾了勾嘴角："嗯。"回过头看着前路漫漫。只是，不敢有失所托啊。

"我说，回了咸阳，你准备做什么？"

"做什么？陪陪你嫂子。本说是没几个月，结果一去就去了这么久，恐怕要被她教训一顿了。还有贲儿那小子，也不知道兵书看得怎么样了。"

"贲儿，那小子小时候可是闹得很，现在怎么样了？"

"还是那副样子，看到他我就头疼。要实在没办法，你帮我个忙如何？整顿整顿起码有个模样，他是从小就怕你的。"

"别，我家可经不起那小子折腾。"

咸阳的城头，士兵看到缓缓行来的大军，通报之后，打开了城门。大军进城，马蹄声、脚步声回响在街道上，压着人声。街道一旁的一家酒馆，李斯身穿常服坐在窗旁，这几日，他时常来这里。远处传来声音，李斯顺着窗外望去，看到那面旗帜和走来的军队。他笑着为自己斟了杯酒，扬起了手中的酒杯，伸出窗外，对着那军，不重但有力地念道："迎我军兮！"酒杯微倾，酒水从杯中倒出。

"欸！谁啊？！乱倒酒水！"酒馆的窗下传来一声怒骂。

坐在窗边的李斯嘴角一抽，不声不响地收回手，埋头吃起了桌上的饭菜。嗯，这家的饭菜做得不错。

小院里老树的树叶在清风里轻轻地摇晃，发出沙沙的响声。叶影摇晃，使得铺在小院中如同清潭一样的月光似乎泛起了涟漪。小院的墙角里，一株不知名的野花低垂在那里，随着风过，在风里微微起伏。和风里带着淡香，夜里有些安静，只有那萦绕着的琴声盘旋着。琴声的调子说不清楚是什么，但是很好听，就好像是见了一位故人，在静夜中把酒轻谈。琴声并没有打扰夜晚的安宁，反而使它更加恬静温和。素手轻抚着琴弦，画仙坐在一旁弹奏着清调。树下传来翻身的声音，顾楠侧靠在树下，闭着眼睛，看起来是睡熟了。画仙看着熟睡的人，带着轻笑，琴声渐缓。

　　小院外传来了脚步声。小绿端着一些点心走了进来，看到树下的顾楠，愣了愣，无奈地笑了一下。她将点心放在一旁，轻声说道："怎么在这儿就睡着了？也不知道回房里睡。"

　　"想来，是很累了吧。"画仙笑着轻轻说道，琴声慢慢停了下来。

　　是啊，应该是很累了，在外征战……小绿走到顾楠身边，看着她熟睡的脸庞，嘴巴微微张着，嘴角还有一些口水，也不知道是不是梦到了什么，轻手撩起垂在她脸侧的头发。"还是个小孩模样，也不知道自己照顾自己。"一边说着，小绿走进顾楠的房间，拿出一件披风，轻轻地盖在顾楠的身上。本来应该搬回房里的，但是那样恐怕要把她吵醒了，还是让她好好睡一觉，好好休息一会儿吧。小绿小心地坐在顾楠身边，让她的头靠在自己的肩上。

　　画仙抱着琴，坐在一旁，指尖微动，柔和的琴声很轻，夜色里星光点点。黑哥站在小院的角落，嚼着马草，侧耳听着琴音，也不作声。夜里是很安静的，几乎没有半点声音。

　　早间的阳光照在人身上带着点暖意，老树的枝头传来几声鸟鸣，树上的枝叶长得葱翠，看样子应该还能再活上不少年。顾楠穿着一身白衣，脸上戴着面甲，站在院中提着无格，长剑舞动，老树下叶影婆娑，只是不知道为什么她的脸色有些微红。就说怎么感觉枕头是软的，今天早上醒来的时候她才知道是在小绿的肩上睡了一夜。按照小绿的说法，她睡觉流口水的习惯得改改。"嚓"，无格入鞘，顾楠摸了摸嘴角。我睡觉，流口水吗？无奈地摇了摇头，不再多想。

　　因为身份的关系她不用去参加今天早上封赏的朝会，所以早上该是没有什么事情做的，可以再休息一会儿。顾楠收剑，伸了个懒腰，看向自己的房间，不然再去睡个回笼觉？

【一百九十七】

　　蕲年宫。下了早朝，嬴政心情大好地走进大殿。覆韩破赵，如何能不叫人心情酣畅？大殿中只有一个侍者站在一旁，给嬴政递上一杯水。靠坐在坐榻上，嬴政喝着水，看着堆积在桌案上的政务，笑容僵在了脸上，抬起手揉了揉眉心。如今秦国攻取了韩国之地和赵国多城，一时间确实是有众多事务需要处理，随即他松开手，罢了，今日不去想这些。突然想到什么，嬴政的嘴角浮起一点笑意。他看了看自己的衣袍，站起身，向殿外走去。

　　嗯？顾楠回过头看向院外，她确实听到门口传来了脚步声，好像有一个人站在门口。砰砰砰，一阵敲门声响起，印证了她的感觉。顾楠无奈地撇了一下嘴巴，看来这回笼觉是睡不成了。小绿和画仙应当还在后院打理花草，顾楠抓了抓头发，走到门边："来了。"一边说着一边打开门，探出头去，"谁啊？"

　　门口却是站着一个身穿黑袍的年轻人，背着手，正看着武安君府有些冷清的门庭。四下都没有人，就连路人也是稀疏。大门打开，看到顾楠，他的脸上微微一笑，行礼道："顾先生。"随后目光落在了顾楠的脸上，面露疑惑，"顾先生，你为何在家中还戴着面甲？"

　　顾楠愣愣地看着面前的年轻人，半响才打开门，躬身行礼："拜见王上。"

　　嬴政一怔，笑着摆了摆手："顾先生，我都已经出宫了，就不用再叫我王上了。"

　　顾楠站起身，叹了口气，看了嬴政一眼："政儿，今日怎么来了我这儿，没有政务？"她一边说着，一边让开了身子，"进来吧。"

　　"先生，莫提政务。"嬴政走进府里，苦笑着，"如今的政务，却是多得让人不想再看。"

　　"所以是来我这儿避难不成？"顾楠打趣道："你作为一国之君，你不看谁看？"

　　"一国之君也是要休息的。"嬴政看着小院，微笑着，儿时的他时常会来这儿玩。

　　"所以呢？"顾楠随意地问道，"你今天来找我是做什么？"

　　他看向顾楠，犹豫了一下说道："今日，我是想邀先生一同出去走走。"

　　"邀我？"顾楠有些疑惑地走在嬴政前面。

　　"是啊，顾先生常年深居简出，偶尔也该出去走走。"

　　笑了一下，顾楠回过头看了嬴政一眼："我看是你自己想出去走走吧？"

嬴政摸着鼻尖，莫名地感觉脸上有些发热："先生意下如何？"

顾楠思索了半响，如今她确实也没有事做："也罢，闲来无事，出去散散心也好。"但还不等面露笑意的嬴政说什么，顾楠就拍了拍他的肩膀，意味深长地又说了一句，"散完了，你也好早些回去把政务处理了。"说得嬴政又是脸色一僵，苦笑连连。

咸阳城的街道有些拥挤，或许是因为刚刚开春，所以人们都会出来置办一些新的物件。街头巷尾人声喧闹，嬴政看着四周的小物件倒是显得有些新奇，时不时地停下来在摊边看看，有时还会问问价格。顾楠则抱着手，腰间挎着无格，跟在嬴政身后，看着他的模样，笑着摇头。一旁的路人看到顾楠的那张面甲，纷纷躲开了一些。

或许是走累了，嬴政站在一个小摊边，指着两份蒸饼对老板说道："老汉，来两个蒸饼。"

"欸，得嘞。"老板笑着伸出一根手指说道，"一个大钱。"

嬴政点了点头，往怀里摸了摸，却僵在原地，他的身上没有钱。

铺子的老汉发现了眼前的年轻人神色古怪，问道："客官，你不是没带钱吧？"

嬴政的脸色有些发红："这个，你看。"

"没带钱可不让吃啊。"老汉黑着脸拿回了手里的蒸饼。穿的衣裳像个贵人，怎的吃个蒸饼还没钱？顾楠站在一旁，看嬴政的脸窘迫得发红，笑着从怀里拿出一环钱递了上去："老板，抱歉了。"说着拍了一下嬴政的额头，"我家小弟人不聪明，该是出门忘带钱了。"

虽然眼前人的模样有些吓人，但是没人会和钱过不去不是？"欸，我就说，看模样也不该是那样的人。"老汉笑着接过钱，拿着两个蒸饼递给顾楠，"谢谢了。"

顾楠接过蒸饼，递给嬴政一个："拿好了。"

嬴政无言地拿过蒸饼，看了一眼，恨恨地咬了一口。

"还和一个蒸饼怄气？"顾楠笑看了他一眼，搭着他的肩膀。

鼻尖传来淡淡的香味，让嬴政有些愣神。

"走了，去那边看看。"说着，顾楠拉住了他的手腕向前走去。

嬴政低头看着两人的手发呆，跟在顾楠身后，又回过神来："啊，好。"

咸阳很大，两人一直逛到了傍晚，嬴政又说要上城头看看。城头上的风有些大，夕阳沉在天边，半边天空红晕，云霞遮掩着余晖，渭水之上映射着日光，淡金色的波光随着水面晃动，远山笼在云雾之间，看得不是那么清楚。嬴政站在城头上看那山河璀璨，眼中沉浸："这山河，是很美的。"

面甲有些遮住了视线，顾楠将面甲轻取下来，看向那颇为壮丽的河川山峦。她轻眯起眼睛，喃喃着："是很美。"

嬴政回过头，看着顾楠。那人正望着远处，光照在她的脸上，让人恍惚的面容中带着一些夕阳的微红，显得更加美好。那面容却是和当年一模一样。"顾先生……"

顾楠注意到了嬴政的目光，神色一慌，将面甲重新戴在自己脸上："怎么了？"

"顾先生，"嬴政有些不知道该怎么说，"还是如旧时一般，一点没变。"

"怎么会？"顾楠笑了一下，移开视线，"人总是会变的。"

嬴政回过头，眼中微恍："是吗？"

【一百九十八】

天边将明未明，云层还显得有些压抑，阳光还没有穿透出来，只是将云间照得微亮，光暗明晰。还有些昏黑，夜晚是还没有完全过去，但是应当也快要过去了。随着车碾声渐近，一辆马车从韩国的都城新郑缓缓行出。车轮轧得很深，拉着马车的马匹喘着微沉的粗气。马蹄踩在地上，每走一步都会带起一些地上的泥土，看得出马车中似乎拉着什么很沉的东西。随着马车行进，车旁的帘子摇晃，隐约间能看到里面坐着一个人。马车中的人穿着一身青色长衫，衣摆轻垂在马车的坐榻上，看模样该是只有十几岁。可此时少年脸上的模样却不像一个少年，眼神暗沉，似乎是感觉到了马车的晃动，眼神才动了动，侧过头顺着车上的帘子看向车外。

道路上看不到人影，只有马车木轮的滚动声在路上回响。车窗外，韩国的都城新郑越来越远，或者此时应该说是秦国的城邑新郑。暮色下，那城郭的轮廓渐渐变得模糊不清，直到再也看不见，少年才收回视线。城破之日，韩国的相国张平亦殉国而死。韩国，已经不存于此世了。张良坐在马车中，手掌放在腿上，渐渐握住，抓住了衣摆。秦国……

张良的眼中带着这个年纪不该有的东西，他伸出手，默默地将车帘掀起。马车外的空气有些冷，也有些沉闷，远处传来不知是什么的呼啸，随后见到了几只飞鸟掠过云层。仰起头看向那将明未明的天空，张良的神色怔怔，喃喃着："天将明矣。"帘子被放下，传来一声鞭响，马车加快了几分，消失在了路的尽头。

燕国境内，一个青年人正坐在房间中看着摆在桌案上的杯子，杯中的水平静无波。一旁点着一盏油灯,火焰在灯芯上跳动,火光将漆木的桌案照得微红。青年人平静的眼中露出几分焦虑,一阵脚步声传进房间。随着那脚步声,放在桌面上的那杯水泛起了一丝波纹,杯中的人影也一阵晃动。房门被打开,一个人站在门口,看着坐在房中的青年,躬下身,双手虚抱在身前:"公子。"

青年人回过头,点了一下头:"鞠先生。"

被称作鞠先生的人站起身,笑着说道:"恭喜丹公子从秦国归来。"

这青年正是燕国的公子丹。燕国与秦国联合攻赵之前,燕处弱势,为了明哲保身,将公子丹送到秦国作为质子,直到战事结束才被送了回来。

"不必恭喜了。"青年的脸色有些苍白,拿起桌案上的杯子,喝了一口水。

"不知公子在秦国处境如何?"鞠先生从门边走了进来,撩起衣摆坐在公子丹的面前。

"秦国。"公子丹微出一口气,"秦国之事,不必谈了。"

他在秦国作为质子,处境如何自然不用再说。

鞠先生看着公子丹,叹了口气,无奈地说道:"如今燕国势弱,如此之为,大王也是无可奈何啊。"

"我明白。"丹静静地说道。燕国势弱,想到此,他眼中的神色更加焦虑起来。如今的形势,这天下已经容不得弱国了。他张了张嘴巴,将手中的杯子放下,最后说道:"在秦国,我却是见到了嬴政。"

"嬴政?"鞠先生念着这个名字。这个名字如今代表的就是秦国。

"是。"公子丹抬起眼睛,"我见到他时,他亦看着我。"说到此处,他似乎又回想起了那个眼神,就好像是睥睨这世间的眼神,让人不寒而栗。鞠先生看着公子丹,眼中慎重地问道:"此人为人如何?"

公子丹抬起头,看向鞠先生,然后摇了摇头:"我不知道,但是绝非仁善之辈。"

鞠先生点了点头:"观如今秦国所为就能知晓,秦国这虎狼,所图甚大。"说着,他望向一旁油灯中的火芯。从那火焰中好像就能听到兵马之声,秦国之势已趋。油灯的旁边放着一袋箭镞,鞠先生伸出手从箭镞上取下一片雁翎,慢慢地将雁翎放在火焰上,一瞬间火焰点燃了雁翎并快速焚烧着。松开手,雁翎落在火中,直到被火焰焚为灰烬。他语气复杂:"秦国之势如同猛火急燎,如今韩国已灭,赵国所失过半,也当是难再支撑,下一个又会是谁?"

公子丹的眉头深锁:"当是燕、魏之地了。"

"公子,"鞠先生看着公子丹躬身说道,"燕国需联合所援。"

"如今赵国分崩,公子可劝大王与赵国休战为盟,再与东齐结联,北修好于单于，如此或可一阻秦国兵锋，之后就可另做打算，以弱秦强。"

"联合所援。"公子丹念着这句话，似乎是在思索，良久，摇头一叹，"先生，求援之事所需太久，而且父王恐怕也难下决定，燕国已经等不起了。"说着他站起身，走到窗边，将窗户推开了一道细缝，手掌滑过窗边，光线穿过细缝照在姬丹的脸上，一道竖光穿过他的一只眼睛，那只眼中带着几分决意："当有一策，可阻秦国侵蚀天下。"

鞠先生在公子丹的身后思索了一会儿，平缓地说道："公子，我或许有一人，可以举荐于公子。"

秦国的王宫内，嬴政坐在殿内看着座下的人，语气里带着一些心不在焉："偏殿的那位女子，诞下了一子？"

"是。"侍者有些小心地抬起头看了嬴政一眼，"大王，这……"

嬴政挥了挥手："好生照料便是，若是有一天他们要离去，便送他们出宫。"

"是。"侍者躬身退下。

嬴政一人坐在殿中，看着桌案上的政务，却是无心下笔，脑中时不时浮出昨日恍惚间看到的微红面孔。应当是我多想了才是。想着，嬴政摇了摇头，笑了一下，像是在笑自己。世间怎么会有容貌不变的人呢？

【一百九十九】

蒙武率攻韩之军回到咸阳。韩国境内，留了一位叫作内使腾的将领镇守，韩国的贵族大半都留在新郑等待秦王下令处理。

当当，当当，本该是安宁的早间，却被一阵阵敲击声打破了。顾楠黑着一张脸从房间里走出来，身上穿着略显单薄的白衫，手里提着无格，看着院墙外。这声音让她早早就睡不好了。这几日军营里没什么事情，虽然和李牧的北境骑兵那一战让陷阵军损失了不少，但是她也没准备现在补编，这段时间还是让那帮小子好好休息，当然这也不排除她自己也有想要偷懒的嫌疑。这本该是个可以睡上一个好觉的清晨，结果就被这"当当当当"的声音吵醒。想到这儿，顾楠的脸色又阴沉了几分。这声音不远，应当是隔壁传来的。"所以说，到底是谁这么没有公德心，大早上的是不让人睡觉了吗？"

当当当当，武安君府的边上本来是没人住的，但是听小绿和画仙说最近搬来了一个，听说好像是一个王宫剑师。她们说的时候脸上笑嘻嘻的，也不知道在笑什么。宫里的剑师为什么不住在宫里她不知道，但就算是王宫剑师，也没有这么一大早在院里折腾的理由。

嗒,随手绑好衣服上的腰带,一边将面甲戴在脸上,顾楠翻上墙头,轻身一跃,跃过了隔在两个房子之间的小道,落在隔壁屋子的围墙上,对着院中的人叫道:"这位兄弟。"小院中,一个身穿灰衣的人正站在一个木桩前,手中拿着一柄青铜剑,正演练着剑招,时不时地对着木桩击去,但也只是击打,并未用上实力,使得木桩没有被直接斩断。但也是因为这样,沉闷的敲击声更加让人难受。盖聂站在木桩前,手中拿着青铜剑,皱了皱眉头。买的时候只是掂量了一下,真正用着才感觉这剑确实还是轻了一些。他的剑落在了战场上,所以回到咸阳后又买了一把,现在正在试剑。听到背后有人叫他,他回过头。

"师姐?"

看着院墙上戴着面甲站在那儿的白衣人,盖聂愣了一下。

顾楠也愣了半晌,抬起眉毛说道:"小聂。"她算是知道为什么小绿和画仙对她说隔壁搬来了一个王宫剑师的时候是笑着的了。她摸了摸额头,对着盖聂说道:"你这是在做什么?"

盖聂看着自己手中的剑:"试剑,我原来的剑落在战场上了。"至于是怎么落在那儿的,盖聂没有说。顾楠咳嗽了一声:"就算是试剑,你也不能这般敲打,你让一旁的邻里如何休息?要知道早间人都还没有睡醒,你这般吵闹,成何模样?不过看在你也是做正事的分儿上,这次就算了,下次注意。"

盖聂看着顾楠,点了点头。他犹豫一下,但还是认真地看着顾楠说道:"师姐,这附近没有邻里,而且现在已经是午间了。"

"小聂。"

"嗯?"

"你还真是一点没变啊……"

"多谢师姐夸奖。"

"不,不是在夸你。"

咸阳外的山林附近有一个小瀑布,能听到水流冲刷石头的声音。空旷的山林深处传来悠远的鸟鸣,还有林间叶片沙沙作响的声音。林子中传来脚步声,是有人踩着落叶和枯枝走来。阳光穿过叶间的缝隙落下来,照亮了那人的模样。那是一个面容冷峻的人,穿着一身黑色的衣衫,有一头让人侧目的苍白头发,背上背着一个木盒,腰间挂着一柄造型怪异的长剑。站在溪边,看着溪流渐远,他闷声咳嗽了一下,随后不作声地继续向前走去。直到走到一片空地前,他才慢慢停了下来。空地上落着枯叶，枯叶间有一块木头竖在那儿，孤零零地立在地上。木头上刻着一大两小三个小人，耳畔似乎想起了那年的话："说好了，到时候，回来看看。"站在木头前，白发人的嘴角微微勾起，伸出手，将手搭在木头上，好像是在自言自语。"我回来过了，也不算失信。"说着，他抽出腰间的长剑刺入土中，慢慢挖着。直到土中出现一个布包，他才停下来。将长剑立在一旁，他无有顾及地盘腿坐在地上。小心地将布包从土中取出，解了开来，布包中却是放着三段木板。他先是拿起第一块，那是当年他自己的。看着木板上的字，他抬起头，半晌，好像轻笑了一下，又摇了摇头，重新低下头来。第二块是另一个人的，他沉默一下，没有去看，放在了一边。

手放在第三块上，有些犹豫地慢慢拿起，看着上面的字。上面刻着四个字，可惜前面两个字好像已经看不清了，只能看清后面两个字。"太平……"坐在地上，那人张开嘴，轻念出声。他看着这两个字，想起写下这两个字的人。世人称她为丧将军，称她是凶人，视她为不祥，避之不及。可就是这样一个人，征战在沙场中，杀出一条伏尸难计的血路，求的却是这两个字。背着这世人的凶名，为的就只是这个吗？良久，林中传来一声轻问："为这般的世间，值得吗？"或许是在问那刻字的人，又或许，是在问他自己。

林间渐暗，快要入夜了。风声细细，坐在林中的那人依旧坐在那儿，很久，他将手中的布包包起，埋回土中。他拿起倒在一旁的那根木头，目光落在那一大两小的三个小人上，刻得着实难看。人影随着脚步声离开，衣袍轻摆。林间树叶飞落，片片落叶间，只剩下那木头立在那儿，该是等着下一个人。

【二百】

西汉之年。灯火微黄，照得房中光暗分明。帘帐轻摇，该是因为有轻风过堂。一个人坐在帘帐中，手中虽执着笔，那笔却迟迟没有动。那人闭着眼睛似乎苦思良久，手中的笔才轻轻落下，与那灯火下笔尖的影子重合在了一起。墨色洇开，笔尖摆动，写了起来。开篇写下三个字——过秦论，随后笔走游龙。

> 秦孝公据崤函之固，拥雍州之地，君臣固守以窥周室，有席卷天下，包举宇内，囊括四海之意，并吞八荒之心。当是时也，商君佐之，内立法度，务耕织，修守战之具；外连衡而斗诸侯。于是秦人拱手而取西河之外。
>
> 孝公既没，惠文、武、昭襄蒙故业，因遗策，南取汉中，西举巴、

蜀，东割膏腴之地，北收要害之郡。诸侯恐惧，会盟而谋弱秦，不爱珍器重宝肥饶之地，以致天下之士，合从缔交，相与为一。当此之时，齐有孟尝，赵有平原，楚有春申，魏有信陵。此四君者，皆明智而忠信，宽厚而爱人，尊贤而重士，约从离衡，兼韩、魏、燕、楚、齐、赵、宋、卫、中山之众。于是六国之士，有宁越、徐尚、苏秦、杜赫之属为之谋，齐明、周最、陈轸、召滑、楼缓、翟景、苏厉、乐毅之徒通其意，吴起、孙膑、带佗、倪良、王廖、田忌、廉颇、赵奢之伦制其兵。

秦以白起、蒙氏、王翦、丧军白孝之人行阵踞地，以商鞅、张仪、樗里疾、甘茂、范雎、尉缭、吕不韦、李斯、甘罗之人执内其政。

六国尝以十倍之地，百万之众，叩关而攻秦。秦人开关延敌，九国之师，逡巡而不敢进。秦无亡矢遗镞之费，而天下诸侯已困矣。于是从散约败，争割地而赂秦。秦有余力而制其弊，追亡逐北，伏尸百万，流血漂橹。因利乘便，宰割天下，分裂山河。强国请服，弱国入朝。

…………

这人的笔停了下来，就好似突然顿住。他皱起眉头，看着手中所书，似乎犹豫着什么，笔尖移到丧军白孝的名字上。以上之人他都有所解可言，可此人，他却是有很多不解。

秦书中常出现这人的身影，不过此人身上的疑问太多，所经之事亦是太多。作为秦国的五世之臣，持国之臣，为何所记会如此模糊？甚至，连一个名字都不知晓。此人成那陷阵丧军，故被称为丧。传其为白起后人，白起死后披孝行阵，乃亦称白孝。也有人说此人姓顾，也不知是真是假。但是从此人所留的两篇不似秦文的赋颂，还有那千字文来看，此人该是个经世之才，奈何成了凶将，杀伐不仁，遭人唾弃。想到这儿，作书的人摇了摇头，提起笔将那人的名字从书中画去。笔尖落在那儿，此人该是个什么样的人呢？

宫中的花树正是这个时节开的。宫中种得最多的便是这种白花树，就连大王的蕲年宫中也是如此。每到这种树开花的时候，都能看到那一路的如白雪般的花簇，有的躲藏在叶间，有的露在外面，素了那宫中的恢宏，却也多了几分淡雅，别有一番景致。天空中下着小雨，雨点偶尔会打落几片花瓣。白色的花瓣落在地上，漂浮在地上的积水中。积水被雨点打出层层波纹，使得花瓣也摇晃着。

　　公元前233年，秦国攻魏。
　　宫中。远处一个小孩抱着头跑了过来，看那小孩的模样不大。宫中居然会有小孩却是让人奇怪。如今的秦王还未纳妃，又何来的孩子？不过看小孩的穿着，却又像王家子弟。身上黑色的华袍被雨水淋湿，两手遮在头上跑过来，这一路上都没有宫殿，他跑到一棵花树下躲雨。树下的雨势小了很多，小孩松开手，喘了口气，呆呆地看着树上的白花。花香清淡，花也很好看。透过花间缝隙，他看向宫墙外的天空。天空干净得透彻，让人向往。
　　宫外该是个什么样子呢？小孩露出期盼的目光。他从一出生就在宫里，从未出去过。一滴雨打在了他的鼻尖上，让他惊醒过来。摸了摸鼻子，有些凉凉的。
　　顾楠身穿甲袍走在宫道上，毕竟是禁军，照例巡宫还是免不了的。下着小雨，湿凉了春意，看着两旁的花树，顾楠的步伐也慢了一些。这段路的花树倒是有几分好看。突然，她的视线被一处地方吸引，那里有个小小的人影躲在树下。一阵风吹过，花树一阵摇晃。叶间的雨水被抖落，小孩连忙又抱住了脑袋。小孩听到一阵缓慢的脚步声，鼻尖闻到了一股淡淡的不同于那花香的香味。头顶的雨好像小了不少，一个好听的声音传来："小孩，你在这里做什么？"
　　小孩疑惑地松开手，仰起头。他看到一个穿着白色衣服的人站在自己身边，身上穿着铠甲，腰间挂着一柄黑色的东西。此时那个人正一只手拉着披风，将披风遮在他的头上。从树上落下来的雨水都被挡住了，小孩的目光落在了那个人的脸上。那是一张骇人的面甲，但是小孩好像没有半点害怕，好奇地打量着。
　　感觉到小孩的视线，顾楠笑了一下："小孩，你不怕我？"
　　小孩一愣，摇了摇头，说道："不会，你身上很香。"说着，小心地凑近顾楠闻了闻，抬起头笑道，"比花还香，和我母亲一样。"
　　听着小孩的话，顾楠一愣，随后笑着摇头："你知道这儿是哪儿吗？"
　　小孩伸出手，轻轻扯住了顾楠的衣角，似乎是担心她离开。听到顾楠的问题，他点了点头："我知道，母亲说，这是王宫。"
　　"哦？"顾楠的眼中露出一点疑惑。
　　雨水在顾楠的披风上敲打，小孩躲在下面，对顾楠小声说道："谢谢。"
　　"无事。"
　　这孩子看起来像一只小兽，小心谨慎。

【二百零一】

　　细雨纷纷，花树下的两个人站在那儿，看着那雨落下，打在地上泛起一圈圈的波纹。波纹荡开，使得水中的人影微微晃动。雨没有要停的意思，这个时节的小雨绵绵下起来没完。顾楠侧过头看向身边的小孩，这小子抓着她的衣角，缩在披风下面。顾楠挑了一下眉毛："你为何在这王宫里？"

　　小孩抬起头，看着顾楠，思考了半晌，又低下头看着眼前的雨。他像是想到些什么，有些简单地说道："我一出生就在这里。"

　　一直在这儿，宫里的孩子吗？顾楠的眼中有些奇怪。这宫中哪来的孩子？看这孩子的模样不过四岁，为何会一个人在雨天待在这几乎往来无人的地方？"你父母呢？"孩子拉着顾楠衣服的手紧了紧，没有说话。看他没有说话，顾楠沉默了一下，不知道该怎么再问，也就不再问了。她不是很擅长和这般大的孩子交流，于是抬起头看着天上的小雨，突然问道："认识回家的路吗？"

　　孩子点了一下头。

　　顾楠的肩膀一垂，拍了拍他的脑袋："等雨停了，早些回家。"

　　男孩一声不吭地抬起头。顾楠脸上戴着面甲，看不清她的表情，但是看那双眼睛却没有别人看她的眼神。别人见到她，要么是低着眼睛什么表情都没有，要么是躲躲闪闪。眼前的人却没有那些眼神，是很平静的模样。男孩犹豫了一下，指着宫墙外雨中依稀可见的一座宫殿："我住在那儿，我母亲也在那儿，不过她睡着了，睡了很久，很久没见到她了。"

　　顾楠顺着男孩手指的方向看去，那座宫殿是宫中的一处偏殿，倒是没想到还有人住在那儿。住在偏殿吗？尽力让自己的语气听起来更和善一些，顾楠又问道："那你的父亲呢？"

　　男孩犹豫了一下说道："母亲说父亲死了。"

　　"顾先生？"身后传来一个声音，顾楠回过头。却是一个身穿红边黑袍的人站在那儿，他正站在花树间。他本是来此处赏花的，下着小雨的天气无碍于人，也多了几分清爽，正是出来走走的好时候。几年前他命人在这里栽了很多白花树，每年开的时候，他都会来看看。

　　他记得很清楚，当年先生在小院里为他讲学的时候，是很喜欢这种树的，常是一个人望着这白树出神。看到顾楠，他先是惊讶，随后又笑了一下："顾先生为何也在这里？"

顾楠立即带着男孩转过身，对着那人躬身行礼："大王，卑职在此处照例巡宫而已。"说着她无奈地看着自己身边的孩子，"却是在此处遇到了这个孩子。"

"宫里的孩子？"嬴政一愣，这宫里哪来的孩子？想着，看向顾楠身边的小孩，他有些认不出来。

"对。"顾楠叹了口气，认真地说道，朝一个方向指了指，正是那远处的偏殿，"这孩子说，他和母亲住在那儿，没有父亲。"

看着那偏殿，嬴政好像突然想起了这孩子的身份，没来由地慌乱了一下，毕竟一个孩子住在王宫的宫殿中，说和他没有关系，他自己都不信。看着顾楠看自己的眼神，感觉有一丝说不明白的意味，就好像是看败类的表情。一个孩子在宫中没人看管，流落在雨中的树下，他和母亲住在宫中本该没人的冷清偏殿，又找不到自己的生父，好像是能联想到一个不小的故事了。

顾楠看着嬴政神色怪异的模样，疑惑地皱了一下眉头："大王，怎么了？"

眼角抽了一下，嬴政慌忙看着那宫殿解释道："是这般的，住在那儿的确实是一个女子。当年寡人遭吕不韦出咸阳的时候，吕不韦曾让人送来了她。听闻原本是卫国人，送来的时候已有身孕。当时寡人想将母子送回，那女子却说家中已经没有亲人，所以就安排她在偏殿居住，待她想要离开的时候就会放她离开。后来听闻，那女子积郁成疾去世了，倒是没想到，如今这孩子这么大了。"他的语速有些快，就好像是一口气将这话说完了。嬴政说完后紧张地背着手，看着顾楠问道："顾先生，可是明白了？"

顾楠愣在那儿半天没有反应过来，大概过了半分钟，才将这一堆信息解读完毕。"哦，哦。"不知是懂还是没懂地点了点头，她看向天上的小雨，"那等雨停了，卑职将他送回去吧。"

"寡人，寡人和先生一起去吧。"

雨算不得大，三个人站在树下。沙沙的雨声在耳边轻响，远处的花叶摇晃，被雨点打落的花瓣在风中飘荡。顾楠莫名感觉气氛有些奇怪，不自在地仰起头。错觉吗？嬴政站在顾楠身旁，看着白花摇曳，突然觉得时间似乎变慢了，微微笑着："顾先生，你看那儿，那树的花开得很好。"

顾楠身边的男孩点了点头："好看。"

嬴政一笑，手按在男孩头上："是吧。"

易水河畔，三个人站在那儿，其中一个人身上背着一把长剑，一个人抱着一把长琴，一个人端着一壶酒。这三个人，一个叫作荆轲又叫姜庆，一个叫作高渐离，一个叫作姬丹。

姬丹拿着酒壶，对着荆轲举杯："无有相赠，以酒践行。燕国存亡，皆系于君。"

"哈哈，酒就够了。"荆轲接过酒壶，仰起头将那酒饮尽，回过头看着易水。顺着那水流，不知看着什么，直到他转身而去。"走了，不必远送。"这是必死的一条路。

高渐离看着荆轲远去，低下头，手抚在了琴弦上。琴音渐起，他张嘴轻唱，伴着易水的涛声，传了很远。"风萧萧兮，易水寒……"

【二百零二】

"你过去吧。"守在城门口的士兵摆了摆手，将手中的戈移了开来。

"多谢军爷了。"站在那儿的青年点头谢过，拉了一下肩膀上的包袱走进城。穿过城门，城中的模样落入青年眼中。还是从前的模样，该说这么多年，都没有怎么变过。他穿着一身黄灰色的短麻衣，头顶的头发扎在一起，看起来有些随意，背上背着一个行囊，看他的装束，里面装着的东西也不会是什么贵重物件。全身上下唯一让人看得上眼的，应该就是他背上的那把剑了。不过看那剑柄的样式，也就是普通的青铜剑而已，只是略短一些。

一个长得有几分凶恶的小混混站在街边看着那人从城门处走过，啐了一口唾沫，骂道："这几日进城的都是些什么人，一个个穷酸的模样，都叫人不屑偷。"

从城门走进来的青年脚步一顿，好像听到了什么，回过头来看着街边的混混。混混一愣，心中暗想，站这么远都能听见？看着那青年投过来的眼神，混混莫名一慌。结果那青年只是一笑，就回过头继续向大路走去。混混这才回过神来，再去找却已经不见那个青年的踪影了。

时隔多年，再次回到同一个地方的时候，总会有很多特别的感受，具体是些什么也说不清楚。不过对于这青年来说应该是颇有感触的，他看着城中的街道，路旁的人从他身边走过，一切就好像隔了一层什么东西一样。青年一笑，心想，这或许就是人之将死的感触。他此次前来，是为了杀秦王政，而秦王政的身边有一个他根本无法企及的剑客。他最多只有出一剑的机会，但是没有活着的机会。不过这一次，不只是受人所托，成全那众国安定，也是他自己必须做的事情。他本是卫国人，当年卫国城破，秦国士兵攻入的那一日，他是不会忘的。自己的妻子被秦人掳走，说要送给秦王政。从那时起，他就只有这么一个归处了。手放在身后的剑柄上。当年，尽力向那人求来的那一剑，他用了数年去练，如今已经练成。和那人说的一样，这一剑，他用不了几次。为了达到快的目的，这一剑的内息运转非正常，根本不适合他，不过只要快就够了。他身后的那柄剑微微抽出了一丝，两旁的路人没来由地觉得空气一凉，疑惑地看了看四周。青年身后那柄剑的剑身露出了半截，仔细看去，却能看到那剑身上居然凝练着一条血红色的细线。"铮"，一声轻响，剑被重新收回剑鞘，青年人继续走着。说来好笑，他来的路上曾遇到一个老人，老人看着他的剑，让他自己小心，然后又自言自语，说天下的三把凶剑，他已经全找到了。

盖聂正在家中抱着长剑调息，他正在参悟手中的这把剑。按照师父所说，每一把剑都是不同的，需要自己去悟，等他参透每一把剑的时候，他就已经不再需要剑了。他问过师姐，怎么参透每一把剑，他自认为，师姐的剑是要比他强很多的，想来定是有她自己的见解。结果师姐笑看着他说，当你一把剑都参不透的时候，你就都参悟了。他听不懂，但是他认为那应该是一种和师父截然不同的境界。当然，他没有想过，他师姐是在忽悠他。

门外突然传来敲门声，盖聂的眉头一皱，抱着剑睁开了眼睛。门外，他能感觉到站着一个人，但是气息很弱，想来是用了敛息的功夫。是何人来他的门前敲门，却还要用敛息的法子？盖聂疑惑地走到门边打开门，门外站着一个青年，身上背着一个行囊和一柄长剑。

"是你？"盖聂认识对方，而且曾经打听过对方的一些消息。

"盖兄好啊，"那青年笑着说道，"打听你的住处还真是不容易。"

"嗯，"盖聂让开了门，"我该是叫你姜庆还是荆轲？"

进来的青年僵了一下，又笑了笑："就叫荆轲吧，姜庆不过是当年流离秦国时用的名字。"

"那，荆轲，"将门重新关上，盖聂站在荆轲背后，"你来这里做什么？"

荆轲回过头来，脸上却是一副少见的认真神色："我来求你一件事。"

顾楠站在嬴政身前，看着嬴政给她的竹简。"魏国大梁难下？"如今历史上的荆轲刺秦没有发生，秦国和燕国暂时还是联盟关系，所以秦国没有率先攻燕，而是集中兵力攻取魏国和赵国。这几年间，赵国的兵力在王翦的攻势下溃退不止，但始终没有完全将其覆灭。而魏国由蒙武带着蒙恬、王贲两个小子围攻大梁。但是大梁城作为魏国之都，当年建城时就以易守难攻为目的，城墙高大，城中更是水网密布，既可与周边的驻城互通运输补给，又可有效地阻挡攻势。就目前而言，想要攻下大梁城，恐怕非是一朝一夕之事。本以为战国末年，除了个别国家，其余众国已经难有再和秦国抗衡之力，但是六国毕竟是六国，没有一个是易与之辈,她终归还是想得太简单了些。"是。"

"顾先生可有什么看法?"嬴政握着手中的笔,看起来也有些苦恼。如今的秦国虽然国力较之其他强盛许多,但是也经受不住长时间让两支大军征战在外,若是此番不能攻下大梁,让魏国有了喘息之机,日后恐怕只会更加难办。

顾楠无奈地将手中的书简合上,一时间没有回话。大梁城确实如历史所载,水网纵横。似乎是在犹豫什么,但最后她还是抬起头来:"大王,可水没大梁。"

【二百零三】

"从宫中送一个女人和孩子离开,那是你的妻子和孩子?"盖聂皱着眉头坐在桌前,长剑竖放在他的身边,脸色不定。

"对,当年她被秦国的士兵掳走,听说是送进了宫。"荆轲坐在盖聂的面前,有些默然,拿起身边的杯子一口饮尽,随后又苦着脸说道,"没有酒吗?"那杯中之物只是凉水而已。

盖聂看了一眼杯子:"我平日里很少喝酒。倒是你,"说着抬起了眼睛,"你怎么认为我会帮你?"

荆轲放下杯子,从腰间解下酒葫芦,打开盖子喝了一口,笑着说道:"我听说盖兄是王宫剑师,常年护卫在秦王身侧。"

"是又如何?"盖聂也不在意荆轲拿着酒葫芦自酌自饮,拿起身前的杯子,看着里面的水浅抿了一口。

咕嘟,荆轲一口酒灌进喉间,眯着眼睛放下酒壶。"我到时送盖兄一场大功绩,盖兄取了,日后在这秦国自会大受重用。而盖兄只需送那女子和孩子出城,让他们自行离去就可,会有人接应,盖兄不会受到半点牵连。"说着定定地看着盖聂,"如何?"荆轲的眼神落在盖聂身上,却不是在看着盖聂,眼神空洞,也不知道在看着什么。她恐怕早以为我死了吧……此次刺秦,是为了众国百姓不再受秦国战火,自然是不可能停下的。但是不管成与不成,事情败露,他们定会受到牵连,这些年孤身处于秦宫中也不知如何。当年说过,一定会将她救出去。想来公子丹那般的义人,是会好好照顾她们的。

盖聂看着荆轲,过了一会儿,问道:"那女子,什么模样?"

荆轲一愣,看着盖聂,回过神来,深吸一口气:"她,很美,戴着一个墨绿色的挂坠。"说着用手蘸了一些凉水。他的手指微微颤着,在桌案上画着,画下一个女子和一枚圆形的坠子。

盖聂看着桌案上那水迹画下的两个图案,良久才说道:"旁边那个是什么我认不出来，这挂坠的模样我记得了。"

荆轲站起身来，对着盖聂拜下："谢过盖兄。盖兄的功绩，我自会带到，就此告辞了。"说着，拿着酒壶走向门外。

"喂，"身后的盖聂叫住他，"你就不怕我言而无信？"

荆轲平静地说道："我来找你，自然是相信你。"

盖聂看着他手中的酒葫芦："那东西，真的那么好喝？叫这么多人放不下。"

荆轲背对着盖聂好像发出了一声轻笑，回过头来："盖兄不会喝酒，没醉过？"

"没有。"

"那盖兄这一生该是少了不少乐趣。"荆轲说完，抬了抬酒壶，离开了。他最后留下一句话："对了，那女子，帮我和她说一声'对不起'。"

这几日不同于往日春间小雨连绵，天晴朗得看不到几片云彩。一队骑军从咸阳奔出，向着魏国而去。魏都大梁水网纵横密布，可与周围的城池互通，但若是将周围的城池一一攻陷，陷大梁于孤城之地，再引黄河、鸿沟之水灌入地势低矮的大梁城中，到时水漫一城，这城自然就不攻自破了。但是水淹大梁也会导致一个问题，就是连平民恐也难幸免，一城之人都会在那水中淹没。

顾楠站在城头看着那远去的骑兵，微微压下了手中无格的剑柄。她有些茫然，到底还要死多少人，才能换来那一统的天下盛世，而且她不明白。"我真的做对了吗，师父？"

嬴政坐在殿中批阅政务，却见一个宦官走了上来："王上，嘉庶子求见。"

"哦？"嬴政放下笔，"嘉庶子？"说着笑着摆手，"让他进来吧。"

"是。"宦官点头后退出门去。

大概等了一会儿，一个老臣穿着官服走了进来，对嬴政行礼拜下："拜见大王。"

"嘉庶子，这时候来见寡人，是有何事啊？"嬴政一边笑着问道，一边拿起一卷竹简，提起笔继续批阅。看得出他的心情不错，大梁之事只要顾先生的计策能够施行，就定能破城，魏国也就无在矣。那老臣叫蒙嘉，是宫内的侍从官，官职中庶子。他躬下身说道："禀大王，臣今日接见了一位燕国使臣。"

嬴政的笔停了下来，抬起头："燕国使臣？"

"是。"蒙嘉点头继续说道，"说是来通传燕王之意。"

"说。"嬴政没有再看手中的竹简，淡淡地说道。

"是。那使者说，燕王诚振怖大王之威，不敢举兵以逆军吏，愿举国为内臣比诸侯之列，给贡如郡县，而得奉守先王之宗庙。恐不敢自陈，献燕督亢之地图，函封。燕王拜送于庭，使使以闻大王，唯大王命之。"蒙嘉说完，眼睛小心地抬起一点，看向嬴政的表情，又立即收回视线。

嬴政的脸上露出了一丝笑意，眯起眼睛，看来今天确实是不错的一天。秦国如今和燕国还是同盟，但是目前来看，燕国倒是非常会审时度势。"呵呵，好，让那燕国的使者来见我。"说着站起了身，"设九宾朝礼，寡人会在咸阳宫为他接风。"说着，背着手转身离去。

咸阳宫前，荆轲捧着藏有燕督亢地图的盒子站在那儿。晴朗的天空中阳光无阻碍地投下，有些刺眼，他微微合上眼睛。一个宦官模样的人从台阶上慢慢走了下来，荆轲低下头看着自己手中的盒子。那督亢的地图中却是还藏着一把剑，一把受托于万民的剑。手中的盒子有些重。

"燕国使者，"宦官站在荆轲面前，弯着腰摊开一只手对着咸阳宫门，"秦王有请。"

"多谢。"荆轲点了点头，迈开步子走向大殿。耳中好像又听到了那个歌声，琴声恍惚。

受命于众国之民，此剑当阻暴秦。

【二百零四】

站在宫门前的两个守卫挂着长戈，半倚在宫门边聊天，也不知道值班的时候一定会说些闲话是不是守卫的习俗和传统。

"我说，今儿个怎么连个巡逻的卫队都没有，我们的队正都不见了。"一个人撑着怀里的长戈，扭过头望着空荡荡的宫内。平日里队正若是来查班，他们定是会站着不敢发出半点声音，但是今日一个人都没有。

"嘿，不知道了吧？大王下令，咸阳宫举行朝会，大半的守卫都去了那里，咱被留在这儿，算是走运了，没人有空来管我们。"

说着，另一个看起来年纪大些的守卫靠在墙边："欸，就当是放上一天的野了。"

正说着，两人却见宫门外，一个白袍人慢慢走了过来。那人穿着一身素白的衣甲，像是个将军，面上戴着叫人生寒的面甲。其中一个守卫愣了一下，怎么会有将军是这个打扮？而那年纪更大的守卫脸上一白，连忙拉着身旁的人拜下，直到那白袍人从宫门前走近，头也不敢抬地说道："丧将军。"

一旁还在发愣的人听到这三个字吓得腿一软，差点坐在地上，生生被一旁的同伍拉着。

"嗯。"顾楠从他们身边走过，也没有去管他们的传统。毕竟在这宫门前一站就是一整天也不是什么轻松的活计,若是连几句话都不让说,真要让人闷得发疯了。她已经将那大梁之策送出,回禀之后若是无事,就该回家了。

看着那人渐渐走远,一个守卫长长地松了一口气,心有余悸地看向那人影:"呼,那就是,那个丧将军?"

"大惊小怪的。"老守卫不屑地横了一下眼睛,仿佛刚才脸色发白的不是他一般,"你才入职几个月,没见过也正常,以后招子放亮一些,在这宫门守卫,是常能看到官员大臣的,若是见到那位,就别抬头,知道不?"

"嗯,嗯,明白了。"

顾楠向宫中走了几步,似乎又想起什么,折返回去,对宫门边还在小声说话的两个守卫招呼道:"你们——"两个守卫回过头,看到那丧将又走了回来,吓得连忙又是拜下:"将军,有什么吩咐?"

看着两个守卫的模样,顾楠讪然地低下头看了看自己。我是,有这般吓人吗? "刚才你们说今日咸阳宫有朝会?"

虽然不知道问这个做什么,但守卫还是回答道:"是,将军。"

顾楠疑惑地看了一眼远处的宫殿,隐约间感觉有几分古怪,又看向那士兵:"你可知道是为什么?"突然举行朝会,应当是有什么大事才对。

"回将军,小的也是耳闻,具体如何也不清楚,但是听说,是要接见一个燕国使臣。"

守卫胆战地站在顾楠面前。站在这丧将身前答话,只感觉浑身发寒,像是被人用刀逼着一般。

"燕国使臣?"顾楠的眉头一皱,好像想到了什么,语气微沉了一些,"来做什么的?"

"听,听闻,是来献燕城的地图给秦王。"守卫的额头上流下一滴冷汗。

燕献督亢地图给秦王,图穷匕见。顾楠握着无格的手一压——希望是我想多了。她对着守卫点了点头:"多谢。"然后便匆匆握着无格转身离开。

"不敢。"直到看着顾楠消失在视线里,两个守卫才一齐直起身,相互看了一眼,擦了一把额头上的汗。

大殿上,群臣分立两旁,看着那殿外的一人手捧着长盒向殿中走来。那人穿着一身正袍,衣着普通算不上华贵,相貌倒是有几分不凡,身材挺拔。手中捧着那盒子走进殿中,脚步声沉闷。他路过殿门,侧着眼睛,看向站在殿门旁的一个人。那是一个王宫剑师,腰间佩带一柄长剑。盖聂作为秦王的近前护卫,整个大殿中除了秦王,只有他才能佩剑,也正是因为如此,他只是站在殿门的一旁。似乎感觉到了什么，站在殿门旁的盖聂抬起眼睛，看向那个燕使，瞳孔微微收缩，目送着那个燕使向秦王走去。脑海中回想着日前那人的话："我到时送盖兄一场大功绩，盖兄取了，日后在这秦国自会大受重用。"

他，要做什么？

大殿上，嬴政坐在座上，身着朝服，静看着殿下的燕使。他的身边站着一个侍从，看着燕使近前，高声说道："请，燕使进图。"

荆轲扫视了一眼大殿，没有看到那个人，暗自微微松了一口气。那人不在，如此，十步之内，没有人能在他的剑下救下秦王。他躬身行礼，低着头，双手托举着手中的长盒顺着台阶走了上去，半跪在秦王面前。"大王请看。"说着将盒子放了下来，取出里面的地图，在嬴政面前慢慢将地图展开。

时间仿佛慢了下来，以一种极其缓慢的方式流逝着。荆轲手中的地图一点一点地打开，露出了里面笔墨描绘的燕国之地。嬴政的脸上露出一丝轻笑。大殿中安静无声，一个角落里，一个人影从殿后走了出来，站在众人之后，没有人察觉到这个人的出现。看向大殿上站在嬴政面前的献图之人，眼神一顿。那一卷地图露出了全部面貌，随着布帛一角滑落，也露出了一直藏在地图中的东西。那是一柄不长的利剑，让人注目的是剑身上凝练着的一条血线。

众人都还没有反应过来，一道剑光却已经闪起。剑快得难以看清，被荆轲握在手中。嬴政只看到眼前的光影一暗，一道白光破出，他的手放在了腰间的剑柄上，却来不及拔剑。盖聂的剑也出鞘了，定定地看着那个握剑刺出的身影，手中的剑顿了一下。面前的剑光越来越近，嬴政第一次感觉死亡离自己如此之近。不知道是不是错觉，剑刃上似乎盘卷起了一股黑红色的微光。那微光好像刺开了嬴政面前的什么，哧，剑刃入肉的声音。

【二百零五】

滴答，一滴鲜血滴落在桌案的地图上，血液在布帛之间晕染开来，染红了那墨色山河。

荆轲握着手中的剑，嬴政靠坐在座上，呆呆地看着眼前的一切。剑身上鲜血淌落，但是剑刃被一只手握住了。同样地，那只手亦被剑刃贯穿。

大殿上寂静无声。身穿素色衣甲的人站在嬴政和荆轲之间，脸庞上的面甲只是看着就叫人生寒，也正是她将剑刃握在了手里。顾楠低头看着手中染血的剑刃。荆轲的这一剑很快，快得甚至叫她来不及拔剑。

终究还是差了一步吗？荆轲不甘地看着手中的剑刃。滴答，又是一滴鲜血滴落的声音，惊醒了他。他明白有这人在，他已经不可能杀死秦王了。瞬息之间，他抽剑而退，向宫门外冲去，回头看了那白袍之人一眼。抱歉了，先生，轲这项上人头，不能叫你取去。

嬴政回过神来，声音里透着骇人的寒意，几乎是从嘴里挤出了一句话："给寡人追，将那人就地格杀。"

荆轲冲到殿门的一边，看向殿门边的盖聂，提着剑冲了出去。盖聂握着手中的长剑，最后还是追了出去。数十个侍卫一下子拥出，将这宫中彻底搅乱。

看着地图上洇开的血迹，嬴政抬起头看着挡在自己身前的手，不知道该说些什么："先生……"

"无事。"顾楠放下手，提着无格，跟着那些侍卫向殿外走去。"我去追他。"她手中滴血，群臣纷纷避开。而嬴政看着那身影，眼中有些出神。

守卫将荆轲围了一圈又一圈，荆轲提着剑站在中央，身上的衣袍沾着血，身子有些摇晃，脚下倒着十余具尸体。没有人敢近前。这人的剑术可怖，冲上去的人只是一个照面就都被杀了。"啊！"终是有人忍不住这般僵持，提着剑冲了上去。见到有人冲了上去，侍卫一拥而上。那带着一道血线的剑刃从一人的喉间划过，鲜血流出，那人无力地倒在地上。但是下一刻，一柄剑斩在了荆轲的背上，血肉翻开。荆轲的脸色一白，回身一剑扫开了人群，一咬牙，又是一剑刺出。剑身潜没在剑光里，看不清楚，依稀间一道匹练划过，又是数个人没了性命。荆轲和护卫厮杀了许久，一旁的盖聂一直没有插手，而是站在一旁看着。等到厮杀结束，荆轲吐了一口鲜血，所有的侍卫却已经倒在地上。他干笑了一声，身上的伤口裂开，鲜血流在地上。

烈阳当空，他从怀中取出一个小酒壶，用拇指打开盖子，放在嘴边，仰起头喝了一口。咽下烈酒，他踉跄地站在那儿看向一旁的盖聂，笑着，抬起了剑："来吧。"

盖聂举起了手中的剑："你所做这些，是为何？"

他，不理解。

荆轲笑了一声："为……"声音却止住了，他也说不清楚。不过，他笑着咧开了带着血迹的嘴巴："人活一世，哪有那么多为什么啊？"不背信，不弃义，不就够了？手中的剑刃微斜，他摆出了剑势。强运起内息，经脉就好似被撕开了一般，浑身上下似乎都在痛苦地战栗着。剑被他收在身前，剑尖指着盖聂："盖兄，小心了。"

盖聂的剑上剑气纵贯，身前的剑，叫他不得不全神应对。应该只是一瞬，两柄剑擦身而过，荆轲的身影消失，再一次出现，已经冲到了盖聂近前。手中那柄带着血线的剑就好像一柄长了些的匕首，划过盖聂手中长剑的剑身，两柄剑之间擦出一片火花。火星让两人之间一亮，那血线抵在了盖聂的咽喉上，却在最后一刻停了下来。而盖聂的剑一划而过，穿过了荆轲的胸膛。

咻，一息过去，已经分出胜负。

荆轲靠在盖聂的剑上，他手中的剑一颤，铮鸣了一声。剑锋处裂开一道裂缝，裂缝崩开，剑也从中断开。当，断裂的剑摔落在地，荆轲的手也无力地垂了下来。温热的血流到盖聂的手上，荆轲抬起头看向盖聂，声音沙哑地笑道："盖兄，你的功绩我送到了，之后的事，拜托了。"

"你何必来？"一个声音从盖聂身后响起，荆轲抬起眼睛看去，看到那白袍的身影。"先生……"说话间咳嗽了一声。他的胸膛被剑穿透，已经活不了多久了，何况他本身就有重伤。血从嘴角滴下，他轻声说道："为了那众国之民，当阻暴秦。"

顾楠沉默了一下，面甲下的声音传来："你们为的不是众国之民，为的只是你们的一己私念而已。"

荆轲的神色一怔，喃喃着："秦国攻伐诸国，让多少人家破流离？"他的神色恍惚，像是回想起了那个女子。

"那没了你们口中的暴秦，天下真的就可安定了吗？"顾楠平静地问着，荆轲没有回答。"这天下之大，你我又可曾真的看清过呢？或是说，我辈之目，真的能看得清吗？这家、国、天下。"

荆轲勉力地直起脖子，烈日刺眼。"家、国、天下……"脸上凝结着什么，让人难受，该是血吧。盖聂一直没有说话，只是静静地听着。"先生，你的手疼吗？"没来由地，荆轲问道。

顾楠看着自己的手："疼。"

"那为何，不闻你喊疼呢？"荆轲的声音断断续续。

血滴在地上，顾楠说道："习惯了。我也很疼，但是喊出来，就失了气概。"

荆轲咧开嘴巴："好疼啊……真想，再见他们一次……"声音越来越轻，到最后，消泯于无。宫闱的远处传来脚步声和呼声，是被召集来的侍卫，从各个方向走来。纷乱的脚步，顺着狼藉踩了进来。

【二百零六】

灯下的人影轻晃，嬴政背着手站在凭栏处，暮色里行云渐远。长空上月明星稀，远处的金鸣声已罢，快要入夜了。栏杆旁的老树枝丫轻动，好似在拨弄着暮色。两手放在栏杆上，他低下头看向自己的胸口。今日朝会上，那一剑向他直刺而来，他是真感受到了生死一瞬，下一刻自己就会死的感觉。人的性命，当真是脆弱得很。终有一日我也会死吗？他抬起头，看向暮色中的如画江山，在这春秋所度，孑然之间。眼中看着江山，但又好像不是在看着江山。他想起了握着剑刃的那只手，还有那张日暮下好像未变的脸。

盖聂提着剑走在宫廷间，如今他受封近王剑师。这几日，他的名字倒是在外流传得甚广，皆说此人的剑术出神入化，以普通的利剑，一剑便斩断了被相剑师风胡子称为天下三柄凶剑之一的刺客之剑残虹，诛杀了刺伤丧将的刺客荆轲。他被誉为大秦第一剑客，甚至有人称他为剑圣，开始有不少人找上他的门，向他相约比剑。当然对于这些，他并没有做太多理会，此时的他却是专心做着一件事，在宫里找着一枚挂坠。他已经在这宫中断续寻了数日，可以说已经去过宫里大半的地方，这宫中却是没有什么带着孩子的女人。

路的两旁开着白花，盖聂走在路上，脚步声不轻不重。远远地传来一阵小跑的声音，盖聂停了下来，提着剑站在原地。一个穿着黑色衣袍的男孩正举着一枝白色的花枝跑过他的身边，盖聂在他的脖子上看到一根绳子："等一下。"

小男孩停下脚步，回过头，微微喘着气地看着那个叫住自己的大人："有什么事吗？"

盖聂转过身看着男孩，他小心地捧着自己手里的花枝，像是怕弄坏了一般。"你要去做什么？"盖聂看着男孩似乎有些焦急的模样，问道。

"我要把这花给母亲送去，上次来采的时候下雨了。我听说，花被摘下来马上就会死的，所以我要快些送去。"

盖聂看着男孩的模样，脸上露出了一分似有似无的笑意："你母亲喜欢这花？"

"嗯，"男孩看着怀里的花笑着点了一下头，"但是这花每年都只会开很短的一段时间。"

盖聂蹲在男孩面前，看着男孩脖子上的绳子，似乎是一个挂坠，但是坠子藏在衣服里了。"那你母亲为什么不自己出来看？"

"这……"男孩抓了抓头发，看向远处的偏殿，"母亲在地下睡觉，很久没起来了。"

顺着男孩的目光，盖聂也看向那儿。

回过头看向男孩，他指着男孩脖子上的绳子："能把这个给我看看吗？"

男孩犹豫一下，似乎是感觉到眼前的人没有恶意，才缓缓从自己的衣领中拿出那个挂坠。

是半枚绿色的挂坠。说是半个是因为这挂坠断了一半,只剩下一半,成半个圆环形,上面刻着的纹路却是和荆轲画给他的一模一样。

"你叫什么?"盖聂放下坠子问道。

"我叫天明。"

"姓什么?"

男孩疑惑地看着盖聂,不知道他为什么问得这么详细,但还是说道:"荆,荆天明。"

他如今身为近王剑师,护卫在秦王身侧,自然会知道更多东西。几日前,秦王就已经下令彻查荆轲,同时全城戒严。因为好几日都没有消息,荆轲告诉他会有人接应的地方早已经人去楼空,恐怕这孩子的身份要不了多久就会被秦王知道。

盖聂站起身,走到一旁的树边,在树上挑了一束开得最好的花,折了下来,递给男孩:"帮我送给你母亲,过几日,我再来看你。"要从秦王宫离开,还需要准备一些东西。

男孩接过花,疑惑地看向离开的人,又看了一眼手里的花,似乎是怕花死了,匆匆地离开了。

大梁城中很沉闷,士兵无声地靠坐在城头。他们已经死守很多天了,秦军迟迟不退,附近的城池接连告破。如今的大梁城孤城一座,前后都已经再无援守。难得没有秦军攻城,一个士兵靠坐在城边,怀里抱着他的长戈,压了压头盔,挡住了直射眼睛的阳光,躺在已经干涸了的血迹上,合着眼睛休息。城上大部分人都是如此,没有半点声音,有的也不过是翻身带出的衣甲摩擦声。黄河、鸿沟之畔,秦军的士兵排开了沟壑,水流涌出。

轰轰轰轰,城头微微震动,惊起了躺在城上休息的士兵。大梁城外传来一阵阵响声,越来越近,直到变成了让人震颤的声响。将领模样的人站了起来,站在城边,看向外面,说不出话来。城外的条条河道上,洪水咆哮着冲了下来,遮蔽了天际,就好像是天河倾流。大水冲在了大梁城的城上,使得城头一颤。水流涌进,淹没了街道,淹没了房屋。城里传来人们的哀号和呼救声,纷乱不止。

当,一声轻响,一个士兵手中的长戈摔在地上。他看着城中,颤抖着趴了下来,伏身在地上,抱着头,绝望地看着地面很久很久,痛哭起来。他的声音压抑着,却面色血红,脖子上蔓延着青筋,低声怒骂着:"秦狗,秦狗啊。"却始终骂不出声音，变成了一声声模糊的哀号。没人知道他在哭什么，也许那城中有他的亲人吧，或是父母，或是妻儿，但谁不是呢？魏国破碎，站在这儿的，有几人不是家破人亡了？

蒙武骑着马站在山头上，低头看着山下水流汹涌的大梁城，身旁的蒙恬和王贲面色发白。蒙武掉转马头，向山下走去，淡淡说道："看什么，没杀过人吗？这是战事。"

洪水没了大梁，但是那大梁城依旧固守了三个月，城中的士兵就如同疯了一般择人而食。

直到三个月后，大梁城破，魏王投降。城门打开，魏王坐在小舟上出城投降，面色无神，没有半点生机。舟旁传来一阵漂流的声音，魏王回过头看到一具尸体漂浮在水面上，从舟边漂过。他收回目光，看着远处秦军的军队和那面秦旗，低声说道："暴秦，当有天诛。"

此年，魏亡。

【二百零七】

嬴政立于青铜灯前，默不作声地看着眼前跳动的火焰，直到他轻轻开口："燕太子丹？"

"是。"一个人半跪在他的身后，"此人名为荆轲，原是卫国人，受燕太子所托，刺杀大王。"说完，抬起头小心地说道，"另，还有一事。"

"何事？"

"荆轲在卫国曾有一妻，后被我军俘获，听闻曾由吕不韦献于宫中。"

"哦？"嬴政的眼中闪过一丝惊讶，"那个女子？"

"是。那女子多年前已经病死在宫中，不过留下了一个孩子。"

"我知道。那孩子现在在何处？"

他见过那孩子一面，在宫中的白树下。

那人汇报道："数日前，剑师盖聂带着那孩子出了城。"

"盖聂？"语气里有一分疑问，却也无什么波动。

跪在嬴政身后的人低着头："大王，要追杀此二人吗？"

"不必了，一个孩子而已。"嬴政摇了摇头，"你退下吧。"

"是。"秘卫的身影悄然退去。

火光中只剩下嬴政一个人的身影，他背着手，定定地看着眼前的火焰，火焰在他的眼中跳动着。"燕国……"

灯火映射，桌案前，那人提着笔。书文中，笔锋落下。

及至始皇，奋六世之余烈，振长策而御宇内，吞二周而亡诸侯，履至尊而制六合，执敲扑而鞭笞天下，威振四海。

长卷摊开，字句中响彻着兵马之声，墨色中像是沾染着那年的血色，烽火遮天。

马蹄的奔腾声震耳欲聋，刀戈交击在一起发出一阵阵的铮鸣声，战鼓擂擂，沉闷地敲击着满腔热血。一地的尸体上，一个黑衣将领跪在那儿，头盔摔落在一旁，身上插着数不清的箭镞。血从箭身上流下，将箭尾的雁翎浸染，衣甲残破，他似乎还未死去。嘴角的鲜血滴落，手中还握着一面旗帜，旗帜高举，上面的一个"楚"字飞扬。哀号声四处响起，马蹄踏下，骑军的车骑举着长矛从他的身边冲过。人影纷乱，他仰起头，对着那面楚旗，口中咳出了一口鲜血，引声长歌。"操吴戈兮被犀甲，车错毂兮短兵接。"刀刃斩在一旁一个士兵的脖子上，微热的血溅洒在地上。"旌蔽日兮敌若云，矢交坠兮士争先。"远处秦军的旗帜下，望不到头的秦军冲来。将领的视线一阵模糊，眼中只剩下高空上的滚滚黑烟。"凌余阵兮躐余行，左骖殪兮右刃伤。霾两轮兮絷四马，援玉枹兮击鸣鼓……诚既勇兮又以武，终刚强兮不可凌。"他一句一句地唱着，时不时地咳嗽几声，嘴角的血迹滴落在衣甲上。那声音在纷乱的战场中微不可闻，只是伴着楚旗猎猎作响。唱到最后一句，他已经看不清眼前的东西，目眦欲裂，嘶哑的喉咙怒吼出声。高声而起，迎着狂风呼号："身既死兮神以灵，子魂魄兮为鬼雄！"一个骑兵冲来，举起手中的长剑，剑刃落下。将领只感觉自己身上一轻，眼前的天地翻旋。闭上眼的前一刻，他看到楚旗在烈风中无力地倒下，九歌再无。

房间中，燕太子丹睁开眼睛，昏暗的视线中出现了一个人，那人背着一把剑。"来杀我的吗？"他静静地问道。

那人默然地点头，声音低沉："大王之命，以平秦怒。"

"平秦怒？"燕太子丹看着眼前的人，笑了一声，摇着头，最后看着眼前的人说道，"燕国，已经亡了。"秦国根本就不可能停下。

"来吧。"他仰起了头。身前的人低头不语，抽出了背后的剑。剑过发出一声轻响，鲜血溅在了窗纱上。次年，秦国的铁蹄踏至燕地，燕王喜被俘。

难以计数的秦军围在城前，一个人站在齐王面前，慢慢拜下："大王，降吧。"

齐王瘫坐在座上，轻声地问道："没别的办法了？"

殿下的人没有回答，只是沉默着。

齐王闭上了眼睛："降，寡人，降了。"

公元前232年，秦破楚军于蕲南，陷寿春，俘楚王。

公元前231年，燕王喜杀太子丹，献其首求和不得，次年，秦破燕军。

公元前229年，齐国受围而降。[①]

于此，六国兼并。

殿外金宫辉煌，群臣立于殿上，手握笏板。长空无云，唯有天光浩荡。砰砰砰，殿门前的高鼓擂动，沉重的声音回荡于苍穹之下。宫外，一支黑甲军分立两侧，面覆兽容，手中执掌兵戈。黑甲军前，是一位白衣素甲的战将，凶面如肃，腰间挂着一柄黑剑，手中持着一柄云纹长矛。嬴政站在金殿上，他的目光穿过面前的珠帘，穿过群臣，穿过宫闱，向那无尽处望去，似是落在了青天之下、瀚海之滨的每一个地方。目中带着一股狷狂，荡袖而立。挺直了身子，像是要将那天地撑开，他张开嘴，声音恍若浩然鸿鸣："朕为始皇帝，后世以计数，二世三世至于万世，传之无穷！"

殿中寂然，所有人抬起头，看向那个高立之人。这一刻，天地如是晃荡，天下无声，直到高呼声起："拜见吾皇！"

殿上群臣拜下："拜见吾皇！！"

殿外，那白甲将的长矛高举横空，身后的数千黑甲刀戈直立。千军拜下，在璀璨到将要灼烧的光芒中，那呼声响彻云霄，和着愈响的鼓声："拜见吾皇！！"

声声高喝中，天地之间，五岳矗立，破开了层云，像是长空立起。黄河长江奔涌不止，像是这大地的血脉奔腾不息。这一刻，要天地授命，封名为帝，立号为皇。春秋战国五百余年，烽烟遮世五百余年，于此告结。天下，授名为秦！

顾楠回过头去，看着那天光刺目，好像看到了什么，微微一笑。良久，她垂下眼睛，不再去看。宫殿上，一抹金光盘踞，恍惚间，一条似有似无的金龙升空而起，龙吟沉于天中。

[①] 根据文章设定，架空历史，和原历史分裂，所以秦灭各国的时间均有变化。

第二卷

秦时长歌

第二章 盛世初现

【二百零八】

咸阳城的街道上多了不少人，不时能见到些青年挑着担子从路边走过，当是战事之后，卸甲归来的人。能看到两三个老人坐在路边说笑，家中的孩子回来，总是能说笑几句的。孩童嬉闹着跑过，撞在路人身上，旁人也只是笑呵呵地摸摸孩子的脑袋，这种事不会有人计较。

阳光晴好，使得街上带着暖意，路旁的青树长得不错，叶绿葱茏。路上的石板间，几株青草透了出来，添上几分青翠。一个身穿白裳的人漫步在街上，看着两旁的人，眼中像是有些笑意，但是脸上戴着面甲，狰狞的模样还是只能叫人害怕。一家酒馆前，她停下脚步，像是思索了一下，最后还是走了进去。似乎是感觉有人，酒馆的掌柜抬起头，看到身前人的模样愣了一下，但还是笑着问道："客人要些什么？"

"一坛酒。"顾楠有些生硬地说道，从腰间拿出几个环钱放在桌上。多久没有买过这个，她也记不清楚了。这是个什么味道，恐怕只有曾经记得。

"稍等啊。"掌柜笑着说道，放下手中的活计，走到后面拿了一坛酒出来，"客人，您的酒。"

"嗯。"顾楠接过坛子，入手微沉，"多谢。"她提着酒走出酒馆，望了望天色，当是刚过了午间。像是犹豫了一下，她向城东走去。城郊外传来牧笛声，或许是哪个偷闲的牧童，正坐在那老牛的背上悠然自得地吹笛。笛声很远，该是从远处传来。吹的是没听过的乡间小调，倒也有几分婉转悠扬。顾楠走在小路上，泥土间带着些青草的味道，几片草屑乘着风翻飞而起，向高空飘去。不晓得名字的野花成簇地开在路旁，上面还沾着几滴晨露。虫鸣声浅浅响着，在那草间隐没。小路的尽头是一片林间土坡。看着那白袍人走来，一只小兽在草丛间抬起头奔逃开去。顾楠顺着小路走上土坡，上面是五座青坟，孤孤地立在那里，不见旁人。脚踩在草间发出轻微摩擦的声音，顾楠拿着酒在坟前坐下来，右手放在酒坛上，手背和手掌中皆有一道伤疤，这是当年荆轲刺穿她的手掌留下的。本来她从不留疤的，但是那次不太一样，或许是因为那是用来杀王的剑吧。剑刺穿她手掌的那一刻,她能隐约感觉到什么,说不清楚的东西。手掌掀开酒坛的封口,坐在那儿,她摘下了自己的面甲,露出了面甲下的容貌。青丝垂下,落在脸侧,那面容却是一如曾经。不过她已经不再是曾经的她了,不再是那个青衫望雪思故里的少年,也不再是那个酌酒作赋图一醉的浊人。

　　身着素衣,早已不知来路本是何处,只是人人都叫她丧将。

　　小绿和画仙在这流年中也终是离去,她留不住。没有说别的话,抬起酒坛,仰头喝着。甘洌的酒液入喉,顾楠终是想起,这该是个什么味道,是长苦的味道。那白袍人坐在林间,听着林风瑟瑟,直到夕阳偏斜。悠悠的牧笛声从远处渐近,该是那牧童归来。一阵蹄声、牛哞声在小路上响起,一个身穿短衣的孩童骑在牛背上,手中拿着一根少孔的竹笛。他侧过头,看到山坡上有个人,那是个很好看的女人,看得他发呆。牵着牛,走在路上,他怔怔地扭头看着。那女人望向斜阳,从自己的身侧拿起一张面甲戴在脸上。那面甲的模样吓人,牧童不明白,为何那般好看的女子,要戴上那般吓人的面甲。他没去多想,拿着竹笛吹起,笛声慢慢消失在小路的尽头,斜阳欲沉。

　　"这天下,会有个好模样吧?"没有人回答她。顾楠提着空了的酒坛,起身离开。临走之际,她回头看了一眼空落的身后。

　　武安君府前的街道冷清无人,顾楠站在门前,伸出手推开大门。门内的落叶零落了一地,该是很久没有清扫过了。晚风吹过,落叶轻轻翻动。堂前暗着,顾楠独自走过,转过堂前走进小院中。那棵老树还立在那儿,黑哥站在老树旁,看到顾楠回来慢步走了上来,额头在她的身上碰了碰。顾楠轻轻搂着黑哥,微笑了一下,摸着它的鬃毛。黑哥也老了,几年前就已经跑不动了。武安君府中没有了轻淡的琴音,没有了几句打趣,也没有人再站在她的身后给她披上一件衣裳。

　　"老婆子,我回来了。"当年,老头带着一个姑娘大笑着走回家中,结果遭到了老太的一顿大骂。

　　"让她留下吧。"老婆子叹了口气。

　　从此,这府上就多了一个人。

　　顾楠茫然地回过头,好像看到了堂上的灯火微亮,白起和魏澜正坐在一起招呼她去吃饭。

　　白起问她兵书背得如何,魏澜拍着白起的头,说整日兵书,还不让我家姑娘吃饭了?小绿正笑盈盈地站在一旁;画仙抱着琴,琴音动人;老连牵着黑哥,刚从门前散步回来。一切都恍然如旧,但也只是恍然。恍惚间,府中暗去,空无一人。顾楠默不作声地回过头，笑着给黑哥喂上些草料，抱着无格，坐在老树下。树影婆娑，顾楠抬起头，枝叶托着清幽月色，面甲下的人笑了："这战事打完了，你们都不陪我看看吗？"没有人回答她。声音发颤，那人好像再也忍不住，低下了头。老树上一片叶落，落在了一旁桌案上的一把长琴上，似是将那琴弦拨动。

　　当年青衫少年在这府中着落，师从老将，生性玩闹，常是弄得此处不得安宁。望雪思乡，摘去了那女孩发间的雪片；误打误撞，收留了流离之人。少年初成，出征疆外，直到老将离去。身负宏愿，求望那朗朗世间。故人不在，琴音如旧，绿衫女子眉目微红，将那衣甲披风帮她披上。身于军中，领军征战，不知归期。这府中常年冷清，却依旧有人秉烛等候，直等到青丝败去，容颜枯老。以至如今，人声渐远，当年之景，唯有梦中可能尚见。

【二百零九】

　　天下归一，而王无子嗣，群臣多有进谏。嬴政无奈地握着手中的笔看着眼前的竹简，叹了口气。"如今天下初定，他们就不能考虑一些旁的？"说着脸色微黑。"六国之民如何安定，一国之人如何大统，各地民生如何休养，六国残部如何处置，还有那百越之地、塞外边疆。盖此种种，他们是一件也不考虑？就揪着此事不放？"一边说着，一边用手拍着桌子啪啪作响。

　　李斯苦笑着站在嬴政身边，如今的他也年逾半百，发鬓间有些发白，面上带着些皱纹。六国定后，他被封为相国，执务国事。

　　嬴政看李斯脸色松了些，皱着眉头问道："李先生，如今六国之民离乱，各地人风、所字皆是不同，你说该如何处理为好？"

　　李斯神色认真地思索了一番，如今此事确实是首先要解决的问题。要一国而治，就少不了统一的制度和体系，然而要从无建立起这一整个体系，却不是一朝一夕的事情。他拱手说道："陛下，可行制务统一、行文统一，一体而治，然此种种还需斟酌考虑。"

　　"确是。"嬴政坐在那儿看着案前，思考着什么，半晌，又抬起头，"那百越之地，先生所见以为如何？"

　　李斯的眉头微皱。那百越之地所居岭南，不明余力，而如今秦国连年征战，国内空虚，却是不适合再起兵戈了。"百越之地甚广，尚不明其中地域，轻攻恐有所失。如今我国中民生尚待休息，臣之见，不宜急进，且暂待观之。"说完，李斯看了一眼先前被嬴政放在一边的那份文书，无奈地说道，"陛下，此事您当要考虑了。国无子嗣，终究不是长远之事啊。"

本来嬴政还在思量百越之地的得失，结果李斯又说上这么一句，他苦着脸挥了挥手："此事寡人知晓了，先生勿要再提。"

月末之后，秦王纳妃。那妃子身着华服从宫外而来，听闻是宫官挑选的，却是很美。雀扇遮着半面，只露着眉目，却已经让人神往。群臣共礼，大礼行至夜间。礼后，同在宫中夜宴群臣。宫闱中觥筹交错，顾楠坐在座上，穿着官服，内着白衫，却未去面甲，端着酒樽，身前摆着几个已经空了的酒壶。

"我不是记得你不喝酒的吗？"一个声音传来。顾楠侧目看去，是李斯拿着一个酒樽站在她的一旁，她勾嘴笑了一下："这东西很难戒去，最近又开始喝了。"

"那就莫要戒了。这杯中之物，每每去喝，总有几分不同的意味。"

说着，李斯对着顾楠举起酒樽："来，郎中令，我敬你。"

"你不提这个还好，提起这个，我总是觉得手痒。"顾楠白了李斯一眼。她本来好好地做着禁军领将，每日无事，这李斯倒好，给她举了个官，搞得她如今也繁忙了许多。

"啊？哈哈。"李斯一愣，笑出了声，"那还请高抬贵手，都这把年纪了，我可经不住你打了。"

铛，两只酒樽撞在一起发出一声轻响，顾楠靠坐在桌案边，将酒樽中的酒喝尽，李斯也半合着眼睛喝下，都无顾及形象，两人也算小半生的老友了。

"真是叫人羡慕。"顾楠有些微醉地说道，她已经喝了不少了。

"羡慕什么？"李斯看了一眼顾楠，问道。

顾楠醉醺醺地摇了摇酒樽，看着李斯笑了一下说道："我也想娶一房媳妇。"

"嗯。"李斯正喝着酒，听到顾楠的话，差点把酒喷了出来。险是忍住了，他讪讪地擦了一下嘴巴，随后又是哂然一笑。自己这老友总是讲些吓人的话，他也习惯了。"想娶就娶，到时，我定到场给你道贺。"两人笑呵呵地又碰了一下酒樽，各自喝着。

御苑中月色悠然，顾楠突然问道："书生，你还没有家室吧？"

"是啊。"李斯笑看着手中的酒樽，不知道在想什么。

"不孝有三，无后为大。"

"少来，我会被你骗了？"

"六国兼并，这世间当会安定了吧？"顾楠半醉地问着。

那老头所愿，当全了吧？

李斯回过头，看向那人眼中，半晌，笑着点了点头："会的。"

173

樽中的酒水上漂浮着一抹月白，顾楠对月举起酒樽："那，敬这世间。"
"好，敬这世间。"

当众人离去，顾楠倚靠在宫墙边，该是太久没喝酒了，却是喝醉了。宫墙中传来脚步声，顾楠抬起头，却是嬴政背着手走来。他并没有在宫中陪着新妃，而是一个人走在宫道上。

他看到顾楠，有些惊讶："顾先生？"还未近前，就闻到了顾楠身上的酒味，伸手扶住了顾楠，"先生，你醉了？"

顾楠没有回答，只是低着头，看样子像是已经睡去。嬴政扶着顾楠，看她醉醺醺的模样，无奈一笑："我送你回去吧。"依旧没有回答。他摇了摇头，扶着顾楠向宫外走去。

两人走在路上，夜里安静，嬴政的耳边传来一阵呢喃，顾楠好像说了什么，但当他仔细再去听的时候已经听不到了。房门被推开，嬴政将顾楠放在榻上。他靠坐在床边舒了口气，平时看不出来，顾先生还挺重的。房门外的武安君府格外冷清。如今这府中，已经是如此模样了吗？嬴政看着房外的夜色，回过头来，出神地看着顾楠熟睡在那儿。半晌，他的目光落在面甲上，慢慢地伸出手，将面甲轻取了下来。面甲下的人闭着眼睛，睫毛微颤，睡得很沉。英气的双眉不是记忆中的那般微蹙，而是舒展着。脸颊微红，看上去很恬静。嬴政有些沉迷地看着那面容，张了张嘴巴，良久，微微一笑，笑得好像是欣然，又是无奈。顾先生，你真的从未老去啊。他放下面甲，站起身来，走出门外，将房门轻轻关上。仰头看向那轮晓月，眼睛轻合，随后蓦然离开。

【二百一十】

第二日一早，晨间的阳光透过窗户照着房中飘荡着的灰尘，慵懒地洒在床边，落在了躺在床榻上的人的脸上。阳光照亮了那张侧脸，淡金色的光里，那面庞让人出神。睡得安静，呼吸声很舒缓。睡相算不得安稳，衣衫有些凌乱地铺在床上。该是感觉到了些许暖意，皱了皱眉头，她睁开了眼睛。手挡在眼前，半眯着眼睛。视线还有些蒙眬，光线让人看不清楚。顾楠从床上坐了起来，皱着眉头看着前面发呆，半晌，拉起自己的衣衫闻了闻，上面的酒味还未消散。昨天她是喝得多了些，不记得自己是如何回来的了。目光落在床边，面甲静静地放在那儿。这是，何时摘下来的？

顾楠的头有些疼，按着脑袋站了起来，拿起面甲戴在脸上。她换了一身衣裳，也来不及吃上些什么，揉着脖子就出门了，如今她是每日都得去宫中处理中郎令的事务。

　　青石板上落着一片枯叶，一个人停下了脚步，站在枯叶的一边，俯下身子，将枯叶捡了起来。李斯把玩着手中的枯叶，抬起头，看着眼前高大的府邸。只是站在街上，就能看到院中孤立的老树——武安君府。理了一天的事务，傍晚时分本想出来走一走，舒展一番心思，却是不知不觉间走到了这地方。微微一笑，他将枯叶握于手中。这几日他一直为安顿六国之民之事苦恼，还有那统一制度，人风也是问题。这一国而治却是没有他最开始想的那般简单。看着眼前的府邸，李斯背着手走了过去。也好，问问她总比我一人苦想要好。这人也不能总让她这般懒着，空负了胸中才学。走到门前，正欲伸手敲门，却听到门内传来悠悠琴音。那琴音悦耳，却又不乏铮铮之声，听入耳中，让人一时如同置身于和沐春风里，一时又如同置身于兵戈交击中。这两者本该是矛盾的，同置于那琴声中却给人相洽无恙的感觉，好像二者本就该是一起的一般。眼前该是看到了一个将者在沙场中回思往日的模样。李斯站在门前面露淡笑，是有多久未听过这人弹琴了？想上次当是少年时候，那时听闻，真该用魔声入耳来形容。

　　砰砰砰，门被叩响。府内的琴声止住，顿了一下，应该是诧异有人拜访。没过多久，门内传来一阵脚步声，大门被打开。一个身着白衫的人走了出来，面上戴着生冷的面甲，看到李斯声音里带着一些疑惑："书生？"

　　她也是刚从宫中回来，却没想到李斯就来了。看着眼前的人，李斯也是无奈，多少年了，这人还是这么一副打扮。对于一个女子来说，着素寡一生，又是何种凉薄呢？他心中想着，面上却依旧笑着说道："今日来得巧，倒是听了顾先生的一曲琴音，较之当初，当真是改善良多啊。"

　　顾楠黑着脸抓了抓头发，在她看来这是李斯恭维的话，她摆了下手："莫说了，我自己的音律是个什么模样，我还是清楚的。"

　　"我可非是恭维，"李斯笑呵呵地顺口说道，"相比于当初的阵阵魔音，这已经算是仙乐了。"

　　额头跳了一下，顾楠也微微一笑，靠在门边："书生，你今日无事，上我这儿来做什么？"

　　说着手中微微用力，大门发出一阵吱呀的声响。李斯的额头上滴下一滴汗，这才反应过来说错了话。直觉告诉他若是还说琴的事，今天估计就不能走着回家了，连忙转移话题："喀，只是偶然路过，突然想到有几件事要和先生共商一番，便上门来了……"

吱，大门被推开，顾楠对李斯撇了一下嘴巴："进来吧。"

李斯跟在顾楠身后走进院中。府中很静，似是除了刚才的琴声就再无半点声音。顾楠走在前面，脚踩过落叶，发出沙沙的声音。李斯望着落了一地的枯叶，无声地叹了口气，想来是很久没人扫了。"顾先生，你该找个人打扫一下，"说着他抬起头，看向那无人的堂间，"也不至于让府中这般。"也不知道他说的是这院中的枯叶，还是这府中的寂然。

"无事，过几天我自己会扫的。"顾楠耸了耸肩膀。

两人穿过堂间走到后院。顾楠将桌案上的长琴取下，抱在怀里小心放到一旁。李斯掀起衣摆坐在桌案的一边，对着站在院里的黑哥笑了笑，黑哥打了个响鼻，像是打了一声招呼。嗒，顾楠将一杯凉水递到李斯面前，盘腿随意地坐了下来，给自己倒着水。快要入夏了，空气里带着几分闷热，凉水入嘴倒是有几分沁人。李斯笑着放下杯子，看着顾楠说道："先生，你说，如今天下初并，首要之务是为如何？"壶身倾斜，水注入杯中，顾楠看着杯中的水慢慢溢满，将水壶放到了桌上。

顾楠看向李斯："你是真要问我，还是明知故问？"

李斯嘴角一翘，转着手里的杯子，等着顾楠回答。

用手支着脖子，顾楠拿起杯子说道："如今国中初定，然六国之人思蒙故国，多有怨言。若是其人动荡，国当不得安。当今之务，该是安抚六国之民。"

"果然是顾先生。"李斯的手停下，轻叹一声，有些苦恼地说道，"但是如今说要安抚这六国之民，又谈何容易呢？国地所增，秦人多不通六国之地人风，如有管辖不周，必当适得其反，就只能任用一些六国旧臣，任用旧臣旧贵则不能擅动其根本。秦国之地为国有而下封民。六国不然，土地为贵族所有，如今又不能轻易收回。如此，六国之民必当有怨言，长久以往，必当生变。"说着李斯对顾楠拱了拱手，"所以，今日是特来共商此事。"

【二百一十一】

李斯的话说完，顾楠皱着眉头，她也没有想到其中之事如此复杂。当初她在课上学到秦国时，谈及秦国对于六国之民的管理大多也只涉及行同文、车同轨、立郡县、废分封。但是很显然，这些对李斯所说的共治六国、安抚民心的问题都没有明显的帮助。对于平民来说，哪个朝代其实都不是大问题，他们所想的只是能不能好好活下去，并没有其他追求，便是活得差一些，也是无奈世道。但若是真的活不下去了，动乱起义也就成了必然。而对于百姓来说，能不能活下去的根本就是土地。秦国的土地本和六国一样都在贵族手中，但是在商鞅变法之后，土地归为国有，下封于民。又因为秦重军功，于此，秦地军伍良多，所战皆无有退意，无他，就是为了活下去。在战中若获军功，能叫一家得活，如何不让人拼命？但是六国不同，六国之地多在贵族手中，虽然秦灭六国，但是国土瞬增，那就需要人去管理。一是秦国的官员不够，二是秦人不懂六国各地的风貌人俗，突然遣派也难以管理，因此六国的贵族和官员被留任了一部分，用以治理各地。既然留任了他们，自然不可能轻易将他们的土地直接剥收分发给百姓，不然又是一番动乱。于此，对于六国之民来说，秦国人可以有自己的土地，他们不能有，但是秦人要服的徭役和兵役他们却都要服，怎么会没有怨言？这种怨言一时倒是无碍，但若是长此以往，一旦动荡，就会产生很大的问题。

但是要收回贵族的土地又是一件难事。且不说如今还要用到他们，就说他们的数量也是极多。若要处理，就必须赶在如今六国覆灭动荡、贵族颓弱的时期，若是等他们稳定下来重立脚跟，想要再扫除只会更加困难。

历史上的秦国到底是因为什么走向覆灭的？是因为秦王暴政？很显然经过后来的各种考证，已经基本排除了这个原因。秦国的政体虽然算不上完美，但是也绝对攀不上暴政这个称呼。是因为秦二世胡亥昏庸？也不尽然。胡亥固然昏庸，但是其在位不过三年，很显然秦国的覆灭是长久以来的积累，不可能在这三年中一蹴而就，胡亥也没有这个本事。之所以会亡于胡亥时，只不过是因为胡亥时秦国朝堂动荡、国力日弱，被有心之人看中了这个时机而已。

就算是扶苏继位，民怨也在，只是隐而不发而已。想要整顿秦国，扶苏也必须做出改革，不然依旧会爆发起义。究其根本，秦国的覆灭无非是对六国之民的举措有失，不能给予六国之民和秦人等同的待遇，使得六国之民依旧像战国年月那样生活艰难，同时秦国又有沟通灵渠、南征百越、北击匈奴、修筑长城、建始皇陵等一系列的繁重徭役和兵役，让他们苦不堪言。始皇在时，秦国手腕强硬，不敢有变；始皇故去，起义军就呼啸而起了。秦国本身在各地都有驻军，若只是一处起义，随时可以调用军队镇压，但是六国积怨，同时动乱，各地起义军四起，超出了秦军能够镇压的范围，这几乎就等同于秦国同时面对六国之军的围攻，在这样的情况下，秦国的覆灭也就成了必然。所以想要秦时真的成为一个盛世，少不了休整民生，土地改革。商鞅变法中的土地改革没有错，是非常超前的举措，也奠定了秦国一统的根本。但若是不能让六国之民也得以如此，民乱也必生。只有让万民都能得以生息，才能称作盛世，才能有余力开创一个鼎盛的朝代。

树荫遮掩了一部分阳光，清风吹过带着浅浅的凉意，李斯看着顾楠问道："先生如何看？"

顾楠握着杯子思量许久。后世的土地改革是在抗战、内战之后，那时年月动荡，正是收回土地再加以分发的最好时候。如今秦国正处在这个时候，若是可以一样做到这一步，土地皆有分发，那起码能保证一点，只要家中皆有能耕种之田，就世无饥民。虽然尚且做不到人人富裕，但是起码能够解决万民的温饱，如此秦国的基业才算得以牢固，立下盛世之本。

顾楠抬起眼睛看着李斯："废除六国旧爵田户，收地分赐于民，如秦地中一般。六国治理，可选立新贵而治。"

"收旧爵田户，立新贵而治。"李斯皱着眉头，似乎是在考量，"如此，若是那些六国旧爵生变如何是好？"

"若是他们肯上缴田户，可让他们继续治理本地；若是不肯，那就遣军镇压。"顾楠的声音决绝，这还是李斯第一次见到她这般模样。

李斯疑虑地说道："如此不免消耗不少国力。如今国中难得安定，再起动荡，我恐国力倾颓。真的值得如此做？"毕竟秦国覆灭六国，如今也是国力空虚，本该休养。刚刚立国就做出如此大的动作，李斯担心有伤秦国根基。

"书生，"顾楠看着李斯犹豫的模样说道，"你师从荀卿？"

李斯愣了一下，不知道顾楠为什么突然提起这个，点了一下头："是，荀师授我书业，莫不敢忘。"

"那你应当听过一句话。"

"何话？"李斯不解地看着顾楠。

顾楠拿起杯子，那杯中的水纹晃荡："君者，舟也；庶人者，水也。水则载舟，水则覆舟。一国之根本，一国之力，一国之基业，当在于民。"

一字一句让李斯怔在那里，他好像重新坐在了堂间，四下是无数静听的学生，仰头望着堂上的师者。那师者的声音响起，字句在他的耳畔回荡，说的和如今一模一样。

顾楠放下杯子，看着李斯："此为若成，土地赐封万民，世无饥寒，这世间才当是盛世之貌。"

李斯醒悟，低下头看着桌案上的斑驳树影，轻笑了一声："倒是斯陷了痴念，此事，本该就是如此。"世无饥寒，这短短四个字，多少先人圣贤、君王都未能做到，如今就在自己面前，自己却还在犹豫，是有多痴傻，让他恨不得抽自己一掌。"此事，会是千载之功绩。"李斯望着从叶间落下的光影，目中闪烁，握紧了手，"将在我大秦得成！"

【二百一十二】

　　山林间的小村庄幽静无声，村中的房屋不多，看过去不过几十户人家。但是出奇的是，这几十户人家的小院里除了农具，都摆有刀兵刃具。这可不是寻常小村庄的模样，寻常人家哪来的这些兵刃？山林间传来阵阵鸣叫，也不知道是远处的走兽还是飞鸟。林木并不繁密，将那夜空半遮半掩着。一个四五岁模样的孩童坐在房顶，抱着腿，仰头望着悄寂的夜空中的云层飘远，露出上面的点点星月。看孩童的装束，不像本地人，如果要说的话，这装束更像楚国人。

　　房顶上的茅草被吹得卷动，孩童靠坐在房梁上看着天，似在望着什么东西。身后传来一阵脚步声，该是有什么人爬上了靠在墙边的梯子。孩童被声音惊动回过头去，看到一个中年男人面色严肃地爬了上来。看到中年男人，孩童有些惊慌，连忙从房顶间的茅草上站了起来："叔父！"许是有些慌忙，脚下一滑，孩童失去了平衡，整个人向后仰去。眼见着男孩就要摔下房顶，中年男人伸出手抓在了孩子的衣服上，把他提了回来。将男孩放在身边，看他惊魂未定的模样，中年男人严肃的面孔上露出一些温和，但也只是露出了那么一丝。"以后小心一些。"

　　"是。"男孩抓着头发。

　　"这么晚了为何还不休息，爬到这房梁上来？"开口说起话来，男人脸上刚才难得有了的几分柔和又退了下去，语气有几分严厉地教训道。

　　"我……"不知道该说些什么，男孩抿着嘴巴，低下头，看着眼前房顶上的茅草。这些房子都搭建得简陋，也就是刚能遮风挡雨，想来这村子也是刚建起来不久。

　　"你什么？"男人的眉头微皱，"你要明白，你是我楚国大将之后，言行处事都要有为将者的气度，像这般跳脱，如何服众？"

　　男孩红着脸，小声说道："我知道了。"

　　风吹过，夜晚的风有些凉。男孩刚才被吓出了一身冷汗，又被风吹得哆嗦了一下。中年男人叹了口气，将自己的外衫解了下来披在男孩身上，语气也终于缓和了些："说说吧，刚才在看什么？"

　　男孩抬起头来，偷偷看了一眼身边的人："我，在找父亲、母亲和爷爷。"

　　"？"中年人疑惑地看向男孩。

　　"叔父不是说，他们去了天上？"男孩希冀地看着身边的人，"我没找到他们。"

中年男人愣在那儿，半晌，眼眶微红，大手搭在了男孩的肩膀上："来，我陪你一起找。"

夜色下，一大一小两个人影坐在房顶上。

"羽儿，你要记住，他们都在看着，亡国之恨我们是一定要报的。"

"我记着了。"

既然已经定下了收旧爵田顷，以安六国之民，之后要做的就是考虑方式的问题。第二日，李斯将此事上报于嬴政，嬴政思量后，召来了一众大臣商议。提出此事，顾楠也有自己的考量。改革土地秦国非是首例，历来皆有人为，但是下场都很惨淡。就是商鞅，虽然最后秦地改革成功，但他也被那些贵族逼得车裂而死，可秦国此时的时机是得天独厚的。

首先是秦国已改革成功，百姓可行授田。此事在朝堂上或有人为了保守之见反驳，但不会受到利益所驱的阻力。其次是六国刚刚倾灭，天下百废待兴，其中贵族大多流离落魄，一时间难以重立脚跟，手中势力大有衰退。

秦国是如何处理六国贵族的，历史上也多有记载。

其后秦伐魏，置东郡，徙卫元君之支属于野王。

——《史记·刺客列传》

五国已亡，秦兵卒入临淄，民莫敢格者。王建遂降，迁于共。

——《史记·田敬仲完世家》

班氏之先，与楚同姓，令尹子文之后也……秦之灭楚，迁晋、代之间，因氏焉。

——《汉书·叙传上》

六国贵族多被迁徙到边远地区，脱离本土本宗，并且处于监视之下，已经多有削弱。但是六国贵族有深厚的社会基础，很多通过逃亡、贿赂等手段逃脱迁徙，潜伏下来。正因如此，明面上能抵抗秦国的贵族已经不多，已经有大多土地无主，还未被其他贵族夺下分食。而且以秦国目前之力，是完全有能力镇压一国贵族叛乱的，这在历史上就有考证。韩国的贵族叛乱，被秦国在第一时间镇压了。这是一个非常难得的时期。

但是六国遗留的旧爵之多是难以考量的。若是这六国旧爵同时因此行叛，群狼之下就是秦国也有倾覆之危。对于六国旧爵只能逐个击破，这样一来所要用的时间就会很长，而且采取的方式也要另做打算。若是强硬地收回土地，只会搞得贵族人人自危；若是旧爵提前动荡，也会使百姓不得安宁，如此行事只会让天下再次大乱。

"诸卿有何所见？"嬴政坐在座上皱着眉头。

此事势在必行，但是所行也必须谨慎。

"陛下，"文臣之侧一人站了出来，手持笏板，执礼站在嬴政面前，"臣认为此事当从缓。如今我大秦初立，国中虚乏，六国之地，尚需其人治理，如今将废旧爵，恐动摇朝政。"这人名冯去疾，是朝中右丞，只论官位尚比李斯还要大上一级。而任命此人为右丞的原因也很简单。此人在六国中素有贤名，虽右丞无有实权，但尚可服众，无说秦用人度私。冯去疾的话音落下，群臣中多有暗自颔首的，如今暂不处理六国旧爵却是最为稳妥的做法。

"陛下，臣有言。"李斯拜道。

"李相请说。"嬴政点了点头。

李斯转过身对冯去疾拜下："诚如冯相所言，如今国中不定，擅动六国旧爵恐有差失。但冯相可曾想过，如今六国之民多受战事流离，若不及有所治，民声哀怨。六国旧爵手握田顷而劳民，届时民愤四起，冯相以为该是如何做？"

"这？"冯去疾也迟疑了。

"六国之民为众，若其民皆反，便是天下皆反，我大秦该置身何处？"

【二百一十三】

"如今六国旧爵分崩，此时不做所为，待其立足固地，同将六国之地还与六国，将天下分封又有何异？"

确实如此，若是重新让六国旧爵掌握六国的土地，这和将好不容易打下的天下再送回去有什么区别？群臣中像是有人被说醒，就连嬴政的眼神也沉了下来。秦国将天下一统，可不是为了再送回去的。

"废六国旧爵，该当何策？"嬴政的声音很平静，很显然他已经表明了立场，六国旧爵必定是要废除的。这一次就连冯去疾都没有再说什么，而是站在一边，皱着眉头。他自然也明白那些旧爵就是附骨之疽，但是想要将这些蛆虫除去，绝非易事。不说其他，如今秦国要治理六国之地就还用得到他们。群臣之间小声地议论起来，这一次大部分人都站在废除六国旧爵的一边了。

"陛下。"一个声音响起，朝堂上的群臣扭头看去，一个面覆兽甲、身着将铠的人站在那儿，顿时静默无声。群臣心下一惊。那人平日在朝堂上都不发声，今日却突然上禀，是有何事？此人虽官职为郎中令，但是又作为禁军首领，所行之事可不只是宫殿禁卫这般简单的。

嬴政看到站过来的人，眉目间微微松开了些："将军，有何言？"

顾楠低着头，她不知道自己该不该说，甚至不知道自己所做的事到底有多少把握可以成功，但是白起托付给她的东西，让她必须这么做。也只有那般之后，世间才会是那老头所求的模样。"陛下可立郡县于六国，离旧爵而留属官。六国属官治各县各地，受郡员管辖，遣朝中官员管理各郡，便是管辖各地，六国之地可治矣。后废除旧爵，可遣人煽鼓其中少人行叛，提前驻军。于行叛之时当即镇压，以平叛之名杀之，收田顷而分，以儆效尤。如此，天下受威，旧爵可平。"

朝堂寂静，冯去疾回头看了一眼那个站在武将中的人。分离属官，就是暗中架空六国贵族的势力；提前驻军，再怂恿一部分人叛乱，然后立刻平叛，杀鸡儆猴，威慑天下。到了那时，六国旧爵就算还想叛乱，已经是手无实权、有心而无力，自然只能上缴田顷，听而认之。如此行事，当真是杀伐果决。此人当真是不负其名。

不过可惜了，一边想着，冯去疾暗自摇头。本该是治国之臣，但终究是军伍之人，太过狠厉了些。虽是这般，但论及治这六国旧爵，此法倒是真可一用。群臣悴悴地看着站在那儿的人，短短两策，六国之人架空有之，杀退有之。皆说丧将其人决断，确实没有说错。这两策虽然说得简单明了，但是其中详略还需要诸多设计，朝会又议了一个时辰。直到朝会退去，已经接近午间时分。

顾楠一个人走在宫中的墙闱间，郎中令的衙府就在宫中，所以下了朝会，她还得去衙府将今日的事务做了。目光落在脚下的路上，她整了整甲袍，向前走着。既然是要那太平盛世，她自然不可能让秦国二世而亡。突然感觉到有什么东西压在了自己身上，肩头一重，仰起头去却又什么都没有。该是这几日睡得少了，顾楠没有多想地摇了摇头，虽然她每日睡觉的时间都在六个时辰以上。

当啷，宫墙的转角处传来一声铁锁相撞的声音，顾楠的脚步慢了下来，疑惑地看过去。

只见一个身着灰黑色长袍的人被两个士兵押着走来。他的手脚上皆绑缚着铁链，背上背着一张长琴，看样子也不过二十余岁的年纪，长发垂在脸前，看不清具体样貌。虽然被绑着，但面容平静，就好像不是被绑缚着押送，而是在平静地散步一般。罪人？押来宫中做什么？顾楠停下脚步，看着那人被押着走来。两个士兵看到前路有人,正准备喝开,但等他们看清前面那人的模样时,连忙停了下来,拜道:"拜见将军。"

"嗯,无事。"顾楠看着中间被押送的人问道,"此人所犯何罪,为何押至宫中?"

跪在地上的士兵不敢隐瞒,如实说道:"回将军,此人非是罪人,而是一琴师。"

"琴师?"

"是,赵大人听闻此人极擅琴律,所以特叫我等将他带来献于陛下。"

"既然如此,为何将他如此绑缚?"顾楠看了一眼那人身上背的长琴。她虽然不懂琴,但是也看得出来那把琴不是凡品,琴身微红,带着淡淡的纹路。

士兵相互看一眼,犹豫一下,才说道:"回将军,因此人和刺客荆轲曾是好友,所以赵大人特让我们二人将其双眼熏瞎不可视后再带回。

"我等,正准备押他过去。"

熏瞎双眼……顾楠的眉头微蹙,问道:"这人叫什么?"

"回将军,此人名叫旷修。"

顾楠看着面前站在那儿的人,那人似乎也感觉到了视线,抬起了头。那人倒是有一双好看的眼睛。自始至终,他都没有讲过一句话。她顿了顿,却没有多说什么,这件事也不归她管。"你们过去吧。"

两个士兵如释重负地站了起来,押着那个琴师向宫中走去。

"哦,对了。"顾楠想起什么,回过头来,叫住了他们。

其中一个人回过身,讪讪地问道:"将军,还有何事吗?"

"你们那个赵大人,是哪个赵大人?"她的目光落在了士兵身上。这身衣甲,是内宫的卫兵。

"回将军,是中车府令,赵高,赵大人。"

"哦。"顾楠的手指动了一下,随后点了点头,"无事了,你们去吧。"

"是。"

伴着铁锁碰撞的声音,两个士兵押着琴师走远了。

顾楠回过身向郎中衙府走去,目光微微低下。

中车府令,赵高,赵大人……

【二百一十四】

宫中来了一位新琴师,名叫旷修。听闻此人本是赵国的著名乐师,极擅乐律,曾以琴音引来飞鸟共鸣,闻其音律之人无不为那琴音中的喜怒哀乐动容,沉浸其中，体会那琴音中的种种。此人在秦皇饮宴时奏琴伴之，常使秦皇称叹。久之，这琴音也就流传在了宫中，是以有人说不闻旷修奏琴，固盛宴也枉然。

一只飞鸟落在宫墙上，在那青瓦之间张望了一下，张开嘴清脆地鸣叫了一声。宫墙的远处走来一个人，惊得飞鸟向宫外飞去。顾楠伸了一个懒腰，郎中令只管宫中警备，算不上累人的职位，但是闲碎的事情也不少，而且她又插手了六国勋贵的事情。李斯常会到她里来坐坐，商议此事。废六国旧爵的事宜已经落定，开始有了布局，不过想要彻底将那些遗留的勋贵除去，该是需要数年的时间。他通常都是黑着眼眶，一脸没睡醒的模样，想来是常常秉烛阅务到半夜。对于这般的劳动模范，顾楠是比不了的，都四五十岁的人了，这般下去，顾楠都担心他过劳病猝。

宫墙遮住了墙外的景色，安静幽闭，远远地却突然传来一阵拨弄琴弦的声音，是一种很空蒙的声音，就好像山泉流落崖间溅起后，那种回荡在山谷里的声音。听着那琴声，顾楠的脚步不自觉地放慢了一些，扭过头，向琴声传来的方向走去。琴声越来越近，弹至深处，却又忽转而上，响成林间的声声鸟鸣。顾楠在一面高墙前停了下来，琴声是从墙后传来的，这是一座宫中的偏院。她没有进去，而是靠在墙边，两手抱在身前，静静地听着那琴声。她并不是精通音律的人，也算不得什么文人雅客，对于这琴声，她说不出什么，只是让她觉得好听。之所以走来，是因为这琴声让她想起了一个人，一个已经故去的人，这琴声和她的很像。顾楠轻笑了一下，没去打扰那弹琴的人，只是默默地听着，轻合着眼睛，就好像回到了很久之前。直到一曲弹尽，琴声向远，她才一言不发地离开。

斜阳西垂，人老了倒是容易触景生情。墙后的院中，一个人坐在那儿，一柄长琴放在他的腿上，双手轻按琴弦。扭头看向墙外，他感觉得到，刚才那儿有个人，不过那人只听了一曲就离开了。这人的双眼没有焦距，好像看不见，面上的神情平静，对着墙外发了一会儿呆，随后微微一笑，收起了长琴。

这之后的每日，顾楠从郎中令的衙府归去的时候都会在宫墙的一角驻足，或是靠坐在那儿，听上一曲，然后离开。那墙内的人也知道她每日都会来，每日的这个时候，他都会在院中弹奏，直到墙外的人离开。

今日午间的咸阳城下起了小雨，细密的雨点打湿了咸阳的街道，也打湿了宫闱。细碎的雨声响在人们耳边，街道上人们抱怨着突如其来的雨，纷纷遮着头匆匆而行。雨点敲在小院中的亭子上，顺着瓦砾的缝隙滑下来，在边沿滴落，水珠连成一片，落在地上。亭子中坐着一个人，他抬起有些空洞的眼睛看向半空，长琴抱在怀中，侧耳听着雨声。却是下雨了，今日，那人该是不会来了吧？墙外只有雨点打落在地或是积水中的声音，没有往日熟悉的脚步声。院中种着几丛花草，雨点打落在花草间，顺着花叶落下。坐在亭中的人摇了摇头，正准备收琴离开，墙外却突然传来一阵脚步声，还有雨点落在衣襟上的声音。他笑着重新坐了下来，摆好长琴。顾楠看着高墙，发间微湿，墙内没有往日的琴音。她的眼神中露出一分无奈，看了看天上的雨，也是，这样的天气。刚想离开，墙内的琴声却悠然响起，伴着沙沙的雨声。那曲声在雨中缥缈起伏，顾楠回过头，静静地站在雨中，琴声从墙内传来。她的嘴角微勾，站在那儿听着，好像又回到了那个屋檐下，望着咸阳的纷纷落雨，而身边的人犹在。宫墙中传着清幽的琴音，空无一人的宫闱间，雨点在地上溅起一片片水花，一个身着白衫的人站在那儿。一曲尽时，白衫人才动了一下，扭头看着自己已经被淋湿了的衣衫。"呵。"她笑着摇了摇头。若是从前，这般回去，定是要被小绿念叨很久的。

　　亭中弹琴的人松开琴弦，墙外的脚步声像是要离开。他侧过头，听那雨声渐重，面色平静地出声说道："墙外的朋友，雨势大了，若是不介意的话，在下这里备了一件蓑衣。"

　　顾楠回过头，这还是她第一次听到院里的人说话。倒是不能拂了对方的好意，她笑着朝墙内说道："如此，多谢朋友了。"绕过高墙走进小院，这是一个素雅的小院，除了种着几丛花草，就只有一个小亭立在那儿，亭中摆着一张桌案，弹琴的人坐在桌案的一边，桌案旁还放着一身蓑衣和斗笠。顾楠看向亭下的人却是有些惊讶，正是那日被士兵押进宫中的那个琴师，若是没记错，他叫旷修。此时的他双眼空洞地看着前方，脸上带着淡淡的笑意。想来他的眼睛已经被熏灼得看不见了。应该是感觉到了顾楠在看他，他也回过头来，那眼睛正好看着顾楠的方向。他就好像知道顾楠在想什么一样，温声说道："修也很惊讶，每日来修这边听琴的人，居然是丧将军。"

　　"哦？"顾楠挑了一下眉头，向亭中走去，"你怎么知道是我？"

　　旷修拿起桌案上的水壶倒了一杯温水，水汽飘散："修不才，自幼对声音的感觉就有别于人，那日听过将军的声音，这才听得出来。"

　　"这般。"顾楠坐了下来，看着旷修平静的模样，有趣地说道，"那你不惧我？这宫里的人见到我，该都是躲着走的，你倒是把我请了进来。"

　　旷修微微一笑，慢慢说道："若是在请将军之前，知道站在墙外的人是将军，修是定不会将将军请进来的。"说着将温茶递到顾楠面前，"但是既然已经请了将军，就要尽到待客之道。将军请用。"

【二百一十五】

"多谢。"顾楠接过温茶。被雨淋了一身,喝一杯温茶去些凉意,倒也正好。她抬起杯子送到嘴边,浅饮一口,身上也微暖了一分。旷修是被抓进宫的,进宫之前还被熏瞎了双眼,若是常人,恐怕已经满身怨气,他却还是一副气度悠然的样子,浑不在意一般。顾楠将杯子握在手中,暖着微凉的双手随意问道:"你倒是平淡,被强抓进这里,没有什么怨言吗?"

旷修静静地调着怀中长琴的琴弦,看向顾楠,笑了笑:"修是自愿被抓来的。"

"自愿?"这次顾楠的脸上露出了一份诧异,"为何?"

"至于为何,"旷修对着顾楠挤了一下眼睛,"修还不能告诉将军。"

顾楠舔了一下嘴唇,摇了摇头:"那我,就不多问了。"旷修的一根手指按在琴弦上,拨弄了一声,声音有些绷紧,他一边松着琴弦亲和地笑着,一边说道,"其实当日修见到将军就很疑惑,凶名在外的丧将居然是一个女子。"

"你听出来的?"顾楠又喝了一口杯中的茶。

雨声密密,雨点让远处的景物变得模糊不清。

"是,将军的声音很好听,男子是没有这样的声音的。"旷修的面色温和,又问道,"将军懂琴律?"

坐在他的对面,顾楠摇了一下头:"不懂。"

"那将军为何每日都来此听琴?"

"也没什么,"顾楠的眼眸微微侧开,看向院子里的花草,"只是让我想起了一个故人,她懂琴律,弹得很好听。"

顾楠的目光落在旷修的琴上:"若是她还在,想来会和你颇为谈得来。"

"是吗?"点了点头,旷修问道,"在将军看来,琴声就是好听和不好听之分吗?"

顾楠理所应当地笑了一下:"是啊,不然呢?"

"呵呵。"旷修笑出了声,"那将军应该是懂琴律的,琴音确实只有好听和不好听之分。"

调好琴弦,他的指尖再一次拨动,这次的琴音很清澈。"将军会弹琴吗?"

顾楠耸了耸肩膀:"算是会上一些。"

"那,修以这杯薄茶和这件蓑衣,换将军弹一曲,如何?"旷修的面上始终是那副淡然轻笑的模样,让人看不明白他在想什么。

顾楠一笑:"那你还得再添上一杯茶。"

"修给将军添上。"旷修笑着拿起水壶，将顾楠的杯添满。

顾楠接过长琴放于身前。说起这琴，当年还是她教自己的。琴音再一次在雨中飘荡开来，一个站在不远处的侍卫疑惑地抬起头。往日都只弹一曲，今日却不知为何又弹了起来。不过这琴不像是一个人弹的，非说要差些什么，只能说有一种别样的感觉。说不出来的感觉，就似弹的东西不一样。

旷修坐在亭中，轻合上无有焦距的眼睛，雨声点点，琴音阵阵。琴音中有一股浩然之声，一点恢宏之气，末了却是由一股怆然之气落幕。若不是那弹琴的人就坐在他面前，他也难以相信这样的琴音会出自一个女子之手。等到琴音停下，旷修才重新睁开那双有些空洞的眼睛。

似有什么东西落在自己身前，却什么也看不见，他温声笑着，声音轻缓："将军可不只是会弹一些这么简单啊。"

突然他又问道："在将军看来，这秦国如何？"

顾楠不知道他为何突然问起这个，只是反问了一句："你觉得战国如何？"

旷修脸上的笑意第一次退去，无神的眼睛动了一下："世间流离。"

顾楠笑了："那你觉得秦国如何？"旷修没有回答。顾楠喝完温茶，拿起一旁的蓑衣披在自己肩上，戴起斗笠："就先告辞了。"

旷修坐在那儿，没有起身去送："将军好走。"

那披着蓑衣的人渐渐消失在雨中，旷修收起长琴，听着雨声。

荆兄，你我所做之事，到底是对是错呢？

"让我帮你们挑起韩国贵族的叛乱？"帷幕轻摇，一个身材高大的男人站在帷幕中，身上披着一件黑金色的长袍，苍白色的头发没有绑起，而是垂散着。他慢慢地回过头，眼睛落在他身后的那人身上，同时一股难以言说的锐意直逼那人，站在那儿的人皱眉退了半步。他的脸上戴着一张木质的面具，从装束上看是秦国的秘卫。"你们为什么觉得我会帮助你们？"

咝，一阵吐芯的声音响起，秘卫的视线隐晦地向声音传来的方向看去，一条赤红色的蛇正盘在那儿，顺着柱子向上爬。他微吸了一口气，说道："因为陛下觉得你是个聪明人。"

"是吗？"白发男子的目光移开，"你们要对韩国贵族动手，为什么？"

"这你不需要了解。"秘卫的声音有些生硬。

咝，房间一角的赤蛇已经爬上房梁，一双发寒的蛇瞳注视着下面的人。

白发男子背着手，走出帷幕，居高临下地看着身前的人："如果我们不了解，恐怕很难帮助你们，不是吗？"虽然是一个问句，但语气中没有半点疑问的意思。

秘卫看着男人,目光一沉,但最后还是说道:"陛下欲废六国旧爵,收田顷而分赐天下。"

站在堂上的男人眯起眼睛。废六国旧爵,秦皇,还当真敢做。"若是我们不做呢?"

"既然你们知道了,就由不得你们不答应了。"秘卫说着,身后暗处数个身影走了出来,脸上都戴着木质面具。很显然,如果男人不同意,他们会将了解事情的人处理干净。

咝!房梁上赤蛇的声音一厉,蛇身竖了起来,同时外面传来几声鸟鸣。男人的身后,一个手握蛇鳞状长鞭的妖娆女子走了出来,房间中的秘卫同时将手放在腰间。

"好了,"男人出声说道,"谈谈价格吧。"

【二百一十六】

站在宫墙里是看不到远处的咸阳的,除非站在高楼上才能看出去,否则就只能看到一方小小的半空。偶尔或有几片薄云飘荡过去,然后又飘向更远的地方,直至看不到。宫墙中的琴音每日不变,每日的这个时分都会奏起,听得附近的几个守卫都已经习惯了。每日的这个时候,巡宫都会特意走过来一些,不敢多做停留,但是多少能听上一段。顾楠抱着手靠着宫墙,听着院中的琴曲扬起,像是挽留着天上的层云,但层云终究匆匆过去,未多做半点停留。曲尽,人也该散了。

顾楠的怀中抱着无格,对着墙内的院中人说道:"琴师,后面几个月的时间,我就不来了。"

院内沉默一下,一个温和的声音才传来:"为何,将军是听腻了?"

"不。"顾楠笑着放开抱在身前的手,无格垂在身侧,"我有事务,这段时间不在咸阳城中。"

"哦?"那声音有些疑惑。顾楠是郎中令,掌管宫殿禁卫,也就是保护秦皇安危,居然会有事务要遣她离开。

"不知道是何事务?"

"平叛。"顾楠没有隐瞒,但也没有说明白,只是给墙内的人简单留了两个字。

院内的人坐在榻上,怀中抱着长琴。他不知道是去平什么叛,但是如果丧将离宫,警备就会减弱很多,若是那般,也许就会是他行事的最好时机。但是他的面容上露出一分迟疑，想起了那日的话。

"在将军看来，这秦国如何？"

"你觉得战国如何？"

"那你觉得秦国如何？"

相比于那万民流离的战国乱世，秦国当真是暴政吗？他心里有答案，但是他不想承认这个答案，因为若是他承认了，他那挚友的死也就成了枉然。最后他的手松了开来，苦笑一声，眼睛看向墙外的方向，眼前依旧是一片漆黑，但是好像看到了一点微光，他淡笑着说道："等到将军回来，我或许会告诉将军，我来这秦宫到底是为了做什么。"

"是吗？"顾楠笑了一下，"那说好了，到时可别说你没说过。"说着她离开了墙边，提着剑慢步离开，"回见了。"

等到墙外再也听不见脚步声，琴师坐在位子上摸着自己的琴。"这世间何为对、何为错呢？为了家国之危，为了家国赴死，错了吗？为了乱世流离，为了乱世平定，错了吗？"

顾楠回到家中，提着扫把将院中的落叶扫了个干净，将黑哥面前的马料放满。黑哥已经跑不动了，已经不可能再带着她在战阵里冲阵了。顾楠坐在黑哥面前，刷着它的毛，眼里带着几分怀念，好像是怀念骑着黑哥在咸阳郊外飞奔的模样。"我要出去一趟，要些时间，和那个叫李斯的书生说过了，会安排个人照料你，你自己在家无事吧？"

"哼！"黑哥打了一个响鼻，用头顶了顶顾楠的身体，好像是催促她赶紧走。

"哈哈。"

那日咸阳街头见到了一支数千的黑甲军向城外而去，沉闷的脚步迈动着，每个人的面上都戴着面甲，没有什么表情，只有凶容。领在前头的白袍将骑着一匹黑马，模样清冷。年少不知事的孩子不认得那支军，好奇地站在街边打量。大人们看到却都是脸色发白，拉过站在街边的孩子，站到一旁低着头不敢动，直到那军离开。

约莫是十余天的时间。韩国新郑的城外，穿着黑金色衣袍的白发男子骑在马上，身后跟着一个同样骑着马的身穿赤红色衣袍的女子。那女子的打扮对于这个年代的人来说是十分大胆的，看上去十分妖娆。赤袍女子的身边还有一个身穿青白色羽衣的人，是个面目年轻俊秀的男子。白发男子看了一眼自己身边的秦国秘卫，从出城后到现在始终一言不发。"秦国所派的人在何处？"据这个秘卫所说，秦国会有人和他们一起完成这件事，他们只需要负责引起新郑城中韩国遗贵的叛乱，而秦国的人会负责镇压。此次他们来见的就是那镇压之人。

"很快就能见到了。"秘卫淡淡说了一句，看了一眼前面的路。

"那位将军就在前面。"

"希望别是个没用的家伙，到时候还要我们自己出手。"走在后面的赤袍女子看着自己的指甲慵懒地说道。

"哼，"秘卫冷哼了一声，"放心吧，只要你们不碍事就好。"

赤袍女子眼神微冷地看向秘卫，却看到前面的男子抬了一下手，最后眯了眯眼睛没有说话。秘卫看了眼身后的女子，冷笑一下，也不多说什么。这次从咸阳来的是那支军。那支军的领将，他曾经见过一面，只是被看了一眼，就有种想跑的冲动。四人穿过一片山林，山林中似乎传来了一阵细碎的声音，等到四人走上前去才看到林间被清出了一片空地，约莫数千的士卒正站在那里。这数千士卒身着厚重的黑甲，看到四人走来，都默不作声地将眼神落在了四人身上。走在前面的白发男子眉头一皱，随即又松开，脸上露出了些许缓和。而他身后的女子和羽衣男子却同一时间感觉到了一股煞气将自己笼罩在其中，像是被一群凶兽盯上了一般，忍不住想要抽出自己的兵刃。

咔咔咔，赤袍女子将蛇鳞状的鞭子从腰间抽出；哒，一条红身黑环的小蛇从她的衣袖中钻了出来。羽衣男子的手掌之侧闪过一抹寒光。秘卫看着他们的反应没有多说什么，他那个时候也没有好到哪里去。他对着数千黑甲军举起一块牌子说道："秦皇秘卫，求见陷阵领将。"

黑甲军没有声音，那一张张凶煞的面甲默不作声，就如同一尊尊石塑。一阵马蹄声传来，军阵默默向两侧散开，一个骑着黑马的白袍将从军阵中走出来。看那个装束，来的是哪支军、哪个人，他们心中自然已经明了。

【二百一十七】

直到白袍将领走到近前，后面的两人都不敢收去兵刃，不为其他，只是因为那种命悬一线的感觉。

"赤练，白凤。"白发男子淡淡叫了一声他们的名字，两人才惊醒过来，微喘了一口气，心有余悸地看向身前的白袍将，收起了自己的兵刃。而那赤练手中的小蛇早已躲回了衣袖，她能感觉到从蛇身上传来的恐惧。秘卫横了一眼身后，摇了摇头，对身前的人拜道："拜见将军。"

"嗯，见过了。"顾楠点了一下头，目光落在了白发男子的身上。这些年他倒是成熟了不少，她都快有些认不出来了。刚来此地，听闻负责煽动韩国贵族的人叫卫庄，她还有些惊讶。顾楠笑着伸出一只手。看到那白袍将对卫庄伸出手，赤练和白凤两人又同时紧张起来。传闻中此人除了是沙场凶将之外，剑术也极其高超，他们没有把握卫庄会比那人强。结果下一刻，他们呆在了原地。

那手却是在卫庄头上拍了拍，白袍将温声地说道："小庄，好久不见了。"

赤练和白凤的眼角同时一跳，甚至怀疑自己是不是看错了。而卫庄的表情虽然有些僵硬，却没有半点不满或者恼怒的样子，任由那只手放在他的头上。卫庄的脸上露出一分无奈，师姐还是和从前一样，喜欢把手放在他的头上。那时候他是反抗过的，但是完全没有效果，之后他就放弃了。"师姐，好久不见。"

场上突然沉默下来是一种很诡异的感觉，特别是一堆人都沉默的时候。卫庄看了一眼四周的人，最后着重落在了白凤和赤练身上。那眼神虽然平静但是饱含深意，意思也很明显，看到了就别说出去。

顾楠顺着卫庄的视线看到了他身后的白凤和赤练，随后又看了赤练一眼。她记得没错的话，上一次见到卫庄的时候，他的身边带着的是一个紫衣女子，这怎么又换了一个？她淡笑一下，凑到卫庄耳边压着内息说道："你小子艳福不浅啊，身边的女子倒是又换了一个。听我一句劝，还是专情一些好。"虽然嘴上这么说着，但是心里还是有些怨念，为什么这小子的桃花运这么好，我怎么就没有这待遇？

卫庄咳嗽了一声："师姐，你想多了。"因为用了内息收敛，一旁的人只看到两人低头说了两句，却是听不清说了什么。等到说完的时候，丧将笑着将手从卫庄的头上放了下来，说道："说正事吧。"说完看向一旁的秘卫："如今新郑城中还有多少韩国旧爵？"

"是。"秘卫讪讪地点了一下头。丧将军是个女子，他感觉他知道了一个天大的秘密。秘卫一边想着会不会被灭口，一边张了张嘴巴，说道："回将军，如今新郑城中尚有旧爵二十余人，六人留用，一十七人受监，还有数名不知去向。"

"二十余人。"顾楠点了点头，心中还是有几分惊讶的。只是新郑一城中就有如此多的旧爵，何况这还是被秦国迁过后的。"那如今这些旧爵手中的门客尚有多少？"

"这……"秘卫沉默了一下。这些旧爵的家臣明面上每家不过数百人，但是隐于暗处的不知道还有多少。

卫庄看了一眼秘卫，平静地开口说道："如今所有旧爵手中总计尚有数千门客，不过其中还有一支韩国禁军，在韩室宗亲成手中，人数约为两千人。另外还有数支遗军在外，人数不定，但若是韩王宗亲举旗，随时都能召回。"

"总计过万人。"顾楠笑了一下，"这过万人若是内外呼应，突然行叛，以新郑城中的两万秦军守兵,恐怕根本守不住。"

这还只是新郑一城,虽然新郑本是韩国旧都,其中旧爵才多有余留,但是即使天下各城的旧爵势力都只有新郑的三成,这股力量凝聚在一起也是非常可怕的。无论如何,此番是要将韩国旧爵一网打尽的。

顾楠看向新郑的方向拉着缰绳:"可以进城了吗?"

秘卫点了点头:"已经与城将通令过了,入夜就可进城。"

"好。"

夜色下,新郑城被笼罩在一片黑幕里,只是偶有几处灯火尚在摇曳。房间中的丝竹声作响,卫庄坐在顾楠身边,赤练坐在他的身后,而白凤靠站在凭栏边。这里的视野很好,小半个新郑都能收入眼中。"我记得师姐从前是不喝酒的。"卫庄的声音有些疑惑,拿着酒壶给顾楠添上一杯。顾楠毫不在意地将酒杯举到自己面前:"你认识我的时候才几岁,没记错,才这么大。"说着顾楠用手比了一个高度,大概就是她坐着的高度。

卫庄的脸上松了一些,好像勾起了嘴角。他想起了第一次见到顾楠的时候。那年,若是没有那几个环钱,他该是已经饿死在流亡的路上。坐在后面的赤练一呆,她还是第一次见到这人笑,本以为他是不会笑的。拿着酒杯,顾楠看向夜中的新郑,城中的房屋排列着,延伸向远方,消失在暗处。只有微弱光芒的星月根本不能将这城中全部照亮。"你会参与此事,倒是让我很惊讶。"她突然说道,看向卫庄,"韩国,本是你的故国吧?你不恨秦国吗,或是说,你不恨我吗?"

卫庄被顾楠问得一怔,随后静静地说道:"韩国就算不被秦国所灭,也必将消泯于这乱世之中。"韩国其实早就没有生路了,他一直都明白。他有一个故人,那人至死都想为韩国打开一条生路,却终究只是以身赴死。那人一直求变法,变革韩国,变革这世间。分田顷于万民,世无饥寒,这或许就是他即使身死,亦所求的世间的模样吧。卫庄看向坐在一旁喝酒的人,卸去了衣甲只着一身白衣,那身影显得有些单薄。他想起了从前也是这样单薄的身影,还有那块木板上刻着的"太平"二字。他为什么参与此事?叫这么多人用一生和性命去求的世间,总是不得不让人期待的,不是吗?

【二百一十八】

今晚卫庄和白凤还要去一个旧爵的府上,所以就先行离开了,留下顾楠和那个叫赤练的女子在房间中。乐师坐在房间的一角弹奏,顾楠自酌自饮,她没有说话，赤练也没有。只不过赤练一直看着她，就像是在防范什么，房间中只剩下阵阵的丝弦弹奏声。顾楠喝完酒，从行囊中拿出两份竹简，提起笔写着什么。赤练的脸色一动，视线看向了顾楠所写的竹简。却见其中一竹简上写着秦国的秦篆，但是上面的字无有什么排列，不能成文；另一份竹简上写的却是另一种文字，看模样像秦篆，不过简单了很多，有些字认不出来，但是有些字大体上还是相似的。对比之后赤练发现，顾楠好像是在将秦篆简化修改，然后写在另一份竹简上。

令行同文，这是李斯上次找她说的一件事，说是要请她共行。六国中多有各自的文字和各地方言，其中文字不同，言语异声，行令难传，也难管制。于是他想到如此形式，找到顾楠的时候还兴奋了半天，说尽了行同文的好处。那个书生已经老大不小了，却还是一副年轻人的模样，也不知道他哪来的这么多精力。顾楠倒是没想到他这么早就有了行同文的打算，本想安抚完六国之民再和他提，他却自己提了出来。听闻他还找了几人共编，不过这些顾楠未去多问。李斯交给她数盒简卷，要将这些简卷编完就足以要了她半条命。秦国统一六国的文字，前世她未学过，不过如今也只是初步，起草而已，到时还要在这些起草中再选再改，等这字样成形，想来是要很久的。不过，为何找上她，她不明白。先不说自己不会什么书法，当年学字的时候白起常说她写的字像狗爬，而且她怎么说也该是个武官，这事本该算不到她头上。估计又是被那书生拉下水了，顾楠暗恨地摇了摇头。

房间中格外安静，赤练看不明白顾楠在做什么，枯坐在那儿。大概过了几个时辰，顾楠从桌案间抬起头，已经是深夜了，就连一旁的乐师也退了下去。她给油灯添了一些灯油，却听到耳边传来一阵轻微的鼾声，扭头看去，那个叫作赤练的女子靠在窗边睡得正香。顾楠看着窗边的人，半晌，挑了一下眉梢，放下手中的笔。小庄还真是同从前一样，一点也不会照顾人。想着，顾楠走到窗边，将靠坐在窗边的女子抱了起来——倒是出奇地轻，将她放在床榻上，盖上被子。顾楠摇了摇头，坐回桌案边写着书文。

躺在床上的女子微微睁开眼睛，她从顾楠起身的时候就已经醒了过来。她看着灯火下的白袍人影。灯火微黄，照得那人的面甲清冷。她的手松开了腰间的鳞鞭，重新合上眼睛。这人，倒也不像传闻中的那般凶煞。

"卫将军，你们是打算行叛？"声音中带着一些惊慌，坐在堂上的一个二十余岁的少年人看了看四周，确定没有人，才看着眼前的人低声说道。他就是新郑的最后一个韩国宗亲，韩王安之末弟，韩成。卫庄坐在他面前，白凤站在一边。看着韩成，卫庄点了点头："是，公子。"

韩成抿了一下嘴巴，眼睛垂了下来看了看左右，皱着眉头，怯声问道："将军可有把握？"

"公子，如今韩国旧臣尚有数人，各自门客可聚数千人，在外尚有韩国遗军过万。"卫庄淡淡地说着，"如今新郑中的秦军不过两万，公子书召遗军，联合旧臣，内外呼应，攻破新郑，再召令各地旧臣而起，公子觉得有几分把握？"

韩成坐在他的位子上犹豫着，油灯的微光摇曳，将他的脸照得一明一暗。最后他叹了口气，颓然地坐在榻上："卫将军，就是成功了又如何，韩国旧臣就是全部召集，也根本挡不住秦军。"

"公子，"卫庄的声音一重，"若是各国皆起呢？"

韩成的面容不定："各，各国皆起？"

"公子若是成势，自然可以号召各国遗民抗秦，到时天下无数人，秦国可能抵挡？"

堂中无声，韩成坐在位子上，握着手。他生性懦弱，当年王兄坠城而死，他到如今仍记忆犹新，甚至夜间也常常因为噩梦难以入眠。幼年的时候因为他是末弟，王兄时常对他关照。他尚记得王兄即位时对他说过的话，为王之人，为国为民。王兄是为了韩国才死的，韩国却已经不在了。

"卫将军，"韩成盯着卫庄，那一贯懦弱的眉目皱着，嘴唇有些发白，声音不重，但一字一句地说道，"此势可为。"

卫庄缓慢地走在走廊上，几乎没有声音。他的轻身之术虽然比不上他的剑术，却也不差，即使是平常的踱步，也很少会发出声音。走到一扇房门前，卫庄在门口站了一会儿，最后推门走了进去。外面的天色看不到光亮，房间中点着油灯，赤练躺在床榻上睡着了，那个穿着白色衣袍的人却依旧坐在案边写着什么。似乎是感觉到了身后的声响，顾楠回过头来，看到卫庄站在门边。她看了一眼床上熟睡的女子，笑了一下，小声说道："小庄，你回来了。"

"嗯。"卫庄走到顾楠身后。

窗户开着，夜里的风有些凉。顾楠低头看着桌案上的书文，今日就打算写到这儿了。放下笔站起身来伸着懒腰，走到栏杆边："如何了？"

"韩成已经有了决定。"

"是吗？"

两人一时间没有说话。顾楠身后传来一阵声音，却是一件宽大的衣袍搭在了她的肩上。

"你做什么？"顾楠疑惑地看了一眼卫庄。

卫庄的眼睛看向远处，生硬说道："夜里，有些凉。"

看着披在自己肩上的衣衫，顾楠笑着摇了摇头，他和小聂确实已经长大了。她伸出手在卫庄的鼻子上刮了一下："我还用不到你来担心。"

【二百一十九】

夜色中云幕的尽头透着几分光亮，看起来天快要亮了。顾楠已经离开，卫庄独自一人站在房间中。他立在栏杆边，慢慢抬起手摸了摸鼻尖，眉目好似松开了些。房梁上传来一声轻响，该是有什么东西落在上面，但那声音很轻。卫庄将手放下，背在身后，脸上的表情又微微沉了下来，对着身后平淡地问道："韩成可有做什么？"

一个人从房梁上落下，身上穿着青白色的衣衫，上面还带着几片羽毛。他的身子好像一片轻鸿，飘然落下没有发出半点声音，是那个叫白凤的男子。白凤的目光先是落在床榻上的赤练上，又看向卫庄："韩成已经派人联络各个旧臣了。"

"嗯。"卫庄的眼神没有什么波动，平静地点了一下头。

应该是被两人的说话声吵醒，赤练皱了一下眉头，睁开还有些模糊的眼睛，却发现白凤正站在一边看着她，而卫庄正站在窗边。她连忙坐了起来，解释道："那人始终不说一句话，闷得很，我就不小心睡着了。"

白凤的眼睛看向一边，像是无力说什么，本来是她说要留下来看着那丧将的，自己却睡着了。

天色透着一些明光，随着一阵车马的声音，一辆马车停在了府邸前。一个老人从马车上走了下来，谨慎地看了看四周，才向府邸走去，对站在门前的门客暗暗亮出了一个掌牌。门客点了一下头，无声地对身后的人挥了挥手，大门缓缓打开，让老人走了进去。府邸的堂中，韩成正背着手在堂上来回踱步，面色看上去有几分紧张，时不时地看向门外，像是在等着什么。天快要全亮了。直到一个老人从门外走来，韩成才面上一松，快步迎了上去，扶住正要拜下的老人，小声问道："先生，事情如何了？"

老人站起身来，双手托起一份竹简："公子，老朽幸不辱命。"

韩成眼神复杂地看着老人手中的竹简，抿着嘴巴："先生，进屋详谈。"说着，做了一个"请"的手势，带老人向堂中走去。

堂中无声，偶尔传来竹简卷动的声音。韩成看着手中的竹简，竹简上已经召集了数位旧臣的落字。看着竹简上的一个个名字，他本以为能召到半数就已是他之幸，却没想到，所召之人，无一不受命落字。双手握着竹简，该是太过用力，握得指节处都有些发白，他开口问道："他们，都肯随我一道？"

老人站在韩成身边，看着他的样子拜道："公子，韩国先名，不敢有忘。"

韩成对一旁的侍者说道："取笔墨来。"

侍者领命退下，过了一会儿，捧着一份笔墨递上。韩成坐于桌案前，将那竹简摊开，手中的笔沾染墨迹，立于竹简上落下。

于泯没，故国分崩。

韩自受先遗以来，立中州之枢，行政而为所求得善蒙国。是诸侯并起，离乱末年。韩以中天之地，受难立身……

成受故蒙，不敢得求，是以先遗韩姓不敢有失。是以此寡身落令，以召旧臣，立韩民故地……

等到他将笔放下，竹简上的墨迹干去，韩成将竹简重新卷了起来，走到老人面前拜下："先生，此书交给先生，还望先生将此书成令，送到各地旧臣手中。"

老人面色肃然，拜下，慎重地接过了竹简："臣，领命。"

韩成看着老人拿着竹简离去，向来懦弱的双眼中带着一份难以言明的神色。

重立韩国。

一辆马车从熙攘的城门通过，驶在道路上，向远处而去。城墙上，顾楠站在一个老将身边，看着那辆行远的马车。"这几日应当有很多人要出城。"老将的手放在胡子上，了然地抬起眉毛。"我想也当是如此。"他就是新郑的守将内使腾。

"不过，"内使腾迟疑了一下，"这新郑中的旧爵甚多，郎令可是真有把握？"

"所以啊，"顾楠看着身旁的老将笑了一下，"到时还要腾将军多多配合才是。"

内使腾一愣，随后笑道："这是老夫分内之事，还请郎令放心便是。"

之后的一段时间，新郑城中还是和往常一般，街上人来人往，大部分人面上带着愁容。已经到了秋凉的日子，今年的收成却是不好，若是不能多拿上几分户粮，也不知道能不能熬过冬天。

大概一月有余。院中有些安静，卫庄走在院间的小径上，赤练和白凤跟在他的身后。秋日的风总是扰人，瑟瑟地吹着，将两旁的树木吹得沙沙作响。几片落叶飞下，落在小院的池塘中，漾开一片涟漪。三人走进一间小院，一个穿着白衫的人影正背着他们站在那儿。顾楠手中握着无格，静静地站在堂前，手放在剑柄上，却没有将剑拔出来，就像只是发着呆一般。赤练正要上前，却被卫庄拦了下来。她疑惑地看向他，卫庄没有说什么，只是慢慢将手放在了剑柄上。顾楠在做什么他自然是明白的，参剑，入门鬼谷的第一天师父教的就是这个。他很久没有见过师姐的剑术了。当年鬼谷子带着他们去见顾楠的时候，鬼谷子和她对上了一招，顾楠的那一十三剑他到现在依旧记得。当年的自己只能看到两剑，出剑和收剑，他不知道现在的自己能看到几剑。卫庄双眼眯起，眼中流露出了一分期待。

咔，一声轻响，他手中的那柄造型怪异的长剑被抽出一截。赤练和白凤相互看了一眼，默默退开几步。怪异的长剑缓缓从剑鞘中抽出，露出剑身上的锯齿。剑身上带起一抹微光，卫庄的身影也随之而动。长剑在空气中划过一道凛然的痕迹，剑身上泛起的汹涌剑气快速搅动着，似是将周围的空气都卷入其中。剑吟声骤起，一瞬间，由静至动，狂风散开，剑刃向顾楠横斩而去。

【二百二十】

直到长剑逼至顾楠身后，她依旧握着无格站在那儿。剑还未落下，剑风先一步卷过，卷起了白袍的一角。剑刃在席卷的剑气中好似扭曲了一般，以极快的速度掠过两人之间。

顾楠的嘴角勾起一分笑意，握着黑剑的手才动。清明的剑光一闪即逝，没人看清。站在远处的赤练和白凤只觉得眼中那白袍的人影晃动了一下，眼前一明一暗。卫庄的剑停了下来，卷动的剑风也散了开来。他的剑还未触及顾楠，但是一柄细长的剑已经横在了他的肩头，微凉的剑刃带着反光。他没有看清那柄剑是怎么出鞘的，只知道他看清的时候，剑已经放在那里停了下来。一片被剑风卷起的落叶这时才落下，从两人身边飘过，平整地分成了两半。

赤练呆呆地看着院中，嘴巴微张。白凤看着放在卫庄肩上的剑，目光怔怔。他们本身都算得上是好手，在他们眼中，卫庄的剑术已经算世所罕见，这世上能在剑术上胜过他的人应当是屈指可数的。但是那个站在堂前的白袍人只用了一剑，就将卫庄的剑破去，而且是快到他们根本看不清的一剑，没有看到任何剑术就似只是简单地拔剑、出剑一样。鬼谷门人，都是这么可怕的吗？赤练和白凤暗自想，甚至多年后他们遇到了另一个鬼谷门人，也因为这一剑多有阴影。

顾楠轻笑着，看着眼前呆滞的卫庄，无格入鞘，伸手拍了拍他的脸颊："这些年进步了不少，但是要胜过我，你还要再练上几年。"

看着师姐哄小孩的模样，卫庄无奈地收起自己的剑。"嗯。"回想刚才那一剑，再练上几年，能挡下那一剑吗？"外传师兄曾是秦国第一剑客，看来是谣言了。"他可以保证，盖聂也不可能挡下那一剑。

　　"小聂？"顾楠一边将无格挂回自己腰间，一边笑着说道，"他的剑术已经很不错了。"其实她的剑术并不比卫庄和盖聂强上多少，甚至应该说可能比他们还要弱上一些，毕竟这两人也是少见的剑术奇才了。不过奈何她有着一身自己都不知道已经到了何种地步的内息修为，这也使得她的剑快得异常。

　　将无格挂好，顾楠重新抬起头来，看着卫庄问道："你今日来找我是做什么？"

　　"韩国旧爵行叛之事当就在今晚。"说起正事，卫庄的神色严肃起来，虽然在他那张基本没有表情的脸上看不出来什么。

　　"今晚？"顾楠眯起眼睛，"我知道了。"

　　"公子，已经召传各地旧臣，只等公子行事，各地旧臣必将共起响应。"老人站在韩成面前，面色中带着几分激动。身为韩国老臣，他本以为此生都不能再看到韩国复国之日，如今韩国再起之日指日可期，垂老之身，但死无妨矣。韩成站在座前，看着外面的日暮渐落。院中的门客身披衣甲、手握刀柄地跪在那儿，城中的各处地方都布置了人手，只等入夜，夜袭夺城。他似乎还有几分犹豫，小声对身后的老人问道："如此，韩国可成？"

　　"公子，"老人坚定地看着韩成，点了一下头，"韩国可成！"

　　"是了。"点了点头，韩成整理了一下衣冠。

　　"来人。"

　　两旁的侍者捧着衣甲走了上来，将衣甲披挂在韩成身上。一个侍女半跪在韩成面前，双手捧着一柄长剑低着头递上。韩成低下头，看着长剑，这是他王兄的佩剑。伸出手将剑握在手中，他抬起头，看向跪在院中的门客。向前走了几步，身上的衣甲有些沉，他不通武学，走得有些颠簸。已经入夜，院中点起了火把，火光将院中的刀剑照亮，带着森冷的凉意。韩成的手握在剑柄上，随着一声金铁的摩擦声，长剑从剑鞘中抽出，斜举而起。环视一圈，韩成深吸了一口气，沉沉地说道："复我韩国。"

　　"是！"门客站起身来。

　　新郑的夜幕被火焰点起。夜色中响起了纷乱的声音，有脚步声，有衣甲碰撞的声音。火光照亮了半空，隐去了星月的微光。一座楼阁上，赤练站在卫庄身边，看着街道中四起的火光，眼中不知道是什么神情，嘴唇轻启："韩国。"

　　卫庄不作声地看着，看着那火光燃起，等着那火光消去。韩国早已不存于世，而它的尸骸也该被那大浪淘去了。火光未照到的地方，新郑的城门处，一支军停了下来，站在那儿好像无有声息，黑色的甲胄隐在夜色里，面上的面甲勾出凶容，面甲下的一双双黑白分明的瞳眸看着街道的尽头。马蹄声踏来，一个白袍将提着一杆亮银长矛站在黑甲军之前，扯住了缰绳。黑马似乎感觉到了什么，马蹄不安地踏在街道的石板上。

韩成翻身上马，坐在马背上。

老人骑着马走到他身边："公子，各旧臣分别开始攻入兵营、将府和宫廷。公子可取城墙，以清剿城中守备。"

韩成咽了一口唾沫，手中的剑柄有些冷，点了点头："好！"

"走！"

老将骑在马上，身后是一众秦国的士兵，站在街道的各个街口处。看着那火光冲来，他抬起手，长戈落下，指向前方。火光中一众身穿衣甲的门客穿过街道，却见到街道的尽处似乎站着什么。暗处的兵刃反射出寒光，冲在前面的门客想要停下，却已经停不下来。随着老将的手落下，喊杀声起。夜晚的寂静被唐突地撞破，街道间传来呼喊声，火光大盛。人们被那声音吵醒，看到窗上投着的纷乱的人影，还有那偶尔能听到的刀兵相击的声音，没有去看而是锁好了门窗，躲在家中。街边的一间小屋中，一个孩童打开了窗户，好奇地看向外面，可随后就被家中的大人伸手遮住眼睛，拉回了房间，关上了窗户。

【二百二十一】

"秦军！有秦军！"随着一声惊呼在已经乱成一片的街道上响起，身穿韩国衣甲的门客才真的看清，那已经从各个方向包围过来的秦军。他们手中高举着的火把将那些已经高举起来的刀刃照亮，刀刃在他们的眼中落下，溅起一片鲜血。

那些本该毫无防备的秦军，此时却手握染着血的长戈站在他们面前，冷冷地看着他们。

倒在地上的尸体无声地睁着眼睛，血液流淌在地上的细微声音很快被那撞在一起的金鸣声盖过。韩国的门客和秦兵混战在一起，一个身穿官服的人无措地紧拉着身下被惊乱了的马的缰绳。秦国队伍中，老将看向那人，从背后取出一把弓箭。箭矢搭在弦上，随着拉开的声音，带着寒光的箭没入夜里，掠过乱战之间，射入了那人的胸膛。"嗬……"身穿韩国官服的人低头看着射入胸前的箭矢，双手放在身前，想要止住那流出的血却怎么也止不住。他茫然地抬起头，眼前模糊，看着那刀光纷扰，耳边好像又响起了那日韩王坠城，城头上的呼声。

"韩国啊，"那人眼中一热，张开嘴巴，血从嘴中溢出，"真的就，亡了吗？这让我，用何面目，去见先人？"他不知道在问谁，却已经有了答案。再无力气，染血的身体从马上摔了下来。

　　老将收起弓箭，将自己的剑抽出："镇压叛逆！"

　　"是！"

　　今晚的新郑是注定不能平静了。火光乱了，震耳欲聋的杀喊声从各处响起，到处都是交战的声音。韩成骑在马上，呆滞地回过头看向远处。他明白，如果夜袭成功了的话，不会有这么大的声响。他没上过战场，但是他也明白，那是两军交战才会发出的声音。这只能说明一件事，秦军早有准备，而且他们已经被秦军埋伏了。街道的远处传来马蹄和脚步错落的声音，韩成看过去，那是一支约莫千人的黑甲军，领军的是一个身着白衣的将领。在战阵中身着白衣的将领是很少见的。韩成看着站在街前的秦军，脸上的神色却慢慢平静下来，良久笑出了声："呵呵。"

　　站在韩成身边的老臣脸色惨白，身子一晃险些从马上摔下去，险险稳住了身子，看向身边的韩成。他可以死，死在何处都可以，但是韩王宗室不行。

　　他向四周的门口吼道："一队人，护送公子离开！其余人随老夫阻挡秦军！"

　　"是！"一队人正要上前，韩成却抬起了手。

　　"先生，不用了。"韩成骑在马上，神色肃穆。

　　秦国围城的时候，他逃了，王兄坠城而降以保全韩国王室；秦人入关的时候，他也逃了，站在秦人面前躬身作揖、委曲求全；秦人关押不肯降的韩国旧臣的时候，他还是逃了，站在一旁不敢作声。这次，他是真的不想再逃了。

　　"成不必走了。"韩成皱着眉头，握着剑。

　　"公子。"老臣看着韩成的模样，急切地说。

　　"先生！"韩成打断了他，吼道，"成，为韩王宗室！成都走了，叫士兵如何迎战？！"

　　老臣说不出话来，他在韩成身上仿佛看到了当年韩王的影子。韩成将手中的剑举了起来，遥遥对着对面的来人。手中的剑好像在发抖，他很怕，但是依旧举着那把剑喝道："来将通名！"

　　"陷阵军。"那声音淡淡地回答道。

　　"呵，"韩成强笑了一下，"成不通战事，但是你们的名声，成还是听过的。"凶丧之军。"

　　"来吧。"韩成压着声音说道。他身后的门客皆架起了自己的剑。

　　马蹄扬起，那一袭白袍带着黑甲军冲来，韩成笑了。

来吧，乱世。

韩国宗室韩成领旧贵叛乱，随后韩国各地纷纷响应，举旗而起。不过叛乱来得突然，去得也很快，当日韩王宗亲韩成所部就被秦军镇压，韩成身死。秦军像是早有准备，韩国各地的起军接连告破，终究不能成势，被平定了下去。同时从韩成府中搜出一份从召竹简，上面牵连了大半的韩国旧臣。一时间韩国中的遗旧不是流放、逃窜，就是被秦军抓捕。

顾楠坐在桌案前看着刚刚从秦国传来的竹简，其上写着对新郑之民赐分田地的明细。秦曾经的以军功赐田顷的方法已经不再适用，所以顾楠当时上报了一份新的分田赐令，如今却是已经有了结果。

内使腾坐在顾楠身侧问道："郎令，如何了？"

顾楠放下竹简看向身边的老将笑道："已经有了详明，分授田顷，人授耕地一户。所余收归于国顷，后赐功绩之人。"一边说着，她合上了竹简，"另分韩旧爵所遗之粮于民，以过冬收。"

听到此内使腾呵呵地笑了一下，苍老的声音颇为感慨："陛下好大的手笔，如此一赐，就等于将这新郑之地过半赐予韩民了。"

"非是新郑，而是韩国，而后会是这个天下。"顾楠淡笑着说道，从自己身旁拿起一份竹简拟书，准备明日就开始行令。

内使腾看向堂外，外面的天色正好。他已经人近暮年，走过了大半个百年，曾经的世间流离历历在目。他少年时参军入阵的那日，家中之人来送他，交给他一包发黑的蒸饼，那是家里大半的余粮。那般年月当真是不叫人敢想能活下去，路上甚至常能见到饿死的人。

分赐田顷于民户，老将的视线不知道看着何处。"世无流离饥寒，那该是一个什么样子？"他问道。顾楠听到他的声音抬起头，顺着他的目光看去，是秋日里少见的暖阳。

摸着胡子，老将抬起了眉头，额头上的皱纹挤在一起，收回了视线："也不知道老夫还能不能看到了。"

"当是，"顾楠顿了顿，低下头写着拟书，"要不了多久了。"

【二百二十二】

卫庄路过走廊，见一间房中的灯火还亮着，已经是深夜。站在门前，卫庄沉默了一下，抬起手敲响了房门，砰砰。

"进来。"房中传来一个声音，听起来带着一些困倦。随着一声轻响，房门被缓缓推开，卫庄站在门边看向房中。油灯在桌案上亮着，那个穿着白袍的人还没有睡，俯身在桌案上写着什么。顾楠回过头来，却发现站在门边的卫庄眼中露出了些许疑惑的神色。"小庄？"她笑了一下，回过头继续写着手中的书文，"你来做什么？"

卫庄站在那儿，灯火将桌案前的身影投出一个影子，照在地上："师姐，已经很晚了。"

"嗯。"顾楠点了点头应了一声，随后才听出卫庄的意思，抬起头来对他笑道，"我还不需要休息，你先去吧。"

"嗯。"卫庄看了一眼顾楠身前的桌案，那该是一份行令告示。他没有再多说什么，轻轻关上了房门。

第二日，新郑的街头贴出了一份告示。一个走在街上的汉子疑惑地看着远处的街口，一堆人聚在那里，他咬了一口手中的干粮，对着一旁摊子上的老板问道："喂，店家，那是怎么了？"汉子一边说着，一边指了指远处的人群。

老板放下手中的活计，抬起头看向远处，了然地说道："你还不知道呢？"

"知道什么？"汉子嚼着干粮问道。

"前几日的晚上，"老板低着头干活，说着，"城里不是出事儿了吗？"

"出事？"汉子回想了一下，想起几天前的那个夜晚，"那夜确是感觉像出了什么大事，但是具体的我也不知道。"

"你怎么连这个都不知道？"老板笑着打量他一眼，看了看四周，见没有什么人，凑到汉子面前小声说道，"我们韩国那些留下来的贵族老爷说是要复国，行叛了。"

"行叛！"汉子的眼睛一睁，差点喊出来。

老板连忙捂住他的嘴巴，瞪了他一眼："你疯了？这事儿你喊这么大声，你不要命，我还要呢！"说着收回了手。

"欸，那后来怎么样了？"汉子来了兴致，继续问道。

"怎么样了？"老板叹了口气，摇了摇头，"还能怎么样，全被那些秦人杀了。听说那带头的公子也死得壮烈，冲在前头，被乱刀砍死的。"

"是吗？"汉子也配合地面露可怜之色叹道，但是随即又想起什么，看着那里的人群说道，"那是怎么回事？你还没说呢。"

"那啊。"老板拍了拍手上的灰尘，双手搭在摊板上。

"听闻是秦人收缴了那些死掉了的旧贵的田地和粮食，要分予我们。"

"分予我们？"汉子叫道。

"你怎么老是大呼小叫的？吓走了我的客人，我和你没完。"老板无奈地说道，"是分予我们。在户上的，每人一户田地还有些粮食。"

"每人一户田地，"咽了咽口水，汉子舔了一下嘴巴，"可是真的？"

要知道有了这户田和粮食，这个冬天他一家就都不愁了。

"是真的又怎么了？"老板瞪着眼睛骂道。

"秦人占了我们韩国，杀了我们家里的哥弟，再把我们的地分予我们，我们还要感激涕零不成？"

汉子被说得一愣，看向远处的告示，他的兄弟也是前些年在和秦人打仗的时候死的。

他眼睛一红，拍了一下摊板骂道："娘的，真不是个事儿！"

在之后的一个月余，新郑的田户分发完毕。一户人家里，一个年轻人笑着将手中的豆袋放在地上，然后坐在小院的篱笆中，看着自己手中的一张田契。一个老汉坐在院中修理着手中的农具，接口处有些松了，但是垫些东西还能再用上一段时日。

看一眼从刚进门就一直坐在那儿傻笑的年轻人，老汉问道："你这是怎么了？"

年轻人回过头来，举了一下手中的田契："我今日去城里领来了咱家分下来的田契，一户田。"

"这事，"老汉淡淡地点了点头，"就拿着。"

年轻人看着老汉的反应愣了一下："爹，你不高兴？"

老汉抬头看了他一眼，继续低头摆弄农具："还成，这个冬天，给孙儿多吃些。"

"欸，晓得的。"年轻人笑着拿着手中的田契，"这日子终是有了盼头，早知道是这样，这地界就是叫秦人来管也没什么。"

这话被院中的老汉听了去，老汉的手停了下来，站起身走到年轻人身后："你刚才说什么？"

年轻人回过头来，却看到老人红着眼睛盯着自己："爹，你怎么了？"

"你刚才说什么？"

"我，我说，这地界叫秦人来管……"

啪，年轻人还没说完，老汉已经一手打在年轻人的脸上，红着脸怒骂道："不肖子！"

"爹，你为何打我？"

老汉拉着年轻人的手："你给我来！"说着，拖着年轻人向屋里走去。

后屋，年轻人被老汉扔在地上。

"跪下。"

年轻人看着身前的那些木牌，闭上了嘴巴，他知道自己说了不能说的话。

老汉指着身前的牌位说道："你把你刚才的话在这里再说说？你是忘记你叔伯，还有那两个哥哥是怎么死的了？"一边说着，一边拿起一旁的棍子打在年轻人的背上。

年轻人闷声不吭地受着棍子，直到老人停下，才轻声说道："爹，我错了。"

老人喘着气，扔下棍子："要不是秦国，还有那些地方，我们会过得这般？"说着拉开自己的领口，上面的一条刀疤有些狰狞，"我这刀疤也是他们砍的！要不是我命大，还会有你？"

"爹，我错了。"

老人不再骂了，只是深深地呼出一口气，背着手站在那些牌位面前，手有些颤抖："以后别再说这些枉对祖宗的话了。"

阳光带着一些暖意，街道上传来沉闷的脚步声。一支黑甲军顺着街道向城门外走去。身上的铠甲偶尔碰撞发出冷肃的声音，一个身穿白袍的将领骑着黑马走在黑甲军的前面。一个老将带着一队亲兵走在一旁，还有一个白发男子带着一男一女跟在后面。平民沉默地站在街道两旁，没人出声，只是把街道让开。这是那支平叛的秦军，有几个人是见过的。军伍走在路上，冰冷的面甲看得人心里发寒。两旁的人中有些人低着头，有些人的眼神则瞥向一边。顾楠看向两旁，没作声，继续向前走着。一个汉子站在一旁看着军队，捏着手，突然深吸一口气，捡起地上的一块石头，向走在前面的人奋力砸去，大喊道："秦狗！"石头砸在白袍人的衣甲上，发出一声轻响，队伍慢慢停了下来。顾楠看向弹落在一旁的石头，眼神垂下。面甲下看不到她的神情，只知道她沉默了一下，最后只是回头说道："继续走。"

见那汉子无事，人群中好像被点燃了什么，开始有人一起骂道："秦狗。"又有越来越多的石子或是别的砸向中间那支军，人们叫骂着。军队中，陷阵军士低着头，默不作声地任由那些石子、烂泥砸在身上，手中紧握着腰间的剑柄。面甲垂着，握着剑的手微微发抖。有几人似乎实在忍不住，想要冲出去，却被自己身边的人死死拉住。

赤练和白凤神色复杂地看着那个走在最前面的白袍人，他们被卫庄派遣暗中负责警备。

这一月余，他们每日每夜都能看到那人在处理分发田顷的事务，几乎没有停下来过。换来的只是这些吗？内使腾看着四周的平民叹了口气，他知道这时若是派人制止，只会让民愤更盛。如今秦国要安抚六国之民，他能做的就是什么都不做。

身旁传来马蹄声，顾楠侧过头去，却看到卫庄骑着马走在她的身边，抬起衣袖，不作声地挡下那些石块和杂物，看着前路。在一片叫骂声中，在一片乱石中，军队向城外走去。

【二百二十三】

军队走出城门，一块石头砸在了卫庄的背上。他回头看去，那是一个孩子，也一起跟着人群叫骂。卫庄看向身边，那个白袍人依旧只看向前方的路，好像没看到身边的乱石，也没有听到谩骂声一般，骑在马上走着，显得有些萧然。她所求的太平，还有多远呢？韩人对秦国多是家仇，而非国恨。他们没有那故国情怀，但是他们的亲人死在了战场上，所以他们恨，这种恨不是用田顷和粮食就可以消磨去的。如果在这时候以威压的方式平息这场骚乱，只会让两者的关系更加不可调和。顾楠明白，所以她什么都不能做，否则分发田顷以安抚六国之民之事就没有意义了。

谩骂声在那支军队离开后才缓缓平息下来。顾楠回头看了一眼身后的陷阵军，他们都低着头。"怎么了，不甘心？"顾楠笑着平静地问道。

军队走着，一个人回答道："我们只是替将军不值。"

顾楠一怔，抬了一下眉毛回过头："没什么好不值的。太平之世，当就是不需要我这般的人了。"

她身上的罪债何其多，只是几句谩骂又如何？她像是自嘲一般轻笑着。呵，我这样的人死后，应该是地狱都容不得吧。

回到咸阳的时候是那日离开咸阳的数月之后了，已经入冬，衣甲冻得发冷，肩甲也因为湿冷凝上了一层白霜。渭水上的船影伶仃，偶尔能见到几个樵夫挑着担子向城中赶去，这几日天冷，柴火总能卖个好些的价钱。咸阳城中依旧穿梭着各种各样的言语，倒是有一件事让顾楠留意了，听闻咸阳城前段时间来了一帮自称为阴阳家的人。因为秦皇亲召他们入宫，所以这段时间这个名字传得很是火热。

顾楠走在街上，听着街边传来的言语，眉头微皱。阴阳家。通传了回军令，陷阵军回了军营。顾楠牵着马走过宫门，却见到李斯远远地站在那里，她笑着走了上去："没想到是丞相亲自相迎啊。"

"呵呵，"李斯笑着行了个礼，"斯迎将军平叛归来。"说着也像松了口气，"既然将军回来了，那新郑之事，应当是妥善了吧？"

"已经分发完全了，"顾楠说道，"韩国各地想来也会陆续有个结果。"

"如此便好。"李斯的手放在身前，点了点头，"该着手剩余的五国之地了。"

"不过，"顾楠又说道，语气严肃了些，"从这次新郑来看，六国之民对秦国的旧怨非是一时可去的。要想让他们的旧怨淡去，该是一个长年之计了。"

李斯露出了一分无奈的神色。确实，秦国攻侵六国，其民战死流离无数，如今想要将那六国之民融为秦民又谈何容易呢？

"对了，"顾楠牵着马绳向宫内走去，突然想起什么，看向李斯问道，"书生，我有一件事正想问你。"

"哦，何事？"李斯随在顾楠身边问道。

"我入城之时听闻最近朝堂上来了一个阴阳家，可是属实？"

李斯的神色一顿，微微点了一下头："是，阴阳家确实是受陛下召见入宫的。"

"这阴阳家，是为何？"隐约地，顾楠有种不太好的感觉。

李斯苦笑了一下说道："听闻此家本是从道家脱离的一脉分支，不过如今已自成一脉，研究阴阳五行，天人极限。而陛下召他们进宫，是，求问长生之道。"

顾楠的神色一怔，半响，才应道："长生之道。"她本以为嬴政不会再走上这条路。终究，他还是起了长生的心念吗？

李斯知道顾楠在担心什么，说道："陛下想必有把握，你我不必为此多想。"

蕲年宫前，一个宦官在顾楠面前躬身接过顾楠手中的无格："将军，陛下有请。"

顾楠对他点了点头，向宫殿走去。嬴政坐在殿中看到顾楠走了进来，脸上带着一些笑意，看得出他此时的心情不错："顾先生，你回来了。"

顾楠看着嬴政低头拜道："拜见陛下。"

"嗯。"嬴政对身边的侍者摆了摆手，两旁的侍者将一张坐榻放在顾楠面前。

"先生请坐。"

"谢陛下。"顾楠行礼入座。

嬴政才问道："韩国之事不知如何了？"

"回陛下，"顾楠执礼，"新郑之中旧爵已经平定，田顷分发于民，不过民声旧怨，尚难平去。"

"旧怨难平吗？"嬴政的眉头微皱。民声旧怨，此事确实不能从急，嬴政的眉头又松开，"此次还是有劳先生了。"他看向顾楠，却见顾楠低着头，像是在想着什么，疑惑地问道，"顾先生是有所虑吗？"

顾楠抬起头，顿了一下，说道："陛下，臣有一个问题想问。"

"问题？"嬴政一愣，随后笑着说道，"先生请说。"

"陛下，"顾楠的声音有些轻，但还是问道，"真的想要长生吗？"

殿中安静了数息的时间。嬴政看着顾楠，脸上的笑意带着几分无奈："是，寡人想要长生。"说完，他继续说道，"如此，寡人也有一个问题想要问先生。先生，这个世间，真的没有长生吗？"

顾楠的眼睛垂下，视线落在殿中的地上："世间，又何来的长生呢？"

"那，先生呢？"嬴政的声音落下，他看着顾楠，眼神落在顾楠身上。顾楠看着嬴政的目光，心中莫名地慌了一下。"先生，可已长生了？"

大殿上再没有声音，顾楠不知道该如何回答，很久才说道："我不知道。"

嬴政从座上站起，慢慢走到顾楠面前，在她的目光中，伸出手放在了顾楠的面甲上。顾楠想要退后，却被嬴政拉住了手。握着那只有些微凉的手，嬴政摘下了顾楠的面甲，露出了下面的面容——一张从未老去，如同初见时的面容。未变的眉目躲闪着他的视线。

"先生，不是从未老去吗？"嬴政轻笑着看着身前的人，声音却有些苦涩，"先生为什么要骗我呢？"

"臣，先行告退。"顾楠慌乱地将手从嬴政的手里抽了出来，拿回面甲向殿外走去。

嬴政站在那儿没有说什么，只是看着白袍人离开。他放下手，对身边的一个侍者问道："你可知道，寡人为什么想要长生？"

一旁的侍者已是满头冷汗，不敢抬头，结巴着说道："世人，皆想长生。"

"是啊，世人皆想长生。"嬴政看着那个方向，直到再也看不到那个人。"其实寡人也不知道为什么。"

【二百二十四】

夜间的武安君府没有半点声音，确实不负外面人传的鬼宅的名声，只有瑟瑟的风声。老树在风里微微摇摆着，使得地上的影子也跟着摇晃。午间带黑哥在外散了一圈步，回来的时候它就休息了。顾楠一个人坐在房前，怀中抱着无格，看着庭中如水的月色，不知道在想什么。冬夜冷风入骨，怀中无格的剑柄上也带着淡淡的凉意。顾楠伸手放在脸上，其实她也不知道自己到底是不是真的长生，不过她确实未曾老去。握住了无格的剑柄，剑中发出一阵摩擦的声音，如同一抹薄光的剑身被抽了出来。她将剑横于身前，将脸上的面甲摘了下来，放在身边。剑身借着暗淡的月光映射出了她的面孔。

顾楠将剑身慢慢收起，嚓，随着一声轻响，无格重新回到鞘中。顾楠坐在房前合上眼睛。有些清冷的夜晚慢慢过去，天边露出第一道日光，随后微暖的暖阳将天色照亮，也将城中的街道照亮。

嬴政站在武安君府门前，背着手，面色有些犹豫。他也明白自己昨日有些唐突了，但是这时再上门道歉合适吗？他背着手在门前来回走了一圈，最后还是伸出手，放在门上准备敲门。谁知道只是一推，大门就缓缓打开了。嬴政站在门前愣了半晌，看了看四下，向院中走去。院中的落叶被风吹得有些散乱，嬴政慢步穿过堂间，却见到后院里，顾楠正坐在房前，手中抱着她的那把黑剑，低着头看起来像睡着了。嬴政走进院中看着坐在那儿的顾楠，无奈地笑了一下，怎么坐在那儿就睡着了？他看向顾楠抱在怀里的剑，除了她之外，他从没见过整日只与剑、马、衣甲相伴的女子。她的面甲放在一边，睡着的模样没有平日身着衣甲时那般英气，而是多了几分静美。沙，向前迈了一步，脚踩在一片落叶上，发出轻微的声响。

"谁？"一个清冷的声音响起。像是被什么吹开，地上的落叶一卷，随后嬴政只感觉自己如坠冰窟一般，手脚一寒，如同针芒在背。坐在那儿的人已经醒了，手放在怀中的剑柄上，黑色的细剑抽出一截，眼睛微微睁开，看向站在院中的嬴政。但等她看清院中的人后，杀意一瞬间散了个干净，站起身拜道："拜见陛下。"

嬴政站在院中眨了眨眼睛，苦笑了一下，除了她之外，他是再没见过有这般杀气的女子。"先生无须拜礼，此番，我却是为了昨日的事来道歉的。"

顾楠抬起头看向院中的嬴政："陛下是如何进来的？"

嬴政侧了一下头说道："先生未关门，我还以为是进了什么贼人。"只不过语气里带着一些尴尬，是不是真是这样就未可知了。

"如此。"顾楠回想了一下，昨夜她心情烦乱，好像确实忘记关门了。

"顾先生，"嬴政呼了一口气，躬身说道，"昨日政多有逾越，今日登门至此，还请先生见谅。"

顾楠淡笑一下，无奈地摇了摇头："无事，当是臣下有欺瞒之罪才是。"

"先生也是不希望我有所执念而已。"嬴政说完又看向顾楠，"先生还未用饭吧，不若一起去街上吃些如何？"

"不用了，我做些便是。"顾楠叹了口气说道。

世人皆有长生之念，她也不可能强求嬴政不去想，事已至此，只能希望他真的能有所把握吧。顾楠站起身，简单洗漱一下，走向后厨准备做些简单的吃食。早年她就有自己做些后世的吃食满足一下口腹之欲的想法，这些年这方面一直有进步，至少是能做出些能吃的东西了。嬴政坐在院中，看着身后的老树。这棵树长在这里很久了，也不知道几岁了。

等到顾楠从后厨出来的时候，手里端着一个食盘，食盘上摆着几份简单的吃食。顾楠将食盘摆在桌案上，嬴政看食盘里的几份饭菜模样还是不错的，就笑着说道："倒是从未知道先生还会做菜，确实要好好尝尝。"说着拿起一份粟米汤，又夹起一筷子菜送进嘴里。菜入口中尝了一下，随后动作僵在那里。菜是个什么味道他说不明白，但应该是常人不能接受的味道。放入口中的第一反应是双眼一热，该是被那味道激的。

"如何？"顾楠有些期待地问道。

"嗯！"嬴政强行将嘴里的东西咽了下去，咳嗽一声，喝了一口米汤，万幸的是那米汤是正常的味道。吃完，他点了点头："是很好吃的。"

顾楠轻笑了一下："能入嘴就好。"说着，在嬴政惊讶的眼神中平静地吃着桌案上的饭菜。

她已经吃习惯了自己做的东西。

阳光正好，嬴政坐在顾楠的对面喝着米汤，看着身前的人吃饭。暖阳照得人有些暖意，让人不免有些慵懒，也好似让时间都慢了些。那光束穿过老树的叶间，正好照在那人的侧脸上，浅浅的暖色似乎照暖了那一直以来清寡的面庞，让人不自觉地看得有些发呆。

嬴政忽然微微一笑："我与先生束约三章如何？"

顾楠一愣，将嘴里的饭菜咽了下去："束约三章？"

"是。"嬴政笑了一下，"寡人不以求长生之事劳秦国之民，误秦国政务，伤秦国财政。"

顾楠笑了，脸上露出一丝欣然，点了点头："好啊，那我呢？"

嬴政看着顾楠笑的模样，沉默一下，轻笑着说道："先生……

"若是我求得了长生，先生再答应寡人一件事如何？"

看着嬴政的模样，顾楠笑道："好啊。"

"那先生，一言为定。"

"一言为定。"

【二百二十五】

　　浅草间的一只不知名的冬虫鸣叫了几声，随后一阵清幽的琴音拂过草间，该是惊动了它，那冬虫颤动了一下背上的翅膀，振翅跳到一旁，在草丛间隐没了几下，最后消失在一片摇晃的草叶中。宫墙里的亭中，一个身穿灰色长袍的人坐在那儿，长琴放在腿上，轻合着眼睛，两手在琴弦上拂动。随着琴弦拨动，清寡的琴声响起。琴声很舒缓，像在倾诉着什么一样，也像一个人在冬日里的细语呢喃。

　　亭外，一个身穿白甲的人躺在小院中的草地上，双手抱在脑后，两眼顺着墙垣，悠然地看向空中的悠悠行云。一只手伸到浅草间，摘了一根短草。手放到嘴边，草叶被叼在嘴中，草尖随着浅凉的风微微颤动着。琴声停下，一片行云已经飘远看不清楚。躺在地上的白袍人嘴里叼着草叶坐了起来。

　　"将军今日的心情很好？"坐在亭里的人闭着眼睛，微微侧过耳朵，脸上带着浅笑。

　　"你怎么知道？"顾楠看向亭中的琴师，轻叼着嘴中的草叶说道。

　　"因为将军今日听琴的时候笑了两声，"旷修的手按在琴弦上，感觉着琴弦的微颤，"从前将军听琴的时候是很少笑的。"

　　"嗯？"顾楠抬起嘴角，"我很少笑吗？"

　　"将军在听琴的时候是很少笑的。"旷修说着，又侧耳细听了一阵，温声一笑，"呵，将军又笑了。"

　　"有时候我真怀疑你是不是真的瞎了。"顾楠看了他一眼，视线重新看向半空。小院中安静下来，她像是想起什么，说道："当时你和我说，你或许会告诉我，你来这宫中是为了什么。怎么样，准备告诉我了吗？"

　　旷修的眼睛睁开，瞳孔发涩，没有焦距，也看不出落在哪里。他过了半晌才说道："还是不说了。修，届时，当归则归。"

　　"也好。"顾楠点了一下头。旷修不是平常人，他有内息，她很早就知道。"宫中不是你这般人该待的地方，当归则归也好。"

　　"将军呢？"旷修低下头，手捧着长琴，将长琴放在桌案上，"将军其实也不像这宫中之人。将军，不承想过归去吗？"

　　顾楠看着半空中的天光透过舒卷的层云，伸出手遮在眼前，光穿过指间落在眼里，她眯着眼睛："我不知道，也许有一天会吧。"话音落下，她看向旷修，"琴师，再弹一曲，或许，久不能听到了。"

"好。"旷修笑道,指尖在琴弦上轻拢。

当……

琴音渺渺。

    城中的街道上本该车水马龙,但若是偏僻的地方就安静得异常。就像这条街道,偶尔会见到几个路人从窗前走过,道路上人影稀疏。酒馆的角落里,破旧的留声机里传来的歌声颇有年代感。留声机虽然有些旧了,但是传出的歌声依旧能让人有种静下心来的感觉。

    酒馆里只有两个人。一个是站在吧台里的老婆婆,正抽着手里的香烟,女士香烟的味道,是一点点烟草味夹杂着一些闻不清楚的清香。烟雾虽然飘散在酒馆里,但也不算很难闻。第二个人是坐在窗边的服务生。那是一个很容易让人留下深刻印象的少女,有着一头干净的中短碎发,长相说不清楚是俊秀还是柔媚,像是把两种感觉糅合在了一起。此时的她正静静地坐在桌前,手中拿着一杯温茶,头轻靠在窗户上,看着远处的街景。窗户外的街道上,红灯变成了绿灯,斑马线上行人的脚步匆匆穿过街道,很少有人愿意在这条街道上久留。服务生看着街道发呆,也不知道在想些什么。不干活的时候她通常都是这样,这一点这家店的客人或是老板老婆婆都已经习惯了。只不过这样的少女带着那副木头一般的表情的时候,总会让人莫名地觉得有些惋惜。酒馆中的两人都没有讲话,大概过了几分钟的时间,站在吧台里的老婆婆才扭头看向靠在窗边的服务生。

    "喂,你有家吗?"老婆婆的声音有些沙哑,还带着一点尖锐。服务生回过头却没有回话,老婆婆继续说道:"如果有,快要过年了,我给你放个年假,你也好回家看看。"

    服务生好像才反应过来那老婆婆是在和她说话,愣了一下,摇了摇头:"我没有家。"

    酒馆里难得的说话声又静默下去,老婆婆抽着她的烟,时不时在吧台上弹几下烟灰。

    服务生握着手里的茶杯,继续看着街道上的红绿灯从红色变成绿色,再从绿色变成红色。

    "那,过年的时候就留在这里吧,陪我这个老婆子吃年夜饭,你不介意吧?"站在吧台里的老婆婆说道。服务生一怔,看向那老婆婆,半晌,笑了一下:"谢谢。"

    老婆婆撇了一下嘴巴:"谢什么,说谢谢还不如好好干活,别总是给我摆着那副死人脸，招待客人的时候多笑笑。"说着看着服务生的样子，"你笑起来还是有些好看的，说不定能多招揽一些客人。"

"嗯。"

当啷，门框上的风铃响起，走进来一男一女两个年轻人，身后各背着一个背包。两人的年纪都是二十岁左右，看模样应该还是学生。那男生倒是店里的常客，经常带着一本漫画书来店里吃炒饭，记得是附近大学的学生，学的是历史专业。今天倒是难得带一个女生来，而不是他的漫画书。"这家店还真的很安静啊。"女生是第一次来，打量着店里的陈设笑着说道。"嗯。"男生的语气有些生疏，看样子和女生还不是很熟悉，"我经常来这里。"

两人走进店中，站在吧台里的老婆婆看了一眼顾楠："别休息了，起来招待客人。"

"嗯，好。"服务生点了点头，站了起来。

【二百二十六】

"婆婆，您也在啊。"男生看到站在吧台里的老婆婆，说完，看了一眼她手指夹着的香烟，笑着说道，"您还是少抽些烟吧。"

"毛头小子。"老婆婆的眉毛一挑，又抽了一口烟，"你还不懂老人身上的重担之前就不要乱讲话。"

"呵呵。"男生讪笑了一下。这间酒馆的老婆婆还是像以前一样，总是讲些让人听不懂的话。男生和女生在吧台前坐了下来。

"需要些什么？"淡淡的声音在一旁问道。男生回过头，看到走过来的服务生，微微一笑："楠姐。"随后又指了指身边的女生说道，"这是我同学。"

坐在他旁边的女生讪讪地将视线从那个有些吓人的老婆婆身上移开，也落在了这个服务生身上，眼中露出了几分惊叹。

"嗯。"服务生应了一声算是打过招呼，继续问道，"需要些什么？"

男生伸出一根手指说道："一份炒饭。"

女生看着服务生，不自觉地有些紧张，也说道："我也要一份炒饭。"

"嗯。"服务生点了点头，卷起袖子，向后厨走去。

女生小心地凑到一旁的男生旁边说道："刚才的服务生好帅气啊。"

"嗯，"男生也点头肯定道，"确实是一个很帅气的女生。"但是很快他又想起了今天要做的正事，提醒道，"我们还是看一下教授留下来的课题吧。"

"对对对。"女生也反应过来，连连点头，放下背包，从自己的包里拿出几张照片。

"喏，这就是教授留下来的课题。"女生说着，将照片递到男生面前。

男生接过照片，扶了一下眼镜，看着照片上的东西。他们是附近大学考古系的学生，最近他们的教授参与了一个渭河边缘古代遗址的发掘，目前还没有对外公开消息。虽然不清楚是一个什么样的古代遗迹，但是教授在发掘的过程中，拍摄了其中一件保存还算完好而且非常具有代表性的物品，把几张照片留给他们作为课题，他们需要根据这些照片判断出这件物品的年代、所属、出自何处等，越详细越好。两人一组，他们两个是被分到一组的。而对这次课题做得最好的一组，教授就会带他们一起参与遗址的发掘工作。可以说这是一次非常难得的机会，如果抓住的话，对自己的学业和日后发展都是极有帮助的。男生看着手中的照片皱起了眉头。照片上是一杆断裂的长矛，从长矛上的锈迹来看，应当是铁质的，全长应当是两米左右。更让人惊讶的是，整杆长矛似乎全部是由铁打造的，上面的纹路已经因为锈迹看得不是很清楚了，从轮廓上看有些难以分清是哪个朝代的纹样。

"两米长的一体铁器，能够有这样的锻造工艺，应该可以排除唐之前的朝代。"

"对，这个我也想到了。"女生说着，指着照片上的那杆长矛，"如果全部由铁制作的话，这样的长矛不可能是制式装备，应该是将领所用。我已经查过了，历史上多有人善用铁制枪矛，其中就有一条记载：魁杰沈勇，多力善战，所用枪矢，皆以纯铁锻就，枪重三十余斤，摧锋突阵，率以此胜。"说完，女生做出一副睿智的模样继续说道，"根据我的推断，既然教授让我们只根据这几张照片做出一定的判断，那这杆长矛很可能在历史上是有记载的，或者有迹可循，否则的话，他也不会说要说明所属，你说对不对？"

这是根据照片看出来的吗？男生擦了一下额头上的汗，但是仔细想想好像也不是不可能："也许吧……"

"二位的炒饭。"随着一个声音响起，两人转过头，却看到服务生已经端着两个盘子从后厨走了出来。盘子上装着两份金黄的炒饭，虽然很简单，但是闻上去非常诱人。

咕嘟，女生咽了一口口水。

男生则笑着说道："谢谢楠姐。"

"嗯。"服务生将两份炒饭推到两人面前。

女生留意到服务生的右手，那上面有一道贯穿手掌的刀疤，显得有些狰狞，眼里露出了几分可惜。男生接过盘子，拿起上面的勺子吃了一口，脸上露出一副享受的模样，等到咽下去，才对顾楠说道："楠姐的手艺越来越好了。"

"嗯，谢谢。"服务生拿起两个杯子走到吧台里倒水。

"哼，她也就只会炒饭了。"吧台里的老婆婆淡淡地说道。

女生打量着自己面前的炒饭，刚才还没有察觉，现在才想起来，酒馆里居然还能点炒饭这种东西？想着，但还是拿起盘子上的勺子尝了一口，眼神一呆："嗯，好好吃。"一边含糊地说着，一边把落在嘴巴外的饭粒舔回嘴里嚼着。

"二位的水。"服务生倒好水，将水杯放在两人身边，目光落在了两人中间的照片上。看到照片上那杆断裂的长矛，她的目光呆了呆，有些出神地看着。男生似乎注意到了服务生的视线，喝了一口水笑着说道："这是我们的课题，要分析这杆长矛，如果完成得好，我们就能去现场研究了。楠姐觉得，这杆长矛应该是什么年代的？"

本是男生随口的一问，服务生顿了一下，却开口说道："战国末年到秦朝末年。"

男生和女生都是一愣，随后相视一笑。难得有展现自己专业的机会，男生咳嗽了一声，对顾楠认真解释道："楠姐，在战国末年和秦时，虽然某些地区已经有了铁器锻造的能力，但铁器大多数还是用于农具的制作，直到汉代，铁制武器才开始全面取代青铜兵器。而且以那个年代的制作能力，是不可能打造出两米长的纯铁长矛的。"说完，正期待着能看到服务生惊讶和仰慕的目光，结果服务生只是淡淡地点了一下头："我知道，但是这杆长矛不是一体的，而是拼接的。"

【二百二十七】

"拼接的？"男生一愣，有些惊讶地看向照片。一旁的女生也凑了过来，看着照片上的那杆长矛。他们之前都只注意到长矛是从中断裂的，所以就自然地觉得这杆长矛是一体的。"这里。"服务生指着一张正面照片上的一处说道。两人看着她手指的地方，长矛的矛头下，在两圈纹路之间，确实有一道若隐若现的缝隙。虽然看得不是非常清楚，但是对比过另外几张照片后，可以确定确实是有一条缝隙在那里。"还有这里。"说着，服务生又指着长矛的手柄处，那里也有一道裂缝。"这……"男生抓了抓头发，心里有些懊丧，好不容易排除的时间范围这下也被推翻了。服务生看着照片上的长矛，本是一直很平静的眼神中带上了些说不清楚的神色，那种眼神好像是怀念，也好像是一种静默的回忆。过了一段时间，服务生的眼睛才从照片上移开，问道："这是你们的课题？"

"对。"女生不是很熟悉服务生，看着她有些小心地问道，"那个，你为什么觉得这杆长矛是战国末期到秦国末期的？"

服务生看了女生一眼，又看向那杆长矛上的纹路说道："这里的铭文用的是战国时期接近三晋的文字，三晋战国中晚期兵器刻辞往往在开首纪年后依次记三级职名、人名。韩器中所见的国都与地方的左库、右库，国都之至库、武库，是以表明铸造之处。这里，冶尹或冶名后有'敨（造）'字者为韩器。"照片上的铭文模糊，有些地方甚至看不清，服务生却说得非常详细，就好像她对这些铭文非常熟悉一般，一边说着，一边准确地指出她所说的铭文的地方。"根据铭文的记载，上面所写的铭文记录，此器是韩国至库所制，物主本是一韩国公子，名……看不清楚了。"照片上的铭文也只有这么一段，后面就再也看不清楚了。服务生的声音停下，她或许知道这杆矛的主人是谁，却没有再说了。

　　男生坐在一旁听着服务生的话，握着手机搜索着什么，半晌，惊喜地说道："是了，确实是。"他查阅了战国时期韩国文字和兵器铭文的资料，确实和服务生说的相差不大。只是一眼就能看出这么多，好厉害，一旁女生的眼中带着一些惊叹。他们虽然是考古系的学生，但是主研的不是古文字，第一时间并不能认出这些文字的出处。但是对方一眼就看出了这些文字的年代和出处，更直接说明了文字的内容。

　　男生有些疑惑地看着服务生，但随后又看向照片继续说道："既然是一韩国公子的器物，在渭水河畔，难道这处旧址是一处古战场不成？不过为什么韩国的器物会流落到渭水河畔？"位置和距离上说不通，男生的眉头又皱了起来。

　　"对，如果这么说的话，应该是战国末年的遗留物才对，为什么说是秦国末年？"女生也在一旁不解地问道。

　　服务生只是一愣，随后喃喃着说道："这本是一个秦国战将之物，只是在一场战事中折断了而已，那场战事在秦国末年。"

　　"秦国末年的战事。"男生拿着照片自言自语，看向服务生，"有记载吗？"

　　"也许有吧。"服务生有些恍惚，随后似乎反应过来，对着两人笑了一下，"只是我乱说的而已。"这还是两人第一次看到服务生的那张脸上露出笑容，看得都呆了。

　　女生红着脸缩了一下脖子，确实是好帅气啊……

　　男生也咳嗽了一声把视线移开："咳，不，楠姐说的非常有根据，真的已经帮到很多了，非常感谢。"

　　只是不知道为什么，服务生脸上的淡笑显得有些疲倦。笑容退去，服务生摇了摇头："没什么。"

　　等到两人吃完，打过招呼离开，看样子是准备再去查阅一些资料验证服务生的话。顾楠收起二人的盘子清洗着。那杆长矛是什么时候断的呢？想来是很久之前了。

"过年的时候你想吃什么?"老婆婆夹着烟突然对服务生问道。

"我想吃火锅。"

"你别得寸进尺啊,这年头火锅很贵的。"

男生带着女生走出酒馆,回头看了一眼,又看了看手里的照片。

渭河之畔,几个研究人员围站在一杆折断的长矛旁边,那长矛的表面多有锈迹,但是依旧能看到从前的一些光泽。还有一小部分依旧埋在土中,随着刷子轻轻刷开泥土,风吹过上面的细沙,露出了依旧锐利的矛头,反射出寒光。

喀喀喀,随着一阵虚弱的咳嗽声,一只脚踩在渭水河畔松软的泥土上。那是一个身穿黑灰色长袍的人,他的模样看起来不太好。衣衫上破开了数道口子,衣襟被染成黑红色,鲜血从衣服中渗出,滴落在地,然后染红了路旁的一株短草。血滴顺着草叶淌下,浸入泥土里。他怀中抱着一把长琴,长琴的琴弦崩断数根,微红的琴木沾染了血迹,显出几分斑驳。

秦皇宫守备森严,想要逃出来确实很难。他听到了一阵阵浪涛的声音,侧过耳朵,双眼无神地看向一旁。他的面前一条长河向东流去,带着时断时续的浪声,横在他的前路上。男人抱着琴站在长河之畔,脸上露出了一个笑容,却是不再走了,盘膝坐在河畔,将长琴放在腿上。双手按在琴弦上,似在弹奏,但是琴弦已经断去,琴声断续低鸣,根本连不成一首琴曲。但是男人的脸上笑意依旧,一曲奏完。夜色中,有人从远处追来,手中皆握着刀剑。弹琴的男人抬起头,轻声问道:"若是世间本就没有流离纷乱,你我会是如何的命运?"若非乱世流离,该是人人都无有所愁所忧,人生亦当无苦吧?他入秦皇宫本是为了刺秦,如今想来却是何其可笑。没有人回答他,本就旁无一人,但是他已经有了答案。他已经见尽了乱世纷扰,又如何将这世间重新送入乱世之中?抱着长琴站了起来,什么都看不见的双眼前露出点点微光。身子向前倾去,落入那滔滔长河之中。

河中波涛流去,带着那血色起没沉浮。

"喝酒吗?"

"不喝。"

"那我喝酒,你弹琴如何?"

"呵呵,可以。"

"醉酒当歌!哈哈哈!"

琴声不再，只剩下涛声依旧。

【二百二十八】

平定韩国旧爵叛乱之后数年，秦国逐一清缴六国旧爵故地分赐于百姓，先后得以安定赵、魏之民。国中少徭役兵役，万民生息，得善民生数载。削弱了六国旧爵的势力，废除分封，立三十六郡县。统一天下行文、货币，修建车轨通达全国。虽各地尚有旧民余怨，但是以一国而治，各地之民的余怨也会随着时间淡去直到不存。春秋战国以来，各个诸侯国各自为政，人伦、风俗、文字、语言皆有差异和不同，虽然本初同源，但是在各个统治下的数百年，几乎可以说已经分裂成了各个不同的社会，所以只有等到将六国之民完全融为秦民，秦国才算真正的统一。始皇四年，百越之地攻侵楚旧地。始皇命王翦领兵甲五十万攻取百越，而后三征百越之地，历时五年，于始皇九年，使百越受降为属，其君受任下吏，楚旧地不再受扰。

但是五年的征伐也使得刚有一些起色的民生再次遭到打击，分赐六国之地的步伐也停了下来。秦地三晋之民尚好，楚、燕、齐三国遗民多有疾苦，常起怨声。

秦国郊外的田间，两个人走在乡野的小路上，其中一个身穿普通的褐色袍子，看上去约莫是中年的模样，虽然身材挺拔，面色看起来也还算年轻，但是眼角的皱纹说明他的年纪已经不小了。手中握着一把宽厚的剑，看上去很普通，带着几分古朴。褐色衣袍的中年人身边跟着一个着白衣的人，手中握着一柄黑色的看起来像是根棍子的长剑，脸上戴着一张让人生寒的面甲，身材显得有些单薄，看起来像个女子。

"顾先生，只是你我二人出游，你就无须戴着面甲了吧？"嬴政看向顾楠笑道，"看着古怪。"

顾楠腰间别着无格，无奈地跟在他身边。今日不知为何，嬴政突然想要体察民情，所以准备出宫去城外的田间亲眼看看民生如何。作为禁卫，顾楠也只能跟着出来。虽然这几年世道也算太平不少，但是依旧还有流寇乱匪的存在，还是小心为上。她叹了口气，将面甲从脸上摘了下来，收入怀中："陛下，还是早些回宫的好，若是有匪盗之徒，臣一人担心护卫有失。"

嬴政看着顾楠，笑了一下，目光停留了一会儿才移开视线，抬了抬手中的长剑："先生不用担心，寡人也不是那般文弱之人。"

乡间的田野间空气都带着一点泥土的味道，田野的尽处延伸向很远的地方，两旁种植着各种作物，大多是禾苗。远远地能看到几个农夫正挑着担子从乡间的小路上下田，或者有几个人坐在田边，手里拿着几块干净发白的蒸饼吃着，相互谈笑着什么。如今的秦国未有历史上传的焚书坑儒，也未有收天下之兵以弱民之事，虽然因为百越之地的战事使得国内的国力和民力都多有消耗，但确实是初见盛世之兆了。只要能将剩下三国的土地分顷，国中就能安定，届时"国泰民安"这四个字也就指日可待了。

嬴政停下脚步蹲在一片田野间看着那些禾苗，伸出手放在那些作物上，看着嫩绿的叶子，又看了看根茎。沟通水渠后，这些作物都能从善灌溉，这些年的收成还是不错的。

"欸，那边的，在我家地里干什么？"一声唤声传来，随后一个老伯背着手从后面的田间走了过来。

嬴政站起身来对老伯笑道："老人家，我们路过此地，就是看看。"

"过路的？"老伯打量了两人一眼，点了点头，对着田里说道，"那也不要到田里去，要是把苗子踩坏了怎么办？"

"欸，晓得了。"嬴政尴尬地从田里走了上来。

老汉看了看两人的装束，见到两人手里都提着剑，也不见怕，只是了然地说道："你们是迁过来的吧？这小道上说不定会遇着流匪，带着剑也没错。"

顾楠一直站在一旁没有说话，毕竟嬴政还站在一边，她也不好说什么。嬴政似乎不准备把自己的身份说破，就顺势说道："是，我们二人是从西面迁来的，听说这里要好过活些，想在这儿落脚。"

"西面，楚地啊，那里确实不安定，前几年还在和越地打仗，怪不得你们要迁。"

"老人家，"嬴政露出了一副困窘的模样，"我二人赶了几日的路，不知道能不能讨口茶水喝？"

"老汉无有什么，茶水还是有些的。"老汉点了一下头，转过身在前面走着，"来棚子里坐坐吧。"

两人跟着老汉走进田间的一个草棚子里，老汉给他们倒了两碗凉水，顺带拿了两个蒸饼。

"老人家，这……"嬴政有些迟疑地拿着蒸饼。

"没事，吃吧。这些年日子好过些了，从前的时候哪敢说吃什么白蒸饼。"老汉摆了摆手，示意两人不必在意。

"不知道你们两位是？"老汉看着嬴政和顾楠挑着眉梢问道。

嬴政一愣，看向顾楠，突然想到什么。"哦，"他说着，笑着揽住了顾楠的肩膀,"这是我内人。"

"嗯。"顾楠本来正坐在一旁喝水,听到嬴政的话差点一口水喷出来,好险是忍住了。顾楠看向嬴政,却见到他正向自己一个劲儿地使配合一下的眼色。"呵呵,"干笑了两声,擦了一下有些抽搐的嘴角,顾楠对着老汉说道,"老伯好。"

"嗯,好。"老汉笑着看着嬴政说道,"你这汉子倒是有福气。"

【二百二十九】

"是啊,我也这么觉得。"嬴政感觉着被自己揽住的肩膀,手不自觉地紧了一些,脸上带着浅浅的笑意。他突然觉得腰间被什么抵住,低头看去,却看到顾楠将无格放在两人中间,讪笑了一下,眼里露出一分无奈,松开了顾楠的肩膀。一缕青丝从指间滑过,让他的手顿了顿。

老伯看着两人的模样,笑着摇了摇头:"吵架了吧?"说完对嬴政说道,"我说你也是个汉子,这般仙儿似的妻子也不知道让着些,怎么能吵得起来?"

"呵呵,是,是我的错。"嬴政放下手,抓着头发笑了笑。他暗自看向自己身边的人,看着那眉目唇齿,突然想着,也许,她真的是落入尘世的谪仙吧……

顾楠面色发黑地坐在那里,却是没有注意到嬴政的目光。

"好了,吃些东西吧,估摸你们一路迁来也是很累了。"老伯一边说着,一边自己拿着一个蒸饼放到嘴里咬了一口。他在田里干了半天的活儿,有些饿了。

"嗯,多谢老伯。"嬴政拿起蒸饼咬了一口,顾楠叹了口气,也道谢拿过一个。

蒸饼蒸得松软,入嘴还有一些微甜,倒是很好吃。田间带着一点浅凉的风,让夏日也不算闷热得过分。望去田间,到处都是葱茏的绿色,穿着短衫的农民在田间浇灌。还有几个孩童在角落里抓着小蛙或是玩着泥巴,从田里跑过去总会碰着一两株禾苗,少不得会被一旁看田的人骂上一两句,然后又"呼"的一声笑闹着跑开了。坐在草棚下吃着蒸饼,觉得嘴干就喝上一口凉水,一股凉意直入腹中,倒是很惬意。

"嘿,那边那个小娃子,别拔田里的苗!"老伯喊走了一个在附近田里好奇地拔禾苗的小孩,又坐了下来,对嬴政和顾楠两人摇了摇头。"唉,现在这小娃是越来越不懂事了。"他说着一口喝掉碗里的水,"这么大年纪了,居然还拔苗子,我像他这么大的时候,都可以下田耕地了。"说着拿起水壶又给自己倒了一碗水,"我们那个时候是整天饿肚子,哪敢弄地里的东西,那还不被抓住打死。看看现在,"他看向地里的小娃,"就成日在地里玩。"

早些年的战国时候，青壮年都在外打仗，小孩、老人都要下地做活。现在，汉子除了每年要服个把月的徭役和兵役，平日都在家里，自然用不到小孩、老人干活。

嬴政坐在一旁听着老人的抱怨却没有烦，反而看起来颇有兴致地听着，时不时插上两句，两人谈得倒是很火热。顾楠则安静地坐在一旁，看着远处田间嫩绿的作物带着阳光的暖色在夏风里起伏。乡间的景色看得人心情安静，偶尔传来几声农人的唤声和孩童的笑声。

一边握着无格，一边留意地看着四处的小道，若是有什么异动，她也会第一时间出手。

"老伯，这几年，这地的收成如何？"嬴政看着地里的禾苗，问道。

呼，老伯说到这，脸上带了几分笑意："不是我说，就这附近的地你去问问，该是这几年的收成最好。上面的官家好啊，各家都有了地。"老人说着叹了口气，脸上的皱纹舒展开来，"加上这些年也还算风调雨顺，现在家家户户都有些余粮，还能去换些铜板，去街上买些东西。这日子，哎，也算是好过很多了。"老汉把最后一角蒸饼放进嘴里吃着，"怎么说呢，比起我年轻时候的日子，现在的日子才该是人过的。"像是回想起了当年，他沉沉地说道，"当年的日子真不敢叫人想着活着，过一天没一天的。"说完，老汉低头看着自己的手，"若是那老婆子还活着就好喽，她也能享几年福。谁知道呢，打仗回来，说是领着地了，回到家里却只见着一座坟……"

草棚下面没再说话，嬴政沉默了一下，他也不知道该说些什么比较合适。老汉摆了摆手笑了一声："欸，不多想，倒是老汉让你们难自处了。不过说真的，你们俩啊，还年轻，好好过日子，这年头的时日难得。"

"嗯，我们晓得了。"嬴政面色认真地说道。

一旁的顾楠只能硬着头皮应道："嗯，多谢老伯。"

吃完蒸饼，两人就离开了。田间的小路上，道路间夹杂着短草，顾楠跟在嬴政身后。嬴政看着远处的田郊，笑着问道："先生不会因为刚才之事怪罪寡人吧？"

跟在后面的顾楠无奈地垂下了肩膀："陛下，以后这种玩笑还是少开比较好。"

"哈哈哈，不过先生真的还不考虑成家吗？"嬴政回过头问道。

"陛下，臣之事陛下也知晓，还是莫要坏了人家姑娘一世的好。"顾楠苦笑了一下。

走在前面的嬴政呛了一下，咳嗽一声，谁让您去找姑娘了？看向身后，顾楠已经重新拿出面甲戴在脸上。嬴政的目光中闪过一分苦涩，回头继续看向前路。突然他似乎想到什么，笑着说道："先生，寡人欲巡国中各地，体察各地民情，以立体制，得善民生；访各地山川，封坛明祭，求山河顺风顺雨；伸张秦法，宣扬威德，考察各地军事和政务。先生以为如何？"

顾楠一怔："出巡？"

"是，寡人欲巡至齐国。"

秦国不血刃地灭亡了齐国，齐地的人力、物力因此保存下来。齐依山傍海、商业繁荣、经济发达，本是强国，既是秦人征调粮赋的基地，也是足以动摇秦王朝统治的物质基础。齐是六国中最后一个被灭掉的国家，秦政权对齐地的统治从而多有粗疏、薄弱。而且如今燕、齐、楚三地的革制还未完善，嬴政想要出巡齐国，显然也有着自己的打算。

【二百三十】

陷阵军营中，顾楠背着手站在校场的一边，身上穿着衣甲，看着校场中一群穿着黑色重甲的士卒排着队跑着，约莫有百十人，大概是陷阵军中的一队。

日头有些灼人，阳光落在地上烤得校场中的沙地都是烫的。场中跑着的那些士兵身上都穿着厚重的黑甲，背上背着一人多高的盾牌。这一身装备带齐，若是常人恐怕连站都站不稳，莫说是像他们这般在这样的日头下跑圈了。汗已经浸湿了甲胄里的内衫，面甲里面恐怕都是汗水，汗水从面甲的缝隙流出滴落在甲胄上，还没来得及落在地上就已经被晒干。士卒喘着粗气，每跑一步都是跌跌撞撞的。除了在校场中跑圈的人之外，校场边还站着一群黑甲士卒，笑看着校场中的人跑得累成个死狗模样。因为每几年陷阵营都会换上一批士兵，所以没人知道将军大概是个什么年纪，也没人知道历代的陷阵领将是不是同一个人，甚至没有多少人见过将军的样子，只是根据传下来的谣言，听闻将军是一女子。今日这队人在训练时议论将军穿裙装该是个什么模样，正好被将军听到，所以只能怪他们运气不好。

说来也是，这队人议论谁不好，居然议论将军。

"再快一些，要不然你们今天的午饭估计是吃不上了。"

站在校场边的顾楠看了看天色，淡淡地说道，声音传进了每个人的耳朵里。

"啊！"跑在校场中的一队人干号了一声，脚步也加快了几分。

"欸，将军，他们还号得动，我觉得可以再快些。"

站在一旁看热闹的士兵笑着说道。

"滚。"跑在校场中的几个人对着那人吼道。

"哈哈哈哈。"

校场上正闹着的时候，一个陷阵士卒从远处跑来，走到顾楠身边，行了一个军礼。

"什么事情？"顾楠看向士兵问道，语气有些沉，这些小子没两天就给自己搞事。

"将军。"走到顾楠面前，士兵感觉到顾楠的语气不对，背后一凉，立即站直了身子说道，"将军，蒙恬将军在外等候。"

"？"顾楠一愣。蒙恬？随后她对士兵说道："让他进来吧。"

"是。"士兵应了一声，快步退开。呼，将军现在心情不好，还是别待太久的好，免得波及自己。士兵临走的时候还看了一眼在校场上跑圈的一队人，额头上流下一滴冷汗。这么热的天气跑圈，也不知道他们做了什么。

士兵离开后不久，蒙恬从营门外走了进来。陷阵营训练的时候蒙恬经常会来，在一旁看着，久而久之，陷阵营的士兵大都认识他了。见蒙恬走了过来，本还坐在一旁看热闹的士兵站起身："将军好。"

"嗯，无事。"蒙恬笑着摆了摆手，示意他们不用行礼，向顾楠走了过去。"顾将军。"站在顾楠面前，蒙恬行了一个军礼。这些年，他已经不像少年时那样了。

"你小子找我做什么？"顾楠黑着脸看着校场中的士卒问道。蒙恬也看出了顾楠的心情貌似不太好，微微侧目看向校场中，看到那些跑得不成人样的士卒，眼角跳了一下。他来得似乎不是时候。"将军，这是……"蒙恬看着不远处的校场问道。

"啊，"顾楠应了一声，回过头笑了笑，"没什么，常规训练而已。"

"啊，啊，这样啊。"蒙恬做出一副原来如此的模样，虽然他也知道这应该不是什么常规训练，但这时候自己还是不要多问比较合适，"将军，近日恬新成了一支军，今日是想请将军去恬军中检阅的。"

蒙恬说起正事，顾楠也不再玩笑，有些疑惑地看着蒙恬："成了一支新军？"

"是。"蒙恬笑着说道，"将军上次予我的练军之法，实乃强军之策，恬乃成了一支新军为练。"

"哦，如此。"顾楠笑了一下，"那我就随你一起去看看练得如何了。"

陷阵军的训练方式因为涉及了内力的问题很难推行开来，所以顾楠将现代的军事训练体制做了一些变动，结合现有的一些军制编写了一份练军的书文，希望能够在秦军中推行以提升秦军的总体战力，当时找蒙恬商量是否有推广的可能。不得不说蒙恬不愧为史册留名的名将，在兵法一道上确实很有天赋，在书文中也提出了自己的见解，使得这套军制更加适合秦国的士卒。倒是没有想到这么快就有了结果。顾楠对远处还在跑步的那队士卒说道："好了，可以停下来了。"一队人长长地松了一口气，推搡着停了下来，撑着两腿喘着气。

　　烈日下，一众士兵站在校场上，静默无声，身上穿戴着轻短的衣甲，手中的长戈竖在身侧，刃口反射出明晃晃的冷光，看过去只有近千人。他们站在校场中央，但只是站在那里就有一种莫名的军势让旁人不敢轻易靠近。嗒嗒嗒，随着一阵马蹄的声音，一个身穿黑甲的将领带着另一个人向军阵走来。跟在后面的人身上穿着白色的衣甲，脸上的面甲显得有些生冷，腰间挂着一把黑色的细剑，正骑在马上看向军阵。千人的军阵看向那个人，同一时间那个人也看向他们。那目光平静地扫视了一圈军阵，就有一种森寒的气息笼罩上他们的心头，闷热的天气似乎都变冷了。空气微微一涩，军阵中大半的人都脸色一白，躲开了那道让人发寒的目光。白甲人从马上翻身下来，慢步走向军前。脚步声不重，却是让阵中的人都胸口发闷。随着脚步声越来越近，那股压力也越来越重，士兵甚至感觉站着喘气都是困难的。不过至此，全军的人都是站着的，没作一声。

秦时长歌 第二卷

第三章 乱世再临

【二百三十一】

　　蒙恬站在顾楠身后，感觉到一阵阵肃杀的气息传来，如同深陷军阵、四面环敌一般。眼前恍然了一阵，他深吸一口气，才清明一分，回过神来。看着眼前皆已经绷紧，仿佛兵临阵前的军阵，他无奈地笑了一下。在这秦国中，能以一人相迫千军的，该是只有眼前的人了。想着，看向一旁穿着孝白色甲衣的将领，他好像又看到了当年，那一人一马一军，横刀函谷关前，阻挡六国雄军的模样。

　　蒙恬的手渐渐握紧，看向麾下的千军。为将为帅者，就当率军而战，虽千万人亦无退路。总有一日，他亦会率着麾下之军，立马关前，要秦国之敌无有敢犯。

　　站在军阵中的士兵只觉得冷，却又冒汗，就连握着矛戈的手都是湿的。一阵沉闷的脚步声传来，几个人看了过去，是一支黑甲军走了过来。陷阵军，这也是他托顾楠带来的一队。黑甲军手中没有握兵戈，只是身穿衣铠，面覆面甲，行阵而来，一直走到校场中的千军面前才停了下来，立在他们之前。不过百人的黑甲军，站在那儿泛着凶意，让那军阵中的人几乎想要弃刃逃开。看着那千人的模样，黑甲军相互看了看，目光中带着几分戏谑。

　　"你们都低着头做什么？"一个站在军阵前的年轻人出声吼道，"把头抬起来，让那陷阵之人看看我们蒙军子弟的气势！"

　　年轻人披着蒙家军的衣甲，肩上搭着一条黑色的披风，面色有些发白，看得出他也被那气势压得难受。随着吼完，他直接抽出了自己腰间的长剑，那剑发出一声铮鸣，那人喝道："壮我蒙军！"

　　顾楠看向站在那里的约莫二十余岁的少年人，笑着问蒙恬："小毅？"

　　蒙恬也看了过去，目光中带着一分自豪，笑着点头说道："是足弟。"

　　"都长这么大了……"

　　似乎是那少年人的一声吼叫破了陷阵的气势，蒙军中的士卒目露血色，抬起了头，举起长戈喝道："蒙军！"

一股士气再次凝聚在军阵中，卷动起阵上的旗帜，让站在军阵前的陷阵军愣了一下，收起目光中的轻视，认真地看着眼前的军阵。

　　"哈哈哈哈。"蒙恬看着蒙军中冲起的士气，大笑一声，走上前去，抽出腰间的剑，高举起来，粗声喝道："壮我大秦！"

　　长戈立至最高，千人喝道："壮我大秦！"喝声愈加壮勇。

　　顾楠站在这支军前，看那长戈高立。

　　那长戈中该是一国之军的模样。

　　顾楠从军营中走出，路过宫闱。"天地玄黄，宇宙洪荒……"宫闱中传来琅琅的读书声，念的内容让顾楠突然有一种恍若隔世的感觉。数十年前，宫闱中，也是那么一个孩子，坐在她身前读书。顺着那声音走去，却是走到了一座公子府，门外没有侍者，好像被挥退了。这府邸顾楠倒是知道是谁的。这些年嬴政只纳了一妃，并无皇后。这公子府中的孩子，该就是那个妃子所生，名字是扶苏。而历史上的胡亥，在这一世并没有出生。扶苏是嬴政唯一的孩子，如今应该也到了读书的年纪。顾楠站在公子府门前，停留了一会儿，转身离开。

　　院中，一个身穿浅白色衣袍的孩童坐在桌案的边上，看上去六七岁的年纪，手中捧着一卷竹简。院中种着一种花树，不过现在似乎并不是这种树开花的时节，树木之间只带着绿色的叶片，在叶片的间隙中偶尔能看到几个小小的花苞。小院边上的长廊中，嬴政正站在那里，背着手笑看着那个孩子坐在那儿琅琅读书，眼中带着几分怀念。这该是当年先生教他的第一课，一共一十六个字。嬴政眯起眼睛，眼前的花树好像又盛开了一般，白色的花瓣在小院中随风飘落，落在地上，落在桌案上。一个身穿黑衣的孩子坐在一个穿着白袍的少女面前。

　　"这一十六个字，我念与你听。天地玄黄，宇宙洪荒。日月盈昃，辰宿列张。"那女子的音容依稀，身着白衣，好似尘外之人，"你可听懂了？"

　　"先生……我不懂。"

　　女子笑了，笑的模样是如何的，却很模糊，只知道她把手放在孩子头上，温声说道："天是青、黑双色的，大地为黄，宇宙形成于混沌蒙昧的状态中。太阳正了又斜，月亮圆了又缺，星辰布满在无边的宇宙中。此乃天地形成之态，天地、日月、星辰，皆在其中。

　　"懂了？"

　　"懂了。"

　　眼前一晃，漫天的白花散去，不见了踪影，又变成了那片青绿。嬴政恍惚地伸出一只手,手背上带着皱纹。他的目光苦涩,良久微微一笑。寡人,也老了啊。

"父皇。"坐在院中的孩童回过头叫嬴政。嬴政被孩童叫醒,看向院中,那孩童正困惑地握着手中的竹简。"怎么了?"嬴政笑着走上去,踏过院中,站在孩子面前问道。孩童抓了抓头发,小心地说道:"父皇,这句话的意思,我不懂。"他似乎生怕被父皇责骂。

嬴政却是笑了,伸出手拍了拍孩子的头:"来,父皇说与你听。"说着,在孩子面前盘腿坐了下来,两眼看着桌案前,喃喃地说着,"这天是青、黑双色的,大地为黄……"

日暮微斜,话似旧日,可等那白花再落之时,故人可否如旧呢?

公元前218年初,始皇嬴政东巡。
是以巡视天下、威服海内、封坛祭祀、审度政务,车驾而起,趋以各郡。度查各地行政秦法,视各地民生之态。东巡以务政务,居驿以行国事。

【二百三十二】

"欸,来看看咯。"街道上传着各种人声,显得有些嘈杂和混乱。街道的一头,一个中年人走在街上,手中提着一把青铜剑,衣着有些邋遢,远远看去就像个混子。那人头发蓬散,正慢悠悠地在街上走着,时不时地看向四周,若是见了好看的姑娘少不得还要调笑两句。而街道的另一边,两个身穿青色长袍的人走在街上,一老一少。年少的面目俊朗,看起来只有十几岁的年纪,而年纪大些的大概是中年人,两人看起来有些沉默,像是刚经过了一番争吵。一条街道上总会这样,有着各式各样的人,有着截然不同的面目。

嗒嗒嗒,街道的远处突然传来一阵马蹄的声音,是一个车队行至城中。两旁的军队分开了路上的百姓,将道路让了出来。"欸,"青衫少年被军卒推到一旁,皱着眉头喝道,"干什么?"军卒皱着眉头看了他一眼。少年身边的中年人拉住他,对军卒笑了笑:"抱歉,军爷,家中小子少不懂事。"说着,不顾少年的反抗,将少年拉到了一旁。同样地,街道的另一边,那个邋遢的中年人也被军卒推到了一边,疑惑地看向道路中。

声音传来,是数匹马拉着一辆车驾走在前面。那车驾上的雕纹大气,珠帘垂挂,帐下一个身穿黑袍、头戴珠冠的人坐在那里,面容上带着一种威势,叫人不敢抬头看去。一个身穿白色衣甲的人骑着黑马走在车驾的一边,向两旁看去，目光扫过了人群中的少年和中年人，却未有停留，看向前路。随着车驾缓缓移动，两旁护卫着的士卒才慢慢撤开，跟在车驾的一侧走远。街道的两旁，少年和那个邋遢的人都看着车驾，目视良久。

"彼可取而代之。"少年轻声说道。

而那邋遢的中年人握紧了手中的剑："大丈夫，生当如是。"

泰山之巅，山顶能望到远处翻涌的云层，好似那层云就在脚下，又好似人立于天幕中。长风呼啸，高空上一只飞鸟盘旋而过，留下一声鸣叫久久不去。一棵古树立于崖上，古树下香烟袅袅。炉上的香炷被点点星火焚去，香灰落在炉中散成一片。古树立于这五岳之中的山巅，就好像立在了天地相接之处。身穿黑袍的人负手而立，头顶上的珠冠摇晃，目光看向远处的云雾。"顾先生，你说这天中可真有仙人？"嬴政回过头，看向站在自己身边的顾楠。山巅下的山路上，车驾护卫、侍人分立两旁。顾楠看向嬴政，又看向那不见尽头的云深之中，摇了摇头，给出了她的答案："陛下，天中无有仙人。"

"是吗？"嬴政不知道有没有信，只是恍惚地望着天边，迈步向前。

"开坛！"一旁的宦官叫道。

山间之人齐齐拜下，只剩下嬴政独立在那儿。他站在山之高处，像是俯视着整个天下，俯视着万里山河、江川大道、天下世人。河山的尽处，他的目光在云烟中模糊，像是回到了少时。他坐在桌案前读书，而那穿着白裳的先生趴在案上睡觉，睡得很沉。一片花瓣落在先生的身上，他看着她的睡样，半晌，回屋取了一件披风，搭在了先生身上。嬴政向前走去，拿起香炉上的香炷，贴于额上，缓缓地向下拜去。若是真有仙凡之分，寡人，妄求长生。

始皇巡于天下，世民有安，政行有务，军甲良备守关内之处。封坛祭祀，立碑刻筑，于山川河谷。国中多安而少余乱，威旧党而平民扰。

时如是，天下显盛世之相。

"欸，你来追我啊，来啊。"一个孩子穿着偏厚的冬衣在街上跑着，他抓掉了另一个孩子的帽子，笑着举着帽子跑开了。这些年的冬日里，百姓也可以穿上能御冬的衣物了，那举着帽子的孩子一头扎进了人群中。

"你别跑！"他身后的孩子抱着脑袋，跳着脚叫道，也拨开了人群，向前面的人追去。两人穿过街头巷尾，撞翻了蒸饼的笼子。老板看着摔在地上的四五个蒸饼，恶狠狠地看向那已经跑远的两个孩子，叫骂了几句，嘀咕着晦气，却也不再计较。两个孩子又撞到了一个逛街的姑娘，姑娘笑着拍了拍他们的脑袋，闹得他们脸色发红。

街上热闹，人来人往，人们嘴中呼出白气，相互笑谈着。突然，天空飞下一片雪白，落入人群中，落在了那个没了帽子的孩子头上。孩子冻得哆嗦了一下，摸了摸脑袋，却只摸着一片水迹。看向天上，天空中已经洋洋洒洒一片雪白。"看，下雪了。"孩子叫了一声，指着天上。站在两个孩子身前的姑娘也笑盈盈地看着天上的白雪，一时间有些出神，好像在思念故人。蒸饼摊的老板靠在摊子上看着雪景，呼出一口气，拿起一个蒸饼放在自己嘴里咬着。路人也纷纷停下脚步，看向天上的白雪，笑了出来。从前没发现，这雪，倒是有几分好看的。曾几何时，还记得长平年间的那场雪，人们都是苦着脸的。因为那个冬天人们都不知道能不能过去，现在有些不同了。

雪下得很大，很快就在地上堆积起来，将地上、房檐间、树上都堆出了一片一片的雪白。

宫闱中，顾楠穿着衣甲、提着剑走在积着雪的宫墙间，路上遇到了蒙恬和蒙毅，三人一道走着，一边聊着闲话。

"你们那支精军扩至三千人了？"

"是啊，"蒙恬搓着手，笑着说道，"陛下给的额。"

蒙毅的话比较少，只是站在一旁点头。

突然蒙恬停了下来，一旁的两人也疑惑地停了下来。

"怎么了？"顾楠疑惑地问道。

蒙恬没有答话，只是蹲在地上，抓起一捧白雪，然后捏成一个球，沉默了半晌，忽然将雪球砸向了顾楠。只听"啪"的一声，雪球在顾楠的脸上散开，将她的面甲和头发都撒上一层白色。顾楠呆呆地站在原地，噗，从嘴里吐出一口雪水，一时没有回过神来。

"哈哈哈哈。"蒙恬拍着手大笑着。

扑哧，就连一旁的蒙毅都笑出了声。

顾楠侧过头，一把将面甲上的雪抹了下来。

"呵呵呵。"她看着蒙恬冷笑几声。

蒙恬哆嗦了一下，连忙推着蒙毅说道："快跑！！"

"啊？"蒙毅虽然不懂自己为什么要跑，但是感觉到顾楠身上传来的危险气息，也没敢多想，就跟着蒙恬一道撒丫子狂奔。"你们两个别跑！！"身后传来一阵怒吼。两人回过头去，见那白甲将举着一个人头大小的雪球追来，连忙相互推搡着，更加没命地跑了起来。顾楠一脚踏在地上，对准两人就将手里的雪球扔了出去。

"冷啊。"李斯拿着一个竹简,他又写了一天书文,搓着手从宫墙里走了出来,抽了一下鼻子,抱着手哆嗦着。刚走过一个转角,迎面而来一个白球,然后眼前就是一黑。砰,李斯呆立在那儿,雪从他的衣衫上滑落,冻得鼻子发红。随后耳边闪过三道风声,三个人影已经跑了过去。李斯的眉头一跳,脸色发黑:"是可忍,孰不可忍。"举着手里的竹简,吼道,"那边那三个,给老夫站住!"

【二百三十三】

始皇十一年,那年的年末下了一场雪,少见的大雪。雪洋洋洒洒地铺满了天地间,好似将一切都染成了雪白。茫茫白雪间,看不清远处的景色,只望得那飞雪散尽,像是埋尽了咸阳。一片雪花落在屋檐的积雪上,就好像压上了最后一点重量。屋檐上的一角积雪一沉,从檐上落了下来,摔散在地上的雪堆里。一阵踩开积雪的声音停在门前,顾楠站在郎中令衙府的檐下,抖落了披风上的白雪,扭头看向半空中落下的雪片。呼出一口气,面甲前吐出一片白雾凝结成霜,随后被冷风吹散,她转身走进衙府。

咸阳城的街头有些空荡,少有行人来往,也没有什么摊贩。这月余来已经很少有摊贩了,大雪几乎封了道路,路上难行。路旁的一间房子里,一个孩童推门走了出来,仰头看向天上,对着大雪发呆,然后又回头对屋内说道:"爹,外面还在下雪。"

屋内走出来一个身穿短衫的中年男人,蹲下身子将门前的小孩抱进怀里,下巴抵了抵他的额头,眼睛忧愁地看着天上,有些发红,嘴里沉沉地说着:"会停的,马上就会停的……"

这雪断断续续已经下到二月,本该是快开春的时节,雪依旧没有停。郊外的耕田被积雪掩埋,根本不能播种,若是再这般下去,今年赶不上春种,又何来秋收,而上年剩下的粮食也根本不可能吃上一年,不知道会饿死多少人。田边的一间草屋有些摇晃,该是已经撑不住屋顶上积雪的重量。那屋子在雪中又立了一会儿,发出一声吱呀的呻吟声,最后沉闷地垮倒在雪中。

房中的炭火燃烧着,即使如此,天气依旧冷得让人生寒。喀喀喀,房中传来一阵咳嗽的声音。李斯披着一件毛皮,俯身坐在桌案前写着行政兵徭一事。此事他与顾楠商议过,本欲作为新政在今年上传陛下,定每户青壮兵徭役每年各一月,且赐行饷,若有意愿,可于兵徭中服年,另定工饷。如此,即使是楚地、燕地、齐地这些尚未分田的地方,百姓也可以好过一些。一阵冷风从堂上穿过，李斯的手按在嘴边咳嗽了几声。手中的笔没有握住，摔落在一边，墨珠溅在他的衣袍上。李斯深喘一口气，皱着眉头看向门外："来人。"

一个卫兵从门外走了进来，在李斯面前拜下："丞相。"

"我问你，"李斯的声音有些虚弱，伸手拿起了桌案上的笔，"外面还在下雪吗？"

卫兵的神色露出一丝苦意，点了点头："丞相，还在下。"

这雪根本没有要停的意思。

"是吗？"李斯的目光垂下，落在桌案上不知道在想什么，沉沉地摆了一下手，"我知道了，下去吧。"

"是。"卫兵行礼退下。

只剩下李斯一人独坐在堂中，握着手中的笔，笔尖有些微颤，迟迟没有落在竹简上。他放下笔，抬起头看向堂外，不知道对谁问道："苍生何罪，至以如此？"

天下初定不过十年，百越在侧为乱便是五载。如今百越得定，天下小安，再过数年就可安定民生，却又来这么一场百载不遇的大雪。他是真的不明白，当真不明白。乱世百年，天下死了多少人，秦国又凭几世之烈血得定这乱世，却又这般非乱即灾，叫人不得生。他真不明白，这世人何罪之有，至以老天如此？李斯的眼睛发红，闭上眼睛，却是一拳砸在桌案上，无力地坐在那儿。求个盛世，真的这么难吗？

蕲年宫的楼阁。嬴政背着手站在楼阁上，从这里能看到咸阳城中的景致，若是往常，这雪景是很美的。嬴政的样子看起来有些疲倦，国中各地都有大雪覆城，甚者已经压垮了房屋，如今如何治理却是已经成了一个大问题。看着从空中落下的白雪，他扶着栏杆，双手陷入栏杆上的白雪中。他的身后坐着一个身着白衣的孩童，正坐在桌案边读竹简。他担忧地看向站在栏杆边的父皇，偷偷地走到嬴政桌边，拿起摊在那儿的一份书文，看着上面的内容。他希望能帮父皇分忧，但是待他看完书文上的内容后，也只能苦着脸坐在一边。

一旁传来一阵脚步声，一个宦官低着头走了上来，站在嬴政身边低头说道："陛下，郎中令求见。"

嬴政回过头来看着宦官，顿了一下，点头说道："召。"

"是。"宦官低头撤开。

一个身穿白袍的人走上楼阁。"陛下。"那白袍将站在嬴政身边行礼拜下。

"顾先生免礼吧。"等到顾楠站起身来，嬴政才问道，"顾先生是有何事吗？"

"陛下，"顾楠微微侧过头，看向栏杆外，"可是所忧雪事？"

嬴政回过头来看向顾楠，点了一下头："是。"说着，又看向那似要将咸阳埋去的白雪，"先生，你说，这雪要下到什么时候才会停？"

顾楠沉默了一下，她也不知道。这场雪灾来得很突然，下了一场之后，就几乎再没停过。

嬴政突然笑道："有人说这是上苍之责。先生，你说可是寡人行有所失，政有所误？"

说着，他的手慢慢攥紧栏杆，积雪将他的手掌冻得通红。

"陛下，"顾楠低下头，出声说道，"臣或有治雪之策。"

楼阁中，嬴政一怔，回过头来，过了一会儿，才小心地问道："先生，可未有骗寡人？"

顾楠抬起头来："陛下，臣不敢妄言，但或可一试。"

"先生直言便是，"嬴政郑重地看着顾楠，"寡人可试。"

【二百三十四】

那白甲将从楼阁离开后，嬴政依旧站在凭栏处，身子直立在那儿，看着大雪纷扬，眯起了眼睛。大秦之民，不当受此天灾。穿着白衫的扶苏站在嬴政身后看向那个离开的人影，犹豫了一下，追了上去。顾楠正走着，却突然听到自己身后传来一阵小跑声，随后自己的披风像是被谁拉住，一个声音微喘着唤道："将军。"她回过头去，看到一个小孩正站在自己背后，手里攥着自己的衣袍。"扶苏公子？"顾楠的声音带着一些诧异，她不明白他为何要叫住自己。扶苏微喘着，顾楠的脚步有些快，他差点跟不上。他看着顾楠有些紧张地问道："将军，这雪灾真的能治理好吗？"

顾楠和嬴政商议此事的时候他坐在一旁备课，嬴政没让他过去，他也不敢上前去听，所以只听了个模糊。隐约间听到，顾楠是有办法治理雪灾的。顾楠看着眼前的孩子愣了愣，随后笑了一下点头说道："会治理好的。"

"将军，"扶苏皱着眉头问道，小脸上是一副严肃的表情，"这雪什么时候会停？"以他的想法，治雪，就是能让这雪停下来才是。如雪早日能停，百姓也能早日得善。顾楠看着眼前一脸严肃的小孩，轻轻地叹了口气，笑着蹲下身来，在他面前轻声说道："会停的，很快就停了。"那有些凉的面甲抵着他的额头。说完，顾楠拍了拍他的肩膀起身离开，留下扶苏红着脸站在原地，摸了摸发红的额头，那面甲抵得自己有些疼。不过，那将军身上闻起来不知为什么带着些香味，而且也没有传闻中的那般凶人。

咸阳郊外，一队黑甲士兵站在一个棚子前。那棚子和寻常的草棚倒是有许多不同，四面都是密闭的，上面铺着一层不算厚实的布帛，布帛被绑缚在内里用树干支撑搭成的一个框架上。棚子的一旁还放着几层草被、草苫，这些都是用干草编成的，用于夜间保暖和加固棚子。棚子覆盖在田上，积雪从田里清理了出来。这是一种简易的大棚，或者说甚至称不上大棚，无论是从透光、保暖还是通风上都说不上好。覆盖在棚顶的布帛虽然有一定的透光性，但是相比于后世的塑料薄膜和玻璃墙都要差很多。但对于目前的情况来说，这样的大棚起码聊胜于无，至少能让田间开始播种。若是雪能早些停，至少不会错过秋收。

这几日一直在下雪，所幸阳光还算好。顾楠站在棚子中，光线也还算明亮，几个火盆在棚子的几个角落里烤着，虽然时不时会有冷风吹进来，但是盖上草被的话温度也会比外面高上一些，当是不会让种子被冻死。大雪成灾，多是道路封阻难行，山间雪崩，寒冻受人，积压屋檐。而对于百姓来说，最难之事便是难行耕种，将耕种一事解决，雪灾也就不再那般要命了。顾楠从棚子里走出来，看着外面的大雪，那雪飘扬，却是不知道会下到何时。这场大雪来得真的太过突然了些，日前也未见冬寒，就像是一念之间便下起来的一样。

大棚的搭建方式很快被报了上去，试种的种子也未死去。李斯看到这个方法，笑着自己骂了自己一句，说无非就是给田耕建屋，自己却是连这般蠢笨的方式都没有想到，实在是可笑。不过，那日他却找到顾楠，生生喝了三壶酒，喝得醉意沉沉才离去。离去的时候他醉醺醺地说道，这世间当有安居之所，人才是人。说完后，他又醉红着脸问道，安得世间广厦？他年少时，也是饱尝流离之苦，才想求那一生权贵。顾楠没有回答他。他转身离开的时候，说着自己的答案："斯为立，斯为之立，让世无流离。"那人说着，摇摇摆摆地离开。

建棚之法传往各地，即使如此，也未多有用。有些地方建起大棚，种子却还是冻死了；有些地方建起棚来已经过了时节。国中开仓济民，却也只是杯水车薪。一场大雪，终是死了无数人。有的人死在了山间雪崩中，有的人死在了寒冻风雪里，有的人饿死街头，有的人被塌倾的屋檐掩埋。

等到雪停的那日，已经是三月之末。冰雪融去，春草才渐生，边关却传来匈奴攻侵雁门的消息。这场冬雪，让草原上的人也难以过活，只得南下来抢。嬴政命蒙恬、蒙毅为将，率二十万军击退匈奴。不过此时的秦国饥民无数，根本无粮军用。未能调集多少粮草，雁门求援，军队只能出发。蒙恬率着他的蒙军走出咸阳城的城门，向城外的军营走去。回过头看向军上的黑色军旗，秦皇亲授的军旗，黑色的旗帜上，一个"蒙"字被风扯紧。他曾说过要带着他的麾下之军，立马关前，要秦军所向无有敢犯。他自认，他会做到的。军阵走到城外，他忽然看见城头上站着一个人，身穿白色的衣甲，静静地看着军阵。蒙恬没有多看，笑着回过头看着前路，举起了自己的骑矛对着高空。蒙军无声，只是静默地一同举起手中的兵刃。壮我军哉。无有人言，只有衣甲相触的声音。马蹄踏下的声音，脚步迈过的声音，伴着那支军缓缓离开。

公元前217年，秦国封雪，积雪没道而使往来受阻，饥民流离受寒冻于街市，无有耕种而无粮用于军民。匈奴叩关，秦皇起军二十万于蒙，北上雁门，连征数载。

【二百三十五】

"下一个。"士兵站在粮仓前，手中拿着粮袋看向面前的队伍叫道。

粮仓前数不清的人排着长队，队伍拥挤，时不时还会有一阵推搡。排着队的人身上的衣袍带着黄土，大多枯黄着脸。年前的雪灾让许多地方颗粒无收，或许秦晋三地的百姓还有一些余粮，但对于燕、楚、齐来说简直要命。六七月份的天气开始热了起来，闷热的空气就像火烤一样随着人的呼吸一进一出。路道上到处都是饥民，饿得坐在那儿走不动，甚至身上都看不到肉，只剩下干皮囊包着骨头，像是活着的枯骨。日头烤得地上发烫，坐在地上的饥民散着腐臭，也不知道什么时候会变成真正的一堆枯骨。吃不上饭的人比比皆是，各地受命开仓济民，但是百越之战后国中本就没有什么屯粮，便是休养了一年，也不可能养起一国的人。

何况如今北地还有匈奴犯境，甚至连抵御匈奴的那支军的军粮都还未来得及调用多少。一旁的军队管控着秩序，以免饥民争抢粮食，招人分发。即使如此，一人也只有一小袋豆子而已。

一个穿着短衫的平民拿着一个干瘪的袋子坐在队伍的后面，看着眼前看不到头的人，也不知今天能不能拿上粮食，家里已经吃不上饭了。他坐在地上，燥热的空气好像有些扭曲，让面前的视线微微模糊，嘴唇有些干裂。开春的时候冷得人动不了，现在到了却如蒸笼一般。"这年头的天气，简直就像老天降灾。"那人仰起头呆呆地看着自己面前，张开嘴唇无神地说道。

"谁说不是呢？"一旁的屋檐下半靠着一个人，模样也差不多，虚弱地摇着头说道。

"平白无故地，"坐在地上饿得枯瘦的男人低着头，断断续续地说道，"何苦如此降灾。"他的声音带着苦意还有颤抖，再如此下去，他只能眼睁睁看着家中之人饿死。

"谁知道呢？"一旁的人咳嗽两声，说不出话来，末了两眼空空地抬起头来，看向头顶刺目的日头，"或许是秦政无道，天不要人活吧。"

秦政以来，他们楚地的人就没过几天人的日子，不是百越攻侵被征去打仗，就是受徭役修城、修渠，再不便是天灾横祸。说着他的眼睛横向了一旁分粮的队伍，冷笑一声，声音重了一些："开仓济粮……

"每人一袋豆子够吃什么……"

这话像是被一旁的一个秦国士兵听到了，那士兵眼睛一红就要走过去，却被一旁的人拉住："算了，和他们计较什么？"

"我只是觉得这粮食喂了狗。"那士兵攥着手里的戈，看了躺在地上的人一眼，低着头恨声说道，"我兄弟在关外和匈奴打仗还没吃食，先发给他们，他们倒好……"

咸阳城的城头，一个守城士兵擦了一下额头上的汗，站在城头上看向远处，怔了怔，恍惚间那天是赤色的。许真是苍天受难，长雪之后非是生息，后旱灾而至，七月之后不再落雨。旱地千里，河渠干涸，用棚得耕的田顷枯死，一年间无粮有收。哀声遍地，路有死骨，甚至无人去收。又过三月，秋至，才下第一场雨。雨下得淅淅沥沥，淹没了各地城中的街巷，在青石板间淌过，在郊外的枯骨旁淌过。雨后，死骨枯腐，瘟疫流传。整个世间，恍若修罗炼狱一般，就好像自有天意，要亡秦世。

沙沙沙，雨点细密地落在蓑衣上，发出细碎的雨声，顾楠压了压头顶的斗笠。路旁传来低声的啜泣声，顾楠看向那里，一个女子正坐在一具尸体边上，红着眉目，流下的也不知道是雨水还是泪水。招了招手，一队掩着口鼻的士兵走了上来，将尸体抬走。女子也没有阻拦，只是呆呆地坐在那里，看着尸体被抬走，用手捂着嘴巴。雨声更大了。瘟疫波及各地，咸阳城也难以幸免，或说咸阳城中的疫情相较于别处更重。

顾楠希望自己有办法治好这疫病，但是瘟疫的种类有好几种，她并非学医之人，甚至连这几种瘟疫都分不清楚。将有瘟疫的地区封死禁行，将受病之人隔离，将病死之人拖去烧了，这就是她唯一能做的事情了。顾楠走到女子身边，将自己的蓑衣解下披在女子身上。女子身上发着颤，顾楠不知道该说些什么，呆立了一会儿，只是将自己头顶的斗笠取了下来，又戴在了女子头上。那女子终是哭出了声，哭声闷闷。

雨里，顾楠站在那儿，半晌，不作声地伸出手在女子的背上拍了拍。

道路两旁皆是病吟声，几个病患被丢在街道上，也许是他们本就没有亲人，也许是亲人已经无力照顾他们，等到他们死去，就会被士兵带走。街道已被封死，雨中的阴云下看不见一点光，路上昏暗，石板间的积水或还会映出点光。

靴子踩入积水中，将积水中倒映着的街景踩破。一袭白色的衣甲孤零零地于雨中走来，任雨淋着，任那衣甲湿透。她回头看向咸阳宫，远远地眺望。阴云下，咸阳宫上好像有一股金气淡淡地在雨中散开。她一直以为那是错觉，只是这一次，她好像冥冥之中有了什么感觉。

雨水从她的面甲上滑落，面甲上带着的水珠也顺着留下，面甲下的眼中映出远处的云层，好像是自己问自己："天意？"垂在腰间的手握住了腰间那柄黑剑的剑柄，剑柄上的水珠沿着手掌流下。那手握得很紧，却又像只是无力地抓着什么，最后松了开来。手上的水滴淌下，映着那白色的衣甲落在地上，摔得碎成一片。

"为何至此？"

【二百三十六】

岁末，始皇东巡，行至沙丘染病，病重难愈。道路旁的马车停下，车轮间带着落叶，马站在路旁踢着马蹄，将地上的泥土翻起，时不时发出一阵哼声。冬日里少见地露出阳光，带上了几分暖意，穿过树叶落在树干和地上，光斑零散。

顾楠和李斯站在营帐前，营帐里传来一阵咳嗽声，随后一个有些虚沉的声音响起："二位先生，进来吧。"

门前的士兵将帐帘撩起，顾楠和李斯走进帐篷。帐篷中的光线有些昏暗，中间摆着一张床榻，床榻上的人形容枯槁，已经丝毫看不见当年挺直的身影。空气中带着灰尘，呼吸起来有些难受。士兵正要放下帘子，床榻上的人摆了摆手："莫要放下了，寡人想透透气。"士兵点头，将帘子绑了起来。外面的风透了进来，空气里的沉闷减少了一分。床榻上的人又咳嗽了几声，侧过头，看向门外的士兵："你们先退下吧。"门外的士兵点了点头，躬身退下，只剩下营帐中的三人。"二位先生请坐。"嬴政轻声说道，指了指床榻边的两个坐垫。即使如此，他也努力提起声音来。顾楠和李斯默不作声地躬身一拜，坐了下来。"寡人的病如何了？"嬴政躺在那儿，双手放在身上，张开苍白的嘴唇问道。

李斯的脸上露出一分难色，没有开口。他之前就问过太医，太医只是告罪，却无有办法。营帐中的两人没有回答，嬴政却仿佛释然地笑了一声："其实寡人自己也知道，寡人，当是命尽矣。"

　　"陛下。"李斯想要开口，嬴政却轻轻抬起手，没有让他说，只是自己继续轻声地说着。"此次东巡以来，所见流民无数，民怨不断，路常有死骨不知名氏。疫病不治，秋收无颗，饥寒民病，世若狱间……"嬴政说着，茫然地看着眼前，"只是寡人不明白，是寡人错了吗？真的是寡人苛政严法当受天责吗？"他问着，顾楠和李斯却不知道如何回答。嬴政的眼睛微微睁开，眼眶微红："真是寡人错了吗？真是大秦错了吗？大秦不当终了那乱世，当让烽烟四起？大秦不当征击匈奴、百越，当让万民受掠？大秦不当清扫旧贵分顷于民，当让世人饥寒？"嬴政质问着，不知道在问谁，只是红着眼睛，轻声质问着，"真是我大秦错了？"床榻边的烛火晃动，将他的脸庞映出些血色，不再那般苍白。他不再问，只是无力地叹了一声，像是叹尽这一生所有，随后咳嗽起来，营帐中只剩下剧烈的咳嗽声。

　　待那声音消去，嬴政放下手，衣袖和手上沾染着血迹。他侧过头来，看向一旁的顾楠和李斯，沉沉地说道："二位先生，扶苏尚幼，难明政事。北境难安，国中动乱，幸得有二位先生在侧。所行不善之处，还请二位先生多有劳心……"

　　"臣，"李斯的声音顿了顿，"遵旨。"

　　"李先生，还请你拟诏，寡人逝后，立扶苏太子为二世……"嬴政断续地说完遗诏。李斯将手抱于身前，低头退身拟诏而去。他走出帐外，外面的天光照在他身上却是冷的。他低下头，看着自己的手，又将手慢慢握紧。这大秦世间，不当受苍天倾覆。老去垂沉的身影负过手，在这让人发冷的光中离去。

　　营帐中，顾楠跪坐在嬴政身边，嬴政看着她突然笑了一声，轻声说道："顾先生，为何一句话也不说？"没有得到回答，嬴政却笑着继续问道，"顾先生，寡人，终是未能求得那长生……"顾楠抬起头来，看着床榻上的人。"先生，"他看着顾楠，"不若让寡人反悔一次，先生直接答应寡人一件事如何？"

　　沉默半晌，顾楠点了点头："好。"

　　嬴政的目光落在顾楠的面甲上："先生，可否将面甲摘下？"

　　顾楠一怔，最后抬起手，将面甲摘了下来。那面容如旧，不似凡尘之人，只是眉目皱着，带着几分暮色的垂沉。嬴政伸出手，似要将面前人那皱着的眉间舒开。他看向自己手上和衣袖上方才咳出的血迹，将手停在半空，最后收了回来，怕她嫌脏："先生为何总是皱着眉头？很久没见先生笑了。"

　　顾楠皱着眉目，露出一个笑容："哪有人无事笑的？"

"也是。"嬴政笑着回过头，眼前，好似白花漫天。一片花瓣落在他的桌案前，他想伸手拂去，但是先生就坐在自己身前，自己不能乱动。那先生穿着一身白袍，在他面前笑着说道："我的年纪比你大上不少，又是你先生，便叫你政儿如何？"花树间人面如花，在嬴政眼前轻晃。

"如是当年，顾先生在那白花树下与我说学，如是世事不变，该是多好？寡人记得先生，最是喜欢那白花树，总是望着那树发呆……"嬴政的声音越来越轻，到最后，眼睛轻轻合上，就好像真的已经回到当年一般，轻声念道，"天地玄黄，宇宙洪荒。日月盈昃，辰宿列张。寒来暑往，秋收冬藏。闰余成岁，律吕调阳。云腾致雨，露结为霜。金生丽水，玉出昆冈……顾先生，我，背得可对？"那手再无力气，从身上垂了下来。

当年的小院中，风吹过低矮的白树，树叶间的白花随风散开，飞向半空。那身穿白袍的先生站在花树之间，眉目轻舒；那身穿黑袍的孩童坐在桌案前，琅琅地背着书文。那声音稚嫩，随着风吹散的白花瓣而去，传得很远很远，直至传于白云之间，隐没而去。

【二百三十七】

始皇既没，余威震于殊俗。

——《过秦论》

该是一个天光得盛的时日，云层聚拢于天中，却遮不去那昼日。天光大亮之时，仪仗张开，棺椁被抬起，慢慢行向如是宫殿的陵寝中。群臣立于陵寝前执礼，有大风忽起，使得那衣袍翻卷，使得那旗帜扯紧；黄土涌起，似使得那半城起了烟沙。

顾楠立在高处，披挂衣甲，手持立矛。耳畔风声猎猎，面甲被风吹得发寒，天下之色是一片瑟然苍黄。陵寝于历代君王继位起便开始修建，始皇陵如是，不过顾楠之前并未来过。

看得如此清楚的，这当是第一次。一颗石砾从高处被吹落，顺着坡落向陵寝里，一声轻响摔在地上，像是惊扰了什么，又像是什么都没有被惊扰。

陵寝静默，唯一站着的，便是落葬的室前无数的土俑。土俑的模样有士卒、有兵马、有车骑，其上涂着彩漆，面色恍若生人。立在一众兵马俑前的，是一队没有面容的士兵，身着纯黑的甲胄。他们的面容被狰狞的兽容面甲覆盖，所以留不下面容，有的只有那冰冷的、一致的面甲。在那队覆面的士兵之前，是一个同样覆面的将领。那将领的身形略瘦，手中的长矛立在身侧，腰间横架着一柄无格长剑。唯一不同的是，那将俑没有被涂上半点漆彩，只是一体的石白。一切无声，无数的土俑立在那儿，目视穿顶。

棺椁入墓，两旁的人开始封闭陵寝。土石从两旁铺洒下来，落在土俑的身上，落在肩头，又从它们的身上滑落，在它们的脚下堆积，直至一切归于黄土，再无半点展露。

礼毕。等到群臣都渐渐离开，仪队散去，李斯一个人站在那儿，望着茫茫无尽的苍穹，目光毅然。如今天下受难，世民疾苦，旧贵余怨此时定会再次煽动气焰，始皇又于此时故去，他明白天下终是要再次大乱了。老迈微沉的身影孤立在那儿，沙土从他的脚边吹过，眼睛轻合，李斯负着双手，像是一人站在天地之前。这天地凉薄，李斯斑白的头发被长风吹拂着，他或许看到了大秦的前路是什么，自己的前路又是什么，但是他好像无有退去半步的意思。

远处一个白袍人向他走来，手中的长矛握着，矛锋拖过地上。两人相互看了一眼，白袍人从他身边走过。"书生，你说，这大秦的后路如何？"他的身后传来一问。李斯轻笑了一声，有些沙哑的声音说道："大不过叫这薄天一炬焚尽。大秦犹在，斯便为相国，为相、为丞，为安国事。大秦亡去，不过是以这腐朽之身，殉于黄土，何足道哉。"

身后的白袍人沉默了一下，抬起头来问道："共走一遭？"

"共走一遭。"

黄沙掩去，那白袍人离开。

李斯站在原地，仰头长笑，笑尽，又悠悠地长叹了一声："盛世，何在？"

始皇崩殂，扶苏继位，年十二岁，丞相李斯佐政，命各地戍备兵甲，调剂各地粮务。

一户乡野间的人家，草棚屋看上去很简陋，该是匆匆建起的。去年的时候，那场雪灾将原本的屋子压垮了，以至于匆匆建了这茅屋，该是勉强能住人。屋外远处的田耕上看不到作物，那田已经荒了一年左右了，种不出东西，一年里不是雪灾就是旱灾。茅屋前的篱笆被推开，一个瘦削汉子提着手里的一袋豆粮走了进来，这是他今日去城里领来的。这一小袋，再怎么省也只能吃上几天而已。冬天是很长的，长到望不到头。汉子无奈地拿着自己手里的粮袋，干黄的脸苦笑了一下，对着屋里说道："我回来了。"

草屋被推开，一个饿得极瘦的妇人靠在门框边，门里一个孩子走了出来。孩子的模样虽然也饥瘦，却比两个大人好很多。孩子跑到汉子面前期待地问道：

"爹，有吃的了吗？"汉子的脸上勉力露出一个笑容，伸手摸了摸孩子的头，举起手里的粮袋："有了，不怕饿了。"孩子笑了，门里的妇人看着那小小的粮袋，却是干苦地抹了抹自己的眼睛。这样的一袋粮根本不可能够吃。夜里，家里难得吃上了三碗豆饭。三人围坐在桌前，汉子和妇人的碗里都只有半碗，孩子的却填满了。豆饭的味道是涩苦的，但孩子吃得很快，想来是饿极了。妇人扒拉了一口碗里的豆子，吃着，看向身前的男人，眼眶有些红，颤颤地问道："以后怎么办？"汉子不知道该怎么说，低着头，很久，苦笑一声，声音里带着无力与黯然，头几乎垂到了桌案上。"抱歉，一直没让你们过上好日子，只是跟着我受苦。"妇人抿了一下嘴巴，伸出手放在男人的手上，不知道该说什么。汉子的手握紧，他真的觉得自己没用。

孩子也停了下来，抬头看着男人和妇人碗里只有半碗的豆饭，还有地上干瘪的粮袋，慢慢把手里的碗推了出来："我，吃饱了。"

男人看向孩子，眼中无神，伸手拍了拍他的脑袋："多吃一些。"

夜里，汉子靠坐在床边，对身边的妇人问道："那人今天来了吗？"

妇人回过头惊讶地看着汉子："你真要……那可是要命的。"

汉子咧嘴一笑，手放在妇人肩上："我没什么，你们得吃上饭啊。"

没有粮食，这个冬天怎么过呢？他看向墙角里的一柄带着些锈迹的长剑，眼神坚定，沉沉地说道："他说他会让城里军中的兄弟说通驻城的兵伍，到时，一举把城里攻下，把粮食抢来。明天，我去找他。"

秦国兵役制：除正卒外，每户青壮每年服役一月，近地驻守，授予钱饷，是为更卒、为预备役。行更卒三年，可转为正卒，配以各地训练行阵，受正卒规管，享正卒钱饷。为六更轮调，每年可归二月。行正卒役满可转为戍卒，配往各地。

如此兵役制本是以休养民生，可也造成了一点，各地城中的驻军多为附近地区的更卒，也就是预备役，身为正规军的戍卒反而成了少数。大多数的戍卒都被调往边疆驻守，其中雁门为重。更卒未受过正规训练，多数本身都是平民。如果是一个安定的世间，如此安排没问题，反而能授恩于民。但是如果世间动乱，如此安排就不能安定了。

【二百三十八】

城中的军营中，火把点在营房里，照亮了一个人的脸庞。他躺在床榻上，火光照在他的眼里，好像他的眼中燃着微火。"都醒着吧？"躺在床上的人问营房里的人。营房里沉默了一阵，才有一个人说道："醒着，要做什么？半夜的、明日的守城我们轮值，早些睡吧。"

"在这儿的，都是更卒？"那人问道。

"你说梦话呢？"另一边的人被吵醒，不悦地说道，"不是更卒睡这里？"

"呵呵呵。"一旁的人都笑了，其中一个人对起初说话的人问道，"欸，你有什么想说的？"

"没什么。"火下那人扯了扯自己身上的被子，"我只是想问一下，大家家里还吃得上饭吗？"说完，他像是无奈地呼出一口气，"我家就在附近，我出来的时候，家里已经断粮好几天了，也不知道他们领上粮食没有。"

营房里沉默下来，没人笑了，也没人接茬，如同都睡去了。大概过了一会儿，才有人沉闷地说道："没得吃，这年头过成这般，谁家里还吃得上饭？"

"也就是我们在兵营里，还能有一口饭吃，不也吃了上顿没下顿的。"

也不知道是谁翻了一下身子，苦笑了一声："谁说不是？"

"我家里还待我更结之后，带着算下来的粮饷过冬呢。"

"够吗？"那人问了一声。

所有人静静地躺在那里，有人攥着拳头，有人把头闷在臂弯里，偶尔又能听到几声叹息，或是几声苦笑。怎么能够？更结算的那点钱饷他们早就问过了，能吃上小半个月都算不错了。

火下的人沉默一下："军营里还有一口饭吃……"

"想吃上饭吗，或许有个法子……"

宫墙间的浅草铺在地上，草叶弯曲垂在中间小路的石板上，顾楠走过石板间的小路，这里是公子府。外面一阵阵脚步声走过，是陷阵军的巡逻声。扶苏刚即位，她身为郎中令，负责宫殿守卫，这几日要着重负责好此处的安全。小路的尽头，顾楠看到了一个人影站在那里。身影显得有些老态，站在那儿看着公子府的院中。公子府的院中，一个白衫少年正坐在那里，桌案上堆着一卷卷竹简，看样子正是看完了一卷准备拿起下一卷。他仓促即位，有很多东西需要了解和把握，只能如此连夜苦读。

顾楠走过小路，走到站在院外的人身边。那人回过头来，脸上的老态在院中灯光的照射下更显了几分，头发又白了许多，身上黑色的衣袍披在肩上，在夜里的风里微晃。"书生，你怎么在这儿？"顾楠停下脚步，站在李斯一侧。

李斯移过视线，又看向院中的少年："就是来看看。而且陛下初涉政，若有疑问，我也好解答一二。"

夜里的风有些凉，李斯咳嗽一阵，紧了紧身上的衣袍。看着俯身在桌案前的少年，身影看起来很累，他眨了眨眼睛好像是想睡去，但是又不敢睡去，揉了揉眉目，继续看着竹简。

顾楠问道："陛下如何了？"

李斯笑了一下，像是欣慰，又像是无奈："陛下很用功。"

也只能如是。这年的秦中事务之多无法想象，雪旱之灾留下的遗祸，还有瘟疫刚去，各地的事态都不见好转。那天降般的灾祸覆盖了国中各地，一年中几乎无有粮收，北境又有匈奴作乱。如何安抚民生、如何调剂粮草、如何分配军伍，这诸般事务全部压在了这个初涉政务的孩子身上，他又能处理多少，能够用功务政已经是难得了。顾楠没有再说什么，转身离开继续巡视宫中，独留李斯一人站在那儿，身子在风中显得有些摇摆，脸上露出了几分疲惫的神色。他想起一句什么话，默默地念着："九州禹迹，百郡秦并。"

院外再无声音，李斯一个人立在那里，看着院中的灯火微明。

夜半时分，公子府中的灯火灭去。扶苏从桌案间站起身，穿过院中走向外面。他没准备休息，而是准备再去走走。他面上的表情有些晦暗，脚步走得很慢，顺着走廊踏出了院间。李斯看着院中的灯火灭去，也默然地转身离开。扶苏走在院中，院外传来沉闷的军甲的脚步声，他知道是有军队正在附近巡视。院中的草色沾染着月光带着一些荧灰，石板上也泛着清幽的浅色。扶苏立在院中，他有些不明白自己如今在想什么。他只知道父皇已经故去，没人再看着他读书，也没有人再站在他的身侧，说那天青地黄。

"大秦盛世。"扶苏喃喃说道，他还记得这是父皇教他时最常说的一句话。他常站在宫中的楼阁上东望远处，说盛世可期。盛世真的可期吗？他想问。他看过各地所书的竹简，大秦所求的盛世又在哪儿呢？"陛下。"身后传来一个声音，扶苏回头望去。那是一个身着白衣的将领，站在院门处看着他。"将军？"这位将军他是认识的，他见过她一面。他对她的印象很深，她的面甲很冷，而且抵得人很疼。

"陛下还不休息吗？"将领朝他问道。

扶苏摇了摇头："再过一会儿。"

将领点头，准备退去。

扶苏却叫住了她："将军，父皇之死，是天意吗？"

白袍将的脚步停下，半响，轻声地回答道："陛下，这世间没有天意。"

"那为何有那么多人说是天意呢？"扶苏抿了一下嘴巴，他不明白，要这世间盛世有何错，错到要天命来收。白甲将不再说话了，夜凉薄如水。扶苏感觉有些冷，问了将军最后一个问题："将军，大秦真的会是盛世吗？"换来了一阵沉默。扶苏苦笑一下，那苦涩的神情在一个少年脸上是那么格格不入。他正准备离开，身后却传来声音："陛下，会是盛世的。"

他回过头来，那白甲将像是在对他笑："那么多人用性命去求的，不能叫苍天开眼吗？"白甲将说着，"而且，我答应过别人的。"

我也求了一世，如何能舍呢？

【二百三十九】

深夜的街道上，除了打更的人，看到别人最好都躲着走，这话不是说说的。宵禁之后还会走在街道上的就那么几种，一种是入户的，一种是上梁的，一种是官家的，这些最好都莫要有什么交集才是。当然，想要在夜里的街道上遇到那几个人也是不容易的，通常情况下都空无一人。马蹄声在静无人声的街道上轻轻响着，偶尔还会传来马匹有些粗重的呼哧声。顾楠骑在马上，从腰间解下一壶清酒，打开盖子，将酒壶送到自己嘴边。她也不知为什么又习惯带一壶酒了，偶尔喝上一两口，却不知道是消愁还是添愁。

清甘的酒水带着照在酒间的月色倒入嘴里，酒气逸散。顾楠放下酒壶，这凉夜里，却也暖上几分。

武安君府门前，两个戴着斗笠的人坐在那里。两人怀里都抱着一把青铜剑，其中一个人坐在地上，另一个人则站在一边。"大叔，我们在这里到底是在等谁？"站在一旁的那个人声音年轻。斗笠下的眼睛看着夜里的街道，他们已经在这里等了一个白天了。这府里依旧没人，看这模样，就算是没有人，他身边的大叔也不会离开。坐在地上的人怀里拿着剑，低着头，压了一下头顶的斗笠，半响，才回答。那声音沉沉，听起来岁数应当已经不小了："等一个故人。"

"故人？"一旁的年轻人目光怔了怔。这些年，他随大叔见过很多故人，有的要杀他们，有的要救他们，也不知道这一次会是怎么样的。年轻人好像释然地挑起了一下眉梢，语气淡淡地问道："那人会来吗？"

"我不知道。"被年轻人叫作大叔的人坐在那里，淡淡地回答道。

"如果，"年轻人无奈地摇了摇头说道，"您的那个故人不来了呢，我们什么时候离开？"

"若是她不来，在这儿再等一天，我们就离开。"坐在那儿的人给了一个时间，从怀里拿出一块干粮递给年轻人，"饿了吗？"

"别，让我在这里陪你干等两天，一块干粮怎么够？到时候你要请我吃烧肉。"年轻人摆了摆手，一屁股坐在大叔身旁，看来是准备陪他一起等了。

"呵呵。"大叔笑了笑，"好，到时候请你吃。"

两人没再说话，坐在府前等着，直到一阵马蹄声传来。

两人看向马蹄声传来的方向，是一个骑在黑马上的人。那人还是一如既往，穿着一身孝袍。坐在那儿的大叔勾了勾嘴角，像是笑了。

顾楠也看到了等在自己门前的两个人，放下手中的酒壶，驾着身下的黑马慢慢走上前去。

她没有说话，只是静静地看着那两个人，直到其中一个人摘下斗笠。"师姐。"顾楠笑了，像是见到故友的神情，从马上翻身下来："小聂。"

年轻人愣在原地，他还从未听说过大叔还有一个师姐。他看向眼前的人，此人颇为古怪地穿着一身白色的将袍，孝白色的那种，看上去挺不吉利的。声音该是掺杂了内息，听不出男女老少，只是一种很模糊让人记不住的声音。不过，不知道为什么，他对眼前的人有些眼熟。盖聂已经摘去斗笠，露出了他的脸庞。夜里的街道上有些看不清，但是依旧能够看出他已经发白的鬓发，和脸上时间刻下的痕迹。他的斗笠拿在手中，看着眼前的故人，面上难得地露出了一分笑意，那笑容却是比记忆中的多了几分怅然，目光落在顾楠手中的酒壶上。

"师姐，我记得你好像是从不喝酒的。"

"是吗？"顾楠握着手中的酒壶，抛了一下，淡笑着说道，"不知道什么时候又开始喝了。"没有再谈这壶中之物，她看向盖聂身边的另一个人，"他是？"

年轻人摘下自己头上的斗笠，露出一张爽朗的面容，眉目之间好像让顾楠记起了谁。眼睛看向他的脖子，那里吊着半块青绿色的坠子。她好像知道眼前人的身份了："他是当年……"

"是。"盖聂打断她回答道，好像是不希望顾楠把一些事情说出来。

"你何苦答应他？"

年轻人有些摸不着头脑地听着顾楠向盖聂问道，盖聂则简单地笑了笑说道："师姐当年和我们说过，大丈夫，言出必行。"

"呵，"顾楠轻笑着将酒壶重新绑回腰间，"这是你的事，我不管。"

年轻人站在一旁,抓了抓头发,他是听不懂两人讲话的,也不知道这两人怎么了,话都只说一半。他该打声招呼,但是他不知道该叫眼前的人什么。他唤盖聂为大叔,此人是大叔的师姐,他眼前一亮,好像有了一个想法,看着眼前的人讪笑了一下:"大婶好。"

场面有些安静。盖聂的眉头跳了一下,好像是有些无力和苦恼,这小子确实不太聪明。

一旁的黑马打了一个响鼻,应该是无意的,但是在这般情况下,却是起到了一般场景里乌鸦的作用。顾楠沉默半晌,扯出一个微笑:"你可以叫我师伯。"说完看向盖聂,"他叫什么名字?"

盖聂识趣地一起扯开话题:"他叫天明。"

"天明,"她念了一遍这个名字,"是个好名字。"顾楠也不知是有意还是无意地瞥向了远处的夜幕之下。是天将明的意思吗?她牵过黑马的缰绳,向门内走去:"进来吧。喝茶还是喝酒?"

"喝茶。"

"喝酒。"

盖聂和天明给了两个不同的答案。

天明的动作一僵,盖聂则看着天明淡淡地说道:"你还不能喝酒。"

小院中是一地已经枯败的落叶。那院中的老树已经有几年没有再长出新的枝叶了,也很久没有再落叶了,这么多年,也该是快要枯死了吧。桌案旁对坐着三个人,顾楠坐在盖聂和天明的对面,案上则放着两杯温水。

【二百四十】

夜已经很深了,天明坐在一旁打了一个哈欠。"你们今日来找我是做什么?"顾楠盘坐在坐榻上看着眼前的两人,最后看向盖聂问道。盖聂拿起一杯水,放在嘴边吹了吹,温热的水汽被吹开。他似乎是在考虑如何说,没有喝水,又将水杯放回了桌案上。"师姐,我今日来,是想劝师姐离开秦国。"

枯老的树下水汽飘散,顾楠轻挑起眉毛问道:"哦,为何?"

"师姐应该已经看到了秦国的天下,何必执着?"盖聂平静地问道。

民生不济,天将大乱。

一阵晚风吹过,天明突然闻到了一股淡淡的香味从身前吹来,神色恍惚了一下。这个味道他好像闻到过,记忆里是在一棵花树下,一个人替他挡着雨,身上很香，就是这种浅浅的香味。没等天明想起那个人，身前的人却已经说话。

顾楠摇着头："我不可能离开。"

"为何？"盖聂不解，也不明白。

"小聂，"顾楠笑着看向盖聂问道，"我不知道那老鬼有没有教过你一件事。"

"师父？"盖聂好像回忆起了什么，看向手中的剑，"什么事？"

"执念。"顾楠静静地说道，仰头看着那棵枯树，好像那枯树在眼前逢春，抽出了绿枝新芽，沾染着暖色的日光。她像是舒服地眯起了眼睛，然后哂然一笑："此处，便是我一生的执念所在吧。"

一座城中。夜幕下的城门前带着微微火光，一队平民打扮的人站在那儿。他们手中有的拿着农具，有的拿着有些残破的兵刃，有的甚至只拿着一根木棍，看上去约有千人。队伍中的人神色都有些忐忑，直到一个人站了出来，举着火把对城中晃了晃。城头上该是有人看到了火光，城门慢慢打开。"破城，夺粮！"站在前面的人低声喝道。两个词让身后千人中不少人的眼神坚定了下来，露出了狠色，跟着喊道："破城，夺粮！"他们需要吃饭，需要粮食，不然他们、他们家中的人，都要饿死。

城中，一队士卒正在巡逻，领队的人提着一把长戈站在队伍前，严肃地看着身后的队伍说道："都给我小心一些，上面吩咐了，这些时日各地的城里都可能不太平，加派了各地的正军驻守。若是有什么乱事，及时压下去，另有行赏。"声音不重，但是里面的意思很明白。他身后的一队士兵，听到那"另有行赏"四个字，眼睛一亮，点了点头一起说道："晓得的。"

他们都是正规戍卒，从各地征调来驻守此地的。对于这些当地人，若是敢起乱，他们也不会留情。突然前面的路上传来一阵纷乱的人声，还有火光，人声叫喊着："破城，夺粮！"领在队前的队正皱着眉头举起手来，他身后的士兵也抓紧了手里的兵刃。很快，人声近了，那是一队举着火把和农具的平民，正向城中冲来。

"这？"队正呆住了，一眼望去近千人，都是乱民不成，到底是怎么进城没有被发现的？该死的，难道他们买通了守城的兵卒？队里的士卒不过数十人，挡在这几千人面前确实少得可怜。"队正，怎么办？"一个士卒看着越来越近的千人问道。领头的队正突然看到那批乱民后居然还跟着一些人，穿着守城卒的衣甲，好像是有其他士卒正在追赶这支乱民，而且人数不少。队正面上露出一分喜意，高呼道："后面的兄弟，我等来助你们！"

他没有想到，一城中的驻卒，有近一半都是从此城附近的乡村上征召来的青壮更卒，他们一年只有一个月在附近的城中服役，其余时间都在家中务农，没有接受过正规的训练。从本质上讲，他们就是附近的百姓。附近的百姓中多有他们的家人亲属。附近的百姓吃不上饭，也代表着他们的家人和他们回去以后吃不上饭。如此一般，百姓动乱，他们帮谁？

　　站在乱民前的巡逻士卒正准备动手，但是等到那些乱民真的冲近了，他们才发现，跟在乱民后面的那些穿着守城衣甲的士卒好像根本不是在镇压乱民，而是在帮助乱民冲进城中。队正看向那越冲越近的队伍，咽了一口口水，突然转过身来，跟着乱民高呼着："破城，夺粮！"没入了队伍中。

　　天光破晓。那座城池已经被破开，守城将的头颅被砍了下来，城上的秦旗也被斩了下来。

　　被俘的士兵被绑缚着，被扒去了身上的衣甲，夺去了手里的兵刃。乱民打开了城中的粮仓，将其中所剩不多的粮食哄抢一空。也不知道是谁第一个开了住在城中的人的房门，抢了起来，随后一群人都抢了起来。城中一片乱象，哀声、号声、笑声遍地响起。城头上，一个穿着将袍的人站在那儿，拿着手里的长剑。这一身将袍却是从那守城将的身上脱下来的，还沾着血迹，他也不避讳。

　　一个人穿着副将的衣服从城墙下走了上来，站在他身边说道："将军，城中的余粮只够军中吃上一段时日的，怎么办？"

　　那人脸上一沉，随后又松了开来："呼声起叛，让天下饥民来投，夺城。"

　　"那将军，呼声怎起？"副将皱着眉头问道。

　　"简单。"穿着将甲的人笑了笑，看向破晓的天边说道，"秦政无道，天亡其命！"

　　副将深吸一口气，躬身行礼："是！"说着退了下去。只剩下那人站在城头，看着地上的秦旗："王侯将相，宁有种乎？"

　　一处府中，堂上正坐着一个青衫之人，那人看起来该是中年，但是眉目清秀，平白年轻了几分。一个身穿长袍的人从后房走了出来，腰上系着紫色的腰带，对堂上的青衫人拜道："张良先生。"被唤作张良的青衫人笑着站了起来，对堂上的人行礼："公子。"

【二百四十一】

　　堂上系着紫色腰带的人看着张良，站在那儿许久，随后又是一笑："这么多年了，信是真的没有想到，还能见到张良先生。"

张良也出神了一下，半晌，才说道："得见公子，实乃良之大幸。"他早年得知韩国宗亲在新郑行叛，被平毙命，本已经心若死灰，自认复韩无望，却万没有想到如今还能见到一位韩王室。"先生无须再叫我公子了。"

堂上的人有些黯然地摆了摆手，薄笑了一声说道："当年秦国各地搜捕韩氏亲近，为苟全性命，我已经未用韩姓许久了，改用姬姓。所用先遗钱财，在此埋名罢了。"他本名韩信（非历史名将韩信），是为韩襄王仓庶子，秦国镇压新郑叛乱时他已经被遣送在外，也因此才留得一命。如今却是用姬姓，很少会再提及那韩氏之事了。带着些自嘲的语气，姬信继续说道："有宗不能认，实在是愧对先人。"

"还请公子勿要自轻。"张良行礼拜下，目中带着一些激动的神色。只要韩王室尚在，韩国就有复国之机。

"呵，先生不必再行礼了。"姬信走下堂来，伸手将张良扶了起来，"倒是不知先生来寻信，是所谓何事？"

"既然公子相问，良自当无有隐瞒，直言便是。"张良低头说着，慢慢抬头看向面前的姬信问道，"公子，可有复国之念？"

站在张良面前的姬信怔在那里，良久，才回过神来，眼睛向四下看去，见无有旁人，才松了一口气。他慎重地看着张良说道："先生，此事还是勿要再说了，以免招来杀身之祸。"

看到姬信眼中无奈的神色，张良不死心似的继续问道："公子，当真未曾想过？"这一问姬信没有急着回答，而是静了下来，沉默着看向堂中的地上。须臾，他对着张良说道："先生请先坐下。"说完，先在堂上桌案边的一张软榻上坐了下来，用手指了指身前，示意张良坐在他的对面。张良躬身，慢慢坐了下来。姬信坐在张良对面，轻合着眼睛斟酌一下，苦笑着说道："先生，信是想要复国，奈何无有兵甲之力、广地之基，只是一心所想，又有何用呢？"他笑得很无力，说来也是如此。他手中没有兵力，又没有土地，何来的人投靠，何来的人复国？

张良却好像没有在意这些，他想要的似乎只是姬信的一句"想要复国"。只是如此，好像对他来说就够了。他的目中带着一分坚定的神色，将手放在自己身前，拜下身躯，头几乎拜在了桌案上，一字一句地说道："公子，无须兵甲广地。如今之秦国，良可助公子复我韩疆！"

姬信怔怔地看着张良："先生，可是真的？"他有些不相信。也难怪他不信，他手中一点余力也无，又如何能够在这强秦中得立？

张良抬起头来，眼中毅然："良不敢妄言。"说着看向堂外。姬信所居之地在一偏城之所，屋外是一片林木，看得出护养得不错。"公子认为，如今这秦国的天下如何？"

"秦国天下？"张良的问题让姬信不解，但他还是思索了一下说道，"秦国地广袤大，强兵之卒各地屯驻，又有更卒之制，得养民生不空城军。朝臣能战而胜，言而治，行而安。始皇虽殁，二世扶苏尚幼，但多有传其仁善勤政。如此秦世，当是盛强。"

姬信说完，张良却笑了，笑得古怪。

姬信疑惑地看了一眼张良："先生为何发笑？"

张良摇了摇头，笑着说道："公子所说是年前之秦国，而今之秦国，公子可知如何？"

看到姬信一时不知道如何作答，张良才说道："公子可知年前之雪灾，年中之旱，年末大疫？"

姬信笑了一下："此事我当然知晓。此经年之灾布及各地，若非我往年所收之田亩大收，家有余粮，如今还招待不了先生呢。"

"是，公子家中田亩几何？"张良有些神秘地问道。

姬信算了一下说道："逃于此处时，索性带了一些钱财，当时信将这些财货换去，这方圆近百户，皆为我所收之地。"

"近百户。"张良点头说道，"今年这近百户产粮几何？"

"先生说笑了，方才还不是说那旱、雪之灾吗？今年之灾，百户是无有粮产的。"姬信笑着说道。他府上如今吃的已经是年前留下的屯粮了。

"是啊，公子百户之地无有粮产，秦国分田于民，每民授一户田顷。公子说，这一户田顷能有多少粮产？"张良伸出一根手指，好像指着那一户之地。"今年至今，百姓就算家中有余粮也该吃完了，但是田中还无有收。各地水渠干涸，不能耕种。待能耕种，还要数月之余；待能产粮，还要数月之余。总得一载有余，此时百姓已经吃不上饭了，之后的一载有余又如何过？无粮可用，民不能活，如此怎办？"

姬信愣住了，如果真到了天下无粮的地步，会是一幅怎样的景象？到了那时，人为了有一口吃的活下去，恐怕什么事都做得出来。相互争抢粮食都是小事，恐怕到了饿极之时，甚至会吃人食骨。到了那时就不是一场叛乱这么简单了，而是一场苍生浩劫，也会是一次绝无仅有的难得时机，稍加引导，这天下乱民会是一股很可怕的力量。

"先生，"细想了一遍其中的利害关系，姬信的眼中有了一些难明的神色，"先生可有明策？"

房外的日光晃晃，错落在树影间，张良转过头看着姬信，开口说道："公子，你需要等一个时机，随后便能搅动天下风云。公子可有国中地图？"

姬信咬着自己的嘴巴点头说道："有，先生稍等。"

【二百四十二】

一张兽皮上的大图被铺开在宽大的桌案上，姬信站在张良的一旁执礼握着图卷。图卷上川河所流、城郡所立，皆有明细。图中将国中的要道重城皆标注了出来。张良站在图旁看着图上的秦国，目光落在了地图上标注的新郑之地，不知道为何出神了片刻。那一日韩国破碎，韩王坠城而亡，他的父亲也殉国而死，一夜之间他国破家亡。他暗暗握起手，抓着手边的衣袖，这一次，他要秦国如数奉还。"公子，此时还无须急动。"张良淡淡说着，手放在这张大图上。"民不聊生之际，定有人起乱事，等到此人起乱之际，就是我等行事之时。当首起乱必当天下呼应，也定当最受秦国注目。届时，秦国起兵平乱此军，国中空虚，公子可乘势将屯粮分授予无粮民，从而起民为军。天授之灾，亡秦以活天下为号，引万民攻秦而夺粮分赐，让其民能活。"

张良的目的很简单，在天下无粮，万民为了争抢粮食大乱的时候起事，将自己手中的屯粮分出以让乱民跟着起军，再引导乱民让他们觉得秦国所驻的各地有粮仓可抢，是秦国引来的天灾，就该把秦国灭亡，将他们的粮食分给天下，让天下人活，如此就可以让天下的百姓皆站在秦国的对立面。国有民几何，至少千万，世人皆无粮食，该要饿死之际又会如何？世间大乱。世间千万皆乱，秦国就是有百万之军又能如何？何况到时秦国各地囤积的粮草都被一拥而起的叛民抢去，秦国自己国中恐怕也难有多少粮草供养他的正军，而秦国的正军如今又分散各地。张良这是要将这世间推入一场大乱，推入这场棋盘，让秦国灭亡。

说着，他将手指移到了骊山上："秦皇建陵于此处，然非是用徭役之民，而是囚卒，多为行罪之人，或是六国亡军的俘虏，二十万。"

"二十万，囚卒俘虏……"姬信念着，看着图中的骊山，"起兵之际，秦军正军当在镇压首叛之人。"

"我等可趁机将此处破开，将此二十万囚卒解出，杀守此地的秦人，以将此二十万罪卒、六国降服之人收入麾下，乱秦之世。"张良的眼下好像兵戈林立，似是看着乱世已起。"届时，我军大势可成，呼号六国旧贵，举旗而起，共讨秦地。"他的手指在此滑过，落在了雁门之南。"匈奴受雪无食，而南下行掠，秦国二十万蒙军于此抵抗。若是关中有动，恐怕此军会弃城南下以保关中。"说着，张良在雁门的南下之路上轻轻一画。"待六国旧贵四起，无食之民呼号让秦地大乱之时，秦军顾及无暇，我等不与秦军交战，至此处，断蒙军粮道，截一军之粮草辎重。获此辎重方可久战，武装囚卒，并断二十万蒙军后路，让其无粮而守匈奴，无援而不能南下，用匈奴灭此军。于此时势，我军可得数十万军，加以秦国为蒙军所调集的大军粮草，当为世间除秦之外最大之势。呼势响应，召集六国之人从各地而攻秦军正军，以粮草规整乱民以强自军。秦正军分散各地，便是临时规整，主军当不过六十万。届时，收叛相争所耗兵力，镇压无食乱民所耗兵力，受六国旧贵骚扰所耗兵力，所余当不过半。三十万军，规整六国之力，集结乱民，当可破之。"

何况到时，恐怕天下都在反秦。不为别的，世人无有吃食，六国旧贵有一部分未被夺去田地，家中多有屯粮。将此屯粮分与乱民，说跟我走，可夺国中之粮而活。百姓为了活下去，自然会攻侵秦地。而秦地的粮食呢，在灾祸开始之时就已经开仓济民分以天下了，调集的一批军粮送到北地被张良设计截下。到了那时，秦国之中、咸阳之中恐怕也没有多少粮食了，而饿疯了的百姓只会发疯地抢。张良说到此处停了下来，看向姬信："公子，到时，我等自可光复韩国。"

姬信看着张良的眼神不自觉地有一些躲闪和怯意。在张良的谋划中，却是一场天下千万人的动荡乱世，这乱世之后，天下之人恐怕会死去近半之数。过了一会儿，他才长长出了一口气，整理了一下衣袍，在张良的面前拜下："先生助我。"

"公子无须拜。"张良站在姬信面前还礼，"良自当，穷尽所能。"

一片山林中，轻灵的鸟语在空无一人的山林间回响，一袭灰衣从林间走过，他的头上戴着一个斗笠，怀中抱着剑。灰衣人的身后跟着一个年轻人，他正吃着手里的干粮，吃了一半，又收了一半放回怀里。这年头，便是一块干粮都得省着吃。"大叔，我们去做什么？"

"见故人。"

"啊，为什么我们总是去见你的故人？"

没有理会年轻人的抱怨，灰衣人慢慢停下脚步，身后的年轻人一时不察，差点撞在灰衣人的背上。他疑惑地停了下来，走到灰衣人身边，看向前处。在他们面前的是一幢小木屋。木屋前，一个人正站在门前，好像就是在等他们。那人有着一头苍白色的头发，身上披着黑金色的长袍。他似乎发现了他们，回过头来。年轻人的眉头一皱，手放在腰间的剑柄上。他知道眼前的人是谁，那人是大叔的师弟，却总想着杀掉大叔。他不明白，同样是同门之人，为什么前些日子见到的那个师姐那么和气，眼前这个却是见人就砍。

灰衣人看了那木屋前的人一眼，点头说道："小庄。"

站在门前的人平淡地打了一个招呼："师兄。"

年轻人无聊地靠在一边，看着坐在木屋前的山崖边的两个人，他们这次却是难得地没有打在一起。卫庄坐在盖聂身边，那柄怪异的剑被他放在膝上。"你去见过师姐了？"

盖聂点头，算是回答过了。

"嗯。"

【二百四十三】

斜阳之下，人影微斜。卫庄和盖聂坐在山崖边，他们年少时，也常一起坐在这里。只不过那个时候，他们身前还有一个老人。鬼谷，他们都已经很久没有回去了。

那山间木屋的梁上带着灰尘和蛛网，卫庄看向山崖下的谷中，身上的长袍被山风吹得猎猎作响："你是去劝师姐离开秦国的？"

"对。"盖聂从怀中拿出一块干粮，他一路走来却是一直没有吃过什么东西。他看了卫庄一眼，将自己手中的干粮掰成两半，递给卫庄一半。卫庄看了一眼他手中的干粮，沉默一下，才缓缓伸手接了过来，放在嘴中咬了一口。"她不会听你的。"

"确实没有听。"盖聂吃着干粮，眼睛看着远处的山林，那林木被落日的暮色沾染，带着余红。

"你可知道为何？"身边的卫庄问着。

盖聂并不能说明白，最后摇了摇头。

卫庄看向他，突然问道："你回去看过吗？"

"看过什么？"

"她当年带我们埋下的那三块木牌。"卫庄的眼里带着异色，也不知道是在怀念什么，还是在无奈什么。

"木牌。"盖聂点了一下头，"早该烂去了吧……"

"你可以回去看看，若是那木牌还在，你会知道答案的。"话至此处，卫庄再没有多说什么，他和眼前的人本就没有什么话说。黑袍卷动，那白发人抱剑离开。

世人受饥而不定，陈中起事，号秦政无道，天亡其命。呼号而起，云集响应，连破二城而居陈县，立为张楚。扶苏看着手中的竹简书文，眉宇间带着点漠然。百姓起叛，该是想到了，也该是没想到。想到的是，国中受灾之后，田耕难种，而国中不多的屯粮贮仓根本不足以养活天下人。天下人都吃不饱饭，受饥数月，此般之下被有心人煽鼓，自然会一呼而起。没想到的是，成势居然会这么快。"在世民眼中，我大秦，已经是一个无道之世了吗？"

座前的扶苏轻轻将竹简放在身前，竹简落在桌案上发出一点声音，他抬起眼睛问道。此事他本应该先开朝会，聚众臣而议，但是他没有这个心思，他只召来了两个人。父王在时就常对他说，遇事可多与这二位先生商议。

顾楠和李斯坐在扶苏面前，其实他们来之前就已经对扶苏要问之事有了些许猜测。陈县饥民起事一事已经传之甚广。扶苏院中的侍者和乐师都已经退下，此时的院中只有他们三人坐在亭下，亭下的公子脸上带着不像少年人的疲倦和萧瑟。

李斯坐在扶苏身前，俯下身子说道："陛下不需如此。国中行政度务皆有治理，民生不调，是灾祸横行，非政务有失。"说到此，李斯的身子更倾了一些，衣袖垂在地上。

顾楠看向他，莫名地觉得他好像有些无力。她抬起手，对扶苏说道："陛下，乱民无度，难成大势，然放任不治，恐为祸患。当速派一军为平，以慑后乱。"

扶苏点了点头，他明白顾楠的意思。对于这种民乱，只能用强硬的手段，否则，解决得越慢，乱事就越大。

李斯坐在一旁，像是做下了什么决定，说道："陛下，如今国中不安，粮务受紧，又有民乱起事，恐六国中有从立为谋者为众。臣议召回百越、雁门之军，固守关中，待关中稳定，再谋外敌。"

如今秦国国中确实可以说是动荡不安，第一支民乱起事后，少不了响应者。而其中，如果有六国旧爵趁势而谋，到了那时就不是普通的民乱，而且如今国中粮草吃紧，很难再支撑大军在外为战，不若以退为守。虽然如此般做，自当会有所舍弃，却也是最能稳定国中的办法。大军在侧，必然能让暗中的宵小多有忌惮。李斯所做的决定无可厚非。如今国中饥寒，民乱已经像一堆干草，只要一点火星就会燃起熊熊烈火，而后一发不可收拾，稳固国中当为上策。

扶苏听着李斯的上议，却没有第一时间首肯，而是思量着，半响，才面色沉重地问道："丞相，如今匈奴在北要南下行掠，若是将北军撤回，稳固关中，匈奴将无有阻碍。如此，赵、燕之地的百姓会怎般？"他虽然是问，但是心里应该也知道答案。若是蒙军撤回，匈奴自当南下劫掠百姓，首当其冲的就是赵、燕之民。如今国中各地本就无粮，再受匈奴劫掠一番，两地之民恐怕无有活路可走。

李斯没有回答，扶苏沉默下来。

"还是莫要撤回北地之军了，我大秦子民已受尽天灾之苦，经不起人祸了。"扶苏怔怔地说着，"调集粮草运往北地，助蒙将军大破匈奴凯旋，另命百越之地五十万军回关中固局。"叹了口气，李斯没有再坚持，俯身受旨。虽然未能召回北地二十万军，但是如今的局势，百越之地的五十万军回关应当足矣，若是再有生变，届时亦可将北地之军再行召回。

"至于陈中乱民……"

"陛下，"顾楠在一旁低头说道，"臣可领军平叛。"

"好，那就托于顾将军了。"

顾楠和李斯一同走出宫门。站在宫门外，李斯回头看向宫墙的尽处："顾先生，你说，这国中乱象还有多久才能平复？"

"待到田埂得耕，户粮得产，这乱象自会平去。"顾楠说着，看着道路，将抱在手侧的头盔戴在头上。

"是啊，有粮可安，乱象也该去了。"李斯的眼睛没有看着顾楠，依旧落在宫中，像是自言自语，"无有变数，待有粮产，尚需一载。民中已无粮可用，这一载会死多少人？"他像是在问顾楠，又像是在问自己，又像是在问苍天。

顾楠系着头盔的手顿了一下，随后将头盔扎紧："国中还有多少粮食？"

"各地粮仓开仓济民后所剩无多，些许地方当还够分发月余。"李斯的声音不重，但是很清楚，"待将北军之粮调集，关中之粮恐怕也无剩几许了。"

要不了多久，恐怕真的要走到世间无粮的地步，哪怕是关中之地，到那时也会饥民遍地。

顾楠不再问，向宫外的道路走去；李斯也不再说，立在宫门前。

这一载会死上很多人，甚至会比那乱世还要多。

【二百四十四】

咸阳城周正军不过十余万之众，为平民乱，起五万正卒、五万更卒，总十万之众，受陷阵所领入陈郡，剩余兵力大多调入咸阳固守。乱军所过之处，抢夺各地粮食，未行乱追随之人受夺失所，落及各地，而成流民。流民无食，窃抢求活，以致流民愈多。郡中各县四乱，民无可过活。一地县下的村子里，地上只露着枯黄泥土，草皮、草根该是都已经被人拔去吃了。

破旧的房屋立在黄土上，门锁着。房子里，一个面黄肌瘦的妇人正拿着干柴烧着火，火上放着一口大碗，碗里煮着一瓢浅水，水上漂浮着几片草叶，还有些草根，水下还煮着一些豆子，几片豆皮漂着。煮了半晌，妇人看着那碗不知是草汤还是豆汤的东西，咽了一口口水。"哇啊啊啊……"她身后的床上传来一阵哭声，哭声不响，或者说已经很弱了。妇人惊了一下，连忙起身，擦着手走到床边，看着床上的孩子，有些慌张地将孩子抱起，轻拍着孩子的后背。"不饿不饿，马上就有东西吃了。"那妇人轻声说着，"不饿，不饿。"眼睛渐渐发红，到最后就连语气都是哽咽的，直到她说不出话来，无声地哭着。她怀里的孩子却是不再哭了。妇人抿着嘴巴，将孩子放在床上，拿了一口碗和一只勺子，将火上的汤盛了出来，端到孩子面前。她抹了一下脸上的泪水，用勺子舀起被煮得烂糊的豆子，吹温之后送到孩子嘴边，笑了一下，轻声说道："来，吃饭了。"

孩子张开嘴巴，吃着豆子，妇人一勺一勺地喂给他，直到孩子吃饱了睡去。妇人看着手中已经凉了的汤，里面还有几片豆皮和草叶，将那汤喝了个干净。她将碗放下，看了看家中，四面都已经没有东西了。她走到一个木柜子边，打开柜子，里面有一个破旧的布袋，手掌大小。妇人把布袋取了出来，里面大概还有小半袋豆子。又仔细地看了一遍，妇人终是忍不住，拿着袋子抽泣着。已经不够吃了，田里根本种不出粮食，便是能，她也没有东西可以种了，就是种下去，也还需要数月才能有收，她和孩子根本不可能熬到那个时候。这些豆子，就是只让她的孩子一个人吃，也不够吃多久了。她不知道怎么办，家里能卖的、能换成粮食的，她已经全部卖出去了，她真的没有办法了。

砰砰砰，房门被粗暴地敲响，妇人吓得慌忙将手中的袋子放回柜子里合好，双手攥住衣服，对门外紧张地问道："谁啊？"

"查粮的。"门外一个男人粗暴地大叫着。妇人眼里的泪水差点又流了出来，没有去开门，而是缩在墙边。"我，我们家已经没有，没有粮了。"

陈县叛乱，叛乱之人各地抢粮食，被抢了粮食和屋子的人，要么跟着乱军领口粮吃，要么成了流民。这些流民不比乱军好到哪儿去，为了有口吃的，流落各地，四处偷抢砸夺。他们抢不过乱军，就抢那些老弱妇孺。不可能有人查粮，门外那查粮的无非就是来抢粮食的。

妇人躲在墙角不开门、不出声，但是那破旧的门板挡不住什么。外面的人开始撞门，一声又一声撞得沉闷，该是吵醒了孩子，床上的孩子大哭起来。妇人跑到床边，将孩子抱在怀里，缩在角落里。那门终是被撞开了，一个男人喘着气走了进来，眼睛看向房里，除了一个妇人和一个孩子没看到别人，对那妇人冷笑了一下："把粮食交出来。"

妇人缩在那儿，只是一个劲儿地摇头，带着哭腔说："没了，真的没有了，求求你了，放过我吧……"

"放过你。"男人看着妇人和孩子，神色像是松了一下，但很快又沉了下来，低声说道，"放过你，谁放过我？"他没再说什么，也没有对妇人做什么，只是在屋里翻找着，将各处都翻了开来。到最后他开了木柜，看到木柜里那个干瘪破旧的袋子，将袋子拿了出来。男人打开袋子，袋中的豆子撒落几粒，被他捡了起来，重新将袋口扎紧准备出去。

"不行！"妇人哀号了一声，放下孩子，冲上前抓着男人的手臂，跪在那儿，用尽力气求道，"那是最后的了，是留给我的孩子的，求你了，真的求你了……"

妇人一边说着，一边在地上磕头，磕到额头破开，鲜血从额头上流下来。男人没有说什么，推开妇人的手走出了门。

妇人追了出去，拽着他的衣角："还给我吧，还给我吧。"

村中别的房子的房门都紧锁着，没人出来帮忙。他们不抢已经是看在旧日的情面了，没人会想在这个时候出来招惹是非。忽然，远远地传来一阵沉闷的声音，是一支军队行来，远远地能看见一个白衣白甲的将领提着一杆长矛，身后是看不到头的军伍。男人没敢多想，甩开妇人，拿着袋子向远处跑去，只留下妇人摔在地上，跪在那黄土上，两手沾染着尘土，衣衫脏乱。她跪在那儿，好像一下子失去了全部东西、全部力气，软软地倒下来，趴在那儿哭着，泪水滑落，落在尘土间。

大军从村边走过，顾楠侧过眼睛看到一个人跪伏在那儿痛哭着，身子像是被压垮了一般。

军队没有停下，只是顺着前路走去。他们一路走来，已经见过太多太多活不下去的人。他们不会管，也管不了。大军走过，妇人跪在那儿，在大军一侧的不远处，哭了很久，哭声回荡在大军中，传进了每一个人的耳朵里。

顾楠走在前面，长矛垂在马侧。

【二百四十五】

公元前217年末，国中受灾，水力不通，田耕无种，粮产难济。世所无食而难活，纷乱得起于陈县。是时各地民声怨起，郡县不定。二世以派陷阵军平乱，兼从丞相李斯之议，稳固关中。授右尉将王贲、副将王离成卒三万，领巴郡之军而固秦南外楚地；内使腾领安邑之军，以守函谷定汉中；少府章邯为左将，领河西更成内安上郡；召百越赵佗五十万之军回关内而踞。如此关中驻军而守，是固安内地，以预世乱。

月余之后。一张巨幅地图挂在墙上，一副公子打扮的姬信坐在堂中，他的眉头深锁，看着地图的一处不语。该是看得太入神，就连他身后站着一个人，他都未有察觉。

"公子。"一个不重的声音在他身后响起，姬信回过头来。是张良，他穿着一袭青衫，双手放在身前，对姬信拜下。

"先生。"姬信回过神来，坐在那儿低下头说道，"先生无须多礼。"

张良直起身，看向姬信挂在墙上的那张图，是国中的地图。"公子在想什么？"张良问道。

姬信回过头去，看着墙上的图，苦笑了一下："先生，信在想如何可行先生之策。"

"哦？"张良笑看着姬信问道，"公子可是有何不解？"

"是。"姬信黯然地点了一下头。"先生之策可为我谋得大军，亦可谋得屯粮，能助我在乱中得立。但是先生，这第一步，信就不知该如何施为。"说着，姬信指向地图上的骊山。"骊山之地位于关中咸阳之侧，关中各地关口皆有秦军驻守，是严防密布，而骊山又为皇陵。如此之地，我等起军不过万余如何能破？"

姬信说的不无道理。先不说骊山为始皇陵，定有兵力把守，就是骊山的位置，位于秦国腹地，根本不是他们这种刚刚起军的乱军能够抵达的地方，又如何能破骊山，将那二十万囚卒放出施为己用？张良看向图上的骊山，却是笑着问道："公子可知如今秦国之策？"

"秦国之策？"姬信一愣，"何策？"

张良信步走到图前，指着地图："秦国的平乱之策。"说着，他用手在地图上圈出了一块地方，"如今秦国兵力四散，难以调聚，对于六国之地的所控皆弱矣。兵力尚存之处，是在关中。关中正军所余当有十余万，或是二十万，其中数万于咸阳城中；数万于函谷领汉中更正卒；数万领河西驻守上河西郡；数万领巴地，立巴郡楚地之侧；数万受陷阵所领于陈地平叛。如此，关中正军兵力尽分，所驻各地兵力是为更卒，其中包括这骊山之地。如今这个时候，秦国有多少兵力看守这支囚卒？恐怕其中不过是更卒尚在，受咸阳之中威慑罢了。"

张良回过头来看着姬信："公子，你说，如果此时囚卒暴乱呢？"

"暴乱？"姬信皱着眉头思索了一下，眼前渐渐亮了起来。

"如今国中各地民生艰难，这些囚卒该是过着怎般的日子？"张良继续说着,"其中之人多为六国降服,又或是重罪处责之人,对秦本就固怨,忌于所威,才是不反。然此时无有重兵之力,又受饥寒之迫,若安排人在其间煽鼓,说秦欲将此中之人皆落殉葬,再有人带势而起,叛于秦军。此二十万人一呼而起,公子认为,骊山可破否?以如今的秦力可有力镇压?"姬信的脸上露出笑意,他好像已经看到那二十万人一呼而起的模样。"到那时,自是秦国关中动乱,可命那煽鼓带势之人再与囚卒说是韩王旧子欲解救其中,他们可来此处寻于公子,公子会予他们吃食、兵甲。"张良指在秦国关中通向北地的必经之路上。"待与其人会合,公子可做惊善之态,言明不知有此多人受秦之苦,未有这般多的粮草养活众人。于此,带军截秦运北地之辎重,以供军用。受解可温饱,二十万人自也就归于公子所用了。"

姬信笑着,眉间完全松开,没有了之前那副心事重重的模样。煽鼓二十万囚卒起乱,他无须任何风险和投入,若是失败也不会有什么损失,但若是成功了,就是二十万大军供他所用。如此之事,他又有什么理由不加以施为呢?突然他又像是想起什么,看向张良:"先生今日来找我,便是来为我解惑的吗?"

"不止如此。"张良摇了一下头,"我来找公子,还有一事。"说着,他的眼睛深深地看着姬信,说不清是什么神色,"公子,时机已至矣。"

陈地陈胜起乱,各地云集响应,对于他们来说确实已经是起事的最佳时机。张良从姬信处走出,独自一人走回姬信给他安顿的院中,他挥退了身旁的侍者,一个人站在院中的一棵矮树下。光斑错过叶间,落在他身上的青衫上,落在他的眉宇间。张良抬起头,看着树间的光影错落,眼睛微眯了起来。高空飞过一层行云,他突然自嘲一笑:"世道要叫千万人死去,我却还要推上一把……无仁无德,还真是枉读了那么多圣贤书。"他的眼睛合上,眼前出现从前的一幕幕。

那时候,他的父亲在庭院中教他背书,庭院里总是日光悠悠,叫人懒散。背了许久也背不出来,只能挨板子,挨完了还是聚着一群狐朋狗友四处玩乐。那时候,他父亲教他行君国之事,他也从不听。没办法,少年人都好那风雅情趣不是?那时候,他父亲常是叹他不成器,又总是拿着书卷与他说学。那时候,他还是一个少年人。不过,韩旗折断的时候,韩王坠死的时候,父亲殉国的时候,烽烟弥漫天际、叫人见不得天光的时候,他就已经不再是那个少年人了。

"只是看不开啊。国破家亡,怎么看得开啊?"张良的声音颤抖着,轻轻说着,双手垂下,握得指节发白,闭着眼站在那里。他明白他所做的事罔顾人伦,要推那千万人上死路,但是他真的已经看不开了。

【二百四十六】

陈地起义声势张开之快让所有人都大为惊讶,各个郡县受不了饥寒之苦的人都开始聚民抢夺城粮,捆缚当地官吏把他们杀死来响应陈胜,短时间内就已经占领了大半个陈郡。起义不到月余,顾楠行军的一路上,赵、齐、燕、魏等地都有人打着恢复六国的旗号,自立为王。

一时间好像天下皆反一般,声势浩大。

顾楠立马于军前,眼前是漫天的烟尘,烟尘中数不清的乱民举着刀戈向军阵冲来。陈地乱民的数量已经超出了预计的十万人,或是该说其地中恐怕皆是乱民,不过是有些归于陈胜、吴广,有些成了流民罢了。

"列阵。"顾楠的长矛挥下,身后的军阵慢慢排列开来,举盾于身前,长戈倾出。乱民的数量虽多,但是混乱无序,所幸还未到完全超出控制的数量,只是有些棘手而已。她看向远处面目疯狂的乱民,握着长矛的手却第一次感觉有些无力,像是无力举起似的。她本以为推行田地分顷,让农户得田,得善而治,兵徭之役都转为更,可获钱粮,再得以安定世间,当能让世人安居休养,却是到了这个地步。

百越之地。砰砰砰,一阵有些匆忙的脚步声,一个兵卒端着一份竹简,低着头从门外走进来,看他的模样有些紧张。显然是通禀过了,门边的侍者并没有阻拦他,将他放了进去。堂上坐着一个将领模样的人,身上穿着一身华袍,一侧是一副支架,挂着一套黑色的将铠,年纪看上去不过三十左右,正坐在桌案前,手中拿着青铜酒樽自酌自饮着。而他的一旁,还站着另一个穿长袍的人,看装束,该是个门客。那士兵走进堂中,堂上的将领眯着眼睛将手里的酒樽放下,开口问道:"是有何事啊?"说着,将桌案上的一块肉放进嘴里吃着。

"将军,国中来简。"士兵半跪在地上,将竹简托举在头顶,低头说着。咀嚼着肉的嘴停了下来,半响,将领才将肉吞下去,将手伸出说道:"拿来我看。"

士兵站了起来,举着竹简走到将领面前。将领也不多言,直接将竹简取了过来,摊在手中。他将简上的文字看过,直至看到最后,沉默一下,闷哼一声,将手中的竹简放下不再说话。士兵不敢抬头,只是静站在那里,直到座前的将领挥了一下手:"好了,你下去吧。"

"是。"微微躬身,士兵才快步退去。

将领不作声地坐在桌案前,拿着酒壶倒了一杯酒,一口喝尽,又拿了一块肉放进嘴里嚼着，眼睛定定地看着前面。将领身旁一直没有说话的门客此时轻笑了一下，行礼问道："将军，不知是何事，致您如此？"

桌案前的将领横了他一眼，沉声说道："自己看。"

门客笑着拿过桌案上的竹简看了起来，是国中来简，大意是召南越之地领将赵佗率百越驻军回关而守。赵佗是当年跟随主将任嚣攻入百越之地的将领，他们攻入百越之地后，就在此地驻守并数年管辖此地。任嚣病故后，他就成了主将为守，和秦国也少有往来。在这百越之地，他就如同越王一般，言无不从，命无不立。如今却要他再回秦国为将，定那秦国的乱象。赵佗想到此处，又倒了一杯酒握在手中，却是没有急着喝。门客看了赵佗一眼，淡笑着说道："将军攻下这百越之地，立下汗马功劳，但是国中好像迟迟没有将这越地成郡与将军管辖的打算，只是叫将军驻守此地。如今叫将军回去驻守关中，恐怕这百越之地是要易主了。"

赵佗的眼神冷冷地落在门客身上："你想说什么？"

门客被赵佗看着，就感觉像是被人用刀架着，背后发凉，低着头不敢抬起来："我只是替将军不值而已。"

"哦？"赵佗的眼睛移开，视线落在手中的杯子上，"继续。"

门客松了一口气，继续说道："将军，今年国中各地旱、雪，就连关中之地都难耕种，几乎无有粮产，实乃天降重责。如今秦国各地民生哀悼，无食难活，先皇又逝，恐民乱四起，秦皇才欲要稳固关中而镇内外。然秦国之地，若此般下去，恐怕真会到军民无粮的地步。到了那时，大乱将起。人不能活而起乱，关中该也难幸免。将军实不需为那秦国而卷入动乱里。"

酒樽轻举，赵佗握着酒杯笑着说道："你是要我不去？"

见赵佗笑了，门客脸上的笑意也深了几分："如今秦国在这百越之中设南海郡立官，此中官员无不是要监视将军之意。将军，如今天下亡秦之势已显。秦关中之军不过二十万，余军分散难聚。如今已有乱民起事，不过月余各地共起数支乱军，已近天下皆乱，亡秦、存秦皆在将军一念。若是秦亡，将军亦可自立矣。"

桌案之侧安静下来。

砰，酒樽被重重地砸在桌案上，赵佗盯着身边的门客斥道："你把我赵佗当成什么人了？"

门客被吓得寒毛一立，连忙跪下："将军，将军恕罪，只是，秦政失道，致使如此，将军顺势而为也是顺应天意啊。"其上又没了声音，门客的额头上滑下一滴冷汗。

"天意？"赵佗笑了，他从来不信这个，但是可以借名而为。他拿起桌案上的竹简递到门客面前:"拿去烧了。"

门客看着眼前的竹简,喘了口气,低头捧起竹简,走到堂上一旁的火盆边,将竹简扔了进去。竹简在火中燃起火焰,赵佗看着烧在其上的火焰,眼中带着火光。直到那竹简被烧作焦黑,彻底焚去,他才缓缓开口说道:"盗兵且至,急绝道聚兵自守。严封五岭、横浦、洭浦、阳山、湟溪四关;断绝西入南雄、南入连州、南入贺县、南入静江四路。构筑防线,以免北乱南延。另,更南海郡官吏,与秦地断绝。"

【二百四十七】

骊山北麓,数不清的衣着褴褛的人正在一堆乱石间开着山路,几个身穿衣甲、手握兵戈的士卒站在乱民间时不时地催促几句。先皇的主墓宫殿已经入葬,但是外围的陪葬墓坑和一部分外城垣还没有完工,所以如今依旧在赶工。到了吃饭的时候,开凿山石的囚卒才慢慢停了下来。从上面分下来的粮食只有小半块干粮还有一碗清水,囚卒却好像都习惯了一般,取过粮食大多就地找一处空的地方开始吃。所有人都是一副蓬头垢面的样子,身上的汗水浸湿了衣衫,脸上带着泥灰,混着汗水,整个人看上去都是灰黑色的一般。

一个穿着短衫的男人拿着干粮和清水坐下,看了看远处的士卒,看那士卒离得很远,才低下头来骂了一句:"娘的。"

他旁边的一个人看了他一眼,低头吃了一口手里的干粮:"怎的了?"

男人举着手里的小半块干粮:"我们干了一天,就吃这些,这是要把人饿死不成?"

一旁的人抿了一下嘴巴,显然也吃不饱,但他只是叹了一口气说道:"能有什么办法?"

说着他看向远处的士卒,目光落在他们的兵戈上,又看着自己手里的干粮,苦笑了一下说道:"有一口吃的就不错了。"说着又疑惑地看向先开口说话的男人,"兄弟,你是怎么进来的,我怎么没在这个营里见过你?"

男人恨恨地咬了一下腮帮子:"我本是韩人,被抓来的……"

他也没有说得很清楚,一旁的人却点了点头。被送到这儿的都差不多,也没有必要问得清楚。

男人低着头:"秦国攻取六国后,我们六国的,也算是死的死、逃的逃了。"

这么说,一旁的人也不知道外面到底是什么样,只是眼睛红了红,该是在担心那故地中他牵挂着的什么。

"欸，"男人突然看向自己身边的人说道，"你知道这地方的守兵有多少吗？"

一旁的人怔了一下，皱起眉头说道："这种事你还是别多问了，要命的。"

"不是啊，"男人指了指自己，"我知道，我进来的时候看到了。"

男人说着，周遭的人好像都微微侧过耳朵听着。

"这地界，守着我们的一共只有万把人，而我们呢？"

他看了一圈，伸出两根手指，小声说道："二十万。"

四周沉默下来，有些人停下嘴里嚼着的干粮，但是随即又恢复正常，各自做着各自的事情，只有那个最先说话的男人看了看四周，问道："你们，有没有想过逃出去？"

没人回答他，但是所有人的眼里都露出了几分异色。之后的一段时间，各个囚卒营里都有那么一批人说着外逃的打算，渐渐地，好像所有人都在互相说着。

直到一个夜里，一支火把在夜里举起，火光照亮了夜色。

陈县起事还未平定，骊山的囚卒又发生叛乱，一夜之间二十万囚卒从骊山出逃，杀光了看守他们的万余士卒，带着他们的衣甲向北面跑去。这二十万囚卒好像还非是散乱无序，似乎是在什么人的带领下，一路上大乱关中，劫道夺粮。而关中之军已无暇管控他们，四处都是六国的叛军起事。秦国关外之地四乱，民哀遍野，关中之地则有囚卒祸乱伤民。百越之军又无半点消息，天下俱哀。

关外黄沙漫漫，便是那半空中都是烟尘的淡黄色。枯地上长着几株干草，随风卷起，摇曳着。

蒙恬坐在军帐里，帐外一个人掀开帐帘走了进来。他看向门边，是蒙毅走进了军帐中。"如何了？"蒙恬沉声问道。

蒙毅走到蒙恬身前，行礼道："军中之粮已经不够几日所用了，恐怕……"

蒙恬挥了一下手，没有让他继续说下去，而是问道："援粮还未至吗？"

看着身前，蒙毅的嘴巴张开一些又合了起来，没有说话，面上神情沉着。

注意到他的样子，蒙恬抬起头来，平静地问道："你有什么想说的？"

"将军，"蒙毅深深地苦笑一声说道，"如今国中乱事四起，已经无暇顾及北地，当是已经无有援……"

"闭嘴。"皱着眉头，蒙恬打断了蒙毅的话，看向蒙毅说道，"国中之事不需你来议论，会有援粮。在陛下未有令召之前，我等只需将匈奴守住便是。"

"可是，将军……"蒙毅还想说什么。

"好了。"蒙恬抬起眼睛看着他说道，"我等只需要明白一点，除非陛下召我等回援，否则，守住这里，不得让匈奴踏入半步便是，便是无粮也要守住。"

蒙毅看着蒙恬，蒙恬的声音不重，但眼中的决意没有退路。蒙毅叹了口气，像是放下了什么，低下头，将双手横在身前决绝地说道："是。"

两侧皆是山路，一支车队行走在大路上，拉在车前的马匹喘着粗气，车辙很深，看得出运送的东西颇为沉重。不过那车上的货物都被厚重的布帛遮着，看不清里面是什么。车队的车辆首尾相连，绵延很远，数不清有几多车辆。队伍的两旁分立着士卒，士卒打量着两旁的山路，不过山路中很安静，什么都没有。车队前进的声音很重，马蹄声和车轮声混杂着回荡在山谷中，队伍中的人很少说话，只有偶尔走得无聊的士卒会互相搭上两句。一颗石子不知道因何从山路上滚落下来，落在了车队的一旁。没有人会在意这个石子，只是紧跟着石子之后，大路两侧的山路发出了一声呼号，随后就是无数的人影从山后冲了出来，手中提着刀剑，向山下冲去，杀向车队两旁的士卒。

【二百四十八】

夜中风凉，从人的脸颊卷过，带着沉冷的凉意。李斯躺在床榻上还未睡去，当是无有睡意。房间外风声阵阵，他侧过身来，清幽的月色从窗纱间透进，是苍白色的，落在地上好似一层薄霜。看着月色半晌，他起身坐起来，走下床，在门边取过一件衣衫披在身上。随着一声"吱呀"，门被推开，李斯从房里踏进院中。他该是很久没有睡过一个好觉了，从何时起？大概是从年前的那场大雪之后。那场雪，没人知道会下得那么大，像是世间都被那雪埋去、盖去。

喀，李斯咳嗽一声。随着这声咳嗽，他的身影愈显佝偻，立在院中。他走到院中的桌案边，拿起上面的一卷书简，展开，翻看着。突然一个人出现在李斯身后，身着黑衣，面上的木面具带着一道裂纹。李斯回过头，看到那人，面上并没有什么异色。秦皇秘卫他自然是认得的。眼睛重新落到拿在手中的竹简上，他问道："有何事？"

那秘卫行了一个礼："丞相，陛下让我将此交给你。"说着，他从怀里拿出一个竹简，走到李斯面前。李斯伸出一只手，竹简被放在他的手上，秘卫就离开了。他看着手中的竹简，打开盖子，里面是一根木条，木条上只写着数个字——骊山囚卒祸乱关中，北运辎重受劫，百越离心封关不入。

握着那木条的手顿了一会儿，才将木条重新放回竹简中。李斯握了握手中的竹简，放下手，转过身背对着院门，眼中迷蒙，他问道："这天下，到底如何得安？"

四周无声。良久，院中传来一声深叹，沉然无力。

城中纷声四起，兵戈交错的声音伴随着人的嘶吼声阵阵作响。街道上溅着血水，也不知道是谁的断肢落在地上，手中还攥着刀剑抽搐着。城中早就已经没有什么平民了，不是乱军，就是早已逃走的流民。士兵冲杀在城里，见人就杀在一起，他们早就已经杀得麻木。乱民们拿着刀剑如同蜂蝗一般聚集在街头巷尾。人全部聚在一起，眼前就好像一个修罗炼狱。手中的刀剑举起，再砍下去。人冲在一起，等着杀人或者被杀。脚踩过地上，一片黏稠，到处都是血污或是残肢内脏。身上、剑上、手上都是污红一片，所有人都像疯了一般，像是在炼狱中挣扎的厉鬼，互戮互食。乱民死守在各城中，但是各城中的粮食都已经被他们夺尽吃尽，这几日饿得眼中发红。顾楠用随军的粮草轻易骗开了城门，不过即使如此，这些疯乱的人除了杀已经没有镇压的法子了。

乱象中也不知道是谁点燃了路旁的房屋，那扭曲的火焰开始在城中燃烧肆虐，在几处地方蔓延开来。陈胜带着他的部下在混乱的城中街道四处冲杀着，似乎是想找到一个城门撤离出去，但是城中只剩下挤在一起的人、火光，还有那滚滚浓烟。陈胜一剑砍倒了一个身穿甲胄的士卒，咬着牙，粗喘着看着四周，对身边的人问道："到底是怎么回事？！城门为什么会被打开？"

一个身穿副将衣甲的人擦了一把脸上的火灰说道："今早，有万人带着整队的粮食来投，我疑有诈，本欲阻止，但是城里的乱民饿疯了，根本没管这般多就打开了城门。那车队进城后，粮车中跳出了无数人把城门破开，将在外埋伏的秦军引了进来。"

"该死！"陈胜骂了一声，"我就该知道这些乱人成不了事。"火焰灼烧着一旁的房屋，木质的房梁发出了一声哀鸣，随后房屋倒塌下来，涌起一片火烟。喀喀，陈胜咳嗽一阵，恨恨地看了一眼城中："先撤出去！"说着正准备带身后的一小队人折返离开，可待他们回过身，街两旁的浓烟中冲出一人一马，是一白袍之将。那将领的长矛上拖着血水，目光落在了他们身上。陈胜感觉自己的血凝固了一般，被眼前的人看着就像被什么凶兽注视着一样。那白袍将没有停留半点，也没有多言，抬起手中的长矛踏马而来。面上露出了一丝骇色，陈胜连忙挥手对身后的人说道："拦住他，拦住！"而自己向后退去。

一旁的副将指挥着身后的队伍："列队。"

陈胜没有留在原地，扭头离开。身后传来一阵阵的惨叫，他慌张地加快了脚步。可是那惨叫声没过多久就消去了，随后就是一阵急促赶来的马蹄声。回头看去，那阻拦之人已经被冲开，火光里长矛向他刺来。

城中纷乱没去，没了声音，火焰消泯，城里好似成了一座死城。火焰过处，余下一地灰烬，覆盖着烧干的尸体或是焦黑的地面。火焰未过之处，则是血流成河。士兵在城中整理，收聚粮草和兵甲。没人发出声音，只有零散的脚步踩过灰烬。他们从地上捡起兵刃，或是杀死一些还没有死透的人。路旁的不少房屋被火焰波及烧成焦黑，有些甚至已经倒塌。顾楠站在城头上，将长矛靠在一旁的墙上，自己则半倚着城墙坐了下来，解下头盔放在一旁，看着一片死寂的城中，残垣断壁或是废墟一片。乱首陈胜伏诛，但是陈地之乱已经不是杀一个陈胜就能解决的了。顾楠的手在腰间摸索了一下，解下一个酒囊，打开喝了一口。不知道是酒还是水，但是她的脸上露出了这月余以来的第一个神色，被面甲遮着，只看得到她的眼睛抬起，看向这"死城"上将入夜的天空。她低声骂了一句："贼老天。"骂完，抬起手里的酒囊又喝了一口，靠坐在城墙边上，她轻轻说着，"莫不过殉于此世。"

【二百四十九】

年初二月。陈地之乱多已平定，然陈郡之人死之大半，或死于乱民，或死于军卒，或死于饥寒。秦国之中，各地纷起，世人无食，易子而用，食腐求生。民相争抢粒米，乱人劫道。食草叶、树根之人有之，食死兽、腐肉之人有之，食人之人亦有之。如此之世，无人之道，人畜无分。关中亦已乱象不止，守军无粮，民乱不定。乱军多已入关中四乱，关中各地不过数万正军戍卒，自顾无暇。城地未破，但是咸阳，好像已经成了一座孤城一般。

顾楠领军走在路上，路过一个村子。她侧过头，好像就是那日她进入陈地所路过的那个村子。那日那个妇人的哭声好像又传来，声嘶力竭。她看向村边，那里的一座破屋前，躺着一具枯骨，不知道是谁的。一路走来，她已经见了太多。抬起头看着前路，她好像才真的明白当年白起看到的到底是什么。在那末年之中，到底是什么让那老头如此期求，值得他献上自己的性命。这末年景象，真的叫人不敢去看。她曾经以为，只要不打仗，就太平了。她后来又以为，只要人有田粮，可以安居，就是太平了。她现在却不知道这太平盛世到底该在何处，好像不过就是一场又一场烽烟聚散罢了。

边疆塞外。

大风卷起的沙尘让人睁不开眼睛，数万军士站于雁门关前，手中长剑尽数抽出，垂在身侧。蒙军已经月余无食了，在关外之地死守了数月。军上，那是一面绣着一个"蒙"字的旗帜，那旗帜被大风扯动得猎猎作响。蒙恬领军在前，身上的衣甲蒙尘，面容枯黄，双目中泛着血丝，不过依旧带着雄然之意。军中已无有粮食了，只待此日，他们准备与匈奴死战上一场，将这一腔心血洒于此地。国中大乱，若是让匈奴南下，中原恐怕就崩塌了。他们蒙军，不待做那千古罪人，所以此地他们不会退去。草原的风声乱耳，蒙军的军阵前，天地尽处传来马踏奔腾之声，随后烟尘遮蔽长空，风声纷乱。那旗下的蒙军握紧了自己的兵戈盾甲，双目抬起。形容不出来的眼神，是平静，是愤然，抑或是赴死的眼神。

蒙毅高举着旗帜，右手执着长剑，该是攥得太紧，脖颈涨红，盘踞着青筋。举着长矛，马上的蒙恬无力地抿了一下干裂的嘴唇，手中攥紧，长矛之尖微微颤抖着，扯住了身下战马的缰绳。他曾说过，总有一日，他要带着他的麾下之军，立马关前，要秦军所向无有敢犯。他想他是会做到的。匈奴越来越近，那手中的刀刃泛着凛凛寒光，号叫声如同野兽一般。那握着长矛的手上青筋暴起，蒙恬怒睁着眼睛，瞳孔收紧，在匈奴几乎冲到近前时，用尽全身力气咆哮出声。那长啸之声久久不去，留于尘沙中。"壮我军哉！"蒙恬的双目似要裂开，眼中含着滚烫。"卫我山河！！"那目中映着无尽的前敌，长矛举起，马蹄飞扬。"壮哉！！"胸腔中的血液滚烫，像是热血逆流。蒙军中发出一声骇人的吼叫，就连匈奴举起的刀刃似乎都被惊得一顿。那数万之军、数万之身冲起，像是一面长城所横，固不可破。两军相触，血肉纷飞，杀到天地赤红。草土染上了余红，血液浸没土地，一地伏尸，血水汇聚。杀声杀去了天色，恍若天地失神，无数人倒下，热血溅洒，直到杀声尽去，只剩那支残军浑身浴血地站在那儿。旗帜折断，却斜斜地立着，影子投在地上。

蒙恬拄剑而立，望着退去的人影，咧开嘴巴，却是笑了。鲜血从他的嘴中流出，浸染在他的衣甲上。那笑声张狂，那支站着的残军也跟着长笑起来，迎风而立，叫诸敌退却。抬起头来，蒙恬的眼前血红，他看向东面，握着手，死抿着嘴巴，嘴中微微张动了一阵，吐出四个字："壮我，大秦。"该是没了气力，倒在了伏尸之间。仰躺在尸体中，他的目中模糊不清。

那年，从函谷关撤军，他的父亲问他："恬儿，你可知道什么叫作战事？"

他当时恨声说道："叫千万人去死的，就叫作战事。"

父亲却是笑了，说道："不，是叫千万人去死，保全世人的，叫作战事！"

尸体中，蒙恬闭上眼睛，再没睁开。

那关外的匈奴此后数年不敢南下，哪怕长城中无军驻守。

咸阳城。顾楠带军回城后，乱军已在关中四乱，而咸阳城中已经无多粮食维战。城中的百姓虽要比别处好些，但也好不了多少。月余之后，无数的乱军围住了咸阳城。

嗒，一个侍者低着头，将一碗饭食呈上，放在了扶苏身前的桌案上。饭食上弥散着热气，坐在桌案前的扶苏身形消瘦，少年人的面上饥黄。他看向自己身边，李斯站在一侧。李斯受命佐政，常会在扶苏身边。他看到扶苏正看着自己，低头拜下："陛下，是有何事吗？"

"丞相，国中还有多少粮食？"不知是饥饿还是怎般，扶苏的声音有些无力。李斯没有回答，他答不上来。扶苏笑了一下，温声说道："那丞相，你觉得，还需要守着此城吗？"

"陛下。"李斯想说什么，扶苏伸手止住了他，扭头对着座前的侍者，端起手中的饭食说道："宫中还有多少粮食，全部拿出来，做成饭食，分与城中百姓……"说着，他将手里的饭食交给了饥瘦的侍者，"这碗，你就先吃了吧。"

侍者愣愣地接过碗，随后带着哭腔低头："谢，陛下。"

那侍者退去，扶苏看向殿外，对一旁的李斯说道："丞相，寡人欲降了。"他的眼睛合起，声音温和，"这世人，已经再也受不起这战事之苦了。就，降了吧……"

【二百五十】

老树下，无格入鞘，顾楠扭过头来，看着已经空荡一片的武安君府良久，不知作何表情。站在那树下，将白色的衣甲披挂在身，披风垂在身后，她取过靠在墙角的长矛准备出门。站在墙边的一匹老马突然打了一个响鼻，向前迈了一步，被缰绳扯住，它拉扯着缰绳。顾楠回过头来，看着老马扯着绑在脖子上的缰绳，像是要挣脱出来。该是太用力了，那缰绳绑得更紧，勒进了脖子的血肉里，扯出一片片血迹。她走上前，伸手放在老马身上，老马才安静了一些。"黑哥，你要跟去？"

黑哥打了一个响鼻，像是做出了回答。它该有四十余岁了，这般年纪的马已经是长寿，当是已经完全跑不动了。顾楠的手放在黑哥的鬃间摸了摸，半响，笑着说道："好，那就跟着。"她解开了黑哥的缰绳，牵着它走出门外，翻身上马，马背好似从前一般平稳。

府门前空无一人，那人骑在老马上，马蹄踩踏的声音回荡着，一人一马的身影渐渐离去，一如往昔，只是少了数个人而已。顾楠转过街道的尽处，向城门处走去。城门处站着一众黑甲，几乎封死了道路，约有数千人，皆是覆甲持刃，静静地站在那里，像是等着什么人。

李斯静默地站在城头，看着城门下的那支黑甲军，衣袍被风吹鼓着。他已经满头白发，眉目间尽是苍老颓然。他看向城外，那是将咸阳城围死的大军。

黑甲军的军阵间有人抬起头，面甲下的眼睛看向街道的另一侧。那里，一个骑在一匹黑马上的白甲将走来。白甲将看到了围在城门处的黑甲军，面色无恙，只是催马继续向前走着，走向城门。所过之处黑甲军让开道路，立在两旁，看着中间的将领，直到白甲将穿过黑甲军阵。顾楠站在军阵前，面向城门，背着军伍，出声说道：“你们可想好了，此去，可是真的有死无生。”声音不重，却清晰地传进了每一个人的耳中。随着第一声剑鸣伴着长剑出鞘，一柄柄长剑被抽出剑鞘，垂在身侧。千人黑甲立于咸阳城的门前，直视着那将，面甲中的神情就像那生冷的面甲一般平静。"陷阵之志。"这就是他们的回答，也当是他们的回答，所有人该给出的回答。"好。"白甲将点了点头，提着长矛向城外走去，淡淡说道，"随我陷阵。"

军阵中的黑甲军脚步踏出："是。"

城门缓缓开启。

"先生……"李斯站在城墙上，叫住了那将领，"先生真欲去矣？"

顾楠抬了抬头，看向远处。城外云中压抑，大军无尽，看不尽的兵甲兵戈横在长城前。

她突然想起一句很符合现在情形的话，笑了笑。她举起手中的长矛，没有回头，只是说道："虽千万人，吾往矣。"说着，驾着黑哥向前走去，长矛高立。她的身后，陷阵军阵中的人相互看了看，最后都笑了几声，将身侧的长剑举起，高声喝道："虽千万人，吾往矣！"向着那人跟了上去。脚步踏出，兵刃林立，映射着黑军、白衣，映射着那军走向城外，好似当年，这军提着剑，从那烽火中杀出。

李斯站在城上，良久，也笑了出来，喃喃着："虽千万人，吾往矣。"

城外，一个身穿将甲的人骑在马上，看着远处咸阳城的城门，身后的军阵排列开来，还有各路军的领将都看向那城门。咸阳城中已经难有多少兵力了，他们今日是来受降的。看着远处咸阳城的城门打开，中军的将领眼中露出一分笑意，提着手中的长戟，但是随后他的眉头又皱了起来。那城门中走出来的人不过数千，却是都手提着刀剑。那是一支黑甲覆面的军阵，军阵前，一个白衣将领骑在一匹老迈的黑马上,向着大军走来。他举起一只手,对身后的传令兵说道:"备战。"

传令兵点了点头,挥动手中的旗帜。那大军中,战鼓擂起,发出阵阵的闷响。顾楠骑在黑哥的背上,看向远处的大军,眼神恍惚。老头,太平盛世,我该是看不到了。一生战事,便让我死于这战事中,也是得归来处吧!她笑了一声,长矛垂下,落在马侧。顾楠抓住黑哥的缰绳,黑哥嘶鸣了一声,眼中泛着血红,马蹄立起。骑在马背上的人白袍一扬,高声喝道:"陷阵之志。"

那千军黑甲再无抑制,将自己的盾、剑举起,向着大军冲去:"有死无生!"

顾楠的手拉动缰绳,叫道:"黑哥!"

"嘶!!"黑哥的马蹄落在地上,身上绷紧,带着白衣冲杀向前。

"放箭!"大军中身穿帅甲的人一声令下,无数箭镞飞起,遮蔽了天日,随后呼啸着落下。

李斯孤立在城头,看着杀向千军万马的一支孤军,将腰间的长剑抽了出来,提剑在城头立了半晌,身侧的秦旗飞扬。"苍天薄寡,非秦之罪。"说完仰天长笑,将剑横于自己颈前。目中通红,热泪落下,滴在那剑刃上。李斯怒视着天上,脸上带笑:"老天,李斯在此!"

剑刃在喉间拖动,顺着那剑刃,热血横流,染红了衣襟。

砰,一人倒地的声音。

当,剑刃摔落在地,浸没在血泊中。

没人知道城外厮杀了多久,人只能躲在自己家中不敢出去。该是杀了数个时辰,那喊杀声才渐渐消去。城外的尸体倒在地上,箭镞无数。那黑甲军已经死尽,乱箭毙之,践踏死之,刀刃加身死之。那些人睁着眼睛倒在地上,鲜血从伤口处顺着衣甲流下,算是尘埃落定。大军的军阵散乱,那不过千人之军,冲阵时却是将他们数万的军阵冲开,叫人心有余悸。大军之前,只剩下一人还站在那儿。那白甲将的衣甲已经是血色,身上插着数根箭镞,身下的黑马也中了数箭,摇摇欲坠。终是再也站不住,黑马带着那人摔在了地上。黑马躺在那儿,张着嘴巴微喘着,血水从它的身上顺着箭镞流出。顾楠坐在地上,她的腿被压断了,手搭在黑哥的头上,却很平静。黑哥不再喘了,身上慢慢冷了下来。手轻轻拍了拍黑哥,顾楠咧嘴一笑,将腿抽了出来,一瘸一拐地站起来。大军中,一个黑甲将提着一柄长戟驾马向她冲来。

顾楠看向冲来的人,站在那儿,抬起了长矛。那人冲到近处,举起长戟刺下，长矛也同时刺出，两刃相击在一起。骑在马上的将领胸口一闷，面色苍白，眼中带着不可思议的神色，但随后又一咬牙猛地压下长戟。顾楠手中的长矛发出一阵破碎的声音，随后崩成了两段。断开的长矛翻旋着飞起，刺入了一旁的地上，而将领的长戟刺穿了顾楠的胸膛。顾楠的身子被带飞起来，挂在长戟上，然后又从长戟上滑下，跪在地上。血从胸前流出，视线一阵模糊。顾楠抬起头来，那将领站在她的身前，看着她。

她问道："项羽？"

那人一愣，不知道顾楠为何会认识他，皱着眉头说道："是我。"

"我求你，一件事……"顾楠跪在地上，无力再站起来。她看向前处，却不是看着项羽，而是看着项羽身后的浩荡长空。她长跪于天边，胸肺被贯穿，几乎说不出话来，沾着血迹的手垂在地上，只剩下半段的长矛滚落。"太平……"嘴中含着血，咳嗽了两声，眼睛垂下，再无神色。

【二百五十一】

骑在马上的黑甲将领看着眼前的亡军，拉过缰绳，走回自己的军阵中，对身后的人说道："将这些人埋了。"

那一日，咸阳的城门破开，城中一束火光升起，那火焰似是将秦世焚尽。西汉年间，那立书之人落下最后一个字，笔停了下来，随后放在一旁，当是写完了。坐在桌案前的人吹灭了灯，火光在那"过秦论"上暗去。人离开发出了一阵脚步声，独留那书文摊在桌案上等着墨色干去。数十年后，一个叫司马迁的人受命太史，他推开了太史阁的大门，立在无数的书卷、竹简前久久沉默。阳光从他的身后照进了太史阁，照亮了他身前的一方之地。他突然有了一个想法，他要写一本书，一本足以记世之书。那日之后，他几乎看遍了太史阁中的所有藏文。一日，他从一处书架上取下一卷竹简，可能是很久都没有人翻阅过，上面积了一层灰尘。吹开竹简上的尘埃，司马迁打开竹简，目光落入其中。"过秦论？"他看着简中所文，眉头深皱。突然他好像发现了什么，那文中有一处地方被画去了。并不是抹去，只是画上了一笔，司马迁仔细看着被画去的字迹。"丧军白孝……"他的眼睛一亮，喃喃着，"此人可记。"

秦世已去，乱世又起，这世间好像从来都不会有一个安定。

一处山林中，流水作响，不高的瀑布落下，冲在下面的乱石和山泉中，带起一片水流溅鸣的声音。两人踏进林子，站在瀑布边。不知是多远处的一只小兽嚎叫几声，然后蹿入林中不见。盖聂看着瀑布，眼中带着几分追忆的神色。他的眼神一动，蹲了下来，看向瀑布边的一块卵石。那上面有数道划痕，他还记得当年他练剑的时候总喜欢对着这块石头练习。

伸出手摸着石头上深浅不一的划痕，盖聂轻笑了一声。"大叔，最近咸阳城附近可不太平，我们还是早些离开的好。"天明在盖聂身后说道，目光落在山林里。

盖聂点了点头，站起身："好，一会儿就好了。"

他也只是来看看，看看那东西还在不在。

两人向林间深处走去，直到停在一处空地前，一截枯木立在那里，早已经腐朽得差不多了。盖聂缓步走上前，天明看向他，眼里带着一丝疑惑，却见他用剑刺入土中将土挖开，挖出了一个布包。这就是那个卫庄要大叔来看的东西？天明这样想着。

"居然还在。"盖聂自言自语了一句，坐了下来，将布包放在腿上打开。布包里面放着三块木头，盖聂拿起其中一块，握在手中看了半晌。良久，他抬起头来笑了一下，像是明白了什么，却没有说出来。风吹过，林间的叶影纷纷，坐在林间的两个人离开了。布包放在地上，其中一块木头落在一旁，前面的两个字已经看不清了，但是后面的两个字依旧清楚。

"大叔，不用埋回去吗？"

"不用了，不会再有人来了。"

人影离开。

一片叶子被风吹落，飘了下来，在半空中旋转了几圈，最后落在了地上的木头上，遮去了下面的两个字——"太平"二字。

夜里很安静，何况是郊外的山路上，几乎不会有什么人来。山路上能听到远处渭河的流水声，远远地，听得不是很清楚。路旁的浅草被微风吹得摇晃，发出细细的声音，一切都好像很恬静。直到一个声音传来，咔，好像是一声泥土裂开的声音，草间的一只鸣虫惊了一下向远处跳去，随后就是一声闷响，一只手从泥土间破出。若是旁边有人，这一下定要被吓得三魂不在、六神无定。所幸，这夜路上没有什么人来。从泥土间伸出的手上沾着一些泥沙，但是看上去很纤细，好像是一只女人的手。本该是很好看的一只手，可惜手上有一道伤疤，从手掌贯穿到手背，让这只手看起来有些骇人。那手掌在那儿顿了一下，随后动了动，抓在了地上。随着那手掌开始用力，一条手臂破土而出，然后就是另一只手，最后随着一大块泥土被破开，却是一个人从地里爬了出来。这出来的方式就如同民间流传的山中老尸一般，那模样也差不多，不过看那衣着，这人生前还是一个将领。

那人身上穿着一身白色的衣服，衣服上带着泥土和一些褐色的痕迹，看上去就像干涸的血迹。衣衫的外面是一身戴着锈迹的甲胄，甲胄的胸前有一个破洞，很多地方都已经不成样子，看着是穿不了了。头发垂在肩上，看样子是一个女人。她呆坐在那里，脸上戴着一张从中裂开只剩下一半的面甲。露在外面的半张面孔让人愣神，每一处都很精致，像是被人精心雕琢过一般。眉眼清秀，眉间却是英武之气，那感觉和寻常女子不同。皮肤很白，有几分病态，应当是被埋在地下，常年未照到阳光的原因。

过了一会儿，那女子才算回过神来，抬起头看向四周，夜幕里无有人影，她张了张嘴巴。

"我，没死？"声音是沙哑的，就像磨砂声一样难听。女子不适地摸了一下喉间，有些难受，如一根针扎在那儿，该是太久没有说过话了。她茫然地看向自己身上，那一身腐锈的衣甲沾着泥沙。"这是哪儿？"胸前隐隐作痛，但是那里已经没有伤口了，她回想起自己听到的最后一句话——"将这些人埋了"。目光落在自己身下的土中，伸手抓起一捧，泥土从她的掌间滑落，那沙哑的声音轻轻说道："我这是，重活了过来？"

【二百五十二】

草间，一个人坐了下来。顾楠抱着怀里的无格，看着不远处那个翻开的土坑。无格是她从那土里挖出来的，所幸没有离她很远。也不知道无格到底是什么材质做的，这不知道过了多久，就连她身上的衣甲都锈成这样了，无格却一点锈迹都没有，就连剑鞘上也只是沾了些泥土。她在找出无格的时候，还找出了半件陷阵营的衣甲，想来是项羽把他们都埋在了这里。

这里是城外的山路，远远地，她能望到远处的咸阳城。只是望着那城，她已经不知该如何面对了。她靠坐在一块石头上，伸手将脸上戴着的半块面甲取了下来，透气了许多。

空气有些凉，却很干净，让她发闷的胸口舒服了许多。

看向山路另一面的渭河，那河水上闪着白色的波光，依稀能看到几艘靠在河岸的小船，在岸边随着波涛起伏。四处没有什么声音，只有那和风微拂，草丛高低错落，夹杂着几束野花轻摇，夜幕里山坡清幽。顾楠有些无神地坐在原地。如今是何年月，如今可还有故人安在，如今又是什么朝代，她都不知道。

低头看着自己的手,她能感觉到自己还活着,身体里还流着血,心脏也还在跳,应当是没有变成什么鬼怪。但是她好像还是未有老去半分,而且死后又活了过来。"呵。"看着自己的手,顾楠轻笑了一下,"这和鬼怪又有什么区别?"声音干哑,让她又合上了嘴巴。

有些不知所措地垂下头,莫名地,她倒是希望,那时能就那么死在项羽的戟下,然后什么都不用再想,一了百了。她坐了很久,直到天色将亮。或许是该离开了,但是又要到哪里去呢?她不知道,半晌,抬起头,看向那土坑。站起身,走到一旁,用手将那土坑重新埋好。

一个人跪在那里,伸手在地上拍了拍,起身离开。是该先去找一件干净的衣服穿上。

道路上,一个车夫模样的人坐在一辆有些破旧的车上,懒洋洋地靠在一旁打着哈欠,时不时举起手里的马鞭轻抽一下,催着拉车的老马向前走着。他今日是准备早些赶到咸阳城里多拉几趟客人的,这年头多赚些铜板攒着总是好的。车轮从石子地上碾过,一阵颠簸,颠得车夫差点落下来,慌忙起身拉住车绳才算稳住身子,没落下去。

"该死的,"暗骂了一句,车夫晦气地啐了一口,"亏是没把老子的车给颠坏。"说着准备继续赶路,却见到一个人正从对面向他走来。那人穿着一件灰色的衣衫,头上戴着一顶斗笠,手里拿着一根看不清是什么东西的黑棍。车夫也没有多看,只当是路过的,驾着车正要走过去,那人却伸出手来拦下了车子。车夫虽然疑惑,但还是停下了车,对着那人问道:"欸,兄弟,是有什么事吗?"

那灰衣人放下手,抱着怀里的黑棍客气地说道:"没什么,就是想和兄弟打听些事儿。"那声音沙哑,让人听着难受。不过对方的态度还不错,车夫的语气也放缓了一些说道:"打听些什么?"

"多谢兄弟,"灰衣人压了一下自己头上的斗笠,"是这样——"

车夫见那人的动作,疑惑地看了一眼天上,这也没下雨啊,大白天戴着个斗笠做什么?"我想问兄弟,"那灰衣人顿了一下,才问道,"如今是何年月啊?"

车夫沉默一下,半晌,骂了一句:"路上不平稳,还遇着个傻子,真是晦气。"说着就回过头,准备催马赶路。

灰衣人又拦住了马车,说道:"兄弟你误会了。我长居于山中,少有出来,所以不晓得外面的年月,便是想找个人问一下。"

灰衣人站在路上看着那车离开,立了一会儿:"元朔年。"

她苦笑了一声:"这又是何年啊?"

元朔,是为汉武年号,于公元前128年始。元朔年间,汉立国政八十余载,得成汉固,天下安定。

顾楠不知道该往何处去,只是向着一个方向直走,走了也不知该有多久。一路上所遇虽非是世人皆安,但已经算得上安定之世了。不过那所见所闻都已经非是她当年那般了,隔了一世。路上她也得知了如今应当是汉家年月,那历史终是未改,最后应当还是刘邦胜了项羽。不过这国中之地的人少了很多,有的时候走上很久很久,都遇不到一个人。

顾楠乘船的时候遇到过一个老人家,应该已经活了九十余岁,这岁数在这个时候是少有的。他一家子都是渡船的,老人经常在河边一个人坐着。顾楠渡河的时候,那老人突然和她说道:"你知道吗,很久以前,这条河几乎干过。"那老人眼神浑浊,神志该是也不怎么清楚了,只是自顾自地说道,"那时候,先是雪灾,然后是旱灾,旱灾之后又是瘟疫。世上真是可怕,天下人都想活下去,所有人都没有吃食。人们相互之间抢粮食,后来,抢孩子……"

顾楠那时候发着呆,愣愣地坐在老人的一旁听着,听着他碎碎地说着当年的事情。听了很久,直到那渡船离开,她都没有回过神来。大概是数个月吧,她走过很多地方,也不知道自己的归处在哪儿。她想了很久,准备找一个没有什么人的地方住下,然后等自己死去。

路上的时候,顾楠顺带学了一些杂学,主要是医术。那年,她见过太多因为瘟疫而死的人,那模样一直印在她的脑海里。她明白自己或许很久都不会死,所以她想学一些,若是可以,也许以后她能救上一些人。她曾经杀了很多人,如今就算是偿还吧,可能偿还完了,她就可以归去了。不过她一路上没能学上多少,主要原因还是她身无分文,买不起什么医书。

塞外大漠,这个地方被人叫作朔方,是北方的意思。黄昏的天很冷,风就像刀子一样,入眼的都是一片黄沙戈壁。一个灰衣人戴着一个斗笠,怀里抱着一根黑棍,走在漠地中。

第三卷 汉外烟云

第一章 百家先生

【二百五十三】

　　塞外多是赤地，入眼的别无其他，多是荒凉一片，少有人烟，通常走上数十里才能见到一个人口稀少的小村子，可以过去弄些水喝。一般人无故是不会来塞外的，毕竟这地界荒芜，还时常有马贼四处游荡，若是再碰上几场汉人和匈奴的交战，根本就不能安生。不过对于顾楠来说，此地还不错。她想找一个人少的地方住下，毕竟她不会老去，要是住在寻常村子里，时日久了恐怕会被人当作妖异，而且她不想住在关内。

　　脚踩过地上的沙砾，沙子被朔方的冷风吹得卷动了几圈飞向远处。顾楠抬起头看向远处，尽是铺着黄沙尘土的漠地，偶尔能看到一两棵枯树或是一团干草立在路边。那赤黄色给人燥热的感觉，但是吹着的风却很冷。许多沙土都被卷在半空飞着，落在斗笠上发出零散的声音。再远一些的地方却是能看到一些石头搭的房子立在那儿，还有一些人影。应当是一个小村子，在一片荒原里倒是显得十分显眼。整了一下头上的斗笠，顾楠抱着怀里的无格，向小村子走去。在这样的地方遇到一个村子并不容易，她准备去买些水。

　　丁零丁零，一个人赶着一头骡子走过。骡子的脖子上挂着一个铃铛，随着走动摇晃起来，发出一阵阵的轻响；背上背着几个袋子，也不知道里面是什么。这村子的人不算很多，路上的人多是穿着宽大的袍子，就连头、脸都包在布里。这地方的天气确实有些冷，就连顾楠运转内息都能感觉到一些凉意。两旁的屋子都是石头搭的，磨平的大块石头搭在一起，用沙土糊着封上的细缝，免得风吹进去。这般搭建的房子也会比茅草屋牢固很多。朔方总会有大风，起码不会无故地被大风吹塌了。

　　路旁有一个摊子，几个人正坐在那里喝水。水被烧开了端出来要快些喝，不然要不了多久就喝不了了。水汽在摊子间弥漫，顾楠将手中的剑放在桌子上坐了下来，摊主模样的人走上来对她说了一句什么，该是塞外的方言。顾楠没有听懂，那摊主愣了一下，随后有些磕绊地问道："关里人？"这话用的是朔方关内的话，顾楠虽然听着别扭，但还是能听明白，点了一下头："是。"

"啊。"摊主了然地应了一声，笑了一下，脸上的皱纹挤在一起。虽然他是关外的，但是这个地界的村子都是关内人和关外人混杂在一起，都是求生活的，相互之间也没有什么敌视。"喝，喝些什么？"摊主的关内话说得不算很好，不过能听懂。

顾楠看了一下旁桌的人，对摊主说道："一碗水就好，再帮我把这个袋子装满。"

"好的，两个钱。"摊主笑着伸出两根手指。

顾楠将腰间的水袋解下递了过去，同时从怀中拿出两个铜板递给摊主。这差不多已经是她身上最后的钱了。摊主走了过去，顾楠坐在桌边，闲来无事地打量着一旁村子里的街道。街道上多是一些交换东西的人，大概都是从关内弄来的东西，然后运到这里换成皮毛，最后再运回关内卖成钱财。顾楠的眼睛随意打量着，忽然停留在了一处。那是一个女子，头上的布被解下来挂在脖子上，脸颊被风冻得有些微红，皮肤却不是那种干燥的模样，反而是润白的模样，眉目很秀气，是一种清雅的感觉，黑色的长发垂在身后。此时她正蹲在一个妇人身前，给她把着脉，脸上神情认真。妇人的脸色苍白，时不时咳嗽几声，应当是受寒的症状。医生吗？顾楠留意地看着蹲在妇人面前的女子，眼睛落在她把着脉的手上，微微侧耳听了过去。她虽然最近在学医术，不过奈何没有一个靠谱的先生，而且没有医书，进度可以说非常慢。多亏她学过内息，起码搞得懂经脉穴位，有一些基础，否则现在还是一个什么都听不懂的状态。

顾楠正听着的时候，摊主端着茶水走了上来，还拿来了已经灌满水的水袋。顾楠谢过，拿着茶水喝着，却听到一阵马蹄声从街道上传来。因为她听得专注，那马蹄声在她的耳里是很大的，声音有些乱，有三个人。顾楠的眉头微微皱了一下，不是因为那马蹄声，而是因为马蹄声之外，村外的远处，她听到了一阵细微的、嘈杂的声音。是有一队人正向这个村子冲来，骑着马，还能听到刀剑出鞘的声音，这可不算一个好迹象。

三人的马蹄声走近了，顾楠回头看去，街道上的人群让开，是三个穿着甲胄的人。

那三人身上衣甲的甲片在阳光下显得冰冷，身后披着的披风在马背上垂下来，带着褶皱随着马匹的步子晃着，上面织着顾楠不认识的纹路。看装束应该是军中的人，而且是汉军，在这塞外的一个小村里见到倒是稀罕，其中一个人还穿着一身小将的衣甲。小将四处看着村中的模样，在塞外能遇到一个村子很不容易。出军时他带了八百亲骑，为了赶路却没带多少补给，特别是水，每人只带了三四袋的模样。这段时间以来没见到匈奴的大营，水却已经喝得差不多了。既然附近有村子，他就让那八百骑军先驻扎在了远处，免得打扰了村民，自己带了几人来看看村里是不是能弄些水补给一番。

小将的目光落在茶摊上，看到人们手里的水笑了一下，停下马翻身跳了下来。茶摊的老板见那军爷打扮的人走了过来，连忙迎了上去。他倒是很有眼力，一眼就看出这应该是关内军，搓着手，有些紧张地说道："军，将军，有什么事吗？"

【二百五十四】

小将在茶摊里四处打量了一下，茶摊上一共坐着四个人，两个汉子，一个老人，看起来都是村里的百姓。不过第四个人看不清面目，甚至分不清楚男女，穿着一身灰色的衣服；头上戴着一顶斗笠，低头喝着茶，桌上的一旁放着一把黑色的长剑。那长剑的样子也很奇特，没有剑格，看上去就像一根细长的黑棍。小将的眼神在那人身上多停留了一会儿，但是也没有多做什么动作，只是又看向茶摊的老板。"店家，你这水有多少？"

"啊？"摊主一愣，看着小将，抓了一下头发，"这，后院有几口井，将军是要多少？"

小将在怀里掏了掏，但是半晌没有摸出什么钱来，毕竟在外行军，身上也没有带什么钱财。他思索了一下，从腰间取下一块玉来递给茶摊的老板。这玉不值什么钱，但他听说关外的人都喜欢这些东西，说不定能换些水。"这个能换吗，能换多少？"

茶摊的老板看到小将手里的玉，眼睛立刻亮了起来，听到小将这么问，连连点头："能，能换，能换很多。"

小将点了一下头，将手里的玉递给老板，对身后招了一下手。他身后的人从自己的马上解下数个小皮袋子走了过去，递到茶摊老板面前。"先将这些装满。"小将说着，又对身边的一个人说道："你再去营里叫些兄弟过来，多带一些水袋，最好能取上几天的量。"

"是。"一旁的士兵点了一下头，低头到外面上马，向村外跑去。

老板拿着手里的玉，咧着嘴笑着，露出嘴里微黄的牙齿，取过士兵手里的水袋说道："我，去给你们打水。"说着就去了后面。

小将未再多说什么，找了一处桌子坐了下来。士兵则站在一旁，始终是一副警惕的模样。

小将坐在桌案边，一只手放在桌案上，另一只手放在桌子底下握着腰间的剑柄。这里毕竟是关外之地，小心一些总是好的。他的目光再一次落到了那个最开始看起来就有些古怪的灰衣人身上。灰衣人的头始终微微低着，因为有斗笠遮着，看不清她的样子，身形显得有些瘦，却始终给小将一种危险的感觉。或许是我多想了，小将暗自摇了一下头，当只是一个普通的游侠才是。

顾楠感觉到了小将的视线，眼睛抬起来一些，顺着斗笠的边沿看向小将。那小将十几岁，眉目英武、面容俊朗，他身上传来的内息并不重。也不知道是不是错觉，她一路走来都没有遇到过什么内息深厚的人，就连她自己修习内息的时候都能感觉到轻微的滞涩感，虽然不明白为什么，但是她本身并不是很在意，毕竟对她来说只是积累内息的速度慢了一些而已。以她现在的内息已经很难有什么进展了，她倒并不是很着急。小将看着那灰衣人，突然感觉那灰衣人的头抬了一下，一道目光从他的身上一掠而过，一种森寒的感觉让他莫名地一阵心悸，握在腰间剑柄上的手紧了一下。那感觉却一晃而逝，就像只是一个错觉似的。小将的手松开，不再去看那个灰衣人，只等士兵叫来人把水取走就离开。

茶摊又变得安静，只剩下人倒茶、喝茶的声音，相互之间也没有什么交流。街道不远处的那个正在给妇人看诊的女子好像也看完了诊，说了几句后留下些药草，提起药包，看起来是要离开了。村子外面却突然传来一阵杂乱的跑马的声音，随后村口处传来一阵骚乱，那看诊的女子疑惑地抬起头。茶摊中的小将则皱起了眉头，手抓住了剑。而顾楠依旧安静地坐在自己的位子上，喝着自己的水。村口处很乱，但是很快人群就分了开来四散逃离，有些人躲进房子里，有些人抱着头躲在路旁的小摊子底下，有些人则顺着街道想要逃跑。

一队骑着马的人走进村子，有三四十个人，身上穿着毛皮，手中拿着刀剑，头发蓬乱，脸上多带着灰黑的沙尘，带着让人不适的笑意，看模样应该是塞外的马贼。

想要逃的人没跑多远就被几个马贼骑着马追上，一刀砍倒在地，鲜血流了一地，很快街道上就弥漫开了一股难闻的腥臭味。村民中发出一阵惊叫，似乎更加惊慌，但是没有人敢再跑，只是畏畏缩缩地缩在角落里，躲开那些马贼。领头的是一个胡子绑在胸前的大汉，扛着一柄长刀，身上用绳子绑着几块灰黑色的毛皮就当作了衣服。那毛皮该是狼皮，狼毛细密，被街道上的风吹得稍稍晃动。路过道路中央，他看到路两旁的摊子上的物件，随手用刀尖挑起几件拿到自己手中，笑着藏进了怀里。

他的眼睛看向道路两旁躲着的村民，大笑几声，用关外话说道："不用担心，我不会伤害你们，把你们的钱、粮交出来，我就会离开。"说完，他似乎又想到了什么，眯着眼睛用生硬的汉话喊道，"我不伤害你们，把钱、粮，交出来！"

　　站在街道一处看诊的女子脸色白了一下，握着药包的那只手抓紧了一些，小心地向后退了几步，似乎是准备逃走，但是还没有退出去多远，就被那个马贼的头领看到。马贼的头领笑着放下手里的长刀，催马慢步走了过去。那女子不敢再动，低着头站在那里。马贼的头领走到她面前，用手中长刀的刀尖挑起了女子的下巴，让她抬起了脸。女子抬着头紧张地喘着气。看着女子的样貌，马贼的头领笑了起来，对身后的马贼喊了一句听不懂的话，马贼中传来一阵大笑。马贼的头领收回刀，摆了摆手，随后几个马贼走了上来，跳下马，准备把女子绑到马上。

　　"不要！"女子发出一声惊叫，挣扎着，说的却是清楚的汉话，但是没人理会她，马贼笑着从马上解下绳子。砰，茶摊里一只手拍在桌案上，发出一声闷响，马贼一愣，看向茶摊中。是那个将领打扮的少年，此时他的眼睛发寒，冷冷地看着那些马贼："把那女子放下。"

【二百五十五】

　　街道上安静下来，一缕风卷着一片枯草从街上飞过，落在地上翻卷了几圈。两旁的村民看着那小将，看到他身边不过一个士兵在侧，又向后退了几步。众马贼则是愣了一下，随后互相看了看，又大笑起来。马贼的头领歪过头，脸上带着怪异的笑容，拍了一下身下的马匹。马蹄慢慢走近，小将却坐在那儿没动，而他身旁的士兵侧过头，手按在了腰间的剑柄上。剑柄微微抽出，露出一小截剑刃。看着马贼走过来，原本还坐在茶摊里的另外两个汉子都跑了出去，而那个老人咳嗽了一声，坐在原地没动。至于那个灰衣人，自始至终都在喝茶。

　　"水，水来了。"后面传来茶摊老板的声音，只见他提着几个水袋笑着走出来，但是当他看到外面的情形时，身子和脸上的笑意都顿在了那里。马贼的头领淡淡地瞥了他一眼，茶摊老板很自觉地缩回了后院。砰，马贼手中的长刀落下，没用力，只是任由刀刃劈落在桌案上，那锋利的刀口直接陷进了木桌里。马贼头领随意拍了拍身上的毛皮，那毛皮带着一股很难闻的味道，可能是很久没有洗过了，他却习以为常地看向坐在那儿的小将，用断断续续的汉话说道："我看你，穿得不错，把你身上的衣服脱下来，光着身子，我放你走。"

　　小将看着他，半响，对一旁的士兵说道："他说的什么？"那马贼说的汉话确实是不清不楚的，士兵也为难地看着小将，低头说道："将军，我也没听明白。"

　　小将点了一下头，无奈地看着身前的马贼："难为你了，狗嘴里吐人话。"

那马贼的汉话说得不清楚，不过听得倒是很清楚，很明显是听懂了小将的意思，抓紧了刀柄，眼神荫翳地点了一下头，没有再说话，只是看着小将。大概过了几息的时间，一阵风从茶摊上吹起，马贼手里的长刀猛地挥起向小将砍去。伴着一声铮鸣，同一时间，小将身旁的士兵已经抽出腰间的剑挡在长刀前。而小将桌下的手也动了起来，一柄长剑直直刺向马贼的胸口。所有的动作都发生在片刻之间，两旁的人什么都没有看清，最后只听得一声刀刃交击的声响。那马贼头领从茶摊里倒飞了出来，摔落下马，在地上滚了几圈，才堪堪爬起来。身上的毛皮沾着灰尘，头发更加散乱，好不狼狈。而茶摊里的小将和士兵提着剑从里面走了出来，环顾四周的马贼。

士兵凑到小将耳边说道："将军，他们人多势众，还请将军小心。"

小将笑着横了他一眼，说道："我自晓得。"说着向前踏了一步，将手中的长剑垂在身侧，衣袍随着他的迈步一卷，一副意气风发的模样："我乃大汉骠骑校尉霍去病，来将通名！"

马贼不知道怎么答话，就连两旁的百姓都不知道这小将在做什么。喀，坐在茶摊里的灰衣人呛了一口水，一脸诡异地抬头看向外面。霍去病？不过看了半晌，灰衣人就收回视线，摇头喝水。倒还是少年意气的模样。小将身后的士兵老脸一抽，不是说好了小心为上吗？他这才想起，眼前的这位小将还是第一次带军在外，硬着头皮走到小将身边："将军，您这是在说什么？"说实话，是有些丢人的。

霍去病也发现气氛不对，看向士兵，干笑着抓了抓头发："那什么，那些说书的不都这般说吗，我也觉得这样会比较有气势。"

士兵的眼角跳了一下："将军，他们听不懂这些。"

再说了，对面的也不是敌将啊。

"说的也是。"霍去病尴尬地咳嗽一声，正了正神色，指着那马贼中的女子，对那些马贼说道："放了那女子，你等就可以离去了。"

马贼这才回过神来，一脸凶煞地看着摊子前的两人。站在地上的马贼头领面目扭曲地按着胸口，对身旁的人吼了一句关外话，一众马贼呼啸着冲了上来。士兵连忙架起剑说道："将军小心。"不待他说完，已经有马贼驭马冲到了他们面前。手中的刀举起，刀刃上闪烁着寒芒，倒映着两边狰狞的面孔。那些马贼虽然没什么技巧，但是力气甚大，刀刃落下发出破风的声音，空气被吹到两旁，刀还没有到，凉风就已经吹得人脸生疼。士兵没有犹豫，大喝了一声，手中的长剑发出一阵微光，随后挡在了刀刃前。当，一声闷响震得人耳朵发颤，马贼手中的刀已经被士兵击出去，长剑没有了阻碍一路探下，径直刺穿了马贼的胸口。马贼圆睁着眼睛看着自己胸口被那剑刺穿，却已经没有力气说话，从马背上摔了下来。士兵的手发颤，将长剑抽了出来，微微松了一口气。这些蛮人的力气大得很，又有马力相助，要不是这小街上他们的马跑不开，刚才那一刀他就算用上内息恐怕也挡不下。

不过即使如此——他看向四周已经围着他们跑起来的马贼，咽了一口口水。三四十个人，还是颇为棘手的。只能期望先前离开的那位弟兄，早些带取水的士兵过来相助了。看到士兵一个愣神似乎露出了破绽，又一个马贼冲了上来，喊着一些听不懂的话，手中的刀转过一个圆圈，一刀劈下。士兵将刀荡开，虎口依旧被震得发麻，陷入了苦战。

而霍去病这边，他比士兵厉害许多，手中的长剑每每探出都会要了一个马贼的性命，但是杀了七八个之后，内息明显有些跟不上了，动作也慢了下来。而围着他们的马贼没有减少，骑着马绕着他们奔行，时不时上来砍一刀，砍完就驾着马跑开，是想将他们的气力消耗完，再一举拿下。

【二百五十六】

大概过了一炷香的时间，那士兵的身上已经伤痕累累，眼看是要支持不住了。霍去病也是气喘吁吁地拄着剑，身上也有几道伤口，并不致命，不过已经足够影响他的行动了。此时的他已经杀死了最开始抓住看诊女子的两个马贼，把那女子护在身后。女子看着满地的死人，没有像寻常女子一样惊慌失措，虽然也是脸色苍白，但是依旧勉力保持着镇定。一众马贼则将他们死死围住，见两人已经没有了反抗的力气，马贼头领黑着脸大喝了一声，所有的马贼都停了下来，将三个人围死在茶摊前。

马贼缓缓分开一条路，让那马贼头领走了进来。马贼头领的脸色很难看。这两个汉人先是让他在手下面前丢了脸，随后又杀死了他们十几个人。这次的损失就是将这个小村子的东西全抢了也弥补不了。他不想让这两个汉人死得那么痛快，再怎么样也要绑在马后拖上两天再杀。

灰衣人坐在茶棚里，扶了一下斗笠，看向茶棚外的情形，眉头轻蹙了起来。本来她以为既然是霍去病，解决这不过三四十个马贼应当没有什么问题，结果没有想到，反而是霍去病落了下风，还被逼入险境。从霍去病的内息来看，应当只比从前她陷阵营里的士兵强上一些，也就是陷阵队正的实力。他手中的气力不过就是千斤不到，数百斤有余的模样。

还真是一代不如一代了，也罢。喝了一口手中的水，灰衣人将碗放下来，手搭在桌边那柄黑棍模样的剑上。

茶摊前，马贼头领举着长刀伴着几个马贼冲了上来。霍去病已经无有什么力气了，招架了几刀就再也挡不住，长剑被击落到一边。数个马贼立刻跳下马围了上来，把他的双手押着，士兵也被两个马贼制住架了起来。"啊！"霍去病挣扎了一下，却是没有力气再挣脱开来。站在他面前的马贼头领狞笑着提刀，将刀刃举起，拍了拍他的脸颊，用不清楚的汉话说道："我，要把你的手砍下来。"说着又看向霍去病身后一直没有作声的女子，侧了侧头："绑起来。"

他一直用汉话，无非就是想让身前的人听清楚。马贼笑着押着霍去病，架出一只手来。长刀举起，女子被一众马贼围住，她的眼睛最后看着地上落着的一柄刀，眼神垂了下去。霍去病咬着牙，抬起眼睛看着村前，他正在想办法能不能拖上一些时间。先前他让一个士兵去找一些兄弟来取水，只要来十个弟兄，他们就能将这帮马贼全部除了。长刀落下，带起一片刀光，不过却被一声出鞘的声音打断，鲜血滴落在沙土里，滚动的血珠混杂着尘粒。长刀摔落在一边，发出一声轻响。马贼头领目光呆滞地看向自己的手，手腕处裂开了一道伤口，血滚滚地流出来。马贼头领愣了片刻，随后发出一声惨叫，捂着自己颤抖的手掌，红着眼睛看向四周，吼道："谁？！"

"什么东西？！"就连被押在那儿的霍去病都愣住了，他也不知道发生了什么，只知道眼前好像是一片光，然后那马贼头领的手就被切断了一半。马贼头领吃痛地将手抱在怀里，手上流出的血染红了他身上的皮毛，没有多久，他的脸色发白，吼不动了，该是流了太多血。所有的马贼都站在原地不敢妄动，他们也不明白是怎么回事，直到一个沙哑的声音从一旁的茶摊传来："你们把人放了，离去吧。"

那声音很难听，就像磨盘摩擦发出来的吱呀声，听起来像一个老人。众人的视线一齐看了过去。那是一个坐在茶摊里的灰衣人，她将一柄黑剑放在桌上，拿起一只碗来，倒着水。

倒水的声音在安静的街道上显得异常明显。那灰衣人戴着一个斗笠，分不清是男是女，直到她说话，所有人才注意到这个从一开始就一直坐在这里喝水的人。

她没有再看马贼，而是看向马贼中的看诊女子。"那边那个小姑娘，我救了你，你可以教我行医吗？"女子的眼睛呆呆地从地上的刀上移开，刚才她还想用那柄刀自我了断，此刻却结巴着问道："老，老先生，您，您说什么？"

灰衣人轻声笑道："我说，我救了你，你可以教老夫行医吗？"

女子的眼眶微红，抽了一下鼻子："可，可以的，我们家的医术可以外传。"

"好。"灰衣人喝了一口水，拱手说道，"那老夫就多谢小姑娘了。"说完看向一众马贼："你们还不离开？"

"啊！"半跪在那儿的马贼头领哀号了一声，怒视着灰衣人吼道："给我杀了他！"

一众马贼再没有犹豫，不过是一个人，举着刀就要冲上去。

那个灰衣人果然不是常人。霍去病的眼前一亮，叫道："老先生，您只要拖住片刻就好，在下的弟兄要不了多久就会到。"

"哼，"轻哼了一声，灰衣人放下碗，"用不到你这个没用的小子说。"

霍去病一呛，苦笑了一下，我怎么就没用了？但是随后他才知，和那灰衣人比起来，自己还真是没用。马贼呼啸着一拥而上，手中的刀森寒。那阵势若是常人恐怕都不敢动，灰衣人却优哉地拿起自己手边的那根黑棍。手放在一头，咔，一声轻响，黑棍一样的剑抽出，剑影恍若极光，在众人中一掠而过。还没有等任何人看到什么，那剑就已经重新归入剑鞘。数十个马贼顿在原地，时间就像被定格了一般。一息之后，剑风才吹过，下一刻所有马贼的手腕上都崩开了一条血线。灰衣人坐在原地，头顶的斗笠被风吹起了一些，露出了她的面目。看到那人的模样，在场的人都呆住了。那哪里是一个老人，根本就是一个绝美的年轻女子。

【二百五十七】

马贼先是感觉手腕一凉，随后，他们手腕上的血线同时裂开，鲜血溅洒，绽出一片血色。

手上剧烈的疼痛让马贼的面容扭曲在一起，随后发出了一阵哀号，摔倒在地上，捂着自己的手，嘴里说着听不懂的话。马贼头领坐在后面，苍白的脸上带着惊慌，或许是因为眼前的景象太过骇人，眼睛睁得微微凸出来，带着难以置信神色。他根本没有搞清楚是怎么一回事，但他知道那个茶摊里的灰衣人不是他们能惹的。他捂着手，咬着牙毫不犹豫地翻身跳上马背，头也不回地对手下叫了一声，就驾马逃了出去。而倒在地上的马贼也拼命地爬起来，跌跌撞撞地纷纷跳上马背，向马贼头领的方向逃出了村子。呼啸而来，呼啸而去，马贼凌乱的马蹄声很快就消失在了街道上，而那黄沙铺着的道上只留下几具尸体和在风里渐渐散去的血腥味。

两旁的村民见马贼逃了，依旧没有什么声响，站在街道两旁躲着，只是这次他们的眼睛看着的是茶摊里的那个灰袍人。霍去病和那个女子还傻傻地站在那儿。霍去病定定地看着那个茶摊里的人，也不知道是因为惊世的剑术，还是因为她斗笠下的模样。那茶摊里的灰衣人咳嗽了一声，她有八十多年没说过话了，现在说话对她的喉咙来说确实很难受。将碗里的水喝完，轻轻放下茶碗，拿着黑剑站了起来。灰衣人的脚步不快，脚步声在无什么声音的街道上不重地响着，却很清楚，直至那人走到看诊的女子面前。女子这才有了些反应，向后退了半步，踢在了一颗石子上，将那石子踢得翻滚了几圈。"你，做什么？"

"姑娘，"灰衣人尽力让自己的声音显得和善一些，但是依旧沙哑，"不知道你刚才答应老夫的那件事，还可行吗？"

"什，什么事？"姑娘愣着问道，显然是还没有回过神来。灰衣人低头摸了一下鼻子说道："就是，教老夫行医之事。"那姑娘好像总算反应过来了，眼睛看向地上的血迹，抿了一下嘴巴，小心地说道："多，多谢老先生的救命之恩，学医之事，当然，当然是，可以的。"此时的她已经不再惊慌，但说话还是结结巴巴的，该是本来就如此。姑娘说着就要行礼谢恩，却被那灰衣人扶住了。"既然姑娘肯教，那姑娘自然是先生，哪有先生给学生行礼的，当是我给姑娘行礼才是。"说着，那姑娘只感觉自己的身下传来一股托力，让她直起了身，随后面前的灰衣人缓缓执了一个学生礼。"老，老先生……"姑娘正准备扶起灰衣人，随后又顿住了，她突然想起来，刚才好像瞥见过这老先生的面容，看见的应该是一个年轻女子才是。想到这儿，她伸出手，却是鬼使神差地在灰衣人低头的时候，将她的斗笠摘了下来。灰衣人一愣，不明白这姑娘想要做什么，不过也没有将斗笠抢回来，她的面目这才完全露了出来。确实是一个年轻女子，青丝束在脑后，几缕纤发轻垂在脸侧微摇着。发下一双桃目，不过那眼神却没有半点女子的柔美，剑眉之间带着一些英气，身子直立着，颇有一股侠客的气意。生得却是好俊……站在灰衣人面前的姑娘看得出神，手里拿着斗笠，一时间又失了神，问道："老先生，你怎，怎么？"随后又摇了摇头，"不，不是老先生，姑，姑娘，你……"她像是被自己弄糊涂了，不知道该问些什么，心一急，嘴里就更说不明白了。

"啊，这个啊。"灰衣人取过姑娘手中的斗笠，拿在手里，像是颇为感怀地说道，"说来话长了，老夫本名顾楠。不过，"她拿着斗笠笑了一下说道，"说出来先生可能不信，老夫确实已经很老了。"在她看来，眼前的小姑娘当是心善，也没有必要对她隐瞒什么。"不，不是。"那看诊的姑娘连连摆手，脸上急得微红，但是嘴里的话说得依旧很慢，她指着顾楠纠正道，"不该是老，老夫，是姑娘。老夫，是老先，先生的称呼。"

"老先生的称呼"，顾楠一愣，下意识理所当然地点了一下头说道："对啊，那我确实该自称老夫。"

确实是老夫？姑娘又晕乎起来，两眼都快变成蚊香了。她是不能理解了，眼前的人到底是男的还是女的？她的目光落到顾楠胸前，皱起了眉头。

这一边，顾楠和看诊姑娘分说不清；另一边，霍去病站在一旁看着地上的鲜血，眉头微皱。刚才那个应该是剑，他长这么大从未见过那样的剑术，可以说是骇人听闻。一剑几乎同时斩开数十个人的手腕，伤口深度几乎一致。如此剑术，就连他叔父都做不到。如此剑术，若不是他亲眼所见，恐怕根本不会相信这世间有人做得到。他自认为自己的功夫在军中算得不差，就连叔父他都能交手几十个回合不落下风，但如果是刚才那个场面，他自己最多只能斩断两三个人的手腕，也只是斩断而已，谈不上控制力道。他的眼睛微微眯起来，这个灰衣人当是一个不出世的高手。霍去病回过头看向那个灰衣人，却见到了他终生难忘的一幕。灰衣人的斗笠被摘下，是一个女子，刚才他就见过了，此时看得更加清楚。如此俊美英气的女子他是第一次见到。她的面前站着那个看诊的女子，看诊的女子正神色严肃地伸出一只手，按在了灰衣人的胸口，手掌微微陷了下去。霍去病的瞳孔一缩，随后猛地回过头，咽了一口唾沫，只觉得鼻子发热，好像有什么东西流了下来。

灰衣人的脸先是一僵，随后微微一红，小声问道："先生，你这是……"

看诊姑娘的面色带着一些红晕，抬起头，认真地看着顾楠说道："是，是姑娘，不是，老夫。"

【二百五十八】

又过了一盏茶的时间，约三十人的一小队骑兵从村口走了进来，将聚在两旁的村民疏散，这场骚乱才算平息下去。霍去病和他身旁的士兵都受了伤，看诊的姑娘为了表达谢意，问他们是否需要医工。他们身上的伤口有深有浅，但是如果不及时处理都是不好的。霍去病的队伍是急行军，八百人中并没有带军医，自然就谢受了。他让后来的骑军在茶摊里取水运回，他则带着士兵和顾楠、看诊姑娘一起去了医馆。说是医馆，其实只是一个石头屋子，应当是看诊姑娘的家。一路上，顾楠问了姑娘的名字，她说她叫端木晴。至于说话，她从小就如此，是个结巴。她的性格有些较真，总是给人一种有些迷糊的感觉，而且可能是说话的关系，性子也比较慢，不过做事的时候很用心。就像此时，她正坐在院子后面捣药，卷着袖子，露着一截藕白的胳膊捣着药槌，时不时擦一把额上的细汗。

顾楠抱着怀中的无格半靠在门边，并没有对霍去病和他旁边的士兵多做理会。霍去病却时不时地暗中看向顾楠，他是怎么也想不明白，这般年轻的女子怎么会把剑术练得如此厉害。房间里一时安静，没有旁的声音，只有石槌捣着药臼发出的一声又一声轻响。不知道过了多久，霍去病才先开口，对顾楠拱手行礼说道："在下霍去病，今日之事多谢姑娘仗义出手。"

顾楠的眼睛微微一动，看向站在那儿的霍去病，淡淡地说道："不用叫我姑娘，我的年纪可比你大多了。"

"这，这般……"霍去病有些无奈地看了顾楠一眼，眼前这位姑娘的性格当真是有些古怪。"那，在下便唤您前辈好了。"霍去病讪笑着拱手说道。他也没有和一个姑娘计较的打算，何况顾楠的剑术对他来说，说是前辈没有任何问题。"不过，前辈，方才之事，您为何不直接将那些马贼杀去，这样岂不是留作后患？"说起正事，霍去病的面色也认真了许多。

"杀了？"顾楠的眼睛落在怀里的无格上。黑剑的剑身冰冷，即使被她抱在怀中也一样。

她不知道想到了什么，随后摇了一下头："我已经很久不杀人了。"

霍去病看着靠在门边的女子，不知道为什么，从她身上看出了一些倦意和苍老，就好像眼前的人真的已经是一个老者一般，但是这种感觉转瞬即逝，被他认为是错觉。他没有再提这件事，先前他其实已经让一队骑兵追着血迹去了。杀伐果断，这是他叔父教他的。为将为军，便是与"仁善"一词无有相关了。这支马贼若是不除去，等他们的伤好了，很有可能回来寻仇。到了下次，可不一定就是现在的情况了，那般这村里的人还是难逃一劫。其实顾楠砍下的伤已经让他们这辈子都握不住刀了，甚至干不动重活。从马贼这行看，他们已经算是废了。

"不知道先生如何称呼？"霍去病又问道。

"顾楠。"对方简单地回答道。

"又是何方人氏呢？"

顾楠回过头来看着霍去病，霍去病这才反应过来自己问得太多了，正准备道歉，对方却说道："我不记得了。"不记得了，霍去病顿了一下，又点了一下头。

端木晴捣好药端过来，一共两份，一份递给了霍去病，一份递给了士兵。霍去病和士兵的很多伤她都不适合帮忙上药，于是小声说道："你，你们上药。"说着指了指自己和顾楠，"我们，先，先出去。"

顾楠也知道自己待着不合适，无奈地随端木晴走了出去。

小院里支着一个木架，上面放着不少用枯枝编成的篓子，装着各种不同种类的药草，放在院里晒着。端木晴的个子有些矮，够不着木架的顶端，所以垫了一块石头踩在脚下，拣着木架最上面的药草说道："你，你要学医，先要，要学挑药。"一边说着，一边从篓子里取出一根晒干了的药草递到顾楠面前，"这个，还，还有这个。"说着又拿了一根，回过身一手一个地举着，"这两个，挑，挑出来一些捣碎，要用。"不得不说，她进入角色的速度还真快，已经开始教顾楠了。

"没问题。"顾楠接过两种药草，在各处的篓子里找了起来。药草在晾晒的时候就已经经过简单的分类了，她挑起来很容易，很快就挑出了两小堆，坐在一旁拿着药槌捣着。她突然想到什么，问道："晴先生的医术是家传的？"

"嗯，嗯。"端木晴踮着脚尖，在篓子里分拣着药草，"已经，传，传很久了。"

"那晴先生的家很久以前就在这里？"顾楠倒是有些惊讶。如果说世代都住在这里的话，端木晴的汉话说得也太清楚了些。而且，端木，不像关外的姓氏。

"没，没有。"端木晴从石头上走下来，手里抓着一把药草放到了另一个篓子里，"我自己来的。"

顾楠疑惑地问道："为什么要来关外？"说着，笑着摸了摸自己的下巴，一摸才想起自己没有胡子。"老夫若不是无处可去，也不会来这种地方。"

端木晴的身子一顿，看向顾楠，伸出一根手指，认真地说道："是姑娘，不是老夫。"

顾楠讪讪地看了一眼端木晴的手，咳嗽了一声："我，知道了。"

"关外，有很多关内没有的药草。"端木晴解释道，拿起一株药草，摘下一片送进嘴里。

了然地点了一下头，顾楠看向小院一旁的墙上。在全是药草的小院中，那墙上出奇地挂着一柄剑，一柄青铜剑，看起来年代已经很久远了，上面带着一点锈迹，不过保养得还不错，所以并没有影响它的外观。看着那柄青铜剑，顾楠的眉头一皱。这柄剑，她好像有些眼熟。

【二百五十九】

天色有些晚了，微红的斜阳让朔方灰黄的土地沾染了一点赤色。随着快要入夜，天气也添了几分凉意，微冷的风吹拂过领口，总是让人不自觉地打着哆喙。夕阳斜照在小院中，那土石搭成的墙壁上，一只像壁虎却又不太像的东西吐了一下舌头，从墙头爬进了墙角的阴影里。顾楠捣完药，坐在小院里看端木晴忙碌的身影，也不知道她在忙什么，只知道她在一堆药草间四处翻找着，该是在找什么药。将捣成碎末的药草放在一边，顾楠又扭头看向挂在墙上的剑。她始终觉得这把剑有些眼熟。这把剑没有什么非常特别的地方，或者说就是一柄普通的青铜剑，不过看剑鞘上面的纹路，还有剑身的长度，没看错的话当是一把秦剑，毕竟秦地的青铜剑要比其他地方所产的青铜剑长一些。

看着那柄剑，顾楠站起身走到墙壁前。她慢慢伸出手，握在了那柄剑的剑柄上。剑柄入手微凉，手触到剑柄的一刻，顾楠好像回想起了什么。当年她初学剑的时候，鬼谷子曾经教了她一门功课，用鬼谷的说法叫作参剑。身为剑客不当只会用剑，更要懂剑，每一把剑都是不一样的，重量、长度、刃口，都可以说是独一无二的。用剑的人如果不懂手中的剑，手中的剑自然就难以达到心之所向，所以那时的她时常被逼着抱着她的第一把青铜剑，枯坐在小院里参悟。参悟出了什么她不知道，但是对于如今的她来说，每一把剑确实都是不一样的，剑入手之后，她就能感觉到剑的不同。顾楠的眼中有些出神，这把剑她真的很熟悉。

一声轻响，青铜剑被抽出了剑鞘，握在了她的手中。顾楠的目光落在长剑的剑刃上，剑刃的刃口泛着一抹弧光。和剑鞘微有生锈不同，剑刃上没有任何锈迹，不过刃口上有几个缺口，那是劈砍在盔甲上造成的。手在剑刃上摩挲了一下，她可以确定，这应该就是她当年的第一把剑，她用这把剑在长平的战场上厮杀过。后来这柄剑去了何处，又为什么会在这里出现？

顾楠回想了一下，她记得当年把这把剑送给了一位在长平为她疗伤的女医生，那女医生好像叫作念……她皱起了眉头。那医生的名字，她已经记不清了，那已经是很久以前的事情了。

"你在干，干什么？"端木晴断断续续的声音从身后传来，顾楠回过头，拿着手里的剑。

"没什么，只是看一看这柄剑。"说着，她将青铜剑归入了墙上的剑鞘。

"这是谁的剑？"顾楠放下手，问道。

"这，这是，先人之物。"端木晴回答道。她似乎是找齐了药草，一小堆药草被她放入一个小坛子里，她走到小院的角落里劈着干柴，像是准备生火。

"方便说一下那位先人的名字吗？"顾楠继续问道。她想记起那个人的名字，她也不知道为什么，大概是不想将她活过的事忘去。

端木晴看了她一眼，慢慢说道："是我师祖，念，念端。听闻，听闻这剑是故人所，所赠。"

"念端……"顾楠喃喃地念叨着这个名字，似回忆起了什么。当年那小将从马上解下一柄长剑抛给要上路离开的医生，是让她留着路上防身的。故人吗？

"呵。"顾楠的嘴角微微勾起，笑出了声。

"你，你，笑什么？"端木晴卷起袖子，劈着柴疑惑地问道。

"没什么，"顾楠摇了摇头，对端木晴笑着说道，"只是我曾经也见过她一面。"

"谁？"

"念端。"

端木晴撇了一下嘴巴，捡起一根木柴劈了起来："你，你又，又说胡话。"

顾楠笑了一下，走上去说道："我来帮你劈吧。"

待到霍去病他们上好药已经快入夜，端木晴没有让他们离开，而是给他们整出了一间屋子，说是让他们先住上一晚。马贼的刀是有弧度的，这样的刀造成的伤口都很细，但是很长，如果处理不好后续会有不少问题，还有可能留下暗伤。端木晴说晚上会给他们煮好常用的药，明日拿走，每天用药涂抹一次伤口，等到伤口愈合就能痊愈。已经快要入夜，就算此时离开也不可能直接行军，霍去病和士兵道过谢后就留了下来，准备再等一夜。端木晴的家里一共就两间屋子，一间是用来囤药的，如今被整出来让霍去病他们住下，而顾楠被安排在她的房间休息，她自己今天晚上估计也不准备休息了。

顾楠支着下巴坐在门框边，无格放在身旁。端木晴在院中煮着药，火焰在炉子下跳动着，把院中照亮，也照亮了炉子前少女的面孔。炉上煮着的药坛冒着气，药草的味道弥漫在空气里，是清淡微苦的味道，说不上来，但是也不算难闻。"晴先生，煮药的事就让我来做吧，先生还是早些休息的好。"看少女坐在炉子边有些打瞌睡的模样，顾楠轻笑着说道。在她看来，煮药这种事情也没必要一直守着，煮开不就好了。

端木晴的眼睛睁开，搓了搓手，回头看向顾楠摇头说道："不，不行，你会煮坏，坏的。而且，你，你不用，叫我晴先生。"说着又专注地看着面前的药坛。

"那我便叫你晴姑娘。"顾楠笑着看她。这倒是一个认真的小姑娘。

大概过了半个时辰，端木晴煮好了药，将其中一份倒了出来。那里面的药煮得黏稠，被她倒在了一个小篓里。黏稠的药落在篓子里，缓慢地从细缝中流下，将一些没有煮烂的杂质留在了上面。将一坛倒完，端木晴拿起另外一坛倒在了一只碗里。这坛里的药倒不是糊状，而是比较干净的药汁，呈淡淡的棕色，带着一股远远就能闻到的药香。

【二百六十】

　　端木晴端着那碗药走到顾楠身前："喝，喝了。"
　　"我？"顾楠疑惑地指了一下自己，随后笑着摆手说道，"我没有受伤。"
　　"不是，不是受伤。"端木晴端着药，看着顾楠指着自己的喉咙说道，"这，这药对这里有好处，听你的声音，这里应该不太好。喝了，就会，会好很多。"说着，又对着那药吹了一下，将弥漫在碗上的热气吹散。"不，不烫的。"她以为顾楠怕烫。她小时候喝药怕烫，师父总是这么做。
　　顾楠有些愣神地看着端木晴，过了一会儿，笑了一下，接过碗来。"多谢了。"她说话的时候确实时常能感觉到喉咙里阵痛，让她不能发出正常的声音。不过她没想到，自己只是声音沙哑而已，这姑娘却一直留心着。
　　"不，不谢的。"端木晴说道，重新坐回小院中，看着药篓上正在过滤的药糊。那药糊里的杂质很多，滤上一次应当是不够的。她看着药，不过还时不时地会张望一下天上，看向夜里，像是等着什么。
　　顾楠端着药喝了一口，清苦的药味在嘴中润开，带着淡淡的草涩的味道。随着那微烫的药水入喉，喉咙中传来一阵清凉，确实舒服了许多。她看向院子里坐着的端木晴，抬起头笑了一下："晴姑娘，你在看什么？"
　　坐在那儿的端木晴看着天呆呆地说道："在，在看雪。"
　　"看雪？"顾楠奇怪地看向天上，那里什么都没有。
　　"哪来的雪？"
　　端木晴这才接上自己的话说道："在等。已经，已经是冬天了，今年，不知道，会，会不会下。"说着，她眯起眼睛，好像看到了下雪的景象。她似乎很喜欢下雪，微微笑着，对顾楠说道："下雪的，的时候，很好看。"
　　是吗？顾楠侧了一下头，喝着碗中的药，回想起了她曾见过的下雪的样子。若说美的话，雪确实是很美的，她忽然对端木晴轻声说道："我曾经见过一场很大的雪。"
　　端木晴的眼中露出了一丝向往："那，那是，什么，什么样子？"
　　"天上到处都飞扬着白色的雪花，街道上、树上、巷子里，到处都被雪覆盖，到处都是白色。雪落在人们的衣衫上、头发上，呵，像是把人的头发都染白了一样。"顾楠轻笑着，用那沙哑的声音慢慢说道。低下头，喝着手中的药，微烫的药水让她的腹中暖和了一些。"那场雪下得很大，下了很久很久……"
　　"那，那一定，一定很好看吧？"端木晴有些期待地问道。

顾楠只是笑着点头："嗯，是很好看的。"随后没有继续说下去，只是看向端木晴，转开了话题，"今年下雪的话，我们一起看。"

"嗯，说，说好了。"端木晴笑着点头。朔方几乎每年都会下雪，但是很久没有人陪她一起看雪了。

夜就这么安静地过去。

端木晴不知道什么时候趴在捣药的桌案上睡着了，顾楠把她送回房间，将没有滤完的药糊又滤了几遍，然后一个人跳上房顶，抱着剑坐在那里，看着远处的天。也不知道过了多久，天边破开一道晓光，从云层中穿了出来，投在昏暗的天幕里。随后云层散开，露出了之后的天光，天幕在那一刻被分成了两种颜色，一半暗，一半明。明光在云间破出，将暗色驱散，直到暗色尽散，天色亮起。远远的天边，初阳升起，顾楠抱着剑坐在房顶，身后的影子被拉得很长。房子下面，一个人推开房门从侧房里走了出来，是霍去病。他身上没有穿铠甲，因为一会儿还要上药，身上的衣服上有些血色，是昨日的伤口造成的。不过此时看来伤口恢复得还不错，至少他已经可以简单活动一下了。他身上的伤本来也算不得重。

霍去病四下看了看，并没有发现坐在房顶的顾楠，而顾楠已经看到了他。以为四下无人，他慢慢伸出手摆出了一个架势，打起了一套拳。身上还有些伤，难免有许多招式施展不开，但他还是决定活动一下，否则身子都有些发僵。气息翻涌，他手中的拳带着几分凌厉的味道，虽然受了伤，但依旧拳脚生风。一般的旁人若是见了，都少不得叫一声好，不过坐在房顶的顾楠看着霍去病的拳，却是眼中无奈地摇了摇头。在她看来，这着实是有些不成器的。

霍去病正演练着，突然听到房顶有一人说道："第三路拳为什么不用内息，而是虚招？本可攻入中门，何必收手转攻上路？第六路拳，你试试将内息运于肘之上，该是更加迅猛才是。第七路拳，结合你原先用的第四路拳一起试试。"

房顶上的人连连出声说着，开始霍去病还有些皱眉，但是随着他试着打上一遍后，却发现修改了诸多地方的拳路居然变得顺畅迅捷，出招、收招也更有余地。

"招式是死的，人是活的，要知变通。"房顶上的人说完，从房上轻身落了下来。

霍去病连忙停下对那人拜道："多谢前辈指点。"从刚才顾楠出声的时候，他就已经知道是顾楠了，毕竟顾楠的声音让人印象深刻。他抬起头来，看向眼前的"前辈"。看着她的模样，又将视线移到一边，免得自己失态。对于此人，他有诸多疑惑，但是又不好直接相问。看模样不过是一个二十岁左右的年轻女子，却已经有了如此骇人的剑术和武学功底，又不知为何是那样一副声音。如此女子，声音却是那般，难免让人觉得有些可惜，而且她的性格还很古怪。

"指点称不上。"顾楠淡淡地说道，拍了一下霍去病的肩膀，"你小子还差很多，多练练。"

说完走到一旁坐下，将怀里的无格抽出，取出一块方布擦拭着。

霍去病也不知道是不是自己感觉错了，那柄剑抽出来，院子里都冷了几分。

【二百六十一】

顾楠坐在那儿很安静，抱着剑擦拭着，眼里倒映着手里的剑。霍去病站在一旁，低头看了一眼自己的手间，苦笑了一下。相比之下，自己确实要差上很多。或许是霍去病的模样被顾楠看到了，她看了这小将一眼。"你也不必消沉，我比你痴长许多，自然比你多知晓些，不足为奇。"

听了顾楠的话，霍去病笑着叹了口气："多谢顾前辈开导。"眼前的女子或许比自己大些，也大不过一两岁，何况看模样，甚至当比自己小一些才对。从来只见过把自己往年少了说的，还从未见过把自己往年老了说的，他只当这是对方对自己的宽慰。打完一套拳已经算活动过了，他身上的伤也不适合再多做什么，便坐在一旁休息，只待那晴姑娘醒来，取了药就准备离开。在此地已经停留了一日左右，也不知晓还能否追上那匈奴的部队。

当是无事可做，霍去病从地上捡起一颗石子，随手一抛，那石子顺着屋前的台阶滚落，发出一阵阵的轻响。小院里只坐了他们两个人，跟着霍去病的那个士兵是醒了，但是他的伤比较重，不适合乱动，而端木晴也不知道什么时候才会醒来。阳光和煦地照在身上，有微微的暖意，让朔方寒冷的天气也舒服了一些。该是暖意让晒着的那些药草也舒展了一些，小院里的药香弥散着，让人的心情不自觉地平和下来。

顾楠仔细地将方布从无格的剑刃上抹过，这么多年只有它还一直在。在那剑身中，她好像还是能看到当年的金戈铁马，还有当年的人影。或许是人老了更容易多愁善感，又或许是那旧忆太长，长得她总是不自觉地想起。她能做的只有不去多想，但又或许是因为每次都能再看见些什么，她又经常会擦拭无格。等到她清醒过来，眼前只剩下无格的一柄剑刃。眼睛有些无神地眨了眨，随后她默默将无格收回了剑鞘。

一旁的霍去病没有注意到这些，也注意不到这些，他只是突然听到顾楠在院子的另一边说道："喂，那边那个霍家小子，你为何来了关外？"

霍去病先是沉默一下，随后笑道："还能为何，当是驱除匈奴，卫我汉家之地。"

"嗯，"顾楠将无格放在一边，靠坐在墙角，"还算有些志气。你带了多少人？"

"八百骁骑。"霍去病挑着眉毛，随意地说道。

在他看来，顾楠定是要笑他的。八百骁骑就要追击匈奴，常人只会当作一个笑话。谁知，靠坐在院子角落里的顾楠笑了，但是笑过之后，缓缓地说道："当年我带三百人，可叫两千人不敢近，你这八百人能做如何？"

这次反倒是霍去病愣住了，他还是第一次听到有人认可他的行为。就连他的叔父在让他领军出行的时候都只和他说别走太远，明显是不抱什么希望。过了一会儿，霍去病的嘴角微微勾起："我这八百人，可叫两千人不得去。"

"呵呵呵。"顾楠的声音有些低沉，侧过头看向霍去病说道，"若是有酒，我当和你喝上一杯。"

霍去病则看了顾楠一眼，眼中带着一分好奇："前辈为何觉得我能退匈奴？"

手放在跷着的腿上，顾楠半倚着身子，没有半点坐相，简单地说了四个字："兵贵神速。"

这四个字让霍去病微微眯起了眼睛，他对眼前的女子是愈加看不透了。本以为只是一位剑术奇才，但凭这四个字，她在兵法一道上恐怕也是通晓的。如此女子他从来都没有见过，到底是从何而来？半晌，他咧嘴一笑，说道："前辈是要在此处学医吧？"

"是啊。"顾楠不置可否地点了一下头。

"那待我得胜归来，我带酒与前辈一同喝如何？"霍去病坐在那儿笑着说道。

"呵，好啊。"说完，顾楠的眼睛重新落到霍去病的身上，好像在思考什么，然后招了招手说道，"霍家小子，你过来。"

霍去病虽然有些疑惑，但还是走了过去："前辈，是有何事？"

"把一只手给我。"顾楠淡淡地说道，坐正了身子，神色也稍微认真了些。霍去病有些不解地将一只手伸到顾楠面前，随后霍去病就感觉到自己的手被一只冰凉的手掌轻轻握住。那只手掌有些冷，不过很柔软，搭住了自己的手背。他的脸色一红，脸庞微微发热，小声地问道："顾前辈，你这是做什么？"

"别说话，自己运转内息。"顾楠的声音传来，接着便是一股霍去病难以形容的浑厚内息从他的手掌涌入，呼吸之间就穿过他手臂上的经脉，席卷了他体内的穴道，霍去病连忙运转起了内息。从手掌源源不断涌入的内息一连将他原本没有破开的数个大穴冲开，涌进了他的丹田，一切都在几个呼吸之间。顾楠松开手,长长地出了一口浊气。她也是第一次做这种替人冲穴的事,难免有些消耗,不过对她来说算不得什么,几天时间就能恢复过来。而霍去病依旧站在那里,闭着眼睛运转内息,大概过了一炷香的时间,才重新睁开眼睛。眼中一片清明,身子好像轻了很多,呼吸之间都能感觉到自己的内息翻涌。眼里带着难以置信的神色,霍去病握住拳头对小院隔空挥出了一拳。凭空一股风卷过,将院中的药篓吹得一阵颤动。

一柄黑剑打在霍去病的头上。"要是打翻了,你得给我全部重新捡起来。"倒吸了一口凉气,霍去病吃痛地捂着头,看向眼前的人。"前,前辈……"只有他自己知道,他的内息在刚才的那段时间里增长了数成。

顾楠抱着无格站了起来。"你到时莫给汉人丢了脸面便是。"说完向屋里走去。都快到午间了,也该把晴姑娘叫醒了。

霍去病站在院中,愣愣地看了看自己的手。说来这还是他第一次握姑娘的手,还,挺舒服的。

【二百六十二】

端木晴被顾楠叫醒的时候是一副手足无措的模样,她以为那药坏了,等她发现药已经被顾楠滤好装起来后,才松了一口气。取了药,霍去病和士兵准备离开,他们在这里停留的时间已经有些久了,那八百余骑已经追去了大漠。顾楠则留了下来,同端木晴学医术。

塞外人烟稀少,平日里都见不到什么人,每日大都是顾楠和端木晴插科打诨,时常惹得端木晴着急却说不出话来,在那里红着脸憋着,模样总是让顾楠发笑。她很喜欢这样安静的日子,没有行阵,没有兵甲,没有铺天盖地的喊杀声,没有朝不保夕的日子,也没有遍野的哀号。有的只是看着暖阳东升西落,和风徐徐,斜阳低垂,夜中的繁星点缀暮里,还有陪着那说不清话的少女一日又一日地等着朔方的冬雪。从前的那般日子或许真的让她累了,或是说,如果当年没有遇到白起,她可能根本不会习武,也不会打仗,更不会有什么太平的宏愿。当只是做一个普通人,饿死流离,或避世而居罢了。如今关内安定,没有战事,她也无处可去,想的不过是在此过完余生。

白日里顾楠和端木晴出门采药。说来也奇怪,朔方这种荒地里倒是时常能找到关内少见的药材。不过顾楠采药多是粗手粗脚的,对于那些药草也不知道小心些,总是将药草弄得七零八落,使得端木晴心疼许久。午间或者夜间,端木晴会给她讲解医书。顾楠倒是没有想到端木晴家传的医术是这般渊博深厚,传自战国时的医家一脉，从外伤跌打、五脏内伤，到风寒冷热、疫病杂症，都有载证和叙说，就连端木晴自己都不能说全部学过，要是想将这些医术全部读透，恐怕需要数十年的时间。偶尔，顾楠会随端木晴到附近的村子里治病看诊，顾楠大部分时间都是充当保镖，以她的水平还是莫要祸害人家的好。端木晴的药还是很有效果的，顾楠的声音开始有些好转，不再是当初那般沙哑，虽然还是有些低沉，但也算不得难听了，只是还有些奇怪而已。听端木晴说，再吃上几个月，她的声音就会好了。

一天夜里，顾楠在屋里坐着吃东西，突然听到端木晴在屋外大叫，声音里带着兴奋和欣喜。

顾楠走出屋，发现下雪了。白雪在夜里的朔方上空飞着。北方的雪都是干雪，和南方的湿雪不同，很快就会堆积起来，而且很难化去。雪片很大，是松白的模样，纷纷地在夜色里落下，被那北风卷得四处飞着。端木晴仰着头，脸上也不知道是冻的还是高兴的，微微发红，发间带着雪花，眼中映着那漫天白雪。顾楠抱着手半倚在门边，浅笑着看着天色被白雪遮得朦胧，看着那姑娘像个孩子一般站在雪里，出声叫道："晴姑娘，吃饭了。"小屋上，炊烟缕缕，在雪夜中飘散着。屋里的灯火摇晃着，在雪夜里泅开。

第二天一早，顾楠还没睡醒，就被端木晴从被窝里拉了出来，生生被冻醒了。醒来的第一眼就看到端木晴已经把全身上下包得严严实实，只露出一张兴奋的小脸，期待地看着她。

"起来，看，看雪去了。"披上衣服，抱着无格，往嘴里塞了个饼，顾楠就和端木晴出了门。门外已经是一片白色，一夜之间，雪就已经将朔方覆盖。不见从前的片片荒原和枯木，只见那雪反射着阳光，晶莹剔透。雪片还在落，这确实是朔方一年里最美的时候。

"你，你不冷，冷吗？"端木晴担忧地看着顾楠身上的薄衫。顾楠笑着在她的头上拍了拍，拍去了她头顶的雪花："不冷，走吧。"

两人在雪中离开。前面的一个人脚步轻快，后面的一个人抱着剑，轻笑着跟着。是一处山崖，这里能看到雪中的朔方，是一处很好的看雪的地方。

这是端木晴找到的地方，她坐在山崖边，认真地看着雪景："好大……"

这还是她第一次见到这般大的雪。她欣喜地回过头来，看到雪中轻笑着看着她的顾楠，不知道为什么愣了愣，看着顾楠发呆。

"怎么了？"顾楠疑惑地问道。

"没，没什么。"端木晴惊慌地回过头，缩着脖子，"雪，雪好看。"

"呵呵，是吗？"顾楠抬起头看着飞雪，任由雪片落在她的肩上，是很好看。那一日的雪，让朔方很美。

雪原上，一队骑军踏雪而来，看起来有六百余人。他们催着身下的马，总算赶在大雪之前打完了仗，但是如今大雪封路不好走了。他们倒是不急，从匈奴那边抢来了不少水和吃食，也不担心熬不过这场雪，无非就是这天气太冷了些。所幸他们多少都会一些内息，只需要运转上一遍就没有那么冷了。他们的马上都绑着几个袋子，袋子上面凝着血碴儿，是鲜血冻成了冰。袋子里装的是他们所破匈奴的战功，他们得胜而归了。骑军中时不时传来几声说笑，有的在吹嘘自己在这一战里斩了几个人，一旁的人则抬杠拆台。领头的是一个小将，骑在一匹黑马上，远远地，他在飞雪里模糊地看到一个村子。

小将笑了一下，抬起手，队伍停了下来。"今日就先赶路至此，就此扎营！"小将的声音在队伍之间回荡，队伍停了下来。虽然疑惑为何将军总喜欢在这里扎营，但既然是军命，自然没有人说什么。这要赶进关中还需要数日的时间，在这里休息一下也好，而且附近有一片枯木林子，也好烤个火什么的。士兵从自己的行军囊里取出帐篷，五六人一组开始扎营。

小将从自己的行囊里取出一壶酒水，这算是他私藏的。看着手里的酒，抛了一下，他拉着身下马匹的缰绳对士兵说道："你等先在此处，我去一趟村子里。"说完，便驾着马向村里走去。

【二百六十三】

刺啦，一个人走在雪地里，衣甲后的披风在路旁的雪上划过，发出了轻微的摩擦声，将地上的积雪翻起了一些。带着甲片的靴子踩进雪地里，陷了下去，雪没到了脚踝的位置，地上的积雪已经有些厚了。一匹马跟在后面走着，马铃微摇，在夜里作响，马蹄在雪地上留下了一排足迹。身后的村子渐远，霍去病牵着马，远远地看到了两间小屋，拍了一下肩上的雪花，看着自己身上。他身上的衣甲染着血，这是在战阵间冲杀留下的，一直以来也没有时间去洗，或是说这般天气也没有水能让他洗。他从地上抓起一些雪，随手在自己的甲胄上擦了两把，将一些血迹擦去。看着有些刺眼，莫要吓着她们才好。莫名地，他又拉起自己背后的披风放在鼻前闻了一下，应当不臭吧……转念一想，他又放下披风，自嘲地笑了一下。在意这些做什么，拘泥小节何成大事？低头看了看自己手里握着的酒，又看了看那屋子，慢慢走了过去。说是得胜归来与她一同喝酒，也不知道那位顾姑娘还在不在。

外面的天快黑了，端木晴在外面走了一天，该是累了，早早就回屋里休息了。桌案上点着一盏灯火，灯盏中的火焰散发着微黄的光，将房间照亮，床榻上传来端木晴平缓的呼吸声。顾楠没有打扰她，一个人坐在桌前，翻看着竹简。她手里握着一支笔，桌案上还放着一份空的竹简。桌前传来竹简翻动的轻响，灯火下，人影摇晃。时不时地，她还会提起笔在那份空白竹简上写下些什么。在此地住下后，顾楠每每空闲的时候都会写些什么。端木晴曾经看过顾楠写的东西，但是上面写的尽是些她看不懂的奇怪符号，虽然有那些符号的讲解和注释，但是她也看不明白，后来就不再看了。

用顾楠的话说，她在写一本书。其实很早以前顾楠就有这样的想法了，把她前世所学的现代知识进行规整，写出几本书，先是基础，随后逐渐深入，将这些知识传于世人，从而提高社会的整体水平。但那时的秦国根基不稳，每日所想的都是如何稳固基业，没有足够的教学条件，根本没法做到将这些知识传于世人。而且这些知识对当时的人来说跨度太大，想要他们接受就必须写得尽可能详细，这需要很多的时间和精力。当时的顾楠不是在外处理六国旧贵，就是在护卫秦王巡游，处理宫廷所卫事务，根本没有时间和精力去写这些东西。她本想着再等几年，等到秦国安定，世间安定，到了那时再推行教育，逐渐将现代知识融入其中。不过可惜，她终是没有等到那般光景。

灯影微晃，顾楠从愣神中醒来，低头看向竹简。因为长久没有落笔，墨从笔上滴了下来，落在上面。顾楠苦笑着摇了一下头继续写。她前世不过是个二流大学的毕业生，学的还是商务设计专业，所记的数理化知识不多。对她来说，只能记得多少就先写下来多少，也许对后世有用。当然除了现代知识，她也希望能整合她之所学，还有那百家之说。她所学的是兵家，如今在学医家，而百家学说，恐怕需要她离开此地后才能去整合了。能整合多少，又需要多少时间就不得而知了。又或许她一生都不会再入关，谁知道呢。这部书或许是一个人一辈子都不能写完的东西，但是对于她来说，或许有这个时间。这也算是她这个前世遗留的无用之人，为那后世所做的一些事吧。不过如今，倒是还有一个问题让她苦恼。光是要将她所知的现代知识详细写下恐怕就需要不知道多少竹简，如此很不方便，而且端木晴的家中恐怕也没有如此多的空白竹简给她用。顾楠手中握着笔，揉了一下眉心。如今是汉代，也许有纸了。

砰砰，门外突然传来一阵不重的敲门声。这么晚了，莫不是村中有人病了？因为住在村子附近，村子里若是有人病了，常会找来。顾楠起身走到门边，将门打开。门外站着一个小将，身上的衣甲带着些雪片，手里拿着一壶酒。他看到顾楠，脸上露出一点笑意，抬了一下手里的酒壶："前辈，说好的，得胜归来，我请你喝酒。"

屋里的灯火灭去。两人没有坐在屋里，毕竟端木晴还在屋里休息，不好让霍去病进去，也不好吵醒她。在屋檐下的空地上清了一片地出来，点了一堆火，拿了两个杯子坐在火边。夜里雪已经小了很多。火焰中的木头灼烧着，时不时蹦出几点火星。火光照在周围的雪地上，让雪地微微泛黄。两人也都没有那么讲究，只是随意地盘坐在雪地里，靠在屋子的边上。对于两人来说，这雪夜也只是有些凉而已。砰，酒壶撞在杯子上发出一声清脆的声音，霍去病将壶中的酒倒出，清甘的酒水在火光下反射着光。

"你们军中不禁酒？"顾楠笑着问道。

霍去病耸了一下肩膀，说道："这算是我的私藏，你可别到处乱说，不然我可少不了板子。"说着，已经将顾楠的杯中倒满。

"呵。"顾楠轻笑一声，将手中的杯子端到嘴边，浅抿了一口。酒入口的时候是冰凉的，该是被这朔方的天气冻的，但是待到从喉间流过，就是一阵温热。酒意散开，借着火，身子暖和了许多。"我本以为要等你的酒，还要再等上一段时间。"

【二百六十四】

"没有办法。"霍去病往自己的杯中倒入酒水，无奈地说道，"入冬的朔方天气不定，要是在战时下起了雪，不能快进快退，我这八百骁骑如何行战？也就只得在下雪前先撤回来了。"他一口将自己杯中的酒喝去小半，抿了一下嘴巴，看模样还是有些不甘心，"若不是如此，定要再追上数阵。"

顾楠握着手中的酒杯，杯中的酒水微微晃动着，笑着横了霍去病一眼："此战如何？"霍去病勾起嘴角，终究是一个少年人，总是热血更盛，对于他来说此战是痛快的。不过他还是个将军，自知有些话不当多说。"顾前辈，此乃军机，去病不得多说，还望先生见谅。"

"无事。"顾楠明白这些，表示自己理解后，也不再多问。

两人只是坐着喝酒，酒水在火边渐温。

"我观前辈似乎知晓兵阵之事。"霍去病突然想到什么，半开玩笑似的和顾楠说道，"不若前辈入我军中，我说与前辈听如何？"

"别了。"顾楠将自己杯中的酒水喝完，拿起地上的酒壶自己倒着，看着杯中之物，自言自语地说道，"行阵之事，我早就腻了。"

顾楠的话让霍去病怔了一下，问道："前辈行过军伍？"也怪不得他惊讶，毕竟顾楠是个女子，女子行阵确实是很少见的。

"打过一些年。"说着，顾楠仰头将手中的酒水一饮而尽。

霍去病本当是顾楠又在与他开玩笑，不过他看顾楠的模样，又觉得顾楠说的好像是真的一般。不知道该如何接话，只是陪着一起把杯中的酒饮尽。

酒意渐酣。霍去病的酒量似乎并不是很好，不过喝了五杯，脸上已经微红。此战打完，他就要回长安了。其实霍去病不想回长安，在长安，他是地位尊崇，但却是一个私生子，受人指点。对于他来说，与其在长安，不若领军在外，征战四方，也许这大漠才是他的归宿。

或是他破尽匈奴、披甲而归的时候，才当是英雄，和他的叔父一般。眼中迷蒙，他看向身边的人，那人坐在雪里自顾自地把玩着手中的杯子。在微醉的眼中那人显得缥缈，火光映射着人影，在眼中着落。这一眼，日后的他记了很久。

一片雪落入杯中，在酒里化开，顾楠将杯中的酒饮下，看向霍去病。这小子坐在那儿已经有了些醉意，所幸，他半醉着倒是安静，没有什么不好的醉态，只是看着自己这边，不知道在发什么呆。

"顾前辈。"霍去病像是突然发现了什么，说道。

"嗯？"

"前辈的声音倒是和上次不一样了。"霍去病放下酒杯，他是不打算再喝了。若是再喝，他担心若是真的醉了，就要回不去了。

"哦。"顾楠了然地点了一下头，"原本喉间有些病症，晴姑娘给我配了些药，时常在喝，病症渐渐好了些，大概要不了多久就会全好了。"

"这样。"霍去病低头看着火突然笑道，"姑娘原本的声音应当是很好听的吧。"这次他倒是没有叫前辈。顾楠在喝酒，或是他的声音太轻，也没有听清楚。夜深了，雪中远远能看见一处火光跳动，火边的两人一人发呆，一人喝酒。

"你若是回了关中，可否帮我带些东西？"顾楠扭过头看着霍去病问道。

霍去病回过神来，眼睛从火上移开，笑着说道："前辈说来便是。上次救了去病一命，去病却还未答谢过。"

顾楠放下酒杯："也没什么，如果可以，帮我带些纸来。"

"纸？"霍去病有些疑惑，"前辈要这做什么？"这是书记的东西，虽然比竹简方便些，但是也没好用多少，稍用些力就能划破。

顾楠笑了一下："我想写些东西。

"一本书。"

"噢？"霍去病的眼中露出了一些好奇，"不知是何名字？"

顾楠想了一下,像是想到了一个书名可以一用,笑着说道:"《奇门遁甲》。"

喝完了酒,就着夜色,霍去病牵着马离开了,风雪夜里的人影没走多远就已经看不清楚了。

数月之后的长安。长安的大街小巷中,屋檐错落,人流往来,远远看去是一幅颇为繁荣的景象。人声熙攘,听不清楚都说些什么,有几分嘈杂,让人嫌之烦扰。一处小楼中,屋内的陈设简雅,窗户虚掩着,使得外面街道上的声音小了很多。屋里焚着香,青烟在房间中轻笼着,香味不重,是一种很淡的香气,坐在这间屋子里就不自觉地让人心安了几分。一个画师正提着笔,站在桌案前,提着衣袖,俯身作画。画上的墨痕犹新,应当是刚刚开始画。画师的身前坐着一个少年人,看上去不过弱冠的年纪,穿着一身长袍,正半皱着眉头,看着那画师作画。画师的模样看起来有些紧张,眼前的人虽然是个少年,可这少年身上总带着一股莫名的魄力。他也算是长安有名的画师,给很多人作过画,自然也见过很多人。这少年人给他的感觉,和他曾经见过的一个将军一样。

"先生,这女子的眉毛不是这般的柳叶眉。"少年小声地在画师面前说道。

"欸,我改改。"画师点头说道,对着画上一个女子的眉毛改了两笔,起身说道,"君看这般如何?"这才让人看清了那绢布上的画。画的是一处火边的一个女子,四周飘着飞雪,那女子穿着一身男装,手里握着一杯酒,看着像是正要去喝。少年皱着眉头看着画,像还是不满意,说道:"也不是这般,应当是,应当是要再英气些。"

画工苦笑了一下:"君,再英气可就是男子了。"

【二百六十五】

晴朗没有维持很久,大概是午间的时候,天空微微沉闷,随后长安城里下起了绵绵的小雨。楼阁中的窗棂上有细密的雨声回响,让这房间又安静了几分。小楼听雨,外面的街道上脚步急促,该是行人找着躲雨的地方。画师坐在桌前作着画,少年口中描述的那个女子到底该是个什么样子,他到现在都只想出一个模糊的轮廓。少年虽然对他说了遇见这女子的始末,但是对于少年所说的样貌他还是颇觉模糊。但若是真如少年所说,那当是一个世间少见的奇女子。画工有些遗憾,若是他能见上一眼,说不定能画出超过他所有画作的作品,可惜他该是无缘得见了。

坐在他身前的少年看着画工手中的画,出神地想着那日他见到的样子。

"唉，"画工叹了口气，将手中的笔缓缓放下，"君，在下只能画至如此了。"说着，将手中的画布送到少年面前。

少年接过画布，上面的人眉目流转，酒盏轻举，飞雪渺然，画得确实很好，可惜还是差了些什么，使得这画始终只有六分颜色。少年的眼中露出一份释然，或许那几分就是画不出来吧，他点了点头："还是多谢先生了。"起身结钱。

画工却伸出手把钱推了回去，摇头说道："君此画未成，在下实在不敢厚颜有收。"随后画工笑着说道，"功有未达，自当继续苦学，若日后在下能成，君再来吧。"

"如此，小子霍去病，谢过先生了。"

"无事，只当是谢过小君为我说的这奇人吧。"画工笑着摸着胡子，暗自下定决心，势要将此画功成。

少年行了一礼，走出小楼。小楼外的房檐上滴水成帘，细雨在风里飘摇不止，他小心地将画布收到自己怀中，冒雨离开。而楼阁内的画工休息了一会儿，又摊开了一卷新的画布，提起笔，闭着眼睛苦思了一会儿，再次画了起来。这幅画，他画了许多年，也画了许多幅，几乎每几日就会画上一张。到他这里买画或是作画的客人总会看到那么一两幅，然后望着画上的人问画工："这画，价钱几何？"

画工总是笑着摇头："这画卖不了，没画完。"

然后那客人又会问："这画上的女子是谁？"

画工的回答都是一样的："朔方之女。"

这朔方之女的画有一日被一个叫李延年的人看见了，他呆了半日，作了一首歌，后人唤作《李延年歌》——

  北方有佳人，绝世而独立。
  一顾倾人城，再顾倾人国。
  宁不知倾城与倾国？佳人难再得。①

外面的阳光初照，似还有些慵懒地落在雪地上，朔方的雪停了。见不到那漫天飞雪，天上的云却还是笼着，看不见日头，地上的雪还没有化开。吱呀一

---

① 《李延年歌》本是形容汉武帝宠妃李夫人的，此处为借用诗文内容，赞美朔方女的美貌。

声，小屋的木门被推开，顾楠一边穿着衣服，一边打着哈欠走到小院中。她有一段时间不睡懒觉了，活了百年，她总算明白了一日之计在于晨的道理。又或者，她只是失眠多梦而已。雪化的时候要冷一些，不过阳光照得人很暖和。想着洗漱一下，但是走到水缸边的时候，却发现水缸里的水冻上了一层冰。拿着无格将冰块敲碎，放到盆子里，然后生了一堆火，将盆子放在一边等着水热些。

　　早晨的院子里没有别的声音，只有远处的高空偶尔会传来几声鸟鸣，应当是山鹰飞过。坐在一块石头上，顾楠从怀里拿出一卷竹简。这竹简是端木晴交给她的，上面记的多是一些基础的针灸之理。她本身就有穴道和经脉的基础，所以端木晴打算从针灸教起。至于药理，免不了读背，这是要下苦功夫的，不然就更不要说理解其意了。皱着眉头看着竹简上的穴道讲解，她从自己腰间拿出一个袋子，将袋子在腿上摊开，里面是一排细长的银针。卷起衣袖，就着自己的手，顾楠将银针扎了进去。行针是否对了，她完全可以根据自己的感觉来把握，出于她的身体异于常人，她倒是不担心会出错。何况她扎的多是一些活血养生的穴位，出错了也不会有什么大问题。身旁的火焰炙烤得微微作响。

　　"尺泽穴……"顾楠将自己的手翻了过来上下打量，在手肘的部位上摸索了一下，最后找到一块拇指宽的凹陷处。"是这里吧。"她自言自语地说着，正要将银针扎下，却被身后的一个人叫住。

　　"我，我和，你说了几次，几次了。"端木晴站在顾楠身后表情严肃地说道，"你，你才刚开始学，不要，不要在自己的身上行针。"

　　"呃，我这也算是身体力行不是？"

　　"乱，乱说！"端木晴骂了一句走上前来，小心地将顾楠手上的银针都取了下来。

　　每日早上常是这般，或是乱煎药，或是乱尝药草，顾楠少不得被端木晴说上几句，小院里也多了一分吵闹。大多时候都是端木晴先不说话，她是说不过顾楠的，只能自己一个人坐在一边生闷气。顾楠过意不去，也总是先道歉的那个。两人的早饭很简单，煮上一些米汤便算早饭了，多的时候还会配上一些肉干。端木晴是不吃肉的，这些还是顾楠在村里的市集上换来的。

　　"米快吃完了。"顾楠喝了一口米汤说道，"我前几日在雪地里挖出来的那几条沙蛇的皮应该已经晒干了，到时候我拿蛇皮去村里看看换一些米回来。"

　　兽皮飞禽，在塞外的市集上都能换很多东西。飞禽不好抓，所以顾楠时常会去抓一些走兽。这几日下雪，她捣了不少蛇窝，这时候沙蛇都还在雪下的沙地里冬眠，把它们翻出来都还不会动，抓起来倒是很轻松。将蛇皮晒干，蛇肉能做成肉干，蛇胆也是好东西。

【二百六十六】

　　端木晴喝着汤，时不时地呼出一股热气，听着顾楠说话。她一般很少发言，都是坐在一旁点头，她的眼睛常是安心地眯着。从前她都是一个人，那时候她一天也不会说一句话，也很少和人说话，或许这就是她结巴的原因吧。她不常说话，但她很喜欢听顾楠讲。有时讲一些平常的琐事，有时讲她从没听过的传说，当然还有的时候，顾楠也会说些奇怪的胡话。不过她说的时候，她都会在一旁认真地听。

　　"蛇胆应该也能换些东西……"顾楠正盘算着换些什么的时候，一旁的端木晴却连忙伸出了手，摇头说道："蛇胆是，是配药的，不能，不能换。"好吧，在一些方面她总是比较坚持。"嗯，那就不换了。"只是几个蛇皮和蛇肉干应该就能换上一袋米了，可能还能有余下的，到时候再决定换些什么好了。因为这地方是塞内、塞外交界的地方，所以会有很多游商，总能有些特别的东西。

　　端木晴今天也不出去采药，大雪封路的时候出去采药是很危险的，而且大多数的药草都很难找到。她准备在家煎些药备着，这种天气生病的人总会多一些，到时村里若是有人生病了，也不需要重新煎，只需要煮开就好。吃完早餐，顾楠就戴着斗笠出门了。看了看天色，快要开春了，到时候可能会时常下雨，她在考虑要不要再编一件蓑衣。村里的市集并没有因为积雪变得冷清，反而要更热闹一些。或许前几天的大雪真的不能走也没有办法来往，但是这几天只是一些积雪，阻止不了商人的脚步。都是出来跑生活的，能快别人一步，自己也能多赚一些。两旁的小摊都招呼着人来看看，有的是商人之间互相交换，两边的人说着一半的汉话、一半的胡话，彼此都听得不太明白，但是交易却能稳妥地进行，这也许就是商人之间的默契吧。有的是商人和村民交换，长期和商人打交道，村民也都很精明，只会换一些自己需要的。讨价还价的时候，两边唾沫星子横飞，半天也不见能说出什么。村里的固定人口很少，流动人口倒是出奇地多。这附近就这么一个村子，这里能换到塞内没有的东西，也能换到塞外没有的东西，来回跑上一趟就能换上不少钱，这也使得这个村子的人过活得轻松些。

　　街道上一个人踩着雪走着，头上戴着一个斗笠，明明很冷的天气却只穿了一件单薄的布衣，肩上背着几个蛇皮，还有一袋子肉干。看模样像附近的山人，唯一特别的地方应该就是她腰间挎着的一柄黑剑了。村民看到这人通常都会笑着打一声招呼。这人已在这里住了一段时间了，和那个医生住在一起，时常帮村里的病人看病，也不收什么东西，可以说是村里少有的受欢迎的人。

"店家，换一袋米。"顾楠将蛇皮和肉干放在摊子上。这摊子她来过几次，店家也算比较熟悉，是个汉人。

"哎哟，这可不只是一袋米的价格了。"店家看着顾楠放在摊子上的东西笑道，抬头一看是熟客。在关外遇到一个不是跑商的汉人是不容易的，所以他的印象还挺深。他来得早，东西都换得差不多了，既然都是汉人，店家耸了一下肩膀，指了指蛇皮和蛇肉说道："这些，我换给你两袋米便是。"

把剩下的米换出去，他也好早些回去。

"行，那就多谢了。"顾楠笑着说道，看着摊子，却见到还有些别的东西。一些白米粉，一些黑芝麻，少见地居然还有几块饴糖。"欸，你这次怎么弄了这么多东西过来？"顾楠站在摊子边问道。

店家笑了一下。对于眼前的客人，他除了知道对方的汉话说得流利应当是个汉人之外，还真不知道别的。对方的声音有些低沉，听起来该是个瘦弱的汉子。"这不一年了，我跑完这趟回家陪陪家里的老人，这段时间就不跑了，所以这趟跑得多些。"

"这样。"顾楠点了点头，看着那黑芝麻突然想起了什么，向店家问道，"说起来，现在是什么月份了？"

"正月十三了。"店家有些感慨地说道，应当是想到了他家里的人。若不是为了求生活，他也不可能一年都不回家。

"正月了……"顾楠有了一个想法，指着摊上的东西，笑着对店家说道，"店家，不用两袋米了，给我一袋米，剩下的这三样都给我一些，就算是一袋米了。"白米粉和黑芝麻都要不了多少钱，店家虽然奇怪，但都给了顾楠小半袋；饴糖的价格可要贵上不少，他只给了一小块，这已经算是熟客才给的了。

换上这些，顾楠就背着东西离开了。晚上她要做些吃的，说起来她也是好久没有吃过这种东西了。

从傍晚开始，端木晴就见顾楠一直在厨房里忙活，至于在做什么还不和她说。出来的时候，鼻子上、手上还时常沾着一些白米粉，看起来有几分好笑。直到入夜，白日里还笼着的云层在朔方的北风下渐渐被吹散，露出了云层下的星月。月光皎白，落在雪地上，让那白地更显出几分清幽，带着点点的荧光。没有了云层的遮蔽，星月都让人看得很清楚，不再是那般半遮半掩。夜里的星空铺洒，一条若隐若现的星河横在空中，月亮居于空中。这一日的月亮已经很圆了，说不清是这如盘的明月更美，还是那残缺的弯月更显多娇，不过这晚的夜色是很好看的。

  小屋中总是带着药草的味道，厨房上的轻烟悠然地升起。端木晴的身前烧着药，炉子里的火焰跳着，她抬头看着天上的圆月，也没想什么，只是看着那儿发呆。"晴姑娘。"一旁传来了唤声。端木晴回过头去，却见顾楠端着两个碗从厨房走了出来。"来尝尝如何？"看着顾楠，端木晴露出一个浅笑，雪中也不是那么冷了。

【二百六十七】

  夜里看不清远处的模样，地上的近处是积着的白雪，远处能望见的是点点的星月。顾楠端着碗坐在端木晴的一旁，碗里飘散开来的热气扑在脸上，让有些凉的面孔上像是有什么化开了一样，带上暖意。"喏。"顾楠将手里的一只碗递给端木晴。

  "谢谢。"端木晴低着头接过碗，看向碗里盛着的东西。在一碗白汤中浮着些白色的圆球，用勺子碰一下有些软糯，她轻轻地舀起一个。那圆球躺在勺子里，圆润的模样有几分好看，散着微微的雾气。"这是什，什么？"端木晴问道。

  顾楠却已经吃了起来，一口将勺子里的汤圆吃进嘴里。她虽然不太会做什么吃的，但是这东西只需要放进些糖包好就行，还算简单。值得一说的是，这时的饴糖还是有些硬的，菜刀切不开，她用了无格才弄成了小块。汤圆入嘴咬开，里面夹着糖浆的芝麻糊流出，在嘴中淌着，浅香的甜味伴着微烫，让人不自觉地眯起眼睛。呼了一口气，在冷冷的空气里凝出一片雾，散了开去。听到端木晴的问题，顾楠也想起西汉年间虽然已经有了元宵节，但还没有吃汤圆这个习俗，随口扯了一个不算谎话的谎话，淡笑着说道："这叫汤圆，算是我家乡的风俗，每年元宵节的时候，家人都会回来一起吃这个，象征着团圆。"顾楠说着，又吃了一个，她前世的时候就很喜欢吃这些甜的东西。每年的元宵节，她虽然没有家人，但都会一个人煮些汤圆吃。

  "团圆？"端木晴知道元宵节，这是用来祭祀太一的节日，但是她不知道元宵节还有团圆的意思。

  "对啊。"顾楠抬起头，指着月亮的方向，"你看，那月亮特别圆，在我的家乡，每到这个时候，家人不管在任何地方，都会回来团聚的。"她说着，脸上带着怀念的笑意。这是她孤儿院的老师教她的，她小的时候总会很相信这些话，所以她每年都会盼元宵节。只不过每年都不会有人来，后来她就不再相信这些鬼话了。她有一段时间认为是老师骗她，后来才明白，她根本连家都没有，就算是回家，又能回哪里去呢？

家人都会回来吗，端木晴不知道想起了什么，脸上露出了浅笑："顾，顾楠，你家乡的风俗，很，很好。"

"为什么这么说？"顾楠吃着汤圆问道。

端木晴的语气带着一些唏嘘："亲，亲人都会回来，很开心吧？"

顾楠却顿了一下，半晌才笑着点了一下头。"是，应该是很开心。"她对着端木晴手中的勺子努了努嘴巴，"不要光说，吃吃看，很好吃的。"

端木晴慢慢将汤圆送进嘴里，香甜的味道充满口腔，小声说道："好吃。"

顾楠笑了一下："是吧。"

两人坐在雪地里吃着。

夜里四下无声，端木晴突然问道："顾楠，明，明年，你还在吗？"

顾楠有些疑惑，放下了勺子："怎么了？"

"没，没有，我只是想，你，你剑术这么厉害，又懂那么多东西。你，你说过要收集百家学说。所以，我想，你是不是学完，学完医术就要走了？"端木晴很少会说这么长的话，她断断续续地说完，低头吃着汤圆。

"你明年，还想吃汤圆吗？"一旁传来的回答答非所问。

端木晴抬起头来看着顾楠，又微微移开了眼睛："想。"

顾楠抬了一下肩膀，笑着说道："那我明年再给你做。"

端木晴一怔，随后眉目舒展开来："好。"

轻散的雾气让眼前的一切都显得朦胧。

那天晚上的明月无缺，虽然还没有到元宵节，但好像也挺圆的。每一年的朔方大概只有两个模样，一个是漫漫的大漠荒原，一个是茫茫的白雪铺撒，所以有时会让人分不清时日，分不清年月。渺渺的荒原上一望无际，很少会有什么改变，常是望不尽的漠色里挺立着几棵枯树，枝丫荒败，没有枝叶，秃秃地立在那里。偶尔的几丛干草也立不住，被风卷着吹起，在荒地上翻着。

顾楠陪端木晴在外采药，眼里时常只有黄沙，端木晴却总能找到药草植被生长的地方，对这里很熟悉，也不知道她一个人在这里生活了多久。没事做的时候，顾楠就一个人拿着竹简在荒坡上写她自编的《奇门遁甲》。一本写不完，她还恶趣味地每多写几卷，就起一个单本的名字。比如，一本记载一些简单的化学常识和气候现象的叫作《太平要术》，一本记载端木晴家中医学和一些现代医学模糊理论的叫作《青囊书》。这些有的是古来传说中的书名，有的是后世失传的书名。她也不知道这么写，真写了那些书的前人会不会气得爬起来，或是后来的那些人在写自己的文作时，发现名字被占用了，又会不会在背后骂她。

她也只是写着玩而已，里面的很多东西她自己都一知半解。基础的，她尽量写得详细，但是越深入，她就写得越模糊了。也不知这些书日后如果流传出去，会被哪个倒霉蛋看到，若是学了，恐怕还得一边学一边自己研究后面的内容。塞外不知道岁月，能看到的只有风卷着黄沙流逝，好像过了一日又一日。而她写完的竹简几乎堆满了一个竹筐，该是长久没去动，上面也蒙上了一层薄薄的灰尘。或许是数月，或许是年余，又或许是数年。

一支数万人的军阵在荒原中穿过，马蹄和甲靴将地上的黄沙踩起，尘土让人看不清那些军士的面庞，只是看那衣甲能看出他们是汉军。军前年轻的将领留意地看着远处，军队只是路过这里，不会停留太久。

【二百六十八】

已经两年没有来过此地，他也不知道此地变了没有，那人还在不在。他的眼睛落在一旁车上的司南上，应该是这附近没错了。远远地，一个大半都是石头建的小村子出现在军队的视线中，将领抬起手，让军队停了下来。偏僻的小路上，将领的靴子踩在地上发出轻闷的响声，背后背着一个行囊，身上的衣甲带动甲片相碰。穿过小路，他站在两间小屋前，屋子的门闭合着，小院中也没有人。不过院中晾晒着的药草，还有刚劈了一半的木柴说明还有人住在这里。年轻的将领伸手搭在院墙的篱笆上拍了拍，没有遇到，他就准备离开了。本来只是想来见一见故人的，大军不能停留太久，不然会延误战机。他将自己背后的行囊解了下来，行囊里面是一包空白的纸张。正准备将行囊用石头压在院前，他的背后却传来了一个声音："你是？"霍去病回头看去，见到端木晴正背着半篓药草，手里拿着一把镰刀，看样子是刚采药回来。

"晴姑娘，好久不见。"他淡笑了一下，向端木晴打招呼。如今的他看起来比两年前要沉稳许多。端木晴疑惑地看着他，半晌，想起了眼前的人，有些惊讶："霍将军，你、你怎么来了？"

"哦，"霍去病拿着手中的行囊，说道，"军阵路过此地，就想着过来看看。"说着他看向端木晴身后，不见那个人，心中不免有些遗憾，但随后又释然地笑了一下。"还请晴姑娘将这个交给顾姑娘，在下还有些事，就先走了。"说着将行囊交给端木晴，缓步离开。

端木晴接过行囊，疑惑地看着来得有些突然，走得又有些匆忙的霍去病，直到他消失在视线里。

霍去病从小路出来，翻身上了他的战马，拉着缰绳。马蹄在黄石板上踢踏了几下，掉过头来。本想再见那人一面，但是既然没有见到，他就离开吧。他一个行军之人，不知何时会在大漠中殁去，还是少些顾虑的好。他为何行军？或许只是希望后世或有人提起他的时候，提起的名字该是个将军霍去病，而不是一个苟且富贵的霍去病。又或许，他只是觉得自己当让那旌旗扬立于大漠，当让那匈奴不过燕山，当让大汉开疆扩土。身为一将，自然就应该做为将者该做的事情，不需要别的理由。骑在马背上，霍去病将头盔戴好。眼前是无垠沙漠，他像是问自己般说道："大义未成，何以小私？"说完，他想了片刻，催马离开，奔向大军的方向。

骠骑将军霍去病，后世之人都知他领八百骑冲于大漠，远退匈奴，封狼居胥。但是再未有人知道，那少年将军领着大军，冲入茫茫黄沙大漠的时候，心中到底作何感想。

驾马穿过沙漠，霍去病好像看到了什么，侧目看去，远处的一处山坡上，似乎正坐着一个人。那人穿着一身灰色衣裳，盘坐在那里，手中摊着一卷竹简，绑在身后的头发被朔方的风吹得轻扬。霍去病笑了一下，回过头来。"驾！"马蹄又加快了几分。后来的朔方再也没有什么军队从那个村子边上路过。

顾楠将霍去病带来的纸编成了十余本空书。这个时候的纸没有经过蔡伦的改良，书写还有些困难，但是胜在体积小，携带更方便。若是都像竹简那般，等到顾楠写完她想写的东西，恐怕都不是几车能装得下的了。偶尔能在村子里听到行商的汉人相互之间聊起闲话，总能有边关告捷的字眼。

元狩二年，霍去病为骠骑将军领军攻于河西，长驱匈奴，于同年秋破浑邪。汉取河西，匈奴悲歌："失我祁连山，使我六畜不蕃息；失我焉支山，使我嫁妇无颜色。"

元狩四年，霍去病同卫青各领军五万，深入漠北，北进两千里，越离侯山，渡弓闾河，歼敌数万余众。杀至狼居胥，于此山中行祭天封礼，至姑衍山举行祭地禅礼，饮马瀚海。一路北上，使南无王庭。

《史记》记其一生之战：直曲塞，广河南，破祁连，通西国，靡北胡。

纵史册千年，少有得望其项背者。

长安花落尽，不闻踏马声。大军归后，长安城中显得安静，也可能是大军归来时的马蹄声太过震耳。城中刚下完一场雨，清风拂袖，路上也清宁了许多。两旁的房檐上还在落着水滴，石板间的积水被走过的路人一脚踩开。一处房间中，一个青年躺在床榻上，唇色苍白。天上还笼着阴云，落进房中的光线暗淡，使得房中更显几分昏沉。青年的床边挂着一身衣甲，衣甲上发冷的铁片含光，腰间还佩着一把长剑。那床榻上的青年咳嗽了几声，没有青年人该有的气力，而是虚弱无力，就好像这声咳嗽要了他所有的力气一样。他躺在床上微喘了一阵，半晌呼吸才舒缓了些。他侧过头来看向床边，床边放着一个司南，青年轻笑了一声，伸出手轻轻拨动了一下。司南旋转着，旋转着，最后停了下来，指的却是北方。青年的手垂了下来，垂在床榻的一侧。

元狩六年，霍去病卒，谥封景桓侯，为并武与广地之意。

长安的一处小楼中，一个画师放下了笔。他身前的画卷展开后是一幅女子图，画上的女子眉目轻舒，手握酒盏，坐于雪中，像是与那方飞雪邀酒。作画的手法和画样独特，和此世的画作多有别处。画工笑了，这画，他画出来了。此画名为《朔方女》，流于世间，观者无不叹赏，不是画中身却已见画中人。效仿作画者亦是无数，却少有得其中者。

【二百六十九】

朔方的雪下了一年又一年，几乎每年下雪的时候，那个山坡上都会坐着两个人，看着雪花飞尽，看着白色盖住荒原。顾楠偶尔会在雪地中舞剑，端木晴会坐在一旁看着。她不懂剑，只是觉得那灰色的衣裳在雪中很美。拣着药草，看着那人每日写着那些她不懂的东西，说些故事和玩笑逗她开心，陪她望着不见尽头的荒原。或是每一日、每一年都如此，让她都不曾觉得时间在过去，像是停留在了一个时刻，一个让她不想离开的时刻。直到她的发鬓开始泛白，开始慢慢老去，她才恍然发现已经过去了小半生。而她身旁的人从未老去，青丝依旧，依旧是当年的模样。她记起当年，顾楠曾经说自己的年纪已经很大了，还说她是自己的故人之后。当时没有多想，只当是一时胡话，如今想来，可能她说的都是真的，是自己糊涂了而已。

顾楠从来不说自己没有变老的事情，端木晴也从来不提。那一年又是一场大雪，两人坐在山坡上，飞雪在侧，端木晴却只看着顾楠。顾楠有些疑惑地问她："你在看什么？"很久之前，两人看第一场雪时，顾楠也曾问过她一样的话，那时的她回过头，说雪很美。这次的她没有回头，只是看着白裳，眼神怔然，笑了一下，喃喃地说道："你很美。"顾楠不知道端木晴为何突然这么说，笑着靠坐在雪地上纠正道："这叫俊。"端木晴看向雪，微微笑着，眼眶似是微红。雪片飞着，出神间，她想变成一片雪花，这样可以落在顾楠的肩上。

那个雪天之后的一天，早晨的空气有些冷，端木晴背着一个背篓，口鼻间呼出的气凝结成一小片霜雾。顾楠还在屋里休息，端木晴回头看了一眼屋内，透过没有关紧的窗户，她还能看到里面的人。整了一下背篓，她回过身，失神地顺着小路渐渐走远。等到顾楠醒来的时候，小院里已经只剩下她一个人。端木晴给她留了一句话，写在一根竹条上，说她要去关中寻药，不用再去找她了。顾楠在桌边站了半晌，她不知道该做什么，或许她应该去找她。她慢慢地将竹条放在桌案上，或许她确实不应该再去找她。那天夜里，顾楠背着她这些年写的书卷，离开了这里。她将斗笠戴在头上，提着无格。她也要去关中，去做一些她没做完的事情。

汉武帝时期，武帝用董仲舒之言以尊儒术，罢黜不治儒家《五经》的太常博士，是以朝堂之上，多盛儒生，同时也多有提拔布衣出身的治学儒家之人。因如是，朝堂博士治以儒学，世间布衣皆学孔孟。相反，另外的百家之说则多有冷落，许多学说甚至因为无有后人而有了传承之危。于后人说，此为"罢黜百家，独尊儒术"，其实此话是有些重的。于汉武帝说，独尊儒术是有，罢黜百家则无。作为一个国家，自然需要统一的思想和统治制度，如此可以巩固皇权。在西方，通常都以宗教作为手段。承蒙先祖所创，中国古往今来所用的统一思想一般都和宗教无有关系。法以治统，儒以治世，道以治民，不同的时间段，这几种不同的政治思想都可以互相交替。在汉武帝年间，他无疑只选择了儒术而已。但是选择儒术不代表罢黜百家，就汉武帝个人而言，他不一样将法家用于朝堂？

而朝堂上整治的两家之说也多为法家和纵横家。法家作为一种统治思想，不得流传于民间，所以被禁止在民间修习。而纵横家呢，被视为动以唇舌、扰治不安的学说被罢黜。至于其他学说，其实都算不得被整治了。而真正的苦处就在于，朝堂上大都提拔学习儒术的儒生，如此一来大多数人都跑去学儒术了，其他的百家之说就少了后人传承，多就销匿了，其中墨家就是一者。墨家思想与统治者的思想是不契合的，究其原因，墨家多站在弱者的立场争取利益。也是因为如此，对于统治者来说，墨者的思想并不适用于朝中，墨者难为官，其思想太过兼爱，在人世道上也难存，使得墨者难为贵。而在汉朝，墨家的声望也降到了最低，这使得这一学说之人根本不受人待见。不能为官，不能为贵，还不受人待见，学习墨者的思想，就是终一生的苦修。但凡有些志向或是私求的都不会学习墨家，这人间又何来的没有私求的人呢？如此，想要在这时候传承这一道的学说，恐怕只有不食人间烟火、没有所求、没有志向的闲人才能得以成道了。不过这世间又哪里有什么不食人间烟火、没有所求、没有志向的闲人呢？

嗒嗒嗒，天上的小雨将行人的衣衫打湿。雨是不大，但是沾湿了衣裳就难受了，行人们的脚步纷纷快了几分，想要躲开这些扰人的细雨。道上的一个人也正匆忙地抱着一个书箱在街上跑着。她将书箱抱在怀里，该是怕那雨打湿了里面的书文。看模样，像是一个游学的学子，穿着一身白色的衣裳，头上戴着一个斗笠。那人看着普通，但是如果仔细看，就会发现一些奇怪之处。她的脚踏过地上的积水不会使水花溅起，只会泛起微微的波纹。她跑进一个屋檐下，才停了下来。"晦气。"抬头看了一眼天上的雨，顾楠低声骂了一句。她将书箱放在一旁稍干燥一些的地上，在屋檐下就淋不到什么雨了，又拍了拍身上的水渍。她从关外来，所做的事就是拜访各地的百家之人求学，将他们的学说记录下来。据她所知，在汉朝之后百家学说大都流失了，其中有很多先人的贤论，若都失传实在可惜，所以她准备记下，让这些东西能有后人。这也是她一个人能做上的事。她算不得贤才，治不得国，也治不得世，但希望做些什么能对后人有些用处。

【二百七十】

如今的百家学说都不封闭，一般只要上门求学，就都会有人教导，与之交流，甚至有些还会打开书库让顾楠进去学习。可能是因为已经少有人来求学，他们私心上也不希望自家的学说失传吧。在如此时候，他们所教的都很少藏私。竹简的体积太大，顾楠将从前写的竹简都重新抄成了纸本，即使如此，如今也写了许多。至于用的纸，自然都是向一些比较富裕的百家之人借的。她手中没有钱财，买不起这么金贵的东西。说起来有些惭愧，抄别人家的书，用的还是别人家的纸。一路上拜访了许多百家之人，其中也时常打听一些其他百家的情况。多番打听她才找到这里，听说可能还有墨家学说在此流传，结果还没有找到墨家之人，天上就先下起了雨。这时候的纸张是很脆弱的，若是被雨水打湿，恐怕就报废了，所以顾楠才万分小心。半箱子的书，她可不想重新写上一遍，方才跑来的时候都是用内力护着箱子，才没让那些书湿了。

运转内息，只见顾楠身上的衣衫冒起了一些水汽，没过多久，衣衫和头发便全干了。这般做是很消耗内息的，甚至可以说是浪费，不过顾楠用得倒是随意。靠坐在屋檐下的墙边，顾楠看着洒落在街间的小雨，也不知道这雨什么时候会停。

一个学生打扮的人正拿着扫把站在庭院间清扫落叶，刚才下的那场雨将院中树上的叶子打了不少下来，如今沾着未干的雨水扫起来颇为麻烦。那学生的脸色有些苦闷，但是好像不是落叶难扫的原因，而是因为别的什么。他今日本是来和先生告辞的，他已经准备好了行囊和钱财要去儒门求学了。不过他已经是先生的最后一个学生了，先生对他的期望一直很高，对他也是视如己出。如今他这般辞行而去，又要叫先生如何看？恐怕要被视作趋利附势之人了吧。学生想到此处苦笑一声，哪有心思放在扫地上，扫帚有一下、没一下地在地上刮擦着。他本也不想离开，但是若继续钻研墨学，自己又如何步入朝堂，又如何得偿所愿，又如何报予养育己身的双亲？曾经的友人在听闻他所学墨学的时候都对他另眼相看，自这般下去，又怎么自处？学生默默握紧扫帚，他今天要去辞行了。

　　砰砰砰，一阵敲门声突然从外面传来，学生疑惑地抬头看去，难道是先生的友人？当下心中更是后悔，为何不早些说？如今先生的友人也来了，自己再说，该是要遭到两个人的鄙视了。心中如此想着，他有些窘迫地走到门边将门打开，站在门外的并不是他心中所想的先生的友人，而是一个没见过的人。那人穿着一身白衣，头上顶着斗笠，背上背着一个书箱。"请问，此处可是墨佻先生的门下？"

　　学生先是一愣，随后有些不明所以地点头说道："是，敢问阁下是？"

　　"哦，是就好。"白裳人笑了一下，拱手说道，"在下不过一游学之人，听闻墨佻先生在此，盖来求学，望君引荐。"

　　"求，求学？"学生有些结巴，半晌，凑到白裳人近前，小声说道，"君，这是墨家门第。"

　　"我知道啊。"那人理所当然地说道，看着学生的古怪模样，问道，"莫不是墨佻先生不愿见客？"

　　"啊，"学生连连摇头，让开了身子，"不是不是，还请先进，我这就去告于先生。"他有些庆幸，本来还担心自己离开，墨学可能难再收学生，这下倒是没有这个顾虑了。

　　几年之间，在许多做学的人之间都流传着这么一个故事。有一个人游遍百川，拜访百家，以求百家之言而学。学无禁忌，只要这人想学，先生愿意教，就会上门拜访。传闻此人通学无数，上至儒、道、法，下至墨、农、商，都有所及。这人常穿着一身白裳，戴着一个斗笠，腰间挎着一根黑棍，背上背着一个书箱。她之所学和所记都放在那书箱中，游于山川大河，走于市集街巷。传闻在国中的任何一处地方，都有人见过此人。有人说此人是山中游士，又有人说此人是名家之后，甚至有人说此人是仙中人士。盖是因为有人曾看见她立于川间水上醉歌，那歌声如云中仙乐，词句渺然。还有人说曾见到过她摘下斗笠，说那是非人间之姿。

因为通学百家，这人有了一个称呼，叫作百家先生。

本来，人们皆当此人为一谈资，直到有一日，一个落魄的书生见到了在路边宿醉的此人，斗笠盖在脸上，看模样睡得正熟，书箱放在一旁开着。那书生认出了百家先生，等他上前，那百家先生却已经醒来。她没有摘去斗笠，只是坐起来伸了一个懒腰，指着书箱笑着说："见你与我有缘，这书箱中的书你可以挑一本看看。"书生求功名，要了一本法家学说，百家先生在书箱里翻找了一下，如掷杂物一般地扔给他一本。他翻书看了起来，本还不以为意，但随后越看越沉迷，其上的法家学说非他先前所见所闻，但确实是法学，而且皆是根本的治世之理。等书生看完，天已经黑了，他却意犹未尽，心中动了歪念，想要再看一本儒学。那百家先生没有再让他看，他只觉得手中一空，手里的书就不见了，而那百家先生已经半醉着飘然离去。

一开始这书生的话被人们当作笑谈，但是随后这书生以他所记着的那本法家学说上的内容在长安城被丞相收为门客，并被推举为官后，此事就不同了。一本书只记住了一点就可以为官，那一箱书呢？一时间做学之人都开始找起那位百家先生，有人想求学，有人想论道，可是始终只闻其声，不见其人。只有偶尔的几人，有缘遇到了那位先生，得观书一本。观得其书者，有一无所得，不明所以之人；也有自为立著之人，入朝为官之人；更有可观天、知云雨之人。一时间，那百家先生的书箱叫世人眼热，没有人觉得自己会是那个一无所获之人。

丞相在听了那书生所说之事和他所记住的那些法学理论后，便向汉武帝举荐此人入朝。

其实顾楠给那书生的书内容驳杂。那书上所写的不过就是一些简单的现代法学体系，加以自己的理解和她当年同李斯一起为官时被他传授的一些东西。武帝本不在意，但是随着这百家先生之事接连传入朝中，他也有了兴趣，昭于天下要见此人，却终不得见。相传最有机会的一次，武帝听闻百家先生宿于长安一花楼，起驾而至相邀，却又不见人影。

【二百七十一】

也许人活得越久就越会相信缘分这种玄之又玄的东西，又或者说就是那种隐隐之间的因果，那些讨论玄学的学说也不一定总是错的。也许是巧合，总会有那么一些时候，人们会感觉到这种理论上来说还不能用知识解释的东西，就如梦中见过、好像曾经见过的场景般在眼前一模一样地出现，又如一些难免太过凑巧的巧合。

那江山里始终有那么一个人在一直走着，戴着一个斗笠，背着一个书箱，提着一壶酒水，一身白裳，拄着一把黑剑当手杖，拜访山河，拜访学士。偶尔她兴致所起，会立于滔滔的河中饮酒作歌，曾不小心被几个路人见到，惊为天人。偶尔她走得疲倦，便直接倒在路旁酣睡，直到日暮迟迟。遇到过一个落魄的书生，她开始相信缘果，便给了书生一本书，就算是她给的缘。偶尔她看倦河山，也会走到市井之间，弄些酒钱，听些人言。也不知道从什么时候起，世人开始叫她百家先生，许多人都在找她。若是遇到有缘之人，她会交与一本书；若是遇不到，便是无缘了。

顾楠走了不知道几年，她只知道自己几乎踏过了这片土地的每一个地方、每一处高山、每一处川河。她到过五岳之巅，也曾路过江河之畔，见过浪潮之间的日升日落，也听过山林之间的猿声起伏。一路上，她拜访过很多人，有人对她闭门不见，有人与她促膝长谈。她所记的文本越来越多，到最后却又开始渐渐变少。她的书箱放不下这么多书，所以她开始将这些文本概总。原本每一派的学说她都记有数本书文，被她汇总后就变成了一本、半本。在如此之中，她才算真的开始学这些百家之说，而不再只是记下。她之智只是中人之姿，为了将这些书文看懂，她用了很多年，却依旧不敢说自己已经学会。很多年是几年，她也不知道，她只知道她看过许多人的生老病死，也看过这个王朝的兴败复起。是个她记不得的年间，西汉倾颓，一个叫王莽的人得之大权，推行改革。其中改革行制让顾楠有一种错觉，这王莽莫非和自己是一个来路？无怪乎她，王莽所行的改革除了改革货币和修改地名之外，许多地方都给她熟悉的感觉。土为国有，均分于民；废除奴婢，修改劳动法制；朝政参与国中经济规划，实行国营专卖，建立贷款体系；将一天一百刻的古计时法修改为一天一百二十刻的新计时法……

不过他做事似乎过于急切了，在许多官职的改革中未有把控，使得新政不稳。而且汉家重立了秦朝废除的分封制度，使得外戚世家的势力异常深厚。当年秦时，世家勋贵最薄弱的时候，也不好将这些人聚而灭之，何况是现在。王莽的新政很快就出现了问题，改制没有解决西汉末年以来的土地兼并以及流民问题。相反，由于他讨伐匈奴和周边之国，大兴土木，大大加重了老百姓的赋税、徭役负担，甚至造成成千上万的百姓死于非命。又是那几年，天降旱灾，饥民遍地，米价从数十钱涨到了两千钱。那段时间顾楠也吃不上饭，这也让她又发现了一件事，她饿不死，也不知道是应该庆幸还是悲哀。这在顾楠的眼里很熟悉，那些年的秦国亦是如此，改革还未完全实施，匈奴和百越连连来犯，使得不得不修筑城墙，起兵远征，使得民役加重。之后也是一样的天灾人祸，同样的天灾让国基彻底动荡。到了末年，米价上涨到了每斛价值黄金一斤，旱、蝗、瘟疫、黄河决口改道。顾楠似乎又看了一遍当年的秦国，就像一切如有安排。后来瘟疫盛行，她开始游方各地。她救不了太多人，也不必一定治好瘟疫，她只能尽其所能，治好一些人，也看着许多人死去。

她路过一个叫作昆阳的地方，在那里她看到了一场交战。听闻是一个叫刘秀的人领数万人与前来清剿的数十万人交战。那几日风雨交加，顾楠远远地见到一道流光划过天边，后听闻是陨石落营，那刘秀带着数万人击溃了十倍于己的敌军。或许真有什么定数吧，在那冥冥之中。顾楠之后再也没有听过朝政之事，只知后来，刘秀即位，建立东汉，顺治天下，行光武中兴，算是将这破败的天下重立。

百家先生的传言在那乱世中也未有没去，听闻她在瘟疫之时各地行医，救治了无数人。

后来如何就没人知道了，只当她已经在瘟疫中故去。直到不知又被谁提起，有人说在一处又见到了此人。这百家先生从武帝时期就有，若是活到如今该有百余岁了。先是没有几多人信，奈何常有人说自己见到了，有的只是摇唇鼓舌，可有的像真的见过一般。说是在山中见到那百家先生采药的，说是在游玩之时见到白衣人过路的。说得皆有根据，同行之人也都说是。人少有能活百余岁者，人说百家先生已是得道，隐于山中，不问人世。盛世不出，逢乱方会入世。其传闻如黄石老人之辈，偶尔被人提起，时间久了也只当是仙玄之谈，无有人当真了。

顾楠后来也少有去拜访学士了，她背后书箱里的书被她写得越来越少，其中的内容也愈加精简。再之后，书箱中的书又开始越写越多，她自己又在长路中新写了许多东西。读万卷书，行万里路，古人诚不欺她。呃，虽然现在应当分不清楚谁是古人。

【二百七十二】

喳喳，屋外的小树上两只飞鸟相互鸣叫着飞起，交互飞着，时不时发出一声婉转的啼鸣。春日里总是这般多的生机，两旁都是田地，上面的小苗才刚刚冒头，将灰黑色的泥土点上几分绿色。一个少年人正拿着锄头在一处还未耕种的田间开垦，他相貌端正，带着几分稳重敦厚，穿着一身褐色的短衫，身材结实，皮肤被太阳晒得有些麦色，看起来是常年务这田间之事了。将土地翻好，少年人坐在田边休息，锄头被放在身边，拍了拍手上沾着的泥土。

日头照在人身上暖洋洋的，不会像夏日那般热，还吹着淡凉的浅风。宜人的天气让人不自觉地惬意，少年人悠闲地靠坐在田地土路旁的草棚子下。草棚子里放着一个简单的木盒，打开来，里面放着一小碗麦饭，看模样还未完全凉透，上面还放着两块干菜。少年人坐在草棚子下扒拉了一口饭，用筷子夹了一片干菜叶咬了一口。田地里除了虫鸣，没有什么别的声音，偶尔传来风吹干草的窸窣声。居于农间偷闲，也算是其中的乐事了。

田间不远处，立着一间草木搭的小屋。说是小屋也不算，那屋子有四五间房，还有一个小院。小院的堂前垂着一个草帘子，隐隐可以透过草帘子看到里面躺着一个人。那人影半躺着，一只手拿着一把扇子轻摇着，另一只手好像拿着一本书。堂里传来不重的读书声，听那声音应该是个少年人，时不时还能听到里面传来一阵自颂和轻歌。小院的另一边是一间厨房，上面正飘散着炊烟，想来是有人在煮什么吃食。厨房里传来淡淡的香气，房顶上的轻烟飘向空中，升至半空散开不见。又过了一段时间，大概是天开始出现一些暮色，西边的天空微红的时候，屋顶的炊烟停了，堂上的读书声也停了。一个十二三岁模样的少女从厨房里轻快地走了出来，穿着一件浅红色的衣衫，扎着一个小辫，柳眉明眸，算不得多好看，却有着邻家小妹的亲切可人。

走进院子，在水井里打了一些水，洗着手，少女对着院前的堂里叫道："仲兄，吃饭啦。"

草帘里的人像是半躺在那儿摆了摆手，传来一个有些慵懒的声音："知矣，唤你叔兄去。"

"知道啦。"院里的少女无奈地说道。自家的二哥每日都躺在堂里读书，别的什么也不做，总是这般懒下去，日后若是没人照顾他了，也不知道该怎么办。她摇了摇头，走出门去。小屋的外面都是田地，少女走进田里，向一个草棚跑去。草棚里坐着那个刚才在耕地的少年人，此时的他已经吃完了麦饭，坐在草棚里喝水。少女跑到草棚的田边，挥手叫道："叔兄，吃饭了。"

草棚里的少年人听到少女的声音走了出来，看到少女在田边远远地对他挥手，笑了一下，回应道："知道了。"说着从田地里拿起锄头扛在肩上，提着吃完的食盒向田外走去。

斜阳照在田间，铺上一层微红，天边云霞有些耀眼，光影分明，将人影拉得斜长，却是一幅悠然自得的田园景象。耕地的少年人走进屋门就闻到一股饭香，将锄头和食盒放在门边，扭头看见那少女正端着饭菜上桌，还对他笑着说道："叔兄，快洗手吃饭吧。"

"欸，不急，我还不饿。"少年人抓了抓头发。

少女疑惑地看向他："你在田里一天了，怎么会不饿呢？"

少年人讪笑了一下："早间带出去的饭食我才刚吃了，所以还不是很饿。"

"早间的饭食？"少女一怔，随后两手叉在腰间有些生气地说道，"我和叔兄说过多少次了，早间的饭菜带出去就要快些吃掉，你留到晚间吃岂不是都凉了？"

"呃，"少年脸上露出一些尴尬的神色，苦笑了一下，"我这不是忘了吗。"

"总是这样说，你总是忘。"少女翻了一个白眼。

少年的眼睛动了一下，转开话题问道："仲兄为何还不来？"

"他？"少女转过身整理着碗筷，"还不是和以前一样，在想那个什么朔方女的画，每天的这个时候都这样。"说着嘟了一下嘴巴，"我看他啊，魂都被勾去了。"

"哈哈，话不能这么说。"少年走到井边打水洗手，"当年仲兄与从父出游时，偶然在人府上看见那幅朔方女，惊为天人，从此就时常在家中临摹。该只是向往先人技艺，而不是那画中女子。"

"说得好听。"少女嘀咕着。

院前堂间的草帘里面，那个先前的读书人坐在那里，手中正拿着一卷画布，看着那画布出神。这人也是个少年，穿着一身白色的长衫，身边放着一把羽扇。眉目明朗，眼中总带着一种说不清的气度，样貌算不得俊美，但也是朗朗少年。他看着手中的画，叹了口气，自言自语道："还是差一分神韵。"

"仲兄，别再看你的朔方女了，出来吃饭了。"

外面传来小妹的叫声，拿着画的少年摇着头笑了一下："来了。"最后看了一眼画，小心地卷好，收了起来。

南阳的小庐里，虽然清静，但也总有几分人声笑语。

东汉末年，此时正值汉家倾颓之际，国中不定，该是烟云将起。

嗒，路上的一根树枝被踩断，一个人从路边的山林中走了出来。那人穿着一件白色衣衫，看起来衣物有些脏了，头顶戴着一个斗笠，手中拄着一柄黑色的"手杖"，背上还背着一个看起来颇为沉重的书箱。喀，那人咳嗽了一声，这林中的灰尘有些多。咕噜，肚子叫了一声，那人摸了一下肚子，长出一口气，靠坐在路边。抬了一下斗笠，那人有气无力地说道："啊，饿得有些走不动路了。"

【二百七十三】

嗒，吃完的碗筷洗完后，带着水渍被放在桌上，穿着浅红色衣衫的少女将手在身上擦了擦。一个少年坐在门边摆弄着农具，另一个则靠坐在房前打着哈欠，半响，从怀里拿出一本书，翻开懒洋洋地看着。天色有些沉，但还没有完全黑去。少女抬头看了一眼天色，春天的天黑得慢，想要等天黑下来估计还要一段时间。思量了一下，对屋间的两个少年说道："仲兄、叔兄，我出去捡些柴火来，家里没柴了。"

"嗯，好。"门边的少年支着脖子，一副漫不经心的模样，末了，却还是加了一句，"这天快黑了，记得早些回来。"对于家人他还是关心的，不过从那副样子里实在让人看不出来。

坐在门边摆弄农具的少年停下了手里的活计，笑了一下，对少女说道："听你仲兄的。"

"知道啦。"少女笑嘻嘻地说着，拿起一个背篓出门去了。

晚间的田间小道上有些安静，路上的泥土松散，夹杂着草叶。微枯的青黄色混杂着土色，两侧的草丛间偶尔传来一阵蛙声，接着又随着草间的一阵晃动远去，估摸着是那草间的田蛙跳远了。小道上传来一阵轻歌，只是轻哼。那声音清甜，哼着乡间的小调。调子不知名字，但有几分悠扬，在傍晚的田野间伴着远处的蛙声虫鸣。随着声音渐近，一个少女蹦跳着走来，背上的背篓里装着些枯枝落叶。田野外就有一片山林，在那儿总能捡到一些柴火。顺着小道走进山林，少女的嘴里哼着小调，看着心情不错，捡着落在地上的枝叶。这几天都没有下过雨，所以这些枝叶都是干燥的，当柴火或是当作燃物都正好。噼啪，是一个雨点打在叶片上的声音，还真是说什么就来什么。少女抬起头，发现天上飘来一层薄薄的雨云。山林里的一场春雨说来就来，细细密密，算不得大，但也叫一些人困扰，比如捡着枯枝的少女。如今这枯枝是捡不成了，就连背篓里的估计都要被雨水打湿，一时不能用了。

沙沙沙，雨下了起来，下得细密，绵绵地洒向田野间。夕阳余晖里的小雨都带着点点的浅金色，那抹辉色在雨珠间透过。从远处看，山间田野被金红晕染，斜影摇晃，倒是一幅惹人沉浸的景象，不过此时不是欣赏美景的时候。看雨的时候会觉得雨景静好，淋雨的时候就不一定会这么想了。乡间小道上的泥土被雨水浸湿变得湿软，草叶和小苗被雨水打得微微晃动，沾着雨水半垂着头。少女用手遮着脑袋，背着身后的竹篓向家中跑去。

啪嗒啪嗒，一个白衣人正躺在林间，身旁放着一个竹箱，斗笠盖在脸上，看模样像是正在那儿瞌睡。也不知道是耳边有些杂乱的雨声吵醒了她，还是那打在身上的雨点把她敲醒了。

白衣人将斗笠抬起一些，帽檐下有些无力的眼睛向天上看去，无奈地说道："下雨了？真是的，屋漏偏逢连夜雨。"白衣人抓着头发，一边抱怨着一边坐了起来。她本来就饿，现在可能还要淋着雨过上一夜。伸手放在了竹箱上，只见那竹箱上似有一阵气息晃动，之后打在其上的雨点都会自然地落开，没能落在竹箱上。"也不知道湿了没有。"白衣人自言自语着，打开了竹箱。竹箱中的东西这才露了出来，都是书文，几乎堆满了颇大的竹箱，其中到底有多少本，数不清楚。白衣人简单地翻查了一下，发现所有书都没有被雨水打湿后，才准备合上书箱。"咦？"她突然发出一声疑惑的声音，在两本书之间翻看着。"《青囊书》呢？记得是放在这里的啊。"其中却是少了一本，她找不到。坐在原地回想了半晌，才抬了一下眉毛，她想起了缘由。"哦，先前送给一个年轻人了，倒是忘记了。"大概是好几年之前的事情了，不过数年的时间对于她来说，或许真就和先前差了不太多，不过那个年轻人的名字她倒是忘记问了。"也不知道以后华佗会不会再写一本《青囊书》，这样岂不就重名了？"白衣人嘀咕着，摇了摇头。"算了，这以后的事情就先不想了。"说着将书箱合了起来。她从路边站起身来，向林外看去。她想看看这附近有没有人家能借宿一晚，不然下雨的天气睡这山林中，湿潮得让人难受。

山林外是一片田野，田间的小苗才刚刚冒芽，错落着，倒也算是田家独特的景色。春日的一场小雨对于农人来说不算一件坏事，若是春日不下雨才是叫人愁的事情。既然是田野，那附近就应该有人家。白衣人的目光落在一处，那里有一个少女冒雨背着一个背篓有些匆忙地跑着，跑去的方向，隐约能看见几间茅草房子建在那里。过去看看吧，希望能有一个躲雨的地方。想着，白衣人整了一下斗笠，将地上的书箱提了起来背在背上，拿起靠在一旁的一根黑棍，向远处的小屋走去。

屋外雨声轻细，在人的耳畔响着。小院堂前，传来阵阵悠悠的念书声，在雨声中传远。

    步出齐城门，遥望荡阴里。
    里中有三坟，累累正相似。
    问是谁家墓，田疆古冶氏。
    力能排南山，又能绝地纪。

一朝被谗言，二桃杀三士。
谁能为此谋，国相齐晏子。
襄阳隆中诸葛氏，好为梁甫吟。

"仲兄，下雨了，小妹怎么还没回来？"坐在门边打理着农具的少年看着天上的小雨，有些担忧地对堂前的少年问道。

【二百七十四】

堂前的少年放下书，扭头看向屋外，外面的雨渐渐下大了。堂前的草帘被卷了起来，空气中带着点点湿意。看着那雨片刻，还不闻有人回来的声音，堂上的长袍少年叹了口气，站起身来，取下挂在墙上的一柄纸伞，走出堂间说道："我去找找。"便准备出门。可是还未等少年出门，门外就传来了一阵有些急促的敲门声。"仲兄、叔兄，快些，快些开门，淋死了。"听着门外少女慌张的声音，门中的两个少年相互看了一眼，笑着摇了摇头。

"自己擦干。"小院中，被少女唤作仲兄的少年将一块麻布盖在少女湿漉漉的头上，就自己转身走回堂上了，顺便将手中的纸伞重新挂在一边。换了一身干净的衣服，身上的凉意却还在，少女打了一个哆嗦，抓着自己头上的麻布搓着头发。"真是的，怎么这天突然就下雨了？"

"春雨多无律。"坐在院中的另一个少年听着少女的抱怨笑道，"我去给你烧些火来。"

天色没有多久就黑了下来。天黑之后，乡野里是没有什么光的，只有天上的星月能照明。现在又碰上雨天，就连那星月都被遮在云后，便真的没有半点光了，走在路上都看不清道路。

屋外的雨越来越大，屋里点着一个火炉，稍微暖和了一些。少女坐在火边搓手，就着火光看外面的雨顺着房檐流下。虽然已经到了春天，但是冬寒犹在，天气还是有些冷的。而两个少年呢，皆坐在一处地拿着一本书看着。这个年月里书还是稀罕的东西，大都藏在大户人家的书房里。看这茅草院子的模样，这该只是一户普通人家。也不知道为什么，这兄弟二人对读书一事，都像是习以为常一般。这房子里似乎只有这兄妹三人，到了夜里倒显得有些冷清了。三人都无声地坐着，只有火烤着木柴的声音微微作响，偶尔还有翻书声。

砰砰，门在这个时候被敲响了，少女看了过去，另外两个少年的目光也从书中抬了起来。

"有人吗？"外面传来一个陌生的声音。那声音有些模糊，好像是特意为之，听不出男女。

"有，是有事吗？"少女问道。

门外的那个声音回答道："抱歉，多有打搅。在下路过此地，正逢大雨，不知能否避一避雨？"那声音客气，但是落在房中的两个少年耳中，却让他们皱起了眉头。如今这个世道可不太平，黄巾祸乱未定，乱民山匪横行。这么晚了还在外面赶路的人，难免让人想到不好的地方。一旁的少女倒是没有多想，应了一声就要去开门。

"等一下。"一旁的短衫少年拦住了她。

"叔兄，怎么了？"少女有些疑惑地问道。

"让我先问问。"少年看向门外，故作笑意地开口问道："这夜里路不好走，不知兄是何方人氏，怎么走到了此处？"

门外的声音顿了一下，该是意识到自己被误会了，声音里有些无奈："无有何方，不过是一个游学的，本打算在附近的林子里过夜，谁知突然下起了雨，这附近也无有别的地方，就来了这儿。"

短衫少年回头看向堂上的兄长，见他点了点头，才松了一口气，对门外说道："兄等上一等，这就给你开门。"少年走到门边，将大门打开。站在屋外的人已经被淋了个透，头上戴着一个斗笠，雨水在斗笠的边上滴着。那人穿着一身白色的布袍，不过此时已经看不清原来的模样了。背上背着一个竹木做的箱子，也不知道里面装着什么东西，让人奇怪的是那箱子似乎没怎么湿。手里拿着一根黑色的手杖，手杖上还有一条细缝，似乎是可以拔开的。少年歉意地笑了一下，说道："让兄在外面等了这么久，实在不好意思，如今外面总不安宁，所以小心了些，还望见谅。"

"哦，无事。"白衣人笑了一下，不在意地摆着手，有些奇怪地看了一眼眼前的少年。

虽然看着就像一个平常的农家少年，但是言行举止都得体有礼。倒也不是说不好，就是让人有些惊讶。少年引着白衣人走进堂间，堂上烤着火要比外面暖和许多。一直坐在堂上的那个白袍少年本来只是一副平常的淡然模样，但是当他看见白衣人的模样和装束时，先是愣了一下，随后眼中露出几分厌恶，轻哼了一声，没有与白衣人打招呼。领着白衣人的少年发现了兄长的态度，有些不解。平时兄长除了他的几个好友，是都不太与外人交谈的，但是礼数一般都不会有失，很少会像这次这般。白衣人似乎也发现了那白袍少年的态度，却并没有太在意，只是简单地行了一个礼："山人顾楠，多谢小郎收留。"

"嗯，"白袍少年淡淡地点了点头，"雨停了就早些离开。"这话几乎和下逐客令没有什么两样。站在一旁的短衫少年尴尬地笑了一下，对顾楠拱手说道："在下诸葛均，家中仲兄平日少与人言，多有失礼。"

"就是就是，"一个少女的声音传来，"仲兄总是这般，不理他就是了。"

顾楠回过头看着那少女的模样，正是傍晚见到的那位少女。少女将一块麻布递给顾楠，笑道："擦一下吧，我叫诸葛英。"这个年纪倒也该是这般活泼的模样。

"多谢。"顾楠笑了笑，接过麻布。

诸葛，少见的姓氏，而且诸葛均这个名字有些耳熟，不过一时间想不起是谁。白袍少年没有说自己的名字，而是拿着书起身离开。叫作诸葛均的少年歉意地看了一眼顾楠，让诸葛英接待着，自己追了过去。"仲兄，仲兄。"后屋里，诸葛均叫住了白袍少年。白袍少年的脚步停了下来，回过身问道："怎么了？"

"仲兄这般未免太过失礼了。"诸葛均为难地对少年说道。

"哼，"少年摇了摇头，"对这般人何须礼数？"

"仲兄。"诸葛均有些不理解。

"那人怎么了？"在他看来，那人看起来随意了些，但是不失礼数，待人也算亲和。

"还记得我给你说过的百家先生的传言吗？"少年微微侧过头，看向诸葛均。

"百家先生？"诸葛均一愣。

"是，百家先生的装束是怎般的？"少年问道。

诸葛均想了一下，眼中露出一分明了，那人的装束却是和百家先生一模一样。若真有百家先生，起码数百岁了，他自然不会相信有这般人存在。既然不是百家先生："仲兄是说……"

诸葛均没有说下去，白袍少年转身离开："世道纷乱，最近多有这般术士自称什么方士，都是些游方的欺世盗名之辈罢了。而且这人手上的手杖古怪，可能是一柄利器，与这般人还是少有瓜葛的好。你也注意看着些小妹。"

【二百七十五】

"手杖？"被少年提起，诸葛均回想起白衣人进来时手里的手杖。那模样是一根黑棍，不过长度比起手杖来说短了些，和一般的刀剑一般长。手柄处有一条细缝，隐约给人一种心悸的感觉。刚才还并未太在意，如此想来确实有些古怪。如果对方真的带着利器，当要小心一些。

"今夜就让那人在客房里过一夜吧，雨停了就让他离开。你们都小心一些，早些休息，若有异样就告于我。"白袍少年说完也回房去了。诸葛均则站在那儿，无奈地轻叹一口气，他也知道仲兄这般是为了保护他们，世道乱了。伯兄离开，从父去世之后，仲兄就总是家长的模样。仲兄是很有才学的人，却带着他们隐居于此，空负他的才学抱负。诸葛均也曾和他说过，他应该和伯兄一般，去诸侯闻达之处施展，他却总是笑着说还未到时候。到底是真的还未到时候，还是想再照看他们一时，诸葛均也不明白。

看着仲兄房间中的灯亮了起来，透过窗纱能看到里面的人影，沉默了一下，诸葛均转身离开了后屋。房间中白袍少年坐在桌前将一张空白的画布摊在其上，开始作画，画的正是那朔方女。每一次他心神忧扰的时候，此画都能让他宁静下来。非淡泊无以明志，非宁静无以致远。此话他常用以自勉，他自认为自己是一个淡泊之人，但总有些牵绊是放不下的。他画着那画中的飞雪，天下将要大乱，他身为兄长，该是要护得叔弟和小妹周全的。

"我来帮你吧。"诸葛英站在顾楠身边，看到顾楠想要解下背上的箱子，伸手想要帮忙。顾楠的头发湿漉漉地垂在脸侧，让她看不清模样。"多谢姑娘，这箱子有些重，还是我自己来吧。"顾楠笑了笑，这小姑娘却是好客。"没事，我力气很大的，你先把头发擦一擦。"

诸葛英笑着抬起手，帮顾楠取下了她背后的箱子，在她看来一个竹木箱子当不会有多重。

砰，那箱子一解开，就有一股重力从手上传来，箱子重重地摔在地上。诸葛英一个没站稳，摔趴在了箱子上面，小脸涨得通红，却也没将箱子扯动半点，干笑了一下："这，这箱子，还挺重的。"这竹木箱子有半个人那么高，里面堆满了书本，怎么会不重？

"怎么了？"一个沉稳一些的声音传来，诸葛均从后屋走了出来。他刚才在后面就听到一声闷响，走到堂上就看见诸葛英正拽扯着一个竹木箱子，抿了一下嘴巴："小英，你又胡闹。"

"没有。"诸葛英嘟了一下嘴巴，"我只是想帮忙，但这箱子有些重。"

诸葛均看着她摇了摇头，转头看向顾楠行礼道："兄请，我带兄去客房休息。"

"啊，多谢。"

诸葛均从后方出来后，眼睛就时不时地看向顾楠手中的无格，语气和动作都小心了许多。顾楠自然看得出来，但是没有放在心上。毕竟最近外面似乎又乱了起来，人家小心一些也没有错。至于无格，该是当年战乱年月，随她在战阵中厮杀太久，沾染了不知道多少血腥，即使藏在鞘中都会让人隐隐有感。有时在路上被半大的孩子看到，还会将孩子吓哭，可能是孩子对这些东西要更加敏感一些。道过谢，在诸葛英不可思议的眼神中，顾楠一手将地上的竹箱子提了起来，跟着诸葛均向院中走去。

诸葛均领顾楠走到院子边的一间客房前。"便是这儿了。小院地小，还请勿怪。"这客房不算大，内里的陈设也很简单，但是布置素雅，想来主人家是经常打理的。

"如此已经很好了。"顾楠说道，随后想起了什么，向诸葛均问道，"还请问均小弟，此地是何地啊？"

诸葛均先是呆了一下，随后回答道："此处是南阳。"说完，对顾楠拱了拱手，"天色晚了，兄早些休息，在下先告辞了。"

"好，均小弟且去便是。"

顾楠看着诸葛均离开，在客房门前站了半响。南阳诸葛家。她四处游学倒也见过一些诸葛姓氏之人，所以一开始没有多想，不过如果这是南阳，在南阳的诸葛家，倒是有一人颇为有名。她轻笑着摇了一下头，若真是这般，倒也是巧。想着，将自己的书箱放在门外的边上，自己走进房里合上了门。若是能看到，便当是缘由，让他看去便是。

砰砰砰，白袍少年正坐在桌前，在那画布上画着眉目，却突然传来一阵敲门声，声音颇大，打断了他的思绪。少年从桌案间站了起来，有些头疼地揉了揉眉心。叔弟敲门不会这般大声，这般敲门的只有家里的小妹了。和她说了几次，女子该以静雅为美，她却从没听过。"来了。"说着，他慢慢将门打开，外面站着的果然是诸葛英。诸葛英见房门被打开了，就把头探了进去，四处打量着。"你在看什么？"少年的脸色无力，对于这个小妹，他总是没有办法。

"仲兄，你有多的衣服吗？"诸葛英抬起头来看着身前的少年问道。

"你要我的衣服做什么？"少年背着手，坐回了自己的桌边。

"给那个客人呀。"诸葛英说道，"穿着湿衣服容易受寒。"她的想法没有两个兄长那么复杂，还是小孩的年纪，心思也总是简单良善。她自己的衣服那客人肯定是穿不上的，叔兄也只有十四岁，衣服也要小些，思来想去只有仲兄的衣服适合那个客人穿了。少年的肩膀一垂，似是无奈，可是被女孩看着，最后还是起身取了一套干净的衣服出来。"拿去吧。"

"嘻嘻，谢谢仲兄。"诸葛英笑着离开。

看着她小跑离去的模样，少年站在房前淡淡一笑，才关上了门。

半夜里诸葛家的小妹给顾楠送来了一身衣裳，顾楠谢过收了下来，这女孩倒是很容易让人心有好感。

【二百七十六】

已经很晚了，田间的小院里只有一间房间的灯还亮着，房间中那白袍少年坐在桌案前提着笔，在一张绢布上画着。该是画完了最后一笔，他将手中的笔放在一旁。目光落在自己面前的画布上，那画已经很美，风雪夜中的女子显得清美。可少年看着那画似乎还是不满意，呼出一口气，将画布慢慢卷起。还是差了几分意境。他当年见过那幅朔方女的原画，远非他画的这幅可比。本以为只是绢布和画纸的区别，但是他已经试了好几次，即使是用绢布画，他也画不出那般的如真如实。朔方女的画师没有留下姓名，听闻这幅画是他的最后之作，那之后他就再没有画过别的，实在是可惜。啪啪啪，雨点打在窗户上发出声音，空气清冷，外面的雨还没有停。少年将卷好的画布放在桌案的一旁，坐在桌边，侧过头看向窗外。窗户虚掩着，外面一片漆黑，看不见什么东西，只有远处似乎能看到几座远山的影子。雨夜里带着几分凉意，让人两袖微寒。少年站起身来将门推开，雨声随着门被推开变得更加纷乱，细细碎碎地打在院间，在地上溅起一片水花。已经接近夜半，少年背过手，从院子旁的走廊上走过，他准备再去看一看那个客人，希望是真的无害才好。他到这时还不休息也是担心晚间出事，那客人手里的手杖总给他不好的感觉。少年的脚步声在夜里不算重，被雨声没去，他走到院侧的客房前。那客房的灯已经灭了，里面的人当是已经休息了，少年微蹙着的眉才松开了些，看来真的是他多心了。也难怪他如此谨慎，如今家中没有父兄，他便是兄长，都说兄长如父，自然要保证家人的安全。黄巾祸乱没过去多久，外面匪寇四处作乱，一个来历不明的人，可能正拿着一柄利器住在自己家中。平常的百姓家恐怕都不会放这样的人进来，能让人留宿一晚已经是他好心了。

少年正准备离开，却突然发现客房的门前正放着一个竹木箱子，是那个客人背来的箱子。

这箱子怎么放在外面？少年的眼中露出一丝疑惑，走了过去。箱子放在屋檐下的台阶上，淋不到什么雨水，不过就算是这样，也不该放在外面，而是放在屋里才是。站在箱子前，少年犹豫了一下，伸手将那竹木箱打了开来。看着箱子里的东西，就连常是淡薄的少年都咽了一口唾沫。整整一箱的书，这里面的书甚至都够摆满几个小书架了。在这年月，书是一种很少见的东西，他家中的书也就那么些，还多是父亲遗留之物，可以说他这一辈子也没见过几次这么多书放在一起的情景。少年的嘴巴动了动，扶着箱子的手都抖了一下。眼睛定定地看着那书箱，看着里面的书名，许多书名他都没有见过，甚至闻所未闻，这更加重了这一箱书对少年的诱惑力。身子僵在那里片刻，看了看那客房，客房里没有什么声音。他脸上一红，眼中带着些羞愧，想要合上书箱，手却顿在那里。心里总有一个念头，只是看看，看完就放回去。最后还是没有忍住，他从书箱里拿了一本出来，认真地将衣摆抬起，正坐在书箱的边上，看了起来。先看，看完之后明日向房里的先生请罪，任他责罚便是。天上的云雨微开，露出了些月光，照在了那个跪坐在书箱边的少年人的身上，将他手中的书微微照亮，使他能够看清上面的字迹。他手中握着一本名叫《算学简说》的书。刚开始看的时候他的眉头微皱，其上的算学他从未见过，还有许多他根本不认识的符号。但是随着他理解了其中的意思，很快就沉浸在里面，眼睛越来越亮，时不时低头苦思。这书中的算学方式虽然特别，但是极其方便简单，而且按照书中的方式计算，要比常规的算学快上许多。若是将其上的算学推广开来，足以一改古来的算学体系，只是薄薄一本就足以说是算学著作了。《算学简说》并不厚，待到少年看完也才过了两个时辰而已，天色依旧黑着。他合上书，意犹未尽地又看向书箱，眼中闪着难明的神色。只是一本书就如此，这一箱中若都是这般的书……此时的这个书箱在他眼中，简直就是一个千金不换的宝物，但是随后心中又是一阵怅然的遗憾。那客房中的客人明日恐怕就要离开了，这一箱的书自己恐怕根本看不了几本。

抬头看了看天色，大概还有几个时辰天就要亮了，少年将手中的《算学简说》放回书箱。

正准备拿起下面的一本《算学概论》，在他看来当是对算学更进一步的讲解，不过他的手又停了下来，没有去拿那本《算学概论》，而是拿起了一旁的《兵甲通论》。一夜的时间太短，他只能选择多看一些。他的算学算不得好，而且这又是一种他根本未学过的内容，就和从头开始学一样，光是一本《算学简说》不过数十页的内容他就看了两个时辰，何况是更加深入的内容，不若先看一些较为容易看懂的。《兵甲通论》，观之书名，应当是一本兵书吧。

少年捧着书，翻开一页。确实是一本兵书，他从前也不是完全没有看过兵论，甚至曾经看过残本的《孙子兵书》。可这本《兵法通论》还是让他为之一叹，里面记载的数种用兵之策都颇为独特，却都有着各自的实用性。文字简单亦不失明了，让人很快就能通晓其意。譬如他对书中一句用于总结游击战术的话印象很深，是十六个字：敌进我退、敌驻我扰、敌疲我打、敌退我追。时间过得很快，那少年坐在书箱边看了一夜，直到天色亮起。

【二百七十七】

　　天色将明，一侧的云层散开，房檐下的雨声小了许多，只剩细雨飘摇，被风如絮般地吹着，落在地上也少有声音。院中积蓄着水洼，也不知是因风还是因雨，水面偶尔泛起一阵波动，使得其中的倒影一阵迷离。茅草屋上，敲打了一夜的积雨从房上滑落，发出一声声轻响。

　　坐在客房门前的少年拿着手中的书看得入神，天亮了也未有察觉。似是一声水滴溅起的声音将少年惊动，他的眼睛从书中抬起。天是亮了，雨也快停了。少年呆坐了一会儿，长长地出了一口气。他遗憾地看向身旁的书箱，有一种身入宝山却只能取其一二的怅然若失，无奈一夜已经过去。他用了一夜的时间也不过看了几本书，但所得足以受用许久。握着手中的书文，自知能得观其中已经是他之所幸，不当贪心不足才是，可心中还是不免难舍。这书箱中的书文囊括之多让他惊叹，除去算学和兵论，书文中还多有法学、医学、墨学、杂学，当说近乎是集尽了百家之言。百家之说，少年一怔，握着书的手顿了顿。他像是想起什么，看向客房中。昨夜他看到这人的装扮和市井中传说的方士百家先生一样，本以为若不是凑巧，就是这人想借百家先生之名欺民盗利。百家先生的传言常有，就和黄石老人、华南老人这些方士一般，都是口口相传的，避世脱离尘间的异人之闻。这样的传言通常都无有几分可信，但是这位来历不明的客人的书箱中，真的让他有一种正在坐阅百家之感。学百家之精要，这对于每一个学生来说，都是渴求却又不敢肖想的事情。百家之说何其多、何其繁复，一人之身如何读尽？传闻只有百家先生读尽了所有，其一生周游各地，拜访学士，集纳百家学说于他背后的书箱中，取众长而概论，纳众言而成合。亦有他自己所著侧说，论及各术所得。他身后的一箱书对于问学之人来说，便说是至求也不过。莫非真有百家先生，而这人便是得其传者？

　　没等少年多想，客房中传来一阵声音，该是客人起身的声音，随后就是一阵哈欠。醒了吗？门外的少年握了一下手中的书，然后将书合好放回书箱，整了整衣冠，正坐在门边。他已经准备好请罪受责了，不问自取实不当是正人之道。门里发出细碎的声音，应当是客人正在穿衣。少年只觉得等着受责的这短短一段时间着实难熬，苦笑了一下，也是自己自作自受，只希望那人不要迁怒到家中弟妹才好。咔，门被推开，一个戴着斗笠的人穿着一身白袍从房里走了出来。昨日被淋湿的衣服还没有干，是不能穿了，所幸昨夜诸葛家的小妹送来的是一身男子衣袍，若是女子的衣服，她估计都不知道怎么穿。

外面的雨已经很小了，露出了光亮，少了几分阴沉的雨景倒是有几分好看。一夜的雨将空气中的尘埃冲刷去，使得田间的空气更加沁人。舒服地拍了拍自己的肩膀，她是已经很久没有在床榻上这么舒坦地休息过了。这些年平日里多睡在山路边、老树上，那种地方偶尔洒脱一下还好，睡久了是要让人腰背犯病的。本来她是想多休息一会儿的，奈何一早醒来就发现自己的门外有人，而且似乎是在等着自己。总不能让人等得太久，就先起身了。那门外的人是谁，顾楠也有自己的几分猜测。昨晚也是听闻此处是南阳诸葛家，才将书箱放在门外，算是她有心所留吧。既然门外的人看了，便是因缘，这些书总不能烂在她的手里。她自己的学识有限，自认为写不出什么著作，能叫人学了去也好作为基础传于后来人，以得奠基和精进。只不过她不明白，门外的人为何要在门前等她，难道是有何不解之处？

她站在门前。门外坐着昨夜堂上见到的那个少年，此时的他正坐在门前书箱的一边，见到顾楠出来，神色微肃，屈身缓缓拜下："学生请罪。"

少年的举动让顾楠愣了一下，半晌，才笑了一下问道："小郎何罪之有啊？"

正坐在门前行礼的少年低着头，语气平缓，但是认真地说道："一罪是请昨日不敬之罪，二罪是请不问自取之罪。"

"这一罪便算了，我也不是这般小肚鸡肠之人。"顾楠没有将少年昨日的不敬放在心上，在她看来这也算人之常情，她转而问道，"不过这二罪不问自取，你是取了什么？"

少年的眼中带着几分惭愧："昨夜我见阁下门前书箱，心起私念，擅取出了其中书文而观，是以窃学，于此告罪。"他的头微微低下，等着身前的人生怒和责骂。但是等了半晌，也没有听到什么声音，到最后却只听到了轻笑声。

"呵呵。"顾楠摆了一下手，她没有想到这少年一大早就跪坐在自己门前，居然只是为了这件事，"这二罪，便也算了。"

"这……"少年平静的脸上第一次出现了诧异，抬起了头。

"阁下……"那人的斗笠遮着光，使得他看不清眼前人的模样，只能看到他似乎是笑着。

那书箱中的书文是如何珍稀和贵重，就这么轻描淡写地算了？

顾楠指了指身上的衣衫，又看向房里："小郎让我借宿一宿，小郎家的小妹还为我备了件干净的衣衫，我还未有谢过。那几本书若是小郎不弃，便当是答谢也无妨。"

少年回过神来，眨了眨眼睛，轻叹一声："当然是不弃的。不过阁下，这区区衣衫和住处，怎能和阁下的书文相比？"

"我倒是觉得值得。我这本书卖了都不知道能换几个钱，只是叫你看上几本就能换一身衣服和一晚安睡，有何不值？"顾楠笑着问道。

少年苦笑了一下："阁下说笑了。"

那书箱中的书，在他看来随便挑出一本都足以叫人争抢了。

"而且，读书的事情怎么能算偷呢？这些书没人去学，难不成让它们在那箱中烂掉？学问就是让人学的。"顾楠说着，伸手在少年的肩上拍了拍，从他身旁走过，走向那个书箱。

"心向所学就好。"

【二百七十八】

少年呆坐了一会儿，眼中露出了复杂的神色。他见过很多名士，但此中之人都自重书藏，所学更是闭门，只授予弟子门生。书文和所学可以说是学士的立身之本，没有人会轻易地教予别人，寒门子弟想要有所学，除非投拜于他人门下。自己若非祖上有家业，恐怕根本读不了书。他还从未见过眼前这般将书文看得如此简单的人，似乎所学就是用来教予他人的，谁肯学都可以。但又或许学问本就该这般简单才是，本就该只有做学和教学两者才是。功名利弊，将学问至以如此的，不过是人心之私而已。

少年转过身来，浅吸了一口气，对那客人敬重地执礼说道："学生诸葛亮，谢先生授学。"

诸葛亮。顾楠走到书箱边上，看着那箱中之书。这些书她写了该有两百年了，其中所用的心血，她希望能对这世间有些作用。她那师父老头求的盛世，她力不能及，见了太多流离，总希望世人能够好过一些。看着王朝兴衰往复，太平，从来都是不存在的。兴，则外伐，百姓苦；亡，则内乱，亦是百姓苦。所求之盛世，或许就真是一场苦海，前路漫漫，回头无岸。顾楠在书箱前蹲了下来，扭过头来向诸葛亮问道："小郎还有什么想看的吗？我给你拿。"

今日的诸葛英一早便起来洗漱，做起了早食。虽然昨日没能捡上许多柴火，但是家中所剩的柴火还足够用上两日。

晨间的乡里，一缕炊烟在朦胧的春雨中升起。烟雨中传来几声子规的啼鸣，给这个显得有些清冷的早晨带上了一些生机。远山依稀，山雨缥缈，诸葛英坐在厨房的檐下哼着那支小调，做着早食。今日的早餐要比以往多一些，毕竟多了一个人，她也显得更加快活一些，小孩子总是喜欢热闹的。家里的仲兄一天到晚不是在看书读书就是在作画，而叔兄早间都会外出去田里干活，只有晚间才会回来，家里常只有她一人，也无有人说话，无聊得紧。家中多了一个客人总能多听到些说话声，对于她来说，不要一直静着没有声音就好。不过仲兄似乎并不喜欢那个客人，也不知道为什么。待她做完早食，不知为何仲兄不在房间中，只好先将叔兄叫了起来，然后去客房唤那客人。她还未走到客房就听到有人在说话，走进去看时，却是正好看见仲兄坐在那儿，手中捧着一本书，时不时地抬头问那客人一些什么。客人则靠坐在屋前，偶尔会回答仲兄的几个问题，不说话的时候就坐在一边抱着那根黑棍。

"仲兄？"诸葛英一脸古怪地看着诸葛亮，她还记得昨日仲兄待那客人冷淡的样子，今日怎么就变了一个模样？诸葛亮听到小妹的唤声回过头来，见到诸葛英站在门边："小英，可是该吃早食了？"

"是，已经做好了。"诸葛英摸着头说道，她有些不能理解仲兄的态度为何会变得这么快。

"好，我这就来。"点了一下头，诸葛亮呼出一口气，合上书。一个早间，他受益良多。

扭头看向顾楠，见顾楠正看着院中的花草若有所思，顺着她的目光看向花草之间，是一只小虫。"先生，不若留下一起用饭如何？"诸葛亮的声音响起，似乎打断了顾楠的思绪，也将那花草之间的小虫吓得蹿走了。顾楠回过神来，看向一旁的少年，笑着说道："也好，我正好饿了，如此多谢小郎了。"

"嗯。"诸葛亮疑惑地看向草间，问道，"先生刚才看着那虫做什么？"

"哦，没什么。"顾楠站起身来，双手拄着手里的无格，"只是想起曾经有人和我说过，这虫是可以入药的，倒是没想到这地方也能见到。"

"哦？"诸葛亮站起身来，听了顾楠的话，似乎又来了兴致，"先生也懂医术？"

耸了一下肩膀，顾楠笑着摇头说道："略懂而已。"

"先生可否与我说说？"诸葛亮说着眼看又要坐下，似乎是当下就想和顾楠再说上一番。

"仲兄！"一旁传来一声有些无奈和不满的唤声。诸葛亮看向院边，见诸葛英正挑着眉毛，干笑着："先吃了早食可好？"

"呃。"少年的身子僵了一下，他其实是想听顾楠讲医术的，但是看小妹的表情，背后一寒，站直了身子，目不斜视地说道，"是，该先用早食。"

不得不说，诸葛英是一个贤惠的妹妹。平日里诸葛亮和诸葛均两个少年是根本不会做饭的，若是没有诸葛英，恐怕会饿死在家中。而且她做的饭食味道很不错，只是简单的食材，做上几份家常小食，也能色香俱全。饭桌上诸葛均的脸色也有些莫名，平时他都是带着早食去田里午间吃的，今日因为客人才留在了家中。饭桌上他看着仲兄对那客人礼数周到，而且话语中多是倾仰，虽然语气依旧平平，但他还是第一次看见仲兄对除了他的几个朋友和父兄之外的人说这么多话。仲兄在家中吃饭都很少说话的，大概只有两三句。这不是昨日还让他小心一些吗？无奈地摇了摇头，他的心思也是聪慧，想来该是有些误会解开了。他的心中也轻松了些，看仲兄的态度，这客人应该不是什么恶人才是。

诸葛亮夹了一片干菜放入碗中，向一旁看了一眼，这才发现即使是坐在桌上吃饭，顾楠都戴着斗笠。他心中疑惑，问道："先生为何总是戴着斗笠？"随后又有些后悔，这是他人的私事，自己本不该多问才是。

顾楠听到诸葛亮的问题，愣了一下，这才想起斗笠还未摘去。"啊，倒是忘记了，常年戴着成习惯了。"说着，将斗笠摘了下来。

随着斗笠被放在一旁，诸葛亮的眼神呆滞，一旁的诸葛均也停下筷子，嘴里还塞着半口米饭。诸葛英感觉大家忽然都不动了，抬起头来，看到顾楠，嘴巴微张："朔，朔，朔方……"

【二百七十九】

"仲，仲兄。"诸葛英结结巴巴地看向诸葛亮，手指着顾楠，样子有些惊慌，"人，人从画里跑出来了。"也无怪乎女孩这般模样，眼前的人确实太像那画上的朔方女了。当年在长安，画师凭借一个少年的只言片语画了这幅画，一幅画画了数年，每一笔都改了无数次。为了将画上的女子勾勒出，画师甚至自己修改了古来的女图画法，使得女子的形貌如真，似在纸上活了过来，随时都会回眸看向画外人，这才叫见过的人都不能忘却。有的人甚至会呆望半日，只为等那女子回头一眼，固有人称：美有所缺，未见朔女回眸。而这幅画用尽了画师的全部心血，日后他就再没有作过画，又可能他觉得再也画不出更好的作品了。也不知道是巧合还是如何，那画中的人真的和顾楠有八九分相像，气质都一般无二。

此时的顾楠坐在他们面前，穿着一身白袍，斗笠取下，长发松散地绑着，几缕发丝垂在脸侧，就如是从画中走出的人一般。

诸葛亮呆滞地看着眼前人，过了一会儿才回过神来，他有一种真的见到了朔方女的感觉。

当年他第一次看见朔方女的画时，也曾因为那画中的女子只顾把酒、不曾回头而有几分怅失之感。此时倒是消去了，他似乎明白他的画上少了些什么。

咔嚓，顾楠夹了一块干菜在嘴里嚼着，却突然发现诸葛兄妹三人的状态都有些异常，疑惑地抬起头来："你们，看着我干什么？"

"呵，"诸葛亮笑了一下，他的心情不错，应该是可以将那幅朔方女画完了，"没什么，只是先生长得像我画中的一位故人而已。"他也没想到这顾先生是个女子，自己这般盯着是很无礼的。将目光收回，他不自觉地轻声说道："是真的很像。"

"画中的故人？"顾楠有些不能理解。

"是，可惜我认得她，她不认得我。"诸葛亮难得开了一个玩笑，看向一旁还在出神的诸葛均和诸葛英，轻拍了一下桌子："你们两个莫要一直看着了，不觉得失了礼数？"

两人这才反应过来，诸葛均咳嗽了一声埋头吃饭。

诸葛英则缩着头，脸上一红，对顾楠说道："抱歉。"

"无事，"顾楠笑了一下，"英小妹想看就看便是。"

早食就在这么几声闲谈和轻笑间过去。

吃完饭，顾楠握着无格，站在门前看着小雨轻摇，细风吹着入怀，有几分浅凉。偶尔有那么一两滴雨水被风吹着落在她的脸上，一阵清冷。诸葛亮站在顾楠身侧，犹豫了一下对顾楠行礼说道："亮厚颜，书文中有许多不明之处，想请先生多留几日，可以请教。"顾楠侧过头看向诸葛亮，微微点了点头。她也有些累，在此处留几日也好，就当是休息了。

受诸葛亮之邀，顾楠在此多停留了几日。开春的时候总是小雨断续，之后的几日也是如此，一段时间放晴，一段时间小雨，空气总是微湿，地上也总是蓄着水。诸葛均有些发愁，这几日的雨下得有些多了，但是所幸下了两三场后就没有再下了。顾楠每日通常都坐在堂上和诸葛亮说学，诸葛亮是一个很好的学生，做学时很用心，逢明则解，逢疑则问。对于诸葛亮来说，越是将顾楠的书箱往下看就越是惊讶，他真的很难相信这是一个人能够规整出来的，其中的学说和书著都可以自成一脉，有些甚至足以颠覆古来之学。他有一次问顾楠，这些书她整合了多久。顾楠一时不觉，实话实说，两百年。当时诸葛亮看顾楠的眼神，有一瞬间真的就像在看仙家一样。所幸顾楠又及时圆了回来，说这书箱是她这一脉的百年所传，而她是从她师父那里传来的。教予她，是想将百家之说规整，传于世人。诸葛亮对顾楠的师承肃然起敬，说当是一代伟学之士才是。而对于顾楠，诸葛亮常抱着自愧不如的心态，虽然对方是个女子，模样也不过比自己稍大一些而已，但是她的胸中所学远非自己可比，每有疑问不解之处，向她问起总能得到解答。从前他都自认为是同年之中的佼者，如今看来，是他自己不见高山尔。

不与诸葛亮做学的时候，顾楠时常陪诸葛小妹出门玩耍：去田间抓一些青蛙、蝌蚪，弄得一身泥巴；采几片花草，又去追蜻蜓、蝴蝶；在田边一靠睡上半天。小孩的活力总是充沛，诸葛英也难得有了一个玩伴，这些天总是拉着顾楠出门。诸葛亮只得无奈地叹气，顾楠把这丫头带得更野了。她们在院中种了一棵树苗，听闻长成时会开花，至于是什么花，顾楠也不知道。

外面的天空放晴了，鸟语清脆，在屋外的树梢间响着。云层悠闲地飘在天边，飘得缓慢，让人觉得有几分慵懒。院中的一棵小树上还沾着露水，阳光照在露间，带着点光。小屋的堂前安静，诸葛亮正坐在房中读着一本书，即使是诸葛英也不会在她仲兄读书的时候吵闹。这些天他读了书箱中的十余本书，他已经学得很快了，但是即使如此，也未能学去书箱中的十分之一。堂上只有一两声书页轻轻翻动的声音，和风吹着半垂着的草帘微微摇晃，使得地上的影子也跟着轻晃。顾楠抱着无格靠坐在堂前看着堂外的屋檐发呆，诸葛亮的眼睛从书中抬了起来，看向那个坐在屋前背对着他的人。午间安静得让人的心情也不自觉地安静起来，诸葛亮浅淡一笑，他已经习惯了在自己读书的时候身边坐着一个人发呆，他也不知道为什么顾楠总是喜欢对着一处发呆，可能是在想什么吧。顾楠似乎感觉到了有人看她，回过头来，正好对上了诸葛亮的目光："小亮，你可是有何处不解？"

"哦，"诸葛亮移开视线，低头看书，他也不知道自己为什么突然有些慌，"没什么……"

顾楠点了一下头，重新看着房檐一会儿，忽然说道："午间，我就该走了。"

诸葛亮坐在桌前，半晌，了然地点头："这般。"他抬起头来看向顾楠，笑着问道，"先生可还会回来看看故友吗？"

"呵，"顾楠轻笑了一下，"也许过几年，我会找一个地方落脚，然后做个教书先生，我觉得南阳就不错。"

"南阳是不错。"诸葛亮点头应是，随后又叹了口气，"你这走了，小妹恐怕又要胡闹了。"

【二百八十】

午间，诸葛兄妹三人送别顾楠。顾楠送了诸葛亮一本书，叫作《奇门遁甲》。诸葛英的眼睛有些红，她抱怨是仲兄的态度不好，才让顾楠这么早就要走。顾楠笑着刮了一下她的鼻子，说等那院中的花树开了，她就回来了。挥手告别，那人穿着一身白裳，背着书箱，戴着斗笠向东而去。

诸葛亮回到自己房中，院间清冷了几分，他站在房间中抬头看着挂在墙上的一幅画，那画上的女子很像朔方女，但是画的却不是朔方的景色，而是一片田间，那女子正在和女孩嬉闹。两旁是远山之景，一个人耕于田间笑看着两人；近处是田家小院，一个人坐在院中读书，笑看着屋外。倒是一幅祥和之景。诸葛亮看着画中的景色，笑了一下，拍了拍手中的书，回身走出了屋子，浅唱道："我本是隆中一闲人……"

东汉末年，百姓的日子不好过，道路上也不太平。平常无事的时候很少有人愿意出远门，原因很简单，出趟远门少不得要走山道小路，而那山道小路上少不得山贼匪寇，被抢了钱财都是轻的。黄巾之乱后，黄巾乱兵流落山间成了黄巾贼，要是遇上，说不定还要丢了性命。董卓入京，朝中动荡，下面人的日子本来就难过，还要受人祸害，就叫民声更哀了。

山林间林荫遮蔽，使人看不清山林中有什么东西，只是偶尔有林木微晃，让人觉得好像有什么路过。林木中泛起两道明晃晃的刀光，两个山贼模样打扮的人正蹲在一棵树的后面看着林外的山道。此处是一个高地，从这里能看到整条山道上是不是有什么过路人。"欸，这都半天了，一个人都没有，我们休息会儿吧。"其中一个人擦了一下额头上的汗，山林里有几分闷，两人还挤在一起，说实在的，有些难受。"能有什么人，这道上半个月都不见得有半个影子路过，我们被抽来察看就是倒霉而已。"另一个壮硕些的汉子骂了一句，将自己手里的刀扔在地上，走到一旁靠在一棵树边说道。

"我是不想看着了，看了这么久，眼睛都涩得慌。"

"欸，休息会儿。"微瘦的山贼点了点头，也坐到一边，沉默一下，抱怨了一句，"这年头做个山贼都不容易。"

"说什么山贼呢？"壮硕些的汉子横了他一眼，"记着，我们叫黄巾军，不是山贼。"说着，叹了口气，"要是三位将军还在，我等何至于沦落至此？"可惜，那三位将军都已经不在了。

汉子无力地躺了下来，小声说道："明明是这汉室无道，我等才起事的，顺应天意，怎么就成这样了……"黄巾军，当年黄巾起义遗留下来的残军，如今四散在各地难以成势。说起黄巾，此事可能也与顾楠有几分关系。

　　当年顾楠路过一座小城，正好想喝上一壶酒，买酒时却发现自己手里没有酒钱，一个年轻人帮她结了账，拿了几坛酒，就同顾楠坐在街边喝了个痛快。两旁的人看着那戴斗笠的人和一个年轻人满身酒气的模样都是绕着走的。年轻人喝了个大醉，醉话里才知道，那年轻人手里也没有什么钱财了，只是生活困苦，心中抑郁，来买个大醉。恰逢遇到了顾楠，就说和顾楠一同喝便是。年轻人的酒量并不好，没有喝多少就醉了，他只隐约记得，他请来喝酒的人拿出一个箱子，叫他挑一本，他就随手拿了一本。等到他醒酒的时候发现他正躺在郊外，那人已经不见踪影，自己手中拿着一本书，叫作《太平要术》，后又称《太平经文》。年轻人认得几个字，读后惊为天人，自以为是仙人天意。后来，他成立了太平教，将黄老思想化为教义，广为传扬。太平教的教义称人为鬼神所监所视，据为之善恶来增减其人寿命，是以要求教众多行善，少为恶，以治病济灾布道，广收教徒。

　　民不聊生之际，太平教顺势而起，称：苍天已死，黄天当立，岁在甲子，天下大吉。黄巾乃起乱世，带来的却不是年轻人所想的天意世间，而是一场浩荡的动乱。同年十月，他就病死在了军中。直到死去他也不明白，明明自己顺应天意以救民，为何至以如此？黄巾败了，但也是黄巾之乱让汉室的根基开始真正动摇。

　　躺在树下的壮硕汉子正要睡去，却突然听到一旁的同伴叫醒了他："欸，你看，那儿，那儿有个人。"

　　"什么，什么人？"他皱着眉头醒了过来，提起刀，向山下看去。山下是一个穿着白裳的路人，那路人戴着一个斗笠，背后背着一只箱子，走得不快，在山路之间路过。

　　"抢吗？"微瘦的同伴问道。汉子沉默一下，又把刀放到一边："算了吧，一个过路的人而已，身上能有几个钱财。"

　　"不是啊，我看他背后的箱子好像还挺沉的。"同伴的语气里有些跃跃欲试。

　　"抢一个人能有什么用？"汉子横了同伴一眼。

　　"都是难过活的人，与人为难做什么？我们要抢就抢官家、大家的，知不知道？"

　　同伴犹豫了一下，最后还是摆了一下手："算了算了，听你的。"

江东之地。大江上波涛滚滚远逝，两岸的房屋错落，花树烂漫，一叶扁舟从江上行过。

同他处不同，江东之地难得还有几分安定的模样。江东景色也确实如传闻中的一般娇美，多是清风拂岸，花间映红。船夫站在小舟上，摇着船桨，桨片在水波间起没。一个人坐在船上，白色的衣裳被江风吹着，身旁放着一只竹箱。此时的她正将头顶的斗笠盖在脸上，靠在小舟的边上小憩。

【二百八十一】

哗，清波泛动的声音响起，桨片翻起不大的浪花，小舟在浅涛之间起落，于江面上拖曳出一条尾痕，将两侧的江水荡开。偶尔能看到江面上点出一圈波纹，随后又消失不见，该是那江中鱼儿被游船惊走。江中船只往来，皆如一叶，只见那薄舟落于其中，悠然渐远。江水尽于天际，目不能及，能见的就是一条大江长流，己身则在其中漂浮。岸上熙攘，常能听到人言欢语，几座楼阁更是热闹，人声不绝。靠在船边的白裳人微微抬起头，斗笠下的目光看向岸边的那几座楼阁。船夫看到那人的目光，摇着船，笑了一下说道："那是我们江东有名的酒楼，每日都有人在那儿喝酒，到了夜里也不会散去。君是要在此停下，还是继续游船？"他这船除了接往来的人渡河之外，有时也能接到些来江东游览的人，眼前的人就是这般，只是租他的船在江中游上一圈。对于这般客人，船夫是很欢迎的，做活轻松些，赚得也不少。

"酒楼？"靠坐在那儿的白裳人扶了一下斗笠，似乎是想了一会儿，点了点头，"老丈，就在这岸边停下吧。"

"好嘞。"船家应道，摇船的手一转，船桨扭过，将小舟靠向岸边。

越近岸边，越能听到那儿人声不止。小舟漫过，带起一片涟漪，船夫撑着杆子靠岸。岸边带着江中的清水气，还有那岸侧的花草淡香，清风扑面，让人醺醺。砰，小船靠在岸边，轻波微摇。船上的白裳人起身提起一旁的竹箱，从怀里拿出几个铜钱递给船家。

"谢过老丈了。"

"应该的，"船夫笑着接过铜钱，看那白裳人上岸，摆了摆手，"君慢走。"拿起杆子将船撑离岸边，向远处去了。

顾楠站在岸上，脚下江畔的浅草上还沾着露水，几株不知名字的野花长在其中，给那草绿添了几分不同。江东之景确实不负美名，不论是那江上烟波，还是那江畔花红。路旁的垂柳随风摇晃，时不时一些柳絮因风而起，在半空中飞过，惹得行人打上几个喷嚏。顾楠走过草地，看着远处的酒楼，倒是没有向酒楼而去。不说别的，酒楼的酒她也买不起。她刚才在船上看到的不是那酒楼，而是江边的小酒家。说是酒家，其实就是一个棚子，几张桌子，加上几坛酒。她迈着步子向那儿走去，还未走近就闻到酒香伴着花香，在江景之中，却是真有几分酒不醉人人自醉的感觉。顾楠随意找了一张桌子坐下。

"客人要些什么？"店家笑着迎了上来。看他那模样，想来今日的生意是不错的。

"店家，你这卖的是什么酒？倒是很香。"顾楠将无格放在桌子上问道。那酒确实很香，很远就能闻到。

"嘿嘿，没有别的，自家酿的梨花酿，这个时节喝倒是正好。"店家看起来是个憨厚的汉子，一边说着，一边拍了拍一旁的酒坛子。

梨花酿，顾楠算了一下。倒是没错，确实快到六月了，这个时节春日酿下的梨花酒确实刚好。从怀里取出几个铜钱递给店家，笑道："那麻烦店家帮我打上一些来尝尝。"

"客人可要温过？"这年头的酒多有杂质，温过也会好喝一些。

"那就温过吧。"

"欸，客人稍候。"店家拿着钱温酒去了，顾楠坐在桌前，悠闲地看着江中。

江边的和风让初夏也不热，倒是有几分凉爽。鼻尖微香惹人，柳絮飘飞着，清风阵阵，吹得人都有些疏懒。这江东一行倒是真不算白来，便是这景就叫人不舍离去。确实如此，外面的世道纷乱，江东相比之下，要宁和许多。远处一小亭修得不算精致，青瓦屋檐，几根红柱立着，中间摆着桌子。但亭子修在江堤高处，可远眺河面波涛，看那水天一线，倒是个喝酒的好去处。顾楠正想待会儿取了酒过去，看向亭中，却见亭中已经有了一个人，坐在那里。远远看去，倒是一个佳公子，身穿一身长衫，束着头发，衣带微宽，被那江风吹得轻扬。垂在脸侧的几缕头发被吹起，使人看清了他的模样。当是一浊世佳人，桃目微红，剑眉却是英武，嘴角带着一丝浅笑正望着江中。风姿绰约，仪容秀逸。他的怀中抱着一张长琴，身旁放着几壶酒和一个杯子，似乎是正要弹琴。两旁的路人多有回眸而顾，却无有上前打扰者。

路旁的几座高宇楼阁中，堂下人声不断，楼上则安静许多。楼阁的一扇窗户打开，房里两个少女正透过窗户，看向江边的小亭。看到江边亭下的公子，两个少女的眼中都带上了喜意和倾慕。她们都是酒楼的乐女，为客人弹琴。为寻常客人弹琴时她们都会尽心弹好，但是有一人来的时候她们会故意弹错，这人就是亭下的小郎。江东中此人颇有盛名，人称美周郎。此人不论是才学、乐艺，都叫人倾慕。相貌也是俊美，如似好女，叫男子也常看之出神。这周郎有一则趣闻。他常会去酒楼听琴，不过每每都只是低头喝酒，从不会看那琴女一眼。在他看来这般是在唐突佳人，却不知他不去看对于那佳人来说才是心忧。周郎好曲乐之艺，纵是酒过三巡，也能听出琴音出错，也只有这时他才会去看那琴女。盖是如此，常有琴女将琴音弹错，以求周郎一顾。

楼阁的房间中，两个少女伏在窗边向外看去，其中一个出神地看向亭中的小郎："你看，我就说周郎来了。"

"为何不进来喝酒，而是坐在江边？"

另一个少女的眼神有些幽怨，莫不是真嫌她们的琴音太差了？

窗外。亭中的郎君喝了一杯酒，双手轻抚在琴上。寻常他都只会在家中弹，不过今日他的心情很好，所以想来这儿一观江水，顺便弹琴喝酒。若是能再求得一醉，就更好了。

【二百八十二】

亭中的人将琴弹起，那音清而高，轻动于江畔。好像是人声渐远，就连那酒楼中传来的喧声似也远去，独留那琴声犹在，与江山作歌。路人听到那琴音，脚步慢了下来，有些更是驻足停留，看着亭中作思，听上一会儿才离开。景美、人美、音美，相和似是共成一至美，叫得落雁沉鱼。亭中人正入神地拨动琴音，却突然听闻身后传来一阵脚步声。琴音中断，那郎君的嘴角露出一个无奈的笑意，回头看去，见到一个人站在亭外。那人穿着一身白裳，手中拿着一壶酒，看到亭中的人回过头来，轻笑着说道："着实抱歉，琴音甚美，本不舍打扰，奈何此处实在是一个喝酒的好地方，若是君不介意，可否借一方地予我？君且放心，我喝尽就走。"

那亭中的郎君愣了愣，他还从未听过有人为了喝酒挑地方的。不过细想来，他自己不也是挑了此地来喝酒的，此地倒也确实是喝酒的好去处。他笑了一下，伸手做请："阁下不必客气，且入座便是，有人共饮不也是妙事？"

"如此，多谢君了。"白裳人提着酒走进亭中，靠在亭旁坐下，将酒打开喝起来。

亭外江流远逝，江上船舟过往，自是让人心胸开阔。酒水微甜，带着春日旧时的梨花香，算不上什么佳酿，自家清酒却也别有滋味。如此情景，让人未饮，就已经醉了一半。白裳人像是心满意足地放下酒壶，抱着长琴的郎君拿起酒杯对她微微一敬:"周瑜周公瑾,不知阁下如何称呼?"

白裳人回过头来,似乎没想到对方会和自己搭话,毕竟她只是来借地喝酒的。周瑜,周公瑾。她先是一怔,随后摇了摇头。这巧,未免太巧了些。"在下顾楠,未有字。"

"未有字?"周瑜的声音里有些疑惑。

似乎是听出了周瑜的诧异,顾楠看向他,沉默了一下,才柔和地解释道:"还未取字,家中长辈就先故去了。"

"如此,"周瑜的眼中带着几分歉意,随后一笑,举起酒杯,颇为豪迈地说道,"余自罚一杯。"说着将杯中的酒水一饮而尽。

两人之间再无旁话,盖是两人本来也不太熟悉。周瑜重新开始弹琴,顾楠独自喝酒。琴音悠悠,让那温酒带上了几分余意,该是多了些酒醺,让人更想醉去。等到一曲尽时,周瑜的双手轻按住微颤的琴弦,叹了一声。这一曲他终是弹不好,方才又错了一个音。坐在一旁的顾楠轻摇着酒壶,她已经快喝完了。听到周瑜叹气,她微醺地说道:"何必叹息,此曲本就难成曲调,只是错了一个音,已是很好了。"

周瑜微微一惊,抬起头来。"阁下亦懂琴律?"或许不该说懂,能听出那一音,当是在琴律一道颇有建树才是。

"略懂一些。"顾楠将酒壶中的最后一口酒饮尽,将酒壶挂在腰间。酒喝完了,她也该走了。周瑜的眼中似乎来了什么兴致:"阁下爱喝这梨花酿?"

"嗯?"不明白周瑜为何突然这么问,顾楠疑惑地回头看向他,又看了看腰间的酒壶笑了一下,"这酒倒是别有几分味道。"

"那不若余再给阁下买一壶来,阁下为余弹上一曲如何?"周瑜笑着说道。人都只能闻到他的琴声之美,难得遇到一个能听出他琴声中有误的人,他很感兴趣。顾楠坐在那儿思索了一下,一曲琴换一壶酒,倒也值。说来她的手中也无有多少钱财了,当下点了点头:"也好。"

"阁下稍等。"周瑜笑着起身,便买酒去了。顾楠坐在亭子中,目光落在放在那儿的长琴上。这琴用的是杉木。杉木做琴,木性稳定,音柔且润,而且随着使用时间越久,音色会越好。她也算懂一些琴,还记得是当年的故人教的,很久很久以前的故人。当年她教自己琴曲时,用的也是杉木琴。顾楠看着琴呆了一会儿,直到周瑜买了酒回来。浅饮了一口酒水,将那长琴放在膝上,顾楠出神地将手放在琴弦上。很久没有弹了,也不知道手生了没。

当,琴弦被指尖拨动,阵颤出声,似是空谷中山泉作响。她会的曲子不多,不过其中有一首曲子她记得倒是从来没有弹过。那是故人去后,她的一个琴师故友常给她弹的曲子。那故友叫旷修，那曲子好像叫《高山流水》。当，第二声之后，琴声扬起。只是初奏，却已经让周瑜怔然，他好像看到了一卷高山流水图正在他的面前展开。随着琴音而动，那图渐渐显露，眼前是一股浩荡烟云，于那高山之巅，于那江河之极尽，似是将万里山河锦绣尽收于目中。若是曾经的顾楠，或许弹得了入阵之曲，但是弹不了《高山流水》。但是如今，她也偶得了几分其中之意。琴不再奏，余音不止。顾楠将长琴放下，拿起酒壶仰头喝了一口。

周瑜出神了一会儿，最后直到余音再也听不见，才做出他的评价。"浩然壮气。"他转醒过来，又回味了一番。"呵呵，"他拿起身旁的酒杯畅饮一杯，轻笑了一阵，抬起头来，上下打量顾楠一眼，认真地说道，"阁下当非池中之物。"

"过赞了，"顾楠摇头说道，"我不过就是一个方士而已。"

"余从不言过。"周瑜浅笑着说道，摆了一下手，"今日能闻君一曲，当可一醉矣。"对于他来说，今日当真是一个喜日。先是听闻了那个消息，后又得逢如此妙人，还需何求？周瑜带着笑意扭头看向江中。今早听闻三公欲号召诸侯共讨董卓，他知道这个江东要变了，这个汉室亦要变了。他突然兴起，看向身旁的人，温笑着问道："依阁下看，这世道如何？"

【二百八十三】

"世道如何？"顾楠将嘴里的浊酒咽下，酒香在唇齿间逸散。啪，亭下的江流浪涛拍在江畔的石上，发出阵阵拍击的声音，水花飞溅。"呵。"顾楠笑了一下，看向身旁佳人模样的郎君，将酒壶放在身旁的地上，"我不过就是一个游方的客士，这世道如何，周郎何必问我？"

周瑜将琴置于一旁，拿起酒壶和酒杯自酌，嘴角带着笑意，随意地说道："阁下且说便是，瑜自当恭听。"其实他只是一时兴起，随口一问，他也想看看能弹出如此浩然之曲的人，对这世间有何看法。

见周瑜确实要问，顾楠抬了一下眉毛，靠坐在小亭的栏杆前，没有再喝酒，而是听着涛声，叹了一声。"世道将乱，汉室将倾。"她的声音有些无奈。汉家的百姓活得算不得如何好，但是起码这数百年之间少有乱事，百姓虽然依旧困苦，但是起码不必受战乱折磨，还能得活。

比之于战国、秦末已经好了太多。所以虽然说是汉室灭了秦国，平心而言，她是对汉室抱有怨意的，但是这怨意过了百年，当年灭秦之人都已经不在了，她抱着这份怨意又有何用？她反而不希望汉室倾颓。若是汉室常固，起码还能留这世人一个不战的世道,这也是她为什么从未抱有什么偏激的想法,比如起乱。战国百年,秦末世人十去六七;汉时王莽,天下受灾,这世人根本经不起这般动荡了。她如今已经将百家之言多有集收,其中用于农利之处,用于教说之处,用于工商之处,用于革制之处,都已有进展。工农之中可行便利机巧之策,改于农工器具,使事半功倍,墨学之中多有所传。革制之中,儒、法、道三道齐行,可用于各世。传学之中有活字齐印之术,格物、算学,自当可使书文传于天下。若是天下安定,明君于世,她自可将这些交与朝堂,江湖之中,由其传用于世。当是时,可使世间愈安,使国中长定。这也是她自己追求盛平的办法,无须用战事解决的方法。可惜如今只差几步之时,却已经至于东汉之末。这天下,又要见那烽火之色了。

　　世道将乱,汉室将倾。周瑜听到这八个字,抬起头看向顾楠,眼中微亮,但是面上依旧不动声色,浅笑着握着酒杯喝着。"阁下说笑了,说这种话可是大逆不道的。"

　　"是吗?"顾楠横了周瑜一眼,涛声在侧。浪潮声中,顾楠笑了一下问道:"难道,周郎不是这般想的?"

　　周瑜深深地看着顾楠,嘴角的笑意依旧。"如今朝中奸佞已去,外戚也无能干政。献帝即位,还有董太师领二十万西凉铁骑在侧支持,朝中大局得稳。在外黄巾之乱受平,遗部难成大势。内外得安,阁下又如何说是世道将乱呢?"他说着将倒入杯中的酒水对顾楠虚敬了一下,放到嘴边饮下。

　　这周瑜……顾楠摇了一下头:"今帝年少无基,不能再掌政;董卓行权,强横无道,曾闻其荒淫专暴。臣强君则逆,二十万西凉军说是卫汉,不若说是挟汉。朝堂之上何来安定之说?

　　"在外四夷欲进,各地诸侯割据,有公孙、袁、孙、刘、张、马之氏。汉室分崩,十室九空,又何来的外安之说?

　　"是周郎莫要与我说笑才是。"

　　啪,又是一道涛声在顾楠的话音落下后响起。这世事纷乱,但是能看尽其中,看清楚的又有几人?周瑜自认为他是看清楚的那个,但是他很少能见到同他一般看得清楚的人。而眼前的人虽然说得简单,却已经将汉室的颓象道出。脸上的笑意愈加明显,手中的酒壶轻磕在酒杯上倒着酒。他还想问一句,他现在想看的,是眼前这人的气量如何。"那阁下以为,这日后会如何?"酒杯倒满,他举着酒杯对着顾楠。

　　顾楠拿起梨花酿举了一下:"诸侯并起,群雄逐鹿。"

亭下光影微斜。

"哈哈哈。"周瑜笑出了声，笑声里带着快意。

他径直将酒杯一举，碰了一下顾楠的酒壶，发出一声轻响。"此句当饮！"他仰起头来，将杯中之物长饮而去，才低下头，长长地呼出一口气。"瑜遇顾君，当真如伯牙遇子期，相知恨晚矣。"虽然这周郎生得一副俊秀的面容，但是相知之后，其人倒是多有几分豪爽之意。

这次是周瑜不让顾楠走了，扯着顾楠就说谈各事，推杯换盏间喝了小半日的酒。周瑜面色微红地打了一个酒嗝，半醉不醉地靠坐在亭子边，抬着手里的空酒杯说道："顾君，为难逢知己，你我再尽一杯如何？"他今日是长谈尽兴了，两人谈论了各路诸侯，朝外四夷，分说局势。他还是第一次遇到能与他谈得这般明晰之人。饮酒坐论天下英雄，世上还有什么更叫人畅快之事？

顾楠无奈地看了一眼周瑜。这人酒量不行，还喜欢尽杯，才喝了没几壶就醉成这样。要知道三国时期的酒度数都不高，基本就和酒精饮料一个度数。"你快醉了，还是莫再喝了。"

"呵呵，"周瑜摸了摸鼻子笑了一下，"我是没有顾君这般好的酒量。"面色醉红地倚靠在亭中，周瑜侧过头看着江水长流，突然说道，"顾君，你我论及诸侯，不知顾君信不信？"

清风而过，吹散了亭中的酒意，余下那半醉之人。

几片柳絮落于江面，几叶轻舟横江而过。

"信什么？"顾楠盘坐在那儿。

看着大江东去，周瑜自信地笑了一下，伴着醉意说道："这江东之中将有一个雄主起。"

【二百八十四】

顾楠的眼睛轻轻合了起来："你就这般自信？"

"瑜对自己所见，一向自信。"周瑜回头，带着醉意，看着顾楠。眉目带着浅红，神貌俊逸，若是有女子在这儿，恐怕又要被这美周郎迷得不行。"不若，我与顾君打一个赌如何？"手中把玩着那只空酒杯，周郎回顾江东之景。"若是这江东雄主得立，顾君你来与我共事如何？以顾君之才，你、我，将这世间扶立。"周瑜的眼中带着一股豪情，嘴角扬起。"不知顾君意下如何？大丈夫不就当立于这乱世，成一世身名？"

"我就不与你赌了。"顾楠淡声说道。

那声音让周瑜一愣："为何？"

"为何？"压了一下斗笠，"我已经无力再争什么声名了。"顾楠将一朵落在斗笠上的柳絮取了下来，说道，"你与我相见即缘，不若，我送你一首小曲如何？"

"顾君，说来便是。"周瑜的眼中露出几分失望，他不明白，为何眼前这般人，胸中却无有志向？酒前听闻的琴中宏音，那万里江山，若非其人心中所思，又为何会在那琴声之中？

顾楠却未去管周瑜作何想，轻声唱道："滚滚长江东逝水，浪花淘尽英雄。是非成败转头空。青山依旧在，几度夕阳红。白发渔樵江渚上，惯看秋月春风。一壶浊酒喜相逢。古今多少事，都付笑谈中。"那清曲之声伴着江水滔滔，浪潮东逝，倒真像人置身于大江中，叫那大浪淘去。唱完，顾楠指了指自己，又指了指周瑜，笑了一下："你我之事，这天下之事，这世间人杰英雄之事，世世之后，都不过是人中笑谈吧！"

这一问周瑜没有回答出来，只是将顾楠的小曲喃喃地又念了一遍。这小曲倒是让人为之所思，如诗文一般。"顾君才学让瑜向叹。不过顾君，你我正是少年时，当为远志而博，何必如此暮色？"

周瑜说得没错，这小曲中多是暮色，像一个看尽了世事的老人所吟。但是周瑜又说错了，他是少年时，顾楠不是，而且也并非全是暮色。顾楠慢慢站起身，她准备离开了。"周郎，我并非无有所求，不过我之所求，不在这一君、一世、一朝之中。"

周瑜愣住了。不在这一君、一世、一朝之中，又能在何处？人之一世之志，极尽之处，难道不就是一世的尽处？一世尽去，人去，还有何求？"那君之所求，在何处？"

顾楠背起放在一旁的竹箱，看了一眼身后，沉沉说道："在其中。"竹箱在她的身后有些沉。顾楠没有再多说什么，其中是她极尽一生之所学，也将是她极尽一生之所求。那老头让她看一眼太平盛世，可是在这世间中、这天下内，根本就无有万世之朝，也不可能有千秋之世。朝堂兴亡，天下分和，只要有人心所求，纷乱就不会止去。她要做的，就是将那教世之说传于世人，无论何朝、何代、何时、何年、何月，都能教人得安，不受天灾饥寒，不受战亡死难。她答应过的事就一定会做到，那老头所想的无饥寒之世，太平世间，她当去看到，由这世间千万人自己创造的太平盛世，泱泱之国。所以她也不可能和周瑜打赌。若是这东汉将乱，她会选择一个能够最快终结这乱世的方法。

周瑜不知道顾楠背后的竹箱中是什么，他怔了一会儿，随后释然一笑："如此，瑜就不多留顾君了，各为所求。余周公瑾，自当用胸中所学，在这乱世中一展抱负。"周瑜站了起来，还带着几分醉态，手指向那浩荡江河，"以这江东为起，会一会那天下英雄！"

一时瑜亮，此二人都不负此名。不过从目前看，周瑜当是比诸葛亮强上几分。顾楠笑了一下。江东周郎，我记着了，我待看这乱世江东，该如何波涛涌起。"如此，就先告辞了。"

"就不必送了。"拄着无格，顾楠走出小亭。周瑜回过身来，摆了一下手，笑了一下。

白裳人走入江东之景。周瑜站在原地，他刚才好像看见了斗笠之下，看清了那人的眉目。那该是惊鸿一瞥，斗笠下似乎是一个俊美的女子。女子？周瑜愣了一下，随后摇了摇头，当是我真的醉了，看错了。目光中那白裳人消失在视线中，他淡笑着立于亭子中。顾君，希望下次见面，我们不要是对手。瑜，可不会手下留情。

"梨花酿。"路旁的酒家还在叫卖，酒香犹在。道路上柳絮纷纷，往来之人交错。酒楼中的人声还未息去，那船家还真没骗她，那楼中当是日夜如此，人在其中饮酒作乐。暮色渐至，斜阳下的江东也别有一番风采。白裳人背着竹箱，手里拄着一根黑棍走过江畔。她见过了诸葛亮和周瑜，突然想再去见一个人，那人应该不难找。做好了打算，她对着江中的一只游船挥手招呼道："船家，渡河。"那游船停了下来，很快掉转过头，在波涛微浮中渐渐靠岸。"君去哪儿啊？"

"河对岸。"白裳人慢步走上游船，将竹箱放在身侧，抱着黑棍坐了下来。

"好嘞，君坐好了。"船杆撑在岸上，轻轻一推，游船荡开水面，向江中划去。江风迎面吹来，吹得人衣袍轻扬。江河里，孤帆远影，翻波而去。

【二百八十五】

汝南有一名士，称许邵，擅相而观，少峻名节，好人伦，多所赏识。常品评当时人物，书文字画。此人许有盛名，所评受时人追捧。其中评论乡党，褒贬时政，不虚美，不隐恶，不中伤，能辨人之好坏，能分忠奸善恶，或在朝、或在野，都在品评之列。评后验证，众皆信服。凡得好评之人，无不声名大振，人称"月旦人物"。一时引得四方名士慕名而来，竞领许一二字之评以为荣，于是常有人于门前相品，然不得求也。此评盛极一时，盖皆于每月之初行发，故称"月旦评"。

此评之中曾评一人，不曾发表，是上门威逼强求所得，几无人知。那人威胁之下，许邵评语："清平之奸贼，乱世之英雄。"①如果是常人，听闻如此评论恐怕会勃然大怒，然而那受评之人一怔后，却大笑离去，自叙："操知矣。"也不知是笑那能臣，还是笑那奸雄。

　　咔嗒咔嗒，大路上一辆马车驶过，拉着车驾的马匹脚步缓慢，路上的行人都自觉让开，避到道路两旁。马车的装饰和马驾，一看就知道坐在里面的非勋即贵，平常人见到这般人都只能低着头躲开。路旁还能看到一个小乞丐坐在街边乞食，衣衫脏乱，带着恶臭，那脏兮兮的手举着一只破碗，在人群里乞求着什么。嘴里发出"啊啊"的声音，像是不会讲话。该是哪里的流民，看那瘦骨嶙峋的模样，可能是很久都没有吃过饭了。人们也都躲开，有的绕道，有的捏着鼻子一脸厌恶。平常人见到这般人也都低着头躲开。同样是被人躲开的人，乞丐和勋贵相差很远，却也好似一般。行人躲开马车，避开乞丐，走过街道留下一声声低骂，像是骂这日的路上倒霉，或是唾弃那勋贵，也可能是骂那乞丐。

　　马车渐行渐远。乞丐被人遗忘在角落里，她用手捂着嘴巴，咳嗽了一阵，胸中发出一阵轻闷的声音。破碗无力地放在地上，本该清澈的眼睛浑浊，低着头，小手放在地上，沾上了尘土。刚才有人骂她小畜生，说她该是哪家的野种。她想说她有家的，不是野种，只是那些拿着刀剑的人有一日冲了进来，就什么都没了。小乞丐的目中死沉，脸上、身上全是泥垢，也看不清样子。可能人来这一生，就是来受这世道之苦，所有人都是这般。

　　当啷，突然传来的一阵轻响在乞丐身前的碗中响起，小乞丐愣愣地抬起眼睛。破碗中三枚铜钱被轻放了进来。"小孩，你可知道这汝阳去陈留的路怎么走？"身前的阳光被遮住了一些，一个人头上戴着斗笠，蹲在了她的身前。随着那人蹲下，抬起了一点头顶的斗笠，露出了下面的模样。小乞丐不知道怎么说，那是怎般好看，只知道那是她看过最好看的模样。带着一种她很久没有见过的表情，不是那般喝骂和厌恶，而是眼睛微微弯着，嘴角轻扬，不让人害怕的神情。小乞丐的双手抓住了身前人的衣袖，就像怕她跑了一样。

　　"谢，谢。"语气中有些怯意。但是当她低下头看到自己满是泥垢的手的时候，又连忙将手抽了回来，藏在身后。但那人的衣袖上已经沾上了两个漆黑的小手印，很明显。"对，对不起。"小乞丐不断鞠躬，小声又慌张地说着。在她看来，弄脏了那人的衣服，那人应该要发火了。"没事。"并没有如她想的那般，那人看起来似乎并没有将此放在心上，笑了一下，指着一个方向问道，"如果我

---

① 也有一说是"治世之能臣，乱世之奸雄"。

想去陈留，是不是该走那边？"

小乞丐有些局促，最后点了点头："是。"

她去过很多地方，这附近的路她都认识。

"这样，多谢了。"白裳人笑着伸出手摸了摸她的头，末了，起身离开，在街道中不见了。小乞丐在原地坐了一会儿，最后拿起身前的破碗，捧着那三枚铜钱。

从江东一路向北，行至汝阳，顾楠不准备多做停留，欲直接去往陈留，不然可能见不到她想见的那个人了。走在街道的人群中间，她摸了一下怀里，里面一枚铜钱都没有了，刚才那三枚已经是她的最后家当了。无奈地叹了口气，放下手，饿肚子的感觉是不好受的，就算她本身饿不死。街道的尽处便是城门，城门口士兵的数量有些多，她这几日路过的各城都是如此，加紧了城门的驻防，而且街上也多有军队调动，似乎是准备动兵戈了。她向城门走去。城门边上的一座酒楼中，一个文士打扮的人正靠坐在窗边吃菜，看年纪应该不过三十岁。嘴唇上的两片小胡子随着吃菜上下动着，看起来还有几分滑稽。一对粗眉倒是不见憨厚，更多了几分精明。眼睛算不得大，但是让人看上一眼就忘不掉，是一双很难叫人看穿的眼睛。这其貌不扬的中年文士扒了一口饭菜于嘴里，大口地咀嚼着，有些随意地看向窗外。窗外人流来往，每个人都是不一样的，但是在他眼中大多数都是一样的。在他看来这个世上只有两种人，一种是可成事之人，一种是无用之人。他学过一些相学，也对一些人做过粗陋的评价，在看人这方面，他还是有些自信的。

咔嚓咔嚓，嘴里发出一阵又一阵咀嚼的声音。中年文士眼中带着些无趣，今日也同往常一般，他看不到一个值得一看的人。正准备收回视线，最后瞥了一眼街上，却顿在那里。那里走过一个白裳人，一身白裳在人群中看起来异常显眼，头顶戴着斗笠，背后是一个小半个人高的竹箱。

【二百八十六】

白裳人身后的远处，似乎还有一个乞丐似的小孩拿着三个面饼悄悄跟着。中年文士没有去看那小孩，眼睛专注地看着那个白裳人，嚼着饭食的嘴巴慢慢停了下来，手中的碗筷也放了下来。那个人，他一眼什么都看不到。一个人看到另一个人就会有一个第一印象，不管出于什么，可能是相貌，可能是一个动作，也可能是穿着，总会有一个感觉。而那个人，让他什么感觉都没有，就像眼前走过去一截木头一般，他从未见过这样的人。文士的手抬起，将嘴边的一颗饭粒摸进嘴里，含着饭食扭头叫道："店家，结账。"

城门前人群拥挤，顾楠随人群挤出城外，忽然听到身后传来一个叫声："阁下，阁下，且等一等，且等一等。"那声音在拥挤的城门前并不明显，顾楠以为不是叫自己，就没有回头。

"阁下？"

"阁下。"

直到那人又唤了两声，顾楠才诧异地回过头，只见到一个文人装束的中年人在一群人中被推搡着挤了出来，挤得帽子歪斜。那文人看到顾楠终于停了下来，才松了一口气，刚才还担心赶不及。他整了一下帽子，喘了一口气，上前说道："阁下，在下姓许，不知可否借一步说话？"说着做了一个"请"的手势。顾楠虽然疑惑，可也不好拒绝，只是谈上两句，她也不是很介意。不过眼前的人她不认识，不知为何会找上自己。

两人走到路边一处空地上，这里就在城门边，依旧能看到城中人往来，听到其中繁杂的声音，不过比之城门前，已经好上太多。姓许的文人扭头看向城里，似乎是在回想刚才自己被挤得七荤八素的场景，摇了摇头。"城门开始布兵把守，这城里也要不安定了。"他的声音已经平和下来，不再是刚才那般气喘吁吁的样子。

顾楠认同地点了点头，确实是要乱了，不过乱的不只是这城中，而是整个天下。"不知阁下叫住我，是做什么？"她侧过头来，有些不解地问道。

"啊。"姓许的文士看起来倒是不拘小节，咧嘴一笑，嘴唇上的两片小胡子也跟着动了一下。"在下是这汝阳城人，自幼除学经道之外，偏好相学，时常钻研，倒也有些所得，常坐于酒楼上观人貌相。"说着他抬起头来，两只眼睛看着顾楠，依旧什么都看不到，斗笠遮着脸，连男女都分不清楚。姓许的文士有些困窘地说道："方才在酒楼上见到阁下于街中路过，相中奇特，不能解其中之意，这才追来，还望阁下予我细观一番。"说着连他自己的脸上都露出了尴尬之色，毕竟他这行为在旁人看来当是很古怪的。

看相的？顾楠上下看了那中年文士一眼，像是明白了什么，讪笑了一下，摆了摆手说道："还是免了，我身上无有钱财，阁下还是另找他人吧。"

许文人先是一愣，要钱财做什么，随后反应过来，脸色一阵涨红。他知道对方把他当成江湖骗子了。汗颜地摸了一下鼻子，他许邵在汝阳也算小有名声，平日里人求他一观，做一月旦评，他也无心去观。这般情况他还是第一次遇到，而且看对方的模样，似乎并不知道什么汝阳许氏。见顾楠转身要走，许邵连忙绕到顾楠身前，叹了一口气说道："阁下，余看相是不收钱财的，只是请阁下借手于我一观就好，还请阁下不吝。"说着，拱手身前，微微躬身。

顾楠的面色有些古怪，她还从未见过这样追着人看相的人。这许文人也是有礼，除了求看一相之外，也无有什么唐突之举。顾楠无奈地伸出一只手，摊于身前："先说好，我是真没有钱财啊。"

"阁下放心，绝不取钱财。"许邵擦了一把额头上的汗，低头看向手中。这手……许邵的眉头一皱，仔细打量一遍后，抬起头来，颇有歉意地说道："方才倒是没有发现，原来是姑娘，还请见谅。"他看过无数双手，自然不可能连男人的手和女人的手都分不清楚。

"无事。"顾楠平静地说道，心中倒是有些惊讶。自己给这姓许的文人看的是带疤痕的右手，看起来和寻常女子当有的芊芊之手相差很大，这都能一眼看出来，这许文人倒是真有几分功底。

"多谢姑娘。"许邵抬手一礼，之后继续低头看相。既然是女子，他也没有伸手去搭对方的手，只是仔细地看着手中的纹路。那手本身芊白，其上的那道伤疤很大，贯穿手心和手背，看起来倒是叫人可惜。不过许邵的注意力不在此，而是手上的纹路。他眉头深锁。手中的纹路他一点都看不懂，和常人完全不一样，就连那手中的刀疤都带着一种让他心悸的感觉，不敢深看。深吸一口气，许邵问道："姑娘，可否将左手给我看看？"

女子本不当看左手的，不过这右手他真的一点都看不明白，这让他深受挫败。"嗯，好。"顾楠将无格放到右手，将左手摊开。左手没有伤疤，手纹未被断开，这次许邵看出了什么，可是眉头皱得更紧了，神色带着几分难以置信。许邵看了手纹许久才抬起头来，长出一口浊气，再看向眼前人的时候，眼中皆是疑虑。他勉笑了一下，说道："不知可否问问姑娘的姓氏名字？"

顾楠看着许邵的神情，收回了手："顾楠，无有字。不知阁下看出了什么？"

许邵犹豫了一下，最后才笑着摇了摇头："不可说。"

"不可说？"

"说了，"许邵蹙了一下眉头，"别人恐怕会当我是个疯子。"说完，似乎释然一笑，拱手作别。"今日得见顾姑娘，是在下之幸，相已看完，在下就先告辞了。"临走之前，又说道，"对了，我方才来的时候，看见姑娘身后跟着一个孩子，也不知和姑娘有无关系，但想来还是告于姑娘的好，告辞。"说着就背过手向城中走去。来得匆匆，去得也匆匆。

许邵走在城里的街上，皱眉不解，回过头，已经看不见顾楠。他站在街上，摸了摸胡子，低下头想事。莫不是我所学不足看错了？回到家中，许邵打开一本书，这本书中记载了许多人，还有对他们的评价，皆是当世人杰。举着笔许久，许邵才落笔将他从顾楠手中看到的写下："顾氏楠，千载治世之人……"

千载，何人能治千载？

这句评语连他自己都不敢信。

后世中，人集许邵月旦评成册总，得《月旦评集》，这才叫人发现了两个没有发出的月旦评。

一则是汉末曹操，清平之奸贼，乱世之英雄；一则是一异人，顾氏楠，千载治世之人。特别是后者，其评语几乎超越了当世所有人，甚至高于一众雄主名臣。这叫人不得不疑惑，如此之人为何不显，乃只当是许邵错了。

【二百八十七】

路上的过客往来，顾楠一个人站在那儿，看着许文人消失在城门下的人群里，不解地摇了摇头。那是个怪人，追来看相，看后却不说。"说了，别人恐怕会当我是个疯子。"回想起许文人的话，顾楠一笑，也不知道他看出了什么，不能说出来。先前她在写《奇门遁甲》时也学过一些相术，当年也曾拜访过一些钻研相学之人。玄玄之中倒不能说完全没有根据，可能真有几分指明。最开始的时候她也并不十分相信这种东西，多是当作一些笑谈，不过随着逐渐深入，她发现真正的相学和后世大多的江湖骗术大有不同。观望中还结合了许多医家人理和方圆地学推测之说，逐渐地，她就觉得此学说也有了些可信之处，不过刚才许文人的看相未免有些简单了。看相、看人和医家有几分相似，望闻问切也是寻常手段。那许文人只是看着她的手半天，也不知是什么手段。不再多想，顾楠转身准备离开。她身上已经一点钱财都没有了，也坐不了马车，离陈留应该还有许多日的路要走。至于许文人说的她身后跟一个孩子，她是知道的，就是先前她给了三枚铜钱的小乞儿，已经从城里一路跟她到了城外，如今还在城门边偷偷看着。她不准备去管，她的脚程可不是那孩子跟得上的，走上一会儿，孩子跟不动了，就该离开了。

小乞丐站在城门口，破烂的衣裳和身上的臭味让两旁的人都不想靠过去。乌黑的小手里拿着两个发白的面饼，面饼上还冒着热气，因为手脏，握在手里的白饼也沾上了些黑色。

小乞丐躲在城墙边，偷偷打量不远处的白裳人，她不敢走过去。白裳人背着竹箱，转身像是要离开，走得出奇地快，几个呼吸就已经走出去十几米。乞儿脸上的神色一慌，抓紧手里的面饼，连忙跟上走远的人影。

夏风吹动路两旁的林木，使得林间的道路树影婆娑。天色将晚，斜阳西垂，这日的夕阳没入天边的云层，不见往日的日轮，只见铺满天边如鳞般的云霞。夏日的傍晚浅风难得吹去了闷热。砰，小乞儿摔倒在地，她是真的跑不动了。前面的人走得很快，她是一路跑过来的。能勉强跟上已经是因为父亲教过她内息，不然应该早就累得走不动了。一个白面饼掉落在地，此时已经凉了，另一个被她在之前白裳人停下来休息的时候吃掉了。这个她一直没有吃，即使她已经一天多没有吃东西了。小乞儿想站起来，但是只能跪在那里喘气。汗水将她脸上的灰尘冲开，使得她的脸变得灰黑一片，再抬起头来，那白裳人已经不见了踪影。小乞儿有些失魂落魄地跪坐在那里，趴在地上，小心地捡起地上的白面饼。"嗯……"她有些忍不住，强咬着嘴巴，但还是发出了一声呜咽。她没有流眼泪，因为父亲告诉过她，他的女儿是不会哭的。"呜……"乞儿只是坐在那里干哑地呜咽着，就像一只小兽。

"唉。"林中似乎传来一声叹息，在树影里回荡着。乞儿愣了一下，随后失神地抬起头。那个白裳人拄着手中的黑棍，从路的尽头走了回来，站在她面前的树影下。顾楠的语气里似乎有些无奈。她也很惊讶，自己的脚程就是普通成年人都跟不上，这个小姑娘是怎么跟这么久的？"你跟了我快两日了，是要做什么？"

小乞儿仰着头，回过神来，咽了一口口水，喘着气从地上爬起来，走到顾楠面前。她低下头，犹豫地看了一眼手中的白面饼，此时应该不能叫白面饼了，上面都是灰尘和泥土。抿着嘴巴，将手里的白面饼递了上去。"谢，谢谢。"白面饼握在小手间，灰尘和泥土让那白面饼乌黑得就像黑面饼一般。也许是一路上的颠簸使得这饼早就被捏得变形，就像一团泥土。这样的东西任何人看了都不会有食欲，但这是她现在能拿出来的最好的东西了。顾楠看着那白面饼，一时间怔住了，站在小乞儿面前。跟了两日，就为了这个？

树影伴着淡金色的斜阳，照在两人身上。身前的人迟迟没有反应，乞儿看了一眼自己手中的面饼，又慢慢地低下头。是嫌脏吗……她的眼睛微红，目光垂了下来，小声说道："对不起……"握着面饼的手渐渐放下。一只手抓住了她手上的面饼，将面饼拿走了。乞儿惊讶地抬起头，见到身前的人对她笑了一下。"送给别人的东西可没有收回去的道理。"那人说着，将不成模样的面饼放进了嘴里。手里的面饼有一股很难吃的味道，泥灰带着苦味，但她大口吃着，直到将面饼吃完。"很好吃，谢谢。"

小乞儿听着耳边的声音，斜阳的光线照着她见过的最好看的模样。她的嘴中呜咽着，最后低下头，滚烫的东西从她的脸颊上滑落下来。她想走上去抓住那人，却又怕将她的衣服弄脏，只敢站在原地哭，这是她在母亲死后第一次哭出来。

　　啪，一块木柴被添进篝火里，在火焰中跳了一下，溅起几颗火星。夜里的树林特别黑，树叶遮住了星月，只有篝火的亮光在林中晃动。篝火上烤着两只山兔，剥去了皮毛，火候看起来已经差不多了。表皮冒着油光，香味在林中散开。有篝火，也不担心有什么猛兽靠近，就算过来了，顾楠也不担心这些。

【二百八十八】

　　"你叫什么？"顾楠靠坐在一棵树边，等着那篝火上的山兔烤好，对身边的女孩问道。女孩抱着腿坐在火边，看起来有些拘束，听到顾楠的话，才小心地抬起头来看向顾楠，又低了一下头轻声说道："玲绮。"她没有说自己的姓氏，出逃的时候母亲和她说过，不能和别人提起自己的姓氏。

　　"父母呢？"顾楠随口问道，但是很快发现自己似乎问了什么不该问的问题。如果她的父母无恙，她也不该流落街头。不过这孩子也不知是从哪里学来的，似乎会一些内息，因为太浅薄，最开始的时候连顾楠都没有发现。玲绮摇了摇头，什么也没说，不知是不能说还是没有什么可说的。顾楠不再问，沉默下来，往篝火里又添了一根柴火。远林中传来一声不知是什么动物的嚎叫，那小女孩也不害怕，只是安静地坐着。添完火，顾楠换了一个话题问道："有什么想去的地方吗？"女孩依旧只是摇头，她没有什么去处。山兔烤好了，顾楠将其中一只递给女孩。该是很饿了，小乞儿接过山兔就开始狼吞虎咽地吃起来，也不顾烫嘴，生生将一只山兔全部吃进肚子里。直到吃完，才满足地打了一个嗝，然后又微红着脸捂着自己的嘴巴。这孩子饿了很久，本来不该给她吃这般油腻的东西，但是没有别的办法，这地方荒郊野岭的，自己也弄不到什么别的吃食。

　　看到顾楠看向自己，女孩微微缩着脖子："谢谢。"

　　这该是她对这个人说得最多的话了。

　　"无事。"顾楠看着女孩，突然笑着随口问道，"我是一个游方的方士，身无长物，但是也有所学。不若你跟着我，做我的弟子如何？"她说的是弟子，是入门的学生，就和当年白起收下她一样。火光里，女孩脸上的神情微愣，半响，才看向顾楠："师父……"

"嗯。"顾楠亲和地笑着点了点头，说道，"那以后你就是我的弟子了。还饿吗，要不要吃水果？为师去给你摘。"

森林里的篝火微晃，照着坐在火边的人影。

洛阳城中。一个身穿厚重铠甲的人坐在堂案前，身上的铠甲漆黑，里面垫着红黑色的衣衫，头冠金红，还带着两束红翎，垂在那人身后。铠甲上胸前刻着一只凶兽。那人只是坐在那里就有一股威严凶戾之气，让座下的人胆寒。腰间系着一条狮咬缠丝带，脚上踩着一双流云履金靴，气宇轩昂，带着一股狷狂之意。眉目锐利，目光落在人身上时就像两柄利剑，面容英武神俊，身材高大，隐有股迫意。他的身边横放着一柄长戟，那长戟看着吓人，足有三米余长，为两刃方口，是柄方天画戟。戟刃含光，锋寒不显，刃刻云纹，末处带着一抹如血红缨。大戟厚重，戟身乌黑，静放在那里，却像随时会纵起杀人一般。

堂上的男子低下头看向跪坐在堂中的密探。"人找到了吗？"男子的声音低沉，听得出已经有些失去耐心了，一对虎吊眉微蹙在一起。半跪在堂下的人低着头不敢抬起，看着地上，脸上冒着虚汗："回将军，属下已经吩咐人手去附近各地查找了，一有消息……"

"一有消息是什么时候？"堂上的男子声音更沉了一分，脸色阴黑。

"将军……"汗水滴在地上，堂下的人擦了一把自己脸上的虚汗。

"已经过去数月，你们还要找到什么时候？"男子慢慢站了起来，随着沉闷的脚步声走到探子面前，眼睛冷冷地落在探子身上。

"莫不是还要等到我女玲绮故去，你们才找到？"

"将军，卑职，卑职……"探子的身子打着战，像是被什么压着一般，趴在了地上，"卑职定在一月之内找到姑娘。"他知道自己若是不这么说，恐怕今晚就走不出这个门了。

堂上一时静下。

"哼，"男子冷哼一声，转身回到座上坐下，"滚。"

"是！卑职告退。"

堂上的探子只感觉身上一轻，慌忙从地上爬了起来，匆匆退去。堂上无人，男子独坐在那里，脸上才露出几分少有的忧虑和懊恼，平时他从不会露出这般表情。"玲绮。"

灵帝死，少帝刘辩继位，外戚辅政。大将军何进同司隶校尉袁绍合谋诛杀宦官十常侍，不顾朝臣反对私召凉州军阀董卓、并州刺史丁原等人京，后因谋泄，何进被宦官张让等所杀。袁绍后才带兵入宫，杀尽宦官，控制朝堂。随后董卓率西凉军进入洛阳，并领何进所属部曲，谋使丁原义子吕布杀执金吾丁原，并吞其众。得成大势，以据兵干政，废黜少帝，立陈留王刘协为帝。卓迁太尉领前将军事，更封为郿侯，进位相国，又逼走袁绍等人，独揽军政大权。如是，董卓挟帝而掣朝堂，杀除异己，以行专政。吕布本来是丁原手下的亲信，更拜丁原为假父，受董卓挑拨，又因丁原失势，乃行叛乱以杀丁原。但是在叛乱成功之际，丁原挟恨命其残部趁吕布领军叛乱，杀往吕布府中，要杀其妻女满门。吕布叛乱是当即而为，未有多准备，也不料丁原之恨。家中门客无多，不敌残部，严氏即亡，亡命之际送其女玲绮而逃，不知下落。吕玲绮[①]只记得母亲流着血让她逃，说到时候来找她，她就一路逃，逃到没有力气晕倒在路旁。等她再醒来的时候已经身处一片荒野之中，不知所在了。

【二百八十九】

　　董卓入京后，残暴专制，纵使士兵祸乱洛阳，掳掠百姓，使得民愤四起。控制汉室，大握其权，使得各地诸侯不满。为抚朝政，以收名望，受周毖、伍琼之言，重新任用党人。

　　使荀爽、陈纪、韩融都不自愿地受到任用，又以袁绍为渤海太守、韩馥为冀州牧、刘岱为兖州刺史、孔伷为豫州刺史、张邈为陈留太守、张咨为南阳太守等，以为如此可收人心。但此举并不能平息各地愤恨，反而与人其权，埋下祸根。

　　陈留之中。一座府邸大门紧闭，两个士卒模样的人正站在门口看守，身披甲胄、手执刀柄。看那握着刀矛的模样就知道该是新招的兵，还没上过战场，多是只能摆个阵势而已。

　　身上的装备也算不得好，常见的铁铺所作，甲胄上的铁片有些还带着生纹，有些粗制滥造的嫌疑。不过即使这样也足以吓着路上往来的行人，纷纷绕着那府前走。那府邸前面的街尾处开着一家面摊子。摊子上煮着面，蒸汽在炉上冒着，夏日里蒸得人火热，坐在那儿吃面的人都是满头大汗。这里的面味道不错，饿了一天来吃上一碗，出一身的汗，再喝上一碗凉水，那感觉不得不说有几分畅快。面铺子的生意还不错，街前那府邸里的大户偶尔也会出来吃面。很少见那般不错的大户，说话和气，为人也豪爽。

[①] 吕布之女，生卒年已经不确定了。吕布兵败离长安之时曾遭遗留，但为庞舒藏匿后平安护送至吕布之处，吕布死后，家眷被迁往许昌。

午间时分最热闹的时候已经过去，现在还坐在铺子里的人就那么一两个。店家收拾着碗筷，脸色红润，也不知道是蒸汽蒸的，还是笑的。这些天常有结余，每日都能剩下那么一两个铜板。这人高兴，做活也利落些，三两下就把桌子收拾完，准备再煮些面，下午卖了就休息。

啪，一根黑棍放在桌子上，一大一小两个人影就着桌子坐下。大人穿着一身白衣，是一身白衣文士的打扮，头顶斜斜地压着一个斗笠，身形有些瘦，一边坐下，一边将自己身后一个小半个人大的竹箱子放在一边。那小点的人则是一个小姑娘，扎着头发，也穿着白色的衣裳，小脸尖俏，生得标志，着实是一个俏生的女孩。虽是个小姑娘，却不似这个年纪的孩子那般玩闹，已经有了一些沉稳的作态，不作声地跟在大人身边，也不做多余的什么，只是眼睛偶尔看向四周。

"店家，两碗面。"顾楠坐在凳子上，对后面的店家出声说道。

"好嘞，两个铜板。"店家的身影在一片蒸雾里让人看不清楚，只从蒸雾里传来一声应和。小姑娘在顾楠身边坐了下来，从怀里拿出几个铜板，数了一下，拿出两个交给顾楠，小声说道："师父，我们快没有钱吃饭了。"

"呃，这样啊。"顾楠讪讪地说道，摸了一下额头。若是从前她自己一人，饿一顿也就饿一顿，如今多了一个弟子，一日三餐就成了一个着实让人困扰的问题。说起来，眼前的这个小姑娘，就是那日从汝阳城中跟出来的小乞儿玲绮，清洗了一下，换了一身干净的衣衫后模样大变，连顾楠都有些被吓着了。

出林子时，顾楠在林子里抓了几只山兔、山狐狸卖与了附近的猎户，换了一些钱财，以备路上用，没想到这几日就用完了。玲绮看着顾楠尴尬的模样，还以为是顾楠为难，懂事地说道："师父，不若我想办法弄一些来。"

"不用。"顾楠无奈地笑了一下。该是受过流离，这孩子总是这般懂事。顾楠伸出一根手指弹在她的额头上："这种事情用不到你想，你先好好把我教你的算学和兵法记熟了再说。"

"嗯，"玲绮捂着头，微痛地叫了一声，"我知道了，师父。"

"背了这么些日，九九乘法背得如何了？"顾楠取了两双筷子，递给玲绮一双问道。本以为要从识字开始教，但这小姑娘也不知道什么出身，除了会武学，居然还识字。在她看来，这孩子应该是哪个大家之后，盖是因为某些事才这般流落在外。玲绮低着头苦想了一会儿，但终是没有背出什么，这几日她只顾着赶路了。她红着脸低下头，有些忐忑地说道："师父，对不起。"该是怕自己背不出来，让师父失望。

顾楠倒是没有责怪她的意思，一路上确实没有什么时间给她读书，背不出来也正常，随口说道："无事，你也不必自责，只需认真学便是。要记着，学为知之而不空乏不知，这是达身之道，不可废卷就是。"

"是，师父，我记着了。"玲绮一副认真的模样，就差拿一本书把顾楠的话记下来了。

"二位的面。"店家端着两碗热气腾腾的素面走了过来，将面摆在桌上。不得不说，这家面看起来确实还不错。"多谢店家。"她笑着递过铜板。

"欸，应该的。"店家笑呵呵地接过铜板下去了。

顾楠扭过头来看向玲绮，笑了一下说道："吃面吧。"

"嗯。"玲绮点了点头，大口地吃了起来。

顾楠坐在一旁看着街道前的那家府邸，不知道在想些什么，低头吃了一口面，摇了摇头。

唉，这年头物价贵了不少，要是从前，一个铜板都能吃这么两碗面的。

天气已经热了起来，吃着刚煮好的面不自觉地让人出汗。还没吃上几口，玲绮的脸就已经发红，时不时地张开嘴，吐上几口热气。顾楠倒是吃得悠闲，仰头看了看天。这么热的天，空气闷热，这两天该是要下雨了。

"哈哈，元让、妙才，我同你们说，这家店的面着实很好吃，我经常来，今日带你们一起来尝尝。"店外传来一阵笑声，声音里带着几分豪气，让人侧目。顾楠的眉头松开，看来，是她等的人来了。

第三卷 汉外烟云

第二章 汉室将倾

【二百九十】

　　一个中年人领着两个人走了进来。那男人约莫三十岁，鹰眸吊眉，面白不怯。即使是笑着，眉间依旧带着一分凛然，环视之间露出一股魄力，让四周的人都避开了眼睛。腰间佩着一把长剑，身上穿着一身武袍。手掌的虎口处有些老茧，看得出当是常用兵刃。腰间的那柄剑也和寻常的仪剑不同，该不只是观赏之物。他的身边跟着两个人，都是身高八尺，腰间佩有刀剑，行步之间虎虎生风，身上都有几分悍勇之气。不过其中一人面恶一些，另一人看上去更加敦厚一些。顾楠看着三人走了进来，收回视线，吃了一口面条。玲绮也抬起眼睛看去，但也只是看了一眼，好像见惯了一般，收回视线低头吃面，这让顾楠有些意外。这三人中的两人都身带凶气，玲绮倒是没有一丝惧色。

　　三人坐了下来，正是坐在顾楠她们一桌的旁边。"店家，来三碗面。"带头的男人叫了一声。"欸，马上。"里面的店家看起来对这个男人已经熟悉了，笑着答应了一声就开始煮面，看来这男人确实常来。

　　坐在武袍男子身旁的两人看了一圈店中，最后目光同时落在坐在一边的顾楠桌前。桌案上放着的那根黑棍让他们都留意了一下，当是武人的直觉，在他们看来，那黑棍应当是一柄利器才是。两人相互交换了一下眼神，都小心了几分。男人看了一眼坐在两旁的汉子，看出两人的神情都有些紧绷，也知道他们应该是发现了什么情况，却只是哈哈笑了一声，拍着两人的肩膀说道："元让、妙才，你们不必总是这般小心，出来吃个面，放开些便是。"被叫作元让的男人皱着眉头看了那武袍男子一眼，说道："孟德，还是小心一些的好，出军在即，主将不可有失。"

　　武袍男子松开手，不在意地摇头笑道："这是陈留，我能有什么事？"

　　"孟德……"叫作元让的男子还想说什么，却被武袍男子止住了。

　　"好了，宽心吃面便是。"

　　看了一眼武袍男子，另外两人无奈地对视一下，点了点头说道："也好。"

　　"哈哈哈。"武袍男子笑了起来，对店家说道："店家，来几坛酒，再做几个小菜。"

面店里本来是不卖酒菜的，但是给熟客做一些也不是不可以，何况是这般贵客。很快店家就将酒菜端了上来，三人拿着酒碗就吃了起来。凉酒伴着小菜，几人谈笑，是夏日里难得的乐事。聊着些琐碎的事情，喝了几轮后，武袍男子忽然对身边的人小声问道："妙才，我军现在有几何兵力？"

那声音很轻，坐在面馆中的旁人自然都是听不清的，但是对顾楠来说，就和在耳边说一样。被叫作妙才的汉子愣了一下，随后面色严肃起来，压着声音说道："如今已有五千之众。"

"五千，"武袍男子低声喃喃了一下，勾起嘴角，"已经可成一军矣。"说着握着手中的酒碗，目光看着摇晃的酒水。酒水中倒映着他的眼神，那眼神有几分复杂，低声自叙着："联诸侯之力，此番，必破董卓。"

"五千人太少了些。"一个声音突然从一旁传来，武袍男子一惊，他身旁的两个人同时将一只手放到腰间，向那个声音传来的方向望去。说话的人是坐在一旁的白袍人，而她桌上放着的就是先前的那根黑棍。武袍男子回过头来，目光落在了白袍人的身上，眉头微皱："先生方才可是在和操说？"

"称不上先生。"顾楠轻笑了一下，压了压自己的斗笠，"在下只是一个游方的方士，听闻曹将军之名，才来见见。"孟德，自称操，再观其面容，此人应当是曹操无疑了。而他身边的两个人，应该就是夏侯渊和夏侯惇。

"哦？"曹操怔了一下，问道，"不知先生为何要见我？"

"我只是想来看看，何为清平之奸贼，乱世之英雄。"顾楠笑着说道。

曹操的目光滞住。夏侯惇和夏侯渊相互一看，同时起身准备上前，却被曹操伸手拦了下来。顾楠将筷子放在桌上，似乎是不准备再吃了。面铺中的气氛有些低沉，玲绮抬起头来，看了一下顾楠碗中没有吃完的面条，抿了一下嘴巴，在一旁小心地提醒道："师父，还是不要浪费粮食的好。"

"喀，"顾楠呛了一口，汗颜地看向玲绮，摸了一下她的头说道，"为师过会儿会吃完的。"

"嗯。"玲绮的脸一红，继续低头吃面。

坐在对面的曹操也转过神来，看着坐在桌前的玲绮，微微一笑："先生的学生倒是可爱。"一边说着，一边拍了拍身旁的夏侯惇和夏侯渊，示意他们不必如此，才笑着对顾楠问道，"不知先生是从哪听来的这句话？""君清平之奸贼，乱世之英雄"是许邵当年给他的评语，因为是他威逼所得，许邵并未公开，知道这句话的应当只有几个人才对。

"道听途说而已。"顾楠挑了一下眉梢，又从筷篓里抽出一双筷子准备将面吃完。

曹操的眉头下压，没有再继续说这件事，转而问道："那先生方才说的'五千人太少了些'是何意思？"

五千人算不得多，但也算不得少，而且曹操在意的是，顾楠是不是知道他这五千人是用来做什么的。

"想要败洛阳之军，五千人自然是太少了些。"顾楠夹起一口面送进嘴里吃着，理所应当地说道。

"先生怎么知道操要败洛阳之军？"

"道听途说而已。"顾楠依旧如此回答道。

曹操的眼神中第一次露出了几分慎重。如今诸侯未起，联合讨伐董卓之事只在相关诸侯间秘传，只等一举而起。顾楠这个方士又是怎么知道的？他可不信真是什么道听途说。不过表面上，曹操的神色依旧平静，淡笑着说道："要败洛阳之军，自然不可能是操一军……"

【二百九十一】

"渤海太守袁绍、后将军袁术、冀州牧韩馥、豫州刺史孔伷、兖州刺史刘岱、河内太守王匡、陈留太守张邈、广陵太守张超、东郡太守桥瑁、山阳太守袁遗、济北相鲍信……之众共一十八路。"顾楠将嘴里的面条咽下，擦了一下嘴巴，平淡地说道。每说一个名字，曹操的眼神就不定一分，脸上的淡笑也有些僵住了。这一十八路诸侯，无有所失，全被顾楠说了出来。"可举十万余之众，是声势浩大。然离心离合，各怀异心，战时不聚之众，不从指派，难以调动。除非你能一军击溃其人，否则其人不会败。"这其人自然就是那洛阳董卓。顾楠的话音轻淡，就像是在谈着日常琐事一般轻巧，一边将碗中剩下的面夹起，吹了吹吃进嘴里。她故意说了很多，甚至将联军的人数和名单都说了出来，只是想看看曹操的反应。若是寻常人恐怕此时就该拔剑而起，逼问她消息的来路了。

曹操坐在桌案前，眼睛轻眯了起来，眉头微微皱起，脸上的笑意终是沉了下去。如果各路诸侯联军真如顾楠所说，讨伐董卓，难道真是事不可为？半晌之后，曹操站起身，对顾楠躬身拜下。顾楠既然来见他，又对他说了这些，那么顾楠定是有所筹划的。她在曹操眼中已经被标上了一个"奇人"的字眼，不论其他，只说她能一语道出联军之弊，就足以让曹操惊异。"还请先生教我，五千人该如何而为。"

"孟德……"身后的夏侯惇和夏侯渊见曹操行如此大礼，都惊讶地出声说话,却被曹操轻轻抬手止住。

面吃完了,顾楠放下碗筷,看向曹操,此人果然不负其名:"五千人,你可以在这乱世谋求一个立足之地。"

曹操低下头思索起来,眉头皱得更深。

顾楠则看向玲绮:"绮儿,吃完了吗?"

玲绮舔了一下嘴巴,碗里却已经空了,见顾楠问,点头应道:"嗯。"

"好吃吗?"顾楠随意问道。看到她嘴角沾着一小片菜叶,笑了一下,伸手抹了下来。玲绮的脸色微红,微缩了一下脖子:"好吃。"

"确实不错,那我们下次再来。"顾楠站起身,对曹操回了一礼:"曹将军,告辞,就不多留了。"玲绮也连忙起身,准备将一旁的竹箱提起。顾楠却伸手取过竹箱,背在身后准备离开。

曹操回过神来,眼中露出了些许遗憾,他还未想明白顾楠话中的意思。五千人如何立足?

但是见到顾楠要离开,还说了不多留,他也不好再开口挽留。否则若是逾越,恐对方不悦,只能拱手说道:"告先生知,操之居所就在此街头处的小府,若先生有闲暇,操还望可一叙。"顾楠点了点头,算是应下了。

曹操的脸色一喜:"如此,操等先生。"

转过身,临走之际,顾楠突然回过头对曹操说道:"曹将军,这后日恐怕要下雨了,不知将军可信?不过无事,下不了多久就会停的。"说着,牵着玲绮的手离开了。她准备在陈留留上几日,倒是要先去找一个住所。至于后日下雨,其实只是顾楠的推测而已,该是很有可能,她随口这么一说罢了。她的感知不同于常人,甚至能够闻出空气的湿度,再观之天象,这几日常见乌云,所以才说后日该是要下雨了。而下不了多久就会停,是因为夏日的阵雨都是这般,来得快,去得也快。

目送顾楠离开,夏侯惇在曹操身边说道:"孟德,不必听那人胡言乱语,哪有人能知道日后阴晴之事的,难不成还真是仙家?"说着撇了一下嘴巴,面上不屑。

曹操则是不然,他颇有些兴趣地仰头看了一眼天色,天气晴朗,不像是要下雨的样子。

这世间莫不是真有可观风雨的奇人?立足之地……低下头,又暗想了一番,曹操看向身旁的两人说道:"元让、妙才,后日你们留心一些,一旦下雨了便叫我。"

"孟德,你还真信了?"夏侯渊抓着脸说道。

"呵呵。"曹操笑着重新入座说道,"不说了,来,我们喝酒。"

街道上，玲绮跟在顾楠身后，疑惑地回头看了看那面铺，又抬头看向顾楠："师父，刚才那人是谁？"

顾楠向前走着，听到玲绮的问题，笑了一下，伸手放在她的头上："饭票。"

饭票？玲绮微皱着眉头想，这世上还有姓饭的人吗？

夏天的夜里即使在城中也是虫鸣声不绝，多是蝉鸣，嗡嗡地在耳畔扰人。每到春末夏初的时候，空气里总是带着些特别的味道，该是浅湿夹杂着草叶的气味，算不得好闻，但是总让人心怡。夜里比起午间的闷热已经好上许多，和风徐徐带着让人舒服的凉意。

旅店的一间房前，玲绮正捧着一本《通兵论》苦读。她最爱看的便是兵法，师父的书箱她可以随便翻，总会将里面的兵法找出来读，不过此时她却有些读不进去。书页被风微微吹动，书被合了起来。玲绮低头看着地上的影子，难免有些想家。她不知道自己的父亲在哪儿，也不知道父亲如何了。她也从来不和顾楠提起她的父亲和自己的姓氏，她怕给师父惹来麻烦。

毕竟就是因为这个，她的母亲才死的。后面房间的窗纱微亮，有火光摇晃，房间里的一个人影坐在桌前，影子投映在窗纱上。又过了一会儿，窗户被人推开，顾楠坐在房间里对着房前的玲绮叫道："绮儿，该休息了，已经很晚了。"

"嗯，"玲绮回头看向顾楠，起身拿着手里的书，"我知道了。"师父待她真的很好，所以更不应该因为自己给师父惹来祸事。推门走进房间，顾楠坐在桌边，手里写着书文，回头看了一眼玲绮，笑着问道："那墨家之学学得如何，可有不懂的？"玲绮的脸色一红，低着头说不出话来。顾楠一眼就看出了缘由："是不是又偷偷看兵书了？"

"是。"玲绮小声地回答道，声音轻得几乎听不见，小心地抬头看了顾楠一眼，生怕师父生气。

顾楠叹了一口气，无奈地摆了摆手："罢了，天色也晚了，你先休息吧。"

兵家终归不是仁义之学，她想教玲绮的学问是能让她过安定生活的，但是玲绮似乎对兵法和武学有着极大的兴趣，和当年的她几乎一模一样。兵者，学了此道就是死活之间的事情。她本不想多教玲绮这些，但这若是玲绮的选择，她也不会阻止。

夜色里房间中的灯灭去，屋外虫鸣阵阵。

【二百九十二】

府邸中某个房间的灯光昏暗,其余的烛火都已经被灭去,唯独留着床前的一点烛火还在摇晃。烛火映射着一张面孔,微黄的火光在一旁人的眼睛中跳动。四周漆黑,只有那火光和人面能让人看清。坐在床前的人便是曹操。这夜他不想睡,就像他受了那批语的当晚一般。"君清平之奸贼,乱世之英雄",他本已经快忘了这句话,如今再被提起来,才发现自己从未忘去。奸贼,英雄。火光里,曹操的眼睛轻合。年少时他曾因为是宦官之后叫人诟病。那时的他曾想为一太守,善治一郡,以立德行,好叫世人都看清他曹操到底是一个怎样的人。后来他受命都尉,又调任典军校尉,那时的他之所想是替汉室峥嵘,讨贼建功,得以封侯立业,好在死后能在墓碑上刻上"汉故征西将军曹侯之墓"这几个字。可如今汉室倾颓,天下风雨飘摇,这志向已无去处。"奸,雄。"曹操念了一遍这两个字,最后眼神定在那火光上。伸出手,用两根手指捏灭烛芯,房间彻底暗了下来。感受着指尖上未去的灼痛,曹操躺下。是奸是雄都在他曹操之为,而不在世人之说。他只做他应做之事,不负这七尺之身,旁的便叫世人说去又何妨?

之后的两日,曹操吩咐了守在门边的士兵,若是看到一个白袍先生带着一个小女孩上门,就立刻让两人进来好生招待,再来通知自己。堂前的空气闷热,这几日的天气是越来越热了,曹操坐在堂上喝着凉茶,等着消息。如今诸侯纷纷联络做着安排,整兵欲动,不过此时他已经没有之前那般兴致勃勃了。之前那先生的话,让他不得不重新考量联军讨伐一事有几分可成。他这时确实觉得自己手里的五千人太少了,在这诸侯之中根本无有几分分量。

轰,一声闷响将曹操惊醒,他疑惑地放下手里的茶碗。没过多久,堂外传来一阵阵繁密的声音。曹操突然想起了什么,算了一下时日,愣坐在堂上,呆呆地听着耳边的声音。

这声音,莫不是外面真的下雨了?

嗒嗒嗒嗒,一阵有些急促的脚步声传来,随后一个穿着衣甲的人走到堂上,身上的衣甲被雨水打湿,他却恍若不察一般。走得虽快,但面目呆滞,眼中尽是不信的神色。

"欸,元让,你突然走这么快做什么?"另一个人从后面追来,那是一个身材健硕的汉子,快步走上堂来,甲胄随着他的脚步发出沉闷的声响。被叫作元让的男子正是那日的夏侯惇，另一人则是曹操手下的另一员大将，曹洪曹子廉。只见夏侯惇站在堂上，看到曹操才有些反应，对曹操拱手一拜："将军。"

后面追来的曹洪也看到了曹操，停下来拜道："将军。"

"元让、子廉，都是自家兄弟，私下称我孟德就好了。"曹操平和地说道。说完，眼神变得慎重起来，看向站在堂上的夏侯惇："元让，外面可是……"

夏侯惇沉默一下，扭头看向外面，沉沉地点了一下头，说道："是，孟德，外面下雨了。"

曹操直接从桌案前站了起来，皱着眉头，脸上尽是不解的神色，思索了一会儿，最后却一笑，转而问道："当真？"

"不敢胡言。"夏侯惇低着头，此时的他感觉就像撞了鬼。居然真的有人能够知道日后的阴晴，推测云雨。

"去看看。"曹操目中带着兴奋，向堂外走去，夏侯惇连忙跟上，独留曹洪有些疑惑地呆站在那里。他不明白，下一场雨而已，又不是没见过，有什么可看的？

堂外院中，雨水从半空中的阴云里倾泻而下，恍如倾盆。这早间还是晴空万里，雨就像突如其来的一般，半空中时不时地发出几声闷雷，只闻雷鸣，不见闪电劈落。曹操站在房檐下，透过从房檐上滑落下来连成一片的雨水看向外面。院子中积水汇聚，雨点打在地上溅起一片片水花，却是一场瓢泼大雨。

"当真是下雨了……"曹操出神地看着那雨，喃喃自语。曹操的眼睛发亮，也不知在想些什么。夏侯惇在一旁看着大雨，面色怪异，此事已经超乎了他的理解。农人为了耕种也有一些观天相的土法，但是从未听说过有人能够隔日预测云雨的，而且能够精确到一日里。不过随后他又想到了什么，释然地说道："前日那人曾说雨下不久就会停，我看这雨大如豆，也不知道会下到何时，那人应当还是说错了。"

曹操回头看了夏侯惇一眼，又看向雨里，思量了一下说道："我们等等看。"

后面的曹洪听着两人的谈话，满脸诧异。什么当真下雨了，谁又是奇人？什么又是错了，为什么还要再等等看？反正他是一句也听不懂，苦笑着问道："孟德、元让，你们在说什么，我怎么一句也听不懂？"

曹操笑着说道："元让，你说与子廉听。"

夏侯惇应了一声，当下就把前日的事情都说与曹洪。曹洪听完只觉得不信，张着嘴巴说道："若真是这般，岂不是神鬼的手段？"

"哼，"夏侯惇闷声说着，"那人还是说错了，这雨一日内不会停。"

不过他的话音刚落，那雨声就忽地变小了，随后越来越小。又过了不过一盏茶的工夫，雨彻底停了下来，天上的阴云也渐渐散开，露出了天光。偌大的雨说停就停，从开始下到停下不过半个时辰。夏侯惇目光复杂地看着天上，曹洪抿了抿嘴巴。曹操见那天光破出，咧嘴一笑："雨停了。那先生，当真是一个奇人。"说完，他不再看天色，眼睛看向门前，不见人影。他有些急切地向曹洪问道："子廉，你部看守大门，这两日，可有一白衣先生带着一个小女孩来过？"

曹洪一愣，想了一番，摇了摇头说道："没见过。这几日进出的人很少，该不会记错。"

曹操脸上的笑意散去，变成了担忧的神色，背着手在堂前来回踱步："怎么会呢，莫不是操何处有失，引得先生不满？"

【二百九十三】

夏天雨后的空气不再那般闷热，沾着雨水的湿气使得干热的天气都变得凉爽了些。地面上的积水一时半会儿还不会干，阳光照在其上，远处看去就像一片镜面，倒映着天空，映着天上的层云悠悠而过。院间的浅草上沾着露水，水珠微沉，压得草叶弯着，垂折在那里，直到那露水滴下。房檐下的水珠一滴一滴地落下掉在堂前，发出一阵阵轻响。雨后的阳光总是会更好一些，可能是空气里多了几分水汽，使得阳光都变得散漫。

曹操负手站在堂上，面上的神色有些焦虑，已经小半日过去，眼看着就要到午后了，依旧未有那先生的消息。他又看了堂前一会儿，摇了摇头走回座上坐下，扭头对身边的人说道："子廉，你再去问问门前有没有先生来过。"

坐在一旁的曹洪苦笑了一下，说道："孟德，我这已经去了三次了，也吩咐了三次了，若是有白衣先生上门，一定会留住的。"

"这般。"曹操点了点头，这才想起已经让曹洪去了三趟了，随即又面色无奈地说道，"那先生首肯于我，当是这几日会来府前，莫不是不是今日？"

"孟德，我看你是太急了，这才第二日，那先生来也不知是什么时候，总不能一直这般等着。"夏侯惇叹了一口气说道，他还是第一次见曹操对一个人这般上心。

"是，或许真是我太急了吧。"曹操看了一眼夏侯惇，长长地出了一口气。"不过又如何能不急呢？如今大军出军在即，我等势单力薄，根本无能左右何事，甚至一不小心就会被大势吞泯。"他的手放在桌案上，微微握着，继而说道，"前日那先生既然找到我曹孟德，定然是有他的打算，说不定他真有让我等在这乱局中立足的办法。"说到此处，曹操抬起眼睛，深深地看向座下的两人，几息之后才复杂地说道,"你们二人,还有妙才、子孝、曼成、文谦,你们既然与操同道共起,操自然不能让你等枉失,当要共建功业身名,不负所随才是。然操少才德,一直以来诚惶诚恐矣。"曹操的手轻放在案上,声音沉沉,当是苦于力不能及所志。

堂上只剩下院中滴水的声音。过了一会儿,夏侯惇转过头来看向曹操,凶恶的面上难得露出些笑意。那张脸笑起来着实不好看。"孟德,我等随你而来,可不是为了什么功名。"他说完站起来,对曹洪说道:"子廉,走,我们去看看门前有没有那先生的踪影。"

曹洪的脸上也是一笑,按着桌子起身:"好。若是那人不来,我就给他抓回来。"

听到这话,曹操一惊,忙说道:"子廉,切不可对先生无礼。"

夏侯惇和曹洪相视一眼,都大笑了起来:"哈哈哈哈。"

午后日半,西边的斜阳已经沉下去一半,只剩下些许余光还照着天边的残霞。城中的街道上都蒙上了一些霞红,使得傍晚的城中带着别样的颜色。这一日都没有见到什么带着女孩的白衣先生,就好像这人已经不在这城中一般。听着夏侯惇和曹洪的回报,曹操坐在堂上叹了口气,接着带着些释然地说道:"或是我德行不足,无缘得见吧。"即使如此说着,肩膀还是无力地垂下了些。如今他之下,夏侯渊、夏侯惇、曹洪、曹仁、李典、乐进皆是骁勇,却都是武人,虽都为良将,但终归不是谋臣,而一军中只有将士而无谋士是万不行的。曹操明白这一点,所以他迫求一谋臣,可惜一直不得而已。看曹操微怅的神色,夏侯惇迟疑了一下说道:"孟德,天色也晚了,不若先吃些东西吧,前日吃的面如何?"

前日吃的面。夏侯惇无心的一句话却让曹操的眼睛一亮,神情愣在那儿,半响之后忽然笑道:"哈哈,是那面!先生考我。"

夏侯惇和曹洪听不懂曹操说的是什么,皆是一脸疑惑:"孟德,那面怎么了?"

曹操看向夏侯惇,如是恍然大悟一般,笑着问道:"元让,你可还记得,那日那先生与那女孩说了什么?"

"说了什么?"夏侯惇抓了一下头发,这两日之前的事情他怎么记得清楚?

"那先生说下次再去吃那面。"曹操笑着说道。在他看来,那先生应当是准备出世入仕,选中了他曹操,而来考校他。知道"清平之奸贼,乱世之英雄",定是那先生调查过。特来见他,与他说讨伐董卓之事、联军之弊,都是来验证他的气度的。推测云雨,当是向自己展示其才学;而与女孩说的话,应当也是说给他听的,让他想要再遇便去那面馆相见。

"不好,怕是误了时辰。"曹操看了一眼外面的天色,匆匆起身向堂外走去,还说道，"元让、子廉，随我去那面馆。"

面铺子里，店家将两碗冒着热气的面食端上了桌。顾楠看向外面湿漉的地，挑了一下眉梢，倒是没想到居然真的下雨了。一边的玲绮无心吃面，一直抱着黑棍似的无格上下打量。

今天早上顾楠教了她一套剑术，她这才知道顾楠一直拿在手里的黑棍居然是一把剑，而且是一把绝快的利剑。她拿着无格练了一上午的剑术后，就完全是一副不想放下的模样。顾楠也不知道为什么，这孩子怎么一点也不像寻常女孩，净喜欢刀剑兵法这些。

咔，无格在玲绮的手中被拔出半截。

"喀，绮儿，"顾楠咳嗽一声，对着玲绮说道，"吃了饭再玩。"

"嗯，"玲绮惊醒过来，"是，师父。"她将无格放在桌上，乖巧地吃着面。顾楠也拿了一双筷子准备吃，吃完面，就该去曹操府上走一趟了。她正想着，面铺子的外面传来了一阵脚步声。顾楠有些愕然地看向那三个人，来的人正是曹操。两次遇见都是在这面铺子里，顾楠低头看了看自己身前的面。他这么喜欢吃这面吗？

【二百九十四】

曹操走进面铺，一眼就看到坐在那里的白裳人和她身边的小女孩，面色一松，果然如此，上前笑道："先生苦操矣，操险不知先生用心而错尔。"

顾楠被曹操的话说得一愣，不解其意。自己做了什么？

曹操身后的夏侯惇和曹洪却同时看向桌案上露出半截的无格，剑光明晃，暗自心悸。当真是一柄利器。

"先生，"曹操的神色严肃下来，认真地看向顾楠，拱手行礼说道，"操还望先生教我，如何得立。"

顾楠看着曹操不解了半响，才摇头一笑，本还想着去找他，结果倒是他先找来了："将军是如何知我在这面馆的？"

这次反倒是轮到曹操愣住了，问道："不是先生说与我听的吗？"

"我何时说与将军听了？"顾楠诧异地问道。

曹操面色一窘，这才知道当是他多想矣。"先生上次与先生的学生说下次再来这面馆，操以为是说与操听的。操还以为，先生来见我是想要先考校操之气度、才德。"

听到此处顾楠才明白,原来是叫曹操误会了,笑着解释道:"我那日当真只是同绮儿随口一说而已,而且我来见将军是真,却无有试探考校的意思。本来还待吃了这碗面再去府上拜访,不料是将军先来了。"

"你看,我就说是孟德干着急。"曹操身后的曹洪侧过身,小声地在夏侯惇身边说道。声音不重,但是也能叫人听清,惹得曹操的老脸一红,干咳了一声。曹洪立刻闭上嘴巴,对夏侯惇挤了挤眼睛。夏侯惇呼出一口气,无奈地摇了摇头。

"哈哈,"顾楠看着三人的模样笑出了声,又想起了什么继续说道,"不过既然将军来了,在下正好有一个问题想问将军,还希望将军解惑。"

曹操没有多想,应道:"先生请说,操定当尽力作答。"

顾楠低了一下头,用筷子夹了一根面条问道:"治世之能臣,乱世之奸雄,将军想要为何者?"

傍晚的面铺里除了顾楠和曹操几人已经没有别的客人了,而后面的店家也听不清前面在说什么。顾楠的问题让曹洪和夏侯惇同时皱起了眉头,而曹操沉默了一下,随后坐在一张桌案前默默地思索着什么。玲绮听不懂师父和三个人在说什么,但是她知道自己这时候不该插嘴,只是低头吃面。一时,面铺里没有说话的声音。等到顾楠几乎把面吃完的时候,曹操才抬起头。他蹙了一下眉头,最后坦然地说道:"若是汉室当立,我曹操身为汉臣自当以身为献,扫除乱臣。但是,"他的话锋一转,眼睛看向外面,"若是汉室不当立,曹孟德便是背了这奸贼的骂名又如何?"外面的余晖几乎要落尽,最后一点微红照在他的脸上,将他的眉目照得明亮。他轻轻一笑,侧过头来,说道:"不过就是在那青史之上记上一笔罪臣贼子,又能如何?我曹操,宁做当世之英雄。"

站在一旁的夏侯惇微微一笑,看向曹操又看向天边余红。孟德,这才是我等随你而来的理由。

曹操郑重地回过头来,看向顾楠:"操还请先生帮我。"

顾楠轻笑了一下,没有急着回答。过了一会儿,就在曹操叹气准备起身离开的时候,顾楠才出声问道:"曹将军,日餐管饱否?"

翌日。前一日下的雨虽大却没有下多久,一夜过去,路上的积水就都已经干去,白日里变得更加燥热。路旁的一只老狗趴在路边屋檐下吐着舌头,该是已经热得不想动弹。

府邸的院中,两个身穿甲衣的人结伴走在走廊上。

"文谦,听说将军招纳了一位文士?"说话的是一个模样沉稳的将领,身上穿着甲衣,里面垫着一件黑色的衣裳,头发一丝不苟地绑在脑后,就连下巴上不长的胡须都被细心打理过，不显杂乱。虽然是一个武将，但是颇有几分儒雅的感觉。

"是啊，听妙才说这人能够推测云雨，若不是听说那文士正在和将军议事，倒真是想快些见上一见。"被称作文谦的人两手抱在脑后，看起来要比身边沉稳的男子随意些。因为多了几分随意，不至于给人刻板的印象。穿着差不多的衣裳，身材要矮小一些，不过身上的气度不虚于旁人。手臂、腰腹都要比常人宽大一圈，却不显得肥肿，而是健壮。

这两人分别是李典和乐进，刚从城外的兵营练兵回来，半路上遇到，就一同结伴回来了。

"推测云雨。"李典的眉头一皱。在军中他有一个外号叫长者，大多是被同泽叫出来的，主要原因是他稳重不争，颇有长者之风。对于这种超乎他理解的事情，未亲眼所见，他保持怀疑的态度。扭头看向院中，却见到曹洪正坐在堂前和一个穿着白衣的小女孩四目相对，一副为难的模样，他疑惑地问道："那小姑娘是谁，子廉守着她做什么？"

乐进挑了一下眉梢，脸上露出一个似笑非笑的表情。他比较喜欢打听事儿，所以还没回来多久，就已经将这几天发生的事都打听清楚了。"那就是那个新来的文士的弟子。"说着他压低了声音，"听元让说是子廉昨日说了不该说的话，将军才让他照顾小孩的。"

李典的眉头微皱："胡说，将军怎么会做这般公报私仇之事？"

"是是，将军不会做这般的事。"

曹洪干瞪着眼睛看着玲绮，曹操和顾楠在堂上议事，便让他先照看玲绮。可他从来没照顾过小孩，哪知道该做些什么。而玲绮也不想和这个满脸横肉的人说话，只是抱着怀里的无格把弄着。曹洪的余光瞥见了从走廊上路过的李典和乐进，慌忙投去求助的目光。乐进看见曹洪的目光，把眼睛移开，扯了一下李典的衣袖："曼成，我们绕路走，免得被殃及。"

李典虽然嘴上不说，但是也在曹洪无助的眼神中，不作声地跟着乐进绕路走开。

【二百九十五】

曹洪盘坐在屋檐下，两手抱在身前，平日里蛮横的脸上难得露出几分窘迫的神情，有种坐立难安的感觉，守着这女孩他也不知道该做些什么。干巴地吹了一下自己的胡子，他想找一个话题说说话，不然这般干坐着实在是太叫人难受了。目光落在了玲绮手中的无格上，方才就见这女娃一直拿着这黑剑把弄。曹洪也是个武人，觉出了这黑剑有几分不同寻常。"嘿，"生着横肉的脸上挤出了一个难看的笑容，曹洪指了指玲绮手中的无格，"小姑娘，你手中的黑剑能不能给我看看？"

玲绮正回想着顾楠早间教她的剑术。她原先只知道师父会武，却从来没想过这般厉害。

她见过的人里该是只有父亲能够比较一二。突然听到身旁的大汉讲话，手上的动作也停了下来，看了过去。听到他要看剑，低了一下头，把无格抱在怀里，闷声说道："不行，这是师父的剑，不能给你。"

曹洪的手尴尬地顿在那里。他本也不是想看剑，只是想找个话头说说而已。这小姑娘怎么就这么没有眼力呢？龇着牙收回手抓了一下头发，转而一想，他眼前又亮了亮，另起了一个话题说道："我看你方才是在练什么剑术吧？我老洪也是个武人，不若你练来看看，我教教你。"

玲绮的眼睛抬起了些，在曹洪的脸上停了一会儿，然后又摇了摇头："我师父很厉害，不用你教。"

曹洪的脸色一红。文无第一、武无第二，武人最听不得的就是别人说自己不行，何况这姑娘的师父是一个文生。"姑娘，你师父是读书的，教你文人的那些我是说不来，但是武功什么的，我可没怎么输给过别人，你话可不能乱说。"说着吹了一下胡子站了起来，走进堂下的院里，摆开了架势。"看好了，老洪给你练两手。"话音落下，曹洪的一手握拳挥出。呼，一拳打出就是一阵风声，随后又跟着一脚，别看他身子厚实，打起拳来倒是迅捷。

一阵阵风声在院间卷动，真有一番虎虎生风的气势。

扑哧，看着曹洪较真的模样，玲绮难得地笑了出来。看玲绮笑了，曹洪打得更加来劲，喝了一声，拳脚之间劲风四起。

长廊上，夏侯惇和夏侯渊从外面走来，夏侯渊的嘴里还嚼着什么，抠了一下嘴巴说道："那家的白面饼真不错，弄得松软，也没什么酸味。"看起来这两人是刚刚吃完饭回来。

"嗯，是不错。"夏侯惇点头评价道。能让他做出这般评价已经很难得了。两人走着，夏侯渊突然奸笑，低声凑到夏侯惇身边说道："欸，你说子廉是不是还没有吃饭？"

"嗯。"夏侯惇的嘴角也勾起了一点笑意，"在孟德和先生没出来之前，他应该都要看着那小姑娘，毕竟公事在身。"

"哈哈。"夏侯渊幸灾乐祸地舔了舔嘴巴,"你给我说说,曹子廉到底说了什么,孟德能让他去看小孩。"

夏侯惇抿着嘴巴,似乎是在考虑这般背后说人闲话是否合适,最后还是没忍住,勾着嘴角说道:"也无什么,只是昨日孟德去请先生的时候遇着误会正好难堪,他又添了一句,让孟德更加难堪而已。"

"看孩子,那粗人有得头疼了。"

呼呼,二人突然听到院中传来一阵阵风声,时不时还有一阵气劲划过,停下脚步,疑惑地走到廊边向院中看去。正好看到曹洪站在院子里将招式打得起劲,另一边则是一个女孩轻笑着。两人皆是一愣。半晌,夏侯渊的眉梢一挑,咧着嘴,对一旁的夏侯惇笑道:"我看他带得倒是挺开心的。"

"嗯。"夏侯惇摸着下巴上的短胡子,有模有样地点了点头,眼里却是调笑的意味,"倒是没想到子廉还有这般孩童心性。"

呼,曹洪收招,闭着眼睛站在原地长长地出了一口气,周身涌起一股气旋,足见他的武学确实不错。调整好内息,睁开眼睛看向玲绮,自得地笑道:"怎么样,女娃,老洪没骗你吧,教你是不是没有问题?"

玲绮脸上带着浅浅的笑意,眼前的大汉倒也有几分意思,但还是认真地摇了摇头:"你没有我师父厉害,而且也没我爹厉害。"

"啥?"曹洪的眼睛一瞪,一副吃瘪的表情,咂巴了一下嘴,"不说你师父,你师父不行。你爹是哪个?"

"我爹,"玲绮正要说,却突然停了下来,没有说出自己父亲的名字,只是说道,"我爹是一个顶天立地的英雄,比你厉害就是了。"

"嘿,你这小姑娘。"曹洪抓着头发。

"哈哈哈哈。"一旁的走廊里却传来一阵笑声。曹洪回头看去,就看到夏侯渊挤着眼睛对夏侯惇说道:"你看,我没骗你吧,教你是不是没有问题?"夏侯惇煞有介事地抿着嘴摇了摇头:"你不行,不厉害。"两人都是一副揶揄的样子,惹得曹洪涨红着一张脸愣是说不出话来。

"子廉,你不行啊,连一个小姑娘都唬不住。"夏侯渊站在走廊里阴阳怪气地说道。

"你们两个别笑,娘的,有本事自己下来试试。"曹洪粗着脖子叫道。

"来就来。"夏侯渊也不矫情,直接笑着翻身跳过栏杆,走到院子里。将自己的肩甲解下来放在一边,松了松肩膀,对着玲绮拍了拍胸口:"小姑娘,来,让你看看我的手段。"

说着开始演练。夏侯渊的力道比之曹洪要差上几分，但是招式更加灵活，多是用的巧劲，不同于曹洪的刚猛，一套招式演练下来让人不自觉地叫好。

夏侯渊满意地收招而立："怎么样，小姑娘？武学上有什么不懂的问我就好，没必要问那糙汉。"

【二百九十六】

这几个将领虽然看起来都是凶样，但为人出奇地不错，看得出玲绮有些拘谨，所以都有些刻意地逗她玩闹。玲绮抱着剑坐在那里，听到夏侯渊的问题，轻笑着想了一会儿说道："一般厉害。"

她今日笑的次数却是难得地多。

"嘿嘿，"站在一旁的曹洪笑着耸了一下肩膀，对夏侯渊摊开手，脸上一副欠欠的表情说道，"听到没有，一般厉害。"

"那也比你这个一般都没有的好。"夏侯渊尴尬地咳嗽了一声，扭头看向站在一边一脸笑意的夏侯惇，顿时也想将他拖下水，当即招手说道："元让，你也来试试如何？"

夏侯惇怎么会不知道这贼人的用心，但是看了一眼坐在一旁的玲绮，那小姑娘也有些期待地看着他，他微叹了口气，摇了摇头，瞥了夏侯渊一眼，走到院前："也罢。小姑娘，你看好了。"

没有堂前的喧闹，堂中的房间里倒是安静。书桌两旁点着烛火，火光晃动，映照着桌案上的一张地图，将地图照得明亮。地图是各州、郡、县的地图，是曹操用大价钱寻人画的。顾楠站在地图前，影子投落在其上，曹操站在她的身侧。火光里，曹操看着地图中的各地，眼神着落。黄巾之后，几乎各州各郡的诸侯都有一支自己的军队，虽未明说，但都各自划地而踞，一些人的作为几乎已经不算是汉臣了。留心其中之事的人自然都明白，这汉室的颓败之相已经尽显。

"先生，"曹操在顾楠的身侧说道，"操有失，说来倒是还未问过先生名号。"从顾楠的身后看去，他不知道为什么，这位先生总是戴着一个斗笠，即使是在室内也不摘去。

"呵，无有号，也无有字，将军称我顾楠就好。"顾楠淡笑着回答道，走到桌案的地图前。这张地图画得倒是详细，所标注之地也基本正确，当真是难得。

"顾先生。"曹操点了点头，虽然对顾楠为何无字有些疑惑，但是也不好多问，跟着顾楠走到桌边。他背过手，看着地图，伸手按在上面，笑着说道："黄巾之后，各地屯兵割据，洛阳之中先有宦官、外戚干政，后有董卓为祸。各地常有灾祸，百姓不得安生。天下纷乱，汉室倾颓，这天下到底该何去何从，操是真的有些看不明白。"曹操的手按着地图，眼中带着不解和困惑。没有人生而知之，也没有人生来远志。如今的他，对这天下大势，只有一股随波逐流的无力之感。说着，他看向顾楠。"先生当日所说，联军难平董卓。那日操苦思了许久，观之各地消息，知先生所言不假。"说着他苦笑了一下，"幽州公孙瓒、刘虞内外不和，兖州刺史刘岱、东郡太守桥瑁一向交恶，各地郡守多怀割据之心，无伐董之意。已有联合却都按兵不动，生恐有失己利，各怀异心又如何聚军？"曹操的声音里多有些无奈和苦楚。他有抱负想要施展，奈何无有施展之力，空是有心无力而已。何况如今这般乱局，一个董卓去矣，恐是要有另一个董卓再起，这般乱象又要到什么时候才会结束？"先生，讨伐董卓之事操还需去否？而先生所说这区区五千人，又如何在这乱世中安立？"曹操问道。他不想将自己之命交与人手，也不想叫随自己而来的人白叫那大势没去，所以他当要得立，得一立足之地而施展所为。

"讨董之事将军自然要施为。"顾楠在桌前盘坐下来。曹操一愣，皱眉思索。若是按照先生所说讨伐董卓终是无有所果，又何必空耗其力？他见顾楠坐下，也跟着坐在顾楠身边，不知道是不是错觉，坐下的时候只觉得闻到一股香味。

顾楠坐在地图前笑着说道："讨伐董卓是举天下共为之事，纵然联军有名无实，但其中会集之人皆为各地郡守、名士。此中之人共聚一处，近可表当今天下之力、割据之人。如此之时，若是能博取一声名，将军之名自可传之天下。"说着顾楠微笑着看向曹操，"名声一事虽虚，但其中的作用可为实务。若将军可在其中博一善勇之名，届时可为天下所向，招纳名士、屯兵聚众皆有作用。"说到此处，曹操眼中明了。若是真如先生所说，他可在此事中取得公义的名声，那日后他曹操在各地将皆有信用，招纳兵马、募取将谋都会事半功倍，而且即使行战也将是民心所向。想通了此事，曹操又审视了一遍参与讨伐董卓一事的诸侯，其中又有多少是为了博取名声而来的，不得而知。"而且，"顾楠靠坐在桌子的一侧，模样随意，"听闻将军和袁公是故友？"

听顾楠提起袁绍，曹操的脸上难得不再那般严肃，而是笑了一下："是，我和本初年少相识，甚如手足。"世事会改变一个人，从来都是这样，如今的曹操还不知道自己和袁绍袁本初会被这个世道变成什么模样，他还记得那一起做游侠、一起大醉、一起闯进别人的新婚宴捣乱的两个少年。

"袁氏四世三公，名望于各地之中皆传，此次会盟，袁公之位当不低，甚可为盟主。"该是斗笠绑得有些松了，微微一斜，顾楠扶了一下斗笠继续说道，"将军可在战中建功,此后再借功绩受封,借袁公一地而踞,拥兵聚众以待时机。"

"这……"曹操的脸上有些尴尬,毕竟找老友借地这种事难免让人觉得脸面上有些挂不住,转而一想,他又向顾楠问道,"先生,不知这时机又是何时?"

顾楠看向地图,手指落在一个地方:"不知将军可知青州黄巾?"

曹操一愣,随后看向顾楠手指的地方:"黄巾军?"

【二百九十七】

"是黄巾军。"顾楠微微颔首。"黄巾败后,其众流亡,分股流窜,其众数股流于冀州黑山,是为黑山军。此军将者本为黄巾一众张燕,后受朝招安,如今是为平难中郎将张燕,领军为众,治河北山岭。虽如是,然北地诸侯各立,其众受遏难行,欲谋出路。"虽然提及的是青州黄巾,但顾楠说的不在青州,而是黑山这支驻于冀州,已经变成正规军的黄巾军。不过可惜这支正规军的处境算不得好。本来黄巾起义之时此军向外说有百万人之众,实则没那么多,但是联合此地的百姓、山匪,却也不少于数十万人。不过此军的领将张燕和张角不同,他非是图谋天下之人,或是说他本人的志向并不高远。硬要说,这个人有些类似于后世梁山好汉中的宋江,他希望能为自己的部下和自己谋一个正经的好出路,于是归降了朝廷。如此归降,黑山军中不愿受降的起义之人纷纷离去,使得黑山军的势力多有受损。不过即使如此,黑山军依旧足以叫北方的各路诸侯忌惮,也都图谋此中,常与掣肘。又因其军人众,百人中多有兵卒家眷,使得数十万人常有粮草之缺,也让黑山军更加难以身处。将这支黑山军说完,顾楠才转而说及青州。"青州之军不同于黑山,多为黄巾余党流亡而会集于此,无统领而四散为乱,本都为绿林强人、农野出身,虽人众,然无序、无令不能成军。即使如此,其人之众犹不可小觑。青州刺史焦和无能,青州虽兵精粮足,但不善领兵,常祈天而祭,却不做战备。北海相孔融为名士不通军务,从文不武,难可为战。"顾楠看着图上的青州,手掌微覆,露出了手背上有些狰狞的刀疤。"若是青州黄巾聚众而起,青州必乱,兵马不能以为镇压,此便为时机。将军可于两军皆伤之际,借义从名而为,举兵以剿贼为号拥兵入主青州。可踞以青州,就可临北海而侧天下,内屯田安民、校练兵马,外结船立橹、操水河军,成强军丰粮而安内外,得事自为。青州居于天下之侧,外临北海,可操练水军;内陆水土肥沃,粮草充裕。能得此地可以说只需固守就无内忧外患,是一屯聚兵马的重地。"

话至此处,曹操已心中大动。若真如顾楠所说,他就可有一个立足之地,而且是军粮富足的一州之地。要在这乱世中图志，他就必须要有自己的据地和兵马，青州可为上选。但是他并无急色，只是平静地站起身来，低头思索着什么，在堂间慢步地来回走动，最后停了下来，皱着眉头看向顾楠。青州可乱，但是青州如何乱？"先生如何知青州黄巾必会聚众而起？而青州黄巾数十万，若有异动，青州一州之军尚不能敌，操又如何驱之？"

确实，青州黄巾本就是由各地的军队会集而成，没有统一的将领导致他们内部混乱，没有秩序不足为虑。如果他们内部不和、各自为部，根本不能对青州造成根本性的影响。青州不大乱，又有他曹操何事？而就算黄巾再起，青州大乱，数十万人，他又如何有把握能够退敌？

"将军，青州之乱是大势所趋。"顾楠淡淡说道，眼神从地图上移开，回过头来看着曹操。"青州之众数十万，须有行粮，然军中皆为流离乱民，无有粮供，军队无粮必只能为乱劫掠。分而不聚自当被逐个击破，自取灭亡。若聚，必乱青州。"黄巾军的弊处就在于此。都是乱民，没有土地耕种，所以根本没有粮草供应，想要粮草只能在各地劫掠。青州黄巾大都是各地被打败溃逃而来的余党，一两股青州还管得住，但是人多了，根本不可能安分，所以青州是必乱的。这一点青州刺史焦和也自知，但是无有办法，只能每天祈神保佑。

"至于如何退青州黄巾——"顾楠微微一笑，斗笠下看不清她笑的模样，只是听声音好像能听到几分微叹，"将军可知坚壁清野？"坚壁清野，即为坚固壁垒，清除郊野，是一种对强敌入侵时极有效的方法。固守各地使敌人既攻不下据点，又抢不到物资，再逐一清除敌方薄弱的势力。入侵战中进攻的一方往往是长途奔袭，军粮有限，固守的一方则占据主场优势，粮草充足。在这样的情况下，使用这样的方法自然无须大面积的交战就可以使外敌退去。至于顾楠叹笑的原因，不过是在秦时，用过这个办法。但是那时秦国的军制出现了问题，为了休养民生，当时的军制是各地驻军多为民间调来的更卒，轮替服役，军中多是普通百姓暂时服役。这般情况下，全国性的天灾使得大部分的军队动乱，关中得以召集的军队不过二十万，百越分立，更是雪上加霜。而且那时关中粮草也无多，再有骊山囚卒在关内四乱，坚壁清野根本就无有用处。这种战术只有在敌我两方物资悬殊的情况下才有意义。

青州之地符合这样的情况，因为人数众多又无有固定的粮草供应，黄巾军的手中根本囤积不下粮草，所以只能不停地劫掠。而青州之地粮食富足，若是采用坚壁的战术，黄巾军抢不到粮食，自然就会退去转变目标。

"坚壁清野？"曹操一愣。

"屯粮固守，不与之正面交锋，以骑军扰乱，大军无粮疲敝，黄巾自当退去。"

火光里，顾楠侧对着曹操，身影在火光下半暗半明。曹操的目光落在身前，方才他只想到了黄巾之众，却没想到以如此方法就可以轻易破之。他沉默半晌，突然笑了一声，接着是一阵长笑，笑完才摇着头说道："可笑当年黄巾之乱可动汉室，若早行先生之法，黄巾军何忧之有？"随后心中澎湃。若可得青州之地，这乱世中他就不会再叫他人左右了。

【二百九十八】

曹操的目光落下，重新看向顾楠，郑重地拍整了一下衣袍，抬手一拜："曹孟德，谢先生解惑。"

"将军且慢，不知将军欲要如何处理这青州黄巾？"顾楠起身，伸出手轻轻扶在曹操肩上。曹操只觉得自己的身子就像被定住了一般，却是拜不下去了。心下一愣，他虽然不是什么天生神力之人，但也算自幼习武，对于自己的气力还是有几分自信的，此时被眼前看着文弱的先生一只手扶着，自己居然有种拜不下去的感觉。可还未等他反应过来，顾楠已经放开手，曹操看了顾楠一眼，也只当是感觉错了。毕竟这顾先生怎么看也不像是武人的模样。想着顾楠的问题，曹操不解地皱起了眉头。"如何处置青州黄巾？"黄巾退去还能有如何处置的办法？

"青州黄巾流窜无粮，走投无路，将军以为他们会怎么做？"顾楠自若地问道。被顾楠这么一问，曹操似乎也想到了什么，抬起了眼睛："当是……"

"当是投往黑山。"顾楠接过了曹操的话。"黑山与其同出于黄巾，二者若能会合，则有百万人之势。如此之众，北地诸侯鲜有能敌者，所以北地诸侯定不会让青州黄巾进入黑山。此军若是西行定有各方围堵，处处受困围堵，又无路可退，此军将受死局……"顾楠侧过头看向地图上青州、冀州、兖州三地交界的地方。如果时局不变，那里就将是青州黄巾的受困之地。

曹操眼前一亮，明白了顾楠的意思："适时，我再以粮草劝降所部，如此青州黄巾便可为我而用。"

顾楠轻笑点头："将军明矣。"说着又看了眼青州下的兖州。她未说若是放任青州黄巾自流，甚至还能借机而取兖州。时候未到，她还不准备言明。毕竟如今就连那青州都还未有定数，所言过多反而不好。

曹操有些恍惚地看着地图，如此一来他将踞有一州之地，拥数十万之军，便是在诸侯中也算得上是一方豪强，而他要做的仅仅是借机而起。想到此处，他有些复杂地看向身边的顾楠。

顾楠注意到曹操的视线，笑着问道："将军看着我做什么？"

曹操没有当即回答，而是犹豫片刻，叹笑着说道："操曾闻世间谋士智者有洞明世事、预料先机、谋人心机之能，操本是不信的，只道世事难料，人心更是如此，又如何谋取？"

然如今，青州之事本还未定，却都已经被眼前之人算在其中，就连那青州动乱，黄巾流离之后诸侯的动向都被算到，用以谋事之中。如此不就是洞明世事、预料先机之能？"听过了先生之言，操只笑己目狭隘罢了。"

"将军言重，我只是其中末流而已。"顾楠微微摇头，"比之他人，也只是痴长几岁，多读了些书而已。"

痴长几岁？曹操看向顾楠，这才想起顾先生一直戴着斗笠，也不知道对方的年纪、面貌，实在疑惑，乃是问道："先生，不知先生为何一直戴着这斗笠？"

顾楠愣了一下，伸手压了一下斗笠，顿了一会儿才说道："哦，早年面目受利器所伤留有疤痕，面目骇人，这才一直戴着斗笠，以免吓着旁人。"她不准备让曹操看到她的面目，虽然她很无奈，但是不得不说这副面目确实有些不方便行事。毕竟若是她想在此暂留的话，还是莫要叫人看见面目的好，否则一个人一直不老，总会叫人心生异念。

"哈哈哈，"曹操笑道，"先生是把操当作如何人了，操岂会以貌取人？但是既然先生不方便，还请先生自若就好。"曹操不再深究这件事，背过手，深吸一口气，咧嘴一笑，"今日实乃快意，当酣饮一场。先生且来，与操共饮三百杯，你我不醉不归！"说着就大笑着向外走去，也不论那三百杯喝不喝得完。

顾楠站在堂上看向曹操的背影，笑了一下。宁叫青史骂名，当做一世英雄吗？乱世中的人杰，当就是如此吧，想着于堂上慢步离开。

南阳之中。一间草庐里，一个白衣少年正坐在一个看着该有半百的老人面前。那老人的鬓发斑白，穿着一身土色的短衫，看起来就像个寻常的老农人，他面前的少年却态度恭敬。老人的眼睛在少年的书房中打量一圈，笑着说道："诸葛小友此地倒是清静。"

坐在这老人身前的白袍少年行礼说道："陋室而已，徽先生见笑了。"

"是否是陋室，又如何能叫旁人道哉呢？"老人摸着胡须笑了一下，声音有些沙哑，但是态度随和。一边说着，他的眼睛落在了挂在房间墙上的一幅画上，那画中画着山水、田间和四人。目光落于画上，老人眼中露出了几分惊讶："诸葛小友，此乃你之所画？"

白衣少年顺着老人的视线看向身后墙上的画，脸上露出些许轻笑，点了点头:"一幅山水而已。"

"看着是山水,画的却是人。"老人毕竟年长,将少年人的神色看在眼里,拿起身前的茶水喝了一口,看着那少年说的山水画。"小友此作已过凡俗,可为世传矣。之前见小友执着于朔方女,还心忧小友执念,如今看来是我多虑了。"

白衣少年看着画中的一个人,有些出神:"朔方女终是我未见过之景,我能画的也只有这田舍中的人了。"

"小友能想通是最好不过。"老人放下茶碗,从怀里拿出一张纸,"不论旁事了,小友上次寄来的信中所问及的几个名为格物的学问,老夫亦是不知,钻研许久也未能有解,只是有些许所得,其中实在奇妙。此番来也是厚颜相问,这格物,小友是从何而知的?"

【二百九十九】

在此之前老者并不是没有听过"格物"一词。究之"格物"一词,源自《礼记》。《礼记·大学》中记:致知在格物,物格而后知至。论人若欲修齐治平、明德于天下,"格物"是为基础之功行,是"大学之道"之始。"格物"不当,则"致知"不明;物有所未格,则知有所不明。然"格物"一词到底是何意思却少有人言明。古来众多学论对"格物"一词都各有解释,分坛而说,没有一个统一的说法,就连他自己也有些不得其意。何为格物,又何为致知?而其中所得又为如何?皆有不明。然近日眼前的诸葛小友寄来的书信中,对"格物"一说却提出了一个全然不曾听闻过的解释。是格物为究物之理,主意为探究事物的道理而纠正人的行为。对"格物"一词做解后,诸葛小友的信中还提出了数个问题,何为气压,何为摩擦力,何为热传递。这些词汇他根本闻所未闻,而信中提及的、用于佐论的现象也让他惊疑。一者,炉中注水而烧,至水滚烫时,炉盖为动。无人触及,是何力让炉盖为动?说为气压,气之力。但是又何为气压,气之力又如何得见?二者,是将二书分页合并,页页相互交叠,执书尽力拉不开。他自己试过一番,不过是书页交叠,薄纸之重却不知为何当真拉不开。此中之力称之为摩擦力。这力是什么,他又不能做解。三者,是架炊具之底烧于火中,之后手触器口能渐觉火热。火烧于底,为何上部也会发烫?此称之为热传递,又是一个不能理解的词汇。这三问,有的就是日常所见,习以为常,只是从没有人究其道理,细想才发现不知其根本;有的是奇思妙想,让人诧异不解。三者事物之理让人不得其究竟,却都隐隐之中让人觉得有规律之根本,而能得其中就能得格物之理,大学之道。

老者在看过书信后就整日思索，不是对着那烧滚的茶壶发呆探究气力，就是在那里"撕书"，抑或是观察炊具为证热传递。有所得，但不能明，百思不得其解，坐立难安，乃日夜兼程赶至南阳，到这儿向诸葛小友求解。老者将手中的纸放在桌案上，这正是少年写给他的信文，微叹了一口气。他此次是厚颜而来的。经过这几日的探究，他深知格物之理的重要性，不说其他，若是能得其中气压力，就将是一条大学道。气无处不在，是力无尽，人如掌握其道，用之巧妙，就同掌握一股巨力于身，何况格物之中不当只是这一力而已。他能感觉得到，这将是一条通学大道。如此重学，他上门相求当真是有些厚颜了，不过奈何，他实在是想一窥大道。

老者躬身执礼："诸葛小友，老夫还请求知一二。"

见老人行礼，少年连忙起身让开，毕竟从学识来说他是当不起这一礼的。他苦笑了一下，站着说道："徽先生，不必行此礼，亮不当受。"说着将老人轻轻扶起，才又坐下说道，"至于这格物之学我是从何而知，此事说来话长了。"目中露出几分回忆的神色，白袍少年坐在桌案前慢叙道，"该是数月之前，春日急雨，夜里家里来了一位客人。我本以为只是寻常的客人，谁知她多有渊学，说是谢余留宿之情，予我说学，其中之学数多……"少年的叙说声不快，讲得明晰。

房间的窗半开着，伴着少年的声音，风从窗中透进，吹拂着墙上的画。直到少年说完，屋外已近黄昏。"如此那先生说等院中花树开，便会再来，临走前予我一本书，让我观之。我观之方知格物，自不能明，那先生也已不知下落。辗转反侧，这才与徽先生为书，以求解。是亮劳烦先生了。"说着，白衣少年歉意地一拜。

他身前的老者则摸着胡须，满是皱纹的脸上怔然。"是这般……"说着，怅然若失地长叹一声，肩膀一垂，像是又老去几岁，无奈地说道，"既然是私授，那授者未予，老夫当是不该看了。唉，看来老夫终是无缘大道。"说着有些颓然地一笑，拿起桌上已经凉去的茶碗，将那凉水饮下。

白衣少年爱莫能助地看着眼前的老者，他深知眼前人的性情，有违教义之事是绝对不会做的，所以就算他愿意将那本书交给老人看，老人恐怕也不会看。或许可以说是迂腐顽固，又或许可以说是一种尊重先学的坚持。

老人喝完茶，最后又问了一句："诸葛小友，老夫再多问一句，不知那先生给你的书叫什么？"

"《奇门遁甲》。"白袍少年的声音不重，老人却愣在那里，手中的茶碗落在桌案上，发出一声轻响，在桌案上打着转。

"徽先生？"少年不知道老人为什么会是这样的反应。

老人听到身边的少年唤他，动了一下眼睛，又看向少年确认道："诸葛小友，方才你说那本书叫什么？"

"《奇门遁甲》。"少年又说了一遍，眼中有几分疑惑。

奇门遁甲……老人想着这四个字，嘴中动了动，像是陷入了什么回忆。年少之时，他曾游于郊外，于河畔见到一个身着白裳、戴着斗笠的人靠在一个小半人高的书箱边睡觉。那日是冬寒，天气严冷。自己走了过去，见那人的衣着单薄，想着自己游郊已尽，也当归矣，就解下一件衣衫给那人。那人醒了过来，见到自己，笑了一下。斗笠遮着脸，只看见半张面孔中的嘴。谢过，随后从箱子中取出三本书，说自己可以挑一本看看。他自觉闲来无事，便挑了一本来看。那本书成了他日后所学之基，奠成了他的道路。而那三本中的另外两本之一，就叫作《奇门遁甲》。他看完那本书，那人就收了书离开了。后来他听到一个市井传闻，说是山中有人名为百家先生。他不知那人名字，也不知他是不是真的百家先生，但是一直记其为师，不敢有忘。

【三百】

老人想起少年刚才提及的那位先生背着一个书箱，其中书文众多，连忙问道："诸葛小友，那先生除了那书箱外，是不是一身白裳，头戴斗笠，就是……"老人顿了一下，"就是市井中偶有传闻的百家先生模样？"白袍少年一怔。他倒是没想到连徽先生都听过百家先生的传闻，随后点了点头："是，那先生年纪不大，我也曾猜测，可能是传闻中百家先生的后人。"

"呵呵，"老人突然一笑，喃喃自语，"先生之后吗？"带着浊意的眼睛微湿。授业之恩，他是从不曾忘的。该是声音太轻，少年没听清老人的话。

风吹得窗户一抖。

"仲兄、徽先生，可以吃饭啦。"院子里传来一个颇有活力的少女的叫声，白衣少年对老人无奈地笑了笑："家中小妹不知礼数，徽先生见谅，先生请。"

"哈哈哈，英小姑娘就该如此才是真性情。"老人笑着摆手，站起身，再看向少年时，眼中又多了几分亲切，就像在看自己的后辈一样，"小友，请。"

吃过晚饭，老人说也该告辞了。白袍少年出门送别老人。所幸田野间月光清幽，还看得清脚下的道路。两人走在路上，夏天的夜里没有冷意，倒还有几分凉爽。

"好了，小友不必送了，"老人拄着手杖，回过身来笑着说道，"到此就好。"

白袍少年看了看夜里的道路，劝道："徽先生，夜间行路恐有不便，不若多留一晚？"

老人摆手示意无恙，悠然自得地随性说道："无有关系。星月相伴，岂不是妙事？倒是诸葛小友，"老人的面色带上几分严肃，看着白袍少年，"得此机缘，当尽书中所学，以为立道。"老人严肃的脸上露出几分期待，"得通达大学，这天下之大，小友大可去得。"看着少年的面孔，老人出神片刻，也许这个少年能走到一个远过他的地方吧。他转身离开，向身后抬起手掌："就此别过吧。"

少年目送老人离开才转身归去。田野间，独留一个孤瘦的人影走在那里。

老人走出很远，扭头看向远处灯火微明的草庐，叹然地自言自语："朝闻道夕死可矣，可惜老夫终归无缘。"他的身影落寞，脚上的靴子有些破旧，沾着泥土，就像当年他无缘与先生论学一般，他的缘分总是差了些。但他也无有抱怨，命数所在，他不强求。不过，先生的后人出山，老人低下头掐指作算，半响像是无有所得地摇了摇头，轻声说道："时局骤变矣。先生的后人，如有机会，真想去见上一见。"

白袍少年回到家中，却见小妹还没有吃饭，而是提着一桶水，握着水勺，站在后院的那棵树前。少年走到院中，站在小妹背后，问道："小英，你怎么还不去吃饭？"

"啊？"那小姑娘回过头来，擦了一把额头上的汗，"马上了，我给树浇完水就去吃。"那树已经长得快有她一般高了，小姑娘笑着给树浇水，期待地说道，"等树开花了，顾先生就要回来了，她说她要来南阳教书的。到时候我也要去她那里读书，变得比仲兄还聪明……"

白袍少年站在小姑娘身后，又看了看那青绿的花树，微微一笑，慢步走上前去。"来，仲兄帮你。"说着，从水桶里拿起一个水勺，仔细地将水倒在土上。花开的时节，那个人就会回来。

"仲兄，你说花树什么时候会开啊？"

少年拍了拍小妹的脑袋，笑了一下，目光落在树叶上："很快了。"

"我说仲兄、小妹——"一旁传来另一个少年的声音。白袍少年和小姑娘回过头去，见到一个拿着农具的少年站在院门口，尴尬地指着院中的花树说道："你们这么浇，树会死的。"

曹操的府上摆设酒宴，宴上也未有多少人，不过就是那六个武部，加上顾楠、玲绮和曹操，九个人而已。酒宴中无有多少规矩，众人也都吃喝得畅快，但不知是有意还是无意，大都在向顾楠敬酒。该是因为她是新来的，想看她出丑，结果就成了现在这个模样。

顾楠坐在桌案上把玩着酒杯。也不知是在场的酒量都不行，还是这酒的度数高了，不过才喝了一个多时辰，在座的人就大都醉了。醉相好一些的安静地躺在一边打着酒嗝，手里还举着酒杯不知道在敬谁；醉相差一点的譬如夏侯渊和曹洪，在那里勾肩搭背地结伴大笑作歌。当然也就几个人是没醉的，笑着看醉了的人打闹。曹操也在一片笑闹声里坐在座上傻笑，身边全是空了的酒壶。宴中人不多，倒是吵闹不休，不过如此也不惹人生厌，反而在这笑闹中让人不觉得见外。李典端正地坐在桌前吃菜，他是酒宴上少有的滴酒不沾的人。他说喝酒失态也失智，始终是一丝不苟的模样，酒宴中时不时暗暗看向顾楠那边，颇有几分审视的意味。乐进喝醉后则一个劲儿地向李典敬酒，被李典塞了一个面饼后就安静下来，也不知道是不想说话了，还是被噎得说不出话了。夏侯渊和曹洪浑身酒气，却还在就谁的武功更厉害些纠缠不休，甚至在堂上比画起来，叫玲绮评判。夏侯惇也有些醉色，静坐在那里无奈地看着曹洪和夏侯渊闹腾，同时留心地坐在玲绮身边，免得两人大手大脚伤着这小姑娘。

顾楠倒是并不担心，若是真有人失手了，她再出手也是来得及的。喝了不少酒，就连她都有了些醉意，起身走到堂外的屋檐下，堂上的声音渐远，外面安静了许多。夜里的风吹散了些她的酒意，也不知道是不是孤身一人太久，突然这般热闹，她还真有些不适应。

【三百零一】

堂外听不清堂上的声音，那醉里笑闹、胡言乱语都变得模糊，就像是远远地从身后传来一般。顾楠站在堂前，手中握着半壶酒，身子微斜，肩膀半倚在房檐下的柱子上，听着身后的声音。她也不知道曾这样听到过多少声音，不过那都是故人旧事了。也许以后的一天，顾楠微微侧过头，看着堂上交错的酒杯、笑闹的众人，还有那灯火，这些也会变成故人旧事吧。她不再去看，默默回头，望着天上如银钩的弯月。数百年之中她曾问过自己，生于此世是为何，而自己又为何不死？是老天做留还是如何？她从不曾明白。

百年前她曾在咸阳城前跪于天地之间，向长空浩瀚，求那天下太平。说来也是好笑，她和她的先师白起一般，都是在那咸阳城前，跪天以死谢天下人。不过也许这样的结局对他们这般一身杀孽的人来说也不差。她为何不死，或是她的所言未成，不当死吧。顾楠将手中的半壶酒举起，悬于空中的弯月投映在酒中，随着酒壶被举起，酒水摇晃，将那月光搅乱。"得安"短短的两个字，谈何容易？有多少人为了这两个字打拼一生，到头来还是求不得。

一人得安，温饱有余，无贪他物，乐于此间，为难。一家得安，安居乐业，家老双全，妻德子孝，为难。一世得安，无灾无乱，无饥无寒，安然世事，为难。三者皆难，那世世得安，又是如何难呢？

顾楠轻合上眼，酒送入口中，含住壶口，嘴中淡凉。酒壶倾斜，其中的酒水伴着月色，倾入嘴中，些许潺潺流下嘴角，沾湿了领口。喝完一口酒，顾楠身上的酒意又重了一分，看着杯中酒月。又将是一场乱世。这乱世去后呢，她真能教得世人吗？她那书文，又真能有几分作用吗？"师父……我好累。"顾楠的声音很轻，这该是她数百年来第一次微醉，也该是她一生来第一次说这话。为那个遥不可及的所愿，她一路走来，直到偶然间停下来，回头看去，那身后已经是一个人都没有了。她走过很多地方，见过很多人，却没有一个能叫她留住。

"顾先生为何而累？"身后传来一个声音，让顾楠一惊。有人走到她身边，她居然没有发现，看来她真的有些累了。回过头去，是曹操正拿着酒杯站在她后面。刚才在堂上见顾楠一个人走了出来，这才跟出来看看，正好听到了顾楠的自言自语。曹操看着顾楠，醉醺醺地一笑，走上前来："先生为何所累？若不弃，可以与操说说，操或许能帮上一些。"

顾楠沉默一下，握着酒壶的手垂下来，目光落在堂前的院中："曹将军，我问你一个问题。"

曹操看着像是醉了，又像是没醉，一手握着酒杯，一手扶在栏杆上："先生请说。"

"若是将军，会觉得这天下当是如何？"顾楠半垂着头，斗笠绑得松了，被风轻轻吹动。

"觉得这天下当是如何？"曹操一怔，没想到顾楠会问这样的问题，一时回答不上来。

"是。"顾楠点了点头，继续问道，"将军可曾想过让这天下盛平？"

曹操看向顾楠，知这一问不是玩笑，脸上的醉意退去了些："先生所累的，便是此事？"顾楠没有回答。曹操仰起头，突然一声笑叹："天下盛平，呵呵，先生之愿当真为宏愿。不过，"他脸上的笑容慢慢扬起，"人生当世，若无宏愿岂不是白走一趟？"曹操握着酒杯的手一紧，畅然道，"天下盛平，亦可为操之愿尔。"说着面色一红，执酒大步走入院中。

院中无人，那人走了进去，酒杯举起对月，高声唱道："对酒当歌，人生几何！譬如朝露，去日苦多。慨当以慷，忧思难忘。何以解忧？唯有杜康。青青子衿，悠悠我心。但为君故，沉吟至今。呦呦鹿鸣，食野之苹。我有嘉宾，鼓瑟吹笙。明明如月，何时可掇？忧从中来，不可断绝。越陌度阡，枉用相存。契阔谈䜩，心念旧恩。月明星稀，乌鹊南飞。绕树三匝，何枝可依？山不厌高，海不厌深。周公吐哺，天下归心。"唱完，那半醉之人将手中的酒一饮而尽，长出了一口浊意。院中的人掷了空樽，转过身来，勾着嘴角，笑着向顾楠问道："先生，让操助你一臂之力，如何？"那首汉乐却是大气磅礴。

"呵，"半晌之后，顾楠轻笑一声，举酒饮下，"曹将军可是想好了？那可是天下万万人啊！"

曹操脸上的笑容渐渐收去，认真地一字一句地说道："竭尽身力，固所愿尔。"

哪怕只是暂时，但是顾楠有那么一刻似乎真的觉得，有人从后路走了上来，而身后堂上的笑语也渐渐变得清晰。

"父亲。"一个少年人的声音传来，院中的曹操朝声音传来的方向看去。是一个十六七岁的少年人，同曹操一般穿着一身武袍，腰间别着一把长剑，面容端正，举止间带着亲和的风范。见到曹操喝得面色通红，叹了口气，他很少见自己的父亲醉成这般。

"子脩啊。"曹操看到少年，眉目不自觉地带上几分慈色。他走到少年身边，牵着少年来到顾楠面前。"来，子脩，这位是顾楠顾先生。先生才学、气度都叫人钦佩，以后你要多多请教。"说着对顾楠笑着说道："先生，这是我儿子脩，名昂，先生唤子脩便是，还请先生多加照顾。"

顾楠上下看了曹昂一眼，拱手行礼："小将军。"

"先生。"曹昂也不失礼，恭敬地回道。回完礼后，他才凑到曹操耳边小声说道："父亲，母亲让您少喝一些，喝酒伤身。"

曹操笑着摆了摆手："平日里定是依着你母亲，尽量少喝。"但是又伸出一根手指，醉眼惺忪地说道，"不过就这次，为父当醉上一次。"说着摇摇晃晃地伸手搭在了曹昂的肩膀上，开始灌输自己的人生经验。"子脩啊，你平时都恪守身律，这很好。不过你要记着，这杯中之物可是我等丈夫的浪漫……那什么来着，比如，酒后乱性……"曹操拉着面红耳赤的曹昂在一旁低声说着荤话，该是真的醉了。顾楠也不多留，笑着走开。

【三百零二】

　　天还没有全亮，小院里还带着些暗色，远处传来几声叽喳的鸟语。一个小女孩拿着一个木盆站在院子的水缸边舀着水，清水被木勺舀出倒在木盆里。等到清水将木盆装满，女孩才端着木盆走到院中的一间屋子前。砰砰，女孩敲了敲门，出声叫道："师父？"门里没有传来声音，女孩抿了一下嘴巴推门走了进去。师父早间总是睡得很沉，她已经习惯了。房间里的光线昏暗，女孩双手抱着木盆走进房间，四处看了看。耳边传来一阵轻轻的鼾声，女孩的目光落在了房间中的桌案上，一个白袍人正趴在那里睡得香沉。白色的衣袍有些松散地垂落在地，皱在一起。斗笠掉落在一边，趴在那儿的人头发未有几分散乱。桌案上那人的身边摊着一本未写完的书，上面的墨色未干，还沾着墨水的笔斜放在笔架上。呼，女孩叹了一口气，几乎每次来叫师父，师父都是这般模样，也不知道昨夜又是多晚才睡的。和她说了多次这样不好，她也从来都是嘴上应着，却从没听进去过。师父总是什么都不放在心上的样子，就连她自己的事也一样，看人的时候总是淡淡地笑着。虽然是笑，但是总让人觉得亲和又有距离，不能接近。

　　砰，将木盆放在桌边，女孩在睡着的白袍人身边蹲下，将笔架上的笔小心地拿起来，用布将上面的墨迹擦干才重新摆回笔架上，又慢慢抬起白袍人的一只手，将压在她手下的书取出来，合起来轻放在一边。那本书叫《简记》，看起来像是用来记录什么东西的，虽然有些好奇，但是没有师父的同意，她不会看里面写了什么。起身从床榻上将被子抱了下来，盖在师父身上。

　　夏天过去了，天气渐渐冷了，不盖被子睡觉容易受寒。做完这些，女孩安静地坐在白袍人身边，目光落在眼前人的身上。头发披在肩上，有几缕垂在脸侧，半遮着脸颊，嘴巴微张着，随着呼吸微张微合，眉头舒展不像醒着的时候，就算是笑着也是微微皱着。女孩看着睡着的人，微微出神地想，真好看。师父应该是她见过最好看的人。她不自觉地也俯身在桌案上，趴在那人身前，伸出一根手指，在白袍人的鼻子上点了一下。女孩的脸色微红，又点了一下。

　　外面天快亮了，阳光穿过云层，从窗户中照进来，照在桌案上的两个人身上。

　　"？"顾楠觉得鼻尖有些痒，睁开眼睛，正好看见玲绮趴在她的身边，伸着一根手指在她的鼻子上戳着，有些发愣。顾楠脸上露出一分不解的神色："绮儿，你在做什么？"

　　"啊！"玲绮回过神来，看到顾楠正看着自己，惊叫了一声，连忙坐起来。她的脸红得发烫，两手端正地放在膝盖上："没，没做什么。师，师父，对不起。"

不知道玲绮为什么突然这么紧张，还要道歉。顾楠从桌案上支起身子，还有几分没睡醒地看了一眼外面的天色，却是已经亮了。"无事，已经天亮了啊。"她坐在桌前，伸了一个懒腰。

"嗯，已经天亮了。"玲绮将桌边装着水的木盆搬了过来，放在顾楠身前。木盆边还放着一块布帛，是用来让顾楠洗漱的。

"嗯，"顾楠笑了一下，伸手放在女孩的头上拍了拍，"多谢。"

"应，应该的。"玲绮低着头，模样还有些惊慌。

"好了，你也去准备一下吧，要上早课了。"顾楠收回手，笑着说道。玲绮点了点头就快步跑出房间，惹得顾楠又是一阵疑惑："这孩子今天怎么怪怪的？"但是也没有多想，拿起木盆推开门坐在门边，将斗笠放在一边，洗了一下布帛，简单地擦了一下脸。

"哼哼哼。"曹昂穿着一身武袍，哼着小曲向一处小院走去。曹操一开始让他和顾先生的弟子玲绮一同上课，他还有些不愿，但是看过顾先生的兵论后，他就每日的早课必到了。听顾先生上课可是比读那些"子曰"和"之乎者也"好太多了。父亲和那些叔伯偶尔也会来听上两节，其中来得最勤的应该就是李典将军了，他听过一节之后就时常拿着一本兵书到先生的院里拜访。

抬头看了看天色，早课也快开始了，该快一些。想到这儿，曹昂的脚步加快了一分。

顾先生的院子就在前面，穿过园中小路，曹昂走进了院子。院里安静，早课应该是还没有开始，曹昂松了一口气，随后眼睛看向院中。院子里没有旁人，只有一个人。顾先生？曹昂看了过去，一眼之下，身子却顿在那里。坐在那里的不是往日那个戴着斗笠的顾先生，而是一个女子，手中正拿着一块布帛，该是刚擦完脸，将布帛扔进了身旁的木盆里。只是一瞥，曹昂就觉得自己再也忘不掉那模样了。女子似乎注意到了什么，看向曹昂那边，曹昂没顾得上多想，逃似的跑出了院子。

院子门口，曹昂面红耳赤地站在那里。刚刚那是不是一个女子？为什么会有女子在顾先生的院子里？难不成是顾先生的内人？那我岂不是冒犯了？我是不是该去告罪？一个瞬间曹昂的心里冒出了无数个念头，最后咬了咬牙，硬着头皮重新走回院子。院子里依旧安静，可当他再次看向房前的时候，见到的人却是穿着白裳、戴着斗笠的顾楠。

"子脩啊，刚才你为何匆忙离开？"顾楠坐在屋前诧异地问道。

"先生……"曹昂暗自在院子里看了一圈，哪还有什么女子的踪影，除了顾先生根本无有他人。难不成，刚才那人是顾先生？随即曹昂又摇了摇头。父亲提醒过自己，顾先生早间遭利器所伤，使得面目有损，自己不能随意提起先生的样貌。方才那女子根本就是仙人模样，而且顾先生也不是女子啊。莫不是我看错了？

【三百零三】

天已经完全亮了，照得院子不再昏暗，也点亮了花圃中花草的颜色。院中摆了三张桌案。今日的课有些特别。平时上课要么是坐在堂间，要么是坐在屋檐下的房前。说是上课，其实还是有几分随意的。各自拿着各自的书看，若是遇到不懂的就向先生提问，或是先生问一个问题让他们回答，然后再由先生解答。很少像现在这般，这么正式地将桌子搬出来，让两人都坐在桌案前上课，而且先生也没让他们取书，说是今天用不到书本。不过曹昂和玲绮都没有注意这些，此时的他们各自坐在一张桌案前，各自想着各自的事情出神。顾楠则回了自己的房间，说是取什么东西去了。等到顾楠从房间里走出来，手中拿着两张颇大的纸，这种纸平时都是用来作画的。不过那两张纸并不是白纸，上面似乎密密地写了些什么，却没有写满，相互之间都有间距。

"好了，开始上课了。"顾楠看了两人一眼，一边说着，一边坐在两人前面的坐榻上，将两张纸放在桌上。也不知道为什么，今日两人都有些心不在焉。以免纸被风吹走，顾楠顺便将腰间的黑棍解了下来压在纸上。对于无格，顾楠是很满意的，这把剑总是有很多用途。曹昂多看了一眼那根黑棍，他知道那是一把剑，而且是一把利剑，在顾先生院中学习的时候，偶尔能看到先生的弟子玲绮拿着这把剑练习剑术。随后他又看向黑剑下压着的两张纸，莫名地，他总有几分不好的预感。

"我与你们说课已经有数月了吧？"顾楠笑看着两人问道。这段时间无有什么事务，多是等待各方诸侯的消息和处理往来事务，曹操又让顾楠帮忙管教曹昂，所以顾楠每日早晨都会给两人说课。不过因为两人的年纪相差有些大，学过的东西也有许多不同，这几个月来她上课的时候都要分成两个部分讲，一部分是讲给曹昂听的，一部分是讲给玲绮听的。要不然就是让两人自修，遇到问题问自己。这样除了麻烦之外，效果也不怎么样。所以她昨夜出了两张卷子，一则是考校两人这段时间的所学，二则也是了解一下两人的基础。

"是。"曹昂和玲绮点了点头，都不知顾楠为什么突然说这个。

"今日其实也不是上课，就是简单考校一下你们平日的所学而已。这是两份卷子，上面都已经写好了问题，分为选择、填空、应用三类，你们根据上面的问题将答案写在问题下面就好。"顾楠解释道，末了又提醒一句，"考校过程中不能翻阅书本，也不能相互抄写，若是发现了便抄写书文十册，记作零分，可知道了？"

两人愣了一下，听闻是考校，都不自觉地有些紧张。"知道了。"两人都是第一次遇到这种形式的考校，而且还这般突然。曹昂咽了一口口水。这考差了，该不会说与父亲听吧？刚想到这儿，顾楠和善的声音就从前面传了过来："还有子脩，你的成绩我会说与你父亲。"

一息间，曹昂的脸上汗如雨下。他在顾先生处听的大都是兵法，顾先生在讲其他的时候他都是听了便忘，若是考到那些，自己岂不是难逃一劫？坐在一边的玲绮深吸一口气，身子紧绷着。她比曹昂还紧张，偷偷看了一眼顾楠。若是考差了，先生不会觉得自己很没用吧？

将两张纸拿了起来，顾楠看着两人的模样笑了一下。"不用紧张，大都是些教过的内容，当然也有些旁杂的问题，不过不会很难。"两张卷子出于对二人年纪的考虑，给玲绮出的要简单一些，而给曹昂的要难一些，不过也没有难很多。将卷子分给两人，顾楠悠然自得地给自己倒了一杯茶捧在手中喝了一口。"好了，开始吧，抓紧时间。时间是一个时辰，一个时辰后不管写没写完都要交卷。"不必说课倒是难得清闲。喝了一口温热的茶水，顾楠吐了一口气。想来这样也不错，不然以后便每月一次好了。

曹昂和玲绮还都不知道顾楠在想什么，接过卷子同时提起笔来低头看着上面的问题，随后便出现了两个截然不同的场景。玲绮奋笔疾书，而曹昂的笔停在那里，眼里露出生无可恋的神色。第一类是选择题。何为选择题他没听说过，但是问题后面给出了四个答案，应该是让他在其中选一个。

失业而取水于海，海水虽多，火必不灭矣。语中出自何处？
一、《韩非子·林上说》　二、《法经》
三、《庄子》　　　　　　四、《吕氏春秋》

这第一题他就不会。曹昂的额头上冒出一层冷汗，几个呼吸间就看完了第一页的题目，其中大概只有三分之一是他能答上来的，其他的他根本就未曾听过。干坐了半晌，突然想到什么，瞥了一眼坐在前面喝茶的顾楠。顾先生离他们该有四五步的距离，正在那里看着院中的花草喝茶。见顾楠没有看向这边，曹昂求救地看向坐在一边的玲绮，小声叫道："玲绮姑娘，玲绮姑娘，这第一题怎么做？"

玲绮看了曹昂一眼，顿了一下，毫不犹豫地背过身去。先生说过不能相互抄写。

"子脩，你和玲绮的卷子不一样，玲绮愿意帮你也没用。"顾楠的声音幽幽地传来，曹昂的声音在她听来就和在她耳边说话一般。曹昂的嘴角抽了一下，灰败地坐在那儿开始写卷子，他现在在考虑如何同父亲解释。顾楠将茶杯捧在手里，突然想到，这会不会是历史上第一次出现这样的考试形式？自己，不会是后世的万恶之源吧……应该是想多了。这般想着，又淡淡举起茶杯喝了一口茶。这个早晨对于曹昂来说，如度过了一年。

【三百零四】

午间时分，顾楠坐在花圃前，手里拿着一把剪刀修剪着花草。早间的卷子已经被她收起来放到了房间，不过她没有急着评卷，该是这些年白天行路、晚上写书文养成的习惯，她比较适应晚上做事。玲绮坐在院子里拿着一本兵论读着。若是平时，不到晚间顾楠唤她吃饭，她是不会醒来的，不过今天她总是时不时地抬头看向顾楠，一副欲言又止的样子。"师父……"玲绮又一次将手里的书合上，对着顾楠说道。

顾楠回过头来看了她一眼，无奈地笑了一下："卷子要明天才能评出来。绮儿，你已经是第三次问了，不必着急。"

玲绮似乎依旧很担心，但还是点了点头，低下头来将手中的书翻开继续看着。顾楠看着她皱眉的模样，突然笑着说道："对了，绮儿，你等一下。"玲绮愣了一下，疑惑地看着顾楠起身走进房间。半晌之后，顾楠从房间中走了出来，手中提着一把铁剑。这铁剑不是标准的样式，比寻常的铁剑要短上许多，而且更加轻细一些。外面套着黑色的剑鞘，握柄处的剑格上刻着虎纹，是比较常见的样式。看得出这剑不是什么名剑，当是比较常见的铁匠铺打造的。顾楠将剑递给玲绮，抬了一下眉头说道："上次在街上看你看着铁铺里的剑，也无有太好的，就买了一柄，先用着吧。"说完，将剑放在玲绮手里，自己又坐到花圃边上。

师父身上的钱财不多，所以玲绮想要一柄剑却从来不同顾楠说。一柄剑是要数十钱的，不当花这笔钱。玲绮抱着剑默不作声，这感觉就像她那时知道，师父给自己的三枚铜钱是她最后的三枚铜钱一样。师父看着好像什么都不放在心上，待人亲和又有距离，但其实应该是将许多事都放在心上的，对别人总是很好。玲绮抬起头来，看向顾楠，那个白衣人正拿着一把剪刀修剪着花圃里多余的枝叶。在这里住下后，师父无事就会坐在那里修剪花草。

"师父。"玲绮轻声唤道。

"嗯？"顾楠应了一声，没有回头。

"师父很喜欢花草吗？"玲绮抱着怀中的剑，剑身上说不清是温热还是冰凉。

顾楠手里的剪刀停了下来，过了一会儿，对花圃中一朵正开着的花声音温和地问道："绮儿，你看这花怎么样？"

玲绮看向那朵盛开着的花。这花的品种她不知道，但应该是冬季的花，这个时节开得正好。她想了一下，才说道："花很好看。"

顾楠点了点头，忽然有些没有头绪地说道："我看到的是这花会败去，然后枯死。"她的眼睛看着花朵出神，就像正看着花瓣凋谢，最后零落成泥。"绮儿你说，有没有常开不败的花，千年如旧的景色？"

玲绮没有明白顾楠的意思，摇了摇头："没有常开不败的花。"停了一下又说道，"只需记得开得最好的时候的模样不就好了？"

"是啊，只需记得最好的模样就好了。"顾楠轻笑一下，勾起嘴角说道。她抬起剪刀："但是看了太多，记得太多，又忘不掉，怎么办呢？"剪刀放在花下，轻轻用力，花朵被剪了下来。顾楠拿着剪下的花朵，转过身来，手放在玲绮的头上，拨开了她的头发，将浅白色的花戴在她的发间，浅笑着说道："真好看。"

玲绮愣坐在原地，随后脸上冒出一片红色。"我，我去整理房间。"说着，她慌乱地抱着剑站了起来，逃去了房间。

"呵呵呵。"顾楠站在那儿笑着，笑完，一个人重新坐在花圃旁。

卷子是第二日评出来的，玲绮考得不错。但是曹昂，用后世的话来说就是没及格，一百分的卷子考了四十五分。曹昂从兵营里回来，在回院子的路上，见着了才六岁的二弟曹丕。曹丕看到曹昂，担忧地让曹昂别回父亲那里。一开始曹昂还没当回事，但当他走进堂上的时候正好看到顾先生坐在曹操面前，而曹操正黑着脸拿着手里的一张卷子，这个时候的曹昂想要跑却已经来不及了。那一日，十六岁的曹昂第一次感觉到了来自家庭的压力。

年正月，各地群雄商议得定，举起讨剿董贼的大旗。一时间呼声高起，聚众无数，诸侯并起。当中以渤海太守袁绍、后将军袁术、冀州牧韩馥、豫州刺史孔伷、兖州刺史刘岱、河内太守王匡、陈留太守张邈、广陵太守张超、东郡太守桥瑁、山阳太守袁遗、济北相鲍信、长沙太守乌程侯孙坚、幽州中郎将公孙瓒等，一十八路诸侯为重，举兵于关东，成讨伐联军。

初定袁绍与王匡屯兵河内；张邈、刘岱、桥瑁、袁遗与鲍信屯兵酸枣；袁术屯兵鲁阳，孙坚从长沙赶往与袁术会合；孔伷屯兵颍川；韩馥则留在邺城，给予联军军粮。举袁绍为盟主，其自号车骑将军，其他人都有被假授官号，曹操被授行奋武将军。

砰，一只手沉重地拍在案上，发出了一声沉闷的粗响。一个身材魁梧的男人坐在那里，体态肥壮，一人的身宽就有两人加在一起一般，随着他的一拍，仿佛整个桌案都摇晃起来。那人看上去便是一种凶蛮的感觉，面容粗野，下巴上的胡须倒竖着，眼睛瞪得浑圆，鼻中带着沉重的喘息声，神色狰狞。随着他的喘息，肩膀微微起伏，一旁的侍女和侍人都吓得低着头，不敢出声。

主座上的人咬着牙，咧开了嘴巴，最后从嘴中挤出一句话："这些乱臣贼子！"

【三百零五】

风声呼啸，寒风干冷地吹过人的脸颊，如是刀割，让人觉得脸上生疼。可能是这冷风将人的脸吹得僵住，所有人的脸上都无有表情，在那里沉默着。马蹄踏在被冻得干硬的泥土上，发出不安的踢踏声，马鬃被冷风吹得张扬。数千士兵举着旗帜和刀剑，披着冰冷的衣甲站在那里。顾楠牵着一匹马站在阵前，她不知道有多久没站在军伍中了，但是无论多久，军伍始终是一个不变的样子，不声不语。

"顾先生可会骑马？战马比较凶烈，先生还需小心一些。"一旁的曹操叮嘱了一句。这一日的他也少有言语，大多时候都是看着西面的方向，眉目凝重，不知道在想些什么。不过看他的样子，所忧之事似乎并不是讨伐董卓，毕竟此战虽还未起，但已经难有胜算可言了，他也明白这一点。他心忧之事似乎另有其他。

顾楠看着身边的马匹，伸出手拍了拍马的脖子，马鬃摸在手里有些粗糙。"是久未骑过了，但还没有完全忘记骑术。"说着扯着缰绳翻到马背上。马匹开始还有些焦躁，但是随着顾楠扯着缰绳的手一紧，跨住了马腹，任由身下的马怎么拉扯都动不得半分，没过多久这马哀嘶了一声，也就安分下来。一旁的武将看着顾楠的动作微微流汗。平日里看不出来，顾先生的力气倒是好大，居然可以生拉住战马。

"哈哈，先生就是先生，和那些酸文生不一样，驾马就该如此。"曹洪这般一根筋的倒是没有想那么多，只觉得驾马就该这样爽快，哪有那么多磨磨叽叽的事情。

"说起来我也是武人出身。"顾楠淡笑了一下回答道。

曹操挑着眉梢上下看了一眼顾楠单薄的身材,眼中自然是不信的,笑着摇了摇头:"先生又说笑了。"说着看向身后的曹仁:"子孝,战事多乱,你带一部护在先生身旁,莫让先生有失。"

曹仁一脸正色地抱拳行礼:"是。"曹仁因为其为人沉稳寡言多慎,此前都常护卫在曹操身侧,受了曹操之命,点了一队人拉过马头走到顾楠身边。顾楠骑在马上有些不解,也不知为什么说实话总是没人信。

"行军。"曹操驾着马说了一句,率先走在军伍前面,身旁的行令兵举起旗帜摇晃了一阵,后面的军阵也开始慢慢行进起来。顾楠也催动了马匹,看了一眼身后的军阵。她没有带玲绮来,毕竟她的年纪还太小。早间出来的时候看她有些闷气,不过孩子的气该是来得快去得也快,回来的路上给她带些物件便是。后面军伍的气氛有些凝重。骑马走在顾楠一侧的曹仁看了顾楠一眼,见顾楠正看着军阵:"先生行过军阵吗?"

顾楠回过头来,想了一下,才轻声说道:"算是行过吧。"

"是吗?"曹仁拉着缰绳,脸上难得地笑了一下,可惜却是苦笑,"那种地方,去过一次真叫人不想再去第二次。"顾楠没有接上曹仁的话。

军阵有序走过,沉重的脚步踏开冷硬的泥土,留下了一片纷乱的脚印。那种地方确实叫人不想去第二次,但是总会有无数人冲向那儿。至于为什么,通常都少有人知道。

呼,庭院中的一阵风卷起,将地上的沙尘翻卷,随着劲风席卷而过,院中的草叶也被压得趴在地上。

呼,一阵风还未吹尽就又是一阵风起,一个人影正站在庭院中,身上披着一套厚重的黑甲,头戴垂翎冠,手中舞着一柄比人还要高上一截的方天戟。那戟身金黑,人影倒映在雪亮的戟刃中。长戟沉重,在那人的挥舞下,发出一声又一声的破风声。力大势沉,而那院中的强风就是被此带起。寒光烁烁,长戟挥出一片又一片的光影,最后高举而起,重重砸下。砰,戟头被砸入院中的地上,伴着一声炸响,深深陷入泥里,溅起一片土石。院中的人喘息着,汗从他的眉间流下,滑过脸颊,滴在土间。长戟下被砸出一个深坑,被溅到空中的土石又一块一块地落回地上,发出一片摔落的声音。那人松开长戟,任由那戟斜立在院中,自己径直走到一旁的房前坐了下来。随着人坐下,盔甲发出磕碰的声音,男子拿起一块布帛擦了一下脸上的汗水,抬起眼睛,看着院中,不知道在看些什么。院中除了斜立的长戟无有其他。长戟陷在土中，在地上投出一个倾斜的影子，让人觉得有些空旷。无了挥舞着刀戟的人，方才的强风过去，只剩下些许浅风还在徘徊，地上的草叶也立了起来，微微起伏着。房前的男人低下眼睛，呼出口气，伸手拉开身上铠甲的绳带，将肩甲和胸甲解了下来。甲胄被随手摔在一边，低着头，汗水流到鼻尖半垂着，身上轻松了不少，他的喘息声渐渐平息下去。

　　庭中只有他一人，静坐了一会儿，身上的汗水开始干去，随着浅风吹拂，让人觉得有些冷。他从怀中拿出一个物件，轻握在手里，放在眼前静静地打量着。那物件是一个小布人，用布帛包着内絮，扎成小人的模样。那小人看起来是个将军的样子，身上画着衣甲，手脚摆着"大"字。做得不算好看，看起来甚至有些好笑。"呵。"男子看着手中的布人却突然像被逗笑了一般，冷着的脸庞松开了些，眼里多了些许轻舒。粗糙的手掌抬起，有些生疏地摸过布人的脸庞。本该在沙场上持刀厮杀的将军，此时正拿着一个布人发笑，看起来确实有点违和。

【三百零六】

　　"爹。"那一年，他提着长戟驾马出征，手中的方天戟垂在身侧，身上的甲衣披挂威武。

　　突然觉得身后的披风被人扯动，回过头去，是一个小姑娘正仰着头看着他。那小姑娘生得俏丽，让人见了不自觉地想笑。每每看到这女孩的时候，他总会勾起嘴角，那次也一样。他翻身下马，衣甲作响，站在门前的女孩身前。手搭在女孩的脑后，揉了揉，那发丝总是很柔软，让人舍不得放开手。"绮儿叫住我做什么？"也只有在和那女孩讲话的时候，他会是那般声音，没有半点戾气。女孩的双手放在背后，低着头，像是在背后藏着什么东西。听到他发问，女孩才犹豫了一下，从自己身后将藏着的东西拿了出来。那是一个布人，将军模样的布人。他当时看着那布人呆了很久，最后才接过来问道："你自己做的？"

　　"嗯。"女孩点了点头，样子似乎有些紧张，该是担心他不喜欢。"娘教我做的，爹出征要平安回来。"

　　他嘴角的笑意更深了几分，看着身前的女孩，突然又不舍得将自己的手放在她的头上。

　　自己的手是杀人的，又怎么好碰着她呢？自己的女儿就该什么都不用想，平安地过一生，哪怕这是一个乱世，他也不会让任何东西、任何人伤害到她。

他收回手，接过布人，将布人藏进怀里，提着长戟翻到马背上，笑着回过头再看了她一眼："放心吧，爹是最厉害的。"

坐在房前的男人拿着手中的布人，轻笑着。"爹是最厉害的……"或许是男人太过出神，就连院门处传来脚步声都没有察觉。院门外走来一个校将模样的人，手中抱着头盔，穿着一身轻便的甲胄，面容清白，却给人威严肃然的感觉。下巴和嘴角处留着一些胡子，不是很长，但看上去比长髯多了些整洁。那人眉毛深皱着，似乎在考虑什么，正准备禀报入院，但是刚踏入院里就见到院中的将军正解甲坐在房前，手里拿着一个布人。校将的眼神一愣，停了片刻，随后移开视线假装没有看见，退后了半步，站在院门口说道："将军，高顺求见。"

坐在房前的将军这才回过神来，眼中的笑意退去，变成了原来的模样，将布人收回怀中，淡淡地说道："进来。"

叫作高顺的将领这才从院门处走了进来，站在房前的将军面前，行礼说道："将军，相国有命。"说着从怀中拿出一卷令书，这是相国府的使者送来府上的。

将军站起身，从高顺手中接过令书，摊开看了几眼。"诸侯结盟。"听他的语气，似乎并不意外。

"是。"高顺低下头，"相国请将军领先军出征。"

"那便出征。"将军平淡地说了一句，将手中的令书随意地丢回高顺手中。高顺的眉头微皱，担忧地说道："将军，诸侯举兵十余万，我等当慎重考虑对策才是。"

将军走到院中，将立在院中的方天戟拔了出来。横戟一甩，气流卷动，四周似乎都发出嗡嗡的震颤声。戟刃上的泥沙被甩去，露出了原本森寒的样貌。"那些诸侯若是真的结盟而来，就不会到现在都只闻其声不见其人了。"说着冷笑了一下，"恐怕他们现在都还在商讨谁领先军这般问题吧。这般的结盟，有名无实，土鸡瓦狗尔。来了，把他们打回去便是。"

营帐错落地驻扎在一处浅滩边，晚食后兵营各处的火就都熄了。行了一天的路自然都累了，刚刚入夜一些营房里就已经传来呼噜声。陈留离酸枣没有多少距离，如果快的话，明后天就能到。营帐外的冷风吹得紧，偶尔吹进人的衣领里冻得叫人哆嗦。兵营中黑暗，不过今夜无有什么阴云，借着星月倒是也能看见东西。顾楠的营帐在中军的一侧，此时的她正坐在帐外，手中拿着一个本，手里的笔时不时地斟酌一下，然后在本上写下些什么。其实也无有什么东西，就是一本简单的日常小记，记录一些日常琐事，想写的时候便会写上一些，也不多。若是从前，嗯，几百年前，顾楠会觉得这是件耗费心力的事情，或者说是一件麻烦的事情。不过有时候过的时间久了，总会觉得这是一件很有趣的事情，偶尔翻起这些小记，好像能看到很久以前自己在做什么、在想什么。嗯，对她这种人来说，这种事情倒是别有一番趣味。就像有一日翻起小记，看到了自己与曾经的友人的一番对话，就觉得那友人好像又在身前一般。

"先生，天晚了，还是早些休息的好。"身后传来一个闷声闷气的声音。顾楠向声音传来的方向看去，看到曹仁正站在她的后面。

"我倒还不是很累，将军可以先去休息。"顾楠笑着握着笔说道。

"孟德让我照看先生，就不能让先生有失。"曹仁低了低头，一边说着，一边看向顾楠身上的衣裳。"先生，还请早些进帐，以免受寒。"

"我知道了，写完这些就回去。"对于曹仁坚持的态度，顾楠无奈地笑着说道，握着笔继续写着。曹仁站在原地看了顾楠一会儿，最后叹了口气，转身离开。大概又过了一会儿，顾楠忽然听到身后有堆放木头的声音，扭过头见到曹仁正将一些柴火放在地上，随后拿出两块火石将木枝点燃，兵营中亮起了一处火光。篝火在空地里点着，木柴烧得噼啪作响，火星被冷风吹起，在半空中划过一两道橙红色的弧线，然后就暗去不见了踪影。随着火焰烧起，四周的寒意都被驱散了不少。曹仁沉默地坐在火边，似乎顾楠不先休息他也不准备休息了。火光下，顾楠忽然回想起什么，无奈地笑了笑，笔落在本上写着：有人相唤早些休息，是有多久没有人对我说过这话了？该是有，两百年了吧。

【三百零七】

"嘶。"拴在木桩上的马匹嘶鸣了一声，扯了扯绑缚着脖子的缰绳，马蹄在地上来回踏了几下，最后发现挣脱不开，也就不再做什么，低下头来吃着身前微有枯黄的草。

曹操所领之军从名义上讲是陈留太守张邈所部，行军时也是与张邈之军同行，因为陈留离酸枣的路途很近，所以抵达酸枣时其他诸侯的队伍都还未见到。在此地驻扎了小半个月，各地的军队才算逐一而至。等到联军齐聚的时候，已经是深冬时节，军营前处的汜水河虽然还在流淌未有结冰，但是水已经凉得刺骨。军营中的兵马越聚越多，每日都能看到整装巡营的士兵提着刀剑走过。看起来营中皆是一副严阵备战的模样，然而抵达的诸侯大部分都没有做任何事，也无有什么战前安排，抵达后就是整日在营中相互饮酒笑谈，好似这不是一场战事，而是一场宴会一般。军中每日商议也都是坐着高谈阔论，无有半点实际动作，多是闲言而已。讨伐董卓的号声已经呼出月余，但是到目前为止，各路诸侯都没有过一次交战，光是相互聚集就用了这月余的时间。驻扎在汜水之前，到如今也没有出兵的打算。

反观汜水之后十余里的虎牢关，根据骁骑所报每日都有兵力入驻，布防也愈加严密。

军营中，一处营帐边，顾楠正盘坐在那里抱着无格冥想，身上无有半点声息，枯坐着，如同和她坐着的石头融为一体，也变成了一块石头。几缕看不清的气流在她的周身盘旋，偶尔使得她垂在身旁的衣带稍有起伏，让人觉得就像是被风吹的一般。"先生于此枯坐，是在做什么？"身边传来的声音让顾楠睁开了眼睛，是曹操穿着一身衣甲走了过来。黑色的衣甲披在身上倒是真有几分将军的模样。走到顾楠面前，他掀起披风，轻出一口气，坐了下来。

"将军。"顾楠笑着打了一个招呼，听着曹操的问题，看向自己手中的无格，说道，"正在练剑。"

"哈哈，先生这练剑的方式倒是独特。"曹操并没有把顾楠说的练剑放在心上，在他看来，顾先生虽然是一个奇人，有莫测之能，但是从身形就能看出应该是不会武功的。武人的身形也并不都是健硕如牛的，但是顾先生看起来有些太过瘦弱了。听到顾楠依旧用将军唤自己，语气也有些生疏，曹操的心里暗自叹了口气。顾先生终归还是与他有些疏离，想来也还未真的归心于他。他犹豫了一下，看着顾楠说道："先生唤操孟德便是，唤作将军也太过生分了些。"

顾楠愣了一下，接着点了一下头："孟德。"

"如此才是。"曹操的脸上一笑，心下一喜，顾先生没有拒绝就是好事。

"说来，将军为何不在军中与诸侯议事？"视线从曹操的身上收了回来，抱着手中的无格，顾楠有些随意地问道。

"议事？"曹操的笑容里露出几分自嘲的神色。"有何事可议？营中之人若不是皆带兵甲，我都不知道此行到底是来行战的还是来作乐的。"如今在军营中聚集的诸侯都不是易与之辈，他们都在等别人站出来先行出兵，打过头阵后，自己可以少些折损，或是直接坐享其成。功劳可分，可根本没有人想做那个出力的人。曹操两手撑在腿上，脸上的笑容收敛，轻哼了一声："皆如先生所说，欲伐董卓，以此诸侯联军，当是无用空谈罢了。"说完，曹操看着远处依稀可见的汜水。过了汜水，西进洛阳的必经之处就是虎牢关。"以虎牢关之先要，董卓又以重军把守，以如今军中这般怎么可破？讨伐董卓岂不就是一个叫天下人耻笑的笑话？"曹操愤怒地嗤笑了一声。他曹操若不是只有五千之兵，便是打了这头阵又如何？

奈何力不能逮。忽然，他心中一动，看向顾楠，正好见到顾楠坐在那里轻笑。先是一呆，随后像是想到什么，他眼中一亮："先生可是有对策？"

"非是对策。"顾楠摇了摇头。曹操的眼中露出些许失望，但想来也是，这诸侯之心又怎么能是一个人能够改变的呢？可顾楠接着说道："而是观局而为。"

为谋之法有很多种，奇计巧策只为其一，而观局顺势亦是其一，还有权衡定夺、固本治安等。奇计巧策可用之逆转局势，而观局正好是反其道而行之，用之顺势而为，预料先机，把握时局，百战不殆。权衡定夺用于平衡各方角力，固本治安用于稳固有利的时态。皆是谋得之术，所以有治国者、治军者、治人者、治身者之说，或有治乱者、治安者之分。无有先后，只是所用不同而已。就像顾楠向曹操说的青州之策，其实就是一种观局之谋，所要做的就是看清局势，把握时机而已。观局之谋看似简单，实行起来只需要顺势而动即可，说破了无非就是如此，但是想要看清这大局却又少有人能做到。能看清者，自然不会受那奇计所动，也可看出大局的漏洞，破那固局之策。

"观局而为？"曹操一时间没有听懂，疑问道。顾楠神秘地笑着，看向曹操："将军，哦不，孟德，你说这诸侯中有多少人是想借这讨伐董卓之事而起身自立的？或是说，孟德，你以为，袁公为何要当那盟主？"

曹操被顾楠这么一问，心思之间似乎有什么疑惑被解开了。这诸侯中，恐怕有很多人想的都是在讨伐董卓一战中借势，包括他曹操也有几分这样的心思。现在看起来诸侯都未有动静，但是既然已经呼出了讨伐的号声，此战就是无有退路的，非是董卓败，就是诸侯亡，所以如今相互试探的局势不会持续很久。时机到时，必会有人站出来先行举兵，以博取名声和功绩。诸侯各怀私心，不过是时候不到而已。

【三百零八】

想到此处，曹操只觉得心中明了，再无疑虑。顾楠看着曹操思索的神情，心里突然冒出一个念头，笑眯着眼睛，出声说道："孟德，不如我与你打一赌如何？三日之内，必有人领众而起。便赌两吊钱好了。"

曹操此时已经将事情想明白，听到顾楠的话，哪还会上当，看了顾楠一眼，故作严肃地说道："先生，你怎么着也是读书的圣贤之人，怎么就这般满身铜臭？何况先生明知三日之后的事，还假与操打赌，白拿这两吊钱，做这无本的买卖，不觉得有失读书人的德行吗？"

顾楠看到曹操这副作态，自然知道他已经想明白了，那两吊钱该是骗不来了，撇了一下嘴巴："早知如此，还不若先不与你说，把这赌约定下才是。"

曹操看到顾楠失策的样子，咧开嘴，自得地大笑起来："哈哈哈哈，先生想骗操还没有这么简单。"心中的疑虑得解，不再那般压抑，心头舒畅了不少。曹操笑完，看着汜水，长舒了一口气。董卓得伐，也必将之伐。他认真地看向顾楠："操，多谢先生解惑。"

"不若把那两吊钱给我结了？"顾楠抱着剑，还是对那两吊钱念念不忘。方才本来可以白赚的，就这般跑了，着实是心有不甘。曹操侧过头打量顾楠一会儿，突然笑出声。不知他在笑什么，顾楠问道："孟德，你为何发笑？"

"我在笑先生当真奇怪。"曹操坐在地上笑着，半仰着头说道，"以先生之才，怎么可能缺得钱财，却又是这般为了两吊钱斤斤计较，当真奇怪。"

顾楠坐在原地，沉默一下，勾起嘴角笑道："我也不知道为什么。"

"是吗？"曹操只以为顾楠是在与他说笑，没有在意。他躺下来，轻靠在地上的一块石头边，看了一眼顾楠怀中的无格，眼中带着几分怀念地说道："从前我也喜欢练剑，常以游侠自居，想能轻衣快马，执剑仗义，这般之人岂不快哉？不与先生说笑，当年也曾做过许多胡事，我曾和本初一同劫过亲。那新娘生得好看，我二人一时兴起就劫了来，也没做别的，劫了就放掉了，结果一家人都追了出来。逃跑的路上本初摔入荆棘中，我就指着他大叫'贼于此处'，自己转身就跑。本初当时的模样，吓得脸色青白，哈哈哈。"曹操笑着，也不知道是笑得太过，还是为何，眼角突然湿润。"那般的日子现在想来着实荒唐，却也快活。奈何这世道，不叫人安。"或许只有生于乱世的人才知道一个"安"字是如何难得。在一个世间的祸乱中，又怎能苟全？"顾先生，你说若是世间本苦，人生来做什么？"曹操问了一句。

顾楠抱着微凉的无格，剑身靠在怀里："生来受苦吧。"

曹操不再发笑，突然，转而问道："顾先生，你要那两吊钱做什么？"

顾楠顿了顿，回答道："说是要给绮儿买一把好些的剑，到现在也没买过。"

"绮儿啊。"曹操眼中温和。那小姑娘在府中处处小心，那般大的孩子，懂事得叫人不知该说什么。他拍了拍自己腰间的剑："那便送一柄好的。论及宝剑，操倒是偶尔得过几把，便当是叔伯之礼。"

夜里的军营中，四下的营帐皆暗，只有一处营帐中的灯火尚且亮着。灯火将人影投在帐篷上，在火光的抖动下，人影也缓缓晃动。帐中三人，其中一人坐在主座上，身上穿着甲胄，头戴武冠，两处雁翎在侧。面容英武，眉目间多有一股逼人的锐气，嘴角留着些许胡须，多添了几分气概。身段修长，披着一件犀皮铁甲，内衬黑衫。气度凌然，只是看去就叫人折节。而他的身前站着两个文士，都执礼而立。

"袁公，有探报董卓亲率十余万军至虎牢，以吕布为先军，李傕、郭汜为后军。人数不能知，但声势浩大。"其中一个文士躬身说道，将手中的一卷布帛递交到主座上被称为袁公的人手中。

主座上的人接过布帛，在手中摊开，眼在布帛的字上简单地看了几眼，抬起头来，看向另外一个文士，问道："宫则，你看如何？"

另一个文士思索了一番，也弯下腰来，沉声说道："袁公，我觉得时机已至矣。董卓来至，各方不战便是自取灭亡，此时袁公起兵，必是皆同响应。"

"好，"主座上的人肩膀一沉，"那就准备起军。"

两日后，军营中筑起一座三层高台，高台上竖立着各方旗帜，上建白旄黄钺、兵符将印，鼎炉焚烟，烟雾弥散。而高台之下，兵卒列阵，将领披挂，各方诸侯便坐在各自的位子上。随着那台上的香焚去一半，坐在诸侯首列的一个人站了起来，披着衣甲向高台走去。其人便是联军公推的盟主袁绍。他整衣佩剑，缓缓迈上高台，接过一旁人递来的香点燃，转过身来对着汜水之畔深深拜下。"汉室不幸，皇纲失统。贼臣董卓，乘衅纵害，祸加至尊，虐流百姓。绍等惧社稷沦丧，纠合义兵，并赴国难。凡我同盟，齐心勠力，以致臣节，必无二志。有渝此盟，俾坠其命，无克遗育。皇天后土，祖宗明灵，实皆鉴之！"袁绍的声音洪亮，响在每一个人的耳侧，说完才拿着手中的香炷立在香炉中，捧起摆在台上的一坛牲血，饮了一口，血水从他的嘴角流下。伸手将嘴角的血迹擦去，嘴角依旧微红。

下座的曹操看向袁绍，站了起来，手中持着酒杯，高声说道："今日既立盟主，各听调遣，同扶国家，勿以强弱计较。"

袁绍感激地看了曹操一眼，这个时候若无人应和，就不免有些失气了："绍虽不才，既承公等推为盟主，有功必赏，有罪必罚。国有常刑，军有纪律，各宜遵守，勿得违犯。"

【三百零九】

数百年的时间，军营中的东西都随着这百年的时光渐渐改变，许多都与几百年前的秦时不再相同。不同的衣甲，不同的兵戈，还有和当年不同的人。当然也有些是不变的，比如说军粮，还是同从前一样难吃。每个人分发了一些干粮便算是饭，一路上带着吃，行军显得颇急。长流的汜水河奔腾远逝在河流的尽头。要去虎牢关，就必须渡过这条河。军卒搭舟而过，无数的人会集在水上，在滔滔的河水上起伏。从远处看去，错落有致，忽隐忽现，像是随时要被流水卷去一般。总是如此，无数的人，因为一个叫作大义的东西，奔向那片烽烟里。也不知道会有多少人回来，也不知道会有多少人被那滚滚浓烟吞去，再也看不清归路。但至少在冲入那片烽火前，每个人都紧握着他的兵刃，没有人会想成为死去的那个。数不尽的兵甲中，每一个人都显得很渺小，渺小到随时都会被那兵戈淹没。

顾楠走在曹操身后，手中拿着干粮咬了一口，着实难吃。即使是吃再多次，也不会有人觉得这像石头一样的干粮会是美味。可在这军队中，所有人都吃得狼吞虎咽。曹操回头看了顾楠一眼，想到什么，伸手在怀中摸索了一阵，最后拿出来一块肉干递给顾楠："先生。"

顾楠先是一愣，随后笑道："我吃干粮就够了。"

"先生和我们这些粗人不一样，需要吃些好的。"曹操认真地说道，将肉干塞进顾楠手中，笑了一下，"虽然也无有好的。"说完，曹操看向走在顾楠身边的曹仁，郑重地点了点头："子孝，照看好先生。"

曹仁低下头，身上的衣甲闷响，沉声说道："仁不死，先生无恙。"这话说得有些重了，但是在这万军之中、虎牢之下，似乎必须得抱着这般赴死的心。

"若是子孝不行，不是还有我老洪吗？"曹洪在一旁笑着，粗声粗气地讲道。虽是笑着，但脸上的笑意也有些许生硬。

顾楠回头看向众人。夏侯惇握着长刀的手该是太用力，有些发白。夏侯渊骑在马上一遍又一遍地数着箭袋里的箭镞。李典依旧是那副一丝不苟的样子，可是温沉儒雅的眼中带着一分杀气。就连乐进都不怎么说话，沉着一张脸。所有来的人都是这样，每个人都知道将有一场大战，已定下赴死的决心。战阵这种地方叫人不想来第二次，因为每一次都可能倒在这里，再也站不起来。

夏侯惇见顾楠看向他们，张开嘴巴，嘴中吐出些许白雾，这天确实太冷了。"先生放心便是。"其余的人也都看向顾楠，点了一下头。

"呵，"顾楠咧嘴一笑，"你等随着孟德奋勇破阵就好。"

走在前面的曹操也笑着说道："此次，可是要叫天下英雄看看我等气魄的。"

诸将相互看了一眼，在对方眼中看到的皆是战意，手执于身前行礼，齐声说道："是！"

汜水之侧寒风席卷，吹鼓在望不到头的军队中。顾楠将肉干撕扯下来放进嘴里。天寒地冻，就连这肉也硬得无有半点肉味。

伐董之战正起，其中以长沙太守孙坚为先锋领军先战，以韩馥于邺城供给粮草，以南阳太守袁术督运军粮运往各营，以孔伷驻军颍川以来呼应，其余诸侯聚为中军而行，不过一日余兵至汜水之后，直逼虎牢关。虎牢关中，这一日的关门敞开，最后一路援军兵至。行军的沉重声音在关门前回荡，一个魁梧的男子骑在马上，他本身就是粗壮的身材，穿戴上铠甲更是显得庞大，对比之下，反而显得他身下的马匹有些瘦小。他身下的马匹也是名驹，四蹄健硕，肌肉如是石刻，马鬃飞扬。可背着身上的人，脚步有些缓慢，背上微有弯曲，鼻尖喘着粗气，时不时冒出一阵白雾。魁梧男子骑在马上，身前的一个士卒牵着缰绳，似乎有些战栗，牵着马低着头慢步走向关中。直到走到关门前，士卒才停了下来。

关门前站着一众人，而领在最前的是一个头戴垂翎冠、手握方天戟、身穿侯甲的将领。

见到魁梧的男子骑马走来，将领迈步上前，躬身拜下，目视着地上："义父。"

将领身后的人也一齐拜下："相国。"

骑在马上的人垂下眼睛，目光在众人中扫过，才出声应道："嗯。"

大军入关，直到最后一个人走进关中，城门缓缓移动，随后发出一声重响，闭合在一起。关中殿上，魁梧男子走过大殿中央，脚步不快，每走一步便是一声闷声，一阵阵地敲在众人心头。走到殿中的主座上，那男人喘了一口气，坐了下来。"如今，战事如何了？"

声音不重，却让殿上的人都不自觉地如芒在背。

"相国，"一个穿着将甲的人走了出来，"先前相国未至，不敢轻易出军，如今那诸侯联军已过汜水，逼至关前，正在关前驻军扎营。"

这人被唤作相国。如今世上能被唤作相国的人该只有一个，便是洛阳中的董卓，此时的他却是已经亲至虎牢关。"哼。"董卓坐在主座上冷哼一声，"胆小如鼠，便是予了你们重兵，你们也不会用！为何不在汜水之侧驻军？沿河而守，此般不是空失了先机？"

走出来的人额头上滴下一滴冷汗，低头说道："是，属下失职。"

"失职又如何，我是要把你斩了吗？"座上男人的眼里露出凶意，抬起了眉毛。

"这……"那人脸色一白，"砰"的一声跪在地上，"相国，李傕知过，求相国恕罪。"

"……"董卓沉默一下，合上眼睛，"退下。"

"是。"李傕喘了一口气，从地上爬起来，退入殿下的众人中。

【三百一十】

董卓拿过桌案上的水壶，也不用什么杯子，直接就着壶嘴喝了一口，横过眼睛看向殿下的人："你们，谁愿意出战？"殿下一阵无声，直到为首的侯甲将军向前走了一步，迈步走上殿中，低下头："义父，关外诸侯，不过草芥。布愿提虎狼之师，尽斩其首，悬于都门。"

话音决绝，带着些许森寒，好似那关外诸侯的十余万大军如是无物一般。董卓看向吕布，阴沉的脸上扯出一个难看的笑容。"好，便由我儿领军，破那草芥！"说着正欲下令。

"相国，杀鸡焉用牛刀？"殿下的人群中传来一个不重的声音。向那声音看去，才见那说话人的模样。其人身长九尺，虎体狼腰，豹头猿臂，面容粗犷，有些不修边幅的模样。不过视那体魄，当是一员悍将。他淡笑着走了出来，先是对吕布行了一礼，才向董卓说道："相国，不劳温侯亲往，华雄可前去会一会那关东诸侯。"

"哦？"董卓听到华雄的话，将手中的茶壶随手放回桌上，茶壶险些碎开，"你可有胜算？"

华雄的神色一喜。既然董卓这么问，就是有让他出阵的打算。此时可是难遇的立功博名的时机，自然要抓住："相国，华雄十成胜算。"

"十成？"董卓的眼睛一低，落在华雄脸上。"呵，哈哈哈哈。"他有些张狂地大笑起来，"好！我提你为骁骑校尉，给你马步军五万，破了那诸侯联军。"笑完，又突然沉下脸，从怀中拿出一枚兵符，扔在地上，冷声说道，"若是不得破，你提头来见如何？"

殿下的人心中都是一寒。

"是，"华雄却是当即拜下，将地上的兵符捡了起来，"华雄领命。"说着就起身退了下去，留下殿上鸦雀无声的众人。华雄走到殿门口才停下脚步，低头看着手中的兵符，粗糙的手指在其上摩挲了一下。大丈夫谁不爱功名？他也爱。只有有了功名才能在这个世上全然地活下去，否则便是苟全一时，也早晚要被这世道吃了去。华雄的眼神一冷。此次若不成功，死便死了。回头看向殿上，转身而去。他会提头来见的，提那诸侯的项上人头。吕布站在原地复杂地看着华雄离开。董卓将吕布的神情看在眼里，笑出了声。

"我儿，偶尔也得给他人些机会不是？此战你也好休息一番，哈哈哈哈。"堂上独有董卓一人的笑声，张狂乱耳。殿下的人低着头，其中有不少董卓的旧部，有些人闭上了眼睛。从前的董卓不是如此，或许权力真的可以轻易改变一个人。

虎牢关下，刺骨的寒风撕扯着军营上的旗帜，使得旗帜不住地抖动翻卷，像是要挣脱开旗杆而逃。嗒，一双战靴踩在地上，一个人站在军营前。那人披着一身棕色的皮甲，皮甲上镶嵌的铁片被冻得更显寒意，身后披着一件棕红色披风，领口处缝着虎皮，头上扎着一条红色头带，面容生威，好似那吊睛山虎一般。不过不露凶色，而是看着不远处依稀可见的虎牢关微微笑着。手持一柄古锭刀，刀身收在鞘中，被双手按着立在地上。

沙沙作响，是衣袍摩擦的声音。一个副将打扮的人从持刀人的身后走了上来。持着刀的人没有回头，只是笑着出声问道："何事？"

副将犹豫了一下，出声说道："主公，请作先军，是不是太过了？"

诸侯联军起兵，可无人愿做先军先行，毕竟要正面对抗董卓，他们都没有太大把握，只有长沙太守孙坚说愿做此前部。副将忧虑是有原因的。作为前军要面对最多的兵力和压力，以孙坚所带之军，想要与董卓军交战，战力还不足。此次出军他们虽然是为了借势而起，但是作为先军，难免显得有些过于急进了。若是兵败，岂不是再无机会？

"德谋，你的优点是沉稳，但缺点也是太过求稳，岂不知险中求胜方破大局？"孙坚的眼睛微侧，看向身后，"若可破董卓先军，我等自当可居首功，如此我与袁术联合，其上表我为豫州刺史才算名正言顺。"

孙坚身后的副将欲言又止，最后叹了口气："主公，此举若是有失……"

"无失。"孙坚打断了副将的话，脸上的微笑沉了下来，严肃地看着虎牢关。"领军而起就不得有失，一失，便可叫大军溃亡，所以定不会有失。"他侧过头来，声音微沉，"我等要在此世立足，不成流乱，保全家小，就得决绝一些。"大风一紧，将孙坚的披风扯住，将他手中的古锭刀柄吹得冰冷。"此世将是一个乱世，若无决意，可是活不下来的。"

江东不知何时流传起了一首歌，那歌是江东周郎所唱，他曾说这是他的"子期"所作。该是同那人自比为"伯牙子期"。能被那江东周郎称为知己的人该是如何，颇叫人想见上一见。可没人见过他的这个"子期"，不过那歌却是叫人唏嘘，那歌如是："滚滚长江东逝水，浪花淘尽英雄。是非成败转头空。青山依旧在，几度夕阳红。白发渔樵江渚上，惯看秋月春风。一壶浊酒喜相逢。古今多少事，都付笑谈中。"

此世之事都不过日后茶余的笑谈？孙坚任由大风拉扯他的披风，手握住刀柄。"我孙文台,可不想叫那大浪淘尽。"谁人想被大浪淘去?但是若不想,就只能逆势而行。

顾楠咬着肉干,强行扯下来一块,在嘴中嚼着,无奈地说道:"啊,这肉干好硬啊。"

这几日的风越来越大,吹得她头上的斗笠都戴不稳。

【三百一十一】

一束天光从高空落下,落在虎牢关前、汜水之畔,落在一柄微亮的刀刃上。刀刃的刃口清明,在天光的照射下泛起一片冷光。冷光中,泛光的刀刃上倒映着一片无尽的黑甲,黑甲组成的一排又一排军阵横列在军营前。冷风迎面吹来,紧扯着军上的旗帜,吹鼓兵卒的衣领。

人像是被冻僵在了那里一般,一动不动,许多人都低着头,面上的表情也看不清楚,但是想来应当也无有什么表情。

军营中的兵卒已经尽数集合在此处。孙坚提着刀站在军阵前,眺望西处。从军营向西望去,远远地可以看到虎牢关下驻扎着的营帐和营帐中的篝火。大概是两日前,这军就已经驻扎在了虎牢关外,看来是董卓军的先锋,在那儿驻扎亦是寻机击退孙坚之部,又或者可能是来试探诸侯实力的。不过两日来这董卓的先军皆没有动静,只是在虎牢关外扎营,也不布防,不知道是做着什么打算。不管是做什么打算,今日就先试探一番。

孙坚握住刀柄,转过身来,目光在军阵中环视了一圈。站在一列的是骑着马的四员校将,见孙坚转过头来,同时将手中的兵刃微微抬起,低头行礼。孙坚点了点头,目光看向四将的身后,落在了军阵中的一个士兵身上。那士兵低着头,肩膀微微打战,头盔的帽檐遮着半张脸,看不清他的模样。孙坚迈步走了上去,一只手搭在他的肩上:"你,把头抬起来。"

那士兵抬起头,竟是涕泪横流,眼泪被冷风冻在脸上,结了一层薄霜。"你哭什么?"孙坚淡淡地问道。

"将军,"士兵的肩膀发抖,咬着牙,"我怕。"一个汉子在人前一边哭一边说我怕,该是个很可笑的事情,但是此时的军阵两侧没有人笑他,因为所有人都怕,那个汉子只是恰巧哭了出来而已。出军后就没人知道会是如何了,是胜是败,是死是活,无人知晓。孙坚的手慢慢握紧,抓着这个士卒的肩甲,沉默半响,才问道:"姓名是何,家住何地?"那士卒不明白孙坚的意思,他知道哭不争气，知道这是无骨气的事，但是想到若是自己死了，家中老人无依，眼泪就忍不住地流。人总是很奇怪，平日里总是无有感觉，但当真的觉得要失去些什么的时候才要哭。全家人都等着他的军饷吃饭，白发人送黑发人，就和两代人都死了无有区别。"常成，家住长沙，宁乡。"士卒断断续续地回答道。

"莫再哭了！"孙坚看着这士兵，神色一凛，"给我壮气一些！"说着脸凑到士兵面前，抵着他的额头，一双眼睛有些发红地瞪着他。"到了这儿，不是他们死就是你死，便是要死也别这样哭哭啼啼地去，别丢了我们江东儿郎的脸面！"士兵被孙坚喝得愣住，有些不知所措地站在原地。

孙坚最后又狠厉地看了他一眼，将士兵推开，转身走到自己马边，坐上了马。牵着缰绳向前走了几步，突然他回过头来，看向那个呆滞的士兵："宁乡，常成，我记着了。且杀敌去，若是死了，我会命人将抚恤送到你家中，优待你家人。"说着孙坚的眼睛抬起，看向阵中的所有士兵："你们也一样。"

虽西周就有法——"凡行军，吏士有死亡者，给其丧具，使归邑墓，此坚军全国之道也"，可在军中为卒，大多情况便是死了就死了，无有人会给你收尸，该就在战场上的随便一个地方埋去，更别说何抚恤了。不过孙坚的军队是行抚恤政策的，不是朝廷给予而是地方给予，消除士兵的后顾之忧，用于提升作战能力。一个士兵的抚恤是多少？约莫是半吊钱，其实也不多。这世上两吊钱可以买一把宝剑，半吊钱则可以买一条人命。

嚓，一阵刀刃与刀鞘摩擦的声音，孙坚腰间的古锭刀被缓缓抽了出来，握在手中。

孙坚将长刀抬起，指向虎牢关外的军营："出军！"大军开拔，那个呆着的士兵握着手中的长矛，最后定定地向前路走去。他不想死，就只能杀了别人回来。

"报！"帐外传来一个人的声音。华雄盘坐在帐中的桌案前，模样看起来有些随意。"进来。"随着他淡淡的说话声，一个领将推开营帐的帘子走了进来，见到华雄便单膝拜下："将军，孙坚所部开始进军了。"

"哦，"华雄坐在桌前轻声一笑，"是吗？本以为他们还会再观望几日。"

"想来是见我军按兵不动，想要试探。"半跪在地上的将领出声说道。

"该是如此。"华雄挑了一下眉梢，看向跪在地上的将领，"只许败，不许胜，可是明白？"

将领犹豫一下："可是将军，此番我军是守军，若是轻易溃败，恐怕对方也不会相信，很难使之掉以轻心。"

"那便加些东西，让他们信不就好了？"华雄笑着说道，语气中尽是不在意的样子，却让那跪着的将领有些局促。

"将军，该如何做？"

"待孙坚之军赶至，你等领兵交战一时就可败走，其余的不用你管。"

"你去将副将胡轸唤来。"指向帐外，华雄的声音不重地说道。

将领低下头，不作声地退了下去。

华雄要自己的部下佯败，然后退守关中，是为了等到孙坚大意，再以夜袭破之，不过此时倒是还需要一个让孙坚相信他们是真的败了的理由。大概过了一炷香的时间，华雄等得都有些不耐烦了，才有一个将军走到营帐外："将军，胡轸前来领命。"理由来了。华雄粗犷的脸上扯出一个笑容，对外面招呼道："胡将军，进来吧。"

【三百一十二】

营帐的帘子被掀开，走进来的是一个身高八尺的将领，身穿镶片铁甲，头戴立缨革盔，将手中的一柄长矛交到营帐外的士兵手上，走进了营帐。"将军。"胡轸单膝跪在地上，"不知将军唤胡轸来何事？"

"文才，此番若是能够大破联军，你可知是何功绩？"华雄故作亲切地笑看着胡轸。胡轸同他一样都是董卓的部将，两人说来也算同袍，不过此时胡轸暂时被调来做了华雄的副将。胡轸听到华雄的话，沉默下来，随即笑了一下："自然是知道的。不过，不知将军此话是何意？"

伸出手，指了指两人，华雄压低身子说道："文才，你我同泽多年，这次的功绩，我想与你同得。"

听了华雄的话，胡轸愣在那里，接着脸上一喜，看向华雄："将军此话当真？"

"自然是当真。"华雄伸手搭在了胡轸的肩膀上，"已有军报，诸侯之一的孙坚一部将攻我军。此军兼程而来，人马疲乏，我欲让你率我军出战，定然必胜。借此，你也好得一大功。文才，你觉得如何？"

胡轸的神色激动，若是能破一路诸侯必然是大功一件，看向华雄的眼中满是感激，如是看着再生父母一般，沉声说道："将军，我定败那孙坚！"

"哈哈哈，好！"华雄深深地拍了拍胡轸的肩膀，"文才果然骁勇，此番我先祝你得胜归来！"说着将胡轸从地上扶了起来，语重心长地说道，"对了，文才，你要记着，交战之前，定要先喝上一声'我为先军副将胡轸'，再行交战。"

"这……"胡轸迟疑了一下，问道，"将军，这是为何？"

"你这般高喝,定然能叫士卒士气高涨,其次也能叫旁人记住你的名号。文才,你要记着,这世上光有功绩是不够的,还要有名声,如此才能走上高位。"

胡轸的眼睛一亮,了然地点了点头:"是,多谢将军相告,胡轸定不负将军苦心。"

"记着就好,"华雄笑着挥手说道,"下去吧。"

"是!"胡轸意气风发地转身走出帐外,该是还在想到时在两军阵前该如何高喝,自己又会如何破敌。

华雄背着手站在营帐里看胡轸走远,脸上的笑意沉下。莫名地,他嗤笑了一声,可能是在笑胡轸,也可能是在笑自己。他有些疲惫地坐了下来,看向桌边摆着的长刀。他曾经看过一本兵书,其上写着这样一句话:"何为战?死千万人,而全世人,为战。何为将?死一人,而全千万人,为将。"意思差不多就是:什么是战事?死千万人,保全世人的是战事。什么是将领?死一人,保全千万人的是将领。"开玩笑。"华雄咧着嘴笑着,眼中无神,"世上哪有这般将帅?"曾经他是信的,现在他是不信的。何为战?死千万人,而成一王业,为战。何为将?枯千万骨,成一将功名,为将。但他不知道,从前确实有那般的将领。

嗒,马蹄不安地在地上刨着,将地上的泥土翻起,身上的衣甲和手里的兵刃都是冰凉的,冻得人几乎不能动弹。马背上,孙坚的古锭刀高举在身前,刀口的方向是虎牢关前的一支军部。那军部看起来约莫万余人,领头的是一个挑着铁脊长矛的将领。

"主公,听闻董卓先军不少于三万人,为何只有这点?"孙坚身后的一员部将微微侧到孙坚身后问道。孙坚皱着眉头,脸上带着些沉重的笑意:"不知,不过此番只是试探,若有变化即刻退走,不需恋战。"

"是!"他身后的部将点了点头。

两军对峙了一会儿,董卓军中的人先忍不住了,为首的将领挥舞了一下长矛,身下的马匹向前踏了一步。"吾乃西凉先军部将胡轸!行阵皆在!"砰,董卓军中的士兵齐齐地踏出一步,震得风声纷乱。孙坚的眼睛微合。副将领军,看来此军确实是正部。"随我破敌!"胡轸勒马而起,长矛向前,高喝了一声。马蹄落下,踏起一片尘泥,同一时间,杀声喝起,震耳欲聋。万余士兵同时冲来,烟尘奔腾,声势浩大。董卓军的士卒毕竟多是西凉旧部,本就是强军,和诸侯中许多临时组建起来的部队有根本性的不同。虽然孙坚的部队也是经历过战事的,但是在此军面前,许多人都被震得脸色苍白。

"勿乱！"孙坚如同虎啸的声音在阵中响起，手中的古锭刀挥出一阵破风声。

"杀敌破阵！"

"啊！！"军阵中发出一阵呼啸，如同潮流般的人举着手里的刀兵冲在了一起。

"啊！"

先前那个在阵中畏哭的常成将手中的长矛刺入一个西凉军的胸口，而西凉军手中的刀也砍在了他的肩膀上。鲜血溅出，脸上温热，但是常成像没有感觉到一般，将长矛抽了出来，看着西凉军的尸体倒下，喘息着，看向四周无数的人影。他不想死，手攥着长矛，像是攥着最后活命的稻草。虽然这根稻草在这几乎无法阻挡的人潮面前显得很可笑，但是他不想死。嗖嗖嗖，无数的箭从后军飞起，有的是董卓军的，有的是孙坚军的。箭镞如雨，漆黑的箭影如飞蝗，无尽地从地上掠过。前面冲在一起的部队不会被射中。两军交战时为了避免误伤，后军的弓箭手射箭都是向没有冲上来的对方的后军射的，当然也会有些流矢射入前军。这也是行战的时候即使不愿，步卒也会拼命往前冲的原因。在前面还可以混杂在人群里，若是在后军，更难活下来。

嗖，突然听到一声破风声，人群中的常成抬起头。在他的眼里，一根飞矢在一瞬间放大，只听"噗"的一声，他的眼中传来了一阵剧痛。但是随后就好像什么都感觉不到了，伴着的是力气开始慢慢流失。脸上有什么东西在流淌，眼睛却什么都看不见。他知道是怎么了，此时他倒是没有那么怕了。孙将军答应过的，会善待我的家人……半吊钱，够吃大半年了吧，真好啊……

砰，人摔在地上，没了声音，没有任何人多看一眼，因为这种地方到处都是没了声音的人。这世上，一条人命半吊钱。

【三百一十三】

枪矛撞在一起倾斜下来，就像倒塌的树林，发出轰隆的声音。站在军阵前面的人被长矛贯穿身子，或是被刀剑划破喉咙，眼睁睁地看着身上的衣甲被自己的鲜血染红，有的不甘，有的无神，有的则是解脱。站在军阵后面的则冒着根本没有尽头的箭雨向前冲，有的中箭倒在地上，有的冲进前阵陷入人群的厮杀。战场上，根本没有能让人活下来的地方，如同祸乱中，根本没有人的苟安之地一样。分别无非是站在原处被乱箭淹没，还是冲入人群和人搏命求存。那就去厮杀，那就去搏命，杀了眼前的人，或许能活下来。也许这就是那片喊杀声里，每一个人正想着的事情。

董卓军的战线开始不可思议地退后，这支身经百战的西凉军好像正在被孙坚所部杀退。

　　兵线一步步地向后退去，战阵中的胡轸愕然地看向军中。他不明白，自己的军队为何会不是孙坚军的对手，就算不是，也不可能刚开始交锋就开始溃败。但是董卓军真的在退，像是已经开始显露败象。就在胡轸出神的片刻，他的身侧传来一声怒吼。他回过头去，孙坚举着一柄古锭刀驾马而来，脸上的表情狰狞。那柄刀举在他的手里，雪亮的刀光照亮了胡轸的侧脸，也照亮了他惊慌的眼睛。嚓，刀刃带起一片残血，从胡轸的喉咙间拉扯而过。刀没有半点犹豫，仿佛杀人和杀鸡屠犬没有什么区别。喉咙上传来一阵剧痛，脖颈上的皮肉被撕扯开来，那刀如同划开了一个皮囊一般，发出一阵漏气的声音。胡轸一生感受过很多次割开敌人喉咙的感觉，而自己的喉咙被割开，这还是第一次，应该也是最后一次。没有丝毫迟疑，刀光再起，这一次彻底斩断了胡轸的脖颈。胡轸感觉一阵天旋地转，一切翻转着，感觉不到身体的存在，最后倒下去之前，他看到的是提着沾血的刀的孙坚。战场上没有让人出神的时间，稍有差错，便是丢了性命的事情，没有第二次机会。

　　孙坚看着胡轸无头的身子摔下战马，侧过头来高声呼道："敌将已授首，破敌夺旗！"

　　那呼声之高，隐隐地将战场上纷乱的厮杀声都压了下去，孙坚军的攻势又是一猛，似是要冲开董卓军的防线。忽然，董卓军后的阵地中挥起一面旗帜，鸣金声响起。一声呼啸声，一片纷乱的兵马从战阵上撤出，向着本阵逃去。

　　见董卓军逃了，孙坚军阵中的士卒就停了下来，看向自己的主将。"主公，怎么办？"一个副将靠近问道。孙坚看着撤退的大军皱着眉头，挥了一下手中的长刀，刀上的血迹被甩在地上。"穷寇莫追，先撤。"其中有诈，这是他的直觉。

　　旁人不明白，他怎么会不明白自己的军部战力几何？董卓军部是由西凉军组成，若是苦战而胜还有可能，这般轻易就胜了，有些太过荒诞了。视线落在地上，胡轸的人头还摔落在那里，这让孙坚的眉头皱得更深了。若是诈败，为何这本阵部将不逃，而是在此处缠斗？这部将武力不弱，若不是他抓住对方出神的时机，也不可能一刀斩了他。若是他要逃，自己也不可能留得住。回头看向自己军中，孙坚带着许多不解，疑虑地说："撤。"

　　兵马踏着烟尘离去。董卓军的本阵中，华雄看着离去的孙坚所部，微微眯起眼睛。"这孙坚，倒是谨慎，有些难对付了。"一边说着，一边侧过头对身边的一个骁骑说道，"你去探察其部情况，随时向军中上报。"

　　"是！"骁骑抱拳低头，退了下去。

孙坚的营阵中，孙坚坐在帐篷里，身前坐着一个部将。他有四个部将，都是早年就跟随于他的，而且都是武艺超群之人，其名分别是程普、黄盖、韩当、祖茂，而此时坐在孙坚之前的就是黄盖。此将年纪不小，两鬓上已经微白，看得出已经是快要过壮年的年岁了。即使如此，依旧给人悍勇的感觉。此时的黄盖面色忧愁地半跪在孙坚身前："主公，我等的粮草已经用不了多久了，袁术的补给却还未到，是否需要先以退做守？"确实，袁术的粮草已经许久没有来了，就算是辎重运送缓慢也该到了，难不成是出了差错？

孙坚沉吟了一会儿说道："我会命人去催促一番。公覆，这几日你等不能松懈，我恐那董卓的先锋将有诈，欲做奇袭。"

"是，主公，我会通传下去。"黄盖点头说道，说完就退了下去。军中无粮随时都有可能起乱，必须要快些才是，而且董卓的先锋将看来也不是有勇无谋之辈。孙坚皱着眉头，长出一口气。此战，看来是不好打了。

夜里，一个轻骑从孙坚的兵营中快马奔出。快马急鞭，几乎将马催到了极致，跑得马嘴边都带着白沫。过了一两个时辰，轻骑冲入一个兵营中，守在营门处的两个士兵架矛将轻骑拦了下来："来者何人？"轻骑勒住了马，马匹喘着粗气，四腿似乎都在发抖，坐在上面的人微喘一口气，将手中的一卷书信举了起来："奉孙坚将军之命而来，求见袁公。"

一个小胡子的中年男人正靠坐在床榻上。虽然同是营帐，但这里的陈设未免太好了些。

和寻常营帐中的普通摆设不同，这营帐中的床榻都是红木的，上面铺着锦缎。那小胡子男人的衣袍也是颇为贵气，身前燃着一盏烛灯，手中拿着一柄长剑。长剑出鞘，横于手中，火光下寒光隐没，被握着剑的人专心地观赏着。

【三百一十四】

"主公。"门外传来唤声。坐在帐篷内的人收起剑，看向门边："进来。"进来的人穿着长袍、头戴文冠，手中拿着一张文书，弯着腰走了进来。帐中的人看了那文士一眼，目光又落回剑上，像是只专注手中的物件一样："何事？"

文士微微低下头，说道："主公，孙坚来信，催促粮草。"

孙坚送于文书的人是袁术，那这般，坐在床榻上观剑的人就是袁术了。

"哼，"袁术冷哼一声，"又不是不会送给他，这般急做什么？运送辎重这般事情是急得来的吗？他莫不是在为难我。"说着抬起眼睛，"回信与他，说再等几日，我就送过去。"

"是。"文士虽然应着，但面上是一副欲言又止的样子。袁术将他的神情看在眼里，淡淡地说道："有什么想说的，便说吧。"

"是，主公。"文士拿着文书行了一个大礼，"在下也不知当不当言。孙坚乃江东猛虎，若打破洛阳，杀了董卓，正是除狼而得虎也，如此岂不得不偿失？欲破董卓也并非孙坚一人才可。今不予粮，彼军必散，届时狼除虎去，不是更好？"

孙坚和袁术虽然是合作关系，但也是竞争关系，两人心里都明白，这样下去两人早晚有一战。此时，倒也是一个好时机啊。袁术的手抚在剑上，指尖触之冰凉，摩挲过刃口，那刃口锋利，险些将袁术的手指割开。"好，"袁术笑着说道，"那就先停运粮草。"说着，看了那文士一眼，"你不错。"

文士的脸上一笑："谢主公。"这才躬身走了下去。

袁术坐在床榻上，轻轻挥舞了一下手中的剑，剑光锐利。看着长剑，袁术自言自语："剑是好剑，但是锐气太盛，未免有些难以把握了。"剑光落下，斩断了桌案上的烛火。

嗒嗒嗒嗒，马蹄声由远及近地传来，随着那蹄声越来越明晰，让人看清了来人。驾着马冲来的是一队骑兵。那队骑兵看上去当真神骏，身下皆骑着清一色的白马，向兵营中奔来时如同一道道白虹，马鬃扬卷着，看得出那些都是良驹。骑在马背上的人都穿着银亮的铁片甲衣，内衬白青衣裳，手握骑枪，枪缨迎风，背上背着一张硬木牛角弓，一组铁簇雁翎箭。那一队骑军冲来，兵营中的士兵望去，眼中大都是羡慕的神色，真的好威风。

"吁！"随着一阵勒马的声音，那队骑兵停了下来，翻身下马，相互说笑着。

"也不知道那董卓军在何处，这么远赶来总不能就这么每天闲着吧？再这样下去，我觉得我都快锈了。"一个骑兵揉了揉肩膀笑着说道。

"得了吧你，等真的打起来，你跑得比谁都快。"一旁的一个人直接抬杠地说道。

"啧，你说什么，想讨教讨教？"

"来就来，骑、射还是上手，你选。"

"来来来。"

眼看着两人要打起来，也没人阻止，周围的人都是笑着看着。这白马骑军的领首是一个年轻人，看了一眼那两个骑兵笑着说道："下手注意分寸，我去打点水来。"说着从马背上翻了下来。这年轻骑军穿着一身铁甲垫着白衣，就连手中的长枪都配饰白缨，这一身装束着实显眼，叫人侧目。再看他的样貌，不像将军，而是一俊美少年。面容白净，利目剑眉，头发齐绑在身后，戴着一顶狮子盔，气度沉稳，倒有大将之风。他笑着看了一眼自己身后笑闹的白马骑军，手中拿着一个水袋准备去军中取些水来。

顾楠拿着无格正在军营间走着，突然感觉自己腰上少了些什么，伸手在腰间摸索一下，发现腰间是空的。"咦？"明明记得还有一个铜板啊。向身后看去，正好见到那铜板掉在不远处的地上，在一个帐篷的转角边。因为没什么钱财，她都是直接将钱放在怀里或是放在腰带里的，这样的结果就是容易掉。怎么掉在那儿了……顾楠无奈地垂了一下眼睛，向那个铜板跑去。虽然是跑着，但是她的脚步几乎是无有声音的，以她现在轻身的功夫就算踏雪无痕也不是不行。

提着水袋的小将走在路上，这军营取水的地方也不知道在哪儿，四下看了一下，路过一个帐篷的转角边。突然一个白影从他眼前蹿出来，砰，转角处发出一声闷响。还没回过神来，那白影就已经撞在自己怀里。怀里先是一阵香软，还没反应过来是怎么回事，随后那白衣小将就觉得自己像跟一辆至少四匹马拉着的战车正面撞上了一样，一股巨力从他的胸口传来。这时候他才想到运起内息，却是已经来不及了。顾楠眼前一黑，感觉和什么东西撞了个满怀，下意识地一个用力，接着就看到一个人影被撞得翻旋着飞了出去。砰，人影重重摔在路边的木箱子上，将那些木箱撞塌成了一堆，扬起一片尘土。等到尘土落下，才依稀看见一个穿着白衣的小将正呈"大"字形地躺在那堆箱子中，没有声响。

"欸？"顾楠傻愣地站在原地，额头上冒出一滴冷汗。这……她也没用几分力气，不会出人命吧？这年头的年轻人都这么不禁撞吗？

"咯咯……"躺在一堆木箱子上的小将咳嗽了一声，一副要咳出血的样子。胸口生疼，不知道骨头有没有断，他只知道要不是自己刚才勉强在胸口运起内息，那一下就足够让他受内伤了。到底是谁在军营里驾车，不知危险吗？要不是撞着的是自己，恐怕真是要撞死人的。小将有些微恼地抬起眼睛看向转角处，却愣在了那里。那儿哪里有什么战车，站在那儿的不过就是一个穿着白色衣裳、戴着斗笠的文士模样的人。

【三百一十五】

车呢……小将呆愣地看着站在那儿的戴着斗笠的人，自己刚才莫不是被这人撞的？想到这里，小将心下一惊。如此的话，这人好大的力气，根本看不出来。上下打量一眼那穿着白袍的人，身形不算健硕，甚至可以说有些瘦弱，身上的白袍也显得宽大。

顾楠感觉到对方的视线一直在自己身上，总觉得有些失礼。眉毛微微皱了一下，从地上将铜板捡起，塞进腰带里，看了一眼倒在那里的小将，走了过去。毕竟是自己撞的对方，还是去看看的好。"这位将军，方才实在抱歉，在下一时匆忙。"走到小将面前，顾楠伸出一只手，欲要将他扶起来。

"啊，无事。"小将没有去拉伸过来的手，而是自己站了起来，心中还在暗自计较，若是换一个情况，自己还会不会被撞得飞出去。若是自己有所准备，及时调动内息，刚才那一下耗费些气力应该也能挡下来。但对方只是随意一撞，也不知这人的力气到底有多大。如果全力击来，自己又能不能挡住呢？这人——小将看着眼前穿着文士衣袍的人，神色凝重——深不可测。眼睛看过对方伸出来的手掌，小将愣了一下，这手的模样怎么像是一个女子的？

"无事就好。"顾楠松了口气，要是撞出什么问题要她赔，她可赔不出来。这小将看着也不瘦小，怎么就这么弱不禁风，连撞一下都经不住？"如此，在下就先告辞了。"抬了抬手，顾楠准备早些离开，要不然过一会儿又出问题就不好了。

"嗯，告辞。"小将点了点头。萍水相逢也不必多留，点头就算别过了。见那人离开，小将思索了一下，也不知道这人是哪一路诸侯之人。

"子龙，你水取好了没有？"远处的白马骑兵中，一个人对小将招手唤道。那人是小将的同乡，一道参的军，所以也无有上下级的称呼。"马上。"小将对身后喊道，没再去看那戴着斗笠的白衣人，取水去了。

军中一日无粮，则士气低迷；若二日无粮，则军心动摇；若三日无粮，则可起营啸。已经是第二日，军中粮草紧缺，开始起了各种谣言，说粮草被劫的有之，说前军被诸侯抛弃的亦有之。这两日，军中人心惶惶。

"袁术。"孙坚看完手中的来报，将手中的信文捏在手中。信文卷在一起被捏作一团，其上说军粮还要再过数日才会到。

"他要做什么？"眉头深锁着，孙坚的声音低沉。没有了常挂在嘴边的笑意，此时他的模样就像是低声咆哮的猛虎。如此下去，他所领的前军必败。诸侯之间的隔阂开始出现其作用和害处。

"主公……"传信的人小声地试探道，"再等一日。一日，军粮不至，我等退军。"

对于孙坚来说，讨伐董卓夺得功绩是重要，但是保全自己的军部更重要。没有胜算，他也不可能纠缠下去，可惜已经没有一日可以给他等了。

华雄的军中。华雄骑在马上，手中提着一柄长刀，身后的兵马披甲，严阵以待。华雄骑在马上笑着，本还担心孙坚不能上当，袭击不得，没想到先前派出去的骁骑来报，孙坚此时居然断粮了，实在是天在助他。"出军！"华雄骑着马走在前面。自从到了洛阳，他是已经很久没有听过身下的马蹄声了，如今听来，果然还是比文人听的扰人的丝竹之声好听许多。

"今日，"华雄整了一下自己的披风，"破那孙坚军！"

"好！"身后的军阵中传来一阵呼啸，如同群狼呼号，凶气惊得风声一紧，这才是那纵横西凉的西凉军本来的模样。

"驾！！"战马嘶鸣。

夜半静寂无声，孙坚的军部中，一座哨台上两人正守着营，这几日守夜有些叫人吃不消。每一日都吃不饱饭，夜里又冷，还不能躺下睡觉，实在是考验人的精神。站在哨塔上的一个守夜人挂着手中的长矛，眼皮打着架，眼看着就要合上睡去了。

"欸，"一旁的同伴把他拍醒过来，"别睡过去，要是被袭营了是要命的。"

"哪有这么容易被袭营？"士兵嘀咕了一声，"这每日都吃不饱，还不让人睡觉，谁吃得消？就小睡一会儿。就是真有人来了，不是也有你看着吗？"说着就合上了眼睛，靠在哨台上坐了下来。

"这……"站在一旁的同伴犹豫了一下。

嗒嗒嗒，耳边忽然传来一阵马蹄声，士兵抬起头看去，夜色里，看见了一片晃动的火光冲来。

"夜，夜袭，夜袭！"士兵惊慌地摇着身边快要睡去的人。靠着哨台的人脸上露出了不耐烦，他是不信的，真有这么巧？"哪里？"说着坐了起来，看向哨台外面。无数的火光已经越来越近，那火焰在风里忽明忽暗，照亮了拿着火把的人。是一队骑兵，举着火把冲来。士兵的瞳孔缩得很小，大声地叫了出来："敌袭！"

没有任何时间给孙坚军准备，有的人甚至还在睡梦里，那队骑兵就已经冲到近前。无数的火把从骑兵的手中抛出，落在了营帐上。几息的时间，火光照亮了夜色。孙坚是被无数火光和纷乱的脚步声吵醒的。听到帐外的呼声后，他就已经知道大事不妙，提着刀走出帐外，眼前尽是一片火焰，还有身上着火的人哀号着在地上翻滚。他知道一切已经无可逆转。孙坚组织了撤军，能撤出多少便是多少，无数人马从军营里纷乱地跑出。而华雄的西凉骑军占据速度优势，紧紧地追在其后。

"驾，驾！"孙坚又一次催马，马鞭抽打在马身上，回头看去，身后的火光里，一队骑兵远远地冲破火光追来。西凉出良驹，对方的战马明显比他们的优良，行进的速度也要更快。而且西凉军大都是轻骑射军，这更使得两军之间的距离飞快地拉近。

　　"主公，"孙坚的部将祖茂看着身后咬了一下牙，似乎是下了什么决心，提着双刀从孙坚的背后冲了上来，"主公将头巾和披风予我！"

　　"作何？"孙坚大声问道。战场上一片纷乱，不用内息，两人只能勉强听到对方的声音。

　　"主公行战头戴红色头巾，身披红色披风，想来那些人是知道才追得这么紧。"祖茂解释道，"主公将头巾和披风给我，我带军引开他们！我们分军而撤！"

　　"祖茂。"孙坚神色一怔，低下了头，"好。"他知道当下不是多说话的时候，将自己的披风和头巾取了下来，递到祖茂手中。"祖茂，记得还给我！"孙坚看着祖茂的眼睛沉声说道，扭转了马头，向另一边跑去。

　　"怎知道呢？"祖茂看着手里的帽、袍，深吸一口气，将赤色的头巾扎在自己头上，披风一扯，披挂于身，向身后吼道："右侧一队随我来！"一队约莫三百人的小队冲出军中，跟在祖茂身后。士兵都很疲敝，跟在祖茂身后，向另一个方向跑去。跟在后面的西凉军见那队士兵护着一个赤色衣帽的人从小路撤走，顿时掉转了方向，向那一侧追去。

　　火光将营帐中的影子拉长，投射在军营外。西凉骑军追上了那支从小路撤走的部队，交战至天明。天亮的时候，火光看起来不再那么恐怖，刀刃上滴着血。赤色的披风沾染了鲜血，显得更加赤红，落在地上，被风微微卷动。战场上也许总是如此，无论多久都不变的就是这纷乱后的死寂，而能说出来的东西，都在那残破的兵戈战甲中无声地沉默着。

（未完待续）

一番外一

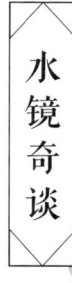

水镜奇谈

以下内容与正文无关，仅是想讲述在另一条时间线下，顾楠可能会经历的另一种三国。

此外，司马徽的年龄亦有改动。

——2024年3月

"京兆尹司马防之子，司马懿，拜见水镜先生。"

东汉中平五年（公元188年），颍川郡阳翟县。

位于县郊的一片小竹林里，一个看起来尚不满十岁的男童正在一名中年人的陪伴下向一位老人行俯首之礼。远方是一条长长的车队，车边还站着数十名披甲持刀的护卫。近处是一排低矮的农房，堂间另坐着十几个手捧书籍的孩童。车队的主人名叫司马防，官拜京兆尹，此番是专程送自己的孩子来颍川求学的。屋舍的主人名叫司马徽，别号水镜先生，常年赋闲在家，却是一方名士，传闻就算是荆州牧刘表见了他都得礼让三分。

在接下来的一段时间里，司马徽与司马防共入后院相谈良久，一直到正午时分，司马防才在司马徽的送别下离开农舍，并带走了随行的车队，只将自己的孩子司马懿留在这里。按照约定，司马懿将在此处研学两年。两年之后，司马防才会前来接他回家。

与此同时，坐满学童的内堂中，一个身材矮小、贼眉鼠眼的男孩正在用一种颇为揶揄的目光偷偷打量着那个少言寡语的司马懿。

"嚯，又是一个达官贵人的孩子啊。"

听闻此话，趴在其身边的另一个少年当即不满地用手敲了敲桌子："什么叫又？庞统，你有话可以直说。"他的名字叫作崔钧，字州平，是当朝太尉崔烈的次子。可少年人往往不喜欢这种源自父辈的名头，所以崔钧很不喜欢别人提及他的家世。

"嘿，"或许是为了回应崔钧的抱怨，那个名叫庞统的男孩遂转过头来，进而相当搞怪地挤了挤眼睛，"我说钧哥儿，咱就是有感而发一下，你较什么真呢？"

然而还没等崔钧答话，一个坐在前排的白面童子摇头晃脑地说起来："心直勿口快，口快勿不休。庞统，你的话太多了。"

"哼，是极是极。"见有人帮衬自己，崔钧的脸色也变得缓和些许。

"庞统，你不说话，没人当你是哑巴。且观这门下学子，谁不是来研学修身的？你若是非要将人分成官家和民家，那我等同窗平日里又该如何相处呢？莫非都得小心翼翼，如履薄冰不成？"

"唉，我不是都说别较真了嘛。"同时遭到两个人的抨击，庞统的表情也变得尴尬起来，"而且，就门第之见而言，也不是每个人都能说放下就放下的。钧哥儿、瑜哥儿，你们都是大门庭的子弟，当然可以不看重身份，但是我等平民子弟总不能冲撞贵人吧？所以你们又怎么知道，我们在和你们相处的时候，是否本就小心翼翼的呢？"

"这……"目视着庞统面露苦涩的模样，心性一向纯良的崔钧跟着感到了几分自责。

"那个，庞统，我也不是非要责备你，就是，就是……"

"行了行了。"正当此时，一个坐在后排的少年突然开口说道。

"州平，麻烦你仔细想想庞统平日里的为人，别人可能会对官家小心翼翼，但是他绝不可能。"

下一秒，原本还在装可怜的庞统立马跳脚呵斥起了来者："嘿，好你个徐庶，小爷我自认待你不薄，你居然跑来拆我的台！"

意识到被骗了感情的崔钧遂直接用手揪住了庞统的耳朵："嘿，好你个庞统，我真就差点着了你的道啊！"

"欸欸欸、钧哥儿、钧哥儿，疼，疼，您轻点！您轻点啊！"

"行了行了，你们且别吵了，待会儿就要上课了，二先生也该来了。"看着角落里闹哄哄的几人，一个十三四岁的半大少年终于出声劝诫了一句。他的名字叫诸葛瑾，父亲是泰山郡丞，眼下亦是被家人送来名士之处留学的。与他同行至此的，还有他的弟弟诸葛亮。虽说诸葛亮今年只有六岁，但由于其天生早慧，如今也能勉强和庞统这几个小一些的童子并道学习了。

哗啦，随着诸葛瑾的话音落下，学堂的木门被拉开，从外头走进来的，正是刚刚才送别了司马防的司马徽和司马懿。

"大先生。"手捧书本的众学子见状，同时起身作了个揖。

"呵呵，不打紧，不打紧，你们不必专门起身行礼。"脾气和善的司马徽一边笑着，一边抬手示意众人且先坐下，同时又侧过身子，将站在一旁的司马懿让了出来。"另外，这位小友名叫司马懿，日后便是你们的同窗了。切记，凡良师益友者，当不矜不伐，温恭直谅，万万不可区以待人，你们都听明白了吗？"

"是，我等都听明白了。"入座的学子们纷纷恭敬地答应道。

"好，能明白就好。"许是颇为满意地点头摸了摸胡须，司马徽随即又抬起眼眸，面向四周观望了一圈，"话说回来，你们的二先生呢，她还没到吗？"

"回大先生，"听着司马徽的询问，面白如玉的洛阳令之子周瑜便起身答复道，"二先生这会儿应当正在后院劈柴，以备寒露。"

"是吗？她这个人啊，还是一如既往地没有时间观念。那你们且再坐一会儿，我去帮你们把二先生叫来。"司马徽一边无奈地摇了摇头，一边对堂间的学生们吩咐道，末了，又向司马懿露出一个和善的笑容。"对了，司马小友，你的位子就先设在那位诸葛小友的身边吧，日后若不习惯，我再帮你换。"交代完这些，司马徽便转身走向门外。

至于司马懿呢，则一直若有所思地盯着司马徽的背影，直到再也看不见对方的身影，才缓缓收回视线，进而转头望向自己那已经被安排妥当的座位。座位旁的另一位学生，此时也恰好抬起头来。那是一名看起来不过六七岁的男童，甚至比司马懿还要小上些许。

两人一个坐着，一个站着，下意识地静默中对望了一会儿，皆不禁目光恍惚，胸中动荡，仿佛隔着他们的并不是一间小小的学堂，而是一条命运的江河。直到两人又默默地收回视线，那种异样的感觉才悄然淡去。刚刚的那个是什么？司马懿将手放在胸口上，眉头微皱地想着。同样地，坐在座位上的男孩也十分疑惑。于是，两人又隔空相望了片刻。过程中，方才的异样都未再出现，看来不过是错觉罢了。

直至确认了一切都无碍后，司马懿才动身走到男孩身边，并抬手行礼道："在下司马懿，幸会。"

面对此情，男孩也有样学样地行了个礼："在下诸葛亮，幸会。"

"嗯。"简单地打过招呼，司马懿便俯身坐在了自己的座位上。

不过，回想起司马徽方才说的话，男孩倒是又忍不住向诸葛亮问了一句："刚刚徽先生说，会请二先生来给我们上课。二先生是谁，徽先生不能给我们上课吗？"

"哦，"听着司马懿提出的问题，诸葛亮了然地笑了一下，随即便为之解释起来，"二先生是大先生的师妹，两人皆属于百家先生门下，不过二先生获得了百家先生的衣钵。近些年来，她都暂住于大先生家中，所以时不时地，也会给我们上几堂小课。"诸葛亮一边说着，一边于回想间流露出了些许难以表述的倾慕和依赖。他应当是有些走神了，司马懿的眼睛却已然亮了起来。"百家先生！你说的可是那个游历世间、记录百家的门派？"

"没错。"看着司马懿大惊小怪的模样,诸葛亮的嘴角也微微勾了起来。

"我说的就是那个在传闻中取一书可救国,取一书可治世,取一书可成灾的百家门派。而我们的二先生呢,便是当代的百家先生。"

"你们的二先生在哪儿?"下一秒,司马懿就已然伸手抓住了诸葛亮的胳膊,"快带我去见!"

"哼,你这家伙好生古怪。"突然被抓住手的诸葛亮微皱着眉头,"我不是说了二先生会来给我们上课吗,为何还要私自去见?"

"可我……"司马懿仿佛还想再说些什么,然而他的话音尚未落下,就有一个身形高挑的人影从门外走了进来。"抱歉抱歉,砍柴耽误了时间。各位,把你们的书都拿出来吧,今天我们学摩擦力。"听着从堂上传来的声音,司马懿下意识地回头望去,然后他就看到了一名足以让任何人都为之怅然若失的女子。这无疑是司马懿在自己心中暗暗做出的评价。不过,他也的确由衷地相信,无论是男女老少,恐怕都会在见到这名女子的时候恍惚片刻,因为这名女子的气质是如此出尘,既英武挺拔恍若沙场悍将,又文质彬彬好似才子墨客;既笑靥妩媚如同红颜祸水,又飘然若仙仿佛世外高人。更让人难以忽略的是,对方的身上居然还掺杂着一种类似于岁月的沉淀,叫人光是看着,就能够感到几分沉醉,甚至忍不住地想要去探寻,她到底经历过一番怎样的从前。相比之下,在如是这般的气质下,这名女子的面容和身姿反倒变得不再重要了,哪怕它们同样完美无瑕,几乎足以勾起每一个少年在青春时期的旖旎遐想。

"二先生。"只等到女子正式踏上讲台,堂下的一众学子便纷纷恭敬地拜道,甚至连坐在最后排的浪荡儿也有心地摆正了神态。

"好了,"随意地抬手压了压手掌,女子依旧微笑着摇了摇头,"课堂上不必有这么多虚礼。"她一边说着,一边将目光移到了司马懿身上,"对了,听说今天有一位新学生,我想应该就是这位小兄弟了吧?"

"嗯,是。"刚刚还在神游天外的司马懿当即就局促地站了起来,并且低着微红的脸庞,拱起了双手,"晚辈司马懿,见过二先生。"

"如此,我也先介绍一下自己。我的名字叫顾楠,'顾'是'回顾'的'顾','楠'是'楠木'的'楠'。身份是你家大先生的师妹,平日里会经常带你们上课。当然了,如果你有什么不懂的问题,也可以私下里来问我。"学堂上,那位名叫顾楠的女子站在和煦的微风和窗边的暖阳里,浅浅地笑着。

学堂下,司马懿偷偷抬起头来,跟着又不禁恍惚了良久,直到坐在一旁的诸葛亮于暗中狠狠踹了他一脚;直到顾楠意识到他在心不在焉,进而无奈地挥了挥手。"好了,你先坐下吧。考虑到你的年纪,以后你就和诸葛亮、庞统、曹彬，以及胡济他们一组吧，希望你们能好好相处。"

没错，顾楠的课堂是分小组的，一般由年龄较为相近的五个人为一组。不同的组之间，所做的课业亦会不同。譬如诸葛瑾、周瑜、崔钧等人便是第三组，眼下的年龄一般都在十三四岁。周瑜偏小一些，如今只有十二岁，不过他很聪明，所以不至于跟不上进度。另外，还有徐庶和郭嘉组成的第五组。他们是年龄最大的小组，今年都已经满十七岁了，因此全组只有两个人。虽然从理论上来说，十六岁的学子就应该从学堂里毕业了，但是由于这两个人都没有入世的打算，所以他们还是会经常往学堂跑，即便是有点蹭吃蹭喝的嫌疑。不过考虑到司马徽都没有在意，所以顾楠仍然会带着他们一同上课。总而言之，无论如何，司马懿的住校生涯已经开始了。

他本以为这会是相当艰难的两年，起码是相当孤独的两年，乃至是相当劳形的两年，毕竟在外求学，没有家中那样的锦衣玉食，也没有能够做伴的随身童子。然而令司马懿没有想到的是，他似乎非常适应这里的生活，乃至几乎不需要多做变通，就可以十分轻松地融入其中。学堂里的大先生，作为名声在外的水镜先生，司马懿对他自是敬重。而二先生呢，作为传闻中的百家门人，更是天然就带着几分神秘色彩。虽然他们的讲课风格和言行举止都颇具差异，但不管怎么说，司马懿对这两位老师的观感都是相当良好的。一方面是大先生的稳重和深刻，另一方面是二先生的新颖和洒脱。不同的课程总是能够带给司马懿不同的启发。

而且在这间学堂里学到的知识，似乎也和在外界学到的不同，毕竟司马懿从前可不曾听说过什么物理、化学、函数、生物，所以每天他在上课的时候都难掩心中的好奇，听得也特别认真。

除此之外，这个地方的学生也十分有趣。一直以来，司马懿都认为自己是一个才思敏捷的人，偶尔学力不足，也只是因为年龄较小。可是在这里，在这间学堂上，司马懿竟然遇到了一个年纪比他还小，学起东西来却比他还快的学生。对方的名字叫诸葛亮。赫然就是那个，让他在见到的第一眼便胸中动荡的邻桌，这使得一向冷漠待人的司马懿也起了几分攀比的心思。可惜到目前为止，无论是在随课的考校中，还是在月末的大考中，他都没能赢过诸葛亮几次。反倒是那个成天吊儿郎当的庞统，与他的成绩更为相近一些。每每想到此处，司马懿都会忍不住地咬牙切齿。

不过，如果不考虑攀比的话，学堂里的生活大概能算得上惬意了。

因为庞统总是会站在人堆里没大没小地说个不停。

因为崔钧总会被挑动怒气，进而将前者追打得上蹿下跳。

因为诸葛亮总是会坐在角落里，摆弄那些二先生奖励给他的小玩具。

因为周瑜总会跟在二先生背后，以揭发同窗的违规之处来献殷勤。

因为徐庶偶尔会带着除周瑜以外的人，躲在后院的小竹林里偷烤些番薯。

因为郭嘉常常会在喝了个大醉的时候，被喜欢搞怪的几人画上一脸的王八。

因为诸葛瑾一看到二先生就会犯口吃，笨到连走路都能摔个四仰八叉。

因为他们曾经想去偷看二先生的书箱，结果只看到了二先生在梳头发。

因为学堂的窗边有一棵花树，春天的风一吹，花瓣就会落个满屋。

因为房顶的茅草不够牢固，一下雨就会漏水，漏水了就要用木盆去接。

因为在噼里啪啦的雨季，穿林打叶的声音很好听。

因为一到下雪的时候，学生们就会收拾铺盖，一同窝在学堂里，相互取暖着过夜。每逢此时，诸葛瑾就会挑灯夜读，庞统就会拉着几人一起玩闹，郭嘉又要喝酒暖身了，周瑜自会搬出二先生来絮絮叨叨，诸葛亮肯定会早早地想要睡觉，然后司马懿就会把自己冻冷的手掌贴在对方的背上。

此间的日子无忧无虑，好似不必烦恼岁月的变迁，但或许正因如此，这般时间才会过得比任何时候都要快上一些。转眼间，两年过去了。因为时局动荡，学生们竟在几个月间散了个七七八八。等到司马懿离开的那天，诸葛亮也退学去为自己的父亲奔丧了。

某天夜里，司马徽与顾楠相互对坐着，突然幽幽地叹了口气。

"董卓进京了，此间的纷争恐怕亦将不远了。"

"是啊。"

喝着茶的顾楠仰头看着纷乱的竹林，良久，才略显萧瑟地闭上了眼睛。

"也不知道等那些小子再度见面的时候，究竟会是敌是友。"

"那你呢，你想入世吗？"司马徽又问道。

"我，我不知道，还要再想想。"顾楠轻声回应着，在一阵吹冷了茶水的秋风中。

图书在版编目（CIP）数据

顾楠的上下两千年 . 贰 / 非玩家角色著 . -- 北京：中国友谊出版公司 , 2024.8（2024.11 重印）. -- ISBN 978-7-5057-5946-6

Ⅰ . I247.5

中国国家版本馆 CIP 数据核字第 20241SY201 号

书名	顾楠的上下两千年 . 贰
作者	非玩家角色
出版	中国友谊出版公司
发行	中国友谊出版公司
经销	新华书店
印刷	河北鹏润印刷有限公司
规格	700 毫米 ×980 毫米　16 开 27 印张　470 千字
版次	2024 年 8 月第 1 版
印次	2024 年 11 月第 2 次印刷
书号	ISBN 978-7-5057-5946-6
定价	55.00 元
地址	北京市朝阳区西坝河南里 17 号楼
邮编	100028
电话	（010）64678009

如发现图书质量问题，可联系调换。质量投诉电话：010-82069336